GINA MAYER | Das Medaillon

Das Buch

Im Jahr 1856 entdecken Steinbrucharbeiter in einer Höhle bei Mettmann Knochen, in denen Naturforscher Dr. Carl Fuhlrott die Relikte eines Urmenschen erkennt. Fuhlrotts Heimatgemeinde Elberfeld gerät in helle Aufregung über den Fund, denn ganze Lebensentwürfe, die sich auf die offizielle kirchliche Schöpfungslehre berufen, werden plötzlich infrage gestellt. Zur gleichen Zeit träumen auch die beiden Freundinnen Rosalie und Dorothea von einem Leben jenseits der strengen Tabus ihrer Erziehung. Und tatsächlich: Rosalie beginnt als Apothekergehilfin zu arbeiten, während Dorothea heimlich in der Leihbücherei aushilft. Doch schon bald sind beide in leidenschaftliche Affären verstrickt, für die sie einen hohen Preis bezahlen.
150 Jahre später stößt ein archäologisches Forscherteam erneut auf Knochen. Nora, eine Expeditionsteilnehmerin, findet bei dem weiblichen Skelett ein Medaillon. Je mehr sie über das Schmuckstück herausfindet, desto enger scheint ihr Schicksal mit dem der Toten verknüpft.

Pressestimmen zu »Die Protestantin«

»Lebendig, leidenschaftlich, einfühlsam und bestens recherchiert.«
Rheinische Post über »Die Protestantin«

»Spannung – 670 Seiten lang.« *DeutschlandRadio Berlin*

»Buch, das spannend ist, gerade weil es keine einfachen Antworten präsentiert.« *WDR 2*

Die Autorin

Gina Mayer, geboren 1965 in Ellwangen, arbeitet als Werbetexterin. Sie ist verheiratet, hat zwei Kinder und lebt in der Nähe von Düsseldorf. Im Diana-Verlag veröffentlichte sie ihren von der Presse hoch gelobten ersten historischen Roman »Die Protestantin«. Auch ihr zweiter Roman entführt in die Vergangenheit, diesmal an den Fundort des Neandertalers, ins Zeitalter Darwins.

Lieferbare Titel

»Die Protestantin« (978-3-453-35140-0)

GINA MAYER

Das Medaillon

Roman

Diana Verlag

FSC
Mix
Produktgruppe aus vorbildlich bewirtschafteten Wäldern und anderen kontrollierten Herkünften
Zert.-Nr. SGS-COC-1940
www.fsc.org
© 1996 Forest Stewardship Council

Verlagsgruppe Random House FSC-DEU-0100
Das für dieses Buch verwendete FSC-zertifizierte Papier *München Super* liefert Mochenwangen Papier.

Originalausgabe 09/2007

Redaktion | Barbara Raschig
Herstellung | Helga Schörnig
Umschlaggestaltung | Hauptmann & Kompanie Werbeagentur, München – Zürich, Teresa Mutzenbach unter Verwendung der Fotos von © Charles Green/The Bridgeman Art Library/Getty Images (unten)/AKG Images (oben)
Trotz intensiver Bemühungen gelang es in einem Fall nicht, den Rechteinhaber des Fotos festzustellen. Der Verlag bittet diesen oder eventuelle Rechtsnachfolger, sich mit ihm in Verbindung zu setzen. Er verpflichtet sich, rechtmäßige Ansprüche nach den üblichen Honorarsätzen zu vergüten.
Satz | C. Schaber Datentechnik, Wels
Druck und Bindung | GGP Media GmbH, Pößneck

ISBN 978-3-453-35176-9

http://www.diana-verlag.de

Wer bin ich? Asche, Staub und Koht
O grosser Herr! Das weistu woll;
Wer bin ich? Von Natur im Tod,
Ich bin das nicht, was ich seyn soll;
Und dennoch kommst du zu mir gehen
Mir als Erlöser beyzustehen?

JOACHIM NEANDER
(1650–1680)

DEZEMBER 1907, CLEVELAND, OHIO

Alle anderen Gäste saßen in Gruppen zusammen, nur die alte Frau hatte einen Tisch für sich allein an einem der hohen Fenster, die auf den Eriesee hinausgingen. Die warme Wintersonne ließ ihr weißes Haar hellblond erscheinen und überstrahlte ihre Gesichtshaut, sodass sie ganz glatt erschien. Sie las.

So hat Großmutter ausgesehen, als sie eine junge Frau war, dachte June. Sie blieb am Eingang stehen, um sie in Ruhe betrachten zu können, aber im selben Moment hob die alte Frau den Kopf, als ob sie ihren Blick gespürt hätte. »Da bist du ja endlich.« Sie faltete ihre Zeitung zusammen und wies auf den freien Stuhl neben ihrem. »Was darf ich dir bestellen?«

»Eine Limonade.« June zog ihre Jacke aus und hängte sie über die Lehne des Stuhls, bevor sie sich niederließ. »Hast du lange gewartet?« Sie war in der Stadt gewesen und hatte Besorgungen gemacht, darüber hatte sie die Verabredung mit ihrer Großmutter am See fast vergessen.

Die alte Frau hob die Achseln und rührte ein Stück Zucker in ihren Tee.

»Was liest du?«, fragte June.

»Die Nachrichten.«

»Gibt es etwas Neues?«

»Die Welt wird immer feindseliger. Russland verstärkt nun die Franzosen an der Seite Englands. Ganz Europa verbündet sich gegen Deutschland.« Sie seufzte und strich mit der flachen Hand über ihre Augen. Plötzlich sah sie nicht mehr jung aus, sondern sehr alt.

»Hast du Angst um dein Heimatland?«, fragte June.

Ihre Großmutter lachte. »Mein Heimatland. Das ist so ein großes Wort. Deutschland hat sich sehr verändert, seit ich es damals verlassen habe.«

»Aber du sorgst dich dennoch. Dass es Krieg gibt«, beharrte June.

Die alte Frau blinzelte und blickte mit schmalen Augen über die funkelnde Oberfläche des Sees. »Sicher«, sagte sie, aber sie wirkte plötzlich geistesabwesend, als ob ihre Gedanken schon ein Stück weiter gegangen wären. Dann drehte sie die Zeitung um und tippte mit dem Zeigefinger auf eine der Meldungen auf der letzten Seite. »Hier, siehst du das?«

»Urmensch in Deutschland entdeckt«, begann June zu lesen. »Die ältesten menschlichen Überreste der Welt sind im Oktober 1907 in einer Kiesgrube nahe der deutschen Stadt Heidelberg gefunden worden. Ein Sandgräber entdeckte einen sehr kräftig gebildeten menschlichen Unterkiefer mit vollständiger Bezahnung. Dieses Fragment des sogenannten Homo heidelbergensis wird von der Wissenschaft als das bisher älteste Fundstück einer primitiven Übergangsform zwischen Mensch und Affe bewertet.«

Achselzuckend schob sie die Zeitung wieder zu ihrer Großmutter zurück. »Für archäologische Ausgrabungen konnte ich mich noch nie erwärmen.«

Aber die alte Frau hatte ihr gar nicht zugehört, sie strich gedankenverloren über die Zeitungsseite, während sie hinaus auf den See blickte, als gäbe es dort draußen etwas zu sehen, das von ungeheurer Bedeutung für sie war, etwas, das June nicht sehen konnte.

»Was ist denn, Großmutter?«, fragte June. Ihre Stimme klang ein bisschen ungeduldig.

»Einmal«, sagte die alte Frau langsam. »Einmal haben wir uns über diese Frage fast entzweit. Ob es einen fossilen Menschen gibt. Und nun schreiben sie so nebenbei von Übergangsformen zwischen Mensch und Affe, als ob es nichts Besonderes wäre. Aber damals war es ein Eklat. Und es ist gar nicht lange her.«

»Wer hat sich fast entzweit?«, fragte June. »Sprichst du von dir und Großvater?«

Die alte Frau sah hinaus auf den See und antwortete nicht.

1. KAPITEL

»Die horizontal übereinanderliegenden Lager, die verschieden gefärbten und aus verschiedenartigen Stoffen gebildeten Schichten zeigen uns in grandiosen Schriftzügen die Geschichte der Vergangenheit. Die großen Erdkrisen scheinen daselbst von Gottes Hand verzeichnet zu sein. Hier fangen die Beweise an. Sie sind unwiderleglich, wenn es sich ergibt, daß das Werk des Menschen, das wir suchen, dieses Kunstprodukt, von dem ich behaupte, daß es dort liegt, sich eben daselbst schon seit der Ablagerung der Schichten befindet.«

Aus einem Vortrag von Boucher de Perthes vor der Pariser Akademie, 1839

Rosalie!« Doktor Kuhns dünne, ein wenig klagende Stimme folgte ihr die enge Gasse hinunter bis an die Ecke zur Hauptstraße. Sie blieb stehen und schaute zurück zum Haus, aber ihr Vater war nirgends zu sehen. Das Fenster zu den Praxisräumen stand offen. Sie zögerte einen Moment lang, dann kehrte sie um.

Er beugte sich aus dem Erdgeschossfenster auf die Straße herunter, in seiner ausgestreckten Hand wedelte ein Zettel hin und her. »Sei so gut und schau nach dem Markt noch in der Apotheke vorbei, besorg mir die Tinkturen, ich brauche sie hernach dringend.« Die blauen Augen hinter den konvexen Brillengläsern waren riesig und sahen wässrig aus wie seltsame Meeresfische. Sie nickte kurz und steckte das Rezept in eine Schürzentasche. »Ich bin aber nicht vor einer Stunde zurück.«

Sie hörte ihn noch etwas murmeln, während er ihr schon den Rücken zukehrte, das Gesicht dem nächsten Patienten zugewandt.

Der ganze Sommer 1856 war verregnet gewesen, auch jetzt im August war der Himmel bedeckt, es war viel zu kühl für die Jahreszeit. Sie fröstelte in ihrem dünnen Sommerkleid, als sie die Tür zur Apotheke aufstieß. Die Glocke oben am Türrahmen klingelte schrill. Der Laden war leer, wahrscheinlich war der alte Rinstermann oben in den Räumen, die er allein bewohnte. Es würde eine Weile dauern, bis er die Stufen heruntergehumpelt wäre und noch länger, bis er mit seinen zittrigen, arthritischen Händen die Tinkturen zusammengemischt hätte. Rosalie fragte sich manchmal, ob er überhaupt noch in der Lage war, die einzelnen Einheiten genau zu bemessen.

Wie immer, wenn sie in der Apotheke war, begann ihr Herz schneller zu schlagen, während ihre Augen an den vertrauten Holzregalen entlangglitten, auf denen Seite an Seite weiße Porzellangefäße standen, darunter honigfarbene Glastöpfe mit weißen Etiketten, sorgfältig beschriftet mit lateinischen Namen in hellblauer Schrift. Ein Schrank mit quadratischen Schubfächern, und hinter jedem halbrunden Messinggriff lag ein Geheimnis, das Heilung versprach oder den Tod brachte, je nach Art der Anwendung.

Die Küche der Medizin nannte ihr Vater die Apotheke. Rosalie, die die Apotheke mit allen ihren Rätseln liebte, empfand das als verächtliche Herabsetzung.

Auch heute, obwohl sie so in Eile war, atmete sie den halb bitteren, halb minzigen Geruch ein, der aus dem Nachbarraum drang, wo die Arzneien und Salben gemischt wurden, und schloss die Augen und stellte sich vor, dass es ihr Reich wäre, diese Apotheke, dass sie es wäre, die ihrem Vater die Tinkturen zusammenrührte und Pflaster strich.

»Ist Ihnen nicht recht gut?« Das war nicht die Stimme des alten Rinstermann. Rosalie riss die Augen auf. Hinter der Ladentheke stand ein junger Mann. Weißer Mantel, dunkle, halblange Haare, Bart. Er war ein Stück größer als sie, das gefiel ihr. »Wo ist Herr Rinstermann?«, fragte sie.

Er lächelte. »Er hat sich zur Ruhe gesetzt, hat die Apotheke verkauft und ist nach Düsseldorf gezogen zu seiner Nichte.«

So plötzlich, dachte sie. In der vergangenen Woche hatte er ihr noch eine Salbe gegeben und keinen Ton davon gesagt, dass er sein Geschäft aufgeben wollte. Aber er war immer schweigsam gewesen, der alte Apotheker.

»Und Sie sind sein Nachfolger«, sagte sie und merkte, wie ihre Stimme mit jedem Wort an Höhe verlor. Irgendwo, ganz tief in ihrem Inneren, stellte sie fest, hatte sich absurderweise ein Rest Hoffnung verborgen, dass sie selbst nach Rinstermanns Abgang die Apotheke übernehmen könnte. Ganz ohne Lehrjahre, ohne Universitätsstudium, ohne Wissen und Kenntnisse. Es war ein dummer, ein unsinniger Gedanke gewesen, und sie schämte sich plötzlich dafür, obwohl niemand davon gewusst hatte, nicht einmal sie selbst.

»Aron Minter«, sagte der Mann, sie sah ihn überrascht an, dann wurde ihr bewusst, dass er sich vorgestellt hatte.

»Und Sie?«, fragte er.

»Rosalie«, sagte sie. »Rosalie Kuhn.«

Der Name war ein Fluch. Ihre Mutter hatte ihn ausgesucht, vielleicht weil er sie an irgendjemanden, an irgendetwas erinnert hatte. Was immer es war, sie hatte es Rosalie nicht mehr mitteilen können. Sie war gestorben und hatte nicht miterlebt, wie ihre einzige Tochter heranwuchs und sich in ihrer Entwicklung immer weiter von ihrem Namen entfernte. Nun war sie neunzehn Jahre alt, muskulös, kräftig gebaut und dunkelhaarig. Im Winter, wenn ihre Haut hell und durchscheinend war, zeichnete sich auf ihrer Oberlippe ein schwarzer Schatten ab wie die Vorahnung eines Bartes. Die Jungen in der Volksschule hatten sich schon damals darüber lustig gemacht, aber nur heimlich und hinter ihrem Rücken, denn Rosalie war stark, niemand legte sich gerne mit ihr an.

Nachdem sie ihren mädchenhaften Namen ausgesprochen hatte, musterte sie den neuen Apotheker voller Misstrauen, aber er schien den Widerspruch zwischen ihrer Erscheinung und ihrem Namen nicht zu bemerken.

»Was kann ich für Sie tun?«

Sie reichte ihm den Zettel mit den Verschreibungen, er las und nickte und verschwand dann im Nebenraum. »Doktor Kuhn, ist das Ihr Mann?«, fragte er, als er ihr die drei Fläschchen mit den Tinkturen über die Ladentheke reichte.

»Mein Vater«, entgegnete sie und lächelte. Im gleichen Moment begann jemand im Stockwerk über der Apotheke zu hämmern, es klang laut und wütend, als schlüge jemand mit einem harten Gegenstand auf den Boden. Sie sah den Apotheker fragend an, aber er hatte den Blick zur Decke gerichtet und wirkte mit einem Mal voller Sorge, vielleicht hatte er Angst, dass sie einstürzte.

»Nun denn, wir werden uns künftig noch des Öfteren begegnen.«

Er richtete die Augen wieder auf sie, lächelte verwirrt und kam hinter der Theke hervor, um die Tür für sie zu öffnen.

»Der alte Rinstermann hat also verkauft«, sagte ihr Vater und nickte langsam, während er einen Löffel gestampfte Kartoffeln im Mund versenkte. »Ja richtig, er hat davon gesprochen, es war wohl auch an der Zeit, lange wäre es sicher nicht mehr gut gegangen mit ihm. Und der Neue, sein Nachfolger, wie ist er?«

»Er wirkt recht angenehm.« Rosalie versuchte sich an den Namen des jungen Apothekers zu erinnern. Minster. Mindner. Oder so ähnlich.

»Nun, er wird mir sicherlich seine Aufwartung machen in den nächsten Tagen.« Ihr Vater schenkte sich ein Glas Bier ein, nahm einen kräftigen Schluck und wischte sich dann mit dem Handrücken den Schaum von der Oberlippe, der sich wie ein weißer Flaum auf seinen dunklen Bart gelegt hatte.

»Heute Abend erwarte ich übrigens Fuhlrott. Er war vorhin in der Praxis und hat seinen Besuch angekündigt.«

Dr. Fuhlrott wohnte nur ein paar Häuser weiter auf der Laurentiusstraße und er unterrichtete Naturkunde an der Höheren Bürger- und Realschule in Elberfeld. Auch ihm war vor drei Jahren die Frau gestorben, aber ihn hatte es noch schlimmer getroffen als Kuhn, statt nur mit einer war er mit sechs Töchtern zurückgeblieben, von denen die jüngste heute gerade einmal acht Jahre alt war. Vielleicht lag es an dieser Menge an eigenen Töchtern, dass er Rosalie, die im gleichen Alter war wie seine Zweitälteste, immer nur mit höflichem Desinteresse behandelte. Als wäre sie Luft.

Die beiden Doktoren – wie sie die Nachbarn nannten – waren schon viele Jahre befreundet, sie teilten die Leidenschaft für die Naturwissenschaften, die Zoologie, die Geologie und die Botanik, das Interesse an allem, was erforschbar war und logisch. Sie trafen sich ein- oder zweimal die Woche, und Rosalie, die stets dabeisaß, wenn sie zusammenkamen und miteinander redeten, sog die Dinge, über die sie diskutierten, in sich auf. Fuhlrott, der mit den Steinbruchbesitzern der ganzen Umgebung bekannt war, wurde von ihnen mit Knochen versorgt, die beim Abbau zutage kamen, viele davon waren nur wenige Jahre alt und wertlos, andere wiederum bezeichnete der Doktor als »Fossil«, und ihr Zustand und ihre Beschaffenheit ermöglichten Rückschlüsse auf das Aussehen, das Wesen der Arten in vorsintflutlichen Zeiten. Rosalie malte sich immer aus, wie die Erde vor der Sintflut ausgesehen haben mochte, mit Eis bedeckt und von riesigen, bizarren Lebewesen bevölkert. Es fiel ihr schwer, diese Vorstellung mit Noahs Arche in Verbindung zu bringen, denn wie hätten all die eigentümlichen Tiere, die Nashörner und Hyänen und Auerochsen, auf ein einziges Schiff passen sollen – und sei es auch noch so groß. »Meiner Ansicht nach hat die Sintflut in ihrem alttestamentarisch beschriebenen Ablauf nie stattgefunden«, sagte ihr Vater, als sie ihn danach fragte. »Es ist ein Sinnbild, eine Parabel, keine wissenschaftliche Beschreibung.« So etwas sagte er jedoch nur zu ihr und selbst dann senkte er die Stimme, sodass sie genau hinhören musste. Mit seinem Freund Fuhlrott sprach er niemals über solche theologischen Fragen, sie hielten sich an naturwissenschaftliche Fakten.

Gegen sieben läutete es. In der Erwartung Fuhlrotts mit seinen zerzausten Haaren über der hohen Stirn öffnete Rosalie die Haustür, aber dann stand ihr ein großer, junger Mann mit dunklen Locken und kräftigen Augenbrauen gegenüber, den sie schon einmal gesehen hatte, vor Kurzem noch, sie konnte sich nur nicht erinnern, wo das gewesen war.

»Minter«, sagte er. »Aron Minter.«

»Ach. Der neue Apotheker.«

»Ich wollte mich Ihrem Herrn Vater gerne einmal vorstellen, so es nicht schon zu spät dafür ist«, meinte er und blinzelte dabei nervös über ihre Schulter ins Dunkel des Hausflurs, als erwarte er den Doktor dort jeden Augenblick.

»Nein, nein. Kommen Sie ruhig herein, mein Vater hat sie ja schon erwartet.«

Sie führte ihn durch den Flur und die Treppe hinauf bis ins Kaminzimmer, das groß und düster neben der Küche lag. Ihr Vater saß in seinem Lehnstuhl, er hatte ihnen den Rücken zugekehrt und las. »Fuhlrott, alter Knabe!«, rief er ohne aufzusehen. »Gibt es Neuigkeiten aus der Urzeit?«

»Es ist Herr Minter«, sagte Rosalie schnell. »Von der Apotheke.«

Ihr Vater blickte auf, das Lächeln, das Fuhlrott gegolten hatte, verschwand aus seinem Gesicht, aber als er die verlegene Miene des Besuchers sah, erhob er sich und kam ihm entgegen. Dann klingelte es wieder, und Rosalie ging, um die Tür zu öffnen, und dieses Mal war es wirklich Fuhlrott. Der kümmerte sich gar nicht um den fremden Gast, sondern nahm gleich in seinem gewohnten Sessel am Fenster Platz, griff nach dem Bierkrug, den Rosalie schon für ihn hingestellt hatte, und nahm einen großen, durstigen Schluck.

Doktor Kuhn stellte ihm den Apotheker vor, der die Gelegenheit nutzen wollte, um sich zu verabschieden.

»Nicht doch, nicht doch«, sagte Fuhlrott und lächelte sein schmales Lächeln, bei dem er seinen rechten Mundwinkel immer ein wenig tiefer zog als den linken. »Gehen Sie nicht. Jedenfalls nicht meinetwegen.«

»Setzen Sie sich zu uns und trinken Sie einen Schluck mit uns«, meinte auch Doktor Kuhn und warf Rosalie einen schnellen Blick zu, der sie ärgerte. Sie ging dennoch in die Küche, holte noch einen Krug und stellte ihn dem Apotheker hin, der sich inzwischen aufs Sofa gesetzt hatte, ein wenig abseits von den beiden Herren, genau an die Stelle, an der sie selbst für gewöhnlich saß. Er nickte kurz, als sie ihm Bier einschenkte, und wirkte dabei, als sei er lieber an einem anderen Ort.

»Ich habe heute ein Schreiben erhalten von Pieper aus Mettmann«, sagte Fuhlrott zu Kuhn, ganz so als ob der Apotheker nicht mehr da wäre.

»Der Steinbruch-Pieper? Was hat er denn diesmal?«

»Wieder Knochen. Er schreibt von den Resten des Bären, auf die er gestoßen sein will.«

»Das wäre in der Tat phänomenal, wenn er dir zu dem Zahn jetzt das Gerippe nachlieferte.«

»Phänomenal, aber nicht sehr wahrscheinlich. Der Bärenzahn wurde bereits vor Monaten gefunden, inzwischen wird an einer ganz anderen Stelle abgebaut. Sollte es sich also wirklich um dasselbe Tier handeln, so müssten dem Bären zuerst die Zähne aus dem Maul gefallen sein, bevor es sich dazu entschließen konnte, sich zum Sterben niederzulassen.«

Kuhn lachte und prostete dann Minter zu, der seinen Krug hob und zaghaft zurückprostete.

»Dr. Fuhlrott betreibt Untersuchungen an altertümlichen Gebeinen und Gestein«, erklärte Rosalie, die sich neben den Apotheker gesetzt hatte, nachdem sie den Korb mit der zerschlissenen Wäsche hinter dem Sofa hervorgeholt hatte.

»Interessieren Sie sich für die Erdgeschichte?«, fragte Fuhlrott. Seine Stimme klang mit einem Mal streng. Wie ein Schulmeister, dachte Rosalie und bemerkte, dass sich Minter neben ihr unwillkürlich ein Stück aufrichtete.

»Sicher«, sagte er und fuhr dann schnell mit der Unterlippe über die Oberlippe, als wolle er einen unsichtbaren Bierrest weglecken. »Ich habe mich ein wenig damit beschäftigt. Gleichwohl sind meine Kenntnisse mangelhaft ...«

»Da geht es Ihnen nicht viel anders als uns«, unterbrach ihn Fuhlrott, »und dem Rest der Wissenschaft. Alles was länger als die 1850 Jahre zurückliegt, die unsere lächerliche Zeitrechnung umfasst, verschwimmt in einem Nebel des Unwissens, der immer dichter wird, je weiter wir uns zurückbewegen. Hier und da stoßen wir auf ein paar Knochenreste oder den Abdruck von Weichtieren und Pflanzen im Gestein und ziehen daraus unsere Rückschlüsse auf Gottes Schöpfung.«

»Gerade deshalb ist es beachtlich, welche umfassende Erkenntnis die Forscher aus dem Wenigen gewinnen. Ich habe in Nürnberg, wo ich studiert habe, die Rekonstruktion eines Mammutschädels aus der Vorzeit gesehen, er wirkte so ganz und gar lebendig, erschreckend wirklich«, sagte Minter.

»Ja, es waren furchterregende Geschöpfe, die damals die hiesigen Wälder bewohnten, ob Mammut oder Höhlenbär oder Auerochse, gigantisch in ihren Ausmaßen und unvorstellbar in ihrer Kraft«, pflichtete Kuhn ihm bei.

»Und dennoch haben sie ihren Platz auf der Erde geräumt für Nachfolger, die weit kleiner, weit schwächer sind«, meinte Fuhlrott. »Der Braunbär ist ein Zwerg im Vergleich zu seinem Vorfahr, der Elefant in seiner Größe ein Winzling neben dem Mammut ...«

»... Ganz zu schweigen von den braven Ochsen, die uns heutzutage die Pflüge über die Felder ziehen«, fiel Kuhn ihm ins Wort.

Rosalie schob ihre Stopfnadel durch die Fäden, die sie quer über das Loch im Strumpf gespannt hatte, einmal darüber, einmal darunter, ein festes und sicheres Gewebe. »Wie kommt das?«, fragte Minter neben ihr und sprach damit aus, was sie soeben gedacht hatte. »Was ist Ihrer Meinung nach der Grund dafür?«

»Nun, vermutlich sind die urzeitlichen Arten immer wieder durch verschiedene Naturkatastrophen vernichtet worden, durch gigantische Erdbeben, Vulkanausbrüche, Fluten, wie in der Bibel beschrieben«, sagte Fuhlrott.

»Und dann haben sich neue Arten gebildet? Sozusagen aus dem Nichts?«, fragte Minter. Rosalie warf ihm einen Blick zu. Er wirkte jetzt überhaupt nicht mehr verunsichert, sein Oberkörper war leicht nach vorn gebeugt und seine Augen schmal vor Neugierde.

»Das ist meine Meinung«, nickte Fuhlrott. »Alte Arten wurden vernichtet, neue Arten von Gott geschaffen.«

Minter ließ seinen Oberkörper wieder gegen die Sofalehne sinken und stieß dabei Luft durch die Nase, es klang fast ein wenig verächtlich.

»Sind Sie anderer Ansicht?«, fragte ihn Fuhlrott sofort. Der Apotheker zuckte mit den Schultern. »Ich finde jene Theorie überzeugender, die besagt, dass sich alle Lebewesen, die Tiere, aber auch die Pflanzen, mit den Jahrtausenden stetig verändert haben. Sie sind gewachsen oder geschrumpft, wie es die Umstände, die Lebensverhältnisse erfordert haben.«

»Aber was sollte sie dazu gebracht haben, sich zu verändern?«, mischte Kuhn sich nun wieder ein.

Minter lächelte. »Nehmen wir einmal an, Sie schließen morgen Ihre Praxis und gehen in den Wald und werden Holzfäller.«

»Das wäre ein mühseliges Brot«, erwiderte der Arzt.

»Richtig. Weshalb?«

»Ich bin die körperliche Anstrengung nicht gewohnt.«

»Was also würde geschehen?«

Kuhn zuckte mit den Achseln. »Worauf wollen Sie hinaus? Ich würde schnell ermüden und früher oder später elendig verhungern.«

»Oder aber, Sie gewöhnen sich an die Arbeit, werden mit jedem Tag stärker und kräftiger und bilden Muskeln aus. Sie verändern sich.«

»Aber Auerochse, Mammut und Bär sind nicht größer geworden, sondern kleiner.«

»Vielleicht wurde die Nahrung knapper, und sie sind nach und nach zusammengemagert. Was immer es war, die veränderten Lebensumstände haben sie dazu gebracht, sich zu entwickeln.«

»Und diese Veränderung wird weitergegeben von einer Generation zur anderen?«, fragte Kuhn skeptisch. »Zeugt ein Holzfäller automatisch auch einen kraftstrotzenden Sohn?«

Fuhlrott zog seine Pfeife hervor und begann sie langsam mit Tabak zu stopfen, worauf der Apotheker eine flache Blechdose aus der Tasche holte, sie aufklappte und eine Zigarette herausnahm. Rosalie zog ihre Nadel durch den letzten schmalen Schlitz zwischen gestopftem und intaktem Strumpfgewebe.

»Chevalier de Lamarck sagt, dass Fähigkeiten und Kenntnisse von den Eltern an die Kinder weitergegeben werden, so beide Elternteile darüber verfügen«, sagte Minter, während er sich die Zigarette zwischen die Lippen klemmte. Kuhn zuckte mit den Schultern, er schien nicht überzeugt.

»Aber wann ist dieser Prozess der Veränderung Ihrer Meinung nach abgeschlossen?«, fragte Fuhlrott, wobei er mit einem Mundwinkel lächelte, während der andere nach unten wies. »Wann haben die Arten und Rassen, die Pflanzen und Tiere und auch wir Menschen ihre vollkommene Form erreicht?«

»Nie«, sagte Minter. Er zog an seiner Zigarette und stieß dann weißen Rauch aus, durch den Mund und durch die Nasenlöcher. »Dieser Prozess ist niemals abgeschlossen. Alles geht immer weiter.«

Jeden Morgen um neun sah Rosalie ihre Freundin Dorothea Leder. Sie trafen sich an der Pumpe am Königsplatz, der genau in der Mitte zwischen ihren Häusern lag. Dann hatten sie zehn Minuten Zeit zum Reden, manchmal auch eine Viertelstunde, nicht viel, aber besser als gar nichts.

Heute wartete Dorothea schon, als Rosalie von der Laurentiusstraße in die Gasse einbog, die große Kanne und den Zinkeimer unter dem Arm. Dorothea war wie Rosalie neunzehn Jahre alt, aber mit ihrem runden Kindersicht, den roten Wangen und dem langen Haar, das sie immer zu einem Zopf geflochten trug, wirkte sie viel jünger.

»Kommst du endlich«, rief sie, als sie Rosalie erblickte und klang dabei etwas atemlos, obwohl sie gewartet hatte. »Ich muss gleich los, Hermann hat das Fieber, und ich kann ihn nicht lange allein lassen, aber etwas muss ich dir doch erzählen!«

»Was gibt es denn?« Rosalie stellte ihre Gefäße neben die vollen Eimer der Freundin. Dorothea sah sie an, und dann senkte sie plötzlich den Blick, als schäme sie sich.

»Was ist?«, fragte Rosalie und merkte plötzlich, wie ihr Herz schneller schlug.

»Herr Kirschbaum hat mich gestern gefragt«, begann Dorothea, und Rosalie wurde wieder ruhiger. Sie kannte Herrn Kirschbaum. Wenn es um ihn ging, war es mit Sicherheit nichts Leidenschaftliches. Dorothea dagegen schaute sich nervös um. Auf der anderen Seite des Platzes machte sich die neue katholische Laurentiuskirche breit wie ein antiker griechischer Tempel, mit rosaroten Mauern, massivem Schiff, blaugrünen Türmen. Ein paar Schritte von ihnen entfernt, an der Pumpe, standen zwei Frauen, die sie aber nicht beachteten. »Er hat mich gefragt, ob ich für ihn arbeiten will«, beendete sie dann den Satz mit gedämpfter Stimme.

»In der Bücherei?« Herrn Kirschbaum gehörte die Leihbibliothek auf der Alten Freiheit, gleich hinter der Reformierten Kirche, und Dorothea war seine beste Kundin. Beinahe täglich kam sie vorbei und lieh sich Bücher aus, die neuesten Romane und die alten Klassiker, wissenschaftliche Werke und Gedichtbände,

Dramen und sogar Lieder- und Bilderbücher. Sie las, wann immer sie ein wenig Zeit dafür fand, während die Kartoffeln auf dem Herd kochten, während das Plätteisen sich aufheizte, während ihr jüngster Bruder auf dem Topf saß, sie las nachts, beim Schein der Öllampe. Bücher waren ihre Welt, hinter der alles andere zurücktrat, ihre Eltern, ihre jüngeren Geschwister, selbst Rosalie.

»Was sollst du denn für ihn tun?«

»Ihm zur Hand gehen, bei der Ausleihe, bei der Buchhaltung, bei allem, was anfällt. Ich würde ein paar Groschen verdienen und die Ausleihgebühr würde er mir ebenfalls erlassen!«

»Allein damit würdest du ein wahres Vermögen sparen! Aber meinst du, dass deine Leute ...?«

»Bist du von Sinnen?« Dorotheas Gesicht, das eben noch voller Aufregung gewesen war, verschloss sich von einer Sekunde auf die andere. Sie zuckte mit den Schultern. »Vater würde mich eher aus dem Haus jagen, als es zu erlauben.«

Die Leders waren Pietisten, sie gehörten der Niederländisch-reformierten Gemeinde an, die sich vor neun Jahren unter der Leitung des Pastors Kohlbrügge von der offiziellen reformierten Kirche abgespalten hatte. Oben in der Deweerthstraße hatten sie ihre eigene Kirche und ein Pastorat gebaut, dorthin pilgerten die Leders nun jeden Sonntag, jeden Feiertag und oft auch unter der Woche.

Für die Leders waren Gott und seine Gebote das Gerüst, das ihrem Leben Halt gab und ihrem Denken eine Grenze setzte. Rosalie, die daran gewöhnt war, dass man immer alles anzweifelte und überprüfte – Fragen sind dazu da, sie zu stellen, sagte ihr Vater immer –, fand Dorotheas Familie in ihrer bedingungslosen Religiosität gleichermaßen faszinierend und befremdend.

Als sie mit Dorothea zur Schule gegangen war, noch bevor sie ihrem Vater den Haushalt führte, hatte sie Dorothea mittags oft nach Hause begleitet und dort mit ihr gegessen. »Meine arme kleine Halbwaise«, sagte Frau Leder zu ihr – *Tante Marthe*, wie Rosalie sie nannte. »Du bist hier immer willkommen.« Auch heute besuchte Rosalie die Leders oft, sie setzte sich zu ihnen, wenn sie abends ihre Hausandachten hielten, hörte zu und ließ sich in die Frömmigkeit fallen wie in ein weiches Bett.

Gott war der Maßstab, nach dem sich in der siebenköpfigen Familie alles richtete, und Gott, darin waren sich Dorotheas Eltern und der Rest der Gemeinde einig, hielt nichts vom Bücherlesen, sofern es sich nicht um die Heilige Schrift oder zumindest um Gebetbücher handelte. Natürlich kannten sie die Leidenschaft ihrer Tochter, ihre schändliche Schwäche, wie sie es nannten, und versuchten sie einzudämmen, abzuwehren, wo immer es ging. Ihr Vater drohte, und ihre Mutter beschwor sie, und Dorothea versprach Besserung, aber nachts, wenn alle schliefen, setzte sie sich auf die Stufen vor dem Haus und las im Schein der Gaslaterne.

Rosalie zuckte mit den Schultern. »Dabei passt eines wunderbar ins andere. Mit dem Geld, das du verdienst, könntet ihr ein Dienstmädchen bezahlen, damit wäre allen geholfen.«

Dorothea starrte auf ihre Schuhe, die unter dem verblichenen Rock zum Vorschein kamen und deren Spitzen nach oben gebogen waren wie die Schuhe eines Harlekins. »Es ist ganz und gar hoffnungslos«, sagte sie düster. »Und dann ausgerechnet bei Herrn Kirschbaum.«

Rosalie wusste, was sie damit meinte, jeder in Elberfeld hätte es gewusst. Herr Kirschbaum war ein kleiner Mann, rundlich und um die vierzig, ein Jude, aber das war nicht einmal das Schlimmste. Er war seltsam, ohne Frau und Kinder hauste er in einer kleinen Kammer hinter der Leihbibliothek. Man sah ihn selten auf der Straße, und wenn er seinen Laden einmal verließ, dann ging er schnell und mit gesenktem Kopf, den Hut tief ins Gesicht gezogen. Er murmelte vor sich hin, immerzu, ganz egal, ob Leute im Laden waren oder nicht. »Kirschbaum«, murmelte er. Er redete sich selbst mit seinem Nachnamen an, auch das war seltsam. »Kirschbaum, die neue Lieferung muss noch aufgeschnitten werden, dass du es nicht wieder vergisst.« Es war ihm ganz egal, ob man ihm dabei zuhörte, er machte sich nichts aus anderen Leuten.

Dorothea hatte recht, es war undenkbar, dass ihre Eltern sie für diesen Mann arbeiten ließen. Auch wenn er mit Kartoffeln oder Eiern statt mit Romanen gehandelt hätte, sie würden niemals einwilligen.

Rosalie sah ihre Freundin an, ihr rundes, trauriges Gesicht unter dem straff zurückgekämmten Haar. Sie hätte sie so gerne getröstet, aber ihr fiel beim besten Willen nichts Aufmunterndes ein, nichts, was sie ihr hätte raten können. Plötzlich kam ihr die Apotheke wieder in den Sinn, die braungelben Gläser in Reih und Glied, die immer so aussahen, als warteten sie auf sie. Aber jetzt gab es einen neuen Apotheker und außerdem war es ohnehin ein dummer, aussichtsloser Traum. Bei Dorothea ist es die Bibliothek und bei mir die Apotheke, dachte sie, und eines ist so vergebens wie das andere.

»Ich muss los«, sagte Dorothea. Sie hob ihre beiden randvollen Eimer an und stellte sie ihn ihren Leiterwagen. Dabei schwappte ein Teil des Wassers über den Rand und färbte die Pflastersteine dunkel. »Wir sehen uns morgen.«

Am Mittwochabend kam Fuhlrott zu Besuch, obwohl er gewöhnlich nur donnerstags oder montags kam. Er trug einen zerschlissenen braunen Lederkoffer an Rosalie vorbei durch die Diele und legte ihn so behutsam auf den Esstisch, als wäre er zerbrechlich.

Rosalie und ihr Vater sahen ihm dabei zu, wie er den Deckel aufklappte. Der Koffer war mit einem Leintuch ausgelegt, auf dem vergilbten Stoff lagen bräunliche Gebeine. Lange robuste Knochen mit dicken Wülsten an den Enden, ein größeres, scharfkantiges Fragment, der obere Teil eines Schädels, ein paar kleinere Knochenstücke.

»Keine Bärenknochen«, stellte Kuhn sofort fest, während er sich weiter über die Skelettteile beugte und Rosalie dabei ein Stück zur Seite drängte, ohne es zu bemerken. Er nahm vorsichtig den größten Knochen aus dem Koffer und führte ihn so dicht an sein Gesicht heran, als wolle er an ihm riechen. »Ein Oberschenkelknochen, ganz ohne Zweifel«, murmelte er. »Menschlich. Aber gleichwohl eigentümlich. Was für eine Knochenstärke. Und diese eigentümliche Krümmung.«

Er sah Fuhlrott an, worauf dieser nickte und gleich darauf mit der linken Schulter zuckte. Kuhn wandte sich dem Schädelteil zu. »Auch die Schädelform ist äußerst ungewöhnlich. Zu flach für einen menschlichen Kopf und diese Knochenwülste über den Augen scheinen gänzlich fremd ...« Er drehte die Kalotte, sodass die auffallenden Augenbrauenwülste Rosalie seltsam bedrohlich anstarrten.

»Also doch ein Tierschädel?«, fragte Fuhlrott, wobei seine Stimme etwas Lauerndes hatte.

»Von welcher Tierart sollte er stammen?«, fragte Kuhn zurück. »Für eine Hyäne oder einen Wolf sind die Gebeine zu massiv. Nein, diese Skelettteile sind die eines Menschen, daran besteht kein Zweifel. Sind das die Knochen, die Ihnen Pieper hat zukommen lassen?«

Fuhlrott nickte wieder. »Ich war gestern im Neandertal. Kalkarbeiter, die eine neue Höhle, die sogenannte Feldhofer Grotte, für den Abbau vorbereiten sollen, haben die Skelettteile in der Lehmschicht gefunden. Die Knochen waren schon im Abraum vor der Höhle gelandet, glücklicherweise wurden sie im letzten Moment noch sichergestellt.«

Er setzte den Koffer mit den Skelettresten auf den Boden, dann begann er die Teile in anatomisch korrekter Anordnung auf den Tisch zu legen. Er fing unten an, mit den mächtigen Oberschenkelknochen, die ein Stück weit über den Tisch hinausragten, darüber legte er einen Teil des Beckenknochens. Dann links und rechts die Arme – den rechten Oberarmknochen mit Speiche und Elle, den linken Oberarmknochen nur mit der Elle, dazwischen fünf linke Rippen. Das rechte Schlüsselbein schloss den seltsamen Torso nach oben hin ab, darüber schwebte die Schädelkalotte, und weil sie flach auf den Tisch gelegt war, sah es aus, als senke das Skelett den Kopf, beschämt über seine eigene Unvollständigkeit.

Eine Weile starrten sie alle schweigend darauf, wie in der Erwartung, dass sich die einzelnen Teile wie durch Zauberhand zusammenfügten und zum Leben erwachten.

Was sind das für Knochen, dachte Rosalie und Fuhlrott antwortete ihr, obwohl sie die Frage gar nicht laut ausgesprochen hatte.

»Ich glaube, diese Gebeine sind sehr alt«, sagte Fuhlrott. Seine Stimme, die sonst eher spöttisch klang, hatte mit einem Mal etwas sehr Ernstes und Ehrfurchtsvolles. »Ich habe den ganzen Tag darauf verwandt, sie zu untersuchen, und ich bin überzeugt davon, dass sie ...«, er atmete tief ein und dann wieder aus, und plötzlich schien er unsicher. Seine Augen wanderten von den Skelettteilen zu Kuhn und wieder zurück. »Sie sind sehr alt«, wiederholte er.

»Wie alt«, fragte Kuhn leise. »Was meinen Sie?«

Jetzt blickten sie beide Fuhlrott an, und Rosalie sah, dass kleine Schweißperlen auf seine Stirn traten, von einer Sekunde auf die andere.

»Fossil«, sagte er dann. Nur dieses eine Wort.

»Das wäre in der Tat ...«, begann Kuhn und dann verstummte auch er wieder.

»Der Lehm, in dem die Gebeine gelegen haben, ist alles entscheidend für die Altersbestimmung«, sagte Fuhlrott schließlich und deutete auf die bräunlichen, trockenen Erdreste, die in den Vertiefungen der Knochen und an den Kanten der Gelenke hingen. »Man muss diese Lehmreste mit den Resten an dem Bärenzahn vergleichen, den ich vor einigen Monaten erhalten habe. Wenn die Sedimente miteinander übereinstimmen, wenn eine

Probe zur anderen passt, dann können wir davon ausgehen, dass beide Individuen, Mensch und Höhlenbär, zur gleichen Zeit existiert haben.«

»Das bedeutet, dass es menschliche Individuen in der Diluvialperiode gegeben hat. Aber Cuvier behauptet das Gegenteil«, meinte Kuhn.

Die Diluvialperiode, das wusste Rosalie, war die Zeit der Sintflut, und die Wissenschaftler gingen davon aus, dass es vor und während dieser Zeit noch kein menschliches Leben gegeben hatte – wobei sie sich immer fragte, was es dann mit Adam und Eva, Kain und Abel und all den anderen Personen auf sich hatte, von denen die Bibel erzählte und die doch eindeutig vor der Sintflut gelebt hatten. Vielleicht war die Anzahl der Menschen so gering gewesen, dass sie im fossilen Sinne nicht zählten. Oder vielleicht waren die Wissenschaftler der Ansicht, ohne dass sie es offen aussprachen, dass auch die biblischen Berichte von der Erschaffung der Welt und von der Vertreibung aus dem Paradies Sinnbilder waren, so wie ihr Vater die Sintflut als Parabel betrachtete.

»Man muss die Gebeine zuerst einmal genau untersuchen und vermessen, bevor irgendwelche Schlüsse gezogen werden können«, sagte Fuhlrott ausweichend.

Kuhn betrachtete die Knochenteile auf dem Tisch, ohne etwas zu entgegnen, mit schief gelegtem Kopf.

»Die Arme«, meinte er nach einer Weile unvermittelt. »Ganz erstaunlich. Der rechte Oberarmknochen ist erheblich stärker als der linke.«

»Das ist wahr«, stimmte ihm Fuhlrott zu. »Also handelt es sich am Ende nicht nur um ein Individuum, sondern um zwei verschiedene? Vielleicht Mann und Weib?«

»Vielleicht.« Kuhn nahm den linken Knochen auf, dann verfiel er erneut in ein ausgedehntes Schweigen, während seine Finger wieder und wieder über das untere Ende des Knochens tasteten. »Unter Umständen aber auch nicht.«

»Wie bitte?«, fragte Fuhlrott.

»Meiner Meinung nach könnte es sich um eine Verletzung handeln«, erklärte Kuhn. »Das Gelenk ist beschädigt. Sehen Sie.« Er nahm auch die dazugehörige Elle auf und steckte das obere Ende in das Ellenbogengelenk des Oberarmknochens, dann hebelte er den Unterarm mehrmals auf und ab, was nur mit Mühe möglich war. »Sehen Sie?«, sagte er noch einmal und Fuhlrott nickte. »Wenn das Individuum seinen Arm nicht richtig einsetzen konnte, ist möglicherweise der Muskel verkümmert. Das wiederum würde die geringere Knochenmasse erklären.«

»Ich habe die Beschädigung am Gelenk wohl bemerkt«, meinte Fuhlrott. »Aber vielleicht ist sie ja auch der groben Behandlung durch die Steinbrucharbeiter zuzuschreiben. Die Männer haben die Gebeine mit Spitzhacken aus dem Lehm geschlagen. Wir sollten das Relikt genauer untersuchen. Ein Brennglas wäre äußerst nützlich.«

Wie auf ein Kommando sahen beide Männer Rosalie an, die einen Moment lang verständnislos zurückstarrte, bis sie begriff, was man von ihr erwartete. »In der Praxis.« Ihr Vater lächelte ihr aufmunternd zu.

Sie ging die Stufen hinunter, zuerst schnell, aber dann wurde sie mit jedem Schritt langsamer und gleichzeitig wütender. Es ist immer dasselbe, dachte sie, sie beachten mich nicht, es ist, als ob ich gar nicht da wäre. Aber wenn es etwas zu besorgen gibt, wenn ein Bierkrug geholt werden soll, ein Buch oder ein Vergrößerungsglas, dann erinnern sie sich an mich, dann bin ich gerade recht.

Sie legte die Lupe mit großem Nachdruck auf den Tisch. Das Geräusch war so laut, dass die beiden Männer ihr Gespräch unterbrachen und sie irritiert ansahen.

»Das Brennglas. Hier ist es.«

»Danke, mein Liebes«, sagte ihr Vater, während er die Lupe aufnahm und an Fuhlrott weiterreichte. Die Männer beugten sich über die braunen Knochen, Seite an Seite, Kopf an Kopf, und hatten sie schon wieder vergessen.

»Gute Nacht«, sagte Rosalie.

Rosalie zog die kleine Holzkiste unten aus der Kaffeemühle, schüttete das Pulver in die Kanne und goss kochendes Wasser darüber. Kaffeeduft erfüllte die Küche, aromatisch und gleichzeitig ein wenig bitter. Sie schnupperte lächelnd, aber dann fiel ihr Blick auf die Fliesen über dem Herd, deren ehemals weiße Oberfläche gelblich geworden war, verziert von Ornamenten aus Fett und Fliegendreck, und sie verzog das Gesicht. Gut, dass ihre Mutter nicht mehr erleben musste, was für eine erbärmliche Hausfrau sie geworden war. Aber vielleicht war sie ja selbst nicht ordentlicher gewesen, ihr Vater erzählte so wenig über sie.

Sie hörte ihn aus seinem Zimmer kommen, seine schlurfenden Schritte im Flur. Dann stand er im Türrahmen und sie überlegte, ob sie ihn einfach ignorieren sollte, wie er und Fuhlrott sie immer ignorierten, aber stattdessen siegte ihre Neugier. »Was habt ihr herausgefunden, gestern Nacht?«, erkundigte sie sich, als er am Tisch Platz genommen hatte, die Augen hinter den Brillengläsern rot und geschwollen vom Schlafmangel. »Ist es nun ein Urmensch oder nicht?«

Sofort verschwand die Müdigkeit aus seinem Gesicht, er wog den Kopf hin und her und lächelte dabei. »Es ist noch zu früh, ein abschließendes Urteil abzugeben, und man wird andere Experten, andere Wissenschaftler hinzuziehen müssen, ganz außer Frage, aber nach unseren Untersuchungen deutet alles darauf hin, dass es sich um ein menschliches Individuum aus dem Ante-Diluvium handelt.« Er fuhr sich mit den Zeigefingern hinter die Brillengläser über die Augen. »Fuhlrott will die Entdeckung im Verein vorstellen, ehe er sich damit an die Öffentlichkeit wagt.«

Der Naturwissenschaftliche Verein für Elberfeld und Barmen war 1846 von Fuhlrott gegründet worden, jeden Dienstag traf man sich, um Fragen der Botanik, Geologie und Archäologie zu diskutieren.

»Aber wenn das stimmt, das wäre …«, sagte Rosalie.

»Es wäre phänomenal. Geradezu weltbewegend – wie die Erkenntnisse des Galilei.«

Er rührte weiter in seiner Tasse, obwohl der Kaffee längst kalt geworden war, und sah mit leuchtenden Augen an ihr vorbei. Rosalie dachte daran, dass Galileo Galilei auf dem Scheiterhaufen verbrannt worden wäre, wenn er seiner Überzeugung nicht abgeschworen hätte, und sie fröstelte plötzlich, obwohl es ein warmer Sommermorgen war.

Sie erzählte Dorothea von den Knochenfunden, als sie am Nachmittag zusammen Brombeeren pflückten.

»Ein Urmensch?«, fragte Dorothea ungläubig.

»Ja, und nach der Beschaffenheit des Schädels zu urteilen, muss er recht wunderlich ausgesehen haben«, sagte Rosalie. »Der Kopf war viel flacher als der unsrige, und über den Augenbrauen hatte er vorstehende Knochenwülste wie die Affen, und auch die Glieder waren plumper und schwerfälliger. Es handelt sich um eine primitive Vorstufe unserer heutigen Art.«

»Aber Gott hat den Menschen nach seinem Bilde geschaffen, am sechsten Tag«, widersprach Dorothea. »In der Bibel steht nichts davon, dass er ihn nach der Erschaffung noch weiter verbessert hat.«

Rosalie schwieg betreten. Natürlich, trotz der unzähligen Bücher, die Dorothea verschlang, war sie doch ganz und gar im bibeltreuen Glauben ihrer Eltern verhaftet, eine wissenschaftliche Denkweise war ihr vollkommen fremd. Es wäre besser gewesen, wenn sie ihr nichts von den Gebeinen erzählt hätte. Ihrem Vater und Fuhlrott jedenfalls würde es nicht gefallen, wenn die Nachricht von spektakulären Funden aus der Urzeit die Runde machte, noch bevor sie die Knochen richtig untersucht hatten. Ihr Ruf war ohnehin nicht der beste. Ihr Vater galt als verschroben und freidenkerisch, und Fuhlrott war Katholik, der außerdem seit einigen Jahren sogar einer Freimaurerloge angehörte, weshalb man ihn vor einigen Jahren auch nicht zum Direktor seiner Schule gemacht hatte, sondern nur zum Stellvertreter. Und Rosalie war sich ganz sicher, dass Pastor Sommer damals Fuhlrott gemeint hatte, als sie im Konfirmationsunterricht über die Erschaffung der Welt gesprochen hatten und er ganz plötzlich und ohne besonderen Anlass in eine leidenschaftliche Tirade gegen »jene Ketzer« ausgebrochen war, die die heilige Ordnung der Schrift leugneten und die Wissenschaft höher als den einzig wahren Glauben stellten.

Sie blickte etwas unbehaglich zu Dorothea hinüber, aber diese begegnete ihrem Blick nicht, sie hielt die Augen auf ihren Korb gesenkt, dessen Boden mit Beeren bedeckt war. »Vielleicht war es ja gar kein Urmensch, sondern etwas ganz anderes. Ein großes Tier oder ein Riese ...«, meinte Rosalie zögernd.

Dorothea antwortete nicht und blickte auch nicht auf.

Schweigend pflückten sie weiter, und Rosalie streckte ihre Finger nach ein paar prallen Beeren ganz im Inneren der Hecke aus, aber sie waren zu weit entfernt. Als sie unverrichteter Dinge den Arm zurückzog, riss sie ihn an einer Dornenranke auf, sodass vom Handgelenk bis zum Ellenbogen ein langer Kratzer auf der Haut erschien, zuerst weiß, dann füllte er sich mit Blut. Sie schob den Ärmel ihrer Bluse darüber. Die ungepflückten Beeren glänzten spöttisch in der Sommersonne.

»Was ist eigentlich aus der Sache mit Kirschbaum geworden?«, fragte sie dann, um das Gespräch wieder in Gang zu bringen, weg von den Knochen, auf ein unverfängliches Thema. »Wie hat er deine Absage aufgenommen? War er gekränkt?«

Dorothea ließ ein paar Beeren von der rechten Hand in die linke gleiten, die sie wie eine Schale hielt und betrachtete nachdenklich die Früchte, als habe sie vergessen, was sie damit anfangen wollte. »Ich habe nicht abgelehnt«, sagte sie schließlich leise.

»Ich verstehe nicht.« Rosalie versuchte wieder, Dorothea in die Augen zu blicken, und dieses Mal hob die Freundin den Kopf und begegnete ihrem Blick, und ihre Iris hatten im grellen Licht des Sommernachmittags einen schwarzen, harten Glanz wie die Beeren in ihrer Hand. »Ich habe ihm zugesagt«, sagte sie. »Ab Montag werde ich für ihn arbeiten.«

2. KAPITEL

»Nach Untersuchung dieses Gerippes, namentlich des Schädels, gehörte das menschliche Wesen zu dem Geschlecht der Flachköpfe, deren noch heute im amerikanischen Westen wohnen, von denen man in den letzten Jahren noch mehrere Schädel an der obern Donau bei Sigmaringen gefunden hat. Vielleicht trägt dieser Fund zur Erörterung der Frage bei: ob diese Gerippe einem mitteleuropäischen Urvolke oder bloß einer (mit Attila?) streifenden Horde angehört haben.«

Aus einem Artikel im *Barmer Bürgerblatt* vom 9. September 1856

Dorothea pflückte ein paar Brombeeren vom Strauch und hielt sie in der Hand. Plötzlich verspürte sie das fast unwiderstehliche Bedürfnis, ihre Finger zusammenzupressen und die glänzenden Beeren zu einer glitschigen, schwarzen Masse zu zerquetschen. Aber dann ließ sie die Früchte zu den anderen Beeren in den Korb fallen.

Sie dachte darüber nach, was Rosalie soeben zu ihr gesagt hatte. Dass dieser Fuhlrott auf die Knochen eines Urmenschen gestoßen sei.

Die Knochen eines Urmenschen. Das war ja noch schlimmer als damals die Sache mit den Steinen, die dieser Dr. Fuhlrott in der Eifel gefunden hatte und die angeblich mehrere hunderttausend Jahre alt waren. Rosalie hatte Dorothea davon berichtet, und Dorothea wiederum erzählte ihrer Familie beim Abendbrot davon. Ihr Vater war außer sich geraten. »Dieser Ketzer, dieser römische Ketzer!«, hatte er getobt, obwohl sie den Namen Fuhlrott gar nicht erwähnt hatte. Dorothea hatte die Augen auf ihren Teller gesenkt und geschwiegen und sich selbst verwünscht, dass sie den Mund nicht hatte halten können.

Abends war ihr Vater dann zu ihr in die Kammer getreten, mit der Bibel in der Hand, sie hatte gerade noch Zeit gehabt, ihr Buch unter dem Kopfkissen verschwinden zu lassen. Sie setzte sich aufs Bett, und er schob sich einen Stuhl heran, sodass sie sich gegenübersaßen, dann schlug er die Schrift auf, das Buch Genesis, und las ihr das Geschlechtsregister von Adam bis Noah und von Sem bis Abraham vor und dann das Geschlechtsregister Esaus und die Könige und Stammesfürsten der Edomiter und schließlich noch einige andere Abschnitte, und als ihr schon der Kopf schwirrte von den vielen Namen und Altersangaben und sie sich fragte, ob ihr Vater auf diese Weise das ganze Alte Testament durchgehen wollte, ließ er das Buch sinken und sah sie an. »Verstehst du?«, fragte er.

Sie verstand überhaupt nichts, aber das wollte sie ihm nicht sagen, weil sie befürchtete, dass er dann aufs Neue mit seinem Vortrag beginnen würde. Also nickte sie nur und senkte den Blick.

»Wer Ohren hat zu hören, der höre«, sagte ihr Vater. »Und wer rechnen kann, der rechne. Nach der Heiligen Schrift ist unsere Erde etliche tausend Jahre alt, aber nicht älter, und jeder, der etwas anderes behauptet, stellt sein Wort gegen das des Herrn.«

Dann hatte er mit ihr gebetet, und seitdem hatten sie nicht mehr über den Vorfall gesprochen.

Das, obwohl sie nur von altertümlichen Steinen erzählt hatte, und jetzt fing Rosalie sogar von den Skelettresten eines grobschlächtigen Urzeitmenschen an, die dieser verrückte Lehrer gefunden haben wollte. Nein, dachte Dorothea, sie wollte erst gar nichts damit zu tun haben.

»Aber Gott hat den Menschen nach seinem Bilde geschaffen, am sechsten Tag«, sagte sie laut und bestimmt. »In der Bibel steht nichts davon, dass er ihn nach der Erschaffung noch weiter verbessert hat.«

Rosalie pflückte schweigend die Brombeeren, und Dorothea fragte sich betroffen, ob sie die Freundin durch ihre brüske Antwort gekränkt hatte. Rosalie wuchs in einer so freien, ungezwungenen Umgebung auf, ihr Vater ließ sie tun und machen, was sie wollte, so lange sie ihm nur einigermaßen den Haushalt in Ordnung hielt und seine Besorgungen erledigte. Sie war es gewohnt, in alle Richtungen zu denken und auszusprechen, was ihr durch den Kopf ging. Schon in der Volksschule hatte ihr diese ungezwungene Art eine Menge Probleme bereitet, dieses Nachfragen und Nachhaken um jeden Preis. Dieses Verlangen, Zusammenhänge zu verstehen, die nicht zu verstehen waren.

Jetzt hätte Dorothea gerne etwas Versöhnliches gesagt, irgendetwas Belangloses, Freundliches, aber ihr fiel nichts ein. Und dann fing Rosalie auch noch von Kirschbaum an. Wenn Dorothea ihr nur nichts von der Sache erzählt hätte. Dass sie ihre Eltern hinterging, war schon schlimm genug. Aber sie hätte die Angelegenheit wenigstens ganz für sich behalten müssen, statt mit Rosalie zu reden, die in ihrer freien Art nicht verstehen konnte, was es für Dorothea bedeutete, dass sie künftig für Kirschbaum arbeiten würde.

Am Montag begann sie ihre Arbeit für Isaak Kirschbaum. Sie betrat den kleinen Laden auf der Alten Freiheit, wie sie ihn unzählige Male zuvor schon betreten hatte: Sie schaute hastig über ihre Schulter, ob sie vielleicht jemand beobachtete, den sie kannte, dann zog sie das Kopftuch tiefer ins Gesicht und ging mit schnellen, kleinen Schritten über die Straße auf die Ladentür zu. Als sie die Tür öffnete, spürte sie förmlich die hohen, runden Fenster der Reformierten Kirche hinter sich, wie Augen bohrten sie sich in ihren Rücken. Es war nicht ihre Gemeinde, aber es wäre ihr dennoch lieber gewesen, wenn da ein anderes Gebäude gestanden hätte, nicht ausgerechnet eine Kirche.

Drinnen atmete sie aus und dann tief ein. Wie sie ihn liebte, diesen staubigen, muffigen Geruch nach Papier und die hohen, schmalen Regale, die sich deckenhoch und dicht an dicht drängten. Voller Bücher.

»Wünsche einen guten Morgen«, hörte sie eine vertraute Stimme irgendwo hinter den Regalen, auch das war wie immer.

»Guten Morgen«, gab sie zurück und zog dabei ihr Kopftuch vom Haar und den Mantel aus und das war neu.

Herr Kirschbaum kam zwischen zwei Regalreihen hervor und gab ihr die Hand. Jedes Mal, wenn sie ihn sah, war sie überrascht darüber, wie klein er war, nur ein wenig größer als sie selbst. »Ich freue mich sehr«, sagte er förmlich. »Hätte nicht gedacht ...«, dann brach er ab, drehte sich um und ging vor ihr her zu dem Schreibtisch, der auf einer kleinen Freifläche inmitten der Regale stand.

»Hier, das wäre ... das ist Ihr Arbeitsplatz«, begann er. Ihr Blick wanderte zum Fenster, vom Schreibtisch aus konnte man auf die Straße sehen und von der Straße auf den Schreibtisch. Jeder, der vorbeiging, würde sie sehen können, wie sie an diesem Schreibtisch saß und arbeitete.

»Oder, wenn Sie wünschen, im Hinterzimmer«, sagte Kirschbaum, der ihrem Blick gefolgt war.

Den ganzen Vormittag saß sie dort, umgeben von hohen Bücherstapeln, alten Bücher, die von den Lesern wieder zurückgebracht worden waren und deren Titel sie nun in der Ausleihkartei suchte. Wenn sie die betreffende Karte gefunden hatte, dann strich sie den untersten Kundennamen auf der Liste durch und sortierte die Karte in alphabetischer Ordnung zurück in die Bestandskartei. Und immer wenn kein Kunde in der Bibliothek war, nahm sie einen Stapel Bücher und stellte jeden Band zurück an seine Stelle im Regal.

Neben dem Tisch lag ein hoher Stapel mit neuen Bücher, druckfrisch von Verlagen, die sie für den Verleih vorzubereiten hatte, und während sie die Seiten aufschnitt, las sie hier einen Absatz und dort ein Wort, und immer wieder begann ihr Herz ganz plötzlich schnell und aufgeregt zu schlagen, so sehr freute sie sich, dass sie hier war. Und so sehr schämte sie sich.

Ihre Eltern dachten, dass sie sich um Tante Lioba kümmerte, die oben in der Nordstadt in einem kleinen Häuschen ganz alleine wohnte und die man dennoch keine Minute mehr allein lassen konnte, seit sie so verwirrt war, dass man sie umsorgen musste wie ein kleines Kind. Aber nun ging die alte Walpurga zur Tante, und Dorothea gab ihr dafür fast das ganze Geld, das sie bei Kirschbaum verdiente. Einen kleinen Teil gab sie ihr dafür, dass sie auf Tante aufpasste und für sie kochte und ihr das Haus in Ordnung hielt, einen größeren Teil gab sie ihr, damit sie den Mund hielt und niemandem davon erzählte.

Um zwölf Uhr ging Kirschbaum in seine kleine Wohnung hinter der Bibliothek, und kurze Zeit später zog ein wunderbarer Geruch durch die halb offene Tür in den Raum, in dem Dorothea saß und arbeitete, und sie merkte, dass sie hungrig war. Sie fragte sich, ob es nun an der Zeit war, eine Pause zu machen und die Brote herauszuholen, die sie von zu Hause mitgebracht hatte, aber während sie noch darüber nachdachte, hörte sie ein Geräusch. Als sie aufblickte, sah sie Kirschbaum auf der Türschwelle stehen, klein und rundlich und ernst. Seine dunklen Augen unter den dichten Brauen wirkten irgendwie überrascht, als wunderte er sich, sie hier zu sehen.

»Also«, sagte er nach ein paar Sekunden leise. »Das Essen ist jetzt fertig.«

Dann drehte er sich um und ging. Sie folgte ihm in eine kleine, dunkle Küche, deren schmales Fenster unter der Decke lag, sodass man nicht hinaussehen konnte. Auf einem winzigen Tisch standen zwei Teller mit Suppe und davor zwei Stühle, er hatte tatsächlich für sie gekocht.

Sie wusste nicht, was sie sagen sollte.

Er sagte auch nichts und setzte sich schweigend hin, also nahm sie auf dem anderen Stuhl Platz. »Einen guten Appetit wünsche ich.« Er nahm den Löffel und begann zu essen.

»Danke«, sagte sie und dann senkte sie die Augen und faltete die Hände unter dem Tisch und sprach lautlos den Segen, weil sie es so gewohnt war. Als sie die Augen wieder aufschlug und ihn ansah, nickte er ihr zu und lächelte, und sie lächelte zurück.

Nach einigen Tagen hörte sie auf, sich morgens heimlich Brote zu machen, denn Kirschbaum kochte jeden Mittag für sie. Alles, was er kochte, schmeckte außergewöhnlich gut, und Dorothea fragte sich, ob das an der speziellen Art und Weise lag, in der die Juden ihre Speisen zubereiteten, aber sie wagte nicht ihn zu fragen.

»Warum sprechen Sie Ihr Gebet nicht laut?«, fragte er eines Tages, als sie vor dem Essen wieder still gebetet hatte. »Es stört mich nicht, im Gegenteil sogar.«

»Nein«, wehrte sie rasch ab. »Es ist nur meine Gewohnheit zu beten.«

»Ich weiß.« Er lächelte. »Nun, ich habe diese Gewohnheit leider gänzlich verloren, deshalb würde ich mich freuen, wenn Sie es für mich tun.«

»Aber ich bete doch ... zu einem anderen Gott«, sagte sie zögernd.

»Ich dachte immer, es gibt nur einen einzigen.«

»Natürlich«, meinte sie schnell und warf ihm von der Seite einen unsicheren Blick zu, um herauszufinden, ob er sich über sie lustig machte. Seine runden Augen waren ruhig und ernst. Ein bisschen traurig, wie immer.

Nach dem Essen und abends nach der Arbeit ging sie immer hoch in die Nordstadt, um bei Tante Lioba nach dem Rechten zu sehen. Der Gang am Mittag ging von ihrer Arbeitszeit ab, also hatte sie Herrn Kirschbaum deswegen um Erlaubnis gefragt, ohne ihm allerdings die genaueren Umstände zu erklären.

»Aber natürlich«, hatte er gesagt, ehe sie ihren Satz richtig zu Ende gesprochen hatte. »Gehen Sie nur, Sie müssen mich doch deswegen nicht um Erlaubnis fragen, als wäre ich ...«

Sie sah, wie sich sein Adamsapfel nach oben und dann wieder nach unten bewegte, wie wenn er den Rest der Worte hinunterschluckte.

Auf dem Nachhauseweg fragte sie sich, was er gemeint hatte. Als wäre ich ... Ihr Herr? Ihr Vater? Ihr Ehemann? Sie sah sein rundes Gesicht vor sich, die dunklen Augenbrauen, das struppige, ein wenig staubig wirkende Haar und musste unwillkürlich lächeln. Es war sinnlos darüber nachzudenken, dieser Mann war einfach nicht zu verstehen, er war in allem so ganz und gar anders als sie selbst.

»Worüber bist du denn so beglückt?«, riss sie eine laute Stimme aus ihren Gedanken. Sie drehte sich um und sah Rosalie, die vor der Apotheke am Heckweiher stand, an einen Laternenpfahl gelehnt, als habe sie auf sie gewartet. Wie schön sie aussieht, dachte Dorothea, während sie auf sie zuging. Wie Schneewittchen. Weiß wie Schnee, rot wie Blut und schwarz wie Ebenholz. Und groß und kräftig wie ein Mann.

»Freust du dich darüber, dass du deine Arbeit endlich beendet hast, oder dass du morgen wieder von Neuem beginnen darfst?«, fragte Rosalie laut.

Dorothea sah sich erschrocken um, hoffentlich hatte sie niemand gehört, am Ende waren sogar ihre Eltern irgendwo in der Nähe, schließlich war sie nicht weit weg von zu Hause. Aber die Passanten hasteten mit gesenkten Köpfen und zusammengezogenen Schultern an ihnen vorbei, Fremde, die nicht auf sie achteten.

Rosalie fing ihren verschreckten Blick auf und lachte. »Deine Arbeit bei Tantchen, meine ich doch«, sagte sie mit leiser Stimme, als Dorothea sie endlich erreicht hatte.

»Kommst du mit mir in die Apotheke?«, fragte sie dann, ohne eine Antwort abzuwarten. »Ich muss meinem Vater noch ein paar Dinge besorgen, und hinterher gehen wir dann zusammen nach Hause.«

Sie betraten zusammen den dunklen Laden. Rosalie ging mit schwungvollen Schritten auf den jungen Mann hinter der Theke zu und streckte ihm einem Zettel entgegen. »Das ist Fräulein Leder«, sagte sie dabei, als spräche sie von der gewünschten Verschreibung.

Der Apotheker blinzelte zuerst verwirrt, dann verstand er und reichte Dorothea seine Hand über die Ladentheke. »Minter mein Name. Angenehm.«

Er war groß, sehr groß, Dorothea musste ihren Kopf richtiggehend in den Nacken legen, um ihm ins Gesicht zu blicken. Ein schöner Mann, aber irgendetwas an ihm flößte ihr ein Unbehagen ein. Sie hatte das Gefühl, dass sie ihn von irgendwoher kannte, dass sie ihn schon gesehen hatte, nicht nur einmal, sondern oft, aber in einem ganz anderen Zusammenhang. Dann wurde ihr bewusst, dass sie etwas entgegnen musste. »Angenehm«, stotterte sie.

Die dunklen Augen musterten sie amüsiert. Nun wandte Minter sich Rosalie zu. »Ich habe die Tropfen schon vorbereitet, es dauert nur einen kleinen Moment.«

Er ging in den Nebenraum und Dorothea und Rosalie warteten. Während sie auf die Regale starrten, hörten sie plötzlich über sich ein lautes Poltern und dann ein Dröhnen, wie von einem Erdbeben. Dorothea sah Rosalie fragend an, aber diese zuckte nur mit den Schultern. Dann kam Minter aus dem Nebenzimmer zurück und reichte Rosalie eine bräunliche Glasflasche.

»Vater sagt, ich soll Sie für den morgigen Abend einladen«, sagte Rosalie. »Dr. Fuhlrott wird auch zugegen sein.«

»Gibt es neue Erkenntnisse bezüglich der Gebeine?«, fragte der Apotheker. Dorothea senkte den Blick zu Boden, als hätte er etwas Unzüchtiges gesagt. Diese elenden Knochen.

Rosalie zuckte mit den Schultern. »Fragen Sie ihn selbst.«

»Werden Sie auch da sein?«, erkundigte er sich dann. Rosalie zögerte einen Moment lang, während sie die Flasche in ihrer Hand hin und her drehte, dann verzog sie verächtlich ihren großen Mund. »Sicher bin ich dabei, wo sollte ich auch sonst sein.«

Zum Abendbrot gab es Kartoffeln mit saurer Milch, und die ganze Familie saß an dem langen Tisch in der Küche, die Eltern und Dorothea und ihre jüngeren Brüder Traugott, Tobias, Matthis und der kleine Hermann. Hermann, der neben Dorothea saß, zerdrückte seine Kartoffel zu einem klumpigen Brei und zog dann mit der Gabel Furchen, sodass die dicke Milch durch die Rinnen floss. Dorothea beugte sich so weit es ging nach vorn über ihren Teller, damit der Vater vom Tischende aus nicht sehen konnte, dass Hermann spielte, anstatt zu essen.

»Die Männer werden morgen Abend direkt nach der Arbeit hier eintreffen und hungrig sein«, sagte Frau Leder. »Es wird vielleicht nicht ausreichen, wenn wir ihnen nur Brot und Griebenschmalz anbieten. Ich werde in der Früh noch eine Kohlsuppe kochen, das ist sicherlich besser.« Der Satz war keine Frage, dennoch hob sie die Stimme am Ende und sah ihren Mann an, der seine Fingernägel betrachtete.

»Die Gemeinde kommt aber nicht zum Essen, sondern zum Gebet«, meinte er, ohne den Kopf zu heben. »Hungrig soll gewiss keiner gehen, aber Brot und Schmalz stillen den Hunger genauso gut wie Wasser den Durst.« Jetzt blickte er auf und sah so missbilligend aus, als habe sie vorgeschlagen, Bier oder Wein zu reichen.

Frau Leder nickte, wobei sie Hermann noch eine Kartoffel auf den Teller legte und so, ohne es zu bemerken, seine kunstvoll errichtete Staudammlandschaft störte.

Dorothea fragte sich wie so oft, ob sie gekränkt war oder wütend oder traurig oder ganz einfach gleichgültig. Sie blickte an ihrem Vater vorbei auf das Bild über dem Esstisch, das Jesus zeigte, wie er auf dem See Genezareth über das Wasser wandelte. Sein dunkles Haar fiel in sanften Wellen auf sein weißes Gewand, die warmen, braunen Augen blickten versonnen in die Ferne, und plötzlich wusste Dorothea, an wen dieser Apotheker, dieser Minter, sie vorhin erinnert hatte. Mit seinen langen Haaren sah er aus wie Jesus. Rosalie war so schroff und abweisend zu ihm gewesen, als er sie auf das Treffen in ihrem Haus angesprochen hatte. Ob sie ihn nicht mochte?

Morgen würden sie hier ihre Andacht halten und zur gleichen Zeit würden die beiden Doktoren, dieser Apotheker und Rosalie sich genauso andächtig über diese Knochen beugen und darüber spekulieren, welchem altertümlichen Wesen sie gehört hatten. Dabei waren sie sich nicht einmal bewusst, dass sie Gottes heiliges Wort infrage stellten. Dorothea fragte sich, ob das die Sache besser machte oder schlimmer.

»Dorothea?« Die Stimme ihres Vaters ließ ihre Gedanken in alle Richtungen auseinanderfahren.

Sie blickte ihn schuldbewusst an, seine Stirn war noch zerfurchter als sonst. »Ich sprach von Tante Lioba«, sagte er.

»Von Tante Lioba?« Ihr Herz setzte einen Schlag aus und begann dann zu rasen, als versuchte es die verlorene Zeit wieder aufzuholen.

»Ob du sie morgen mitbringen könntest, zur Andacht, denn sie gehört schließlich zur Familie.«

»Ich weiß nicht«, meinte Dorothea. »Sie ist so gänzlich verwirrt. Ich weiß wirklich nicht.« Sie schwieg, während sie verzweifelt versuchte, ihre Gedanken zu ordnen. Warum wollte ihr Vater Tante Lioba dabeihaben? Auch früher, als sie noch normal gewesen war, war sie niemals zu ihren Andachten gekommen. Sie war noch nicht einmal Mitglied in der Niederländisch-reformierten Gemeinde. Ahnte er etwas? Vielleicht wollte er sie auf die Probe stellen, und sie war ihm in die Falle gegangen.

Er betrachtete wieder seine Hände. »Gut«, nickte er dann. »Es werden so viele Leute kommen, auch die Ältesten, und wenn sie unruhig wird und laut, dann kann sich keiner sammeln.«

Dorothea nickte ebenfalls. Ihr Herz schlug jetzt wieder langsamer, weil die Gefahr vorüber war, aber sie fühlte sich schuldig, obwohl sie nichts anderes gesagt hatte als die Wahrheit. Tante Lioba würde ganz ohne Zweifel alles durcheinanderbringen. Aber das war nicht der Grund, warum sie sie nicht dabeihaben wollte. Sie hatte Angst, dass sie sie verraten würde. Und dass alle erfuhren, dass Dorothea das vierte Gebot brach und auch das achte, Tag für Tag aufs Neue.

Sie musste damit aufhören, sie musste dieses Doppelleben aufgeben. Aber dann dachte sie wieder an das Halbdunkel in der Bibliothek, an den Geruch von altem Papier und die Stapel neuer Bücher, die auf ihrem Schreibtisch im Hinterzimmer auf sie warteten, und sie spürte ein warmes, fast wollüstiges Gefühl in ihrem Unterleib und wusste, dass es immer so weitergehen würde, bis es nicht mehr weiterging.

Als sie die Regale von *A* bis *Kr* passiert und ihr kleines Büro fast erreicht hatte, hörte sie die Stimmen. Die von Herrn Kirschbaum und eine Frauenstimme, die dünn und jämmerlich klang. Sie kamen aus den hinteren Räumen, in denen Kirschbaum lebte, und weil er noch niemals Besuch gehabt hatte, seit sie für ihn arbeitete, zögerte sie einen Moment und lauschte.

»Ich bitte darum, nur dieses einzige Mal, es ist doch gewiss nicht zu viel verlangt ...«, klagte die Frauenstimme.

Dorothea schüttelte den Kopf über ihre Neugierde und wollte die Tür hinter sich schließen, aber im selben Moment kam die Frau aus Kirschbaums Wohnung, ein Taschentuch vor den Mund gepresst, als wolle sie sich damit selbst ersticken. Sie war viel älter als Dorothea, eine kräftige Person mit hoch aufgetürmtem schwarzem Haar. Ihre runden Schultern hoben und senkten sich in raschem Wechsel. Sie weinte und als sie fast an der Tür vorbei war, wandte sie plötzlich den Kopf und starrte Dorothea an. Ihre schwarzen Augen lagen tief in runzeligen, rot verweinten Höhlen, aber aus diesen Tiefen heraus brannten sie so verächtlich, so hasserfüllt, dass Dorothea die Tür abrupt ins Schloss zog und mit zitternden Beinen an ihrem Tisch Platz nahm.

Was war das für eine Frau? Weshalb war sie so außer sich?

Was für ein Geheimnis verbarg Kirschbaum, dieser ruhige, unscheinbare Mann?

Eine Affäre, die Frau liebte ihn, und er hatte sie abgewiesen. Dorothea runzelte die Stirn. Was für ein Unsinn.

Die Frau war eine Leserin, die ein Buch ausgeliehen und verloren hatte und nun nicht dafür aufkommen wollte. Nein, dachte sie, die Frau hatte nicht verlegen ausgesehen oder ungehalten, sondern richtiggehend verzweifelt.

Was für nutzlose Überlegungen, dachte sie schließlich. Sie schob die Gedanken von sich und zog stattdessen eines der Bücher von dem Stapel, der sich links auf ihrem Tisch auftürmte, der Stapel mit den Rückgaben. Sie musste die dazugehörige Karte aus dem Karteikasten holen, um das Buch zurückzuschreiben, bevor sie es an seinen Platz ins Regal brachte, in diesem Fall das Regal von *S* bis *Sh*, denn es handelte sich um *William Shakespeares dramatische Werke, übersetzt von August Wilhelm Schlegel und Ludwig Tieck.*

Sie suchte die Karteikarte im Kasten und setzte einen winzigen Haken hinter den Namen des letzten Lesers, der das Werk entliehen hatte, legte die Karte vorne zwischen Einband und Titelseite, und dann ließ sie das Buch fallen. Sie tat es nicht absichtlich, es glitt ihr einfach aus den Händen und blieb aufgeschlagen auf dem Boden liegen, mit dem Rücken nach oben wie ein toter Vogel.

Sie hob es schnell wieder auf, pustete den Staub vom Einband und wollte es eben weglegen, als ihr Blick auf die Stelle fiel, an der sich das Buch geöffnet hatte. Es war eine Stelle aus dem *Kaufmann von Venedig*, und ohne darüber nachzudenken, warum sie es tat, las sie den Satz, auf dem der Daumen ihrer linken Hand lag.

»Shylock:«, las sie, »Gewinn ist Segen, wenn man ihn nicht stiehlt.« Und im selben Moment verstand sie und erschrak.

Sie hatte das Stück vor Jahren gelesen und erinnerte sich nicht an alles, aber sie wusste, dass es um zwei Freunde ging, von denen der eine Geld brauchte und der andere es für ihn bei dem reichen Juden Shylock borgte. Und dieser Shylock machte es zur Bedingung, dass er sich ein Pfund Fleisch aus dem Leib des Christenmenschen herausschneiden dürfe, so er die Schuld nicht rechtzeitig zurückzahlen würde. Ein Pfund Fleisch nahe beim Herzen. Das war kein Zufall. Das war ein Zeichen. Dieses Buch. Dieses Stück. Und ausgerechnet dieser Spruch. *Gewinn ist Segen, wenn man ihn nicht stiehlt.* Und dann die weinende Frau mit den schwarzen Haaren. Und Kirschbaum, der Jude war. Natürlich ging es um Geld, sagte die Zeile, und ihr gesunder Menschenverstand sagte es auch, wenn sie eins und eins zusammenzählte. Kirschbaums Leihbibliothek warf guten Gewinn ab, und nach Judenart verlieh er ihn gegen Zins an andere. Und die Frau konnte ihre Schuld nicht zurückzahlen, deshalb war sie so verzweifelt gewesen.

Dorothea schob das Buch mit spitzen Fingern weg, als wäre es klebrig oder heiß, dann hob sie den Kopf und sah, dass die Tür offen war, die sie vorhin geschlossen hatte, und dass Kirschbaum auf der Schwelle stand und sein stilles, in sich gekehrtes Lächeln lächelte. Sie spürte, wie ihr Gesicht zu glühen begann, als habe er sie bei etwas Verbotenem ertappt. Das Buch lag da, mitten auf dem Schreibtisch, *William Shakespeares dramatische Werke*, und sie hatte das Gefühl, dass es alles verriet, was sie über ihn wusste, aber das war natürlich Unsinn, es waren doch nur alte Theaterstücke.

Dennoch verschwand das Lächeln aus seinem Gesicht von einem Moment auf den anderen. »Ich bitte um Verzeihung, ich war mir nicht bewusst, dass Sie schon da sind, die Tür war geschlossen ...«, sagte er förmlich.

»Ich habe sie nur zugemacht, weil Sie Besuch hatten«, entgegnete sie ruhig. Sein Gesicht wurde noch ernster. Jetzt wusste er, dass sie wusste, worin sein eigentliches Geschäft bestand, womit er sein Geld verdiente.

Er nickte rasch mehrmals hintereinander, dann wandte er

sich wieder zum Gehen. »Soll ich sie nun auflassen oder möchte Sie lieber ungestört ...?«

»Lassen Sie sie ruhig offen stehen«, sagte sie, dann zog sie die Shakespeare-Ausgabe wieder zu sich und begann zu arbeiten.

Als er kurz vor halb zwölf nach hinten ging, um mit dem Kochen zu beginnen, passte sie ihn ab. »Ich muss heute Mittag in die Nordstadt«, sagte sie. »Ich kann ... ich werde also nicht mit Ihnen essen.«

Es war ihr unangenehm, dass sie ausgerechnet heute keine Zeit hatte, doch sie hatte sich tatsächlich schon am Morgen vorgenommen, über Mittag zu Tante Lioba zu gehen und eine Stunde bei ihr zu sitzen, als Ausgleich dafür, dass sie sie abends nicht mit zur Bibelstunde nehmen würde. Aber gleichzeitig war sie auch erleichtert, dass sie nun nicht mit Kirschbaum zusammen sein musste, sie hätte heute bestimmt nicht gewusst, was sie mit ihm reden sollte. Es war ja nichts Verwerfliches, dass er Geld verlieh, solange er keinen Wucher betrieb. Aber dennoch, es führte ihr so deutlich vor Augen, dass Kirschbaum anders war als sie und die ihren, dass er andere Maßstäbe hatte und andere Werte. Dass er Jude war. Und sie, die Christin, arbeitete heimlich für ihn, ohne die Billigung ihrer Eltern, und half ihm so, seinen Gewinn zu mehren. Sie dachte an den verächtlichen Blick der schwarzhaarigen Frau und schauderte.

»Das ist sehr schade«, sagte Kirschbaum jetzt, und seine braunen Augen glänzten so traurig, als könne er ihre Gedanken lesen.

Das Häuschen auf der Friedrichstraße hinter der Gathe war immer Tante Liobas ganzer Stolz gewesen mit seinem schwarzen Fachwerk und dem Schieferdach, aber jetzt war es in die Jahre gekommen, so wie sie selbst auch. Die Holzbalken krümmten sich, der weiße Putz war grau und porös, an einigen Stellen war er ganz abgeplatzt, sodass rötlich-graues Mauerwerk zutage trat wie das Innere einer Wunde. Das Dach war schief und wellig, eine alte, schuppige Haut, die sich über einen knochigen Körper spannt. Die anderen Häuser sahen nicht besser aus, sie beugten sich krumm zueinander hin, voneinander weg, die ganze Straße schien inmitten einer taumelnden, schwankenden Bewegung erstarrt zu sein. Auch das Kopfsteinpflaster zwischen den Häusern war alt und holprig, einzelne Steine waren tief im Boden versunken, andere ragten schief nach oben, und in den Fugen wuchsen Gras und Unkraut.

Bevor die beiden jüngsten Brüder geboren waren, hatten sie alle hier gewohnt, zusammen mit Tante Lioba, aber vor zehn Jahren waren die Leders dann in die Königsstraße gezogen und Tante Lioba war allein zurückgeblieben. Das Haus war zu klein für uns alle, sagten ihre Eltern immer. Aber ihre jetzige Wohnung im Luisenviertel war nicht größer als die obere Etage in Liobas Haus, die sie seit Jahren nicht mehr bewohnte, weil die Treppe schadhaft war und das Dach undicht. Man könnte das obere Stockwerk doch herrichten, hatte Dorothea ihren Eltern vorgeschlagen, damals als die Verwirrtheiten der Tante anfingen und sich täglich einer auf den Weg machen musste, um nach ihr zu sehen. Von der Friedrichstraße hätten sie es auch viel näher zur Kirche der Niederländisch-reformierten Gemeinde gehabt. Aber ihr Vater hatte nur mit dem Kopf unwillig geschüttelt. »Nein, alles ist gut so, wie es ist.«

Jetzt fand auch Dorothea, dass alles gut war, wie es war, denn sonst hätte sie nicht in der Leihbibliothek arbeiten können.

Sie drehte den schweren, schwarzen Schlüssel im Schloss und die Haustür gab mit einem leichten Ächzen nach. Unter ihrer Hand fühlte sich das Holz morsch an, so als könnte sie die Tür ganz einfach eindrücken.

»Tante Lioba«, rief sie laut. Und dann: »Walpurga?«

»So früh kommst du heute?« Die alte Walpurga steckte ihren Kopf aus der Stube, sie sah missmutig aus, als habe Dorothea kein Recht, einfach so zu erscheinen, wie und wann es ihr passte.

»Hat sie schon gegessen?«, fragte Dorothea und schob sich an ihr vorbei.

Tantchen saß auf ihrem Lehnstuhl am Fenster, sie schaute auf die Straße und schien sie gar nicht zu bemerken. An manchen Tagen benahm sie sich ungebärdig und wild wie ein freches Kind, sodass man sie nicht aus den Augen lassen durfte, und dann saß sie wiederum den ganzen Tag nur da und starrte vor sich hin und gab keinen Ton von sich. Heute war wohl einer ihrer ruhigen Tage.

»Hab ihr was zubereitet, aber sie will ja partout nichts zu sich nehmen«, murrte Walpurga.

Dorothea seufzte und nickte. »Du kannst dich nun zurückziehen, Walpurga«, meinte sie dann. »Ich bleibe einstweilen bei Tante. Wenn du nur um Viertel nach eins wieder hier bist.« Walpurga starrte sie an und zupfte an den breiten Bändern ihrer Schürze, als habe sie sie nicht verstanden.

»Gibt es noch etwas?«, fragte Dorothea.

Walpurgas Augen wurden mit einem Mal ganz schmal, sie öffnete den Mund, aber dann schloss sie ihn wieder.

»Walpurga«, sagte Dorothea, »wenn etwas nicht beim Rechten ist, dann sprich nur frei heraus. Und wenn du die Arbeit mit Tantchen nicht mehr machen willst, weil sie dir zu beschwerlich ist, so muss ich eben eine andere finden, die es übernimmt.«

Sie hatte in einem leisen, sanften Ton gesprochen, aber Walpurga hatte verstanden. »Dann komme ich also kurz nach eins wieder.«

Dorothea holte ein Messer und einen Teller aus der Küche, dann schob sie einen Stuhl ans Fenster, damit sie Tante Lioba gegenübersaß, nahm den Teller auf den Schoß und begann die Äpfel zu schälen. Sie schnitt das Obst in feine Streifen und reichte diese der Alten, die einen nach dem anderen zwischen ihren fast zahnlosen Kiefern zerdrückte. Altersflecken überzogen

Tante Liobas Gesicht wie große Sommersprossen, auf der linken Gesichtshälfte, unterhalb der Wange, gingen die Flecken ineinander über und bildeten eine große, hellbraune Fläche. Es sah aus, als habe sie das Gesicht zu lang in die Sonne gehalten.

Dorothea dachte an früher, als Tante Lioba noch nicht verrückt gewesen war. Damals hatte sie ihr alles erzählen können, ihre Freude und ihren Kummer und ihre Geheimnisse. Tante Lioba hatte sie verstanden. Sie hatte nie viel gesagt zu dem, was Dorothea ihr erzählte, zwei, drei belanglose Sätze oder manchmal auch gar nichts, dann hatte sie ihr übers Haar gestrichen oder ihre Hand festgehalten und mit ihren rauen Fingern ihre weiche Haut gestreichelt, wieder und wieder. Und diese wenigen Worte, diese spärlichen Gesten fehlten ihr jetzt so, dass sich ihre Brust zusammenzog, wenn sie daran dachte.

»Du hast den Verstand verloren«, sagte sie leise, während sie auf die knotigen Finger der alten Frau blickte, die sich in ihrem Schoß ineinanderkrampften. »Und ich den Halt.«

Als ihr bewusst wurde, wie pathetisch das klang, musste sie lachen. Tante Lioba hob den Kopf und lachte ebenfalls, sie lachte ihr fröhliches, tiefes Lachen, das überhaupt nicht verrückt klang, sondern ganz normal, so wie früher. Daraufhin hörte Dorothea auf zu lachen und fing an zu weinen. Sie dachte an ihre Eltern, die sie belog, an Rosalie, die die Schöpfungsgeschichte leugnete, und an Kirschbaums traurige Augen. Sie weinte eine ganze Weile lang und Tante Lioba hörte ihr aufmerksam dabei zu, ganz so, als erinnerte sie Dorotheas Weinen an etwas, das weit zurücklag und das sie sich wieder ins Gedächtnis rufen wollte. Und während Dorothea weinte, schälte sie die Äpfel und reichte die Schnitze ihrer Tante, die sie zwischen ihren fast zahnlosen Kiefer schob und zermalmte. Aber irgendwann hörte sie auf zu essen und beugte sich nach vorn und ergriff Dorotheas Hand, die Hand, die das Apfelmesser festhielt. Dorothea ließ das Messer los, und Tante Lioba zog ihre Hand in ihren Schoß und streichelte sie, ein wenig unsicher, aber sonst ganz wie früher.

»Tante Lioba«, schluchzte Dorothea. »Vergib mir, dass ich dich so benutze, aber ich will nun einmal bei Kirschbaum arbeiten und weiß mir sonst keinen anderen Rat. Und vergib mir, dass ich dich nicht mit zur Bibelandacht nehme.«

Tante Lioba hielt Dorotheas Hand in ihrem Schoß fest und streichelte sie mit Daumen und Zeigefinger, während sich ihr Blick wieder nach draußen auf die Straße richtete, und Dorothea fragte sich, ob sie etwas von dem verstanden hatte, was sie gesagt hatte, oder kein Wort davon oder alles.

Seit sie ihr Doppelleben begonnen hatte, traf sie sich morgens nicht mehr mit Rosalie an der Pumpe am Königsplatz, das Wasserholen erledigte jetzt Tobias vor der Schule. Aber heute war Tobias krank, und deshalb hastete Dorothea vor der Arbeit mit den Eimern los. Sie war früher unterwegs als sonst, auf dem Platz begannen die Marktfrauen gerade ihre Waren auszubreiten, spannten Schirme auf und wuchteten Holzfässer und Kisten darunter und stapelten Obst, Gemüse und Kartoffeln zu spitzen Pyramiden. Während Dorothea ihre vollen Gefäße im Ziehwagen verstaute, hielt sie nach Rosalie Ausschau, und gerade als sie gehen wollte, bog ihre Freundin um die Ecke.

»Hast du deine Arbeit aufgegeben?«, fragte Rosalie sofort, als sie Dorothea sah.

Dorothea schüttelte den Kopf. »Ich gehe heute etwas später hin.« Rosalie nickte, und Dorothea fragte sich wie so oft, ob die Freundin ihr heimliches Tun ablehnte oder billigte. Vielleicht war es ihr ja auch einfach egal.

»Wie war eure Andacht gestern Abend?«, erkundigte sich Rosalie und schob dabei ihren Eimer unter die Pumpe.

Dorothea nickte kurz und murmelte etwas Unverbindliches. Sie wusste, dass sich Rosalie nicht wirklich dafür interessierte. Als ihre Leute damals in die Niederländisch-reformierte Kirche wechselten, waren Rosalie und ihr Vater in der ursprünglichen reformierten Gemeinde geblieben. Wie viele andere Elberfelder betrachtete Doktor Kuhn Pastor Kohlbrügge mit einer gewissen Skepsis, denn er hielt seinen kompromisslosen, fast fanatischen Einsatz für die reine protestantische Lehre für übertrieben. »Religion in Maßen«, pflegte Dorotheas Vater voller Verachtung zu sagen, »das gibt es genauso wenig wie Seligkeit in Maßen. Ganz oder gar nicht, das ist die Losung.«

Zu den Abendandachten, die reihum bei einzelnen Mitgliedern der Gemeinde abgehalten wurden, kamen die Familien, die in der Nähe wohnten. Manchmal erschienen zwanzig, mitunter auch nur zehn Leute. Gestern Abend bei den Leders waren jedoch viele, sehr viele Mitglieder erschienen, dicht an dicht hatten sie sich in der kleinen Stube und in der Küche zusammengedrängt. Die Stapel von Schmalzbroten, die Frau Leder und Dorothea vorbereitet hatten, waren nach der Andacht innerhalb von Sekunden verschwunden gewesen, als hätte sie ein großer, hungriger Mund auf einmal eingesogen.

Von den drei Ältesten waren zwei gekommen – Daniel von der Heydt und Friedrich Thiel – und von den Diakonen August Wolf. Nur Pastor Kohlbrügge selbst war nicht da gewesen, den Dorotheas Vater wie einen Heiligen verehrte, und so sehr ihn die große Zahl der Besucher erfreute und mit Stolz erfüllte, so sehr hatte ihn das Ausbleiben des Pastors gekränkt. »Es geht ihm nicht gut«, hatte ihm Daniel von der Heydt erklärt. »Aber er sendet seine herzlichsten Segenswünsche.« Ihr Vater hatte genickt, verständnisvoll und enttäuscht zugleich.

»Und bei euch?«, fragte Dorothea Rosalie. »Hat sich etwas Neues bezüglich der Knochen ergeben?« Sie fragte viel mehr aus Höflichkeit als aus wirklichem Interesse, und Rosalie schien das zu spüren.

Die Freundin musterte sie einen Moment lang aus leicht zusammengekniffenen Augen. »Hast du es nicht gelesen? Sie haben in der Zeitung über den Fund geschrieben, Fuhlrott war äußerst erbost darüber.«

Bei den Leders wurden keine Zeitungen gelesen, aber darauf ging Dorothea jetzt nicht ein. »Was haben sie denn berichtet?«

»Dass die Schädeluntersuchung eindeutig ergeben habe, dass das Wesen dem Geschlecht der Flachköpfe angehört, einer frühen Rasse, die heute noch im amerikanischen Westen zu finden ist. Und dass man sich nicht sicher sei, ob es einem Urvolk zuzurechnen ist oder Attilas Hunnenhorden.«

Oder vielleicht einem ganz gewöhnlichen Menschen aus unserer Zeit, dachte Dorothea. »Woher wusste die Zeitung denn von den Knochenfunden?«, sprach sie aus.

»Das fragt Fuhlrott sich auch. Vermutlich war es einer aus dem Naturwissenschaftlichen Verein, der gehört hat, wie sich Fuhlrott mit meinem Vater über die Sache unterhalten hat. Und der Doktor ist ganz außer sich über das unwissenschaftliche Gerede, das die Veröffentlichung provoziert hat. Außerdem haben ihn zwei Professoren aus Bonn angeschrieben, die ihn bedrängen, ihnen die Gebeine zur Begutachtung zu überlassen.«

»Aha«, sagte Dorothea. Sollte dieser Fuhlrott die Knochen doch nach Bonn schicken, dann wären sie zumindest weg, und Rosalie hätte endlich wieder Sinn für etwas anderes.

»Und dieser Apotheker«, fragte sie dann, um dem Gespräch eine neue Wendung zu geben. »Was hält er denn von der Angelegenheit?«

Rosalie verschränkte die Arme vor der Brust, als wäre ihr kalt. »Woher sollte ich wissen, was er denkt?«, fragte sie. Ihre Stimme klang mit einem Mal ärgerlich.

Dorothea zuckte mit den Schultern, dann begannen die Glocken der Laurentiuskirche zu schlagen. »Ich muss los«, sagte sie.

Mittags erzählte sie Kirschbaum von den Gebeinen. Im Grunde fing sie nur deshalb damit an, weil sie nicht wusste, worüber sie sonst mit ihm reden sollte. Seit sie die weinende Frau gesehen hatte, fühlte sie sich ihm fremd.

Er ließ seine Gabel sinken und hörte ihr aufmerksam zu, wie

er es immer tat, wenn sie etwas erzählte. »Ich glaube, ich kann mich an die Notiz in der Zeitung erinnern«, sagte er schließlich. »Fossile Knochen, das wäre in der Tat bemerkenswert.«

»Ich glaube aber, dass es einer von Attilas Hunnen war oder ein Mensch aus einer noch späteren Zeit«, sagte Dorothea.

»Warum glauben Sie das?«, fragte er erstaunt.

»Weil ich an die Worte der Bibel glaube«, gab sie ebenso erstaunt zurück. Die Schöpfungsgeschichte aus dem ersten Buch Mose musste er doch kennen, das alte Testament galt schließlich auch für die Juden.

»Sicher glauben Sie daran«, nickte er. Dann stach er ein Stück Kartoffel auf seine Gabel und führte es zum Mund, doch auf halben Weg ließ er die Gabel wieder sinken und sah sie an. »Aber wenn das eine stimmt, muss das andere doch nicht falsch sein.«

»Wie meinen Sie das?«

Er strich die Kartoffel wieder von der Gabel und legte das Besteck neben den Teller. »Sehen Sie«, sagte er. »Die Bibel ist von Menschen geschrieben worden. Von besonderen Mensch, Auserwählten ohne Zweifel, aber gleichwohl von Menschen.«

Sie nickte.

»So haben sie das, was Gott ihnen offenbarte mit Menschenworten beschrieben. Sie haben die göttliche Wahrheit für unseren kleinen Menschenverstand begreiflich gemacht.«

Sie nickte wieder, unsicher, worauf er hinauswollte.

»Aber Gott, der sich hinter ihren Berichten verbirgt, ist groß und mächtig und unbegreiflich. Verstehen Sie, es kommt nicht darauf an, ob er die Welt in sechs Tagen erschaffen hat oder in zwei Wochen oder in Jahrhunderten. Es ist nicht wichtig, ob er zuerst die Vögel oder die Fische ins Leben gerufen hat. Entscheidend ist allein, dass er es getan hat. Ob Sie glauben, dass er es getan hat. Das allein zählt.«

Es war die längste Rede, die sie je von ihm gehört hatte, und sie wusste nicht, was sie von seinen Worten halten sollte. Leugnete er die Bedeutung der Schrift oder gab er ihr eine neue, eine viel größere Bedeutung?

Sie dachte noch darüber nach, als er seinen halb vollen Teller von sich schob und seufzte. »Der Glaube, Fräulein Leder, das ist das Entscheidende. Bewahren Sie sich Ihren Glauben.«

Er sprach mit einer solchen Wehmut, mit einer solchen Sehnsucht, dass sie ihm am liebsten mehrere Fragen auf einmal gestellt hätte. Wann er seinen Glauben verloren hatte und warum. Was es mit der weinenden Frau auf sich hatte. Ob er wirklich Geldgeschäfte betrieb. Aber sämtliche Fragen erschienen ihr viel zu persönlich und zu indiskret, sodass sie sie zusammen mit einem Stück Kartoffel und etwas Kohl hinunterschluckte.

3. KAPITEL

»Auf dem Gebiet des Körperlichen zunächst dürfte die Behauptung eines Differenzirungsmangels der Frauen Geltung haben. Durch die ganze Natur hindurch ist das weibliche Geschlecht weniger modifizirt als das männliche; das Weibchen ist überall den Jungen der eigenen Spezies ähnlicher als das Männchen; bei den verschiedensten Menschenrassen haben Messungen ergeben, dass die Männer weit mehr von einander verschieden sind als die Frauen. Und dieses Verhältniss wiederholt sich am Individuum. Die Oberfläche des männlichen Körpers ist mehr differenzirt als die des weiblichen. Das Knochengerüst tritt energischer hervor, macht sich durch Hebungen und Senkungen bemerkbar, während bei dem Weibe die gleichmäßigeren Fettpolster den Körper als eine mehr ebene, nur in großen Zügen gehobne und gesenkte Fläche erscheinen lassen.«

Aus *Zur Psychologie der Frauen* von Georg Simmel, 1890

Fuhlrotts Haar sträubte sich, grau und wirr, es sah aus, als wäre es über seinem Kopf gefroren. Der Winter war in diesem Jahr früh gekommen, schon im November war der erste Schnee gefallen und jetzt im Dezember waren die Pfützen auf den Elberfelder Straßen schwarz und hart wie Glas und die Dächer von einer weißlichen Eisschicht überzogen.

Rosalie schlang ihre Arme um ihren Körper und tat einen Schritt zur Seite, damit Fuhlrott rasch eintreten konnte und möglichst wenig von der eisigen Winterluft nach drinnen drang. Dabei war es im Grunde völlig egal, denn hier im Haus war es nicht viel wärmer als draußen auf der Straße. Wie schön wäre jetzt ein kleineres Haus, dachte sie, während der Doktor in großen Schritten an ihr vorbei zur Treppe ging. Ein Haus, das sich heizen ließ, nicht so ein riesiger Kasten, in dem man nicht einmal Küche und Wohnzimmer richtig warm bekam. Selbst wenn der Ofen glühte, schien die Wärme direkt wieder durch die Wände in die zahllosen unbewohnten Räume zu entweichen, wo sie sich unter den hohen Decken im Nichts auflöste.

Fuhlrott zog seine Fäustlinge von den Händen und blies in die rot gefrorenen Finger. In der kühlen Dunkelheit des Hausflurs bildete sein Atem eine längliche, weiße Wolke. »Ein lausiges Wetter«, knurrte er. »Ist unser junger Freund denn schon eingetroffen?«

Unser junger Freund. Rosalie spürte, wie die Kälte in ihren Gliedern einer heißen Wut wich. Immer wenn sich die beiden Doktoren abends trafen, war jetzt auch der Apotheker dabei. Sie hatten ihn aufgenommen in ihren Männerbund, denn er war wie sie Mitglied im Naturwissenschaftlichen Verein. Und sie nahmen ihn ernst auf eine Weise, wie sie Rosalie nie ernst nehmen würden, obwohl sie nur wenige Jahre jünger war als Minter.

Er war ein Mann und sie eine Frau, das war der ganze Unterschied.

Fuhlrott, der nichts von Rosalies zornigen Gedanken ahnte, ging in Erwartung der anregenden Unterhaltung leise vor sich hinsummend, die Treppe hinauf.

Als er das Kaminzimmer betrat, erhob sich Doktor Kuhn halb aus seinem Sessel. »Ah, der Bildungsreisende ist wieder zurück«, rief er Fuhlrott entgegen, halb spöttisch, halb ehrerbietend. »Nun, was haben die Gespräche in Bonn ergeben?«

»Bestätigung«, rief Fuhlrott, während er zuerst Kuhn, dann Minter die Hand schüttelte, der auf dem Sofa saß, sein Bierglas schon vor sich. »Bestätigung in jeder Hinsicht.«

Er nahm in einem Sessel Platz, wobei er schief und ein wenig herablassend lächelte, als er sah, wie die beiden anderen sich erwartungsvoll nach vorn beugten.

Rosalie überlegte, ob sie den Abend allein in der Küche verbringen sollte oder gleich in ihrem eiskalten Schlafzimmer, die Bettdecke über den Kopf gezogen. »Ein Glas für unseren Gast«, sagte ihr Vater fröhlich, wandte sich jedoch nicht direkt an sie, sondern sprach seine Worte irgendwohin nach oben zur dunklen Decke hin.

Sie drehte sich um und ging in die Küche. Der schmale Ofen glühte im Halbdunkel des Raumes wie ein lauerndes Raubtier. Als sie das Bierglas aus dem Oberschrank holte, glitt es ihr aus den Händen, aber vielleicht hatte sie es auch absichtlich fallen lassen, in jedem Fall erfüllte es sie mit einer großen Befriedigung, als es mit einem wütenden Knall auf dem Steinboden aufschlug und zersprang. Die Scherben flogen in alle Richtungen wie Wassertropfen. Sie bückte sich, um den abgesprungenen Glasboden aufzuheben und schnitt sich dabei in den Finger. Im gelblichen Licht der Öllampe sah sie, wie der Schnitt zuerst weiß wurde und dann dunkelrot, und auch das erfüllte sie mit Befriedigung. Eine ganze Weile stand sie einfach so da und starrte auf das Blut, das nun aus dem Riss quoll und über ihren Zeigefinger lief, über die Hand und dann auf den Boden.

»Um Gottes willen.« Das war Minters erschrockene Stimme. Er stand im Türrahmen, sein Gesicht ganz weiß im Rahmen seiner schwarzen Haare.

»Es ist nichts«, sagte sie schnell. Sie spürte, wie sie wieder ärgerlich wurde. Konnte man sie nicht wenigstens hier in der Küche allein lassen mit ihren Gedanken. »Nur ein kleiner Schnitt. Hier, nehmen Sie sich doch bitte ein neues Glas und ...« ... lassen Sie mich allein, vervollständigte sie den Satz im Geiste.

Doch Minter trat näher. »Die Wunde muss verbunden werden.« Er fasste die blutverschmierte Hand am Gelenk und betrachtete sie mit einer Mischung aus Interesse und Widerwillen. »Wo haben Sie ...?«

»... unten im Küchenschrank sind Leinentücher«, sagte sie. »Wenn Sie mir eines davon reichen könnten.«

Er bückte sich, öffnete die Schranktür und zog ein weißes Tuch vom Stapel, wobei er ihre Hand nicht losließ, was sie dazu zwang, seine Bewegung mitzumachen. Dann verband er die Wunde, zuerst den Finger, dann die ganze Hand.

»Es sieht aus, als wäre mir etwas Furchtbares zugestoßen«, meinte sie kopfschüttelnd.

Er holte einen Besen und die Kehrschaufel aus der Ecke, fegte die Glassplitter zusammen und warf alles in den Ascheneimer. Dann kam er wieder zu ihr, er trat ganz nahe an sie heran und sein Blick war nicht mehr besorgt, sondern vielmehr neugierig, eindringlich, indiskret, als versuche er ihre Gedanken zu lesen. Sie senkte die Augen. Hinter einem der runden Holzfüße des Büfetts glitzerte eine vergessene Glasscherbe hell und boshaft.

»Warum sind Sie so wütend?«, flüsterte Minter.

Sie hob die Augen wieder und starrte ihn an. Er begegnete ihrem Blick, ohne zu blinzeln. Auf einmal war sie sich nicht mehr sicher, ob sie ihn richtig verstanden hatte, ob er überhaupt etwas gesagt hatte. Deshalb schwieg sie, und auch er sagte nichts. Stattdessen holte er ein Glas aus dem Schrank und berührte sie dann sanft am Oberarm, worauf sie gemeinsam den Raum verließen und zurück ins Kaminzimmer gingen.

»Professor Mayer ließ sich wegen Krankheit entschuldigen«, begann Fuhlrott seine Erzählung, nachdem Kuhn Minters Verband wieder aufgewickelt und einen kurzen Blick auf die Wunde geworfen und empfohlen hatte, alles einfach gut ausbluten zu lassen. »Er sei bettlägerig. Aber Schaaffhausen war da. Es war eine interessante Unterhaltung, wirklich äußerst interessant. Ich kann sagen, dass sich die Fahrt nach Bonn in jeder Beziehung gelohnt hat.«

»Was hat er gesagt?«, fragte Kuhn. »Nun erzählen Sie schon!«

»Die Kalotte erinnerte ihn an einen ähnlich groben Menschenschädel, über den ein gewisser Doktor Spring aus Lüttich publiziert hat. Ein Relikt, das aus der Höhle von Engis nahe

Namur stammt. Ich habe mir den betreffenden Artikel angesehen, in der Tat ein aufschlussreicher Bericht. Sagt Ihnen die Sache etwas?« Er hatte die Frage an Minter gerichtet, der inzwischen wieder auf dem Sofa Platz genommen hatte. Rosalie saß neben ihm. Wegen des Verbandes nähte sie nicht, sondern hielt ihre Hände im Schoß gefaltet, die unverletzte schloss sich um die verletzte.

Der Apotheker zuckte mit den Schultern. »Ich verbinde weder mit dem Namen noch mit dem Fundort etwas.«

»In der Höhle von Engis wurden die Überreste diluvialer Tiere zusammen mit einem Menschenschädel und anderen Knochenresten gefunden, außerdem behauene Steine, bei denen es sich um vorsintflutliches Werkzeug handeln könnte.«

»Und dieser Spring ordnet den Schädel einem diluvialen Menschen zu?«, fragte Minter.

»Er schließt zumindest die Möglichkeit nicht aus, dass es sich um einen solchen handeln könnte. Immerhin lässt die Einbettung der menschlichen Überreste in nächster Nähe der Tierknochen auf eine zeitliche Verwandtschaft schließen.«

»Ich glaube, ich habe damals von der Sache gehört«, meinte Kuhn. »Und ich meine mich auch an die Veröffentlichung von Spring zu erinnern. Hat nicht Buckland ihm aufs Schärfste widersprochen und Cuvier ebenfalls?«

»Buckland«, sagte Fuhlrott und seine Stimme sank dabei um zwei oder drei Töne. »Er ist Geologe und Theologe, ich habe mitunter den Eindruck, dass in seinem Falle die eine Wissenschaft die andere eher behindert als weiterbringt.«

»Oho«, machte Kuhn. »Das ist ein hartes Urteil. Er scheint doch durchaus aufgeschlossen neuen Thesen und Ideen gegenüber. Immerhin nimmt er wie Cuvier von der Bibelaussage Abstand, dass die Welt in sechs Tagen von Gott erschaffen wurde.«

»Nun, in jedem Fall habe ich mich dazu entschlossen, ihm einen Besuch abzustatten.« Fuhlrott verschränkte seine Hände, sodass sich die einzelnen Finger überkreuzten, dann schob er die Handgelenke nach oben. Die Fingerknochen knackten, als wären sie im Begriff durchzubrechen.

»Wem? Buckland oder Cuvier?«

Fuhlrott schnaubte verächtlich. »Spring. In Lüttich. Es ist nicht weit von hier, und die Funde können im dortigen Museum in Augenschein genommen werden ...«

»Wäre es nicht viel wichtiger, zuerst einmal ins Neandertal zu fahren?«, platzte Rosalie heraus. Die Frage war ihr die ganze Zeit schon durch den Kopf gegangen, seit Fuhlrott von den Relikten von Engis erzählt hatte. Vielleicht ließen sich in der Feldhofer Grotte, in der die Gebeine damals entdeckt worden waren, wichtige Erkenntnisse gewinnen. Unter Umständen verbargen sich auch dort Überreste von diluvialen Tieren im Lehmboden oder andere Relikte. In jedem Fall musste man schnell handeln, wenn man etwas erreichen wollte, die Knochen waren schon im Sommer gefunden worden, und jetzt war es Dezember.

»Ins Neandertal?«, meinte Fuhlrott verständnislos. »Was sollten wir dort erwarten? Die Feldhofer Grotte ist längst gesprengt, zumindest der größte Teil.«

»Aber vielleicht ließe sich herausfinden, wohin die Lehmreste aus der Höhle gebracht worden sind. Unter Umständen verbirgt sich noch mehr Entdeckenswertes in dem Abraum.«

»Nun, die genaue Stelle lässt sich sicherlich nicht mehr ausmachen«, sagte Fuhlrott. »Im gesamten Neandertale werden Tag für Tag immense Mengen Gestein und Kalk abgebaut, die landschaftlichen Umwälzungen sind beträchtlich, und in unserem Falle geht es um einige Handvoll Lehm. Nach einer so langen Zeitspanne wird sich niemand mehr daran erinnern, wohin man diese Sedimente gebracht hat.« Seine Stimme klang sehr geduldig, väterlich, ein wenig herablassend, er sprach mit Rosalie wie mit einem begriffsstutzigen Schüler, aber sie war so in ihre Gedanken versunken, dass sie es gar nicht richtig bemerkte.

Auch wenn der Abraum verschwunden war, dachte sie, vielleicht würden sich die Arbeiter wenigstens an die Verhältnisse in der Höhle, die ungefähren Fundumstände, erinnern. In welcher Tiefe die Relikte gelegen hatten und wie der Boden beschaffen war. Aber als sie die Überlegung aussprechen wollte, stellte sie fest, dass die Herren längst weiter waren, sie befanden sich bereits in Lüttich und bei der Frage, ob Fuhlrott noch vor oder lieber nach Weihnachten dorthin reisen sollte.

Es war spät in der Nacht, als sich Fuhlrott von ihrem Vater verabschiedete und Minter sich von Rosalie verabschiedete. Er betrachtete sie einen Moment nachdenklich. »Ich fand Ihren Gedanken von vorhin übrigens sehr überzeugend«, sagte er leise.

»Ach ja?«, gab sie ebenso leise, aber mit scharfer Stimme zurück. »Warum haben Sie mich dann nicht unterstützt?«

Sie wollte sich abwenden, aber er hielt sie am Arm fest. »Ich dachte, Sie könnten für sich selbst reden. Aber offensichtlich habe ich mich getäuscht, da Sie Ihre Überlegungen beim ersten Widerspruch kampflos der allgemein vorherrschenden Überzeugung geopfert haben.«

Sie öffnete den Mund, um etwas zu entgegnen, darüber, dass sie eine Frau sei und ihre Meinung ohnehin nicht ernst genommen würde, aber unter seinem Blick zerfiel das Argument in lauter Fragmente.

Plötzlich sah sie sich selbst, wie sie mitten im Kaminzimmer stand, den lächerlichen Verband um die Hand und den Mund halb offen. Sag etwas, Rosalie, irgendetwas, dachte sie. Sie nahm den ersten Gedanken, der ihr in den Kopf kam. »Wenn Sie also der Meinung sind, dass meine Idee gut war und richtig, warum kommen Sie dann nicht mit? Begleiten Sie mich ins Neandertal und lassen Sie uns die Arbeiter befragen, vielleicht finden wir etwas heraus, das die Wissenschaft weiterbringt.«

Diesmal schien er sich zu fragen, ob er richtig gehört hatte, und wenn ja, ob sie das, was sie ihm vorgeschlagen hatte, wirklich ernst meinte. Sie kämpfte gegen den fast unwiderstehlichen Drang, die Augen niederzuschlagen.

»Nächsten Freitag«, sagte er nachdenklich. »Passt Ihnen das?«

»Wenn Sie Ihre Apotheke allein lassen können«, meinte sie mit gespieltem Gleichmut.

»Was habt ihr jungen Leute da zu tuscheln?«, dröhnte die laute Stimme ihres Vaters neben ihr. Sie fuhr zusammen, und als sie spürte, dass sie rot wurde, wandte sie sich rasch ab, damit Minter es nicht bemerkte. Aber als sie zu Fuhlrott trat, um sich von ihm zu verabschieden, sah sie aus dem Augenwinkel, dass Minter lächelte, und das ärgerte sie, aber gleichzeitig freute es sie auch.

Am Freitagmorgen holte Minter sie ab. Sie wusste nicht, ob er seine Apotheke für diesen Tag geschlossen oder einem anderen anvertraut hatte, sie selbst hatte auf jeden Fall die alte Sibylle bestellt, die ihnen sonst die Wäsche machte, damit sie die Einkäufe erledigte und dem Vater mittags die Suppe aufwärmte. Rosalie hatte ihm nicht erzählt, was sie vorhatte, und sie wusste, dass er es in seiner Zerstreutheit gar nicht richtig zur Kenntnis nehmen würde, wenn ihm statt ihrer Sibylle das Essen servierte.

Sie gingen über die Döppersbergbrücke zum Bahnhof und wie immer, wenn sie durch das runde Eingangsportal des neuen Gebäudes ging, über sich den stolzen, griechisch anmutenden Säulenaufbau, berührte sie das auf eine feierliche Weise, als beträte sie einen Tempel, eine heilige Stätte.

In der Eingangshalle verlor sich das Gefühl dann in der Hektik, im hektischen Gewirr der Leute, in den Schreien der Zeitungsburschen. Minter besorgte die Billets am Schalter, dann bot er ihr seinen Arm an, aber sie übersah die Geste und starrte stattdessen auf die Uhr unter der Decke. »Neun Uhr zwanzig«, sagte sie. »Wann geht unser Zug?«

»In zehn Minuten«, erklärte Minter. »Gleis drei.«

Sie warteten schweigend zwischen Familien mit lärmenden Kindern, trauernden Liebespaaren, Geschäftsreisenden, Koffern,

Hutschachteln und einem Vogelkäfig. Bogenförmige Stahlstreben zogen sich elegant über die Gleisanlagen, dazwischen konnte man durch ein Glasdach in den wolkenlosen Himmel blicken, der das Gebäude überspannte. Dann tauchte das runde Gesicht der Lokomotive in der Ferne auf, und der weiße Dampf duckte sich unter das gläserne Dach, als der Zug in den Bahnhof einfuhr.

Sie hatten ein Abteil ganz für sich allein.

»Am Hochdahler Bahnhof nehmen wir eine Droschke«, erklärte Minter. »Bis zum Neandertal sind es vielleicht zehn Minuten.«

»Hoffentlich sind die betreffenden Arbeiter im Steinbruch, sonst hätten wir die Reise umsonst gemacht«, sagte Rosalie.

Er lächelte und schien etwas entgegnen zu wollen, aber dann sagte er doch nichts.

Sie sah aus dem Fenster, vor dem eine graugrüne Wiese vorbeiglitt, dahinter Bäume, die ihre kahlen Äste fröstelnd in die leuchtend blaue Winterluft streckten. Danach ging das Grün plötzlich in Braun über, und schon war auch das Feld vorbei und sie fuhren durch den Wald. An den Buchen hingen kraftlose gelbliche Blattreste, und der Boden war mit einer dicken, braunen Blätterschicht bedeckt.

»Wo haben Sie gewohnt, bevor Sie nach Elberfeld gekommen sind?«, fragte sie Minter, ohne den Blick von den Bäumen zu wenden.

»Ich komme aus Kleve. Das liegt auch im Bergischen, aber mehr den Niederlanden zu.«

»Und? Hat es Ihnen dort nicht gefallen, oder warum sind Sie hierhergezogen?«

Er zuckte mit den Schultern. »Hier war die Apotheke zu haben, also habe ich zugegriffen.«

»Und jetzt gefällt es Ihnen hier?«

Er schwieg, und sie bekam plötzlich Angst, dass er sagen könnte, es gefiele ihm nicht, weshalb er plane, wieder wegzugehen. Sie löste ihren Blick vom Fenster und begegnete seinem Blick. Sie fragte sich, ob er sie die ganze Zeit über angesehen hatte.

»Ja oder nein?«, fragte sie, als er immer noch nichts sagte.

Er lachte und schien gleichzeitig nach einer Antwort zu suchen, obwohl die Frage nicht gerade kompliziert gewesen war. »Ja«, sagte er schließlich.

Als sie vor dem Tor des Steinbruchs aus der Droschke stiegen, stand die Wintersonne genau über den Felsen. Sie tauchte die ganze Landschaft in ein grelles, unwirkliches Licht und ließ alles, was im Schatten lag, noch dunkler, noch schroffer erscheinen. Dazwischen wand sich die Düssel, glitzernd und funkelnd, ein Band aus Edelsteinen. Die Sprengarbeiten hatten große Teile der Klamm weggerissen, sodass sich an diesen Stellen die Steinwände halbkreisförmig zurückzogen, aber obwohl die ursprüngliche Landschaft zerstört war, lag ihre frühere Schönheit noch in der Luft wie eine atemberaubende Erinnerung.

Minter bezahlte den Kutscher und kniff dabei seine Augen ein bisschen zusammen, weil ihn die Sonne blendete. Es war ein anderer Minter als der, den Rosalie kannte, der in seiner Apotheke stand und Pflaster strich oder abends mit ihrem Vater und Fuhlrott diskutierte.

»Wir möchten zu Herrn Pieper«, teilte er einem der Arbeiter mit, der sich hinter dem Tor auf seine Schaufel stützte und eine Zigarette rauchte.

»Pieper nik da«, gab der Mann in gebrochenem Deutsch zurück, während seine Augen dem Zigarettenrauch folgten, der sich in der kalten Winterluft rasch verflüchtigte.

»Und der andere Besitzer? Herr Beckershoff?«

Der Arbeiter machte mit dem Kopf eine unwillige Bewegung zu dem kleinen Gebäude, das sich in einiger Entfernung vor der Felswand zusammenduckte.

Minter nickte Rosalie zu, dann ging er vor ihr her zum Haus.

Die Sonnenstrahlen legten einen harten Glanz auf sein schwarzes Haar, es sah aus wie ein Heiligenschein.

Der Steinbruchbesitzer empfing sie in einem dunklen, engen Büro. Er hatte einen mächtigen Kinnbart und kleine, schmale Augen, aus denen er sie misstrauisch musterte.

Als Minter die Knochen erwähnte, wurde sein Gesichtsausdruck von einer Sekunde zur anderen freundlicher. »Die Skelettteile, selbstverständlich erinnere ich mich an sie«, sagte er. »Hat ja in allen Zeitungen gestanden, dass wir da unter Umständen auf ein ganz tolles Ding gestoßen sind.«

Er ging zum Fenster und schaute hinaus in den Steinbruch, der immer noch von dem übernatürlichen Winterlicht angestrahlt wurde. »Dachte schon, dass Sie zu diesen Künstlergestalten gehören, diesen Verrückten aus Düsseldorf. Tauchen hier auf und lamentieren, dass wir Gottes schöne Natur zerstören und ihre pittoresken Bildmotive. Früher, ja, da war die Welt in Ordnung, als sie die Schlucht für sich hatten und in den Höhlen ihre Feste gefeiert haben und Gedichte aufsagten und Bilder malten. Aber die Zeiten haben sich geändert, die Industrie schreitet mit wackeren Schritten voran und fordert ihre Opfer von jedem. Und die Künstlersleute haben leicht reden, die tragen ja keine Verantwortung, die haben weder Familien noch Angestellte.«

Minter warf Rosalie einen Blick zu, halb amüsiert, halb mitleidig. Sie dachte an ihren Vater, der die Zerstörung der Felslandschaft durch den rücksichtslosen Kalkabbau genauso beklagte wie die sorglosen Künstler, von denen Beckershoff gesprochen hatte.

»Nun, aber deswegen sind Sie ja nicht gekommen, Sie interessieren sich ja für die Gebeine«, fuhr der Steinbruchbesitzer fort. Er wandte sich vom Fenster ab und Minter zu. »Da will ich mal schauen, ob ich die Männer auftreiben kann, die damals die kleine Höhle ausgeräumt haben.«

Es waren drei Arbeiter, die er kurz darauf in sein Büro brachte.

Einer von ihnen war der Mann, den sie vorhin am Werkstor gesehen hatten, und Rosalie fragte sich unwillkürlich, ob Beckershoff nicht einfach die drei erstbesten Männer ausgesucht hatte, auf die er getroffen war.

»Zwei sind Italiener«, sagte Beckershoff, und seine Stimme klang dabei fast entschuldigend. »Sie werden Sie kaum verstehen können, aber zumindest Joseph ...«, er brach ab und wies mit dem Kopf auf den größten der drei Arbeiter, ein stämmiger Kerl mit zerzaustem Vollbart.

Minter räusperte sich. »Sie haben im August die Knochenfunde gemacht?«, begann er. Die beiden Italiener trugen schwarze Schnauzbärte, die in der warmen Ofenluft im Büro zu zittern schienen. Sie musterten Minter mit einer Mischung aus Ungeduld und Unsicherheit.

»Ich möchte, dass Sie uns genau davon berichten.« Minter holte ein Notizbuch und einen Stift aus der Manteltasche, und Rosalie sah, wie sich die Augen der Arbeiter weiteten. »Sagen Sie mir bitte, wie Sie heißen. Und dann erzählen Sie uns von der Entdeckung, alles, jede Einzelheit.«

Der Vollbart nannte seinen Namen und die seiner Kollegen und wartete, bis Minter seine Notizen gemacht hatte, dann hakte er seine Daumen in die vorderen Hosentaschen und schwieg.

»In welcher der Höhlen haben Sie die Skelettteile gefunden?«, fragte Minter.

»In der kleinen Höhle.«

»Der Feldhofer Grotte?«, fragte Minter.

Der Bärtige nickte.

»Berichten Sie also.«

Er räusperte sich erneut. »Wir sollten den Lehm weghacken und aus der Höhle schaufeln, weil sonst der Kalk nicht abgebaut werden kann.«

»Die Erde würde den Kalk verunreinigen«, erklärte Beckershoff, der ein wenig abseits an seinen Schreibtisch gelehnt stand und dem Mann zuhörte wie ein strenger Lehrer seinen Schülern.

»Wir haben also den Lehm entfernt«, fuhr der Arbeiter fort.

»Womit?«, fragte Minter.

»Spitzhacken. Es war verdammt mühselig.« Erst als die beiden Italiener verlegen lachten, wurde ihm bewusst, dass er in Gegenwart einer Dame geflucht hatte. Sie verstehen jedes Wort, dachte Rosalie, während sich die Haut des ersten Arbeiters zwischen Bart und Augen dunkelrot verfärbte. »War steinhart, der Boden, aber als die oberste Schicht erst mal weg war, wurde es leichter.«

»Und dann?«

»Und dann kamen die Gebeine.«

»In welcher Tiefe?«

»Ungefähr so«, sagte der Arbeiter und hielt seine Hände in einer Entfernung von vier, fünf Spannen hoch, dann vergrößerte er den Abstand, bevor er seine Hände wieder schloss. Minter seufzte und schrieb ein paar Zahlen in sein Notizbuch.

»Ich treffe ein Knochen mit die 'acke«, erklärte einer der beiden jüngeren Arbeiter. »Dann wir sehen, das wir gefundet.«

»Danach haben Sie die Skeletttteile zur Seite getan?«

»Wir haben sie aus der Höhle geschaufelt, nach unten geworfen, zusammen mit dem Dreck«, erklärte der erste wieder. »Wir dachten, es ist irgendein altes Tier, das da liegt, ein Bär, irgendwas.« Er zuckte verächtlich mit den Schultern. »Und dann kam Herr Beckershoff und hat den Schädel gesehen und dann hat er uns gesagt, dass die Knochen aufbewahrt werden sollen. Für den Lehrer.« Er starrte auf die Spitzen seiner lehmverklumpten Stiefel, vielleicht dachte er darüber nach, um wie viel einfacher alles wäre, wenn Beckershoff nicht ausgerechnet in jenem Moment zu ihnen gestoßen wäre. Wenn die Knochen jetzt mit dem Lehm in irgendeiner Grube lägen, aufs Neue begraben.

»Und Sie haben alle Fragmente aus dem Lehm geholt?«, fragte Minter. »Alle Knochenteile, da sind Sie sich sicher?«

Die drei Männer nickten im Gleichtakt, als hätten sie die Bewegung vorher zusammen einstudiert.

»Tutti quanti«, sagte der Italiener, den sie am Eingang gesehen hatten, es war das erste Mal, dass er sich zu Wort meldete.

»Alles«, übersetzte sein Kollege.

Dann sahen die Männer auf die Uhr über der Tür und Minter seufzte wieder. »Wo genau wurde der Aushub hingebracht?«, fragte er.

»Das wissen wir nicht mehr«, erklärte der Älteste. »Ein Teil hierhin, ein anderer dorthin.«

»Gut«, sagte Minter, aber sein Gesichtsausdruck sagte etwas anderes. »Ich denke, wir sind dann fertig.«

Die drei Männer bewegten sich sofort in Richtung Tür, ihre Gesichter waren dabei vollkommen ausdruckslos. Rosalie fragte sich, wie alt sie wohl sein mochten, bestimmt um einiges jünger, als sie wirkten. Die Arbeit im Steinbruch war Knochenarbeit, und auch wenn Herr Beckershoff vorher von der Verantwortung für seine Arbeiter gesprochen hatte, bezweifelte sie, dass er sie übermäßig schonte. Wenn einer nicht mehr konnte, dann übernahm eben ein anderer, ein Jüngerer, seine Arbeit. Die Industrie schreitet mit wackeren Schritten voran, dachte sie. Auch über Leichen. Und dieser Gedanke brachte sie plötzlich auf eine Idee.

»Halt!«, rief sie. Die Männer waren schon fast durch die Tür, doch sie hielten mitten in der Bewegung inne und drehten sich um. »Nur eine Frage noch, bitte, wenn Sie entschuldigen«, sagte Rosalie.

»Aber sicher«, meinte Minter anstelle der Männer. »Natürlich.«

»Die Gebeine«, sagte Rosalie. »Lagen sie über den ganzen Höhlenboden verstreut oder waren sie wie ein Skelett angeordnet, der Schädel zuoberst und so fort?«

Die Männer sahen Beckershoff an, sie schienen nicht sicher zu sein, ob sie auf Rosalies Frage antworten sollten.

»Na los doch, wird's bald.« Der Steinbruchbesitzer schnalzte mit der Zunge, als seien die drei Ackergäule, die er antreiben musste.

»Wie ein Skelett«, sagte der Vollbart daraufhin. »Oben der Kopf und dann der Rest.«

»Dann müssen in dem Aushub noch mehr Fragmente sein«, rief Minter. »Sie haben nur einen Teil geborgen, nur einen winzigen Teil des Ganzen.«

Die großen, schmutzigen Schuhe der Männer machten schlurfende Geräusche auf dem Holzboden. Minter sah Rosalie an, sie zuckte mit den Schultern.

»Vielen Dank«, sagte Minter.

Sie hatten die Feldhofer Grotte besichtigt, zumindest den kleinen, hinteren Teil, der noch übrig war und die Arbeiter hatten ihnen gezeigt, wie das Skelett ihrer Erinnerung nach gelegen hatte: auf dem Rücken, den Kopf zum Höhlenausgang.

Dann hatten sie sich umgesehen, ein wenig ratlos. »Ich bin weder Archäologe noch Geologe«, sagte Minter achselzuckend. »Ich habe keine Ahnung, worauf ich achten sollte.«

Unten im Steinbruch verabschiedete sich Beckershoff von ihnen, und weil es noch früh war, beschlossen sie, zu Fuß zum Bahnhof zurückzugehen. »Vielleicht gibt es einen Wanderpfad, der idyllischer ist als die Straße«, meinte Minter.

Sie steuerten einen der kleinen Bauernhöfe an, an dem sie mit der Droschke vorbeigekommen waren. Die Bauersfrau beschrieb ihnen den Weg erst umständlich und fuchtelte dabei mit den Händen in der Luft herum, in die eine Richtung und dann in die andere, doch am Ende holte sie ihren Sohn. »Zeig den Herrschaften aus der Stadt den Fußweg nach Hochdahl, Johannes.«

Der Junge war neun oder zehn und schien wenig begeistert, aber als Minter ein paar Groschen aus der Tasche holte und damit herumklimperte, nickte er freudig und rannte dann so schnell los, dass sie Mühe hatten ihm zu folgen. Von der Straße aus bog er in einen schmalen Trampelpfad in den Wald ein, der zunächst eben verlief und danach steil nach oben. Johannes kletterte wie ein Wiesel voran, Minter folgte ihm mit erstaunlicher Behändigkeit und Rosalie verwünschte ihren weiten, langen Rock, mit dem sie ständig an niedrigen Ästen, Dornen und Gestrüpp hängen blieb. Immer wütender riss sie sich los, mit einer solchen Wucht, dass sie ein paar Male fast gefallen wäre. Ihre Hände krallten sich in den Waldboden, an moosige Baumstämme, um feuchte Steine. Minter und der Junge entfernten sich immer weiter von ihr, bis Minter es endlich bemerkte, hatten sie das Ende des Abhangs fast erreicht. Auf den letzten Metern streckte er ihr seine Hand entgegen und wirkte schuldbewusst, als sie sie ignorierte. Der Junge erwartete sie oben, grinsend und aufgeregt von einem Fuß auf den anderen tretend, als sie ihn endlich erreicht hatten.

»Ich kann Ihnen auch noch etwas anderes zeigen«, sagte er, wobei er auf die Tasche starrte, aus der Minter die Groschen geholt hatte.

»Was soll das sein?«, fragte Minter. »Ein toter Fuchs? Oder ein hohler Baum?«

»Eine richtige Höhle.«

»Eine Höhle? Drüben beim Steinbruch?«

»Nein, hier, gleich in der Nähe«, sagte Johannes, aber mehr sagte er nicht, erst als Minter in seine Tasche griff und ihm einen Groschen reichte, fuhr er fort. »Es ist ein beschwerlicher Weg, wenn das Frauenzimmer möchte, kann es ja hier auf uns warten.«

»Das Frauenzimmer kommt mit«, sagte Rosalie finster. »Also, wo ist diese Höhle?«

Sie rutschten die Hälfte des Abhangs, den sie so mühsam erklommen hatten, wieder hinunter. Diesmal hielt Minter sich hinter Rosalie, obwohl es ihr lieber gewesen wäre, wenn er vor ihr gegangen wäre, damit er sie auffangen konnte, wenn sie ausrutschte.

Irgendwann blieb der Junge auf einer Art natürlichen Terrasse stehen. »Hier«, sagte er und deutete mit dem Kopf nach unten, und erst jetzt sahen sie den Spalt in der Erde, der von Efeu überwuchert, aber breit genug war für einen erwachsenen Menschen, wenn er nicht zu kräftig gebaut war.

»Das soll eine Höhle sein?«, fragte Minter. »Das sieht eher aus wie ein Tierbau.«

»Sicher ist das eine Höhle«, sagte Johannes und dann tat er einen großen Schritt nach vorn und war plötzlich verschwunden, es war, als hätte ihn die schwarze Tiefe verschluckt.

»Johannes!«, schrie Rosalie erschrocken.

»Hier.« Seine Stimme kam ganz aus der Nähe. Sie beugte sich über den Spalt und sah ihn ein paar Fuß unter sich kauern. »Man kommt ganz tief hinein«, meinte er. »Am Anfang ist es eng und ungemütlich, aber dann kann man sogar herumgehen.«

»Das muss ich mir anschauen«, murmelte Minter.

Er verschwand mit den Füßen voran im Erdreich, es war wie eine umgekehrte Geburt. Als Rosalie seinen Kopf nicht mehr sehen konnte, beschloss sie ihm zu folgen. Sie setzte den Gedanken sofort in die Tat um, weil sie wusste, dass sie ihre Meinung ändern würde, wenn sie länger darüber nachdachte.

Wie die beiden anderen sprang sie in die Tiefe und schob sich dann weiter Richtung Dunkelheit. Zuerst die Füße, dann die Waden, die Schenkel. Ihr Rock stülpte sich dabei nach oben, sie konnte es gar nicht verhindern.

Es ist verrückt, was wir hier tun, dachte sie. Wenn Vater mich hier sehen könnte oder Dorothea, wenn uns hier etwas passiert, wird uns niemand finden, keiner wird wissen, wo wir sind.

Dann verschwand ihr Kopf in der schwarzen Enge, und nur wenn sie ihr Gesicht nach oben drehte, sah sie einen leuchtend blauen, ovalen Ausschnitt, der kleiner wurde, mit jedem Fuß, den sie tiefer sank, und je kleiner der Himmelsausschnitt wurde, desto mächtiger wurde ihre Angst.

Ich sterbe, dachte sie. Sie schloss die Augen, damit sie die Dunkelheit nicht mehr sah. Dann ging es plötzlich nicht mehr weiter, ihr Becken steckte fest, weil sich ihr Rock in einem dicken Wulst zusammengeschoben hatte, ihr wurde heiß und kalt zugleich und sie würgte vor Panik.

»Rosalie«, hörte sie Minters Stimme von unten. »Warum sind Sie nicht oben geblieben? Sind Sie von Sinnen?« Ja, wollte sie antworten, aber sie brachte keinen Ton heraus, und dann spürte sie plötzlich Hände an ihren Beinen, die sie hielten und nach unten zogen.

Sie war in der Höhle, in einer alles umfassenden, absoluten Dunkelheit, und ihr gegenüber stand Minter und seine Hände umfingen sie, und sie hatte überhaupt keine Angst mehr. Sie standen aneinandergelehnt, ineinanderversunken. Vielleicht eine Stunde oder ein paar Minuten oder nur Sekunden. Irgendwo in der Dunkelheit tropfte Wasser auf Stein, in seiner Regelmäßigkeit verband das Geräusch den Schlag ihrer Herzen zu einem ruhigen Rhythmus. Dann hörte Rosalie ein Rascheln und ein Ratschen, eine Flamme zerriss die Finsternis, und im selben Moment ließ Minter sie los.

»Hier, das ist also meine Höhle«, sagte Johannes. Er warf das Streichholz weit von sich, sodass es einen leuchtenden kleinen Bogen beschrieb, bis es landete und verlosch. »Wollen Sie sie erkunden?«, fragte er in die Dunkelheit hinein.

»Rosalie«, sagte Minter und erst nach einigen Augenblicken merkte sie, dass es eine Frage gewesen war.

»Nein«, sagte sie. In dem Moment, in dem Minter sie losgelassen hatte, war auch die Panik wiedergekommen. »Ich gehe ... wieder nach oben.«

Einen Moment lang befürchtete sie, dass sie den Ausgang nicht mehr finden würde, aber als sie sich umdrehte, erspähte sie ihn sofort, einen hellgrauen Schlitz in der Finsternis. Der Rückweg war ganz einfach, obwohl es jetzt nach oben ging, aber ihr Gesicht war nun dem Licht zugewandt. Sie zog sich ans Tageslicht und hinter ihr tauchte auch schon Minter auf und schließlich der Junge.

Minters Gesicht war ganz ruhig und freundlich, als wäre dort unten nichts zwischen ihnen geschehen, als wäre es ganz normal, dass er sie festgehalten hatte.

Vielleicht war es der Junge, wahrscheinlich wollte er sich vor ihm nichts anmerken lassen, dachte sie und sie fühlte sich bestätigt, als Minter auf seine Uhr schaute und feststellte, dass es nun doch später sei als gedacht und dass sie wieder zum Steinbruch zurückgehen sollten, um dort eine Droschke zu nehmen.

»Bekomme ich denn meine Belohnung trotzdem?«, fragte Johannes besorgt.

»Was ich einmal versprochen habe, das halte ich auch«, sagte Minter und dabei starrte er angestrengt auf den Waldboden, als habe er dort etwas verloren, das er unbedingt wiederfinden musste.

Auch als der Junge nicht mehr bei ihnen war, in der Droschke und im Zug nach Elberfeld, blieb Minter stumm und unnahbar. Ihr Abteil war voll, sie quetschten sich zu viert in eine Holzbank, in der eigentlich nur drei Platz hatten. Minter saß Rosalie gegenüber und manchmal begegneten sich ihre Blicke und dann lächelte Minter und wandte die Augen ab.

Irgendwann lehnte Rosalie ihren Kopf gegen die schmutzige Fensterscheibe. Sie schloss die Augen und tat, als ob sie schlief, aber in Wirklichkeit dachte sie an die Dunkelheit in der Höhle und an Minters Hände und fragte sich, was sie falsch gemacht hatte, warum er jetzt so stumm und abweisend war.

Erst als der Zug im Hauptbahnhof einfuhr, öffnete sie die Augen wieder. Ihr Blick fiel auf ihren Rock und sie sah, wie schmutzig sie war, die Kleider, die Hände, alles starrte vor Lehm. Und Minter war genauso schmutzig wie sie.

Zu Hause weichte sie den Rock gleich in Seifenlauge ein, und obwohl sie ihn mit einer Wurzelbürste bearbeitete, blieben gelblich-braune Flecken zurück. Sie plättete ihn und hängte ihn auf einen Bügel in den Schrank, obwohl sie genau wusste, dass sie ihn nie mehr tragen würde.

Das nasskalte Winterwetter führte zu einem Hochbetrieb in der Praxis. Das Wartezimmer war schon morgens um acht voller hustender, niesender, röchelnder Patienten, und Rosalie, die ihrem Vater zur Hand ging, indem sie die Kranken aufrief, wenn sie an der Reihe waren, und die Spucknäpfe auswusch und das Geld in Empfang nahm, wunderte sich jeden Tag aufs Neue darüber, dass sie und ihr Vater noch gesund waren.

Ständig mussten Hustensäfte, Tinkturen und Pulver aus der Apotheke geholt werden, aber Rosalie schickte immer den Nachbarsjungen, nur einmal war sie selbst gegangen. Es war zwei Tage nach ihrem Ausflug gewesen, und sie hatte die Hoffnung gehabt, dass sich klären würde, was auch immer zwischen ihr und Minter geschehen war.

Als sie die Apotheke betrat und ihn hinter der Ladentheke sah, spürte sie ihr Herz im ganzen Körper pochen, links und rechts in ihrem Brustkorb und tief in ihrem Leib. Er dagegen schien sie gar nicht zu bemerken. Erst als sie an der Reihe war, blickte er sie an.

»Guten Tag, Rosalie«, sagte er freundlich. »Was kann ich für Sie tun?« Ihr Herzschlag war jetzt auch im Kopf und dröhnte so laut in ihren Ohren, dass sie nichts entgegnen konnte, denn sie hätte ihre eigene Stimme nicht gehört, also reichte sie ihm einfach nur ihr Rezept.

Er warf einen Blick darauf, verschwand im Nebenraum und später packte er alles in ihren Korb, der auf der Theke stand, und sie bezahlte und grüßte und ging. Draußen lief sie schneller, immer schneller und schneller, sie spürte den Wind in ihrem Gesicht und die Regentropfen, dabei regnete es gar nicht.

4. KAPITEL

»Doch frage ich Sie und die ganze Welt nach einem Gattungsunterschiede zwischen dem Menschen und dem Affen, d.h. wie ihn die Grundsätze der Naturwissenschaft fordern. Ich kenne wahrlich keinen und wünschte nur, daß jemand mir nur einen einzigen nennen möchte. Hätte ich den Menschen einen Affen genannt oder umgekehrt, so hätte ich sämtliche Theologen hinter mir her; nach kunstgerechter Methode hätte ich es wohl gemusst.«

Carl Linné in einem Brief an Johann Friedrich Gmelin, 1747

Dorothea reichte Traugott den letzten tropfenden Teller, und er trocknete ihn ab, um ihn dann zu den anderen ins Regal zu stellen. Während er die Schüssel mit dem Spülwasser wegbrachte, wischte sie mit dem nassen Lappen über den Tisch.

Fegen würde sie morgen früh, dachte sie, direkt nach dem Aufstehen. Jetzt würde sie in ihre Kammer gehen, obwohl es noch früh war, sie würde die Bibel oben auf ihr Kopfkissen legen und ihren Roman darunter, sodass sie das eine Buch über das andere schieben konnte, falls jemand hereinkam.

Kirschbaum hatte ihr die Ausgabe morgens auf den Schreibtisch gelegt, zum Aufschneiden und Vorbereiten für den Verleih, und später musste er bemerkt haben, wie sie verstohlen darin blätterte und las. Jedenfalls war er ihr abends nachgelaufen, als sie die Bibliothek schon fast verlassen hatte, und drückte ihr das Buch in die Hand.

»Sie haben Ihre Lektüre vergessen«, sagte er und lächelte, und sie hatte genauso unbeschwert zurückgelächelt. Es war wieder wie früher zwischen ihnen, bevor Dorothea die weinende Frau gesehen hatte.

Sie hatte beschlossen, dass es seine Sache war, womit er sein Geld verdiente. Sie wollte sich nicht damit auseinandersetzen, denn sie arbeitete gerne für ihn, und sie aß und redete gerne mit ihm. Jetzt, wo sie wieder miteinander sprachen, schwieg sie sogar gerne mit ihm.

Dorothea nahm sich eine der Öllampen vom Küchenbord, doch bevor sie sich in ihre eigene Kammer zurückzog, ging sie noch einmal in das Zimmer der Jungen. Es war erst kurz nach sieben Uhr, aber Hermann schlief schon, seine runde Wange leuchtete auf dem weißen Kopfkissen wie ein roter Apfel, und sein Atem ging schnell, vielleicht träumte er etwas Aufregendes. Sie zog die Bettdecke fester um den kleinen Körper.

Dann ging sie in ihr Zimmer. Seufzend vor Behagen zog sie sich zuerst die wollenen Strümpfe aus, dann den Rock und dann fuhr sie zusammen, weil es an die Tür klopfte.

»Was ist denn, was gibt es?«

»Dorothea.« Ihr Vater öffnete die Tür einen Spalt und zog sie dann erschrocken wieder zu, als er sie im Unterkleid auf dem Bett sitzen sah.

»Was ist denn los?«, fragte sie halb ängstlich, halb ungeduldig.

»Wir haben Besuch«, hörte sie seine halblaute Stimme. »Der Pastor. Kleide dich an und komm in die Stube.«

Sie fühlte eine Welle von Ärger in sich hochsteigen. Während des ganzen Abendessens hatte sie sich auf das Buch gefreut, es waren Novellen, aber nichts Romantisches, hatte Kirschbaum gesagt, sondern realistische Beschreibungen aus dem Leben kleiner Leute, die gerade durch ihre Wahrhaftigkeit ans Herz gingen. *Die Leute von Seldwyla* von Gottfried Keller. Das Buch war so neu, dass man die Druckfarbe noch riechen konnte, ein scharfer, fast ätzender Geruch, der einem durch und durch ging und den sie so sehr liebte.

»Wenn Ihnen *Der Grüne Heinrich* gefallen hat, wird Ihnen

dieses Werk auch gefallen«, hatte Kirschbaum noch hinzugefügt. Aber Dorothea hatte den *Grünen Heinrich* noch nicht gelesen und sie würde auch die *Leute von Seldwyla* nicht kennenlernen, wenn es so weiterging. Wenn sie immer nur abends heimlich lesen durfte und das auch nur dann, wenn nichts anderes anstand, oder wenn der Pastor nicht plötzlich auftauchte, aus welchem Grund auch immer.

Sie zog die kratzenden Wollstrümpfe wieder über die Knie und den Rock darüber.

Pastor Kohlbrügge stand mit den Eltern und Traugott in der Stube, einen Hut in den Händen haltend, von dessen breiter Krempe Regenwasser auf den Boden tropfte. Auch die Schultern seines dunklen Mantels waren schwarz vor Nässe. Der Pastor war groß und hager, und seine Größe wurde noch dadurch unterstrichen, dass Herr und Frau Leder ihre Köpfe gesenkt hielten. Die Erwachsenen unterhielten sich in einem leisen Ton, doch vielleicht war es auch nur Kohlbrügge, der sprach, Dorothea konnte nichts verstehen. In jedem Fall schien es heute einer seiner milden Tage zu sein, dachte sie erleichtert. Denn manchmal war der Pastor geduldig und sanft und väterlich, das waren die milden Tage, und manchmal durchbohrte er einen mit seinen Blicken, wenn man eine seiner Fragen nicht beantworten konnte, und brauste ganz plötzlich auf, ohne dass es einen Grund dafür gab, das waren die furchtbaren Tage.

Dorothea wollte sich neben ihre Mutter stellen, aber dann klopfte es, und sie ging zur Tür, um zu öffnen.

Es war Rosalie, ganz offensichtlich war sie wie der Pastor in den Regen gekommen. Sie zog ihr triefendes Kopftuch vom Haar, die schwarzen Locken kringelten sich nass und schwer um ihr glänzendes Gesicht. »Störe ich?«, fragte sie, als sie Dorotheas Miene sah.

»Nein, nein«, sagte Dorothea. Ausgerechnet heute Abend musste Rosalie vorbeikommen, wo sie sich wochenlang nicht mehr hatte blicken lassen.

»Wer ist es denn?«, rief ihr Vater laut und ungehalten.

»Es ist Rosalie«, gab Dorothea zurück. Und leise zu Rosalie. »Der Pastor ist gerade gekommen.«

»Du meine Güte«, murmelte Rosalie. »Da will ich lieber wieder ...«

»Lass sie in Gottes Namen eintreten und schließt die Tür, dass nicht die ganze Wärme nach draußen geht«, forderte sie ihre Mutter auf.

So stand Rosalie schließlich vor Kohlbrügge, der sie nachdenklich musterte, während Dorothea in die Kammer ging, um ein Handtuch zu holen. »Rosalia«, sagte er mit seinem kehligen holländischen Akzent, als wolle er sich den Namen für immer einprägen.

»Rosalie«, verbesserte ihn Rosalie. Sie war fast so groß wie der Pastor, und sie hielt den Kopf nicht gesenkt. »Ich bin Dorotheas Freundin, wir sind zusammen zur Schule gegangen. Ich war auch schon einige Male in Ihrer Kirche, obwohl wir eigentlich der reformierten Kirche angehören, mein Vater und ich.«

Zu viele Worte, viel zu viele Worte, dachte Dorothea, und sie wusste, dass ihre Eltern das Gleiche dachten. Und Dr. Kohlbrügge schien ihre Meinung zu teilen, denn das winzige Lächeln, das seine Mundwinkel nach oben gezogen hatte, verschwand aus seinem Gesicht.

»So, so, der reformierten Kirche gehören Sie also an«, sagte er leise, fast betrübt. Dorothea wusste sofort, was in ihm vorging. Es verletzte ihn, dass Rosalie von ihrer Gemeinde als der reformierten Kirche sprach, so als wären die Niederländisch-Reformierten Lutheraner oder Methodisten oder noch schlimmer Katholiken. Dabei war es doch gerade deshalb zum Bruch, zur Abspaltung gekommen, weil die Niederländisch-Reformierten die wahre reformierte Lehre hochhielten, ohne Konzession an den König und seine neue Gottesdienstordnung.

Rosalie nahm geistesabwesend das Handtuch in Empfang, das ihr Dorothea reichte, während sie Luft holte, um etwas zu sagen, aber Herr Leder fiel ihr ins Wort. »Es ist eine schlimme Sache mit der Separation«, meinte er. »Aber es war doch richtig und gerecht und es gab keine andere Möglichkeit, als diesen Schritt zu tun.«

Kohlbrügge nickte und fuhr sich mit der flachen Hand über die hohe Stirn. Eine unbehagliche Stille breitete sich im Raum aus. Rosalies Blick wanderte ratlos vom Pastor zu Herrn Leder und wieder zurück. Sie schien nach Worten zu suchen, und Dorothea hoffte inbrünstig, dass sie keine finden würde.

»Nun«, meinte Pastor Kohlbrügge schließlich, »ich bin, wie schon gesagt, nur gekommen, um Ihnen meinen Dank auszusprechen für die erbauliche Andacht, an der teilzunehmen mir leider nicht vergönnt war.« Er gab ihnen allen die Hand, dem Vater und der Mutter, Dorothea und Traugott und schließlich auch Rosalie. »Ich freue mich, wenn Sie uns wieder einmal besuchen in unserer reformierten Kirche.«

»Auf Wiedersehen«, sagte Rosalie. Sonst sagte sie zur allgemeinen Erleichterung nichts.

»Gottes Segen, Rosalie«, verabschiedete sich Dr. Kohlbrügge. *Chottes Sejgen, Chosalie.* Dann brachte Herr Leder ihn zur Tür.

»Bei diesem Wetter allein durch die Stadt zu laufen«, sagte Frau Leder zu Rosalie, als die beiden Männer nacheinander in der Dunkelheit des Hausflurs verschwunden waren. »Du musst den Verstand verloren haben. Nun trockne dich ab, bevor du dir hier den Tod holst.«

»Es sind doch nicht mehr als ein paar Meter von unserem Haus bis hierher«, meinte Rosalie, während sie sich gehorsam mit dem Handtuch übers Gesicht fuhr und dann über die Haare rieb.

»Dennoch.« Frau Leder runzelte die Stirn. »Außerdem ist es stockdunkel. Traugott soll dich nachher zurückbegleiten.« Dorothea sah Traugott an, der neben der großen Rosalie noch schmächtiger wirkte als sonst. Er war immer schon klein gewesen, aber seit er mit dem Vater jeden Morgen in die Baumwollweberei in der Hofaue ging, schien er zu schrumpfen anstatt zu wachsen. Es war schwer vorstellbar, wie er Rosalie beschützen sollte, eher müsste sie ihn verteidigen.

»Es hat aufgehört zu regnen«, sagte Herr Leder, der wieder zurückgekommen war und ihre letzten Worte gehört hatte. »Und es ist spät. Traugott soll jetzt mit ihr gehen, er braucht seinen Schlaf.«

Er war verärgert, denn wahrscheinlich glaubte er, dass Pastor Kohlbrügge länger geblieben wäre, wenn Rosalie nicht dazwischengekommen wäre.

»Aber Tante Marthe, Dorothea kann doch mitkommen«, sagte Rosalie. »Sie kann bei uns schlafen, das Haus ist ja groß genug.«

Rosalie machte solche abstrusen Vorschläge immer mit der größten Selbstverständlichkeit. Als wäre es nichts Besonderes, dass zwei Mädchen mitten in stockfinsterer Nacht durch die Straße liefen und die eine bei der anderen übernachtete, ohne dringenden Grund, nur weil ihnen nach ein bisschen Unterhaltung zumute war.

»Das kommt nicht infrage«, beschloss Herr Leder sofort. Er erhob dabei nicht einmal die Stimme, und seine Frau nickte, ernst und ein wenig bedauernd.

»Aber ich könnte morgen früh gleich Tobias' Hustentropfen mitnehmen«, sagte Dorothea. »Doktor Kuhn hat bestimmt noch eine Flasche, und das würde uns den Gang in die Apotheke ersparen ...« Und die Kosten für die Medizin ebenfalls, denn Kuhn überließ ihnen den Saft immer umsonst.

Frau Leder blickte ihren Mann an, der einen Moment lang schwieg und über den unausgesprochenen Teil des Satzes nachdachte. Dann nickte er widerwillig. »So geht denn in Gottes Namen«, sagte er.

Aus dem Kaminzimmer kamen Männerstimmen, ein tiefes Lachen und ein helleres. »Vater und Fuhlrott und dieser Apotheker«, sagte Rosalie leise.

»Aber ansonsten interessierst du dich doch so sehr für ihre naturwissenschaftlichen Unterhaltungen«, meinte Dorothea, als sie in Rosalies Zimmer waren. »Warum wolltest du heute nicht dabei sein?«

Rosalie legte das Bettzeug, das sie aus der Wäschekammer geholt hatte, auf der Kommode ab. Dann wendete sie den Bezug auf links, griff mit den Armen hinein und stülpte ihn über die Bettdecke. Danach nahm sie das Kopfkissen. Sie arbeitete schweigend, als erforderte das Beziehen ihre ganze Konzentration.

»Wir werden uns ein Bett teilen« sagte sie schließlich. Dorothea nickte. Rosalies Bett war breiter als das Ehebett ihrer Eltern.

»Warum bist du zu uns gekommen?«, fragte sie. »Wolltest du mir etwas erzählen?«

»Nein«, sagte Rosalie. »Doch. Ach, es ist so verworren.«

»Was?«

Rosalie schüttelte den Kopf. »Es ist dieser Apotheker«, erklärte sie dann. »Seit er abends immer an den Treffen teilnimmt, mag ich nicht mehr dabei sein. Ich komme mir so überflüssig vor, so dumm, die einzige Frau ...«

»Aber das warst du doch vorher auch, die einzige Frau, meine ich.«

»Ja, aber jetzt ist es anders.«

»Und das liegt an diesem ...«, sie konnte sich nicht mehr an den Namen des Apothekers erinnern.

»Minter.« Rosalie gab dem Namen einen so harten, verächtlichen Klang, dass Dorothea sie überrascht ansah. Die Freundin fing den Blick auf und lachte, doch ihr Lachen klang genauso verächtlich und kalt.

»Was hat er denn um Gottes willen getan, dass du ihn so verabscheust?«, fragte Dorothea.

Da begann Rosalie zu weinen. Sie weinte nicht oft, aber wenn sie einmal damit angefangen hatte, gab es kein Halten mehr.

Tränen liefen über ihre Wangen, tropften von dort auf das Kopfkissen, das sie immer noch auf ihrem Schoß hielt, und überzogen den weißen Stoff mit einem unregelmäßigen, grauen Tupfenmuster. Sie öffnete mehrmals den Mund, um etwas zu sagen, aber dann schloss sie ihn wieder und weinte weiter. Dorothea sah ihr dabei zu, stumm und ratlos.

Dann erzählte Rosalie ihr von dem Ausflug ins Neandertal und was dort zwischen ihr und Minter geschehen war, und Dorotheas Ratlosigkeit wandelte sich in Fassungslosigkeit. Was hatte Rosalie bloß für Ideen! Mit einem fremden Herrn aufs Land zu fahren, ohne dass ihr Vater davon wusste, und dann diese Sache mit der Höhle, in die sie eingestiegen waren. Jetzt sprach er nicht mehr mit ihr, dieser Minter. Dafür konnte es natürlich viele Gründe geben. Aber einer davon war logischer und naheliegender und schlüssiger als die anderen.

»Er macht sich nichts aus mir«, sagte Rosalie. Ihre Stimme klang, als habe sie Wasser im Mund.

»Hat er dich umarmt oder du ihn?«, fragte Dorothea. »Unten in der Höhle.«

»Er … hat den ersten Schritt getan.«

Zumindest das, dachte Dorothea und seufzte.

»Was meinst du?«, fragte Rosalie. Sie suchte in ihrer Schürzentasche nach einem Taschentuch und fand keines. Bevor Dorothea ihr ihres geben konnte, hatte sie sich mit dem Ärmel über das Gesicht gewischt.

Dorothea zögerte. »Willst du … würdest du ihn heiraten wollen?«, fragte sie dann.

Rosalie riss die rot geschwollenen Augen auf und starrte sie an. »Ihn heiraten? Was für eine Frage! Das ist doch gänzlich …« Ihr Blick glitt über Dorotheas Schulter hinweg ins Leere. Im warmen Licht der Öllampe wirkte ihr Gesicht weich und makellos wie ein Heiligenbild aus dem Mittelalter, die hohe, weiße Stirn, umrahmt von den immer noch feuchten, schwarzen Locken, die vollen Lippen, die glänzenden Augen.

»Ja«, sagte sie nach einer Weile leise, und sie klang, als wundere sie sich über sich selbst.

Dorothea wandte ihren Blick von Rosalie ab und schaute in die Flamme, wo sie am hellsten war. Sie fragte sich, was Rosalie von ihr erwartete. Dass sie ihr sagte, was sie tun sollte? Sie hätte sich keine schlechtere Ratgeberin aussuchen können, Dorothea war noch nie verliebt gewesen, alles, was sie über solche Angelegenheiten wusste, hatte sie aus Büchern. Sie war sich nur sicher, dass ihr nicht gefiel, was Rosalie mit diesem Apotheker angefangen hatte, und die Vorstellung, dass sie ihn heiraten könnte, gefiel ihr noch weniger.

»Aber das kommt nicht infrage«, sagte Rosalie, als habe sie ihre Gedanken gelesen. »Er spricht ja nicht einmal mehr mit mir. Er will mich nicht.«

»Vielleicht ... hat er eine andere?«, überlegte Dorothea laut.

»Aber wen?«, meinte Rosalie. »Er ist neu hier in Elberfeld, er kennt doch kaum jemanden.«

Dorothea zuckte mit den Achseln.

»Ob ich ihn fragen soll?«

»Nein«, sagte Dorothea schnell. »Du hast genug getan. Er ist nun an der Reihe. Warte ab, warte einfach ab.«

»Wie lange?«, fragte Rosalie.

Dorothea gab keine Antwort. Das Gesicht des Apothekers tauchte plötzlich vor ihr auf, seine starken, ebenmäßigen Gesichtzüge, das lockige Haar. Einen Moment schwebte das Bild in ihrer Erinnerung, dann verschwand es wieder. Vielleicht war es ja das, was sie so mit Unbehagen erfüllte. Dass dieser Apotheker so schön war. Zu schön, um wahr zu sein.

Nach Weihnachten kam der Schnee. Dorothea konnte sich nicht erinnern, dass es jemals so kalt gewesen war. Sie ging mit dicken Wollsocken ins Bett und über dem Nachtkleid trug sie ein altes Hemd ihres Vaters, dessen Ärmel weit über ihre Hände fielen, und dennoch wachte sie nachts auf, weil es so kalt war. Sie sehnte sich nach einer Wärmflasche oder nach dem kleinen Hermann, der manchmal nachts zu ihr ins Bett kam, wenn ein böser Traum ihn weckte und er nicht mehr einschlafen konnte.

Aber in diesen eisigen Nächten kam er nicht, also lag sie allein in der Dunkelheit und spürte die Kälte in ihren Fingerspitzen. Es war ein stechender und seltsamerweise heißer Schmerz. Sie dachte an die Handschuhe, die auf der anderen Seite des Raumes auf der Kommode lagen, aber um sie zu erreichen, hätte sie aus dem Bett steigen müssen. Nein, dachte sie und drehte sich auf den Bauch, um die schmerzenden Finger unter ihren Körper zu schieben, zwischen Matratze und Unterleib, wo sie sich langsam, ganz langsam erwärmten. Und so machte sie es von nun an jede Nacht, obwohl Diakon Rittershaus im Religionsunterricht gesagt hatte, dass die Hände unter der Bettdecke nichts verloren hätten.

Die Wohnung der Leders auf der Königsstraße war kalt, aber immerhin lebten sie hier zu fünft. Manchmal hatte Dorothea das Gefühl, dass ihre Körper den Raum stärker aufheizten als das kraftlose Feuer im Ofen. Tante Lioba aber wohnte allein in ihrem windschiefen Häuschen hinter der Gathe und hatte niemanden, der sie wärmte. Die alte Walpurga machte morgens Feuer und setzte Tantchen in ihrem Lehnstuhl an den Ofen, doch Dorothea hatte den Verdacht, dass sie Lioba oft allein ließ, und dann stand die Alte auf und wanderte durch die drei Räume und verirrte sich dabei und fand ihren Platz am Ofen nicht mehr.

Mittags ging Dorothea jetzt immer in die Nordstadt und setzte sich eine Viertelstunde, zwanzig Minuten zu Tante Lioba, obwohl sie viel lieber mit Kirschbaum gegessen hätte, in seiner warmen Küche. Auch abends blieb sie jetzt länger bei ihr, manchmal kam sie später als Vater und Traugott nach Hause ins Luisenviertel.

»Du tust wahrlich Gutes an der Tante«, sagte ihre Mutter voller Stolz, und Dorothea senkte die Augen und war kurz davor alles zu gestehen, aber dann tat sie es doch nicht.

Jeden Tag erschien ihr Tante Lioba ein wenig kleiner, ein wenig schwächer, ein wenig älter als am Tag zuvor. Aber je mehr sie an körperlicher Kraft verlor, desto mehr schienen ihre geistigen Fähigkeiten zurückzukehren. Sie erinnerte sich wieder öfter an Dinge, an Namen, Gesichter und Ereignisse, und manchmal brachte sie die einzelnen Erinnerungen sogar in einen sinnvollen Zusammenhang. Und das machte Dorothea Angst.

Denn wenn Tante Liobas Geist zurückkehrte, wenn ihre Verwirrung nachließ, dann würde sie auch merken, dass Dorothea sie betrog. Und früher oder später würde sie sie verraten. Ihre Eltern besuchten die Tante manchmal nach der Kirche, wie würden sie reagieren, wenn Lioba ihnen offenbarte, dass Dorothea nur zweimal am Tag hier auftauchte? Würden sie alles auf die Verwirrtheit schieben oder würden sie misstrauisch werden? Und nachforschen?

Dorothea hasste sich selbst für diese Gedanken, aber sie wurde sie dennoch nicht los. Tante Liobas Verrücktheit war die Grundlage, auf der ihr heimliches Leben aufbaute, und wenn sie sich darauf nicht mehr verlassen konnte, brach ihr Lügengebäude in sich zusammen und alles andere auch.

Sie war so erschöpft und zerstreut in diesen Tagen, dass sie mehr und mehr Fehler machte. Sie füllte die Leihkarten falsch aus und steckte sie dann kopfüber in den Karteikasten zurück, sie ordnete Bücher unter dem Anfangsbuchstaben des Titels in die Regale ein, sie brachte alles durcheinander und war Kirschbaum keine Hilfe mehr. Doch er beklagte sich nie, sondern korrigierte stillschweigend ihre Irrtümer, soweit sie ihm auffielen, und das bemerkte sie, und sie schämte sich dafür.

»Wenn es etwas gäbe, womit ich Ihnen helfen könnte, so würde ich es gerne tun«, sagte er eines Mittags, als sie wieder in ihren Mantel schlüpfte, obwohl es aus dem Hinterzimmer so köstlich nach Essen roch und sie so hungrig war und der Weg in die Nordstadt so weit. Er war gerade aus der Küche nach vorn gekommen und lehnte an dem Schreibtisch, den er Dorothea am ersten Tag angeboten hatte. Sein Ton war ganz beiläufig und ruhig. Sie zögerte einen Moment, während ihre Finger fortfuhren, das Kopftuch unter ihrem Kinn zusammenzubinden. Dann beschloss sie sich ihm anzuvertrauen, nicht, weil sie wirklich Hilfe von ihm erwartete, sondern weil es ein Wink des Himmels war, eine Gelegenheit, ein bisschen mehr Wahrheit in ihr Leben zu bringen.

Sobald sie einmal zu reden begonnen hatte, konnte sie nicht mehr aufhören. Sie erzählte alles, von Tante Liobas Verwirrtheit und von der Kälte in ihrem Haus, von Walpurga, die sich nicht richtig kümmerte, und ihren Eltern, die sich viel zu viel um alles kümmerten, und von ihrer eigenen Angst, dass alles zusammenbrechen könnte und ihre Lügen ans Licht kommen würden.

»Du liebe Zeit«, sagte er, als sie ihren Bericht beendet hatte. »Warum haben Sie mir das nicht schon früher erzählt?« Er klang dabei ehrlich verwundert, fast bestürzt, sodass auch sie sich unwillkürlich fragte, warum sie bloß so lange geschwiegen hatte.

»Es ist so, dass ich mich schäme«, meinte sie dann, mehr zu sich selbst als zu Kirschbaum.

Kirschbaum widersprach nicht, er nickte langsam und dann schob er seinen Stuhl zurück und erhob sich. »Dennoch begreife ich nicht, warum Sie nicht mehr mit mir essen.«

Einen Moment lang fragte sie sich, ob er sich über sie lustig machte. »Aber der Gang in die Nordstadt, das ist meine Mittagszeit, ich bleibe schon länger aus, als es vereinbart war ...« Sie brach ab, weil ihr bewusst wurde, dass sie und Kirschbaum sich nie konkret über ihre Arbeitszeiten verständigt hatten. Sie kam um acht, wenn die Leihbibliothek öffnete, und verließ sie abends um sechs oder um halb sieben.

»Fräulein Leder«, sagte Kirschbaum mit fester Stimme. »Ich muss Ihnen mitteilen, dass ich in den letzten Wochen mit Ihrer

Arbeit alles andere als zufrieden war. Sie waren zerstreut und unaufmerksam, und die Gründe dafür kenne ich jetzt. Nun kann ich Ihnen die Sorge um Ihre Tante nicht abnehmen, genauso wenig wie Ihr schlechtes Gewissen. Aber zumindest gegen Ihren Hunger lässt sich etwas ausrichten. Ich fordere Sie deshalb auf, des Mittags mit mir zu essen, vor oder nach dem Besuch bei Ihrer Tante. Unter anderen Umständen können Sie nicht mehr bei mir arbeiten.«

Seine kleinen Hände mit den kurzen Fingern hielten sich an der Kante des Schreibtischs fest, auf seiner Stirn und an den Schläfen glitzerten winzige Schweißperlen, so als habe ihn die lange Rede vollkommen erschöpft.

»Nun?«, fragte er.

»Also gut«, sagte sie und zog das Kopftuch wieder vom Kopf. »Was gibt es denn?«

Sie sprach den Segen, und er hörte zu, dann begannen sie zu essen. Es gab dicke Bohnen mit Speck und wie immer schmeckte das Essen ganz anders als alles, was sie kannte.

»Die jüdische Küche ist köstlich«, sagte sie, als ihr Teller leer war.

»Es ist nicht koscher.« Er tat ihr noch ein paar Löffel auf. »Ich koche nicht nach den Vorschriften.«

»Es ist dennoch köstlich.« Sie zögerte einen Moment lang, ob sie ihn fragen sollte, was sie sich selbst schon so lange fragte. Es ist die Stunde der Wahrheit, dachte sie schließlich. »Sie haben sich wirklich ganz gelöst, von Ihrer Familie, von Ihrer Religion?«

Er nickte und kaute und schluckte. »Aber ich habe den gleichen Fehler gemacht wie Sie.«

»Welchen Fehler? Wovon sprechen Sie?«

»Ich habe mich versteckt, ich bin ausgewichen, ich habe gelogen. Lange, lange Zeit. Endlich kam es doch zum Bruch, aber dann habe ich nicht nur meine Familie verloren. Sondern auch mich selbst.«

Seine Familie, dachte sie. Meinte er damit Vater und Mutter oder Frau und Kinder? Sie musste wieder an die weinende Frau denken, die sie dieses eine Mal gesehen hatte und dann niemals wieder. Es waren auch sonst keine Besucher mehr erschienen, außer den Kunden der Leihbibliothek. Wer war diese Frau gewesen?

»Fräulein Leder«, sagte er. »Hören Sie auf zu lügen.«

»Wenn ich die Wahrheit sage, muss ich auch meine Arbeit für Sie beenden. Mein Vater würde es niemals billigen, dass ich hierherkomme, niemals!«

»Was würde geschehen, wenn er die Wahrheit wüsste?«

»Er würde mich einsperren. Und wenn das nichts nützte, würde er mich auf die Straße setzen. Er würde mich eher totschlagen, als nachzugeben.«

Kirschbaum nickte, als habe er genau diese Antwort erwartet. »Also warten Sie lieber ab, bis sich die Sache von selbst klärt. Bis Ihre Eltern Sie hier in der Bibliothek sehen oder ein Freund oder ein Bekannter. Und alles ans Licht kommt.«

»Meine Eltern kommen niemals zur Alten Freiheit, und hier im Viertel haben wir kaum Bekannte.«

»Der Krug geht so lange zum Brunnen, bis er bricht«, sagte Kirschbaum.

Sie fühlte sich plötzlich elend und wütend und ratlos, alles zur gleichen Zeit. Was wollte Kirschbaum von ihr? Was maßte er sich an? »Sie sind ein Mann, Sie können Ihren Weg gehen, Ihnen steht alles offen. Aber ich bin ganz und gar abhängig von den Meinen.« Ihre Stimme klang rau vor Erregung, sie griff nach ihrem Glas, um einen Schluck zu trinken, aber ihre Hand zitterte so, dass sie das Wasser beinahe verschüttet hätte. »Es ist nicht so, dass ich gerne lüge, ich hasse es vielmehr und verabscheue mich selbst dafür. Aber ich will hier arbeiten, ich will es einfach!«

Bei den letzten Worten war sie laut geworden, sie kannte sich selbst nicht wieder, aber Kirschbaum schien weder überrascht noch befremdet oder gar empört über ihre Unbeherrschtheit.

Er sah sie nur an, ruhig und ernst, mit seinen schönen, braunen Augen, und plötzlich war ihre Wut und ihre ganze selbstgerechte Empörung verschwunden. Er hatte ja recht mit dem, was er gesagt hatte: dass sie im Begriff war, sich selbst zu verlieren. Und gleichzeitig wusste sie, dass sie dennoch so weitermachen würde, weil ihre Angst zu groß war, weil ihr einfach der Mut fehlte, die Wahrheit zu sagen. Diese Erkenntnis erschütterte sie so, dass sie zuerst gar nicht hörte, was Kirschbaum zu ihr sagte.

»Seien Sie gewiss, Sie können auf mich bauen. Ganz gleich, was es ist, wenn es in meiner Macht steht, werde ich es für Sie tun.«

Später, als sie schon auf dem Weg in die Nordstadt war, fielen ihr die Worte wieder ein. *Wenn es in meiner Macht steht, werde ich es für Sie tun.*

Traugott hustete den halben Tag und die ganze Nacht. Die Arbeit in der Weberei bekommt ihm nicht, hörte Dorothea ihre Mutter zu ihrem Vater sagen. Sie verstand nicht, was ihr Vater antwortete, vermutlich sagte er, dass es keine Frage war, dass sie seinen Lohn bräuchten und er im Übrigen schon wieder auf die Beine käme. Aber Traugott kam nicht wieder auf die Beine, stattdessen begann er Blut zu spucken, und Dorothea holte Doktor Kuhn, obwohl ihre Eltern die Heilung von Krankheiten sonst immer in die Hände des allmächtigen Gottes legten.

»Schwindsucht«, konstatierte Kuhn, während er sein Stethoskop von den Ohren zog. »Er braucht Ruhe, viel Ruhe, am besten Luftveränderung, die Berge oder das Meer, das wäre gut, ja, das würde ihn wiederherstellen.«

Herr Leder nickte verständnislos. »Kann man ihm denn nichts geben, das ihm hilft?«, fragte er dann.

Doktor Kuhn holte seinen Rezeptblock aus der Rocktasche

und kritzelte in seiner großen, fahrigen Handschrift darauf herum, bevor er das Blatt schwungvoll abriss und es dem Vater reichte. »Tropfen, die das Atmen erleichtern. Aber die Ruhe ist viel wichtiger. Dass er mir nicht gleich in der nächsten oder übernächsten Woche in der Fabrik steht. Er muss sich ausheilen ...« Er brach ab, als wie auf ein Stichwort Traugott einsetzte und zu husten begann, es klang rau und qualvoll wie eine Harke, die über einen trockenen Steinboden kratzt. Kuhn nahm das Stethoskop vom Hals und verstaute es in seiner bauchigen Tasche. Als er ging, reichte er allen die Hand, auch Dorothea. Dabei wirkte er irritiert, als könne er sich nicht erinnern, bei welcher Gelegenheit und wann er sie schon einmal gesehen habe.

Am nächsten Morgen ging Dorothea noch vor der Arbeit zur Apotheke am Heckweiher. Ihr Herz klopfte unwillkürlich schneller, als sie Minter hinter dem Ladentisch sah, dabei war es doch Rosalie, die in ihn verliebt war und nicht sie selbst. Sie erwartete nicht, dass er sich an sie erinnerte. Wenn nicht einmal Doktor Kuhn sie einordnen konnte, obwohl sie die beste Freundin seiner Tochter war, würde dieser Apotheker sie bestimmt nicht wiedererkennen, und so war es auch.

»Ich muss die Tropfen erst mischen«, sagte er, nachdem er das Rezept einige Sekunden lang stirnrunzelnd betrachtet hatte. »Wollen Sie warten oder später noch einmal wiederkommen?«

Sie wartete. Es dauerte eine ganze Weile lang, weil zwischendurch immer Kundschaft kam, die Minter bedienen musste. Jedes Mal warf er ihr einen halb entschuldigenden, halb besorgten Blick zu, als erwartete er, dass sie sich empörte oder weglief.

»Vielen Dank für Ihre Geduld«, meinte er schließlich. Sie nahm einen frischen, ein wenig bitteren Geruch an ihm wahr, als er ihr die Flasche reichte, wahrscheinlich waren es die Ingredienzien der Medizin.

»Bitte«, sagte er, als sie sich fast schon abgewandt hatte. »Können Sie Rosalie etwas ausrichten?«

Er hatte sie also doch erkannt. Und nun wollte er, dass sie die Vermittlerin spielte, die Kupplerin, die die Dinge zwischen ihnen wieder ins Lot brachte. Nein, hätte sie am liebsten gerufen. Nein, sie würde nichts ausrichten.

»Sicher«, sagte sie stattdessen laut.

Seine Hand umfasste sein Kinn, sodass die weißen Finger auf dem schwarzen Bart lagen. Sein Blick ging tief in sie hinein und löste in ihrer Brust ein flatterndes Gefühl aus.

»Sagen Sie ihr, es tut mir leid. Sagen Sie ihr, ich muss sie sprechen.«

»Bitte«, setzte er noch einmal hinzu, und sie nickte kurz und dann drehte sie sich um.

Seit Tobias morgens Wasserholen ging, traf Dorothea Rosalie nicht mehr täglich. Sie musste also abends bei ihr vorbeigehen, aber am ersten Abend war es zu spät dazu. Am nächsten Abend regnete es wie aus Kübeln, und am Abend danach war Bibelandacht bei den Ostermanns, und so verging ein Tag nach dem anderen, ohne dass sie Minters Botschaft ausrichtete. Dabei war sie sich sicher, dass Rosalie den ganzen Tag an den Apotheker dachte und dass sie nachts gerne von ihm geträumt hätte, was aber vermutlich nicht geschah, denn man träumt nur sehr selten von Dingen, die man sich ersehnt, und viel zu oft von dem, was man lieber vergessen will.

Dorothea zum Beispiel träumte eine Woche, nachdem sie in der Apotheke gewesen war, von Minter. Sie war auf dem Weg in die Nordstadt, als er aus einer Seitenstraße bog. Er fragte sie nichts, er schaute sie einfach nur an, und schließlich wachte sie schweißgebadet auf und überlegte, ob sie jetzt gleich, mitten in der Nacht, aufstehen und zu Rosalie laufen sollte, um ihr alles zu beichten.

Am nächsten Morgen ging sie auf dem Weg zur Bibliothek bei ihr vorbei. Vor dem Haus stieß sie fast mit Doktor Kuhn zusammen, der mit seinem Arztkoffer in der Hand die Stufen hinuntereilte.

»Rosalie ist nicht hier, sie wird auf dem Markt sein«, sagte er, während er weiterlief, doch dann drehte er sich noch einmal zu ihr um. »Wie geht's dem Bruder?«

Dorothea zuckte mit den Schultern. Nicht gut, Traugott spuckte zwar kein Blut mehr, aber er hustete noch genauso wie vor zwei Wochen, und dennoch war er heute Morgen wieder mit dem Vater in die Hofaue gegangen, aber das wollte sie dem Doktor nicht sagen.

»Schön ausruhen soll er sich, gut auskurieren!«, rief Kuhn und seine Stimme dröhnte über die ganze Straße. »Luftveränderung wäre das Beste«, rief er, während er die Hand hob und ihr zuwinkte, aber vielleicht winkte er auch nach der Droschke, die gerade oben in die Laurentiusstraße einbog.

Sie nahm sich vor, am Abend nur ganz kurz bei Tante Lioba zu bleiben und danach zu Rosalie zu gehen, aber dann kam alles ganz anders. Am Vormittag, kurz nach zehn, stand plötzlich Walpurga zwischen den Bücherregalen, und Dorothea erkannte sie zuerst gar nicht, weil sie einfach nicht hierhin gehörte. Dann sah sie, dass Walpurgas Augen rot und geschwollen waren vom Weinen.

»Mein gutes, liebes Fräulein Dorothea«, rief sie mit zitternder Stimme und tupfte sich mit einem zerknüllten Taschentuch die glänzende Nase.

Dorothea spürte, wie ihr von einer Sekunde zur anderen schwindlig wurde vor Angst, und sie war dankbar, dass plötzlich Kirschbaum da war, der sie sanft berührte und zu einem Stuhl führte, auf den sie sich setzen konnte.

5. KAPITEL

»Was die Erschaffung des Menschen betrifft, soll es seiner unwürdig sein, wenn wir ihn als die höchste und letzte Entwicklung des thierischen Lebens betrachten und jeden Vorzug seiner Natur aus der Vollendung seines Organismus herleiten, ist er darum weniger gut aus der Hand des Schöpfers hervorgegangen, wenn dieser in dem dunklen Schoosse ungezählter Jahrtausende die Thiergestalt nach und nach veredelte, bis das menschliche Gebilde, das man sein Ebenbild genannt hat, erreicht war?«

Aus *Ueber die Beständigkeit und Umwandlung der Arten* von Hermann Schaaffhausen, 1853

Im Sommer war es der schönste Platz der Stadt. Dann standen die Rosenbüsche in voller Blüte, ein Blütenkopf neben dem anderen, rot und rosa und purpur, und der Boden war bedeckt von duftenden Blättern. Mindestens einmal im Sommer kam Rosalie hier heraus. Sie setzte sich auf eine der Bänke unter den Bäumen und blickte auf die prachtvoll blühenden Büsche, die sich über die grauen Steinplatten beugten. Sobald sie den Duft der Blumen einatmete, wurde sie ganz ruhig. Gottes Acker.

Auch jetzt, Ende März, war es Gottes Acker, aber jetzt war es ein karger Ort, ein schlafender Ort. Ein Ort in Erwartung seiner Auferstehung im Sommer. Jetzt streckten die Rosenbüsche ihre kurzen, kahlen, dornigen Arme in den grauen Himmel, und es sah aus, als bettelten sie um Schnee, um eine sanfte, weiße Decke, die ihr nacktes Holz den Winter über gnädig verhüllt hatte. Stattdessen blies ein scharfer Wind feine Regentropfen schräg über die flachen Steine und das Efeu zwischen den Grabhügeln. Er blähte die Röcke der Frauen auf und zerrte an ihren Schutenhüten und riss am schwarzen Talar Kohlbrügges, der vorn am Grab stand, die Bibel aufgeschlagen in der Hand.

Kohlbrügge richtete die Augen nach oben und schaute über die Köpfe der Trauergemeinde hinweg. Er schien seine Worte vom Himmel abzulesen oder aus den kahlen Ästen der Bäume hinter dem Friedhof.

»Durch eigene Schuld bin ich dem Tod anheimgefallen«, rief er, während die Blätter der Bibel flatterten, als wollte das Buch von ihm wegfliegen, »und dieser Leib, worin ich mich befinde, was ist er anders denn ein Totengerippe, überklebt mit verweslichem Fleisch!«

Rosalies Gedanken schweiften ab, zu dem kleinen Körper in dem schmalen Sarg, bei dem die Verwesung, von der Kohlbrügge sprach, schon ihren Anfang genommen hatte.

Dann begann man zu singen, aber Rosalie kannte das Lied nicht. Sie sah zu Dorothea hinüber, die neben ihrer Mutter stand und ebenfalls nicht mitsang. Ihre Augen waren rot und geschwollen, aber sie wirkte ruhiger als vorhin, bei der Trauerandacht in der Königsstraße, in der engen, feuchten Stube.

Das Gesicht ihres Vaters war hart und grau wie eine der Grabplatten. Seine Frau dagegen schien gefasst, fast heiter unter ihrer schwarzen Schute. Ihre Hände umklammerten ihr Gesangsbuch, aber es war nicht aufgeschlagen, denn sie kannte die Lieder auswendig. Wenn man sie sieht, möchte man meinen, dass es ein ganz normaler Gottesdienst ist, dachte Rosalie. Dabei trägt sie ihren Sohn zu Grabe, ihr jüngstes Kind.

Während Herr Leder und zwei andere Männer den kleinen Sarg in das große Grab hinabsinken ließen, begann Dr. Kohlbrügge wieder zu sprechen, jetzt las er aus der Bibel. »Es könnte aber jemand fragen: Wie werden die Toten auferstehen, und mit was für einen Leib werden sie kommen?«, rezitierte er. »Du Narr: Was du säst, wird nicht lebendig, wenn es nicht stirbt.

Und was du säst, ist ja nicht der Leib, der werden soll, sondern ein bloßes Korn.«

Der Sarg war nun im Erdboden verschwunden, und die Männer beugten sich über die Grube, als wollten sie ihm nachblicken, aber sie zogen nur die Seile wieder hoch, mit dem sie ihn hinuntergelassen hatten. Frau Leder nickte und verzog den Mund, es sah aus, als ob sie lächelte.

»Nicht alles Fleisch ist das gleiche Fleisch«, las Kohlbrügge, »sondern ein anderes Fleisch haben die Menschen, ein anderes das Vieh, ein anderes die Vögel, ein anderes die Fische.«

Rosalie musste unwillkürlich an ihren Vater und Fuhlrott denken und an ihre Naturstudien. Diese Bibelstelle hätte ihnen gefallen. Und dieser Friedhof würde ihnen gefallen, auf dem alle gleich waren – Arme und Begüterte, Männer und Frauen, Kinder und Erwachsene. Bei den Niederländisch-Reformierten gab es keine Verwesungsgräber, in denen die Armen verscharrt wurden, und keine prachtvoll verzierten und hervorgehobenen Grabstätten für die Reichen. Ein Rosenstock und ein flach liegender Stein kennzeichneten jedes Grab und Hermanns Grab würde die Nummer 79 tragen, denn er war der neunundsiebzigste Tote in der Gemeinde.

»Es wird gesät ein natürlicher Leib und wird auferstehen ein geistlicher Leib«, las Kohlbrügge. »Amen«, murmelte neben Rosalie eine alte Frau. Dr. Kohlbrügge klappte seine Bibel zu und senkte den Kopf zum stillen Gebet.

Auch Rosalie senkte den Blick zu Boden, und als sie ihn wieder hob, sah sie Frau Leder schwanken, die bald darauf in den Knien einknickte und langsam, ganz langsam nach vorn fiel. *Tante Marthe,* wollte Rosalie gerade rufen, aber da hielten ihr Mann und Dorothea sie fest, im letzten Moment, bevor sie kerzengerade ausgestreckt im Grab ihres Kindes gelandet wäre.

Sie führten sie weg und bevor sie sich umdrehte, sah Rosalie noch einmal ihr Gesicht, das mild erstaunt, sanft, fast heiter wirkte.

Rosalie, die nicht zur Totenfeier wollte, blieb noch ein paar Minuten vor dem offenen Grab stehen, während sich die anderen Gemeindemitglieder rasch zerstreuten. Dann setzte auch sie sich in Bewegung, über die neu gesetzte Lindenallee ging sie zur Straße nach Elberfeld hinunter. Sie schrak zusammen, als sich kurz vor ihr plötzlich eine kleine, untersetzte Gestalt aus dem Schatten der Bäume löste. Es war ein Mann, und auch er schien zu erschrecken, als er sie bemerkte, offensichtlich hatte er hinter einem Baumstamm abgewartet, bis alle weg waren. Jetzt grüßte er nicht, sondern schob seinen dunklen Hut tiefer in die Stirn und hastete mit gesenktem Kopf durch den Nieselregen davon.

Sie hatte ihn dennoch erkannt, in dem kurzen Moment, in dem er ihr sein Gesicht zugewandt hatte. Es war Isaak Kirschbaum, der Jude, bei dem Dorothea arbeitete.

Hermann hatte auf der Straße gespielt, an dem letzten kalten, sonnigen Märzmorgen in seinem Leben. Es waren auch andere Kinder dabei gewesen, aber Hermann war der Einzige gewesen, der mitten auf der Straße gesessen hatte. Dort gab es eine besonders schöne, große Pfütze, auf der er einen Staudamm baute, er hatte ihn fast fertiggestellt, als die Droschke um die Ecke jagte und sein Werk zerstörte und ihn auch.

Rosalie hatte es erst zwei Tage später erfahren, von den Frauen an der Pumpe, und sie war am gleichen Abend bei den Leders vorbeigegangen, um ihnen ihr Beileid auszusprechen. Sie war nur kurz geblieben, und Dorothea war ihr wie versteinert erschienen, denn von allen Brüdern war ihr Hermann der liebste gewesen.

Als Rosalie ging, begleitete Dorothea sie zur Haustür. »Das hat der allmächtige Herrgott getan«, hörte Rosalie sie in der düsteren Kälte des Flurs flüstern. »Er hat uns Hermann genommen, um mich für meine Lügen zu bestrafen.«

»Was für ein Unsinn!« Wie so oft klang Rosalies Stimme viel

zu laut, und einen Moment lang hielten sie beide den Atem an und warteten darauf, dass sich die Wohnungstür öffnete und Herr Leder herauskam und sie zurechtwies. »Das ist doch blanker Unfug, was du da sagst«, meinte Rosalie dann mit leiserer Stimme. »Wenn er dich hätte strafen wollen, hätte er doch wohl dich getötet und nicht Hermann.«

»Nein«, sagte Dorothea. »Er nimmt das, was einem am liebsten ist. Er hat auch den Ägyptern den erstgeborenen Sohn genommen und dem Pharao, denn damit traf Er sie am härtesten.«

»Ach was«, meinte Rosalie, aber sie merkte, wie ihre Stimme plötzlich unsicher klang. Die grausamen Geschichten aus dem Alten Testament, in denen Gott ständig irgendwelche unschuldigen Kinder tötete, nur weil seinen Gesetzen zuwidergehandelt worden war, hatte sie noch nie recht zu deuten gewusst. Dieser wütende, zornige, rachsüchtige Gott gefiel ihr nicht, aber es stand in der Bibel, und dagegen ließ sich schlecht etwas sagen.

»Die Sache mit den Ägyptern und dem Pharao ist doch eine israelitische Angelegenheit gewesen, eher jüdisch als christlich«, sagte sie mit mehr Überzeugung, als sie wirklich spürte. »Und im Übrigen war Hermann nicht dein Sohn, sondern dein Bruder.«

»Sicher.« Dorotheas Stimme klang matt und schwach und müde. Dann gaben sie sich die Hand, und Rosalies kräftige, lange Finger umschlossen Dorotheas Hand wie einen kleinen Vogel.

Das war vor vier Tagen gewesen, und jetzt lag Hermann unter der Erde, ein Totengerippe, überklebt mit verweslichem Fleisch, wie Kohlbrügge es ausgedrückt hatte, und Rosalie lief nach Hause. Sie musste sich beeilen, denn heute war Dienstag. Dienstags tagte immer der Naturwissenschaftliche Verein, und damit er pünktlich zu den Sitzungen kam, erwartete ihr Vater sein Abendbrot eine Stunde früher als sonst und auch das Mittagessen, damit eins zum anderen passte.

»Heute Abend geht es wieder einmal um die Gebeine aus dem Neandertal«, sagte Kuhn, als sie die Suppe löffelten, die Rosalie am Vortag schon zubereitet hatte. »Fuhlrott stellt Schaaffhausens Vermessungsergebnisse der Schädelkalotte vor, es ist sozusagen die Generalprobe für die große Präsentation vor dem Naturhistorischen Verein in Bonn, die er zusammen mit Schaaffhausen und Mayer bestreiten will.«

»Nun, hier in Elberfeld wird es doch nicht allzu schlimm werden«, meinte Rosalie. »Im Verein erwartet ihn doch ein wohl gesonnenes Publikum, das seine Erkenntnisse mit dem größten Interesse begegnet.«

Ihr Vater lachte kurz und trocken. »Ob wohl gesonnen oder nicht, der größte Teil der Anwesenden wird mit Befremden reagieren, Minter und mich selbst einmal ausgenommen. Beschränken wir unsere Diskussionen endlich wieder auf angemessenere Gebiete, werden sie fordern. Fokussieren wir uns auf die verschiedenen Spezies der Primula oder auf die Vogelfauna des Wuppertales oder auf die Rückenwirbel der Klapperschlange, denn das sind die richtigen Themen für einen Verein christlich gesonnener Männer.«

Rosalie rührte in ihrer Suppe und spürte dem Schmerz nach, den der Name Minter in ihr auslöste. »Und ich hielt euren Verein bisher immer für so aufgeschlossen.«

»Aufgeschlossen im Rahmen des Akzeptierten«, sagte Kuhn. »Das sind sie fürwahr. Aber sie wagen es nicht, die festgelegten Grenzen zu überdenken. Sie haben wohl Angst, dass dann ihr ganzes Weltbild zusammenbrechen könnte. Das wäre gar zu unerträglich.«

Nachdem der letzte Patient das Praxis verlassen hatte, fegte Rosalie das Wartezimmer und danach wischte sie den Hausflur, leise auf die Leute schimpfend, die mit ihren schmutzigen Stiefeln ins Haus trampelten und sich nicht einmal die Mühe machten, den gröbsten Dreck auf dem Gitter vor der Tür abzustreifen. Die einfach auf den Boden spuckten, obwohl sie überall Spucknäpfe aufgestellt hatte und ihr Vater allen seinen Patienten predigte, dass das Ausspucken unhygienisch sei, eine ekelerregende Unart, die nicht in die moderne Zeit passte.

Sie hatte einen ganzen Eimer voll Wasser und Schmierseife in den Hausflur geschüttet, und während sie die Steinplatten schrubbte, verwandelte sich innerhalb von Sekunden das weiße Wasser in eine schmierige, dickflüssige Brühe. Was tat sie hier eigentlich, warum mühte sie sich so ab, fragte sie, als sie den Lappen über dem Eimer auswrang. Morgen früh, nach den ersten zehn Patienten, würde alles ganz genau so sein wie jetzt. Niemand würde irgendeinen Unterschied bemerken, sie konnte genauso gut aufhören. Aber Rosalie hörte nicht auf, sondern arbeitete weiter und als der Eimer voll war, schleppte sie ihn nach draußen und leerte ihn in die Gosse.

Danach legte sie den Kopf in den Nacken, atmete tief ein und spürte, wie die kalte Luft durch ihren Hals in ihre Lunge floss. Der Himmel war ein schwarzes Tuch, durchzogen von winzigen hellgelben Löchern. Sie dachte an Minter, wie immer, wenn sie einen Moment zur Ruhe kam, und stellte sich vor, dass er neben sie trat.

»Guten Abend, Rosalie. Das ist aber schön, dass ich Sie endlich einmal antreffe.« Ihr Kopf fuhr herum. Der Apotheker stand unter einer Gaslaterne, nur ein paar Meter von ihr entfernt. In dem kalten, fahlen Licht sah er aus wie eine Geistererscheinung, das Gesicht grünlich-weiß überstrahlt, die Augen schwarz wie Löcher. Aber es gab keine Geister, also war er es wirklich.

»Was ... was wollen Sie denn hier?«, hörte sie sich fragen. Ihre Stimme klang feindselig. Sie spürte, wie ihr plötzlich kalt wurde, es war ja eisig hier draußen, und sie war nass geschwitzt, sie würde sich den Tod holen.

»Ich wollte Ihren Vater abholen, wir wollen gemeinsam zur Vereinssitzung.«

»Worauf warten wir dann noch«, sagte sie, ohne am Ende des Satzes die Stimme zu heben. »Lassen Sie uns hineingehen.«

Er griff nach dem Henkel des Eimers, aber sie war schneller. Sie trat vor ihm ins Haus, und erst dann, als sie im hellen Licht der Öllampen stand, wurde ihr bewusst, wie sie aussah. Sie hatte die Zipfel ihres weiten Rocks vorne zusammengeknotet, damit der Saum nicht nass wurde, unten konnte man ihre Waden sehen, die in hässlichen, klobigen Stiefeln steckten. Das Schlimmste aber war ihr Gesicht: Die Haare waren straff nach hinten gekämmt und unter einem Tuch versteckt, sodass nichts von ihrer großen Nase und der hohen Stirn ablenkte. Sie sah aus wie ein Waschweib, wie eine alte Vettel, eine Hexe. Sie hätte am liebsten die Hände vors Gesicht geschlagen oder das Licht gelöscht oder wäre einfach weggelaufen. Stattdessen starrte sie auf den Boden, der überall gleichmäßig schmutzig war, auch an den Stellen, die sie schon geputzt hatte. »Mein Vater ist oben. Wenn Sie sich hinaufbemühen wollen, ich muss inzwischen hier weitermachen.«

Doch er ging nicht nach oben, sondern machte einen Schritt auf sie zu und legte seine Hand auf ihren Arm. Sie hatte das Gefühl, dass sie seine Wärme durch ihren Ärmel hindurch auf der Haut spürte. »Rosalie«, sagte er. »Es tut mir so leid, was geschehen ist.«

»Ach ja?«, fragte sie und spürte, wie sie wütend wurde. Mit einem Mal fand sie es richtig, dass ihr Gesicht hart und kantig aussah, so war sie in ihrem Innersten, und so trat es zutage. »Was ist denn geschehen?«

Er ging nicht auf ihre Frage ein, sondern sah sie nur an, vielleicht dachte er über ihre Hässlichkeit nach. »Wir müssen miteinander reden«, sagte er dann.

Sie zuckte mit den Schultern.

»Am nächsten Sonntag«, meinte er. »Nach dem Mittagessen.«

Sie griff nach dem anderen Eimer mit Seifenlauge. Es tat ihm also leid, er bereute die Fahrt ins Neandertal und alles, was dort geschehen war. Sie brauchte sich keine Hoffnungen zu machen. Er war nicht interessiert. Aber um ihr das mitzuteilen, mussten sie sich nicht treffen, sie hatte jetzt schon verstanden.

»Ich hole Sie ab«, sagte er. Als Antwort schüttete sie das Wasser auf die Fliesen, mit so viel Wucht und Wut, dass es klatschte wie ein Schlag ins Gesicht und in alle Richtungen spritzte.

Minter nickte kurz, als sei alles zwischen ihnen geklärt, dann ging er ohne ein weiteres Wort zur Treppe, und als er nach oben stieg, sah sie, dass seine Hosenbeine sauber und trocken geblieben waren, nur sie selbst war völlig durchnässt.

Sie putzte und schrubbte und wischte und wrang, bis ihre Arme brannten und ihr ganzer Körper schmerzte, aber gegen den Schmutz hatte sie keine Chance und gegen die Gedanken in ihrem Kopf auch nicht. Auch später, als sie im Bett lag, konnte sie nicht aufhören zu denken. Sie atmete ein und wieder aus und starrte in die Dunkelheit und malte sich endlose, sinnlose Unterhaltungen mit Minter aus und Situationen, in denen sie sich begegneten, alltägliche und verrückte und geradezu widersinnige Situationen, die aber alle gleich endeten. Er hielt sie, und sie hielt ihn.

Irgendwann zog sie sich wieder an, und nun saß sie im Kaminzimmer, zog die Füße auf die Ofenbank, spürte die warme Glätte der Kacheln im Rücken. Obwohl es spät war, fast Mitternacht, hatte sie noch eine Schütte Kohle auf die Glut geworfen. Jetzt waren die Flammen, die fast eingeschlafen gewesen waren, wieder aufgewacht.

Sie blätterte in einer Broschur, die ihr Vater aufgeschlagen auf dem Tisch hatte liegen lassen. *Über die Beständigkeit und Umwandlung der Arten*. Der Verfasser war Hermann Schaaffhausen, der Professor, den Fuhlrott in Bonn besucht hatte, um ihm die Knochen aus dem Neandertal zu zeigen.

Am Anfang überflog sie die Zeilen nur, weil sie erwartete, dass der wissenschaftliche Text ohnehin zu kompliziert für sie sei, dann stellte sie überrascht fest, dass sie alles verstand. Dieser Schaaffhausen vertrat die Ansicht, dass sich alle Arten, ob Pflanzen oder Tiere, seit ihrer Entstehung im Wandel befanden. Auch die Menschen schloss er aus diesem Prozess nicht aus, er hielt es im Gegenteil sogar für wahrscheinlich, dass der Mensch in Tiergestalt geschaffen worden war und erst nach und nach, im Laufe von Jahrtausenden, seine heutige Vollendung erreicht habe.

Kein Wunder, dass ihn die Knochenfunde so interessieren, dachte Rosalie. Der affenähnliche Schädel mit seinen Wülsten über den Augenhöhlen und die groben, schweren Knochen untermauerten seine These. Die Kreatur aus der Feldhofer Grotte war demnach eine frühzeitliche Station auf dem Weg zur Perfektion, ein Stein im Mosaik der menschlichen Entwicklung zur heutigen Vollkommenheit.

Rosalie musste plötzlich an die erste Unterhaltung denken, die ihr Vater, Fuhlrott und Minter geführt hatten, im Sommer, hier in diesem Zimmer. Minters eigenartige Holzfällertheorie, seine Annahme, dass eine Generation ihre erworbenen Fähigkeiten an die nächste weitergab. Auch er hatte damals von einer Entwicklung gesprochen und in einem Punkt war er sogar noch weitergegangen als Schaaffhausen, wenn sie es richtig in Erinnerung hatte. *Der Prozess ist niemals abgeschlossen,* hatte er gesagt. *Alles geht immer weiter.*

Die beiden Doktoren waren äußerst skeptisch gewesen, mit gutem Grund. Denn wenn Minters Aussage stimmte, war der Mensch eben nicht die Krone der Schöpfung, für die er sich hielt. Irgendwann einmal, in einem weit entfernten, unvorstellbaren Zeitalter würde er sich vielleicht dem annähern, wonach er seit Anbeginn der Welt strebte: seinem Ideal, Gottes Ebenbild. Aber von diesem Stadium unterschied sich der heutige Mensch so stark wie die Kaulquappe vom Frosch.

Sie ließ das Heft auf ihren Schoß sinken und schauderte. Wenn Minter recht hatte, dann waren sie selbst und er, ihr Vater und Fuhlrott, dann waren alle heutigen Menschen – nichts. Sie waren vollkommen wertlos im Vergleich zu den herrlichen Wesen, die sich im Laufe der Zeit herausbilden würden. Die wiederum ihrerseits nichts waren im Hinblick auf die Entwicklung, die die Generationen nach ihnen durchlaufen würden. Denn der Prozess war ja niemals abgeschlossen.

Rosalie legte Schaaffhausens Aufsatz zur Seite, umschlang die kalten Beine mit den Armen und stützte ihr Gesicht auf die Knie. Die flackernde Öllampe auf dem Kaminsims warf bedrohliche Schatten an die Wand. Menetekel aus der Zukunft.

Vielleicht war es falsch, die verschiedenen Stufen der Menschheit, die Formen der Entwicklung in ihrer chronologischen Reihenfolge zu sehen und zu bewerten, dachte sie. Vielleicht war jede Entwicklungsstufe nur eine Antwort auf ihre jeweilige Zeit. Und darüber hinaus waren alle gleich viel wert oder gleichermaßen wertlos, wie man die Sache eben betrachtete. Sie alle waren Menschen, Brüder und Schwestern, der Tiermensch aus dem Neandertal, der zukünftige Mensch und sie selbst auch.

Sie spürte Hände auf ihren Schultern, und als sie aufsah, stand ihr Vater vor ihr, mit weit geöffneten, besorgten Augen hinter funkelnden Brillengläsern.

»Was machst du denn noch hier, Kind? Weißt du nicht, wie spät es ist?«

Ganz offensichtlich war sie auf der Ofenbank eingeschlafen. Sie reckte sich und spürte jeden einzelnen Knochen in ihrem Körper. »Wie war die Sitzung?«, fragte sie. Ihre Zunge fühlte sich pelzig an.

»O, es war ein Desaster«, sagte ihr Vater und sah plötzlich nicht mehr besorgt aus, sondern wütend. »Sie wollen es einfach nicht hören, jedenfalls nicht von einem Fuhlrott. Ja, wenn es ihnen eine anerkannte Kapazität der Wissenschaft verkündet hätte, ein Spring oder ein Lyell oder ein de Perthes oder meinetwegen auch ein Anatom wie Schaaffhausen, dann hätten sie sich unter Umständen herabgelassen, den einen oder anderen Gedanken an die Sache zu verschwenden. Aber ein hiesiger Realschullehrer und eine solche bahnbrechende Entdeckung, das ist vermessen, das muss ein Irrtum sein.«

»Haben Sie Fuhlrott ausgelacht?«, fragte Rosalie und unterdrückte ein Gähnen.

»Aber nein, nicht doch, sie haben ihn angehört und seine Gipsabgüsse mit großen Ernst betrachtet, sie mit ihren Fingern betastet, aber es war so ein Ausdruck in den Gesichtern, so ein spöttischer Glanz in den Augen …«

»Vielleicht täuschst du dich«, meinte Rosalie achselzuckend. Während sie geschlafen hatte, war das Feuer im Ofen endgültig heruntergebrannt, sodass ihr die Kälte in alle Gliedmaßen gekrochen war. Sie zog die Füße enger an den Leib, kreuzte die Arme über der Brust und rieb sich mit den Händen über die Oberarme. »Immerhin ist es eine phänomenale Entdeckung, man kann es den Herren also kaum verübeln, wenn sie sie mit einer gewissen Skepsis angehen.« Jetzt gähnte sie doch.

»Nein, das kann man nicht. Aber dennoch«, sagte Kuhn. »Ich war doch dabei, ich weiß doch, wovon ich spreche. Wenn wenigstens Minter sich zurückgehalten hätte, der verflixte Apotheker.«

»Minter?« Von einer Sekunde zur anderen verflüchtigte sich die Müdigkeit aus ihrem Kopf. »Ist er Fuhlrott etwa auch in den Rücken gefallen?«

»Genau das«, sagte Kuhn finster. »Auch wenn es mitnichten seine Absicht war. Durch seinen blödsinnigen Affenvergleich hat er alles zunichtegemacht.«

»Was hat er denn gesagt?«

»Er stellte zur Diskussion, ob die Gebeine eine Übergangsform darstellten in der Entwicklungsreihe vom Affen zum Menschen. Dabei versuchte er seine These durch den absurden Hinweis auf die neue Affenart zu untermauern, die zu Beginn des Jahres im Westen Afrikas entdeckt worden ist.«

»Eine neue Affenart?«

»Der Gorilla-Affe, eine besonders kräftige Spezies der Menschenaffen, die sich teilweise vornübergebeugt auf zwei Beinen fortbewegt und aus der sich der Mensch herausentwickelt haben soll, Minters Meinung nach. Er verglich die Schädelkalotte aus dem Neandertal mit dem grobschlächtigen Tierschädel, ohne einen solchen allerdings vorweisen zu können – ach, es ist reine Spekulation und unserer Sache wenig dienlich ...«

»Aber Schaaffhausen vertritt doch eine ganz ähnliche Theorie«, meinte Rosalie und zeigte dabei auf die Broschur, die neben ihr auf der Ofenbank lag. »Er hält es für denkbar, dass wir einst aus der Tiergestalt hervorgegangen sind und findet nichts Verwerfliches an einem solchen Gedanken.«

»Mag sein, dass er es für denkbar hält. Aber es gibt keinerlei Beweis für eine solche Annahme, und als Wissenschaftler braucht man die nun mal für jede Behauptung. Und Minter kann nichts vorweisen, weswegen er lieber den Mund gehalten hätte. Im Falle unseres Schädels haben Schaaffhausens Vermessungen jedenfalls ergeben, dass die Größe des Gehirns bei Weitem die des Gehirns der großen Menschenaffen übertrifft und der Gehirnmasse der Australier am nächsten kommt. Auch die Schädelform, die Augenbrauenwülste, in der Minter eine Ähnlichkeit zum Affen erkennen will, ist heute noch bei manchen tief stehenden Negervölkern verbreitet. Es ist also schlüssig, dass es sich um die Überreste eines der frühesten Bewohner Europas handelt, von einer allerdings sehr frühen Entwicklungsstufe.«

»Das mag ja stimmen, aber es widerlegt Minter keineswegs.«

»Er hat keine Beweise«, ihr Vater klang plötzlich ungeduldig. »Und durch seine unsachlichen Anmerkungen hat die ganze Sitzung eine äußerst unerfreuliche Wendung genommen.«

»Du hast selbst gesagt, dass man die festgelegten Grenzen überdenken muss. Auch wenn man Gefahr läuft, dass einem sein Weltbild zusammenbrechen könnte.«

»Ja«, sagte Kuhn. »Aber das mit dem Affen geht dennoch zu weit, das musst du doch einsehen.«

Anfang April kam der Frühling, von einem Tag zum anderen. Das schöne Wetter begann am Sonntag, dem Tag, an dem Minter mit Rosalie sprechen wollte. Es war bereits so warm und sonnig wie sonst erst im Mai. Rosalie war fest entschlossen, ihn nicht zu treffen. Sie wusste ja, was er ihr sagen wollte: dass es keinen Sinn hätte mit ihnen beiden und dass er sich sein ungebührliches Verhalten in der Höhle selbst nicht erklären konnte. Vielleicht gab es eine andere, die er liebte, der er sich verpflichtet fühlte, vielleicht auch nicht, in jedem Fall wollte sie nichts davon hören, es interessierte sie nicht, warum er sie nicht wollte. Es war schlimm genug, dass es so war.

Sie würde ihn kurz abfertigen, sachlich und kühl. Und ihn dann vergessen.

Direkt nach der Kirche wusch sie sich die Haare, und während sie trockneten, plättete sie ihr weißes Kleid mit dem roten Jacquarddruck, das sie seit September nicht mehr getragen hatte. Es war nicht mehr ganz modern, aber es ließ ihr Gesicht sanfter und mädchenhafter erscheinen, zumindest empfand sie es so. Das alles tat sie nicht, weil sie ihre Meinung geändert hatte, sondern weil sie in dem kurzen Moment, in dem sie ihm gegenüberstehen und ihn abweisen würde, perfekt aussehen wollte. Schön und stark und kalt. So sollte er sie in Erinnerung behalten.

Um fünf Minuten nach zwei hörte sie die Türglocke. Sie zählte langsam bis zwanzig, bevor sie sich erhob, um nach unten zu gehen. *Es tut mir leid,* würde sie sagen. *Ich werde nicht mit Ihnen kommen, es hat keinen Sinn.* Und dann würde sie die Tür wieder schließen.

Sie fand, dass er sehr blass und nervös aussah, als er vor ihr stand. Er hielt seinen schwarzen Hut in Brusthöhe und drehte ihn ein Stück nach links, dann nach rechts, wie ein Kapitän sein Steuerrad. »Wie freue ich mich, Sie zu sehen, Rosalie«, sagte er und lächelte ein wenig unsicher, aber voller Wärme. »Gehen wir ein Stück spazieren?«

Ohne ein Wort zu sagen, nickte sie und holte ihren Mantel, und dann gingen sie los.

Sie gingen die Laurentiusstraße hinunter und bogen dann ins Mäuerchen ein. Zu ihren Rechten glitzerte die Wupper in der Frühlingssonne und verbreitete einen abscheulichen Gestank. Es war ein säuerlicher, durch und durch künstlicher Geruch, der im Hals kratzte, wenn man ihn einatmete.

Minter verzog das Gesicht. »Diese verfluchten Textilfabriken«, sagte er. »Die Farben und Bleichmittel machen den Fluss zur Kloake. In dieser Brühe schwimmt doch kein lebender Fisch mehr.«

Rosalie erinnerte sich plötzlich daran, wie sie als Kind noch in der Wupper gebadet hatte. Auch damals hatte es schon Baumwollfärbereien gegeben und vor der Stadt hatten die Bleicher die Stoffe in ihren stinkenden Bottichen eingeweicht, in die Sonne gelegt und anschließend im Fluss wieder ausgewaschen. Ihr Vater hatte ihr das Baden zwar verboten, zum einen, weil es sich für ein Mädchen nicht gehörte in nassen Kleidern im Wasser herumzuhopsen, zum anderen, weil das Wasser damals schon Hautausschläge und Durchfall verursachte. Aber sie hatte nicht auf ihn gehört. Wie eigentlich immer.

Heute kam niemand mehr auf die Idee, im Fluss zu schwimmen. Von der Schossbleiche bis zur Hofaue reihte sich eine Textilfabrik an die andere. Jedes Unternehmen nutzte den Fluss, um seinen Unrat zu entsorgen, die Reste von Farben und Säuren und Giften, und drüben in Barmen sah es nicht anders aus.

»Es ist überall das Gleiche«, sagte sie. »Hier wie im Neandertal. Die modernen Zeiten zerstören die Natur.«

Minter nickte, aber er schien nicht bei der Sache zu sein. Vielleicht war es das Stichwort *Neandertal* gewesen, das ihn an den eigentlichen Grund ihres Spaziergangs erinnerte. Er runzelte die Stirn und beschleunigte seine Schritte, doch dann blieb er plötzlich stehen.

»Hören Sie«, sagte er. »Das Missverständnis zwischen uns muss geklärt werden.«

Sie begegnete seinen Augen und fühlte, wie sich ihr Innerstes auflöste, es verflüssigte sich einfach wie Fett an der Sonne. Alles in ihr schmolz, auch ihr Gehirn, weshalb ihr keine Antwort einfiel und wenn ihr etwas eingefallen wäre, hätte sie es nicht sagen können, denn ihre Zunge und die Muskeln, die sie bewegten, waren ebenfalls weich und nutzlos.

»Lassen Sie mich aufrichtig mit Ihnen sprechen«, sagte Minter. »Ich empfinde sehr viel für Sie, das haben Sie selbst bemerkt, das ist ja ganz offensichtlich ...«

Er machte eine Pause und rang nach Worten. Rosalie starrte auf ihre Schuhspitzen und wartete darauf, dass ihr Körper auf dem Bürgersteig zerfloss und in den Ritzen zwischen den Pflastersteinen versickerte.

»Aber es kann nicht sein, unsere Verbindung muss beendet werden«, fuhr er endlich fort. »Sie muss beendet werden, bevor sie richtig begonnen hat, auch wenn es mir in der Seele schmerzt.«

Unsere Verbindung muss beendet werden. Als ob nicht er und nicht sie, sondern irgendein Dritter die Beendigung der Verbindung erledigen sollte.

»Wenn es eine Möglichkeit gäbe«, sagte er, »irgendeine Möglichkeit, so wollte ich sie sofort ergreifen, aber ich sehe keine.«

Seine Augen glänzten, vielleicht waren es Tränen, vielleicht war es aber auch nur die Frühlingssonne, die sich in der dunklen Iris spiegelte.

»Es ist nämlich so, dass ich verheiratet bin«, erklärte er. Es dauerte eine Weile, bis die letzten fünf Worte durch ihr aufgeweichtes Inneres in ihr Bewusstsein gespült wurden. Als sie endlich begriff, spürte sie nichts. Kein Erstaunen, keine Trauer, keine Wut. In ihr war alles leer und kalt und tot. Das war es also, da war die geheimnisvolle dritte Person, die ihre Verbindung für sie beenden würde. Seine Frau.

»Wo ist sie denn?«, fragte sie mit einer fremden, ruhigen Stimme. »Ihre Frau?«

»Zu Hause«, sagte Minter. »Jedenfalls heute.«

»Kommen Sie«, meinte er dann und setzte sich in Bewegung, Er bog am Wirmhof ein in Richtung Herzogstraße, und sie folgte ihm, wie sie ihm auch vorhin gefolgt war.

Die folgenden Ereignisse nahm sie mit äußerster Klarheit wahr, sodass sie sich später an jeden Eindruck, jedes Detail erinnern konnte und alles genau hätte erzählen können, wenn sie danach befragt worden wäre. Minter und sie gingen durch das düstere Treppenhaus, in dem es nach Grünkohl roch, der Schlüssel machte ein kratzendes Geräusch im Schloss, und als er die Tür öffnete, knirschte es, so als rieben winzige Steine oder Sandkörner zwischen Türblatt und Boden. Es waren auch Kratzspuren auf den schwarz-weiß-gesprenkelten Fliesen im Eingangsbereich zu sehen.

»Maria«, rief er dann leise. Seine Stimme klang so sanft, als wäre ein scheues Tier in der Wohnung, das er nicht erschrecken wollte, damit es sich nicht vor ihm versteckte. Er hängte seinen Mantel an einen Haken hinter der Tür und half Rosalie aus ihrem und hängte ihn daneben. Dann gab er ihr ein Zeichen, ihm zu folgen, und obwohl sie ganz normal auftraten, hatte sie das Gefühl, dass sie sich auf Zehenspitzen vorwärtsbewegten.

Ihr Herz schlug schneller, als sie sah, wie sich die Tür am Ende des Flurs öffnete, nur einen Spalt breit, und aus dem Spalt schob sich ein junges Mädchen, sie war vielleicht sechzehn, höchstens achtzehn. Rosalie kannte sie, obwohl sie sich nicht erinnern konnte, woher.

»Sie ist ganz ruhig«, sagte das Mädchen und nickte Rosalie zu, die sie im selben Moment einordnen konnte. Maria Wandler, sie waren zusammen zur Volksschule gegangen, aber Maria war eine oder zwei Klassen unter ihr gewesen.

»Danke, Maria«, sagte Minter. »Du kannst dann auch gehen, ich komme nun allein zurecht.«

»Maria hilft mir, wenn Afra hier ist«, erklärte er, als sie weg war. »Ich habe sie allerdings gebeten, nicht darüber zu reden.«

Afra, dachte Rosalie. Sie sah seine helle Hand auf dem dunklen Holz der Tür, die immer noch angelehnt war. Das hohe grünliche Rechteck in der Wand, ein Fenster hinter zugezogenen Vorhängen. Und dann, als sich ihre Augen an das Halbdunkel gewöhnt hatten, ein Bett und eine junge Frau in einem weißen Nachthemd.

»Ich bin es, Afra«, sagte Minter, während er Rosalie einfach mitten im Raum stehen ließ und zum Fenster hinüberging. Er zog die Vorhänge auf und öffnete das Fenster. Rosalie atmete auf, als sie die kühle, frische Luft roch. »Ich habe Besuch mitgebracht.«

Er trat mit Rosalie zum Bett. Afra hatte ganz helles, lockiges Haar und feine Gesichtszüge, eine schmale gerade Nase, zart geschwungene Augenbrauen und fast weiße Wimpern über graugrünen Augen. Sie war einmal schön gewesen, aber jetzt war sie es nicht mehr. Ihr Mund stand halb offen, die Unterlippe hing schlaff nach unten, und während Rosalie sie ansah und nach Worten suchte und keine fand, glitt ein silbriger Speichelfaden aus Afras Mund und rann ihr Kinn entlang. Minter nahm ein Tuch von der Kommode und wischte ihn ab, ganz behutsam.

»Ein schweres Nervenfieber vor vier Jahren«, sagte er, »seitdem ist sie, wie sie ist.« Sie waren ans Fenster getreten und atmeten frische Luft, während Afra im Bett saß und auf ihre Hände starrte, als fragte sie sich, zu wem sie gehörten.

»Wo ist sie denn untergebracht, wenn sie nicht hier ist?«, fragte Rosalie.

»In Endenich, in einer Nervenheilanstalt«, erklärte Minter. »Ich hole sie alle paar Wochen den Sonntag über hierher, zuweilen auch an Feiertagen, aber es ist sehr schwierig. Wenn sie ruhig ist wie jetzt, ist es kein Problem, aber mitunter wird sie sehr ungehalten, fast gewalttätig. Dann lässt sie sich von Maria kaum beruhigen.« Er fuhr sich mit der Hand durch die Locken und hielt mitten in der Bewegung inne, als fehlte ihm die Kraft, um fortzufahren.

Rosalie dachte plötzlich an das Klopfen und Hämmern, das sie in der Apotheke gehört hatte, als sie Minter das erste Mal gesehen hatte, und noch einmal mit Dorothea. »Und niemand weiß von ihr?«, fragte sie dann. »Niemand außer Maria?«

»Die Frau, die mir die Wohnung putzt, hat sie gesehen. Ansonsten lebe ich recht zurückgezogen.« Minter schwieg einen Moment lang, dann schüttelte er den Kopf. »Nein. Niemand.«

Und wie lange wird es dauern, bis sie stirbt, dachte Rosalie. Aber diese Frage konnte sie Minter natürlich nicht stellen, nicht hier in diesem Raum, und auch sonst nicht.

»Keiner weiß, wie lang es so gehen kann«, sagte Minter, als habe er ihren Gedanken erraten. »Sie kann heute noch sterben. Sie kann uns alle überleben.«

Rosalie nickte und starrte in den Hinterhof vor dem Fenster. Unten hatte jemand Blechdosen und Eimer mit Erde gefüllt, um darin Blumen oder Gemüse zu pflanzen. Eine mit Wasser gefüllte Gießkanne stand neben den Gefäßen, als könne der Gärtner die Aussaat der Pflanzen gar nicht mehr erwarten.

»Es kann nicht weitergehen«, sagte Minter. »Zwischen Ihnen und mir.«

Aber sie wussten beide, dass das nicht stimmte. Und dass ihre Geschichte nicht am Ende war, sondern soeben erst begonnen hatte.

6. KAPITEL

»Wir mögen daher ein System von Organen vornehmen, welches wir wollen, die Vergleichung ihrer Modificationen in der Affenreihe führt uns zu einem und demselben Resultate: daß die anatomischen Verschiedenheiten, welche den Menschen vom Gorilla und Schimpansen scheiden, nicht so große sind, als die, welche den Gorilla von den niedrigeren Affen trennen ... Und so kommt denn der vorausblickende Scharfsinn des großen Gesetzgebers der systematischen Zoologie, Linné, zu seinem Rechte; ein Jahrhundert anatomischer Untersuchung bringt uns zu seiner Folgerung zurück, daß der Mensch ein Glied derselben Ordnung ist ... wie die Affen und Lemuren.«

Aus *Zeugnisse für die Stellung des Menschen in der Natur* von Thomas Henry Huxley, 1863

Tante Lioba wurde immer kleiner. Vielleicht würde sie niemals sterben, sondern nur immer weiter in sich zusammensinken, der Kopf in den Hals, der Hals in die Schultern, die Schultern in den Rücken und so weiter, bis sie irgendwann so winzig wie eine Ameise wäre und dann ganz verschwunden. Es gab jetzt Tage, an denen sie ganz klar war, aber Dorothea hatte keine Angst mehr, dass sie sie verraten könnte. Tantchen hatte von allem Abschied genommen, sie interessierte sich für nichts mehr, ob Dorothea da war und sich um sie kümmerte oder ob Walpurga neben ihr saß, es schien sie nicht zu berühren. Diesen irdischen Dingen hatte sie den Rücken gekehrt, jedoch ohne sich dem Überirdischen zuzuwenden, zum großen Kummer ihrer Eltern. Sonntags nach der Kirche gingen sie sie jetzt immer besuchen, um mit ihr zu beten und sie auf das Jenseits vorzubereiten, aber während Herr Leder die Psalmen vorlas und Frau Leder und Dorothea die Augen auf die gefalteten Hände senkten, saß die Tante in ihrem Lehnstuhl und schaute auf ihre Holzpantoffeln, die viel zu groß geworden waren für ihre kleinen Füße, und schien über alles Mögliche nachzudenken, nur nicht über ihr Seelenheil.

»Ach, Herr, strafe mich nicht in deinem Zorn und züchtige mich nicht in deinem Grimm. Herr, sei mir gnädig, denn ich bin schwach. Heile mich, Herr, denn meine Gebeine sind erschrocken und meine Seele ist sehr erschrocken. Ach du, Herr, wie lange!«, las ihr Vater. Dorothea blinzelte verstohlen zu Tante Lioba, ohne dabei den Kopf zu heben. Tantchen sah nicht so aus, als sei sie erschrocken, sie wirkte vielmehr müde und ein wenig ratlos.

Wie viel Zeit ihr wohl noch blieb? Ein Jahr oder ein Monat oder vielleicht nur noch ein paar Tage? Was würde aus ihr, Dorothea, werden, wenn die Tante nicht mehr war? Hören Sie auf zu lügen, hatte Kirschbaum damals bei ihrem Gespräch gesagt. Der Krug geht so lange zum Brunnen, bis er bricht.

Vor sechs Monaten, als Hermann gestorben war, war es fast so weit gewesen. Ihre Eltern hatten Tobias zur Tante geschickt, um Dorothea nach Hause zu holen, aber natürlich hatte er nur die alte Walpurga angetroffen, die jedoch schlau gewesen war. Dorothea sei auf dem Markt, hatte sie angegeben, sie würde ihr schon Bescheid geben. Und dann war sie in die Bibliothek gekommen.

Vielleicht wäre es besser gewesen, man hätte ihr Geheimnis damals entdeckt. Dann wäre jetzt alles geklärt. Sie hätte ihre Arbeit bei Kirschbaum aufgegeben und Buße getan und alles wäre wieder, wie es früher gewesen war. Doch der Gedanke war unerträglich.

»Ich bin so müde vom Seufzen; ich schwemme mein Bett die ganze Nacht und netze mit meinen Tränen mein Lager«, las ihr Vater.

Tantchen war immer sehr erleichtert, wenn Herr und Frau Leder sich wieder verabschiedeten. Dann ließ sie sich von Dorothea zu Bett bringen und schlief sofort ein, wie ein erschöpfter Säugling lag sie auf dem Rücken und schnarchte laut aus ihrem zahnlosen Mund.

Dorothea wusste genau, wie sie sich fühlte, ihr selbst ging es nicht anders. Sie war inzwischen ganz in das kleine Häuschen hinter der Gathe eingezogen, denn man konnte Tante Lioba nicht mehr allein lassen, jetzt, wo es so schlimm um sie stand. Seit Ende Juni wohnte Dorothea schon hier und sie war noch nie in ihrem Leben so glücklich gewesen.

Morgens machte sie das Frühstück für sich und Lioba, die kaum noch etwas aß, und dann kam Walpurga, und Dorothea ging ins Luisenviertel. Abends hatte sie das kleine Haus ganz für sich allein, denn Tante Lioba ging früh schlafen. Sie schlief so viel in diesen Tagen, und Dorothea las und las und las. Natürlich hatte sie ein schlechtes Gewissen, weil sie dieses Glück allein Liobas Elend zu verdanken hatte, aber ein schlechtes Gewissen war für sie in den letzen Monaten zum Normalzustand geworden, daran hatte sie sich gewöhnt.

Jetzt räumte sie ein bisschen auf und richtete das Mittagessen, bevor sie sich mit einem Buch in den Lehnstuhl ans Fenster setzte. Draußen auf der Straße spielten ein paar Kinder in der flirrenden Hitze. Sie musste sofort an Hermann denken, als sie sie sah, und der Gedanke machte sie traurig.

»Wenn du möchtest«, hatte ihr Mutter gesagt, als sie sich vorhin verabschiedet hatte, »kann ich heute Nachmittag ein bisschen bei Tantchen sitzen, von vier Uhr bis zur Andacht um sechs. Dann kannst du ein paar Schritte tun, du kommst ja gar nicht mehr aus dem Haus.«

Ihre Eltern und die ganze Gemeinde betrachteten Dorotheas aufopfernde Fürsorge mit größtem Wohlwollen, Dorothea hatte selbst einmal gehört, wie einer der Ältesten sie einem jungen Mädchen als Vorbild hinstellte. Sie, Dorothea, die Lügnerin, die

Betrügerin. Wenn ihr wüsstet, hatte sie gedacht, und dann klangen wieder Kirschbaums Worte in ihr nach. Der Krug geht so lange zum Brunnen, bis er bricht.

Sie würde Rosalie besuchen, während ihre Mutter auf Tante Lioba aufpasste. Früher hatten sie ihre Sonntagnachmittage immer gemeinsam verbracht. Damals hatten sie sich auch jeden Morgen an der Pumpe auf dem Königsplatz getroffen. Inzwischen sahen sie sich kaum noch. Hier oben in der Nordstadt bei Tante Lioba hatte Rosalie sie noch kein einziges Mal besucht, und auch Dorothea war monatelang nicht mehr bei Rosalie gewesen.

Als sie sich auf den Weg machte, war es nicht mehr so heiß, aber dennoch war sie schon nach wenigen Schritten nass geschwitzt. In der Laurentiusstraße dauerte es lange, bis jemand auf ihr Klingeln reagierte, und als sich die Tür endlich öffnete und Doktor Kuhn vor ihr stand und sie aus großen verschwommenen Brillenaugen musterte, wusste Dorothea, dass Rosalie nicht zu Hause war.

»Sie ist ... spazieren«, erklärte Kuhn.

»Spazieren?«, fragte Dorothea. »Ganz allein? Wie lange ist sie denn schon weg? Und wo ist sie hin?« Vielleicht konnte sie sie ja noch einholen.

»Eine Weile schon«, sagte Kuhn vage. Statt auf die anderen beiden Fragen zu antworten, sah er Dorothea ratlos an, ganz offensichtlich wurde ihm erst jetzt bewusst, dass er keine Ahnung hatte, wo seine Tochter steckte.

»Schade«, sagte Dorothea. »Nun, wenn sie zurückkommt, richten Sie ihr doch bitte aus, dass ich hier gewesen bin.«

»Dorothea«, fügte sie schnell hinzu, als sie bemerkte, wie sich seine blauen Augen zusammenzogen.

»Dorothea«, nickte Kuhn. »Natürlich.«

Auf dem Weg nach Hause ging sie über den Heckweiher. An der Apotheke waren die Gitter vor den Fenstern zugezogen und mit großen schmiedeeisernen Schlössern gesichert. Sie dachte an die Botschaft des Apothekers, die sie Rosalie nie ausgerichtet hatte. Ob Rosalie jemals davon erfahren hatte? Sie beschleunigte ihre Schritte und drängte den Gedanken zur Seite.

Wo mochte Rosalie sein? Früher wäre es undenkbar gewesen, dass eine von ihnen nicht wusste, was die andere tat. Früher hatten sie einander verstanden, waren vertraut gewesen, bei aller Gegensätzlichkeit. Aber jetzt hatten sie sich auseinandergelebt.

Vom Neumarkt aus bog sie in die Friedrichstraße ein. Hier am Anfang der Straße waren die Häuser mit dunklem Schiefer verkleidet, die Fassaden wirkten grau und schuppig wie die Haut alter Echsen. Fensterscheiben glitzerten wie böse Augen im Sonnenlicht.

Dorothea versuchte sich zu erinnern, wann das angefangen hatte, die Entfremdung zwischen ihr und Rosalie. Mit ihrer Arbeit bei Kirschbaum. Aber eigentlich schon früher. Es waren die Knochen aus dem Neandertal. Damit hatte es begonnen.

Am Montagvormittag kam Rosalie in die Bibliothek. Dorothea sah sie durch die halb geöffnete Tür ihres kleinen Büros, wie sie sich zwischen den Regalen umsah, bis Kirschbaum neben sie trat. Er war fast einen Kopf kleiner als Rosalie, und Dorothea, die ihn nun schon so lange kannte, merkte, dass er unsicher war, obwohl er ihr den Rücken zuwandte. Vermutlich hatte Rosalie nach Dorothea gefragt, und nun wusste er nicht, ob es ihr recht wäre, wenn er sie zu ihr brachte.

Dorothea stand auf und ging zu ihnen, und als er sie sah, zog Kirschbaum sich sofort zurück, als ob er ihr Angestellter wäre und nicht umgekehrt.

»Du warst gestern bei mir«, sagte Rosalie, als sie allein waren. »Ist etwas passiert?«

»Ich hatte ein wenig Zeit und wollte mit dir spazieren gehen. Aber du warst nicht da.«

»Ich war auf dem Nützenberg. Mit ein paar anderen aus dem

Viertel, Karl Bomann und Elisabeth Kraus und noch einigen mehr, wir haben ein Picknick gemacht, bei dem schönen Wetter.«

Rosalie traf sich manchmal mit den jungen Leuten, die sie noch aus der Schule kannte, sie fuhren zusammen aufs Land und wanderten oder gingen zum Tanzen. Dorothea war bei solchen Gelegenheiten niemals dabei, ihre Eltern hätten es nicht erlaubt, und sie machte sich auch selbst nichts daraus.

Aber dennoch war es nicht wahr. Dorothea war inzwischen so geübt im Lügen, dass man ihr nichts mehr vormachen konnte, sie merkte es sofort, wenn jemand nicht die Wahrheit sagte. Rosalie log sie an, dachte sie, und ihr wurde so schwindlig bei dem Gedanken, dass sie mit beiden Händen nach der Tischkante griff, um sich daran festzuhalten. Rosalie, die Aufrichtige, die Kompromisslose, die Ehrliche. Die Einzige, die über ihr Doppelleben Bescheid wusste, Kirschbaum einmal ausgenommen. Rosalie kam hierher in die Bibliothek, um sie anzulügen. So weit hatten sie sich also inzwischen voneinander entfernt. Das war aus ihrer Freundschaft geworden.

Dorothea nahm ein Buch von dem Stapel auf ihrem Schreibtisch, schlug es auf und starrte hinein, um Rosalie nicht ansehen zu müssen. »War es schön?«, fragte sie dann. Ihre Stimme klang ein bisschen dünn.

Rosalie schwieg, vielleicht nickte sie, aber da Dorothea nicht von ihrem Buch aufblickte, konnte sie es nicht sehen. »Wie geht es Tante Lioba?«, hörte sie Rosalie fragen. »Du bist jetzt ganz zu ihr gezogen, steht es sehr schlimm um sie?«

»Schlecht.«

»Du meine Güte«, murmelte Rosalie, und dann schwiegen sie beide. Dorothea klappte ihr Buch wieder zu und legte es zur Seite, dann starrte sie auf den Stapel Bücher zu ihrer Linken, die alle noch aufgeschnitten werden mussten, bevor sie Karteikarten dafür schreiben konnte. Plötzlich wünschte sie sich, dass Rosalie endlich ginge, sie hatte noch so viel zu tun, und statt zu arbeiten, saß sie hier herum und redete dummes Zeug und wurde angelogen.

Im selben Moment hob Rosalie den Kopf, und Dorothea sah, dass ihre Augen ganz feucht waren. »Rosalie«, flüsterte sie, aber dann blinzelte die Freundin ein paarmal und die Tränen waren weg.

»Ich war gar nicht mit Karl und Elisabeth auf dem Nützenberg«, sagte sie. »Sondern mit jemand anderem.«

»Ich weiß.« Dorothea fühlte, dass ihr selbst Tränen in die Augen traten, obwohl es gar keinen Grund dafür gab. Es war natürlich der Apotheker, mit dem Rosalie zusammen gewesen war. Obwohl sie seine Nachricht nicht ausgerichtet hatte, waren die beiden zusammengekommen, und nun trafen sie sich heimlich.

»Minter«, sagte sie laut.

Rosalie nickte nicht, aber sie schüttelte auch nicht mit dem Kopf, sie sah Dorothea einfach nur an und schwieg.

»Warum darf dein Vater nicht von ihm wissen?«, frage Dorothea. »Die beiden verstehen sich doch so gut, wäre er nicht erfreut über eure Verbindung?«

Rosalie zuckte mit den Achseln. »Es gibt auch viel Trennendes zwischen ihnen«, sagte sie dann. »Minter ist ihm zu radikal in seinen Ansichten.«

Aber das war nicht der Grund, warum sie ihrem Vater die Zusammentreffen mit dem Apotheker verschwieg, dachte Dorothea. Es gab noch etwas anderes, warum die Verbindung geheim bleiben sollte.

»Pass auf, was du tust, Rosalie«, meinte sie ernst.

Rosalie wirkte einen Moment lang, als wolle sie nun doch in Tränen ausbrechen, aber dann lachte sie, ein kurzes, spöttisches Lachen. Dorothea nickte. Rosalie hatte recht.

Sie war die Richtige, so zu reden.

Die Kirche in der Deweerthstraße war schlicht und streng und ernst. Mochten sich andere Gotteshäuser zum Himmel türmen oder aufplustern wie Pfauen, die Kirche der Niederländisch-Reformierten blieb am Boden. Der Glockenturm auf dem Vorbau, mit seiner einsamen Glocke, die nur die volle Stunde schlug, überragte das Dach des Mittelschiffs nur um wenige Zentimeter. Hochmut, sagte das Gebäude jedem, der es hören wollte, Hochmut ist im Angesicht Gottes fehl am Platze. Wer Ihn ehren will, der senke die Augen und übe sich in Demut und Bescheidenheit.

Auch innen war die Kirche schlicht. Ein rechteckiger Saal mit flachen Kassettendecken und weiß getünchten Wände. Eine hölzerne Kanzel, zu der eine leicht geschwungene Treppe hinaufführte. Winzige Liedbretter an den Wänden, ansonsten kein Bild, kein Ornament, kein Schmuck.

Gerade weil der Raum so niedrig war, erschien er in seiner Ausbreitung umso beeindruckender. Die vielen Sitzreihen, eine dunkelbraune Bank hinter der anderen und davor eine Reihe Stühle und das große, freie Podium unter der Kanzel, auf dem bei Abendmahlsfeiern die Tische aufgebaut wurden.

Und doch ist es eine falsche Bescheidenheit, dachte Dorothea. Die Askese hatte etwas Selbstgefälliges. Sie ließ sich neben ihrer Mutter auf einer der vorderen Bänke im Mittelteil des Saales nieder, während sich ihr Vater und die Brüder auf die rechte Seite setzten, denn beide Seitenflügel waren den Männern vorbehalten.

Sie faltete die Hände und schloss die Augen. In der Dunkelheit hinter ihren Lidern jagten die Gedanken wild durcheinander. Rosalie und der Apotheker. Tante Lioba und Kirschbaum. Wohin sie auch dachte, überall waren Geheimnisse, Lügen, Dinge, über die man nicht sprach, über die man nicht sprechen durfte. *Herr, mein Gott,* dachte sie, *du bist sehr herrlich; du bist schön und prächtig geschmückt. Licht ist dein Kleid, das du anhast,* und sie spürte, wie sich ihre Gedanken ordneten und dahinglitten wie ein ruhiger Fluss.

Dann legte sich die Hand ihrer Mutter auf ihren Unterarm,

ihre Gedanken fuhren auseinander, sie riss die Augen wieder auf. Frau Leder saß ganz aufrecht da, aber ihr Kopf machte eine winzige Bewegung zur rechten Seite, und als Dorotheas Augen ihr folgten, sah sie einen dunkel gekleideten jungen Mann, in eine Bank treten. Er senkte den Kopf zum Gebet, wobei seine Hände sich um seinen schwarzen Hut schlossen wie um einen sakralen Gegenstand. »Der junge Packenius«, flüsterte ihre Mutter kam hörbar. »Er ist wieder zurück.«

Dorothea hatte von ihm gehört. Andreas Packenius, der Missionar, Sohn einer reichen Kaufmannsfamilie. Seine Leute gehörten zu den angesehensten Gemeindegliedern, obwohl sie erst vor einigen Jahren in die Niederländisch-reformierte Kirche eingetreten waren.

Der junge Packenius war in Afrika gewesen, um dort die Heiden zu missionieren. Jetzt aber war er zurück, und das harte Tageslicht, das aus einem der hohen Rundbogenfenster auf sein Gesicht fiel, ließ seine braune Haut fahl erscheinen, es sah aus, als wäre er geschminkt.

»Starr nicht so hinüber zu ihm«, flüsterte ihre Mutter, obwohl sie es gewesen war, die sie überhaupt erst auf ihn aufmerksam gemacht hatte. Dorothea richtete ihren Blick hastig nach vorn und sah Kohlbrügge das Podium vor der Kanzel betreten. Er nickte kaum merklich den Ältesten zu, die auf einer langen Bank an der linken Längswand saßen, von wo aus sie die ganze Gemeinde im Blick hatten.

»Unser Anfang und unsere Hilfe stehen im Namen des Herrn, der Himmel und Erde geschaffen hat. Der Wort und Treue hält ewiglich und der das Werk seiner Hände nicht fallen lässt«, sagte Kohlbrügge, als er oben auf der Kanzel war, und dann begann die Orgel zu spielen.

Nach dem Gottesdienst ging die ganze Familie mit zu Tante Lioba, aber sie quälten sie jetzt nicht mehr mit Bibellesungen und endlosen Gebeten. Tante Lioba hätte sie wohl auch gar nicht mehr zur Kenntnis genommen, sie lag jetzt nur noch im

Bett und verschlief den halben Tag, röchelnd und schnaubend, um jeden Atemzug kämpfend. Dorothea hatte manchmal das Gefühl, dass sie es nur ihretwegen tat. Die Tante lebte weiter, damit sie selbst auch weiterleben konnte.

»Gott segne dich, Lioba«, sagte Herr Leder, während er an das Krankenbett trat und auf die Schwester seiner Mutter herabblickte, ernst und ein wenig befremdet, als zieme es sich nicht, dass sie nicht aufstand, um ihn zu begrüßen.

Tante Lioba machte ein leises, schmatzendes Geräusch mit den zahnlosen Kiefern, dann drehte sie den Kopf auf die andere Seite. Wenn Dorotheas Eltern sie besuchten, schien sie immer noch müder, noch erschöpfter zu sein, als wenn sie allein waren, aber vielleicht täuschte sich Dorothea ja auch.

Das Verhältnis zwischen ihrem Vater und der Tante war nie wirklich gut gewesen. Dorothea war neun Jahre alt, als sie hier weggezogen waren, aber sie erinnerte sich noch gut an die zahllosen Auseinandersetzungen. Keine lautstarken Wortgefechte, sondern Diskussionen, die sanft begannen und im Ton schärfer und schärfer wurden, bis einer der beiden das Gespräch abbrach und sich beleidigt zurückzog. Eine ständige Meinungsverschiedenheit. Sie erinnerte sich daran, wie ihre Mutter die Schultern hochzog und den Kopf duckte, wenn es wieder anfing. Dorothea hatte nie verstanden, wo das Problem lag, warum die beiden nicht miteinander auskamen. Es war die Zeit, in der sich die Niederländisch-Reformierten von der offiziellen reformierten Gemeinde abgespalten hatten, und Tante Lioba war damals den Schritt nicht mitgegangen, vielleicht war das ja der Grund der Missstimmung gewesen. Sie hätte Lioba zu gerne danach gefragt, aber jetzt war es zu spät. Jetzt konnte sie ihr nicht mehr antworten, und von ihrem Vater würde sie niemals etwas erfahren.

»Heute Abend lädt Familie Packenius zur Andacht in ihr Haus«, sagte Frau Leder, nachdem auch sie zum Bett getreten war und kurz Tante Liobas schlaffe Hand ergriffen und dann wieder weggelegt hatte.

»Ich kann aber nicht dabei sein«, erklärte Dorothea. »Ich habe Walpurga freigegeben, sie …« hat in der letzten Zeit so viel gearbeitet, wollte sie fortfahren, doch sie biss sich gerade noch rechtzeitig auf die Lippen. »Sie hat zu tun.«

»Sie hat zu tun?«, wiederholte ihr Vater befremdet. »Heute am Sonntag? Was gibt es da zu tun?«

»Ich weiß es nicht«, sagte Dorothea. »Vielleicht möchte sie selbst zur Kirche, immerhin hat sie unseretwegen schon den Gottesdienst verpasst.«

Obwohl dagegen nichts zu sagen war, sahen ihre Eltern unzufrieden aus, und Dorothea bemerkte, wie sie einen schnellen Blick wechselten. »Es ist aber nicht angebracht, dass du ständig fehlst bei der Andacht«, meinte ihr Vater. »Heute wird Tobias hierbleiben, und du kommst mit uns.«

Also war das entschieden.

Die Packenius' wohnten auf der Marienstraße, gar nicht weit von Tante Liobas Häuschen entfernt, aber es war eine andere Welt. Das Haus stand breit und selbstgefällig da, die Fassade verziert mit steinernen Balkons, Rundsäulen und Friesen über den Fenstern, die Front endete in einem eleganten Giebel, dessen Spitze stolz zum Himmel zeigte wie der Finger eines eifrigen Schulkindes. *Seht her, ich bin höher als alle anderen in der Straße.*

Dorothea zählte die Stufen der Steintreppe, die von der Straße zur Haustür führte. Einundzwanzig, zweiundzwanzig, dann waren sie oben und ihr Vater zog am Band der Glocke, die aussah, als sei sie aus Messing, aber vielleicht war sie auch aus Gold. Er wirkte ein wenig eingeschüchtert, obwohl sie doch alle Brüder und Schwestern in Gott waren, Glieder derselben Gemeinde. Eine Familie.

Ein Dienstmädchen öffnete die Tür. Sie trug ein weißes Häubchen, das ihr schwarzes Gesicht noch dunkler erschienen ließ, sodass Herr und Frau Leder sie anstarrten, als wäre sie der Leibhaftige. »Zur Andacht«, stammelte Herr Leder.

»Bitte schön«, sagte das Mädchen und ging vor ihnen her, durch einen Vorraum mit Marmorboden in einen breiten Korridor, bis sie an zwei Flügeltüren mit Einsätzen aus honigfarbenem Glas gelangten, durch das man nicht hindurchblicken konnte. Das gelbliche Licht hellte das Gesicht des Mädchens auf. Ihre Haut sah warm und braun aus, als sie eine Tür an sich heranzog und dann einen Schritt zurücktrat, um ihnen den Vortritt zu lassen. Herr Leder zögerte einen Moment lang, als wartete er darauf, dass sie sie offiziell ankündigte. *Familie Leder gibt sich die Ehre.* Doch dann ging er einfach los, und seine Frau und Dorothea und Traugott folgten ihm.

Der Saal war mit dunklem Holz verkleidet, voll mit Bänken, Stühlen und Menschen. Die meisten von ihnen waren einfache Leute wie sie selbst. Schwarz und schlicht gekleidet, Männer und Frauen. Sie sahen die beiden Ältesten Daniel und Carl von der Heydt im Gespräch mit dem Hausherrn und seiner Gattin. Als Daniel von der Heydt Herrn Leder erblickte, winkte er sie zu sich heran.

»Wie schön, dass ich Sie begrüßen darf«, sagte Herr Packenius, als habe er die ganze Zeit nur auf sie gewartet. Er trug einen mächtigen Backenbart, aber seine Oberlippe und sein Kinn waren glatt rasiert und wirkten seltsam nackt.

»Traugott, mein Sohn, und meine Tochter Dorothea.« Herr Leder wies mit einer kleinen Handbewegung auf seine beiden Kinder, als wollte er sie dem Kaufmann zum Geschenk machen.

»Traugott und Dorothea«, wiederholte Herr Packenius und nickte gütig, während seine Augen schon über ihre Schultern zur Tür wanderten, zu den nächsten Besuchern, die eintraten und sich unsicher umschauten, wie vorhin sie selbst.

Nach der Andacht stand man wieder in kleinen Grüppchen zusammen und redete mit gedämpfter Stimme, es gab keinerlei Erfrischungen, nicht einmal Schmalzbrote, und Dorothea war hungrig. Sie wartete in der Nähe der Tür darauf, dass ihre Eltern sich verabschiedeten und sie endlich nach Hause konnte zu

Tante Lioba. Ihr Magen knurrte leise und drohend, und sie legte schnell eine Hand auf ihren Leib, als könne sie ihn dadurch besänftigen, dann blickte sie auf, weil jemand neben sie getreten war. »Wir sind noch nicht miteinander bekannt gemacht worden.« Es war der junge Mann, den sie morgens in der Kirche gesehen hatte. »Andreas Packenius.« Er reichte ihr seine Hand. Lange, braune Finger.

»Angenehm«, sagte sie. »Dorothea Leder.«

»Meine Eltern und mein Bruder stehen dort drüben«, fügte sie nach einer Weile hinzu und wies mit dem Kopf in ihre Richtung, aber er wandte den Blick nicht von ihrem Gesicht. Er trug einen Vollbart, das dünne Haare wellig aus der Stirn gekämmt, wie es heute keiner mehr hatte, aber vielleicht war das Mode in Afrika.

»Sie sind gerade aus dem Ausland zurückgekehrt?«, fragte sie, als er nichts sagte. Er lächelte und entblößte kleine Zähne, die in einem Abstand voneinander standen wie bei einem Raubtier, obwohl es bei ihm nicht gefährlich wirkte.

»Seit zwei Tagen bin ich aus Südafrika zurück. Ich war in der Mission tätig, ein Jahr lang.«

»Bleiben Sie jetzt für immer hier oder ist es nur ein kurzer Heimaturlaub?«

»Ich werde zurückkehren nach einer gewissen Zeit«, sagte er und lächelte wieder, als habe er nur einen Scherz gemacht.

Während sie überlegte, was sie noch sagen könnte, begann ihr Bauch wieder zu knurren, noch lauter als vorhin, worauf sein eben noch lächelndes Gesicht sich zu einem Ausdruck der Bestürzung verzog, so als sei sie vor ihm zusammengebrochen. »Sie haben Hunger!«, rief er so laut, dass sich ein paar der anderen Gäste nach ihnen umwandten. »Kommen Sie, kommen Sie nur«, meinte er dann und machte ein paar Schritte in Richtung Tür, wobei er sich nach ihr umdrehte, ob sie ihm auch folgte.

Sie gingen durch den Korridor in eine Küche, die in etwa so groß war wie ihre ganze Wohnung in der Königsstraße. Am

Tisch schälten zwei Mädchen Kartoffeln. Nachdem Packenius einer von ihnen etwas zugeflüstert hatte, ging sie zum Herd und schöpfte aus einem dampfenden Kessel Suppe, einen Teller voll, den sie auf den Tisch stellte.

»Bitte schön«, sagte Packenius, zeigte die kleinen Zähne und reichte Dorothea einen Löffel.

»Nein«, wehrte sie ab. »Ich bin gar nicht hungrig.« Aber dann knurrte ihr Magen wieder, so laut, dass es sogar das Dienstmädchen hörte und lächelte. »Also gut«, murmelte sie und nahm den Löffel.

Er setzte sich neben sie und sah ihr beim Essen zu, in leicht vorgebeugter Haltung und mit geneigtem Kopf, als wolle er kontrollieren, dass sie auch wirklich alles aufaß.

»Danke«, sagte sie schließlich und schob den Teller von sich. »Vielen Dank.«

Er nickte und lächelte.

»Ich muss jetzt zurück, meine Eltern suchen mich bestimmt.«

Sie erhoben sich gleichzeitig und plötzlich standen sie sich so eng gegenüber, dass sie seinen Atem riechen konnte. Er roch ein bisschen säuerlich. Sie traten beide einen Schritt zurück und senkten die Köpfe. Dann brachte er sie zurück zum Saal, aber statt mit ihr hineinzugehen, öffnete er nur die Tür für sie und blieb auf der Schwelle stehen.

»Auf Wiedersehen, Fräulein Dorothea«, sagte er. »Gott segne Sie.« Wieder sprach er so laut, dass ihnen viele die Köpfe zuwandten.

»Auf Wiedersehen, Herr Packenius«, erwiderte sie hastig, bevor sie in den Saal ging, ohne sich noch einmal nach ihm umzudrehen.

Als Dorothea am nächsten Morgen in die Alte Freiheit einbog, sah sie die Frau mit den hoch aufgetürmten schwarzen Haaren aus der Leihbibliothek kommen. Sie erkannte sie sofort wieder, obwohl es fast ein Jahr her war, dass sie sie gesehen hatte. Sie kam in großen Schritten auf sie zu und war fast an ihr vorbei, als auch sie Dorothea erkannte und stehen blieb. Auch Dorothea blieb stehen, und sie schauten sich einen Augenblick lang an. Dorothea fühlte, wie die Augen der anderen an ihrem Körper entlangglitten, abschätzend und verächtlich, und wie ihr Blick schließlich in ihrem Gesicht landete. Es war fast wie eine Berührung, wie ein hastiges, grobes Abtasten.

Dorothea wollte etwas sagen, aber sie fand keine Worte, also ließ sie die Blicke schweigend über sich ergehen, dann wandte sich die Frau ab und lief weiter. Auch Dorothea ging ihres Weges, aber mit langsamen Schritten. Es hatte so viel Hass in diesem Blick gelegen, so viel Abscheu, vielleicht ging es doch um Geldgeschäfte, vielleicht verachtete die Frau sie, weil sie für einen gierigen Juden arbeitete. Aber es passte einfach nicht zu Kirschbaum, jetzt, da sie ihn ein Jahr lang kannte, passte es noch weniger zu ihm. Ein anderer Gedanke passte dagegen viel besser, auch zu dem wenigen, was er ihr von sich erzählt hatte. Dass diese Frau seine Frau war.

Dorothea beschloss, Kirschbaum einfach zu fragen, was es mit der Fremden auf sich hatte. Da war doch nichts dabei, dachte sie, sie redeten doch auch sonst über alle Dinge, warum sollte sie sich nicht nach dieser Frau erkundigen. Aber als sie die Tür zur Bibliothek aufstieß und Kirschbaum sah, wie er oben auf der Leiter vor dem Regal *Be–Chr* stand und so klein wirkte, obwohl sie zu ihm aufblickte, da wusste sie, dass sie die Fremde nicht erwähnen würde, sie wollte lieber gar nicht wissen, wer sie war.

»Wie geht es Ihrer Tante?«, fragte er beim Mittagessen.

»Es sieht sehr schlecht aus«, meinte sie. »Es kann natürlich noch Jahre so weitergehen, aber vielleicht ist auch morgen schon alles zu Ende.«

Er nickte und nahm ein paar Bissen von seinem Gemüse, kaute langsam und schluckte und dachte nach. »Und dann? Was werden Sie dann tun?«

Sie zuckte mit den Schultern. Sie hatte schon so viel darüber nachgedacht, sie war müde vom Seufzen und hatte mit ihren Tränen ihr Bett durchnässt, aber es hatte nichts gebracht, sie fand keine Lösung, weil es keine Lösung gab. Jetzt schob sie den Gedanken einfach weg, so bald er auftauchte. Sie würde sich damit auseinandersetzen, wenn es so weit war. Morgen oder übermorgen.

»Fräulein Leder«, sagte Kirschbaum, als sie nicht antwortete. »Ich habe lange darüber nachgedacht, wie ich Ihnen helfen kann in Ihrer Lage. Ich kann Ihnen Ihre Entscheidung nicht abnehmen, aber ich habe etliche Mittel, wenn Sie also Geld benötigen sollten, wenn es daran liegt ...«

Sie hob den Kopf und starrte ihn ungläubig an. Wovon redete Kirschbaum? Er konnte doch nicht im Ernst annehmen, dass sie sich Geld von ihm schenken lassen würde. Oder bot er ihr einen Kredit an, den sie abarbeiten musste, der sie an ihn band, auf unabsehbare Zeit? Zeigte er jetzt sein wahres Gesicht?

»Ich will kein Geld von Ihnen«, stieß sie hervor und dabei klang ihre Stimme kälter als beabsichtigt.

Er wirkte zuerst ratlos, aber dann senkte er den Blick, weil er verstanden hatte. »Ach ja«, murmelte er und lächelte traurig in die Hand, auf die er sein Gesicht stützte. »Die Juden und das Geld sind ja so eine Sache, das habe ich freilich nicht bedacht. Da habe ich nun meine Religion verloren und werde mich doch niemals von ihr lösen können.«

»Nein«, sagte sie und mit einem Mal schämte sie sich so, wie sie sich noch nie einem Menschen gegenüber geschämt hatte, selbst wenn ihr Vater und ihre Mutter und die halbe Gemeinde jetzt in die Bibliothek gekommen wären und sie hier am Tisch gesehen hätten, sie hätte sich nicht schlimmer fühlen können. »Das haben Sie ganz und gar falsch verstanden, so habe ich es bestimmt nicht gemeint.«

Aber er war schon aufgestanden, trug Teller und Besteck

zum Spülstein, obwohl er noch gar nicht aufgegessen hatte, und sah sie dabei nicht an.

Nach dem Essen ging Dorothea in die Nordstadt. Als sie die Tür zu Liobas Häuschen aufschloss, löste sich eine männliche Gestalt aus einer Toreinfahrt, die sie aus dem Augenwinkel auf sich zukommen sah. Sie beeilte sich mit dem Schlüssel, denn hier oben hinter der Gathe trieben sich so viele zwielichtige Leute herum, doch bevor die Tür offen war, hatte der Mann sie erreicht.

»Fräulein Dorothea«, sagte er, und sie erkannte Andreas Packenius, der mit einem breiten Lächeln auf sie zukam.

»Ich habe Sie doch hoffentlich nicht erschreckt?«, fragte er, als er ihr Gesicht sah. Von einer Sekunde zur anderen verwandelte sich seine freudig-begeisterte Miene in einen Ausdruck der tiefsten Betroffenheit.

Sie fragte sich, wie lange er wohl schon da gestanden und auf sie gewartet haben mochte. »Möchten Sie eintreten?«, fragte sie ihn.

Er hob erschrocken beide Hände und kehrte ihr die Handflächen zu, als habe sie etwas Unsittliches vorgeschlagen. »Ich habe nur eine Frage, und Ihre Eltern waren so freundlich mir mitzuteilen, wo Sie wohnen«, sagte er.

Er war also bei ihren Eltern gewesen, und sie hatten ihm Liobas Adresse genannt, einem jungen Mann, den sie gar nicht kannten, aber natürlich war er aus der Gemeinde und darüber hinaus auch noch Missionar. »Worum geht es denn?«, fragte sie, eine Hand schon an der Tür. Erst das Mittagessen mit Kirschbaum, den sie so gekränkt hatte. Und nun dieser Missionar. Es gefiel ihr nicht, dass er hier war, denn wenn er öfter kam, würde er schnell feststellen, dass sie tagsüber nicht zu Hause war, vielleicht hatte er ja jetzt schon einen Verdacht geschöpft.

»Würden Sie ... könnten Sie sich unter Umständen vorstellen, mit mir spazieren zu gehen, am Sonntag nach der Kirche?«

Seine langen braunen Finger drückten und kneteten sich gegenseitig.

»Das geht nicht, leider. Während des Gottesdienstes habe ich jemanden für Tantchen, aber danach muss ich mich wieder um sie kümmern.«

»Ihre Mutter hat sich angeboten«, sagte er. Er öffnete den Mund und lächelte sein harmloses Raubtierlächeln, und sie spürte, wie sie wütend wurde.

»Hat sie das?«, fragte sie spitz. »Nun, dann wäre ja alles geklärt. Warum fragen Sie mich überhaupt noch?«

Das Lächeln hing noch eine Weile in seinen Zügen, dann verschwand es.

»Wir sehen uns also am Sonntag«, sagte sie. »Und kommen Sie bitte nicht mehr hierher. Es ist ...«, ihr Blick glitt über die Häuser in der Straße, die allesamt so aussahen, als könnten sie jeden Moment vor Erschöpfung zusammenbrechen, »... wegen der Nachbarn. Sie verstehen?«

»Ich verstehe«, sagte er mit gesenktem Kopf. Er flüsterte es fast.

Sie hatte erwartet, dass sie ihn abgeschreckt hatte, doch tatsächlich wartete er nach dem Gottesdienst auf sie. Seine schwarze Gestalt wirkte vor der hellgrauen Bruchsteinmauer der Kirche wie ein Loch, das jemand in die Steine geschnitten hatte.

»Geh schon zu ihm«, sagte ihre Mutter, während sie ihr die Bibel und das Gesangbuch aus der Hand nahm und Packenius gleichzeitig zunickte, ernst und würdevoll.

»Es wird nicht lange dauern, ich bin baldmöglichst wieder zurück«, meinte Dorothea, hauptsächlich, um ihre Mutter zu ärgern, der so viel daran lag, dass sie sich gut mit dem Missionar verstand.

Sein Gesicht leuchtete auf, als er sie sah, und sein Oberkörper beugte sich ihr entgegen, während er ihr die Hand schüttelte.

»Wenn Sie einverstanden sind, können wir ein paar Schritte auf die Hardt tun«, schlug er vor.

Sie zuckte mit den Schultern und spürte dabei die Blicke ihrer Mutter in ihrem Rücken. »Wie Sie wollen.«

Es war ein heißer Sommertag, und der Himmel war wie Glas vor einer blauen Leinwand. Der Weg zum Aussichtsturm schlängelte sich durch die Wiesen, die bewaldete Kuppel der Anhöhe lag vor ihnen wie eine kühle Verheißung, aber wo sie gingen, gab es kaum einen Baum, der Schatten warf. Andreas Packenius machte große Schritte und pries abwechselnd das gute Wetter und den blauen Himmel und Gottes schöne Natur. Das gleichzeitige Gehen und Reden und die Hitze setzten ihm zu, seine Schläfen glänzten vor Schweiß, durchsichtige Perlen rollten über die Wangen in den dunklen Vollbart, der so dünn war, dass die Haut darunter hervorschimmerte.

Er zog ein Taschentuch aus der Jacke und wischte sich damit über das Gesicht.

Sie wunderte sich, dass er so schwitzte, wo er von Afrika her doch an eine ganz andere Hitze gewöhnt sein musste.

»In Afrika ist es jetzt Winter«, sagte er, als habe er ihren Gedanken erraten.

»Winter? Mit Schnee und Eis, meinen Sie?«

»Nein, natürlich nicht.« Er zeigte die kleinen, spitzen Zähne. »Mit Regen, Unmengen von Regen, gerade jetzt im August.«

»Regen mitten in der Wüste«, sagte sie ungläubig.

»Es ist nicht alles Wüste in Afrika. Im Kapland, wo ich war, ganz an der südlichen Spitze, gibt es grüne Hügel, Felder und Blumen, sogar Weinberge, ganz so wie hier, nur dass alles noch prachtvoller und üppiger ist.«

»Und Urwälder«, ergänzte sie.

»Nein, Urwälder gibt es da nicht, wo ich gewesen bin.«

»Aber wilde Tiere, die gibt es doch, oder ist das auch alles erfunden?«

»Affen und Löwen, ja. Aber nicht in der Missionsstation,

man hört sie nur zuweilen brüllen. Einen richtigen Löwen habe ich selbst nur ein-, zweimal zu Gesicht bekommen und zwar aus der Ferne.«

»Aha«, nickte sie. »Und die Menschen, die dort leben? Die sind doch allesamt schwarz, so wie das Negermädchen im Hause Ihrer Eltern, die uns hereingelassen hat.«

»Ja, die Eingeborenen sind Neger, das ist wohl richtig.«

Sie hatte sich fest vorgenommen, ihm die kalte Schulter zu zeigen, sodass er sie künftig in Ruhe lassen würde, aber auch wenn er sie nicht interessierte, so interessierte sie das, was er erlebt hatte, umso mehr. Sie erinnerte sich an einen Artikel, den sie in einer Ausgabe von Westermanns Illustrierten Monatsheften gelesen hatte. Über einen englischen Missionar in Afrika, vielleicht kannte ihn Packenius ja sogar persönlich.

»Livingstone«, sagte sie. »Kennen Sie David Livingstone?«

Er sah sie mit großen, runden Augen an. »David wer?«

»Ein englischer Missionar, der das südliche Afrika auf Reisen erkundet und die Wilden bekehrt«, erklärte sie, voller Überraschung, dass er nicht einmal den Namen kannte.

Er machte eine wegwerfende Handbewegung. »Es sind so viele dort, und auf Reisen bin ich persönlich nie gewesen. Es ist mir zu riskant, und die Arbeit in der Mission lässt einem ja auch wenig Zeit.«

»Aha«, meinte sie, etwas enttäuscht.

»Wissen Sie«, sagte er, »unser Leben als Missionare in Afrika unterscheidet sich im Wesentlichen wenig vom Leben hierzulande. Die Hitze, der Regen, das extreme Wetter, ja, das lässt sich nicht zähmen, aber ansonsten ist es ja unser Anliegen, den Eingeborenen die Zivilisation näherzubringen, ihnen eine Kultur zu geben und die rechte Religion. Deswegen darf man sich eine Missionsstation auch nicht als Negerkral vorstellen. Die Missionare in der Station Wupperthal bei Clanwilliam, wo ich war, wohnen in ordentlichen Steinhäusern, bescheiden, aber durchaus zivilisiert.«

»Aha«, sagte sie noch einmal. »Und was haben Sie dort getan, auf Ihrer Missionsstation? Neger getauft, von früh bis spät?«

»Nein«, sagte er ernsthaft, fast erschrocken. »Predigen und Bekehren ist nur ein Teil der Aufgaben, die ein Missionar abzuleisten hat. Zur Station gehörte ein weites Weideland, etliche Obstplantagen und Tabaksfelder, die es zu bewirtschaften gilt. Die Hottentoten, die dort leben, müssen angeleitet und überwacht werden, das ist mitunter mühsam, denn die meisten von ihnen sind nicht an Arbeit gewöhnt, sodass man sie ständig antreiben muss.«

»Das war also Ihr Bereich? Die Landwirtschaft?«

»Ich habe auch missioniert, habe Kinder getauft und auch Erwachsene. Aber es ist nicht immer der Hunger nach dem Wort des Lebens, der die Neger zu uns treibt. Viele kommen, weil es Arbeit auf der Station gibt und Brot und eine Schule für die Kinder. Manche erscheinen auch aus bloßer Neugierde, weil sie noch nie in ihrem Leben einen zivilisierten Menschen gesehen haben. Sie sind dann voller Furcht, aber einige treten mutig vor und berühren unsere Haut, weil sie glauben, dass wir uns nur mit weißer Farbe bemalt haben.«

Dorothea dachte an das schwarze Dienstmädchen. Sie hätte ihr dunkles Gesicht auch gerne berührt.

Andreas Packenius fuhr fort zu reden, er erzählte davon, dass sie nicht nur die Negerkinder im Lesen und Schreiben unterrichtet hatten, sondern auch die Erwachsenen, denn es gab kaum Schulen in Afrika, und dass ein Missionar nicht nur Seelsorger, sondern auch Arzt und Pfleger war, weil es dort nur Medizinmänner gab, die die Krankheiten mit gräulichen Masken und Hokuspokus zu vertreiben versuchten. »Mit allerlei heidnischem Hexenzauber«, sagte Packenius.

Und während Dorothea ihm zuhörte, sah sie einen kleinen Herrn, der ihnen vom Aussichtsturm her entgegenkam, ein rundlicher Mann mit breitkrempigem Hut und Spazierstock. Da wurde die laute Stimme des Missionars zu einem Dröhnen, denn sie erkannte Isaak Kirschbaum, der im selben Moment aufblickte, und ihre Augen begegneten sich. Kirschbaum wandte sein Gesicht sofort wieder ab und kam auf sie zu, ohne irgendeine Regung zu zeigen, aber sie wusste, dass er sie erkannt hatte und dass er sie nicht begrüßen würde, weil ihre Verbindung geheim bleiben musste.

Sie hätte den Missionar am liebsten stehen gelassen und wäre zu Kirschbaum gelaufen. Je näher er ihnen kam, desto größer wurde ihr Bedürfnis, er war so allein, und sie war es auch, obwohl sie Packenius an ihrer Seite hatte oder gerade deswegen. Als sie nur noch wenige Schritte voneinander entfernt waren, hielt sie es nicht mehr aus.

»Guten Tag, Herr Kirschbaum. Einen schönen Sonntag wünsche ich Ihnen«, rief sie so laut, dass sie sogar die Stimme des Missionars übertönte. Packenius klappte den Mund zu und sah den fremden Mann irritiert an, und Kirschbaum hob den Kopf und sah Dorothea an, zuerst überrascht und dann lächelte er und hob seinen Hut.

»Einen schönen Sonntag«, sagte er. »Das wünsche ich Ihnen auch, Fräulein Leder.«

7. KAPITEL

»In diesem Ambt an der Düsselbach, zwischen dem feldhoff und hof Karstein, ist das so genandte Gestein gelegen (welches Grose höhlen in den bergen sindt) und nach welchen bißweilen einige frembden, solches zu sehen, eine reße dahin anstellen.«

Aus der ersten Landesaufnahme und geographischen Beschreibung des Herzogtum Bergs *Topographia Ducatus Montani* von Erich Phillipp Ploennies, 1715

Nora nahm ihre Brille ab und rieb sich mit den Handballen über die Augen. Als sie sie wieder aufsetzte, schwammen gelbbraune Flecken im Raum, einer schwebte über der Weißblechdose auf ihrem Schreibtisch, die Till mit Wellenlinien und blau umrandeten Luftblasen und einem blubbernden Schriftzug bunt beklebt hatte. *Freshko.* Die Dose war leer. Wie ihr Kopf.

4. August 2004. Das war die Deadline für den Slogan. Also heute. Ihr Laptop machte ein surrendes Geräusch, als müsse er Luft holen. Sie drückte die Return-Taste, der Bildschirm erwachte und blinkte sie an, hell und erwartungsvoll. Sie beugte sich nach vorn und las, was sie geschrieben hatte. *Let's get Freshko.*

Schluss, dachte sie. Ich kann genauso gut nach Hause gehen. Ich setze mich auf den Balkon und halte die Füße ins Wasser oder besser noch den Kopf.

Als sie das Programm beendete, fragte der Computer, ob sie das Dokument speichern wolle. Sie wählte *Nein* und hörte den Rechner leise und vorwurfsvoll seufzen, bevor der Bildschirm schwarz wurde.

»Schon fertig?«, fragte Heide von ihrem Schreibtisch, und es klang spöttisch, aber vielleicht täuschte sich Nora auch. Im gleichen Moment klingelte ihr Handy.

»Nora?« Es war Falks atemlose Stimme, umspült von Verkehrslärm. »Hörst du mich?« Sie presste das Telefon fester ans Ohr und nickte. »Es gibt Neuigkeiten«, redete er weiter. »Ich werde ...« Die Worte ertranken in den Nebengeräuschen.

»Was?«, schrie sie in das Rauschen hinein und sah aus dem Augenwinkel, dass Heide zusammenzuckte. »Was ist los?«

Er antwortete etwas, aber sie konnte ihn kaum verstehen.

»Ruf nachher noch mal an«, rief sie, aber jetzt hörte sie nicht einmal mehr den Verkehr, nur noch ein leises Summen. Keine Verbindung.

»Was sagt er?«, fragte Heide, ohne die Augen vom Bildschirm zu wenden.

Nora steckte das Handy in die Hosentasche und zuckte mit den Schultern. »Es gibt Neuigkeiten.«

Falk saß in der Küche, den Rücken zur Tür, die Beine auf dem Tisch, die Stöpsel seiner Kopfhörer in den Ohren, sodass er sie nicht hörte. Vor ihm standen noch die Teller vom Frühstück mit den Brotkrümeln und Käserinden und zwei Kaffeetassen, eine davon noch voll. Als sie ihn an der Schulter berührte, schoss sein Kopf in ihre Richtung, und er zog die Knöpfe aus den Ohrmuscheln. Halblaut drangen hämmernde Rhythmen in den Raum. Das tonlose Krächzen eines Sängers.

»Die Sache ist durch!«, sagte er, bevor sie etwas sagen konnte. »Wir haben es geschafft. Anfang September fangen wir an zu graben.«

Sie brauchte einen Moment, um zu begreifen, was er meinte. Der Antrag, die Verhandlungen, alles hatte sich so lange hingezogen, sie hatte längst nicht mehr daran geglaubt, dass noch etwas aus dem Projekt werden könnte. Aber Falk war immer überzeugt gewesen, dass er sich durchsetzen würde. Er war ein Mensch, der seine Ziele erreichte. Und er hatte recht behalten.

»Das ist wunderbar«, sagte sie und spürte zu ihrer Überraschung einen kleinen Stich in der Brust. Sie drehte sich dabei zum Kühlschrank, zog die Tür auf und starrte in das grünlich-gelb-leuchtende Innere. Ein Glas Senf und eine einsame Salami blinzelten erschrocken zurück. Im Regal in der Tür stand eine Flasche Champagner, die am Morgen noch nicht da gewesen war. Sie machte die Tür wieder zu.

»Wir haben vier Wochen. Vier ganze Wochen. Das muss genügen. Das wird genügen, Nora.« Falk stand auf und kam zu ihr herüber, legte die Hände auf ihre Schultern und streichelte sie mechanisch, bis er sie mit einem Ruck an sich zog, sodass sie seinen Atem auf ihrer Wange spüren konnte.

Sie legte ihren Kopf an seinen Hals und fühlte seine Bartstoppeln, roch seinen vertrauten Geruch, ein wenig rauchig, obwohl er das Rauchen schon seit Jahren aufgegeben hatte.

Seine Fingerkuppen glitten über ihre nackten Oberarme und landeten schließlich auf ihren Handrücken. »Lass uns feiern«, murmelte er halblaut.

Ihre Hände schlossen sich ineinander, Finger neben Finger neben Finger, als ob ihre vier Hände paarweise beteten. Für den Erfolg seiner Grabung, dachte sie. Dann küsste er sie. Sie öffnete ihre Lippen und stellte gleichzeitig fest, dass sie hungrig war. Sie hatte schon das Mittagessen ausfallen lassen, weil sie über den blöden Slogan nachgedacht hatte, und dann war ihr doch nichts eingefallen.

Whatever happened to humanity, ächzte der Sänger aus dem Ohrknopf, der zwischen ihnen am Boden baumelte. Falk löste seine Finger aus ihrer Hand und schaltete den CD-Player aus.

Hinterher duschten sie und machten sich fertig, um etwas essen zu gehen.

»Sie haben zwei Mitarbeiter bewilligt«, sagte Falk, während er eine Gabel mit Reis und Sojabohnen in seinem Mund versenkte. »Joe wird natürlich dabei sein«, überlegte er mit vollem

Mund, dann sah er sie an, kauend, zuerst schnell, dann immer langsamer, schließlich schluckte er. »Und du«, sagte er. »Du arbeitest auch mit.«

Sie balancierte ein weißes Stück Hühnerfleisch auf ihren Stäbchen, doch als es ihren Mund fast erreicht hatte, fiel es zurück auf den Teller. Er streckte das Kinn in ihre Richtung wie ein Vater, der voller Spannung auf die ersten Worte seines Kindes wartet. Nora wich seinem Blick aus und hob ihr Weinglas. In der dunkel glänzenden Oberfläche spiegelte sich das weiße Dreieck ihrer Nase und darüber die Brillengläser.

»Wie soll das gehen?«

»Du nimmst Urlaub. Oder du kündigst ganz«, sagte er. »Der Job ist doch ohnehin nichts für dich. Komm, hör auf damit. Du machst es nicht gerne. Du bist doch Archäologin.«

»Archäologin«, wiederholte sie und hob die Stimme am Ende des Wortes, sodass es wie eine Frage klang. Als sich ihre Blicke begegneten, senkte er den Blick, und sie wusste, dass sie beide an das Gleiche dachten.

Während sie schwiegen, zog sie mit ihrem Essstäbchen eine Linie zwischen Reis und Hühnerfleisch. Der weiße Graben füllte sich mit gelblicher Sauce.

»Das ist doch ganz egal«, hörte sie ihn sagen, und seine Stimme klang, als habe sie ihn angegriffen. »Wenn du es willst, krieg ich dich da rein. Du bist gut, das weißt du, und ich weiß es auch, das genügt ...« Die Worte verschwammen mit den Reiskörnern in der Sauce.

»Nein, ist schon ok«, unterbrach sie ihn. »Ich will das nicht.« Von einem Moment zum anderen lag alles auf der Kippe. Die Vergangenheit drängte sich zwischen sie und machte sich am Tisch breit wie ein fremdes, hässliches Wesen. Ein Satz, ein Wort in die falsche Richtung, und sie würden zahlen und schweigend nach Hause gehen. Nora wollte nicht, dass der Abend so endete.

»Hoffentlich seid ihr erfolgreich«, sagte sie und merkte sofort, dass es der richtige Satz gewesen war. Das Wesen verzog sich, sie waren sicher.

»Ganz bestimmt. Ich fühle es. Die Joachimshöhle ist nie wirklich untersucht worden. Ein paar willkürliche Sondagen, aber keine professionelle Arbeit.«

Sie erinnerte sich noch daran, wie sie damals während des Studiums zum ersten Mal von den vier neu entdeckten Höhlen im Neandertal gehört hatten. Schon damals war Falk wie besessen gewesen von dem Gedanken, dass sich in einer von ihnen fossile Funde von ähnlich fundamentaler Bedeutung verbergen könnten, wie sie vor 150 Jahren im Neandertal gemacht worden waren. Als sie dann vor einigen Jahren hierhergezogen waren, nach Düsseldorf, in die unmittelbare Nähe der berühmten Fundstätte, hatte er das als Zeichen gesehen. Ein Zeichen des Himmels, sagte er, obwohl er doch gar nicht an Gott glaubte. Er hatte jede der vier Höhlen unzählige Male untersucht, hatte sie ausgemessen und analysiert und fotografiert, und schließlich war er überzeugt davon, dass die geräumigste Höhle – die Joachimshöhle – die besten Chancen auf paläontologische Funde bot. Dann hatte er einen Antrag gestellt und gewartet, überzeugt, dass er erfolgreich sein würde. Und er hatte recht behalten wie so oft. Wie immer.

Jetzt bohrte er die Zinken seiner Gabel in den Reisberg auf seinem Teller, bis er schließlich das Besteck wieder zurückzog und interessiert die drei Löcher betrachtete.

»Was glaubst du, werdet ihr finden?«, fragte sie. Eine dumme Frage, dachte sie im selben Moment. In der Höhle konnte sich alles verbergen, Knochen von Vögeln, Wirbeltieren, Neandertalern, modernen Menschen. Oder nichts. Was die Sondagen zutage bringen würden, war absolut ungewiss. Aber sie wusste genau, was er finden wollte.

Er legte seine Gabel neben die Essstäbchen, die noch makellos Seite an Seite in ihrer Hülle aus rotgoldenem Chinapapier lagen. »Ich weiß nicht, was ich erwarte. Dass wir der Wahrheit ein Stück näher kommen, vielleicht das?«

Sie schob ihren halb leeren Teller zur Seite und zuckte mit den Schultern. »Welcher Wahrheit? Dass der moderne Mensch den Neandertaler auf dem Gewissen hat, wie die meisten der anderen ausgestorbenen Arten auch?«

»Das ist eine Theorie«, sagte er.

»Ich weiß«, meinte sie. »Aber du glaubst nicht daran.«

»Ich glaube nicht daran«, wiederholte verächtlich. »Was soll das denn jetzt. Es geht doch nicht darum, was ich glaube. Es geht um Gewissheit.«

Sie lächelte, und er runzelte die Stirn.

»Wir haben im Grunde nichts in der Hand«, meinte er dann. »Es gibt nur ein paar Knochen, einige Werkzeuge, ein paar unvollständige Skelette. Jeder Fund bringt uns ein Stück weiter.«

Er nahm einen Schluck Wein und ließ ihn im Mund hin- und hergleiten, während er über ihre Schulter hinweg ins Leere starrte, in Gedanken weit weg.

Falk machte Pläne, Listen und Skizzen, telefonierte viel und engagierte neben seinem Assistenten Joe und einer Handvoll Studenten vom Archäologischen Institut einen Hamburger Paläoanthropologen für die Grabung, den Nora nicht kannte. Er war so voller Hoffnung und Anspannung, dass sie manchmal ein elektrisches Flackern zu sehen meinte, das ihn umgab, ein Spannungsfeld, das alles um ihn herum beeinflusste und bestimmte. Was ist, wenn sie überhaupt nichts finden, wenn da nichts ist, dachte sie manchmal. Vier Wochen waren eine kurze Zeit, und die Joachimshöhle war groß. Dann erinnerte sie sich wieder an den Stich, den sie gespürt hatte, als er ihr von der Grabung erzählt hatte. Vielleicht wünschte sie ihm ja, dass er scheiterte.

Sie schrieb weiterhin Slogans für Softdrinks und Texte für Cornflakespackungen und brauchte viel zu viel Zeit für ihre Arbeit. Heide produzierte in derselben Zeit den zehnfachen Output, sie kam morgens ins Büro, und sofort erfüllte das leise Klackern ihrer Tastatur den Raum, Satz um Satz, Wort um Wort, Idee um Idee strömten aus ihr hervor in den Computer, sie musste sich nicht einmal unterbrechen, um nachzudenken.

»Ich schreibe alles auf«, hatte sie Nora erklärt, als diese sie darauf angesprochen hatte. »Fünfundneunzig Prozent ist kompletter Schwachsinn, aber die restlichen fünf Prozent sind ok.«

Meine hundert Prozent sind zehn Prozent von ihren fünf, rechnete Nora, während sie Schlangenlinien und Kreise an den Rand des Briefings malte. Ihre fünf Prozent sind tausend Prozent von dem, was ich bringe. Heide war wie Falk, die Grenze zwischen ihr selbst und ihrer Arbeit war fließend, eines ging ins andere über. Nora dagegen war geteilt, es gab eine private Nora und eine angestellte, und beide hatten wenig miteinander zu tun. Wenn man es recht betrachtete, gab es noch viel mehr Noras, denn sie veränderte ihr Wesen nach den Umständen, nach den Menschen, mit denen sie zusammen war. Manchmal fragte sie sich, ob es irgendwo die wahre Nora gab, die *eine* Nora, die alle anderen Noras in sich vereinte, so wie es die *eine* Heide und den *einen* Falk gab.

Ende August kam der Paläoanthropologe zu einem Vorgespräch nach Düsseldorf. »Wir gehen heute Abend essen«, sagte Falk. »Seine Frau ist auch dabei. Du kommst doch mit, oder?«

Er hatte in einem Fischrestaurant am Hafen einen Tisch reserviert. Falk erzählte vom Institut, aber Nora hörte nicht richtig zu. Sie beobachtete eine dunkelhäutige Frau in einem grünen Kleid, die gerade den Raum betrat. Glänzende, schwarze Locken umstrahlten ihren Kopf wie ein negativer Heiligenschein. Ihr Gesicht war schmal und hart, atemberaubend. Eine Göttin. Sie blieb stehen und sah sich suchend um, und Nora hatte plötzlich das Gefühl, als wäre es im Lokal stiller geworden, weil alle ehrfurchtsvoll die Stimmen senkten.

»Wow«, murmelte Falk, dann winkte er. Vom Eingang her winkte ein Mann zurück und steuerte auf sie zu. Die Frau folgte ihm. Du liebe Güte, dachte Nora.

»Sie müssen Dr. Freitag sein.« Der Mann, der Falk jetzt die Hand schüttelte, war nicht viel größer als seine Begleiterin, er trug Jeans, ein kariertes Hemd und eine kleine, ovale Brille. »Ich bin Robert Westner, Kelly Westner, meine Frau.«

Die schwarze Göttin beugte sich halb über den Tisch und schüttelte ihnen die Hand. Ihre Haut war glatt und makellos wie poliertes Holz. Nora verhaspelte sich, als sie ihren Namen nannte. Falk lachte, als habe sie sich mit Absicht versprochen. Unter Noras Achseln bildeten sich nasse Flecke. Robert und Kelly nahmen Platz, das Gespräch schleppte sich von einer Floskel zur nächsten.

»Sie sind Historikerin, hab ich gehört?«, sagte Falk zu Kelly.

Sie nickte, ohne genauer darauf einzugehen. »Und Sie?«, fragte sie dann und richtete ihre schwarzen Augen auf Nora. »Sind Sie auch an der Ausgrabung beteiligt?«

»Nein, ich ...«, sagte Nora und verstummte dann wieder.

Kelly lächelte und wartete.

»Also, nicht wirklich. Ich habe nur ein paar Semester studiert.« Vierzehn Semester, um genau zu sein, sieben Jahre ihres Lebens. »Jetzt arbeite ich in einer Werbeagentur.«

Falk räusperte sich, als habe Nora etwas Unpassendes gesagt. Sie redeten niemals über ihre Arbeit in der Agentur. Sie wusste, dass es ihn nicht interessierte, und sie selbst interessierte es im Grunde auch nicht.

Dann kam der Fisch. Nach den ersten Bissen fing Falk von der Grabung an, und Nora sah, wie Roberts Schultern sich entspannten. »1983 sind schon einmal drei Sondagen in der Joachimshöhle durchgeführt worden, vor dem Höhleneingang, im Eingangsbereich und eine dritte in der hinteren Ausdehnung der Höhle. Alle ohne Erfolg. Meiner Meinung nach waren die Untersuchungen nicht gründlich genug, und außerdem wurde an den falschen Stellen gegraben. Der linke Gang, der nach einigen Metern endet, weil er mit Sedimenten verfüllt ist, das ist ein interessantes Terrain, da müssen wir ansetzen, und im hinteren Bereich auch noch einmal, aber an einer anderen Stelle.«

»Warum machen wir nicht da weiter, wo die letzten Neandertalfunde gemacht worden sind?« Während er sprach, klappte Robert den Forellenkörper auf, nahm den Fischschwanz zärtlich zwischen Zeigefinger und Daumen und zog das Rückgrat Gräte für Gräte aus dem Fleisch. Einen Moment lang baumelte der Fischkopf erstaunt über seinen gedünsteten Überresten. Dann landete er auf dem Tellerrand.

Robert sprach von den Grabungen, die Ende der 1990er und 2000 im Neandertal gemacht worden waren und bei denen unter anderem Knochen entdeckt wurden, die eindeutig dem ersten Neandertalerfund von 1856 zugeordnet werden konnten.

»Sie haben die Grabungsstätte damals wieder zugeschüttet, ganz bewusst«, warf Nora ein. Es hatte sie so beeindruckt, als sie das gehört hatte, dass die Grabungen eingestellt werden sollten, dass alles ruhen sollte, bis spätere Forschergenerationen mit besseren Methoden die Arbeit fortsetzen konnten. Obwohl alles offen lag, hatte das Grabungsteam darauf verzichtet, den sprichwörtlich letzten Rest herauszuholen. Im Interesse der Vernunft, dachte sie. Wie ungewöhnlich, dass Menschen sich zurückhielten zugunsten späterer Generationen. Anstatt sofort zuzugreifen und zu verbrauchen und zu nutzen und zu zerstören.

»Das Areal ist inzwischen vollkommen neu gestaltet worden. Sie haben so eine Art Disneyland für Sonntagsausflügler draus gemacht. Und drei Meter darunter ein archäologischer Schatz von unermesslichem Wert, den wir im wahrsten Sinne des Wortes mit Füßen treten.« Falks sarkastischer Ton machte deutlich, was er von der Bewahrung der Vergangenheit für künftige Forschergenerationen hielt.

»Und der neue Grabungsort, wie sind Sie darauf gekommen? Gibt es irgendwelche Hinweise, dass sich dort etwas verbirgt?«

»Nun, im Gegensatz zur ersten Fundstelle ist die Joachimshöhle nicht zerstört. Wenn wir dort etwas finden, dann wird das Ganze sehr viel aufschlussreicher sein, weil wir die Fundstücke in einem intakten Umfeld vorfinden.«

»Wieso wurde die erste Höhle eigentlich zerstört?«, erkundigte sich Kelly. Sie hatte ihren Fisch bisher kaum angerührt, dennoch schob sie den Teller jetzt zur Seite.

»Im neunzehnten Jahrhundert wurde im Neandertal mit einem massiven industriellen Kalkabbau begonnen, das hat die Landschaft komplett verändert. Vorher war das Tal eine Gebirgsschlucht mit vielen Höhlen, das Ganze muss man sich vorstellen wie die Via Mala, wild und unbeschreiblich schön.«

»Und davon ist nichts mehr übrig?«, fragte Kelly. Sie sah ihn ruhig an, doch ihre Hände wühlten in der Handtasche auf ihrem Schoß, als führten sie ein Eigenleben.

»Die Klamm ist vollständig abgebaut. Sie wurde platt gemacht, im wahrsten Sinne des Wortes. Weggesprengt. Aus Schluchten und Felsen wurde ein Tal.« Falk halbierte mit einer entschlossenen Bewegung eine Kartoffel auf seinem Teller und spießte sie auf die Gabel. »Immerhin wurden so die Überreste des ersten Neandertalers überhaupt erst entdeckt. Kalkarbeiter haben die Knochen vor der Sprengung der Feldhofer Grotte gefunden.« Er hielt die Gabel mit der Kartoffel auf der Spitze wie eine Trophäe, bevor er sie in den Mund schob. »Vor ein paar Jahren hat ein Archäologenteam dann die Reste der ursprünglichen Höhlenverfüllung der Grotte ausfindig gemacht und ist auf weitere Skelettreste gestoßen. Sehr wichtig und aufschlussreich, aber über das Umfeld der Funde, über die genaue Lage der Skelette im Lehm, eventuelle Grabbeigaben etc., ist natürlich nichts bekannt.«

»Aber wäre es nicht ein enormer Zufall, wenn sich jetzt in der Joachimshöhle ebenfalls fossile Knochen fänden?«, meinte Robert.

Falk schob das letzte Stück Fisch auf die Gabel und zog gleichzeitig die Augenbrauen hoch. »Keineswegs«, sagte er mit vollem Mund. »Die beiden Individuen aus der Feldhofer Grotte wurden ja nicht zufällig dort verschüttet. Aller Wahrscheinlichkeit nach sind sie von den Mitgliedern ihrer Gruppe bestattet …«

»Dafür gibt es keinen Beweis.« Noras Stimme klang viel lauter, als sie es beabsichtigt hatte, sodass die drei anderen sie überrascht ansahen.

»Ich meine …« Sie merkte, wie ihr das Blut in den Kopf stieg, hoffentlich sah man es nicht in dem schlechten Licht. »Du hast doch selbst gesagt, dass man nichts über die Umstände und Zusammenhänge der ersten Funde weiß. Die Arbeiter, die die Skelettreste gefunden haben, haben sie einfach auf einen Haufen geworfen, sie hielten sie für Tierknochen. Man hat keine Ahnung, ob die Knochen tatsächlich im Verband gelegen haben oder wild durcheinander, es gibt keine Faunenreste oder Steinartefakte, nichts …«

»Die Hackspuren der Arbeiter an den Knochen weisen aber auf eine Lage im Verband hin«, unterbrach Falk sie ungeduldig. »Der gleiche Hieb, der den Beckenknochen beschädigt hat, hat auch den Gelenkknopf des Oberschenkels verletzt. Also ist es nahe liegend, dass eins ins andere gefügt war. Außerdem gibt es andere, spätere Funde in Europa, die eindeutig auf Bestattungsriten hindeuten.«

»Jedenfalls hoffen Sie, dass in der Joachimshöhle auch ein Neandertaler bestattet wurde.« Kellys Hände wühlten immer noch in ihrer Handtasche.

Falk nickte. »Es spricht einiges dafür.« Er machte eine Pause und nahm einen Schluck Wein. Kelly zog endlich eine Marlboro-Packung aus der Tasche, schüttelte eine Zigarette heraus und zündete sie an. Nora sah, wie sich Falks Nasenlöcher weiteten, während seine Augen sehnsüchtig der aufsteigenden Rauchfahne folgten. »Nicht auszumalen, was wir heute für Erkenntnisse aus den ersten Funden gewinnen könnten. Mit ihren unwissenschaftlichen Methoden haben die Menschen damals so unendlich viel zerstört.« Er schüttelte missbilligend den Kopf, und Nora sah plötzlich eine Gruppe von Archäologen aus der Zukunft vor sich, die genau dasselbe über ihre Zeit, über ihre Vorgehensweise sagten.

»Wir haben vier Wochen, das ist nicht sehr lang.« Robert schob seinen Teller mit dem Fischskelett in die Mitte des Tisches. Die schwarzen Augen des Forellenkopfes starrten trübsinnig auf die ausgefransten Blütenblätter der rosa Nelken, die sich aus einer Vase über den Teller beugten.

»Wenn wir etwas finden, irgendetwas, können wir verlängern«, sagte Falk.

Robert nickte, während er Nora Wein nachschenkte. Als er den Flaschenhals in Kellys Richtung weiterbewegte, legte sie ihre langen Finger auf die Glasöffnung. Eine Zigarette steckte zwischen Zeige- und Mittelfinger wie ein glühendes Stoppzeichen. Robert verteilte den Rest des Weines auf die übrigen Gläser. Falk leerte sein Glas in einem Schluck und winkte dem Kellner, um eine neue Flasche zu bestellen.

Nach der dritten Flasche Wein beschlossen sie, sich zu duzen.

»Warst du schon einmal im Neandertal?«, fragte Nora Kelly, während sie schnell ihr Glas zu sich zog, damit Robert es nicht noch einmal füllen konnte.

»Nein, aber ich werde morgen Vormittag mitgehen. Auch ins Museum.«

»Es ist sehr schön dort. Immer noch, obwohl sie die Landschaft so zerstört haben.«

Sie selbst war unzählige Male dort gewesen. Als Kind mit beiden Eltern, nach der Trennung nur noch mit ihrem Vater, wenn er sie am Wochenende zu sich holte. Sie waren in halsbrecherischem Wagemut auf den Hängen herumgeklettert, gut dass ihre Mutter sie dabei nicht sehen konnte, und hatten Steine in die Düssel geworfen, und ihr Vater hatte ihr von den rätselhaften Urmenschen erzählt, die das Tal einst bevölkert hatten. Haarige wilde Wesen, die in Höhlen hausten und Mammuts mit Keulen jagten. Alles Unsinn, wissenschaftlich gesehen, aber damals hatte sie die Geschichten in sich aufgesogen. Vielleicht hatte sie sich deshalb später entschlossen, Archäologie und Frühgeschichte zu studieren.

Als sie mit Falk wieder hierhergezogen war, weil sie es in Tübingen nicht mehr aushielt, als er in Köln zu lehren begonnen hatte, und sie selbst Tag für Tag aufs Neue versuchte, ihr Leben in den Griff zu bekommen, war sie einmal alleine hinausgefahren. Es war ein trüber, regnerischer Tag gewesen. Sie war den schmalen, gewundenen Pfad an der Düssel entlanggelaufen, immer weiter und weiter, so lange bis die Gedanken in ihrem Kopf aufhörten sich immer nur um das eine zu drehen. Bis in ihr alles still war. Dann war sie wieder nach Hause gefahren und hatte das erste Mal seit Monaten eine ganze Nacht geschlafen.

»Es ist wirklich sehr schön, das Neandertal«, wiederholte Nora jetzt und nickte. Als sie den Kopf hob, begegnete sie Kellys schönen Augen, die seltsam verschwommen wirkten. Dann verdoppelte sich das Augenpaar, aus zwei Augen wurden vier und jeweils eines schwebte über dem anderen.

Ich bin vollkommen betrunken, stellte Nora betroffen fest. Ich lalle schon, und Kelly hat nach dem ersten Glas Wein aufgehört zu trinken. Sie verschränkte die Arme vor der Brust und schaute zu Falk, doch er übersah ihren Blick wie immer. Statt seiner fing Robert ihn auf.

»Deine Frau«, sagte er, während er sie nachdenklich betrachtete, als habe er ihren Namen vergessen, vielleicht hatte er ihn ja wirklich vergessen. »Ich glaube, sie möchte nach Hause.«

Nora lächelte dankbar und fragte sich gleichzeitig, ob sie so betrunken wirkte, wie sie sich fühlte. Dann standen sie auf, und sie konzentrierte sich mit dem letzten Rest an Willenskraft darauf, in einer möglichst geraden Linie den Ausgang anzusteuern.

8. KAPITEL

»Aber wenn ich auch noch so schonend von den Urhebern dieser Verwüstung absehe, so kann doch die Unerbittlichkeit des industriellen Bedürfnisses unserer Tage nicht unerwähnt bleiben, die das einst so reizende Neanderthal sozusagen in einen Trümmerhaufen umgewandelt und von seinen Sehenswürdigkeiten kaum noch dürftige Spuren übrig gelassen hat. Gegenwärtig ist die Neanderthaler Schlucht ein einziger großer Steinbruch geworden, in welchem seit Jahren mit Brecheisen und Pulver das Werk der Zerstörung unterhalten wird.«

Johann Carl Fuhlrott, 1869

Die eine Hälfte der Agentur hatte Urlaub, die andere Hälfte arbeitete Tag und Nacht. Nora gehörte zu denen, die keinen Urlaub genommen hatten. Sie arbeitete hart und erfolglos an einer Präsentation für ein neues Bankunternehmen und schaffte es sogar, ein paar Ideen in eine Vorpräsentation einzubringen, die dann allesamt wieder abgelehnt wurden. Stattdessen wurde Heides Konzept ausgearbeitet.

»Ist doch egal, wer die Idee hatte«, sagte Heide. »Hauptsache, wir gewinnen den Etat.«

Morgens um zwei kam sie nach Hause, ihr Magen schmerzte von Unmengen an bitterem Filterkaffee, und ihre Augen brannten von Heides Zigaretten. Sie ließ sich neben Falk ins Bett fallen, der sich nicht einmal umdrehte, und schloss die Augen, wünschte sich, nie wieder aufzuwachen.

Das Telefon klingelte sie aus dem Schlaf. Auf Falks Kopfkissen lag sein Pyjamaoberteil, die Ärmel ausgebreitet, als wollte es sie umarmen. Es war kurz vor zehn, sie hatte verschlafen. Sie stieg in die Jeans, die noch auf dem Boden lagen, und griff gleichzeitig nach dem Telefon, das immer hysterischer zu klingeln schien.

»Du bist zu Hause«, sagte eine Frauenstimme, die ihr bekannt vorkam. »Hier ist Kelly.«

»Kelly?« Nora klemmte sich den Hörer zwischen Kopf und rechte Schulter, ging ins Badezimmer und suchte nach der Zahnbürste.

»Kelly Westner, Roberts Frau.«

Die schwarze Göttin!

»Ich hab heute ein Vorstellungsgespräch in Düsseldorf. Vielleicht sehen wir uns.« Es klang nicht wie eine Frage, eher wie eine Feststellung.

»Ich ... äh ... Falk ist nicht da, ich weiß nicht, ob er kann.«

Kelly lachte. »Darfst du ohne ihn nicht raus?«

»Doch«, sagte Nora schnell, während sie im Spiegel sah, wie sich ihr bleiches Gesicht rot verfärbte, was sie ärgerte. »Ich hab jetzt keine Zeit zu reden. Gib mir deine Handynummer, dann ruf ich dich später noch mal an.«

Sie trafen sich mittags im Hofgarten, Kelly kam ein bisschen zu spät. Sie trug eine orangefarbene, transparente Bluse zu einer roten Leinenhose. Nora hatte das Gefühl, dass sich sogar die Schwäne nach ihr umdrehten.

»Ich hab mich beim Stadtmuseum vorgestellt«, erklärte sie, als Nora nachfragte. »Sieht aber eher schlecht aus, Millionen arbeitslose Historiker wollen die Stelle.«

»Wär doch schön, wenn es klappen würde«, sagte Nora. »Vielleicht bleibt Robert ja auch länger hier, wenn die Grabung verlängert wird, und danach zur Auswertung.«

Kelly machte eine wegwerfende Handbewegung, die Nora nicht deuten konnte, weil sie nicht wusste, ob sie sich auf Robert selbst bezog oder auf die Chancen der Ausgrabung. Nora holte eine Tüte mit belegten Brötchen aus ihrem Rucksack. »Danke nein«, sagte Kelly, als sie ihr davon anbot. Stattdessen zog sie ihre Zigaretten aus der Jackentasche.

»Wann kriegst du denn Bescheid?«, fragte Nora.

Kelly zog die Augenbrauen hoch.

»Wegen der Stelle.«

»Ach so. Keine Ahnung. In ein paar Wochen.« Sie zündete eine Zigarette an und drehte den Kopf zur Seite, als sie den Rauch ausblies. »Wie alt bist du?«, fragte sie dann zusammenhanglos.

»Dreiunddreißig«, sagte Nora.

»Ich auch. Bist du zufrieden mit deinem Job? In der Werbung?«

Es war ein bisschen wie ein Verhör. Nora zuckte die Achseln, dann nickte sie. »Es ist ganz in Ordnung.«

»Warum hast du denn nun aufgehört mit der Archäologie? Wieso hast du nicht zu Ende studiert? Du interessierst dich doch dafür, oder?«

»Nein. Ich meine, schon, aber dieses ganze wissenschaftliche Arbeiten ist nichts für mich, wenn ich weiterstudiert hätte, wäre ich heute noch nicht fertig, es hatte keinen Sinn.«

»Es hatte keinen Sinn«, wiederholte Kelly. Sie blies mit einem langen, fast verächtlich klingenden Geräusch Rauch aus dem Mund und betrachtete Nora dabei mit schief gelegtem Kopf. »Was ist passiert?«

»Nichts«, sagte Nora schnell und sehr nachdrücklich. »Ich konnte es eben nicht. Nicht mehr und nicht weniger. Und du?«, fragte sie dann. »Auf welches Gebiet bist du spezialisiert als Historikerin?«

»Mittelalter. Darüber habe ich jedenfalls meine Doktorarbeit geschrieben, aber ob ich in dem Bereich weitermache – man muss ja froh sein, wenn man als Historikerin überhaupt einen Job findet.«

»Bist du eigentlich in Hamburg aufgewachsen?«

»Geboren bin ich in Detroit, Illinois. Aber als ich vier war, sind wir nach Hamburg gezogen. Meine Mutter und ich. Mein Vater ist drüben geblieben.«

»Geschieden.«

»Deine Eltern auch?«

Nora nickte. »Aber jetzt ist mein Vater tot«, sagte sie dann und biss schnell ein großes Stück aus ihrem Käsebrötchen, während Kelly betroffen blinzelte. Sie kaute weiter, auch nachdem ihr Mund fast leer war. Ihr Vater. Noch ein Thema, über das sie nicht gerne redete.

Am nächsten Tag wurde ihr gekündigt.

»Wir machen kaum noch Profit«, sagte Dirk. »So wie's aussieht, kriegen wir auch das Neugeschäft nicht. Es tut mir echt leid, aber du musst dich nach was Neuem umschauen.«

Sie hatte noch fast vier Wochen Urlaub. Den Rest der Woche erließen sie ihr aus Kulanzgründen, also räumte sie nur ihren Schreibtisch aus und steckte ihre privaten Sachen in eine Plastiktüte. Heide sah ihr dabei voller Mitgefühl und Hilfsbereitschaft zu, aber Nora wurde das Gefühl nicht los, dass sie nicht überrascht war.

Zu Hause machte sich Nora einen Espresso und setzte sich auf den Balkon, die Füße in der Sonne, den Körper im Schatten. In den Balkonkästen aus grünem Plastik, die sie gekauft hatten, als sie hier eingezogen waren, hingen Gänseblümchen, die kleinen Köpfe welk und kraftlos über gelblich vertrockneten Blättern. Sie dachte darüber nach, wie sie die Nachricht ihrer Mutter beibringen sollte. *Ich bin arbeitslos,* probte sie das Gespräch. *Nicht schon wieder, tu mir das nicht an,* hörte sie ihre Mutter antworten, dieselben Worte, die sie auch immer zu ihrem Vater gesagt hatte. Mein Leben dreht sich in großen Kreisen, dachte Nora, alles kommt immer wieder. Ich fange etwas an und scheitere, und dann fange ich etwas Neues an und scheitere wieder. Ich setze das fort, was mein Vater begonnen hat.

Dann rief sie Falk an.

»Diese Arschlöcher«, sagte er. »Erst nutzen sie dich monatelang aus und lassen dich Überstunden schieben ohne Ende, und dann setzen sie dich einfach so vor die Tür. Aber jetzt ist es ja wohl klar, dass du bei der Grabung dabei bist, das ist doch perfekt.«

»Aber du hast doch deine Leute längst zusammen«, meinte sie. »Ihr braucht mich doch gar nicht mehr.«

»Wir brauchen jeden«, sagte er, und seine Stimme klang sanft und behutsam, als spräche er mit einer Kranken. Sie legte auf und fühlte sich niedergeschlagen, aber irgendwie auch erleichtert.

Auf einem Ortstermin im Neandertal lernte sie die Gruppe kennen. Neben Robert, Falk und seinem Assistenten Joe waren noch zwei Studentinnen dabei, Susa und Melanie. Beide waren groß und braun gebrannt, muskulös und sportlich gekleidet. Susa hatte ihre dunklen Haare zu einem Pferdeschwanz zusammengebunden, Melanie versteckte ihre unter einer Schirmmütze. Sie sahen aus wie Schwestern, aber Nora wusste, dass sie Freundinnen waren.

Sie trafen sich auf dem Parkplatz des Museums und marschierten ein Stück die Straße entlang, dann bogen sie in den Wald ein. Es war die letzte Woche im August, und auf dem Asphalt spiegelte sich die heiße Luft wie Wasser, aber hier im Wald, zwischen den Buchen und Eichen, war es angenehm kühl, nur hin und wieder traf sie ein Sonnenstrahl. Der Trampelpfad endete mitten im Wald vor einem unkrautüberwucherten Autowrack, verrostetes Blech inmitten grüner Brombeerranken, ein riesiges, halb zersetztes Urtier. Wie es wohl hierhergekommen war, wunderte sich Nora. Dahinter erhob sich ein steiler Felsabhang, acht, neun Meter hoch.

»Da oben ist die Höhle«, sagte Falk und deutete mit der Hand zum Himmel.

»Scheiße«, murmelte Susa, die direkt hinter Nora stand. »Ich hätte auch einen Job im Büro haben können, zehn Euro die Stunde ...«

»... aber dafür keine Erkenntnis«, flüsterte Melanie neben ihr. »Komm, ist doch eine Ehre, dass der Freitag ausgerechnet dich dabeihaben wollte, schließlich ist er doch ...«, sie kicherte, aber dann wurde sie plötzlich still. Obwohl Nora sich nicht umwandte, wusste sie, dass Susa ihrer Freundin ein Zeichen gegeben hatte, damit sie nichts Falsches sagte, wo Nora doch Falks Frau war.

Die Männer machten sich bereits an den Aufstieg, Falk kletterte als Erster hoch, und Nora versuchte sich einzuprägen, wohin er seine Füße setzte, an welchen Wurzeln, Ästen, Schößlingen er sich festhielt. Als ihr Robert ein Zeichen gab, dass sie die Nächste war, fühlte sie sich plötzlich wie früher im Sportunterricht, wenn sie vortreten und vorturnen musste, wohl wissend, dass sie sich vollkommen lächerlich machen würde. Auch jetzt begannen ihre Hände zu schwitzen, während sie auf den Hang zuging und die Blicke der anderen auf ihrem Körper spürte. Es ging aber besser, als sie erwartet hatte. Nur einmal glitt ihr Fuß auf dem lehmigen Boden aus, sodass sie ein Stück nach unten rutschte, aber dann fand sie sofort wieder Halt.

Vor dem schwarzen Dreieck der Felsöffnung erwartete sie Falk, er zog sie die letzten Zentimeter nach oben. Sie ließen sich links und rechts vom Höhleneingang nieder, bis die anderen sie erreicht hatten. Falk holte seine Wasserflasche aus dem Rucksack und trank, und wie auf ein Kommando packten auch die anderen ihre Getränke aus. »Die Höhle hat zwei kleine Gänge«, erklärte er. »Links der Gang ist sehr schmal und am Ende vollständig mit Sediment verfüllt. Davor machen wir die erste Sondage.« Er nahm noch einen Schluck Wasser und steckte dann die Flasche zurück in den Rucksack. »Ich schlage vor, dass ihr drei das übernehmt, Robert, Melanie und Nora.«

Ich schlage vor, sagte er, aber es war kein Vorschlag, den er gemacht hatte, sondern ein Beschluss, denn er war der Grabungsleiter.

»Der rechte Gang ist gut begehbar, nach circa drei Metern stößt man dann auf eine Stufe, vielleicht achtzig Zentimeter hoch. Nach der Bodenstufe geht der Gang noch ein Stück weiter, er wird allerdings sehr niedrig und endet in einem kleinen Raum, von dem wiederum vier kleine Fortsetzungen ausgehen. Hier wird die zweite Sondierung angesetzt.«

Sie duckten sich und gingen nacheinander in die Höhle. Aus flirrender Hitze traten sie in schwarze Kälte, der Unterschied war so überwältigend, dass Nora die Luft anhielt. Sie hörte Robert leise lachen, aber als sie zu ihm hinschaute, sah sie nur die Kontur seines Kopfes vor dem weißgelben Dreieck des Höhlenausgangs. Dann knipste Joe seine Taschenlampe an, und sie richtete die Augen auf den strahlenden Kreis, der über das Felsgestein der Wände wanderte, bis er auf einer Masse aus Geröll und Schutt hängen blieb.

»Das ist der linke Arm«, hörte sie Falks Stimme. »Und dort«, der runde Lichtausschnitt wanderte gehorsam weiter nach rechts, glitt über eine graue Steinwand und verlor sich dann in der schwarzen Tiefe einer Gangöffnung, »geht es in den rechten Gang.«

Auch die anderen knipsten jetzt ihre Taschenlampen an, bevor sie den Seitenarm betraten, der recht breit war und hoch genug, sodass Nora aufrecht gehen konnte, während die anderen, die ein gutes Stück größer waren, die Köpfe senken mussten. Den kleinen Raum am Ende des Ganges, von dem Falk gesprochen hatte, besichtigten sie nacheinander. Zuerst kletterten Falk, Robert und Susa auf die Bodenstufe und krochen auf allen vieren in die Dunkelheit.

»Joachimshöhle«, fragte Melanie, als sich die Finsternis wie ein Vorhang vor Roberts Beine gelegt hatte, der als Letzter im Gang verschwunden war. »Warum heißt das eigentlich Joachimshöhle? Haben sie das nach dir benannt, Joe?«

Joe lachte spöttisch. »Schon mal was von Joachim Neander gehört, nach dem das ganze Tal heißt?«

»Ach, der Dichter«, sagte Melanie. »Ich wusste gar nicht, dass er auch Joachim hieß.«

»Kirchenlieder«, korrigierte sie Nora. »Er hat Kirchenlieder geschrieben.«

Dann waren sie an der Reihe mit der Besichtigung. Nora schob sich als Letzte in den Tunnel, ganz bewusst, sie hatte plötzlich Angst. Diese Felsmassen über ihr und neben ihr und um sie herum, wenigstens hinter ihr sollte alles frei sein. Aber als sie ein Stück hineingeklettert war, verschwand der Anflug von Panik, stattdessen fühlte sie sich auf eine eigenartige Weise geborgen.

In dem Raum am Ende des Tunnels fanden sie gerade zu dritt Platz. Die Decke war vielleicht einen halben Meter hoch, sie blickten sich kurz um und krochen dann wieder zurück.

Draußen blendete sie die Sonne. Nora kam sich vor wie ein verschrecktes Höhlentier und schloss die Augen. Als sie sie wieder öffnete, sah sie, dass die anderen Sonnenbrillen aufgesetzt hatten, nur Robert nicht, der Brillenträger war wie sie.

Der September begann, und mit ihm endete der Sommer. Feiner, fast unsichtbarer Nieselregen legte einen glänzenden Nässefilm auf Noras rotblaue Regenjacke und auf ihr Gesicht, während sie und Falk sich ihren Weg durch den Wald bahnten. Kalte Farnarme schlugen gegen ihre Hosenbeine wie Tang. Ihr rechter Gummistiefel war undicht, der Strumpf so durchnässt, dass sich zwischen ihren Zehen Wasser gesammelt hatte. Sie hatten verschlafen, ausgerechnet heute hatte der Wecker nicht geklingelt. Falks Schritte wurden immer größer, und Nora rannte hinter ihm her, sie spürte, wie ihr unter der undurchlässigen Regenjacke der Schweiß ausbrach.

Im Auto hatten sie sich gestritten. »Fahr doch nicht wie ein Verrückter, es nützt doch nichts, wenn wir jetzt auch noch einen Unfall bauen«, hatte sie gesagt. Da war er außer sich geraten.

»Was ist denn das für ein Signal für die anderen«, hatte er geschrien, »wenn ich selber gleich am ersten Tag zu spät bin! Da können wir doch gleich einpacken und wieder nach Hause gehen, so hat das doch keinen Sinn!«

Sie blickte auf seine Hände, die das Lenkrad umklammerten, die Knöchel weiß vor Wut. Sie wusste, dass er ihr die Schuld gab, dass er überzeugt davon war, dass der Wecker nicht stehen geblieben wäre, wenn er ihn selbst gestellt hätte.

Sie hasteten an dem Autowrack vorbei und kletterten den Abhang zur Höhle hoch. Am Vortag hatten Falk und Joe Krampen in den Boden geschlagen und ein Drahtseil von der Höhle bis ins Tal gezogen, an dem sie sich jetzt nach oben hangelten. Innerhalb von Sekunden verwandelten sie sich von modernen Neuzeitmenschen in schlammbedeckte Urwesen. Nora griff unbedacht nach einem tief hängenden Ast, aber als sie sich daran festhielt, löste er sich in seine Bestandteile auf wie eine Attrappe. Ein Stück Rinde in den Fingern schlitterte sie auf dem rechten Oberschenkel nach unten und fand im letzten Moment Halt am Seil. Falk kletterte weiter, ohne sich nach ihr umzusehen.

Gemeinsam mit Joe hatte Falk auch einen Generator zur Höhle gebracht und eine notdürftige Beleuchtung installiert. Nora fragte sich, wie sie den schweren Kasten dort hoch bekommen hatten, es erschien ihr geradezu halsbrecherisch, aber in jedem Fall hatten sie es geschafft, denn jetzt stand er da, im Eingang der Höhle, und brummte leise.

Wegen ihrer Verspätung hatten die anderen schon mit den Vorbereitungen für die Sondagen begonnen. Nora wusste, dass das Falk noch ärgerlicher machte. Sicher hatte er sich vorher ein paar Worte zurechtgelegt, um das Team zu motivieren und auf die nächsten vier Wochen einzustimmen. Und jetzt hatte alles so unspektakulär, so beiläufig angefangen, als wäre es eine ganz normale Grabung.

Auf dem Weg in die Höhle hinterließen Falks klobige Schuhe

eine Spur von Lehmklumpen, und an den Felswänden schlängelte sich jetzt ein dünner schwarzer Kabelwurm entlang, der mit Schellen am Felsen befestigt war. Im Abstand von einigen Metern verbreiteten Glühbirnen ein grelles Licht, das sich rasch in der Dunkelheit verlor.

»Ich hoffe, es ist in Ordnung, dass wir schon mal losgelegt haben«, sagte Robert, der vor dem linken, zugeschütteten Gang auf den Knien lag. Über ihm baumelte eine Lampe und ließ sein Gesicht wie einen Totenschädel erscheinen, schwarze Schatten überdeckten seine Augen, untermalten die Nase und die Stelle unter dem Mund.

»Fünf drei sieben neun b«, sagte Melanie, während sie sich über ein Vermessungsgerät beugte, das auf staksigen, weit auseinandergespreizten, gelben Beinen am Rand der Fläche stand. Das Laserauge warf einen winzigen roten Punkt auf den gelbbraunen Lehmboden, Robert machte sich ein Zeichen, dann drehte Melanie den Theodolit ein winziges Stück weiter und gab ihm einen neuen Punkt durch.

Früher, als Nora im Studium an Ausgrabungen teilgenommen hatte, wurde die Grabungsfläche noch mithilfe von Nylonschnüren in quadratmetergroße Vierecke unterteilt und jedes einzelne Quadrat wiederum in vier kleinere Flächen von a bis d. Heute gab der Theodolit das Raster vor, in dem sie sich in den nächsten Tagen und Wochen bewegen würden.

»Sicher«, sagte Falk. »Ich meine, super.« Er trat neben Melanie und blickte über ihre Schulter auf das Display des Vermessungsgeräts, wobei er mit dem Fuß gegen einen der gelben Teleskopbeine stieß.

»Hey, pass auf, du verschiebst mir doch alles«, rief sie, dann hob sie den Kopf und warf gleichzeitig einen Schatten auf Falks Gesicht. »Ich meine natürlich Sie, passen Sie bitte auf«, korrigierte sie sich hastig.

Falks schwarzer Mund verzog sich zu einem Lächeln. »Schon gut, wir können auch Du sagen.«

Melanie lächelte zufrieden, und während Falk in dem niedrigen Gang verschwand, auf allen vieren kriechend, fragte sich Nora einen Moment lang, ob Melanie es darauf angelegt hatte, dass Falk ihr das Du anbot. »Also«, sagte sie laut. »Was soll ich machen?«

»Sie könnten hier den Theodoliten übernehmen«, sagte Melanie.

»Du«, verbesserte sie Nora schnell. »Wir duzen uns auch. Ich hab das noch nie gemacht mit dem Vermessungsgerät. Ich würde lieber graben.«

»Ok«, meinte Melanie. »Ich dachte nur, wo Sie doch ...«, sie brach ab und starrte angestrengt auf ihr Display, als suche sie eine ganz bestimmte Koordinate.

Wo Sie doch seine Frau sind, ergänzte Nora in Gedanken.

Mittags hörte der Nieselregen auf, also setzten sie sich auf das kleine Plateau vor dem Höhlenausgang und aßen belegte Brote und Obst. Durch die Wipfel der Buchen am Hang krochen ein paar Sonnenstrahlen und zeichneten ein hellgraues Muster auf den Boden. Falk und Nora hatten nur ein paar Äpfel und Bananen eingepackt und zwei Müsliriegel, weil sie so überstürzt aufgebrochen waren. Nora wusste, dass Falk hungrig war, und Hunger löste bei ihm schlechte Laune aus, auch wenn er so tat, als sei er bester Stimmung.

»Die Relikte des ersten Neandertalers lagen angeblich sechzig Zentimeter unter der Oberfläche«, sagte Joe. »Wenn man den Angaben glauben kann, die die Kalkarbeiter später zum Fundort gemacht haben.«

»Wenn's weiter nichts ist«, spottete Susa. »An einer Stelle sind wir ja schon gut zehn Millimeter tief. Mal sehen, wer zuerst auf was stößt, eure Gruppe oder unsere.«

»Noch ein Neandertaler, das wär's«, sagte Joe versonnen.

»Ne, wir müssten die Relikte eines modernen Menschen finden. Aus der gleichen Zeit wie der Neandertalerfund«, sagte Melanie, während sie die Hosenbeine ihrer dreckigen Jeans hochkrempelte und die nackten braunen Beine in die trübe Spätsommersonne streckte. »Das wär's.«

»Wenn wir darauf aus sind, sollten wir lieber woanders graben«, sagte Robert. »Nach den neuesten Theorien sind Neandertaler und der anatomisch moderne Mensch eher getrennte Wege gegangen. Man nimmt an, dass beide Menschenformen in separaten Gruppen gelebt haben, räumlich weit voneinander getrennt.«

»Man nimmt an?«, fragte Falk. »Wer ist man?« Seine Stimme klang laut und so scharf, dass Robert sein Brot sinken ließ und ihn ansah.

»Eine neue Studie, ich hab im Journal of Anthropological Archaeology darüber gelesen«, erklärte er. »Ich kann dir den Artikel raussuchen.«

»Ich kann dir zu jeder beliebigen These einen passenden Artikel raussuchen, und sei sie auch noch so abstrus«, sagte Falk. »Mit passenden Zahlen und Daten und Fakten.«

»Was willst du damit sagen?«

»Meiner Meinung nach kann sehr wohl ein Austausch stattgefunden haben zwischen Neandertaler und modernem Menschen. Immerhin haben beide mehrere tausend Jahre in Europa nebeneinander hergelebt. Keine der beiden Formen war sesshaft, sie müssen sich begegnet sein.«

»Sicherlich sind sie sich begegnet, das bestreitet ja auch keiner«, Robert lächelte. »Bär und Wolf sind sich auch begegnet und dennoch haben sie nicht den gleichen Lebensraum geteilt. Oder sich gar vermischt.«

»Was für ein kompletter Schwachsinn!« Falk sprach jetzt so laut, dass alle ihn ansahen. »Bär und Wolf. Ich rede von zwei Menschenformen, nicht von zwei Arten und schon gar nicht von zwei unterschiedlichen Familien.«

»Okay«, sagte Robert. Nora, die ihn von der Seite beobachtete, sah, dass er nicht mehr lächelte, sondern die Kieferknochen aufeinanderpresste, während er seine Antwort abwog.

»Ob Homo sapiens sapiens und Homo neanderthalensis nur verschiedene Formen oder doch unterschiedliche Arten sind, darüber können wir lange streiten. Es ist beides möglich, und solange es keinen verbindlichen Vergleich zweier Individuen aus der gleichen Epoche gibt, ist eine Theorie so falsch oder richtig wie die andere. Außerdem«, fügte er hinzu und hob dabei die Stimme, weil er merkte, dass Falk ihm ins Wort fallen wollte, »darfst du bei deiner Vermischungstheorie auch nicht außer Acht lassen, dass der ganze europäische Raum von Portugal bis Bulgarien vor 40000 Jahren nicht gerade dicht bevölkert war. Vermutlich hat es im jüngeren Pleistozän gerade einmal 250000 Individuen gegeben – Neandertaler und moderne Menschen zusammengezählt.«

»Wenn sich Neandertaler und moderner Mensch nicht gemocht haben, dann konnten sie sich jedenfalls problemlos aus dem Weg gehen«, sagte Nora nachdenklich.

Robert wandte sich ihr zu und lächelte sie an, und bevor sie darüber nachdachte, was sie tat, lächelte sie zurück. Gleichzeitig wusste sie, ohne Falk ansehen zu müssen, dass er sie beobachtet hatte, und dass er ihr Lächeln als Verrat empfand.

»So, Leute.« Joe klatschte in die Hände. »Mittagspause beendet, an die Arbeit. Es geht um sechzig Zentimeter.«

Wie Susa im Scherz gesagt hatte, entstand ein richtiger Wettkampf zwischen den beiden Gruppen. Bei jeder Pause wurde verglichen, wie weit man gekommen war, wie viele Zentimeter man abgetragen, wie viele Eimer mit Geröll und Lehm man gefüllt hatte. Die Gruppe, die mehr geschafft hatte, triumphierte, und es war durchaus nicht nur Spaß. Dabei waren sie doch ein Team, und der Erfolg der einen war auch der Erfolg der anderen. Schon am zweiten Tag empfanden es Robert, Melanie und Nora als ungerecht, dass sie eine größere Fläche zu bearbeiten hatten als die anderen.

»Dafür haben wir auch die größeren Chancen«, meinte Nora.

»Und wir sind in der besseren Position«, sagte Robert. »Die anderen können sich nicht mal aufrichten.«

Aber Melanie lachte nur laut. »Tolle Position. Schau dich doch mal an!«

Melanie hatte recht, es spielte keine Rolle, ob die Höhlendecke fünfzig Zentimeter über ihnen war oder zwei Meter. Nora und Robert knieten im Lehm, über ihre Planquadrate ausgestreckt wie zu einem seltsamen Gebet. Zentimeter für Zentimeter durchwühlten sie die Erde mit ihren winzigen Kellen, die Augen immer auf die roten Punkte gerichtet, die der Theodolit ihnen angab, und auf den gelben Lichtkreis der nackten Glühbirne über ihnen.

Nora hatte ganz vergessen, wie ermüdend es war, das stundenlange Suchen und Nicht-Finden.

»Grabung, warum heißt das überhaupt Grabung«, überlegte sie laut. »Wir graben doch überhaupt nicht.«

»Es müsste Stocherung heißen«, sagte Melanie.

»Oder Putzung«, ergänzte Robert, der mit einem feinen Pinsel einen Stein reinigte.

Nachdem sie die oberen Zentimeter abgetragen hatten, begannen sie die Sedimente in Plastikeimer zu füllen, bevor sie die Koordinaten auf Etiketten schrieben und in regelmäßigen Abständen einer von ihnen die vollen Eimer zum Höhlenausgang schleppte.

Am Abend des zweiten Tages standen drei Eimer am Höhlenausgang, am nächsten Mittag waren es zehn.

»Morgen beginnen wir mit dem Schlämmen«, entschied Falk. »Joe und Robert bringen nachher die Eimer zum Laubach und bauen die Station auf.«

»Aye, aye, Sir«, sagte Robert. Falk sah ihn misstrauisch an, aber Robert lachte.

»Wer übernimmt das Schlämmen?«, fragte Falk.

»Ich mach das«, sagte Nora sofort. Auf diese Weise entkam sie wenigstens stundenweise der dunklen Höhle.

»Ich bin auch dabei«, erklärte Robert.

»Dann helfe ich Melanie vorn beim Graben«, meinte Falk.

Robert und Nora breiteten durchsichtige Plastikfolie über das Maschendrahtdach der Schlämmstation, um den Regen abzuhalten. Aber der Wind blies die feinen Tropfen von allen Seiten auf sie ein, die Nässe legte sich wie ein dünner, glänzender Film auf ihre Gesichter und auf ihre Brillengläser. Nach wenigen Minuten nahm Nora ihre Brille ab und legte sie an den Rand der Arbeitsfläche. Robert legte seine daneben, sodass es aussah, als ob sie sich gegenseitig betrachteten.

Neben ihnen floss der Laubach, und durch die Bäume, die vor ihnen lagen, konnten sie die Straße sehen, auf der Autos hin- und herrauschten wie wilde Tiere, die nichts von ihrer Existenz ahnten.

Nora richtete das Ende des Schlauchs auf ihr Sieb. Das Spritzwasser verwandelte die Sedimente in Sekundenschnelle in eine wirbelnde gelbbraune Schlammsuppe, bis die schmutzige Flüssigkeit langsam abfloss und Steinbrocken und Schutt zurückließ. Der Schlämmvorgang wurde noch zweimal mit immer feineren Sieben wiederholt.

Um sich die Zeit zu vertreiben, erzählten sie sich Geschichten. Nora erzählte von Büchern und Filmen, die sie kannte, und Robert erzählte von seinen Reisen. Er war in so vielen Ländern der Welt gewesen, an so vielen archäologischen Fundstätten, dass Nora sich fragte, wann er nebenher noch die Zeit gefunden hatte zu arbeiten.

»Und du?«, erkundigte er sich dann. »Was hast du alles schon gesehen?«

»Ich war mal in Spy in Belgien«, sagte Nora und lachte ein bisschen verlegen. »Und hier im Neandertal.«

Sie starrte auf ihre Finger. Pinke Plastikwürmer in graugelbem Lehmwasser. Nachdem sie aus Tübingen zurückgekommen waren, hatte sie sich nicht mehr für Archäologie interessiert. Sie hatte Falk zugehört, wenn er von seinen Projekten und Ideen erzählte, aber er hätte genauso gut von chinesischer Porzellankunst sprechen können oder von gregorianischer Kirchenmusik. Vielleicht bemerkte er es nicht oder er wollte es nicht bemerken, in jedem Fall hörte er nicht auf davon zu erzählen, und irgendwann begann sie doch einmal nachzufragen. Dann ertappte sie sich dabei, wie sie in seinen Fachzeitschriften blätterte, und schließlich las sie eines seiner Bücher. Es war wie eine langwierige Krankheit, die irgendwann einmal heilt: Plötzlich war ihr Interesse wieder da. Aber die Zeit war nicht stehen geblieben, es war, als ob sie jahrelang im Koma gelegen hatte und einen wichtigen Teil der Forschung verpasst hatte.

Nach zwei Stunden hatte Robert einige winzige Nagetierknochen gefunden und Nora nichts.

»Vielleicht mach ich etwas falsch«, meinte sie unsicher.

Er schaute eine Weile dabei zu, wie ihre rosa Plastikfinger die Gesteinsreste wuschen, dann wanderten seine Augen hoch zu ihrem nassen Gesicht. »Nein, du machst es gut«, sagte er ruhig.

Zu ihrem Ärger merkte sie, dass sie rot wurde, obwohl es gar keinen Grund dafür gab.

»Und Kelly«, fragte sie, um ihn abzulenken. »Reist sie immer mit dir? Interessiert sie sich auch so für Archäologie?«

Robert lachte, als habe sie einen besonders gelungenen Scherz gemacht, dann beugte er sich zu seinem Eimer, lud eine neue Ladung Lehm in sein Sieb und schwieg.

Nach den ersten Grabungstagen waren sie abends gut gelaunt, geradezu aufgekratzt, trotz ihrer Müdigkeit und den wunden Fingern. Doch mit jedem Tag, der verging, ohne dass die Sondage Ergebnisse brachte, nahm ihre Fröhlichkeit ab und die Anspannung zu.

»Wir haben noch nicht mal die Hälfte der Zeit um«, sagte Robert, als die anderen Donnerstagabends zur Schlämmstation kamen.

Falk schnaubte laut und verächtlich, als wäre es Roberts Schuld, dass sie so erfolglos waren.

Unten auf dem Parkplatz erwartete sie Kelly, sie lehnte an ihrem Wagen und rauchte. »Ich hab grade meinen Mietvertrag unterschrieben«, sagte sie zur Begrüßung. »Am Wochenende zieh ich nach Düsseldorf.«

»Hast du den Job bekommen?«, fragte Nora.

»Klar. Hat Robert das nicht erzählt?«

Nora sah Robert an, Robert zuckte mit den Schultern.

»Und jetzt ist Schluss«, sagte Kelly.

»Womit?«, fragte Falk verständnislos.

»Mit dem Rauchen. Ich hab mir vorgenommen aufzuhören, wenn ich einen neuen Job und eine neue Wohnung kriege. Jetzt ist es so weit.«

»Das ist ja schrecklich!«, sagte Nora.

Kelly hob den Kopf und sah Nora an, halb amüsiert, halb irritiert.

»Du isst nichts, du trinkst nichts – dass du rauchst, ist das einzig Irdische an dir«, erklärte Nora.

Robert lachte so laut und anhaltend, dass sich Melanie, Susa und Joe, die gerade in ihren Wagen steigen wollten, erstaunt nach ihm umdrehten. Es war kein fröhliches Lachen, und es klang auch nicht freundlich. Kelly lächelte zuerst, aber als Robert nicht aufhörte zu lachen, presste sie die Lippen zu einer geraden Linie zusammen. Dann ließ sie ihre Zigarette fallen und trat sie aus, langsam und gründlich. Als sie den Schuh wegzog, quälte sich ein letzter weißer Rauchfaden nach oben und löste sich im Nichts auf.

»Entschuldigung«, sagte Nora, obwohl sie nicht richtig wusste, wofür sie sich entschuldigte.

»Keine Ursache.« Kelly nahm ihre Handtasche vom Autodach, öffnete die Wagentür und stieg ein.

»Es tut mir leid«, entschuldigte sich Nora noch einmal, aber Kelly schlug gerade die Autotür zu und hörte sie nicht mehr.

»Es braucht dir nicht leidzutun, du hast es ja nicht böse gemeint«, sagte Robert und legte dabei die Betonung auf das Wort *du*, als wollte er noch unterstreichen, dass er selbst es sehr wohl böse gemeint hatte. Der Kies unter Kellys Reifen knirschte laut und wütend, als ihr Wagen vom Parkplatz fuhr.

Als sie schlafen gingen, rief Kelly an. Nora wusste sofort, dass sie es war, als das Telefon klingelte. Falk nahm ab und gab dann den Hörer kommentarlos an sie weiter, wobei er ein missbilligendes Gesicht machte, aber sie beachtete ihn nicht.

»Wo bist du«, fragte sie in die elektronische Stille hinein.

»Wo soll ich schon sein. Im Hotel. Robert putzt sich gerade die Zähne. Ich wollte nur sagen, mir tut es leid, der Auftritt von vorhin. Es war nicht gegen dich gerichtet.«

»Habt ihr euch ... ausgesprochen?«

»Wir haben uns getrennt. Es hat keinen Sinn mehr, wir verstehen uns einfach nicht. Wir lieben uns nicht mehr.« Kellys Stimme klang ein bisschen belegt.

»Wie schade«, sagte Nora und kam sich dumm dabei vor.

»Schlaf gut.« Bevor Nora noch etwas sagen konnte, legte Kelly einfach auf, wahrscheinlich war Robert gerade ins Zimmer gekommen, und sie wollte nicht, dass er merkte, dass sie über ihn sprach.

Durch die violetten Vorhänge vor dem Fenster fiel das Licht der Straßenlaterne und füllte das Zimmer mit auberginenfarbener Dunkelheit. Falk und Nora lagen nebeneinander, ohne sich zu berühren, und Nora überlegte, wann sie das letzte Mal miteinander geschlafen hatten, aber sie konnte sich nicht erinnern.

»Woran denkst du«, fragte sie.

»Ist es nicht erstaunlich, dass jede Entdeckung, die wir machen, jeder Fund, auf den wir stoßen, immer neue Fragen aufwirft? Es ist, als ob sich jede neue Erkenntnis zwischen uns und die Wahrheit legt und alles eher verhüllt, als es zu erhellen.«

»Du meinst, damals im neunzehnten Jahrhundert, vor den ersten Funden, waren die Menschen besser dran als heute?«

Er lachte. »Vielleicht.«

»Mein Vater hat immer gesagt, dass wir von der tatsächlichen Beschaffenheit der Welt, von der Wirklichkeit, so viel verstehen wie eine Ameise vom Himalaya.«

Falk schwieg einen Moment lang. Vielleicht war er überrascht, dass sie ihren Vater erwähnte, über den sie sonst niemals sprachen.

»Damit hatte er wohl ausnahmsweise einmal recht«, meinte er dann.

»Also ziehst du es vor, nichts zu finden in der Joachimshöhle, damit es unser mühevoll erworbenes Bild von der Vergangenheit nicht durcheinanderbringt?«

Er antwortete nicht. Das brauchte er auch nicht, denn sie wusste, dass er etwas finden wollte, etwas Großes, Phänomenales oder wenigstens irgendetwas.

Während Falk einschlief, lag Nora noch lange wach und dachte nach. Er war ihr so nahe und doch so weit weg von allem, was sie bewegte. Vielleicht würden sie ja auch immer weiter auseinandergleiten wie Robert und Kelly, bis die Verbindung zwischen ihnen riss und sie sich trennten. Aber im Grunde waren sie immer unterschiedlich gewesen, viel zu unterschiedlich, um eine Einheit zu bilden, *ein Fleisch und ein Blut.* Vielleicht war es diese Distanz, die ihre Beziehung überhaupt ausmachte.

Danach wanderten ihre Gedanken zurück zu der Ameise und dem Himalaya, sie dachte an ihren Vater, der so klug und gleichzeitig so dumm gewesen war, und dessen Knochen nun auf dem Südfriedhof lagen. Gott sei seiner armen Seele gnädig, dachte sie, und diese Worte passten so gut zu ihm, dass sie lächeln musste. Dann schlief sie ein.

9. KAPITEL

»Wenn man zugäbe, daß der Esel der Familie des Pferdes angehört und sich vom Pferd nur deshalb unterscheidet, weil er von der ursprünglichen Form abgewichen ist, so könnte man genauso gut sagen, daß der Affe der Familie des Menschen angehört, daß er ein entarteter Mensch ist, daß Mensch und Affe gemeinsame Ursprünge haben ... Aber das ist keineswegs eine korrekte Darstellung der Natur: Versichert uns doch die Autorität der Offenbarung, daß alle Thiere in gleicher Weise an der Gnade der unmittelbaren Schöpfung theilhatten und daß jedes erste Paar vollausgebildet aus den Händen des Schöpfers hervorging.«

George Louis Leclerc, Comte de Buffon, 1766

Falk war bereits vor der Morgendämmerung aufgestanden, obwohl es Samstag war. Er machte Kaffee, und dann lief er in der Wohnung auf und ab wie ein unruhiges Tier. Nora lag im Bett. Sie tat, als schliefe sie, und hörte die Dielenbretter unter seinen Füßen knarren und roch den Rauch, der durch die geschlossene Tür zu ihr hereinkroch, denn Falk hatte wieder angefangen zu rauchen.

Die dritte Woche war vorbei, und sie hatten immer noch nichts gefunden. Nichts Wesentliches jedenfalls. Ein paar Nagetierreste und einen Kieferknochen, der einer Hyäne gehört haben könnte und zur Radiokarbondatierung eingeschickt worden war. Anfang der Woche hatte Falk beschlossen, dass sie sich auf die Sondierung im hinteren Höhlenbereich konzentrieren sollten, immerhin hatten sie da den Kiefer gefunden.

Also gruben Falk, Joe, Susa und Melanie abwechselnd in

der *kleinen Höhle*, wie sie den hinteren Bereich inzwischen nannten, und transportierten die Eimer mit den Sedimenten dann nach unten zum Laubach. Sie hatten eine Art Flaschenzug gebaut, der von der Höhle ins Tal führte. Sie gruben sich durch die Schichten, durch die Zeiten, aber weil sie nichts fanden, keine Fossilien, keine Artefakte, einfach nichts, hatten sie auch keine Orientierung, keinen Anhaltspunkt, in welcher Zeit sie sich befanden. Achttausend Jahre oder achtzigtausend oder achthunderttausend, ohne Funde war jede Datierung Spekulation.

Während die anderen tiefer in die Vergangenheit eindrangen, schlämmten Robert und Nora die Sedimente, manchmal schweigend, meistens redend. Sie entdeckten ein paar Mollusken und Knochenfragmente von Kleinsäugern und sonst nichts, aber sie erfuhren viel voneinander in diesen Tagen.

Sie sprachen fast immer über die Arbeit, über die Grabungen, bei denen Robert dabei gewesen war, und seine Publikationen. Nora erzählte von der Werbeagentur und von den unzähligen Slogans, die sie aus sich herausgequält hatte und von denen keiner, kein einziger, jemals umgesetzt worden war. »Erstaunlich, dass sie mich so lange behalten haben«, sagte sie.

»Erstaunlich, dass du es so lange dort ausgehalten hast«, sagte Robert.

»Was machst du, wenn die Grabung zu Ende ist?«, fragte er dann.

Sie zuckte mit den Schultern. Die Sachbearbeiterin auf dem Arbeitsamt hatte sie dasselbe gefragt, als sie sich arbeitssuchend gemeldet hatte. »Ich such mir irgendeinen Job. Aber nicht im kreativen Bereich.« Sie schob den Gedanken von sich, obwohl sie nur noch wenige Tage von der Realität trennten, wenn sie nicht doch noch etwas fanden und die Grabung verlängert wurde.

Das eigentliche Problem war aber nicht sie, sondern Falk. Er hatte sich so viel von dieser Grabung erhofft. Er hoffte noch immer, auch wenn drei von vier Wochen vorbei waren. It's not over till it's over, sagte er.

Das Projekt und er, das war ein und dasselbe. Wenn es scheiterte, war es seine persönliche Niederlage. Ein Erfolg war allein sein Triumph. Das Team war nebensächlich, jeder Einzelne von ihnen war austauschbar, aber er selbst, Falk, der Kopf, der Planer, war entscheidend, im wahrsten Sinne des Wortes.

So war er immer gewesen und wegen seiner Begeisterungsfähigkeit, dieser Energie und Besessenheit hatte sie sich in ihn verliebt. Und jetzt, liebte sie ihn jetzt immer noch dafür? Oder trotzdem? Liebte sie ihn überhaupt noch?

Der neue Wecker auf Falks Seite begann laut und aufgeregt zu piepsen. Sie hatten gestern Abend vergessen, ihn auszustellen. Nora wälzte sich über das Bett und brachte ihn zum Schweigen. Sechs Uhr. Viel zu früh, dachte sie, während sie sich wieder auf ihre Seite zurückdrehte und die Augen schloss. Ein paar Minuten lang starrte sie gegen das rötlich-braune Innere ihrer Lider. Dann machte sie die Augen wieder auf. Sie war hellwach.

»Vielleicht hätten wir die andere Sondierung doch nicht aufgeben sollen«, sagte sie beim Frühstück. Die ganze Küche roch nach Zigaretten, in den wenigen Tagen, seit Falk wieder rauchte, hatte der Rauch von den Räumen Besitz ergriffen, als ob er niemals weg gewesen wäre.

»Vielleicht«, meinte Falk unbeteiligt. Er rührte in seinem Kaffee und vermied ihren Blick.

»Ich habe heute Nacht geträumt, dass da was ist.« Sie hatte keine Ahnung, warum sie das sagte, denn es stimmte überhaupt nicht, sie konnte sich an keinen Traum erinnern.

Falk hob den Kopf und lächelte ungläubig, vielleicht hatte sie ja einfach nur gewollt, dass er sie ansah. »Lass es uns noch mal da versuchen«, sagte sie. »Robert und mich und Melanie, so wie am Anfang. Und ihr grabt hinten weiter.«

»Und wer schlämmt?«

»Das machen wir später. Zur Not am Wochenende. Wir lassen die Station noch ein paar Tage stehen, ist doch kein Problem.«

Er klopfte sich mit der flachen Hand gegen die Brust, als bekenne er sich schuldig, aber er suchte nur die Zigarettenpackung, die für gewöhnlich in seiner Brusttasche steckte. »Du hast davon geträumt«, sagte er, während sein Blick suchend durch den Raum glitt, dann entdeckte er die Zigaretten neben dem Herd. »Was haben wir denn gefunden, in deinem Traum?«

Er hielt die Augen auf das Ende der Zigarette gerichtet, während er sie anzündete, aber sie merkte trotzdem, dass er mit einer gewissen Spannung auf ihre Antwort wartete, obwohl er es niemals zugegeben hätte.

»Menschenknochen«, sagte sie. »Wir haben menschliche Knochen gefunden.«

Nach dem Frühstück rief Kelly an und lud sie zu ihrer Einweihungsparty ein. »Es ist heute Abend, ich hab mich ganz spontan dazu entschlossen. Habt ihr Zeit?«

Nora sagte sofort zu, denn sie hatte ein schlechtes Gewissen, weil sie sich überhaupt nicht um Kelly gekümmert hatte. Aber wenn sie abends von der Grabung nach Hause kam, wollte sie nicht mehr reden oder gar ausgehen, sondern nur noch schlafen. Und Kelly war so anspruchsvoll, man konnte mit ihr nicht einfach ein Bier trinken gehen in irgendeiner Eckkneipe, sie erwartete immer etwas Besonderes. »Du bist doch hier aufgewachsen«, hatte sie zu Nora gesagt, als sie das letzte Mal miteinander telefoniert hatten. »Du musst doch wissen, was man hier unternehmen kann.« Aber Nora war schon früher nicht viel ausgegangen, und seit sie mit Falk zusammen war noch weniger.

Als sie abends das Treppenhaus betraten, hörten sie bereits Partygeräusche, Stimmen und Musik, dabei wohnte Kelly im dritten Stock.

Sie ist gerade einmal eine Woche in Düsseldorf und gibt ein Fest, dachte Nora, während sie hinter Falk die Treppen hochstieg. Woher kannte Kelly so viele Leute? Nora selbst hätte nicht mehr als eine Handvoll Menschen zusammengebracht. Vielleicht ist es einfacher, wenn man schön ist, überlegte sie, vielleicht kommen dann die anderen auf einen zu und man muss selbst nicht mehr so viel dafür tun.

Falk klingelte, und kurz bevor die Tür aufging, drückte er Nora den Blumentopf und die Champagnerflasche in die Hand. So hatte er die Hände frei und konnte sie auf Kellys Schultern legen, während er an ihren Wangen vorbei in die Luft küsste, erst links, dann rechts. Nora reichte Kelly die Geschenke, und Kelly küsste Nora auf die Stirn. Sie roch nach Zitronen und Rosen und Wein und trug ein langes, gelbes Kleid.

Robert war da, was sie überraschte, schließlich waren er und Kelly keine zwei Wochen auseinander. Dann entdeckte sie Melanie, was sie noch mehr überraschte. Kelly kannte Melanie doch gar nicht. Ob Robert sie mitgebracht hatte, überlegte Nora und spürte einen winzigen Stich von Eifersucht, der sie ebenfalls überraschte.

Falk stellte sich zu den beiden und begann sofort von der Grabung zu reden. »Wir sollten ab Montag doch wieder an der anderen Stelle weitergraben«, hörte sie ihn sagen, während sie in die Küche ging, um etwas zu trinken zu besorgen.

Sie holte Bier für Falk und Weißwein für sich, aber als sie zurück zu den anderen wollte, prallte sie fast mit Kelly zusammen.

»Gut, dass ich dich treffe«, sagte sie. »Ich will dir Torsten vorstellen.«

Torsten stand im Wohnzimmer und hielt sich an einer Bierflasche fest. Er war ein Stück kleiner als Kelly, aber größer als Nora.

»Das ist Nora, die Archäologin, von der ich dir erzählt habe«, sagte Kelly. »Die auch bei der Grabung mitmacht.«

Nora öffnete den Mund, um zu sagen, dass sie gar keine Archäologin war, aber Torsten war schneller. »Und?«, fragte er. »Habt ihr schon was gefunden?«

»Nicht wirklich«, meinte Nora. »Aber was nicht ist, kann ja noch werden.«

Er nickte und lächelte, wobei sich seine obere und seine untere Zahnreihe nicht ganz zusammenschlossen, sodass durch den Zwischenraum seine Zunge zu sehen war. Nora schaute sich nach Kelly um und sah ihr gelbes Kleid auf der anderen Seite des Raumes aufblinken.

»Robert hat mir von der Grabung erzählt«, sagte Torsten. »Wir kennen uns aus Hamburg.«

»Bist du zu Besuch in Düsseldorf?«

»Nein, ich wohne schon länger hier. Ihr wollt also herauskriegen, warum die Neandertaler ausgestorben sind.«

Sie stellte Falks Bierflasche in das Bücherregal neben sich und nahm einen Schluck Weißwein. »Vielleicht sind sie ja gar nicht ausgestorben.«

»Wow«, sagte er. »Du meinst, es gibt noch welche, irgendwo auf der Welt? Wie die Dinosaurier in Jurassic Park?«

»Nein, natürlich nicht. Aber vielleicht sind sie in uns drin.«

Er trank aus seiner Bierflasche und runzelte dabei die Stirn. Vielleicht dachte er, dass sie betrunken war.

»Ihre Gene sind vielleicht ein Teil von uns«, fügte Nora schnell hinzu.

»Ich dachte, das wäre widerlegt. Hat man nicht schon vor Jahren geklärt, dass die Neandertaler nicht unsere Vorfahren sind?«

»Man hat die Mitochondrien-DNA des Neandertalers mit der des heutigen Menschen verglichen. Dabei wurden große Abweichungen festgestellt. Aber das bedeutet doch nichts. Wenn ein Austausch stattgefunden hat zwischen Neandertalern und modernen Menschen, dann liegt er mehr als dreißig Jahrtausende zurück. Vielleicht wurde das Genmaterial im Zuge der Vererbung so ausgedünnt, dass es heute nicht mehr nachweisbar ist. Was wir brauchen, sind die Proben eines anatomisch modernen Menschen aus der Zeit, aus der auch die Neandertalerfunde stammen.«

»Oder noch besser: das gemeinsame Kind einer Neandertalerin und eines Menschenmannes.«

»Oder umgekehrt.« Sie nahm noch einen Schluck Wein und seufzte. »Lass uns über was anderes reden. Was machst du denn so, wenn du nicht auf Partys bist?«

»Ich bin Taxifahrer. Und Sänger.«

»Sänger, echt? In einer Band?«

Er lächelte und zeigte dabei wieder die Zunge hinter seinen Zähnen. Es hatte etwas mit seinem Unterkiefer zu tun, dieses offene Lächeln, er passte nicht ganz zum Oberkiefer, weil er ein winziges Stück zu weit nach vorn ragte.

»Tenor«, sagte er. »Ich bin Tenor.«

»Also singst du ... Opern und so?«, fragte sie beeindruckt und gleichzeitig ein wenig ratlos.

»Oper wäre toll, wenn sie mich mal engagieren würden. Ich werde eher für Konzertabende gebucht oder Firmenfeste und so was. Nächsten Samstag singe ich Haydn. *Die Schöpfung.* Hast du Lust zu kommen?«

»Wo ist das Konzert denn?«

»In einer Kirche, St. Martin in Bilk. Achtzehn Uhr. Ich lass dir an der Kasse eine Karte hinterlegen. Wenn du Lust hast.«

Die Schöpfung von Haydn, dachte Nora. Ihr Vater hätte gesagt, das ist ein Zeichen. Sie öffnete den Mund, um zu antworten, aber im gleichen Moment trat Robert neben sie.

»Hier steckst du«, sagte er. »Dein Mann wartet auf sein Bier.« Seine Worte waren schwer zu verstehen, als hätte er ein paar Murmeln im Mund.

»Hallo, Robert«, sagte Torsten. »Wie geht's?«

»Scheiße.« Robert nahm seine Brille ab und rieb sich mit Zeigefinger und Daumen die Nasenwurzel. »Ich hätte nicht kommen sollen.«

Sie schwiegen alle drei, Nora betrachtete ihre Fußspitzen und überlegte, ob sie die beiden lieber allein lassen sollte, und Robert schien das Gleiche zu überlegen, denn er sagte: »Ich verzieh mich. Schönen Abend noch. Und vergiss deinen Mann nicht.« *Un vergiss dein'n Mann nich.*

»Mach's gut«, meinte Torsten. Robert drehte sich um und ging weg, wobei er die Augen auf den Boden richtete, als rechnete er mit Schlaglöchern im Parkett.

»Wie sieht's aus?«, fragte Torsten, als wären sie nicht unterbrochen worden.

»Also gut«, sagte Nora. »Ich komme.«

Robert, Melanie und Nora waren wieder ein Team: Melanie stand am Theodolit, Robert und Nora lagen zu ihren Füßen und stocherten in der Erde, in der nun dreißig Zentimeter tiefen Grube mit ihren präzise abgestochenen, senkrechten Kanten. Robert und Melanie unterhielten sich über ihre Reisen zu archäologischen Ausgrabungsstätten in aller Welt, während Nora zuhörte. »Für dein Alter bist du ganz schön herumgekommen«, meinte Robert.

»Für mein Alter«, kicherte Melanie. »Das klingt ja, als ob ich noch zur Schule ginge. Wie alt schätzt du mich denn?«

Er hob den Kopf und musterte sie von oben bis unten, als wäre sie ein Fundstück, das er soeben ausgegraben hatte. »Dreißig«, sagte er schließlich.

»Achtundzwanzig.« Sie verzog das Gesicht. Nora senkte ihren Kopf tief über ihre Kelle, um ihr schadenfrohes Grinsen zu verbergen. »Wie alt bist *du* eigentlich?«, fragte sie dann Robert.

»Zu alt für euch beide«, gab er zurück, und sie ärgerte sich über sich selbst und die dumme Frage, und über ihn ärgerte sie sich auch.

Sie fischte einen kleinen Stein von ihrer Kelle und hielt ihn dicht vor ihre Augen. Die Zeichnung auf der Oberfläche, waren das Kratzer oder die versteinerten Abdrücke einer Pflanze? Sie reichte ihn Robert, der ihn mit hochgezogenen Augenbrauen betrachtete. »Eine Versteinerung«, sagte er. »Was für ein Fund! Wow, herzlichen Glückwunsch, der Tag ist gerettet!«

Er sprach mit ihr wie er mit Kelly gesprochen hatte, kurz bevor sie sich getrennt hatten. Kalt und spöttisch. Sie steckte den Stein in einen kleinen Plastikbeutel, beschriftete ihn und arbeitete dann schweigend weiter.

Am Dienstag ging sie eine Stunde früher als die anderen, denn ihre Mutter hatte Geburtstag. Sie hatte nicht erwartet, dass Falk sie begleiten würde, nicht jetzt, in dieser letzten Phase der Grabung, aber als er nicht einmal in Erwägung zog, wenigstens nachzukommen, war sie gekränkt. Er merkte es aber nicht, vermutlich war er selbst beleidigt, dass sie nicht bis Mitternacht blieb und weitergrub.

Er ist besessen von dieser Grabung, dachte sie, als sie zu Hause unter der Dusche stand und das Wasser von ihren Haaren über ihren Körper zum Ausguss floss, gelblich-grau vor kalkigem Staub. Die nächsten Wochen würden furchtbar werden. Wenn die Sondagen tatsächlich ergebnislos blieben – und es sah immer mehr danach aus –, dann würde Falk in Selbstverachtung und schlechter Laune versinken. Und sie mit ihm, denn wenn es um Depressionen ging, übertraf sie jeden. Falk würde seine Enttäuschung mit dem nächsten Projekt vergessen, aber für sie gab es kein nächstes Projekt, sie hatte nicht einmal mehr den Job in der Werbeagentur, mit dem sie sich ablenken konnte.

Sie stellte die Dusche ab, massierte sich Shampoo ins Haar und beobachtete, wie sich auf ihrem nassen, glänzenden Bauch eine Gänsehaut bildete. Dann drehte sie das Wasser wieder auf und schloss die Augen und versuchte sich Falks Gesicht vorzustellen, aber stattdessen sah sie plötzlich Robert vor sich, der ihren nackten, nassen Körper mit einem spöttischen Lächeln betrachtete.

Ihre Mutter hatte Besuch, zwei Nachbarinnen, mit denen sie sich einmal in der Woche traf und die sie beide nicht leiden konnte, weil sie überzeugt war, dass sie hinter ihrem Rücken über sie redeten. Die Frauen begannen sich zu verabschieden, als Nora kam, doch es dauerte noch über eine halbe Stunde, bis sie wirklich gegangen waren.

»Herzlichen Glückwunsch, noch mal«, sagte Nora, als sie endlich allein waren.

»Danke«, sagte ihre Mutter und begann zu weinen. Sie weinte lautlos in ein Papiertaschentuch, dann hörte sie unvermittelt wieder auf. »Dieser verdammte Mistkerl.«

Nora wusste, dass sie von ihrem Vater sprach, aber sie war sich nicht sicher, ob ihre Mutter weinte, weil er sie wirtschaftlich vollkommen ruiniert hatte oder weil er Selbstmord begangen hatte.

Ihre Eltern waren mehr als acht Jahre getrennt gewesen, als er gestorben war, und das lag nun auch schon wieder sechs Jahre zurück. Mit der Zeit jedoch schien ihre Mutter völlig zu vergessen, wie problematisch die Beziehung gewesen war, wie sie sich gestritten hatten, fast geschlagen hatten sie sich manchmal. Vor einigen Monaten hatte Nora sein Foto in einem silbernen Rahmen auf der Kommode ihrer Mutter entdeckt. Sie hatte das Bild sprachlos angestarrt, fassungslos, vielleicht hatte sie ihre Mutter dabei beobachtet, jedenfalls war das Foto beim nächsten Mal wieder verschwunden.

»Es ist nicht leicht, allein zu sein im Alter«, sagte ihre Mutter, die gerade fünfundfünfzig geworden war. Sie schnäuzte sich in das nasse Taschentuch, bevor sie es in den Papierkorb warf. »Zumindest hast du deinen Falk, das ist mir eine große Beruhigung.«

Sie hob ihr Sektglas und prostete Nora zu.

Später fuhr Nora zum Südfriedhof. Das Tor war natürlich abgeschlossen, aber sie kannte eine Stelle, an der man leicht über die Absperrung klettern konnte. Als sie auf der anderen Seite in einem Berg von Efeu landete, begann es erst zu nieseln und dann zu regnen. Nach kurzer Zeit war sie so nass, dass es keinen Unterschied machte, ob sie umkehrte oder weiterging.

Sie nahm ihre Brille ab und steckte sie in die Jackentasche. Von der Straße aus leuchtete eine Laterne über die Mauer, deren gelber Lichtkegel gegen die Regenschnüre strahlte, die lautlos vom Himmel fielen. Vor dem schwarzen Hintergrund der Nacht erschienen sie wie ein glitzernder Vorhang. Nora ging zwischen den dunklen Rechtecken der Gräber entlang, hinter denen sich Kreuze und Grabsteine in die Höhe reckten, und spürte, wie sich das Wasser durch die dünnen Sohlen ihrer Turnschuhe zog. Hier und da flackerte ein ewiges Licht, still und wachsam wie ein rotes Auge.

In der ersten Zeit nach seinem Tod war sie so oft hier gewesen, immer in der Hoffnung, ihren Vater vielleicht anzutreffen. Wie dumm sie gewesen war, genauso gut hätte sie in den Wald gehen können oder an den Rhein. Hier lag nur sein Körper, die Knochen, von denen sich längst das Fleisch gelöst hatte, der Rest von ihm war fort, für immer verloren. Sie trat vor das Grab, das sie an der schroffen, spitzen Form des Natursteins erkannte, der schwärzer als die Nacht in die Dunkelheit ragte. Davor glänzten feuchte Efeublätter, sie wucherten über die Umrandung des Grabes und hatten bereits von dem schmalen Zwischenraum zu den benachbarten Gräbern Besitz ergriffen.

Kein Geistlicher hat ihn begleitet stand anstelle eines Bibelspruchs auf dem Grabstein, genau wie er es in seinem Abschiedsbrief gewünscht hatte. Ihre Mutter hatte sich furchtbar darüber aufgeregt, fast mehr als über seinen Tod. »Ihr wart so unterschiedlich, ihr wärt niemals mehr zusammengekommen«, murmelte Nora halblaut. »In alle Ewigkeit nicht.«

Dann hörte sie ihren Vater lachen. Das Lachen kam von oben, irgendwo aus den Bäumen, aber als sie in die schwarzen Kronen schaute, konnte sie nichts erkennen. Sie war sich jedoch ganz sicher, dass sie ihn gehört hatte.

Als sie klein gewesen war, hatte sie ihn gefragt, ob es wirklich eine Seele gäbe, die nach dem Tod zum Himmel flöge und sich dort in einen Engel verwandelte, wie ihre Großmutter es ihr erklärt hatte.

Ich weiß es nicht, hatte ihr Vater geantwortet. Ich kann es dir nicht sagen. Ich weiß aber, dass wir nicht verloren gehen. Da bin ich mir ganz sicher, hatte er gesagt.

Mittwoch, Donnerstag, Freitag, die letzten drei Tage. In der Mittagspause erzählte Susa, dass sie eine Last-Minute-Reise nach Lanzarote gebucht hatte, am Montag sollte es losgehen. Ohne Falk ansehen zu müssen, wusste Nora, dass sich über seiner Nasenwurzel eine steile Falte gebildet hatte, wie immer, wenn er sich ärgerte. Er weigerte sich einfach zu akzeptieren, dass es vorbei war, sie hatten nichts gefunden, sie würden nichts mehr finden. Aber er würde es bis zum letzten Tag, bis zur letzten Minute nicht einsehen. *It's not over till it's over.*

Sie stocherten in der Erde, sie füllten Eimer um Eimer, sie folgten den roten Punkten des Vermessungsgeräts, aber am Freitagabend um fünf würden sie damit aufhören, sie würden ihre Geräte einpacken und die Erde zur Schlämmstation befördern, am Wochenende würden sie dann den Generator abbauen und den Inhalt der Eimer durch die Siebe waschen. Und das war es, auch Falk würde dann begreifen, dass es vorbei war, dachte Nora.

Sie hockte ganz am Rand der Grube, neben ihr türmten sich Geröll und Lehm auf, der mit Sedimenten verfüllte Zugang zum linken Höhlenarm. Sie war jetzt bei einer Tiefe von vierzig Zentimetern angelangt, Robert war sogar schon fünf Zentimeter weiter, auf der anderen Seite der Grube.

Er und Melanie diskutierten die beste Reisezeit, um nach Tansania zu fahren, aber Nora hörte nicht richtig zu. Sie dachte an ihre Mutter, die in ihrer kleinen Wohnung in Grafenberg wohnte und immer älter wurde und deren Leben so leer war wie ihr Sparbuch, weil sie nichts hatte, außer zwei Nachbarinnen, die sie nicht mochte, eine Tochter, die sie kaum besuchte, und die falschen Erinnerungen an einen toten Mann.

Nora wunderte sich immer wieder darüber, dass es war, wie es war: dass ihre Mutter lebte und ihr Vater tot war. Dass er sich umgebracht hatte, ihr Vater, der so gerne gelebt hatte. Obwohl er mit allen seinen Unternehmungen eingebrochen war, sogar mit seiner Ehe, war er immer wieder aufgestanden und hatte von Neuem begonnen, mit einem unbegreiflichen Enthusiasmus, mit einer geradezu widersinnigen Zuversicht. Wahrscheinlich war ihm zum Schluss selbst aufgefallen, wie absurd das alles war, dieser endlose Zyklus des Scheiterns und Wiederaufstehens, jedenfalls hatte er plötzlich aufgegeben. Er war an einer Überdosis Schlaftabletten gestorben, und auch das hätte viel besser zu ihrer Mutter gepasst als zu ihm.

Sie dachte an ihren nächtlichen Besuch auf dem Friedhof, der ihr jetzt seltsam unwirklich erschien, wie ein Traum, als ihre Kelle plötzlich auf etwas Hartes stieß. Sie beugte sich tiefer und schabte die Erde vorsichtig weg, zu einem kleinen Wall, der sich halbrund um eine gelblich-weiße Oberfläche legte. Ein Stein, es ist nur ein Stein, dachte sie, während sich gleichzeitig ihr Herzschlag beschleunigte. Sie tastete nach dem Pinsel, ohne die Augen von der hellen Form abzuwenden, als befürchtete sie, dass sie wieder verschwinden könnte, wenn sie einen Moment nicht hinsah. Die Pinselhaare tauchten in die Vertiefungen zwischen den geschwungenen Kanten und fegten die Lehmkrümel weg und jetzt war es eindeutig. »Ein Knochen«, murmelte sie halblaut.

Robert und Melanie hörten sie nicht, und das war gut so. Wahrscheinlich war sie nur auf ein Rattenskelett gestoßen oder ein anderes Nagetier, das hier verschüttet lag, seit zehn, zwanzig oder auch ein paar hundert Jahren. Kein Grund, in Aufregung zu geraten. Sie dachte an die Versteinerung, die sie Robert gezeigt hatte, und an seine spöttische Reaktion.

Nora pinselte und fegte einen dünnen, hellgelben Knochen frei. Er war vielleicht zwölf Zentimeter lang, daneben kam noch ein Knochen zum Vorschein, etwas kleiner und kürzer, und dann tauchte vor dem ersten Knochen ein kleineres Knochenfragment auf, nicht länger als vier Zentimeter und davor noch eines. Nora hielt ihren Oberkörper dicht über dem Boden, als müsse sie ihren Fund schützen, sie grub und schabte und wischte, wobei sie ganz vorsichtig arbeitete, fast zärtlich. Es war kein Nagetier, auf das sie gestoßen war, es musste etwas Größeres sein, vielleicht wieder eine Hyäne oder ein Wolf. Sie griff nach dem kleinen Spatel und fuhr mit der schmalen Seite in die Vertiefung zwischen zwei Fragmenten. Sie war so vertieft in ihre Arbeit, dass sie zusammenfuhr, als der rote Laserpunkt des Vermessungsgeräts genau vor ihre Hände fiel.

»Was ist das denn, was hast du denn da?«, hörte sie Melanie rufen, ihre Stimme klang fast ein wenig schrill.

Nora hob den Kopf und sah zuerst Melanie an und dann Robert. »Ich bin da auf etwas gestoßen«, sagte sie.

»Was ist das denn?«, fragte Melanie noch einmal. Sie war an den Rand der Grube getreten und stand da mit schief gelegtem Kopf. Jetzt beugte sie sich über Nora und machte die Augen ganz schmal. »Das sieht aus wie ein Fuß.«

Sie vermaßen die genaue Lage der Knochen, und dann holten sie die anderen dazu. »Ein Fuß«, sagte auch Falk, wie vorhin Melanie. »Es könnte ein menschlicher Fuß sein.«

»Wenn es ein vollständiger Körper ist, ein Skelett im Verband, dann ist der Rest da drunter.« Robert klopfte gegen die unregelmäßige Wand aus Geröll und Schutt, die aus der Öffnung im Felsen hervorquoll.

Falk nickte. Nora bemerkte, dass seine Finger zitterten, als er seine Zigaretten aus der Brusttasche holte. Für gewöhnlich rauchte er nicht in der Höhle, aber das hier war ein Sonderfall, auch Joe holte seine Zigaretten heraus, und Falk gab ihm Feuer. Robert hustete missbilligend, als der Rauch den engen Raum füllte, aber sie beachteten ihn nicht.

»Wir setzen das Raster aus«, entschied Falk. »Der Fuß wird vollends freigelegt, so weit das möglich ist, und wenn Robert recht hat, wenn das Skelett im anatomischen Verband liegt, dann müssten wir auch einen zweiten Fuß finden oder zumindest Fragmente davon.«

»Es ist ein linker Fuß«, meinte Robert, der jetzt direkt neben Nora saß und mit seinen Fingern über die Knochen strich, langsam und sehr behutsam. »Der rechte müsste in diesem Quadrat liegen.«

»Fünf acht neun vier«, sagte Melanie.

»An die Arbeit«, befahl Falk. »Melanie übernimmt wieder die Vermessung.«

»Wer gräbt?«, fragte Robert.

Falk zog an seiner Zigarette und schwieg, dann nahm er noch einmal einen so kräftigen Zug, dass seine Wangen ganz hohl wurden, warf den glühenden Stummel auf den Boden und trat ihn mit dem Fuß aus. »Es ist eure Stelle«, erklärte er, während weißer Rauch aus seinem Mund und seiner Nase quoll.

Kurz nach sechs hatten Nora und Robert beide Füße freigelegt. In perfekter anatomischer Symmetrie lagen sie nebeneinander wie Elfenbeinschmuckstücke auf braungelbem Samt. Sie setzten sich nach draußen vor die Höhle, wo Melanie aus ihrer Thermoskanne lauwarmen Tee an alle verteilte. Die Feuerzeuge klickten, ein-, zwei-, dreimal, auch Melanie rauchte.

»Wir müssen eine Probe entnehmen und datieren lassen«, sagte Falk. »Und die Grabung muss verlängert werden, das ist ganz klar.«

»Wir brauchen anderes Werkzeug, um den Gang auszuräumen.« Melanie blies Rauch über ihre Tasse, sodass es aussah, als dampfe ihr inzwischen kalter Tee. »Oder sollen wir das mit unseren Kellen machen? Dann brauchen wir Jahre.«

»Nein, wir müssen da großzügiger vorgehen. Die Sedimente im Seitengang sind in jedem Fall rezent, das wurde untersucht, wahrscheinlich wurden sie im vorletzten Jahrhundert in den

Seitenarm gespült, durch eine Öffnung in der Oberfläche, die nicht mehr vorhanden ist, oder durch einen Erdrutsch aufgrund der Sprengungen. Uns interessiert die unterste Schicht, die Fortsetzung unseres Skeletts sozusagen.«

»Was hältst du davon?«, fragte Nora. Es war das erste Mal, dass sie sich zu Wort meldete, seit sie die anderen zur Fundstelle gerufen hatten.

»Keine Ahnung«, sagte Falk. »Die Relikte sind sehr gut erhalten, aber das waren die ersten Funde auch. Ich bin mir aber ziemlich sicher, dass es keine Neandertalerknochen sind, die vorderen Glieder der Zehen sind zu lang, bei allen bisherigen Neandertalerfunden waren sie ausgesprochen kurz.«

»Die Knochen lagen nur vierzig Zentimeter tief«, wandte Robert ein. »Das spricht nicht für einen prähistorischen Hintergrund.«

»Das sagt doch überhaupt nichts«, gab Falk ungeduldig zurück. »In Höhlen sind die Bedingungen anders als im Freiland, das müsstest du doch wissen.«

»Wie machen wir jetzt weiter?«, fragte Melanie.

»Wir entnehmen heute noch Proben für die Datierung. Ich denke, wir schicken eines der Zehenfragmente ein.«

»Das ist nicht ideal«, widersprach Robert. »Zu viel Oberfläche, zu wenig massives Knochenmaterial. Wenn es sich wirklich um ein Skelett handelt, wäre es besser, Fragmente aus einem größeren Kochen einzuschicken. Aus dem Schienbein oder aus dem Schenkel.«

Falk zuckte die Schultern. »Wir haben aber keinen Schenkelknochen. Wir nehmen ein Fragment aus dem Knöchelbereich, das müsste funktionieren. Ich lasse eine Schnelldatierung machen, dann haben wir in vier, spätestens fünf Wochen Bescheid, das ist ja wohl im Sinne des Instituts, und im Notfall zahle ich es auch aus eigener Tasche.«

»Und bis dahin ist Pause?«, fragte Susa hoffnungsvoll, die wahrscheinlich an ihre Last-Minute-Reise nach Lanzarote dachte.

»Quatsch«, meinte Falk. »Ich stell morgen den Antrag auf Verlängerung, das wird unter den gegebenen Umständen kein Problem sein, und dann machen wir natürlich direkt weiter.«

In dieser Nacht ging Nora früh schlafen und träumte von nackten Füßen, die sie einer Person zuordnen sollte, einem Menschen, den sie kannte. Es war von äußerster Wichtigkeit, dass sie die richtige Zuordnung traf, und sie starrte auf die schmalen Gliedmaßen mit den langen Zehen. Die Nägel waren leicht gekrümmt und gelblich verfärbt, und an einer Stelle entdeckte sie Spuren von Nagellack. Vielleicht sind es Kellys Füße, dachte sie, aber dann stand plötzlich Robert neben ihr und schüttelte den Kopf. *Kellys Füße sehen ganz anders aus, siehst du denn nicht, dass sie dir selbst gehören.* Sie blickte an sich hinunter und merkte, dass ihre Beine in bloßen, bleichen Knochen endeten. Natürlich waren es ihre Füße, wie hatte sie nur so blind sein können, dachte sie und wachte auf.

Sie spürte Roberts Hände auf ihrem Körper, seine Finger waren vom Graben rau und an den Handballen und auf den Fingerspitzen hatte er Hornhäute, die mit Nachdruck über die dünne Haut ihrer Brüste glitten. Er tastete über ihre Rippen und in ihren Bauchnabel, doch plötzlich wurde ihr bewusst, dass es nicht Robert war, der sie berührte, sondern Falk, und im selben Moment wurde sie wütend. Er hatte so lange nicht mehr mit ihr geschlafen, und wenn er es heute tat, dann war es wie eine herablassende Belohnung. Dafür, dass sie die Füße gefunden hatte, belohnte er sie mit Sex.

Sie drehte sich auf die Seite, sodass sie ihm den Rücken zukehrte, und gab ein abweisendes, müdes Geräusch von sich, doch er antwortete leise in zärtlichem Ton. Er machte einfach weiter, strich über ihre Schulterblätter und ihr Rückgrat entlang bis zu der Stelle, an der es endete, danach wanderten seine Hände nach vorne und tauchten zwischen ihre Beine, bis sie es nicht mehr aushielt und sich ihm zuwandte. Er kannte jeden Zentimeter ihres Körpers, und sie kannte ihn, und als sie sich ineinander vertieften, als sie kurz davor war, sich von innen heraus aufzulösen, fragte sie sich, warum sie es so selten machten, obwohl es sich so gut anfühlte.

Die drei Männer gruben tiefer und tiefer in den verschütteten Gang. Die herausgeräumte Erde wurde in Plastiksäcke gepackt und ins Tal befördert, wo Melanie und Nora an der Schlämmstation standen. Susa war nur noch bis zum Ende der Woche dabei. »Ich hab doch den Flug gebucht, ich konnte doch nicht damit rechnen, dass das Projekt verlängert wird«, jammerte sie.

»Wir kommen auch ohne dich zurecht«, sagte Falk, und Nora wunderte sich fast ein wenig, dass er Susa nicht wieder siezte.

Nach einigen Tagen hatten sie den Gang so weit frei geräumt, dass sie nur noch wenige Zentimeter vom Höhlenboden trennten. Jetzt kamen die Kellen und Pinsel wieder zum Einsatz, und sie bewegten sich in Millimeterschritten weiter. Melanie bestand darauf, dass ab sofort auch die Männer an der Schlämmstation arbeiteten. »Ich wasch mir doch hier nicht die Finger wund, während ihr da oben die tollen Funde allein macht«, sagte sie.

»Ach, aber die Drecksarbeit durften wir für euch erledigen«, meinte Joe.

Wieder war es Nora, die als Erste auf einen menschlichen Knochen stieß. Sie legte ein Schienbein frei, und wieder staunten alle, wie gut der Knochen erhalten war, in welcher makellosen Perfektion.

»Wir haben noch keine Datierung«, warnte Robert, als sie nach der Grabung zusammen essen gingen. Die Stimmung war wie in der ersten Grabungswoche fröhlich, erwartungsvoll, fast übermütig.

Falk hob sein Bierglas und prostete Robert zu. »Alter Miesmacher. Das ist der Fund, auf den die Fachwelt gewartet hat. Was soll es denn sonst sein. Ein rachitischer Zeitgenosse?«

Robert, der wie sie alle die Fundgeschichte der ersten Neandertalerknochen kannte, runzelte die Stirn. Die Entdeckung war von Wissenschaft und Öffentlichkeit lange Zeit nicht ernst genommen worden, bis ins 20. Jahrhundert hinein hatte man nicht wahrhaben wollen, dass die Relikte von einem Urmenschen stammten.

»In Amerika sind sie ja heute wieder so weit wie damals«, meinte Joe. »Die lehren jetzt sogar an der Schule, dass es keine Evolution gibt, und dass Gott die Erde in sechs Tagen erschaffen hat.«

»Und Gott sprach: Es werde Licht«, sagte Falk spöttisch. Im gleichen Moment fiel es Nora wieder ein. *Die Schöpfung,* dachte sie. Haydn. Der Tenor auf Kellys Party, wie hieß er doch gleich? Am Samstag war sein Konzert gewesen, er hatte ihr eine Karte an der Kasse hinterlegt, und sie war nicht hingegangen, über dieser blöden Grabung hatte sie das Konzert einfach vergessen. Inzwischen war es Donnerstag, viel zu spät für eine Entschuldigung, ganz abgesehen davon, dass sie sich nicht einmal an seinen Namen erinnerte, und seine Telefonnummer kannte sie auch nicht.

Sie stöhnte leise, und erst dann wurde ihr bewusst, dass alle sie betroffen anstarrten. »Alles in Ordnung, Nora?«, fragte Falk.

»Alles in Ordnung«, sagte sie. »Ich dachte nur eben ... ach, ist ja auch egal.«

Falk summte die ganze Zeit vor sich hin in diesen Tagen. »Ich glaube, es ist eine Frau« meinte er, nachdem sie die Oberschenkelknochen frei gelegt und vermessen hatten. »Ich hab noch nie so schöne Beine gesehen.«

»Du stehst wohl auf den schlanken Typ«, sagte Melanie.

»Das kann man doch gar nicht sagen«, meinte Robert. »Ob es ein Mann oder eine Frau ist. Wir haben ja noch nicht einmal das Becken vorliegen.«

»Natürlich nicht«, sagte Falk. »War doch nur ein Witz. Aber für einen Mann wär sie recht klein.«

Melanie lachte und Robert auch.

»Jedenfalls ist es kein Neandertaler und auch keine Mischform«, meinte Falk dann. »Wenn das mit dem Alter einigermaßen hinkommt, dann haben wir zuverlässige Mt-DNA zum Vergleich mit dem Neandertaler-Genmaterial.«

»Langsam«, warnte Robert, aber Falk hörte gar nicht hin.

»Du kannst jetzt auf jeden Fall wieder mit dem Rauchen aufhören«, meinte Nora.

»Kann ich«, sagte Falk. »Werde ich auch.« Klick!, machte sein Feuerzeug.

10. KAPITEL

»Allein vom Menschen aus verbreitet sich Regelmäßigkeit rund um ihn herum bis an die Grenze seiner Beobachtung – und wie er diese weiter vorrückt, wird Ordnung und Harmonie weiter vorgerückt. ... Der Mensch wird Ordnung in das Gewühl und einen Plan in die allgemeine Zerstörung hineinbringen; durch ihn wird ... der Tod zu einem neuen herrlichen Leben rufen.«

Aus einem Vortrag von Johann Gottlieb Fichte, 1794

Es war Melanies Fund, der alle ihre Hoffnungen zunichtemachte. Sie entdeckte das Medaillon unter dem Brustkorb des Skeletts. Am Montag, zehn Uhr, zog sie den kleinen ovalen Anhänger an einem feinen Stück Kette aus der Erde. Fünf Minuten später standen sie alle draußen im Tageslicht vor der Höhle, das und Medaillon wanderte von Hand zu Hand.

Alle dachten das Gleiche, aber keiner wagte es, den Gedanken auszusprechen, alle warteten darauf, dass Falk es sagte. Falk hatte den Anhänger als Erster betrachtet, er hatte die winzige Klammer auf der rechten Seite gelöst und das Medaillon geöffnet, aber natürlich war es leer, kein Foto, keine Zeichnung hätte die Feuchtigkeit der Erde länger als ein paar Wochen überstanden. Falk klappte es wieder zu und steckte es in eine durchsichtige Plastiktüte, die er an Joe weiterreichte. Dann schwieg er und starrte auf seine klobigen, lehmigen Stiefel. Nora wusste, dass er nach einer Erklärung suchte, irgendeiner halbwegs logischen Erklärung, die das Schmuckstück in eine Verbindung zu prähistorischen Menschenknochen brachte. Er wollte es nicht wahrhaben, dass dies das Ende ihrer Suche war.

Dass sie den Beweis in den Händen hielten, dafür, dass sie gescheitert waren.

Robert reichte ihr die Plastiktüte, und sie strich die durchsichtige Folie über dem Anhänger glatt, um ihn besser zu sehen. Auf der Vorderseite des Medaillons prangten zwei weiße Rosenknospen, eine halb geöffnet, die andere geschlossen.

»Die Tote hat den Anhänger getragen«, sagte Robert. Sie sprachen alle nur noch von *ihr*, von *der* Toten, obwohl sie gar nicht wussten, ob es sich wirklich um ein weibliches Skelett handelte. »Nach der Verwesung ist er in den Brustkorb gefallen.«

»Könnte möglich sein«, gab Falk zu. »Oder das Schmuckstück ist eingeschwemmt worden. Schließlich sind die Sedimente im Gang rezent. Im Zusammenhang mit den Neandertalerfragmenten und Artefakten von 2000 wurden auch Tonscherben und Relikte aus dem neunzehnten Jahrhundert gefunden, genauso könnte es auch in unserem Fall sein.«

»Aber dass es ausgerechnet an dieser Stelle gelandet ist, unter dem Brustkorb«, meinte Melanie.

»Wenn die Knochen aus der Neuzeit stammen, dann hätten wir noch mehr gefunden«, beharrte Falk. »Haken und Ösen oder Knöpfe, Reste von Kleidungsstücken, die haben die Toten doch nicht nackt verscharrt, nur mit einem Amulett bekleidet.«

»Die Datierungsergebnisse müssten ja bald kommen«, sagte Joe, ohne auf die Bemerkung einzugehen. »Du hast doch eine Eildatierung in Auftrag gegeben, wie lange brauchen die denn dafür?«

»Vier bis fünf Wochen«, erklärte Falk. »Ich hab es erst vor drei Wochen abgeschickt, so schnell geht das nicht.« Dann sah er Nora an, die als Einzige nichts gesagt hatte.

»Wie machen wir weiter?«, fragte sie, weil sie das Gefühl hatte, dass er das von ihr erwartete.

»Wie gehabt«, meinte Falk. »Bevor die Datierung nicht da ist, wissen wir gar nichts.« Er drehte sich um und verschwand in Richtung Höhlenausgang, wo seine Zigaretten lagen. Die anderen nickten und räusperten sich und schauten betreten aneinander vorbei, als hätten sie sich gerade erst kennengelernt und wüssten nicht, worüber sie reden sollten.

Sie machten früh Feierabend, und auf dem Rückweg sprach Falk kein Wort. Zu Hause ging er in sein Arbeitszimmer und machte die Tür zu. Nora hörte ihn telefonieren, vielleicht sprach er mit dem Labor, an das sie die Proben geschickt hatten. Dann war alles still. Sie kochte Kaffee und bot ihm eine Tasse an, aber statt einer Antwort dröhnte seine Stereoanlage los. Sie ging in die Küche und schloss alle Türen, die zwischen ihm und ihr lagen, und dennoch konnte sie die harte, aggressive Musik noch hören.

Nora schüttete Milch in ihren Kaffee, doch als sie umrührte, stiegen kleine, weiße Flocken nach oben und verbreiteten sich wirbelnd auf der schwarzbraunen Oberfläche. Sie kippte die Tasse im Ausguss aus, um sich neuen Kaffee einzuschenken, den sie schwarz trank. Sie dachte an die Knochen in der Höhle, für die sich auf einmal keiner mehr richtig interessierte, obwohl sie immer noch genauso menschlich und rätselhaft waren wie vorher. Nur nicht so alt wie erwartet.

Plötzlich fragte sie sich, ob einer von ihnen daran gedacht hatte, die Höhle zu verschließen, bevor sie gegangen waren. Sonst hatten sie den Eingang immer mit einer festen, grauen Plane gesichert, aber heute waren sie so schnell aufgebrochen. Der Gedanke gefiel ihr nicht, dass die Knochen dort oben einfach so herumlagen, zugänglich für jedes Raubtier, jede Katze, jeden Menschen, obwohl sich jetzt in der Dunkelheit keiner mehr auf den Hängen herumtrieb.

Was würde aus der unbekannten Toten werden, wenn die Datierungsergebnisse bestätigten, was sie im Grunde jetzt alle schon wussten? Dass die Relikte alt waren, aber nicht alt genug? Wohin würde man die Überreste bringen? Wer würde sie begraben?

Das Medaillon war der Auslöser gewesen. Falk hatte den Anhänger mit nach Hause genommen. Wenn er ihn nicht mit in sein Zimmer genommen hatte, steckte er noch immer in seiner Jacke. Nora ging zur Garderobe und fand das knisternde Tütchen in der Innentasche. Die Musik aus Falks Zimmer schien jetzt noch lauter zu sein als vorhin, sie hörte englische Wortfetzen, es klang wie *fuckfuckfuck*, aber wahrscheinlich bildete sie sich das nur ein.

Sie legte das Medaillon auf den Küchentisch und betrachtete es nachdenklich. Die beiden Rosen auf der Vorderseite waren früher bestimmt weiß gewesen, doch jetzt war das Material gelblich verfärbt vom Lehmboden, die Vertiefungen und Rillen waren dunkel von Schmutz, als habe sie jemand mit einem braunen Stift nachgezogen. Die erhabenen Blütenköpfe klebten auf einem hellroten Stein. Die Farbe erinnerte Nora an die Hagebuttenmarmelade, die ihre Mutter früher immer im Reformhaus gekauft hatte.

Das Ganze war umgeben von einem goldenen Rahmen, der mit einer Gravur verziert war.

Ob das Schmuckstück wertvoll war? Vielleicht waren sie ja ganz zufällig auf eine unbezahlbare Kostbarkeit gestoßen. Aber solche Dinge passierten wohl eher in Hollywoodfilmen.

Man müsste es trotzdem mal schätzen lassen, überlegte sie, während sie das Medaillon wieder in die Plastiktüte zurückgleiten ließ. Dann merkte sie, dass sich etwas verändert hatte, es herrschte Stille, die Musik war aus und im selben Moment hörte sie Falks Zimmertür. An der Garderobe schepperte ein Kleiderbügel. Die Wohnungstür fiel ins Schloss, und mit dem leisen präzisen Geräusch löste sich auch ihre innere Anspannung auf, sie zerplatzte wie ein Ballon.

Eine halbe Stunde später kam Kelly und brachte eine Flasche Wein und drei Portionen Sushi mit. »Ich hab schon gehört, was passiert ist.«

»Von wem denn?«, fragte Nora.

»Von wem wohl. Seid ihr jetzt am Boden zerstört?«

»Es ist ja noch nichts sicher. Falk ist übrigens nicht da, er ist vorhin aus dem Haus gestürmt, wahrscheinlich betrinkt er sich irgendwo.«

»Irgendwo«, wiederholte Kelly, während sie zwei Weingläser vom Küchenbord angelte und dann die Flasche entkorkte. »Ist dir egal, was er macht? Und mit wem?«

Nora klappte den durchsichtigen Kunststoffdeckel von ihrer Sushi-Packung auf und starrte auf die roten, weißen und orangefarbenen Fischpakete mit ihrem engen Gürtel aus schwarz-grünem Seetang. Sojasauce in der Mini-Plastikflasche. Dazwischen ein Streifen leuchtend grünes Plastikgras. Ihr Magen knurrte leise und gierig. Es war ihr tatsächlich egal, was Falk machte, sie war froh, dass er irgendwo anders war mit seiner schlechten Laune und seinem Frust. Sie konnte ihm nicht helfen, was immer sie zu ihm sagte, machte alles nur noch schlimmer.

»Ok«, sagte Kelly, als Nora nicht antwortete. »Mehr Sushi für uns beide. Und sonst?«

»Sieht so aus, als wäre ich bald arbeitslos«, sagte Nora.

»Du liebe Zeit. Und dann?«

Nora pickte mit den Fingern einen hellgelben Ingwerstreifen aus der Sushi-Packung und schob ihn in den Mund. Er schmeckte süß und würzig, ein bisschen nach Seife. »Ich geh in den nächsten Tagen mal zum Arbeitsamt ...«

»Was willst du denn da?«

»Einen Job. Irgendwas, um Geld zu verdienen.«

»Als Archäologin? Oder willst du zurück in die Werbung? Oder was ganz anderes?«

»Machst du Witze? Als ob ich mir das aussuchen könnte. Ich bin froh, wenn die mir irgendwas anbieten.«

»Die werden dir nichts anbieten«, sagte Kelly, und ihre Stimme klang mit einem Mal hart, fast verächtlich. »Wenn du nicht weißt, was du willst, kann dir doch auch so ein Sachbearbeiter nicht helfen.«

»Nein, vermutlich nicht.« Nora zog die beiden Holzstäbchen aus ihrer Papierhülle und riss sie auseinander. Sie trennten sich mit einem unwilligen Knacken. Sie klemmte sie zwischen Daumen, Zeige- und Mittelfinger, so wie ihr Vater es ihr gezeigt hatte, als sie zwölf Jahre alt gewesen war. Damals war es ihr so schwergefallen, aber heute beherrschte sie es im Schlaf.

»Was würdest du tun, wenn dir alle Möglichkeiten offenstünden?«, fragte Kelly.

Nora genoss das Gemisch aus rohem Fisch und klebrigem Reis, zusammen mit der salzigen Sojasauce und dem scharfen Meerrettich, der sich zwischen Reis und Fisch versteckt hatte. Sie hatte gar nicht gemerkt, wie hungrig sie war, und ihre Stäbchen umklammerten schon das nächste Fischstück, bevor sie das erste richtig heruntergeschluckt hatte. »Keine Ahnung«, sagte sie mit vollem Mund. »Ich weiß es wirklich nicht.«

»Komm schon«, meinte Kelly ungläubig.

»Ist doch egal. Es ist doch nicht so, dass mir alle Möglichkeiten offenstehen.«

Kelly starrte auf ihre Essstäbchen, die an der Längsachse immer noch miteinander verbunden waren wie siamesische Zwillinge.

»Du bist so komisch«, sagte sie.

»Bitte?«, fragte Nora.

»Du bist irgendwie anwesend und abwesend zur gleichen Zeit. Du machst etwas und willst mit der Sache überhaupt nichts zu tun haben. Ob du Werbetexte schreibst oder Knochen ausgräbst. Es ist, als ob dir alles egal ist.«

Nora zuckte nur mit den Schultern, weil sie wusste, was Kelly meinte, und weil es darauf nichts zu erwidern gab.

»Was hast du Sonntag in einer Woche vor?«, fragte Kelly dann.

»Nichts. Und du?«

»Die Schöpfung«, sagte Kelly. »Zweite Aufführung. Zweiter Versuch. Dein Freund Torsten singt in Stockum. Karten sind an der Kasse hinterlegt, wie gehabt. Er lässt fragen, ob du diesmal kommst. Das erste Mal hast du ihn ja versetzt.«

»Der ist aber hartnäckig«, meinte Nora. »Da kann man ja wohl schlecht nein sagen.«

»Kann man auch nicht«, sagte Kelly und aß ihr erstes Stück Sushi, während Nora ihr letztes in den Mund schob.

In den nächsten Tagen legten sie den Schädel der Toten frei. Leere Augenhöhlen starrten blind ins Licht der nackten Glühbirne, der Mund lächelte breit und verständnislos. In der oberen Zahnreihe klafften viele Löcher, im Unterkiefer, der ein wenig tiefer lag, waren fast alle Zähne enthalten. »Keine Plomben«, sagte Melanie, die wie eine Zahnärztin in das offene Gebiss des Schädels starrte. »Keine Kronen, keine Brücken, alles tadellos.«

»Einige der fehlenden Zähne liegen unter dem Schädel«, meinte Falk, während er sich zwischen Melanie und Nora drängte, um sich einen besseren Blick auf den Mund zu verschaffen. »So wie es aussieht, lässt sich fast das gesamte Gebiss rekonstruieren.«

»Die Zähne sehen gut aus«, bestätigte er dann. »Ich seh jedenfalls keine Löcher oder Karies oder so was. Könnte ein Indiz sein.« Er sagte nicht, wofür, aber sie wussten alle, was er meinte. Die frühen modernen Menschen hatten gute Zähne gehabt. Die zuckerarme Ernährung schonte den Zahnschmelz genauso wie die harten Pflanzenfasern, die die Zähne beim Essen wie eine natürliche Zahnbürste reinigten.

Die Oberfläche des Schädels war von einem fein verästelten Netz schwarzer Linien überzogen, wie Adern zogen sie sich über den weißgelben Knochen. Nora versuchte sich das Gesicht der Toten vorzustellen. Sie malte die leeren Höhlen mit Augen aus und setzte eine Nase anstelle des länglichen Lochs über dem Oberkiefer. Aber es gelang ihr nicht, die Züge mit Leben zu füllen, der Kopf blieb ein Totenschädel, starr und anonym.

Irgendwann, vor Jahrtausenden oder vor Jahrzehnten, hatte dieser Mensch gelebt, er war das Zentrum seiner eigenen Welt gewesen, ein Universum an Gefühlen und Gedanken und Ängsten und Hoffnungen. Waren die Knochen wirklich das Einzige, was von ihm übrig war? War alles andere vergangen und verloren, zersetzt wie das Fleisch, die Muskeln, die Organe, die Haut? Oder war da noch mehr, irgendwo in der Unendlichkeit von Raum und Zeit? Siehst du uns vielleicht sogar zu in diesem Moment, dachte Nora. Vielleicht hatte sie den Gedanken laut ausgesprochen, denn Melanie drehte ihr den Kopf zu und sah sie fragend an. Neben dem Totenschädel wirkte ihr Gesicht so jung und lebendig. Aber spätestens in ein paar Jahrzehnten, in einem Hauch, einem Wimpernschlag im Angesicht der Menschheitsgeschichte, wäre auch Melanie tot und verwest und sie selbst ebenso.

Sie wischte mit dem Pinsel über Wangenknochen des Schädels und kam sich dabei wie eine Visagistin in einem Gruselfilm vor. Irgendwann drangen die Klingeltöne in ihr Bewusstsein. Es war eine Tonfolge, die sie genau kannte, Falks Handy, das immer lauter wurde. Sie ließ den Pinsel fallen, hastete zum Höhleneingang, suchte das Mobiltelefon und fand es endlich in der Außentasche seiner Jacke. »Hallo.«

»Spreche ich mit Herrn Dr. Freitag?«

»Ich bin seine Frau«, sagte sie atemlos. »Nora Freitag.« Falk war mit Melanie unten an der Schlämmstation.

»Leibniz-Labor für Altersbestimmung und Isotopenforschung. Schweikert mein Name.«

»Worum geht es denn?«

»Sie haben Proben eingeschickt«, sagte Herr Schweikert. »Die Untersuchungen sind so weit abgeschlossen.«

Nora spürte, wie ihr Herz schneller schlug. Sie wusste, dass es Falk nicht recht wäre, wenn sie die Ergebnisse der Untersuchung vor ihm erfuhr. Und wenn die Resultate enttäuschend waren, dann würde er sie dafür hassen, auch wenn es unsinnig war und unvernünftig. Wie in der Antike, als die Überbringer schlechter Nachrichten umgebracht worden waren. Wobei Falk sie vermutlich nicht gleich töten würde.

»Hören Sie«, sagte sie schnell. »Vielleicht sprechen Sie besser mit meinem Mann.«

»Ich bin nur noch zehn Minuten im Büro. Aber die Auswertungen gehen Ihnen in den nächsten Tagen ja mit der Post zu.«

»Gut.« Nora zögerte. »Ich versuche meinen Mann …« In zehn Minuten würde sie es niemals bis nach unten zur Schlämmstation schaffen. Und dieser Spezialist hatte die Ergebnisse der Untersuchung vor sich liegen. Ihre Neugierde war plötzlich viel größer als alle Bedenken. Sie musste wissen, was die Radionkarbondatierung ergeben hatte. Und zwar jetzt, jetzt sofort.

»Also«, fing sie noch einmal an, diesmal mit entschlossener Stimme. »Was haben Sie herausgefunden?«

»Sie haben uns vor vier Wochen Proben zur Eildatierung zugeschickt«, begann Herr Schweikert umständlich. »Grabung Joachimshöhle. Erwarteter Altersbereich mittelpaläolithisch.«

»Ich weiß, was wir Ihnen zugeschickt haben«, sagte Nora.

Der Mann räusperte sich.

»Also?«, fragte Nora.

Wieder eine Pause, es war, als wolle sie der Mann ärgern, indem er sie möglichst lang auf die Folter spannte. »Muss Ihnen leider mitteilen, dass Sie sich um ein paar tausend Jahre vertan haben. Die Radiokarbondatierung ergibt mit fünfundneunzigprozentiger Wahrscheinlichkeit ein C14-Alter von hundertfünfzig Jahren plus/minus dreißig.«

»Das Skelett ist nur hundertfünfzig Jahre alt?«, fragte sie.

»Nein«, sagte Schweikert. »Die Angabe bezeichnet die C14-Jahre. Um das tatsächliche Alter zu erfahren, müssen die Zahlen zuerst noch kalibriert werden.«

»Das heißt?« Ihre Stimme klang jetzt ungeduldig. Der Mann schwieg, aber sie hatte plötzlich den absurden Eindruck, dass sie hören konnte, wie er die Stirn runzelte.

»Die kalibrierten Daten umfassen einen ungefähren Zeitraum von 1750 bis 1960.«

»Das sind jetzt Jahreszahlen?«, fragte sie misstrauisch.

»Richtig.«

»Das verstehe ich nicht. Ich dachte, Sie können das Alter auf plus/minus vierzig Jahre definieren.«

»Aber nicht in diesem Zeitraum. Verstehen Sie, es gibt Ausfallstrecken in der Radiokarbondatierung. Innerhalb bestimmter Perioden ist eine genaue Datierung unmöglich. Von 800 bis 400 vor Christus beispielsweise. Oder eben in der Zeit von 1750 bis 1960. Die erste Hälfte des achtzehnten Jahrhunderts ist kein Problem. Und organische Proben, die jünger als 1960 sind, lassen sich definieren. Aber dazwischen ist eine Altersbestimmung leider nicht möglich.«

Nora erinnerte sich vage daran, dass sie schon einmal etwas darüber gehört oder gelesen hatte, aber sie wusste die genauen Zusammenhänge nicht mehr. Es war ja auch bisher nicht von Belang gewesen. Es war ja auch jetzt nicht von Belang, die Knochen waren rezent, das stand fest, und damit waren sie unwichtig. Wertlos.

»Gibt es denn noch eine andere Möglichkeit, die Knochen genauer zu datieren?«, fragte sie, nicht weil es sie wirklich interessierte, aber sie wollte irgendetwas sagen.

»Es gibt relative Datierungsmethoden. Haben Sie denn keinerlei Artefakte gefunden? Kleidungsstücke oder irgendetwas anderes?«

»Ein Schmuckstück«, meinte Nora.

»Das wäre doch eine Möglichkeit«, sagte der Mann.

Sie seufzte. »In jedem Fall wissen wir nun, dass das Skelett nicht aus der Neandertalerzeit stammt.«

»Mit fünfundneunzigprozentiger Sicherheit«, sagte Herr Schweikert. »Wie schon gesagt.«

»Vielen Dank.«

»Der Bericht geht Ihnen in den nächsten Tagen zu. Und die Rechnung ebenso.«

Sie blieb noch einen Moment am Höhleneingang stehen und starrte in die Oktobersonne, die durch die Blätter der Buchen schien, so hart und präzise, dass jedes einzelne Blatt einen klar umrissenen Schatten auf den Boden vor der Höhle warf. 1750 oder 1960. Es war ja vollkommen egal. Die Grabung war vorbei. Das Projekt war beendet. Wenn sie jetzt hineinging und es den anderen sagte, dann wurden aus ihrem Team wieder Einzelpersonen. Melanie. Joe. Robert. Nora und Falk. Würde sie die anderen drei vergessen, wie sie auch Susa jetzt schon vergessen hatte?

»Nora?« Sie drehte sich um und sah Roberts besorgtes Gesicht, seine dunklen Augen hinter den Brillengläsern, die leicht beschlagen waren, weil es hier draußen wärmer war als in der Höhle. Irgendwo unten im Tal, in einem der Bäume, zwitscherte ein Vogel, klagend, vielleicht hatte er den Abflug in den Süden verpasst.

»Schlechte Nachrichten?«, fragte Robert.

»Kann man so sagen«, sagte Nora.

Sie zogen den Metallsarg an einem Seil auf den Felsvorsprung, Falk und Robert schleppten ihn in die Höhle, dann betteten sie das Skelett um, Knochen für Knochen legten sie in den langen, schmalen Kasten. Sie fingen mit dem Schädel an und endeten mit den Fußknochen, die sie als Erstes freigelegt hatten.

Es ist nicht richtig, was wir hier tun, dachte Nora, während sie den beiden zusah. Es musste doch einen Grund geben, warum die Knochen hier lagen, ausgerechnet hier in dieser Höhle. Jahrzehntelang haben sie keinen gestört, warum konnte man sie nicht einfach ruhen lassen. Aber natürlich sprach sie den Gedanken nicht laut aus, nicht einmal zu Melanie sagte sie etwas, die neben ihr stand und rauchte. Es waren ja auch vollkommen unwissenschaftliche Überlegungen.

Der Deckel des Sargs schloss sich mit einem resoluten Klacken. »Vielleicht hat man sie hier oben umgebracht«, sagte Melanie.

»Wie meinst du das?« Nora ging einen Schritt zur Seite, um

die Männer mit dem Sarg durchzulassen, wobei sie in den Rauch trat, den Melanie ausatmete.

»Na ja, sie war praktisch nackt, sonst hätten wir doch Kleiderreste gefunden, Knöpfe oder Haken oder irgendwas. Vielleicht war es ein Sexualmord, ein Verrückter, der sie erst vergewaltigt und dann hier verscharrt hat.«

Die Männer sicherten den Metallsarg mit einem Seil und schoben ihn dann langsam den Abhang hinunter, wo Joe auf ihn wartete. Die Kiste verfing sich in Brombeerranken, wurde losgerissen, holperte weiter. Nora dachte an Schneewittchen in ihrem Glassarg. Vielleicht hatte Melanie recht, vielleicht war die unbekannte Tote ja wirklich gewaltsam zu Tode gekommen, vergiftet, erwürgt, erschlagen. Vielleicht gab es heute noch Nachfahren, Enkel oder sogar Kinder, die sich fragten, was aus ihr geworden war. Aber im Gegensatz zu Schneewittchen spuckte die Frau im Sarg ihren vergifteten Apfel nicht wieder aus, richtete sich auf und begann zu erzählen. Wenn es überhaupt eine Frau war.

»Man müsste der Sache auf den Grund gehen«, sagte Nora. Melanie nickte, während sie ihre Zigarettenkippe auf den Boden warf und mit der Fußspitze austrat, aber Nora merkte, dass sie mit ihren Gedanken ganz woanders war.

»Das war's dann.« Robert stand plötzlich neben ihr. »Projekt Joachimshöhle abgeschlossen. Gehen wir noch was trinken?«

»Okay«, sagte Nora.

»Gut«, nickte Melanie. »Was ist mit dir, Falk?«

Falk stand vorne am Abhang und starrte in die Baumwipfel wie ein Kapitän auf seiner Kommandobrücke, er hatte sie überhaupt nicht gehört.

»Kommst du mit was trinken?«, fragte Nora. Aber er schüttelte nur mit dem Kopf, kurz und ungehalten, als wolle er eine lästige Fliege verscheuchen.

Am Ende waren sie nur zu zweit, Robert und Nora, denn Joe half Falk beim Rücktransport des Generators, und Melanie war plötzlich eingefallen, dass sie eine Verabredung hatte. Nora bestellte einen Salat und bekam einen Teller mit allen möglichen Zutaten, die mit einer fettigen Cocktailsauce übergossen waren, aber sie war so hungrig, dass sie alles aufaß. Hinterher war ihr übel.

»Trink einen Schnaps.« Robert winkte dem Kellner.

»Lieber noch ein Bier«, meinte sie. »Und? Gehst du zurück nach Hamburg?«

»Ich fang in ein paar Wochen in Falks Institut an. Hat sich kurzfristig so ergeben. Und du?«

»Keine Ahnung. Ich bin jetzt arbeitslos.«

»Was geschieht denn jetzt mit den Knochen?«, fragte sie dann, um das Gespräch auf ein anderes Thema zu bringen.

»Die kommen jetzt erst mal in die Rechtsmedizin. Man wird sie untersuchen und feststellen, dass sie kriminaltechnisch nicht von Interesse sind, weil sie zu alt sind ...«

»... und historisch sind sie auch nicht von Interesse, weil sie zu jung sind«, schloss Nora.

»Also wird man sie bestatten.«

»Und vergessen.«

Der Kellner brachte zwei Bier, sie tranken und schwiegen.

»Wieso kann man das organische Alter zwischen 1750 und 1960 nicht bestimmen?«, erkundigte sich Nora dann. »Verstehst du das?«

»Weißt du, wie eine Radiokarbondatierung funktioniert?«, fragte er zurück.

Sie zuckte mit den Schultern und bemerkte gleichzeitig einen öligen, orangefarbenen Fleck auf ihrem hellen Sweatshirt. Weil ihr immer noch schlecht war, hatte sie das unangenehme Gefühl, dass sich die Cocktailsauce durch ihren Magen langsam nach außen ätzte.

»Wenn kosmische Strahlen in die Erdatmosphäre eintreten, erzeugen sie Neutronen, die in Verbindung mit Stickstoff ein radioaktives Kohlenstoff-Isotop bilden. Dieses C14 gerät über

Photosynthese in die Pflanzen und so in die Nahrungskette. Weil organische Körper Nahrung gleichmäßig aufnehmen und ausscheiden, bleibt der C14-Gehalt immer konstant – so lange, bis der Organismus stirbt. Dann verstrahlt das vorhandene C14 und zerfällt langsam wieder zu Stickstoff. Aber dieser Zerfallsprozess nimmt eben eine bestimmte Zeit in Anspruch, die Halbwertzeit beträgt genau 5730 Jahre. Indem man den noch vorhandenen radioaktiven Kohlenstoff misst, kann man also recht präzise Rückschlüsse auf den Todeszeitpunkt ziehen.«

»Aha.« Nora dachte unwillkürlich an ihren Mageninhalt und welche Radioaktivität die Cocktailsauce wohl gerade ausstrahlte. »Du solltest lehren, anstatt zu graben.«

»Mach ich ja auch.« Robert zog eine Grimasse.

»Dann erklär mir doch jetzt, warum eine Datierung in manchen Perioden nicht möglich ist.«

»Das hängt mit dem C14-Gehalt in der Atmosphäre zusammen. Ab 1750 wurde durch eine stärkere Abschirmung der kosmischen Strahlen weniger C14 gebildet, bis 1850 nahm die Produktion kontinuierlich ab. Und gleichzeitig setzte die Industrialisierung ein und verstärkte den Effekt noch. Der industrielle Süßeffekt. Schon mal was davon gehört?«

»Hm«, machte Nora.

»Genau. Durch die verstärkte Nutzung fossiler Brennstoffe wurde auf einmal sehr viel mehr Kohlenstoffdioxid freigesetzt, sodass die relative Menge von Radiocarbon in der Atmosphäre abfiel. Dadurch lässt sich heute nicht mehr feststellen, ob ein Körper wenig C14 enthält, weil er im Laufe der Zeit so viel davon verloren hat, oder ob es sich um eine jüngere Probe handelt, die von Anfang geringe Radioaktivität aufwies.«

»Aber ab 1960 geht's dann doch wieder«, sagte Nora. »Warum das?«

»Ende der Fünfziger wurden weltweit Atomwaffentests gestartet. Dadurch gelangten plötzlich viel mehr Neutronen in die Atmosphäre, die C14 bildeten, sodass der Radiokarbongehalt in organischen Proben explodierte.« Er hob sein Glas. »Darauf, dass wir alle so verstrahlt sind«, sagte er und trank es aus. »Prost.«

»Prost.« Aber Noras Glas war schon leer.

»Was machen wir jetzt?«, fragte sie.

»Heute Abend?«

»Generell. Mit unserer Toten. Geben wir sie einfach so auf? Obwohl wir keine Ahnung haben, wie sie gestorben ist?«

»Die Sache lässt dich nicht los, was?« Er legte den Kopf ein wenig zur Seite und sah sie prüfend an, als müsse er sich ihre Gesichtszüge aus irgendeinem Grund ganz genau einprägen. Sie senkte die Augen auf den orangefarbenen Fleck auf ihrem Sweatshirt. Er war nicht größer geworden, die Cocktailsauce blieb, wo sie war, in ihrem Magen. Vielleicht lag es daran, dass der Anteil an organischen Bestandteilen in der Sauce eher geringfügig war.

Als sie den Kopf irgendwann wieder hob, merkte sie, dass er sie immer noch ansah. »Wenn du nichts Besseres vorhast, können wir sie ja morgen mal besuchen«, sagte er. »Unsere Tote.«

Auf dem grauen Sektionstisch des Labors sah das Skelett viel kleiner aus als in der Höhle. Die leeren Augenhöhlen starrten in das unbarmherzig grelle Licht der Leuchtstoffröhre. Der Schädel schien seine lückenhafte Zahnreihe zu blecken, in einer hilflosen, geradezu lächerlichen Drohgebärde. Nora hatte wieder das Gefühl, dass es nicht richtig gewesen war, die Knochen aus der Höhle zu entfernen. Warum stört ihr mich, fragte die Tote. Was wollt ihr von mir?

Der Arzt kam mit schnellen Schritten auf sie zu. Er trug einen weißen Kittel über verwaschenen Jeans, war klein und glatzköpfig und streckte Nora seine Hand entgegen. Als sie sie nicht direkt ergriff, zog er sie wieder zurück, als sei er es gewohnt, dass man ihn nicht gerne berührte.

»Rosenland mein Name«, sagte er, während er seine Hände an der Hose auf und ab rieb, abwechselnd mit den Innenflächen, dann mit den Außenseiten. »Womit kann ich Ihnen helfen?«, fragte er, während seine Augen von Nora zu Robert sprangen und wieder zurück.

»Wir haben die Knochen gefunden«, sagte Nora.

»Wir wollten uns nur informieren, was Sie jetzt damit vorhaben«, ergänzte Robert.

»Wir müssen uns erst einmal ein grundlegendes Bild machen«, sagte der Arzt. Seine Stimme klang plötzlich fester, und er hörte auf, seine Hände an der Jeans zu reiben. »Alter der Leiche, Geschlecht, Todesursache, falls sich das anhand des Skeletts herausfinden lässt.«

»Und den Todeszeitpunkt?«, fragte Nora. »Können Sie den auch feststellen? Wann sie ungefähr gelebt hat?«

»Sie?«, fragte Herr Rosenland und zog dabei die Augenbrauen nach oben, wodurch sich seine Stirn bis in die Glatze hinein kräuselte.

»Oder er«, sagte Nora schnell. »Wir sind davon ausgegangen, dass es sich um eine Frau handelt.«

»Sind Sie das?«, fragte er und ging dabei mit kleinen, schnellen Schritten zu dem Tisch mit den Knochen. Einen Moment lang starrte er mit zusammengekniffenen Augen auf das Skelett. »Warum?«

»Es war nur so dahergesagt.« Nora schluckte. Sie fühlte sich wie in einer Prüfung, auf die sie sich nicht vorbereitet hatte.

Aber Herr Rosenland hörte ihr gar nicht mehr richtig zu, er hatte sich bereits ein Paar Baumwollhandschuhe angezogen und fingerte nun am Becken des Skeletts herum. Dabei beugte er seinen Oberkörper weit über den Sektionstisch, sodass es aussah, als wolle er sich auf die Knochen werfen. Dann wandte er sich dem Schädel zu, studierte die Augenbrauen und die Stelle, an der Ober- und Unterkiefer zusammengewachsen gewesen waren. »Sie könnten durchaus recht haben«, meinte er schließlich. »Sieht ganz danach aus, auch wenn man die weiteren Untersuchungen abwarten muss.«

»Es ist ein weibliches Individuum?«, meinte Robert.

»Das Becken« sagte Herr Rosenland. »Sehen Sie hier, der Winkel der incisura ischiadica major, der große sitzbeinwärtige Darmbeineinschnitt, er ist eher breit, das deutet auf eine Frau hin. Bei einem Mann wäre der Winkel spitzer, wobei Ausnahmen die Regel bestätigen, das versteht sich von selbst. Und wenn Sie das Becken von oben betrachten ...«, zur Verdeutlichung drehte er seinen Kopf wie ein Kranich zur Seite und starrte aus dieser seltsam verkrampften Haltung auf das Skelett, »... dann wirkt die gesamte Konstruktion weit, auch das spricht für ein weibliches Geschlecht.« Er schraubte seinen Kopf wieder zurück in die Ausgangslage und wandte sich dem Schädel zu. »Der Stirnbereich und hier der Bereich um den Mastoid«, er deutete vage auf das rechte Ohr, »legen ebenfalls die Vermutung auf ein weibliches Geschlecht nahe. Die Muskelansätze scheinen zu fragil für einen Mann, auch die Kinnregion wirkt feminin.« Er brach ab, ohne die Stimme am Ende des Satzes zu senken, seine Hände in den weißen Handschuhen wieder über seine Jeans reibend. »Ja«, sagte er schließlich. »Vermutlich also weiblich, aber viel mehr lässt sich auf die Schnelle nicht sagen.«

»Wie sieht es denn mit einer exakteren Altersbestimmung aus?«, fragte Robert. »Sie arbeiten doch auch mit Aminosäurendatierungen ...«

»Das bringt uns nicht weiter, leider.« Herr Rosenland schüttelte bedächtig den Kopf. »Eine Aminosäurenrazemisierung ist immer noch weit unpräziser als eine Radiokarbondatierung, die ja schon durchgeführt wurde. Gerade im Bereich rezenter Proben ist die Methode viel zu unstabil.«

»Also können Sie uns beim Alter der Knochen nicht weiterhelfen?«, fragte Nora.

»Ich kann Ihnen mit großer Wahrscheinlichkeit sagen, wie alt das Individuum zum Zeitpunkt seines Todes war. Aber wann es gelebt hat oder gestorben ist ...«, er schüttelte wieder so bedauernd den Kopf, als wäre es einer ihrer nächsten Angehörigen, der auf dem Sektionstisch lag.

»Wie lange brauchen Sie für Ihre Untersuchungen?«, fragte Robert.

Herr Rosenland räusperte sich, während er seine Handschuhe auszog und sie sorgfältig aufeinanderlegte, Finger auf Finger. »Ich habe die Angelegenheit heute Morgen erst auf den Tisch bekommen und es ist nicht der dringendste Fall auf meiner Agenda.« Er sah Nora an und zwinkerte nervös. »Um ehrlich zu sein«, setzte er dann schnell hinzu, als müsse er das extra betonen, weil er seine Besucher sonst für gewöhnlich anlog.

»Sicher«, sagte sie. »Und wenn Sie diese Daten haben, wie geht es dann weiter?«

»Das hängt ganz davon ab«, sagte Herr Rosenland, aber er führte nicht aus, wovon es abhing.

Nora sah an ihm vorbei zu den gelbgrauen Knochen auf dem Stahltisch. Schutzlos und nackt und frierend lagen sie da, die sterblichen Überreste. Am liebsten hätte sie eine große, weiche Decke darüber gebreitet oder zumindest ihre Jacke.

Kurz darauf tranken Robert und sie noch eine Tasse Kaffee in einer Studentenkneipe ganz in der Nähe des Rechtsmedizinischen Instituts. »Was ist eigentlich mit dem Schmuckstück?«, erkundigte sich Robert. »Dieses Medaillon, das wir bei der Toten gefunden haben?«

»Das hat Falk noch«, sagte Nora, aber im selben Moment erinnerte sie sich daran, dass das nicht stimmte, denn die Kette lag in Wirklichkeit zu Hause in ihrer Küchenschublade. Sie wollte Robert davon erzählen, aber dann hielt sie den Mund, weil sie plötzlich merkte, wie gut es ihr gefiel, dass niemand wusste, wo das Medaillon war. Dass es ihr gehörte, natürlich nur so lange, bis jemand ernsthafte Nachforschungen anstellen würde über die Tote und ihre Geschichte.

Und das wird nie passieren, dachte sie dann. Es sei denn …

»Bleibst du an der Sache dran?«, fragte Robert, als könnte er Gedanken lesen.

»Was meinst du?«

»Du willst doch wissen, wer sie ist, unsere geheimnisvolle Tote.«

Sie hob langsam die Schultern und ließ sie dann wieder fallen. »Wie sollte ich das denn herauskriegen?«

»Schritt für Schritt«, meinte er und lächelte. »Das Medaillon ist wichtig. Wenn Falk es nicht schon in der Rechtsmedizin eingereicht hat, kannst du es datieren lassen. Ich kann mich ja mal umhören, wer so was in Düsseldorf macht.«

Sie zog mit dem Löffelstiel eine Schlangenlinie in den Milchschaum auf ihrem Kaffee. Die Spur blieb nur Bruchteile von Sekunden sichtbar, bis sich die weißen Milchbläschen wieder zusammenschlossen.

»Wenn du willst, helfe ich dir«, schlug er vor.

Dann hob er plötzlich die Hand und berührte sie an der Wange, als wolle er sie streicheln, aber er zog nur eine winzige Daunenfeder aus ihrem Haar. Er legte sie vor ihr auf den Tisch wie ein Geschenk und sah sie erwartungsvoll an.

»Also gut«, sagte sie.

Es regnete leise und lautlos, als sie nach dem Konzert die Kirche verließen.

»Es war wirklich erhebend«, sagte Noras Mutter. »Diese Musik. Und dein Freund, dieser Tenor. Ganz wunderbar.«

Nora nickte und sah auf ihre Uhr. »Erst acht. Wir können noch irgendwo hingehen.«

»Vielleicht verschieben wir das auf ein anderes Mal. Auch die Übernachtung«, sagte ihre Mutter. »Mir ist vorhin eingefallen, dass ich morgen früh einen Arzttermin habe. Du bist doch nicht böse, oder.«

Sie hatten eigentlich vereinbart, dass Nora nach dem Konzert mit zu ihr kam, und am nächsten Morgen wollten sie zusammen in die Stadt.

»Natürlich nicht«, sagte Nora und schämte sich gleichzeitig dafür, wie froh sie darüber war.

»Ich nehme ein Taxi, dann musst du nicht durch die ganze Stadt«, beschloss ihre Mutter, und als Nora ihr Geld anbot, weigerte sie sich zuerst es anzunehmen, aber dann akzeptierte sie es doch.

Als Nora zu ihrem Wagen ging, stellte sich ihr ein Mann in den Weg. »Torsten«, japste sie, als sie ihn erkannte.

»Ich habe dich gesucht«, sagte er vorwurfsvoll. »Wolltest du weg, einfach so? Hat es dir nicht gefallen?«

Sie schüttelte betroffen mit dem Kopf. »Nein, es war unfassbar schön, es war ...«, sie suchte nach dem richtigen Wort, »... erhebend.«

Torsten lachte, als habe sie einen Scherz gemacht.

»Was machst du jetzt?«, fragte sie. »Feierst du noch mit den anderen?«

»Nein. Ich lade dich zum Essen ein.«

Sie gingen in ein winziges griechisches Restaurant um die Ecke. »Es war wirklich wunderschön, die Musik«, sagte sie, nachdem sie ihre Bestellung aufgegeben hatten. »Wann ist das Werk eigentlich entstanden?«

»1788 oder 89 oder so was. Haydn hat mehrere Jahre daran gearbeitet.«

Ende des 18. Jahrhunderts. Damals war der Ablauf der Schöpfungsgeschichte keine Frage gewesen. So wie es in der Bibel stand, so war es und nicht anders, damals gab es noch keinen Urknall und keine Evolution und keine Ausgrabungsprojekte. Es war alles so viel einfacher, vielleicht war die Musik deshalb so klar und kraftvoll und eindeutig.

»Worüber denkst du nach?«, fragte Torsten, und sie erklärte es ihm.

»Ich glaube, es spielte keine Rolle«, meinte er dann. »Der Ablauf des Ganzen war Haydn egal, in dem Werk geht es um etwas ganz anderes.«

»Worum geht es denn? Was meinst du?«

»Darum, dass alles gut war, so wie Gott es gemacht hat. Und

dass der Mensch der Sinn des Ganzen ist. Nicht weil er perfekt ist, sondern weil er als Einziger von allen Kreaturen die Fähigkeit hat, Fragen zu stellen. Die ganze Welt infrage zu stellen. Sich selbst. Und seinen Schöpfer.«

»Der Mensch ist der Sinn des Ganzen?«, fragte sie. »Meinst du das auch? Dass das alles nur für uns geschaffen wurde, die Tiere und die Pflanzen und die Erde und das ganze Weltall?«

Er streckte sich ein Stück nach oben, dem Kellner entgegen, um ihm einen Teller mit Grillfleisch abzunehmen. »Wenn es so wäre, hätten wir es jedenfalls ganz schön verbockt, was?«

»Wo musst du denn jetzt hin?«, fragte Nora, als Torsten sie nach dem Essen zu ihrem Auto brachte.

»Nach Bilk«, sagte er. »Nicht deine Richtung. Ich nehm ein Taxi.«

Sie fragte sich unwillkürlich, woher er wusste, wo sie wohnte, sie selbst hatte es ihm jedenfalls nicht erzählt.

»Es war ein schöner Abend«, erklärte sie, während sie die Zentralverriegelung öffnete. Die Innenbeleuchtung ging an, und in den Fenstern sprangen die Knöpfe nach oben, mit einem erschrockenen Klacken, als hätte man sie aus dem Schlaf gerissen.

»Es war erhebend«, sagte er und lächelte. »Und du bist auch erhebend.« Dann legte er seine Hände auf ihre Wangen, die eine links, die andere rechts, zog sie an sich und küsste sie.

Als sie nach Hause fuhr, summte sie leise vor sich hin, weil sie sich so jung und frei fühlte wie damals, bevor sie Falk kennengelernt hatte, als ihr alle Möglichkeiten offenstanden, als sie alles und jeden ausprobieren konnte, auch wenn sie es dann doch nicht getan hatte. Nein, es war keine Frage, sie würde ganz bestimmt keine Affäre mit Torsten beginnen, dachte sie beim Einparken. Torsten war nett, und er küsste gut, aber mehr auch nicht.

Sie hätte Falk ohnehin nicht betrügen können. Allein der Gedanke. Sich irgendwelche Lügengeschichten auszudenken, um ihn hinters Licht zu führen. Um sich heimlich mit Torsten zu treffen, bei ihm zu Hause oder in irgendwelchen Absteigen.

Sie schloss das Auto ab und ging über die Straße zum Haus. Es hatte wieder angefangen zu regnen, die feinen Tropfen legten sich wie ein glitzernder Schleier auf ihr Haar, auf ihre Kleidung, ohne zu ihrer Haut durchzudringen. Erst als sie den Kopf hob, um zum Wohnzimmerfenster hochzusehen, spürte sie den Regen auf ihrem heißen Gesicht. Hinter dem Fenster war alles dunkel. Hoffentlich war Falk schon schlafen gegangen, sie hatte jetzt keine Lust mit ihm zu reden. Sie würde noch ein Glas Wein trinken und über den seltsamen Abend nachdenken.

Es war nichts passiert. Nachdem Torsten sie geküsst hatte, und sie ihn, hatten sie sich verabschiedet, und sie hatte ihm nachgeschaut, wie er zum Taxistand gegangen war. Sie sah nur seinen Rücken und seinen Hinterkopf, aber sie wusste, dass er lächelte, sie konnte sein lächelndes Gesicht förmlich vor sich sehen, auch seine Zunge, vor allem seine Zunge, und dabei spürte sie ein eigenartiges, sehr angenehmes Flattern im Bauch.

Sie war schön, sie war rätselhaft, sie war begehrenswert. Falk wusste gar nicht, was er an ihr hatte. Falk, der ihr immer das Gefühl gab, dass er sie und ihre Launen nur ertrug. Sie drückte die Haustür auf. Die Treppenbeleuchtung funktionierte nicht, wie so oft, also tastete sie sich die dunklen Stufen hoch und lächelte nun selbst in die Dunkelheit.

Dann schloss sie die Wohnungstür auf und während sie Licht machte, nahm sie ihre Brille ab, weil sie sich in der warmen Luft beschlagen hatte. Sie hängte ihren Mantel an die Garderobe, über einen anderen, einen hellblauen Mantel, einen Mantel, den sie schon einmal gesehen hatte, und sie fragte sich, wo das gewesen war, es war ja auch egal, dachte sie, aber dann erinnerte sie sich. Und im gleichen Moment wusste sie, dass etwas nicht in Ordnung war.

DEZEMBER 1907, CLEVELAND, OHIO

Später machten sie einen Spaziergang am See entlang. Es war sehr kalt und sehr sonnig, und die Wasseroberfläche glitzerte glatt und hell, als wäre sie gefroren.

Sie waren seit dem Sommer nicht mehr hier gewesen, und June stellte erschrocken fest, dass ihre Großmutter noch langsamer ging, als sie beim letzten Mal gegangen war, viel langsamer und mühevoller. Ihr Stock machte harte, dumpfe Geräusche auf dem Weg. Vielleicht ist es das Wetter, dachte June, die Kälte steckt ihr in den Knochen, deshalb ist sie so langsam. Aber sie wusste natürlich, dass sie sich etwas vormachte. Ihre Großmutter war alt, einundsiebzig würde sie im Februar werden. Vielleicht war es der letzte Spaziergang, den sie zusammen machten.

June setzte einen Fuß immer direkt vor den anderen, damit es nicht auffiel, wie langsam sie ging.

»Worüber denkst du nach?«, fragte ihre Großmutter. Nach den vier Worten atmete sie schwer, als habe die Frage sie sehr viel Kraft gekostet.

»Ich habe Brot mitgebracht«, sagte June. Eine Tüte mit altem Brot. Sie war jetzt sehr froh darüber, dass sie daran gedacht hatte. So mussten sie nur bis zum Bootsteg gehen und konnten dort die Enten füttern.

Die alte Frau lachte. »Ja, ja, die Tiere«, sagte sie. »Sie lagen dir schon am Herzen, als du noch ein kleines Mädchen warst. Deine Mutter hat sich nie etwas aus Tieren gemacht.«

»Deshalb ist sie Ärztin geworden«, sagte June.

»Ja«, sagte ihre Großmutter. Sie blieb einen Moment stehen und rang nach Atem. Auch June blieb stehen und blickte auf ihre beiden Schatten auf dem Weg. Der Schatten ihrer Großmutter war klein und

schmal, während ihrer lang und viel breiter erschien. Es musste mit dem Winkel zusammenhängen, in dem die Sonne auf ihre Körper traf. »Ich bin sehr stolz auf sie. Auf sie und auch auf dich.«

»Du bist stolz auf mich?«, fragte June. Sie wusste, dass ihre Großmutter sie liebte, mehr als ihren Bruder und ihre Schwester, sie waren sich immer besonders nahe gewesen. Aber es gab nun wirklich keinen Grund, stolz auf June zu sein. Ihr Bruder, der nur ein Jahr älter war, würde in Kürze sein Studium in Yale beginnen, und ihre jüngere Schwester spielte virtuos Klavier. June dagegen hatte keine besondere Begabung, keine Stärke, keine hochfliegenden Pläne.

»Du hast etwas, das ich heute auch habe«, sagte ihre Großmutter. »Ich habe sehr lange gebraucht, um es zu gewinnen, dir aber scheint es Gott in die Wiege gelegt zu haben, ein Geschenk.«

»Ein Geschenk?«, fragte June, während sich ihre Finger in ihrer Manteltasche um die Tüte mit den Brotkrumen schlossen, ganz fest, als wollten sie sich daran festhalten. Die Worte ihrer Großmutter berührten sie auf eine eigenartige Weise.

»Du bist so ruhig in dir selbst«, sagte die alte Frau. Ihr harter deutscher Akzent, den sie sich nach all den Jahren, den Jahrzehnten in Amerika bewahrt hatte wie eine kostbare Erinnerung, ließ die Worte noch seltsamer erscheinen.

June wartete darauf, dass sie weiterredete, aber sie lächelte nur.

11. KAPITEL

»Gewiss ist nur, was ich hiermit ohne Rückhalt bekenne, daß mich die strengste Kritik der einschläglichen Thatsachen der Ueberzeugung von der Fossilität des vorliegenden Fundes immer näher gebracht hat. Es mögen dafür die Thatsachen sprechen, die ich sorgfältig beobachtet und constatirt habe. Die damit verbundenen Arbeiten und Studien haben auf einem für mich fast neuen Gebiete des Wissens so viel Gewinn gebracht, daß ich vollkommen damit zufrieden, auf jeden Versuch einer Propaganda für meine Ueberzeugung gern verzichte, und das entscheidende Urtheil über die Existenz fossiler Menschen der Zukunft anheim stelle.«

Aus *Menschliche Ueberreste aus einer Felsengrotte des Düsselthals*
von Johann Carl Fuhlrott, 1859

Das Rattern des Zuges über die Eisenbahnschwellen war der Rhythmus, nach dem sich Rosalies Gedanken ausrichteten. *Ratta ratattata ratta ratattata* machten die Räder auf den Schienen, und ihr Oberkörper, angelehnt an die Wand des hölzernen Abteils und an den schmutzigen Vorhang vor dem Fenster, an den sich bereits so viele vor ihr gelehnt hatten, ihr Oberkörper nahm den Rhythmus ebenfalls auf, sodass sie ihn überall in sich spürte.

Ratta ratattata ratta. Noch zwei Stationen und zehn Minuten Droschkenfahrt, 40 Minuten, 2400 Sekunden – 2399, 2398. Dann würden sie sich sehen. Sie hatten sich so lange nicht gesehen, sie durften ja nicht. Heimlich und immer am gleichen Ort trafen sie sich, sonst lebte jeder von ihnen sein Leben. Sie hasste dieses Versteckspiel. Sie liebte ihn, liebte ihn so sehr.

Ihren Apotheker, ihren Minter. Aron. An den Vornamen würde sie sich nie gewöhnen, sie nannte ihn immer Minter, auch wenn sie allein waren.

Es war das Jahr 1859, und es wurde endlich Frühling. Die Luft roch hier und da schon nach Schlüsselblumen, obwohl sie noch gar nicht blühten. In den Furchen der braunen Felder lag der letzte Schnee, aber er sah schmutzig aus und schien sich zusammenzukauern, Schutz suchend vor der Sonne, die mit jedem Tag an Kraft und Wärme gewann. Er hatte verloren, er war verloren, er wusste es nur noch nicht, dachte Rosalie, aber dann musste sie lächeln über diesen dummen Gedanken, als ob der Schnee ein lebendiges Wesen wäre, mit Sinn und Verstand und Gefühlen. Die Frau, die ihr gegenübersaß, einen Korb mit Eiern und Kartoffeln auf dem Schoß, fing ihr Lächeln auf und lächelte ebenfalls, sie tat es noch, als Rosalie schon wieder damit aufgehört hatte.

Wie sie sich nach dem Frühling sehnte, viel mehr als in den Jahren zuvor. Wenn es endlich Frühling wäre, dann konnten sie sich wieder draußen treffen, im Neandertal bei ihrer Höhle, wie im letzten Jahr. Bis weit in den Oktober hinein waren sie im Wald zusammengekommen, und wenn sie daran dachte, dachte sie auch an seinen langen schmalen Körper, die weißen Gliedmaßen auf dem dunkelgrünen Moos des Waldes und zwischen braungelben Blättern. Sie hatten nie gefroren, weil sie sich niemals losgelassen hatten, ein Körper fing die Wärme des anderen auf, verstärkte sie und gab sie zurück und immer so fort.

Während der kalten Monate hatte er ein Zimmer in einer Pension in Hochdahl gemietet wie bereits im vorherigen Winter. Er war immer schon da, wenn sie kam und sie hasste den Blick der Wirtin, wenn sie ihr den Schlüssel gab, und noch mehr hasste sie den Blick des Sohnes auf ihrem Körper und sein Grinsen, als könnte er sie besitzen, wenn er nur wollte.

»Wird es immer so weitergehen?«, hatte sie Minter letzte Woche gefragt. »Werden wir uns hier verstecken, bis wir alt und grau und schwach sind? Oder bis du keinen Gefallen mehr an mir hast?«

Er saß auf dem Bett in der Mitte des Zimmers, das zu schmal war für zwei, aber nicht zu schmal für sie beide, weil sie es nicht zum Schlafen benutzten. Die Füße auf dem Boden, die Ellenbogen auf die Knie gestützt, den Kopf auf die Hände gelegt. Die langen Haare verbargen sein Gesicht. »Bald treffen wir uns wieder draußen«, hatte er gesagt, aber er wusste so gut wie sie, dass das nicht die Frage gewesen war. Und sie wusste so gut wie er, dass er ihr keine andere Antwort geben konnte.

Afra lebte. So krank ihr Geist war, so gesund war ihr Körper. Auf so vielen Beerdigungen war Rosalie in den letzten Monaten gewesen – so viele Patienten ihres Vaters, die den Winter nicht überlebt hatten, die junge Frau des Fleischers auf der Laurentiusstraße, Mutter von fünf Kindern, der kleine Matthis von gegenüber und Dorotheas Tante Lioba. Alle waren sie tot, nur Afra atmete und aß und trank und verdaute und schied alles wieder aus und aß und trank, es wollte kein Ende nehmen, der Himmel hatte kein Einsehen und ließ sie nicht sterben.

»Ich bete dafür, dass Er sie von uns nimmt«, hatte sie Dorothea gestern vor dem Einschlafen anvertraut, und Dorothea war natürlich entsetzt gewesen. Vielleicht hatte Rosalie es ja allein deswegen gesagt, um Dorothea zu schockieren.

»Jeder Mensch hat ein Recht zu leben, der allmächtige Gott allein bestimmt, wann es Zeit ist zu gehen«, hörte sie sie sagen, doch ihre Stimme klang hilflos und unsicher in der schwarzen Dunkelheit des hohen Raumes.

»Ich weiß«, murmelte Rosalie, und wie so oft, wenn sie Dinge nur sagte, um Dorothea zu provozieren, kam sie sich schäbig und gemein vor. »Es ist nur, dass sie seine Frau ist, und ich bin es nicht. Sie hat alles und weiß es nicht einmal zu schätzen, es ist ihr völlig egal. Ich würde sie sogar pflegen, es sollte ihr an nichts mangeln, wenn ich nur bei ihm sein dürfte, jeden Tag.«

Dorothea machte ein kleines, sanftes Geräusch, das durch die

Dunkelheit des Raumes zu ihr herüberschwebte wie eine zärtliche Berührung, sonst sagte sie nichts, aber Rosalie wusste, dass sie für sie beten würde, bevor sie einschlief, und das tröstete sie mehr als jede mitleidige Bemerkung.

Sie spürte den rauen Stoff des Vorhangs an ihrer Wange, das schmutzige Tuch, ihr Vater wäre entsetzt gewesen, wenn er sie so gesehen hätte, und als sie daran dachte, setzte sie sich unwillkürlich aufrecht hin. Dann sah sie endlich den kleinen Bahnhof von Hochdahl auf der anderen Seite der Scheibe auftauchen.

Sie sah Minter, als sie aus dem Waggon auf den Bahnsteig kletterte. Er stand an einen Pfosten gelehnt, der das Vordach trug, direkt unter dem Schild Bahnhof Hochdahl, und als er sie entdeckte, kam er mit großen Schritten auf sie zu. Wie immer, wenn sie sich trafen, standen sie sich einen Moment lang unsicher gegenüber, so fremd, als sähen sie sich zum ersten Mal. Ihre Augen, seine Augen suchten den Bahnsteig ab, ob irgendjemand zu sehen war, der sie kannte, sie verraten konnte. Aber die wenigen Reisenden, die hier ausgestiegen waren, hatten sich schon zerstreut, nur aus dem Abteil, in dem Rosalie gesessen hatte, schaute die Frau mit den Eiern und den Kartoffeln zu ihnen herab, aber dann pfiff der Stationsvorsteher und der Zug setzte sich langsam in Bewegung. Rosalie hatte plötzlich das Bedürfnis, der unbekannten Frau nachzuwinken, aber sie tat es nicht.

»Meine Liebste«, sagte Minter. Dann bot er ihr seinen Arm und sie nahm ihn, erleichtert darüber, dass sie sich bewegten.

»Warum bist du hier und nicht in der Pension?«, fragte sie.

»Das Wetter ist so schön«, sagte er. »Machen wir einen kleinen Spaziergang im Neandertal?«

»Hast du denn so viel Zeit?« Er nickte, offenbar war Afra dieses Wochenende nicht bei ihm, aber sie fragte nicht nach, sie wollte ihren Namen jetzt nicht in den Mund nehmen.

Sie nahmen eine Droschke und stiegen am Kalksteinwerk aus. Inzwischen waren sie so oft hier gewesen, dass sie sich vermutlich besser auskannten als die meisten Einheimischen, wenn sie sich vielleicht auch nicht mit dem kleinen Johannes messen konnten, dem Bauernbuben, der ihnen die Höhle gezeigt hatte, die längst die ihre geworden war. Sie waren ihm noch ein paarmal begegnet dort oben, er war immer allein und wenn er sie sah, dann nickte er kurz und scheu und rannte schnell weg, bevor sie ihn ansprechen konnten. Rosalie hatte große Angst, dass er sie plötzlich überraschen könnte, wenn sie sich liebten. Manchmal dachte sie, dass er alles wusste und dass er sie jedes Mal dabei beobachtete, von einem Baumast aus oder hinter einem Felsblock versteckt. Der Gedanke störte sie, aber nicht so sehr, dass sie sich Minter deswegen verweigert hätte.

»Fuhlrott war gestern bei euch?«, fragte Minter, während sie einen kleinen Pfad zur Düssel einschlugen. Nach wenigen Metern waren sie aus dem Blickfeld des Kalkwerks verschwunden. Sie hörten noch den Lärm der Anlage und die italienischen Arbeiter, deren raue Stimmen nicht zu ihrer melodischen Sprache passten. In der Ferne ein leiser Donner, wie von einem Gewitter, es war wohl eine Sprengung, der wieder eine der Felswände zum Opfer gefallen waren.

»Er hat Vater nach dem Abendbrot aufgesucht, aber ich war nicht dabei. Ich habe ihn nur eingelassen, er schien ganz und gar außer sich«, sagte Rosalie. »Vater sagt, dass sein Artikel über die Neandertalerknochen erschienen ist und keine gebührende Würdigung erfahren hat …«

»Keine gebührende Würdigung?«, wiederholte Minter und lachte spöttisch.

»Wie auch immer«, meinte Rosalie und spürte, wie sie wütend wurde. Dr. Fuhlrott, der immer nur an ihr vorbeischoss und nie mehr als die beiläufigsten, gleichgültigsten Worte mit ihr wechselte, konnte ihr langsam gestohlen bleiben. Sie hatte die Knochengeschichte von Anfang an mitverfolgt, sie wusste mehr über die wissenschaftlichen Zusammenhänge und Hintergründe als irgendeiner dieser Dummköpfe in seinem Naturwissenschaftlichen Verein, und dennoch dachte er gar nicht daran, sie in die Diskussion einzubeziehen. Und das lag einzig und allein daran, dass sie eine Frau war, jedem Knaben, selbst einem Bauernburschen wie dem kleinen Johannes hätte er mehr Interesse entgegengebracht. Aber das verstand Minter genauso wenig wie ihr Vater, er lachte nur darüber, wenn sie sich über Fuhlrott ärgerte. »Er meint es doch nicht böse«, hatte er einmal gesagt. »Er hat bestimmt nichts gegen dich.« Und das, dachte Rosalie, genau das war das Problem. Fuhlrott hatte nichts gegen sie, er hatte nichts für sie, sie war ihm gleichgültig, egal, einerlei, weil sie das falsche Geschlecht hatte.

»Fuhlrott war bei mir in der Apotheke und hat mir die Veröffentlichung gezeigt«, sagte Minter. »Er war zurecht außer sich. Der Naturhistorische Verein der Rheinlande hat seinen Bericht wohl gedruckt, es wurde auch nichts gekürzt oder verändert, aber sie haben das Ganze mit einem Nachwort versehen, in dem sich die Redaktion von seinen Ansichten in jeder Beziehung distanziert. Stattdessen verleiht sie ihrer Überzeugung Ausdruck, dass die Menschenknochen keineswegs fossil sind und stattdessen durch irgendeinen Zufall in die kleine Grotte hineingelangt sind.«

»Und?«, fragte Rosalie, die sich immer noch über Fuhlrott ärgerte. »Sein Aufsatz ist doch erschienen, was will er mehr?«

»Aber das ist gänzlich unüblich, dass der Herausgeber eines Blattes einem Artikel einen solch abfälligen Kommentar hintanstellt. Noch dazu ohne den Verfasser vorab darüber zu informieren. Ich habe seinen Aufsatz gelesen, er hat ihn mir gezeigt, bevor er ihn zur Veröffentlichung eingereicht hat. Ich habe ihm noch Vorhaltungen gemacht, dass er in seinen Thesen und Schlüssen viel zu vorsichtig sei, dass er nur beschreibt und keine Folgerungen zieht. Aber er hatte wohl recht, denn das wenige, was er andeutete, war schon zu viel.«

»Er wusste, was ihn erwartete. Wo immer er die Funde präsentiert hat, ob in Elberfeld oder in Bonn, seine Zuhörer haben ihn auseinandergenommen wie einen Hochstapler, einen Scharlatan.«

»Schaaffhausen ist weit und breit der Einzige, der ihm die Fahne hält. Selbst Professor Mayer, der Fuhlrott anfangs durchaus wohl gesonnen war, ist nun abgesprungen und zur Gegenseite übergelaufen.«

»Das ist betrüblich«, sagte Rosalie, während sie ihren Unterarm ganz auf den von Minter legte und seine Hand ergriff. Geschieht ihm recht, dachte sie dabei.

Später lagen sie nebeneinander in der tief stehenden Sonne, halb ausgestreckt auf seiner Jacke. Neben ihnen reckten Buchen und Erlen ihre Äste in den Himmel, an den Spitzen waren die Zweige verdickt, unter der Oberfläche warteten die zarten, hellgrünen Blätter darauf auszuschlagen. Jetzt war es zu spät, noch nach Hochdahl zu fahren, in ihre hässliche Pension. Es war zu spät, und sie wollte auch nicht dorthin, in dieses kahle Zimmer mit dem schmalen Bett, das nach all den Menschen roch, die darin geschlafen hatten. Stattdessen lagen sie hier, Seite an Seite, Hand in Hand, voll von ungestillter Lust und Begierde. Sie fröstelten und zögerten doch den Moment des Aufbruchs hinaus, so lange es irgendwie ging.

»Warum magst du ihn nicht?«, fragte Minter, während sein Zeigefinger die Lebenslinie auf ihrer Handinnenfläche nachfuhr. Etwa in Höhe des Mittelfingers machte sie einen scharfen Knick, um dann abzubrechen und kurz darauf neu zu entstehen. Sie hatte sich immer gefragt, was das wohl zu bedeuten hatte. Ein früher Tod, eine schwere Krankheit? Sie spürte wie sein Finger mit einem winzigen Sprung über die Lücke hinwegsetzte.

»Warum magst du ihn nicht?«, fragte er noch einmal.

»Wen?«, gab sie zurück, obwohl sie wusste, von wem er sprach.

»Fuhlrott. Du kannst ihn nicht leiden. Anfangs warst du

immer dabei, wenn wir uns bei euch zu Haus getroffen haben, aber nun bist du irgendwo, in der Küche, in deinem Zimmer, nur nicht bei uns.«

Sie musste plötzlich an den Abend denken, an dem Minter ihr nachgekommen war, als sie das Glas zerbrochen hatte. Es war so eine Spannung zwischen ihnen gewesen. Schon damals hatte sie ihn geliebt. Und noch viel früher.

»Du interessierst dich aber doch für die Gespräche. Hinterher willst du alles ganz genau erfahren, warum also bist du nicht dabei?«

Sie wollte nicht darüber reden, er würde sie ohnehin nicht verstehen.

»Es ist wegen Dorothea«, sagte sie. »Ich mag sie nicht allein lassen.«

»Deine Freundin wirkt nicht, als würde sie sich allzu sehr grämen, wenn man sie ein paar Stunden ihren Büchern überlässt. Und im Übrigen hat es schon vorher angefangen.«

»Also gut.« Sie hob den Kopf und sah ihn herausfordernd an. »Er nimmt mich nicht ernst, weil ich ein Weib bin. Ich darf ihm sein Bier bringen, und wenn er Hunger hat, einen Teller Suppe, aber reden will er nicht mit mir, weil er meint, dass ich zu einfältig bin, seinen Gedanken zu folgen.«

»Das ist alles?«, fragte Minter ungläubig. »Du *meinst,* dass er dich verachtet und deshalb ziehst du dich beleidigt zurück?«

Sie hatte es ja gleich gewusst, dass er sie nicht verstehen würde. Rosalie setzte sich aufrecht hin und zog die Knie an den Körper, sie machte ihren Körper hart und steif.

»Siehst du!«, sagte er, während er sich ebenfalls aufsetzte. »Du tust es auch jetzt. Wenn du dich gekränkt fühlst, machst du ein stolzes Gesicht und zeigst allen die kalte Schulter. Aber bei Fuhlrott beißt du damit auf Granit. Weil er deine verletzte Eitelkeit nämlich gar nicht zur Kenntnis nimmt, zerstreut wie er ist. Du schweigst, er vergisst dich auf der Stelle, ganz egal, ob Mann oder Weib.«

»Ach, was weißt denn du!«, zischte sie ihn an.

»Ja, was weiß denn ich«, gab er ruhig zurück. »Wenn du es mir nicht erklärst, dann weiß ich gar nichts. Wenn du nicht mit mir sprichst, verstehe ich dich nicht. Du bist nicht aus Glas, Rosalie, ich kann nicht in dich hineinblicken.«

»Was sollte ich also tun deiner Meinung nach?«, fragte sie, und obwohl sie so wütend war, klang ihre Stimme plötzlich klein und hilflos, und das machte sie noch wütender.

»Reden, disputieren, kämpfen«, sagte er achselzuckend. »Wie wir alle. Sag deine Meinung, mir und deinem Vater und Fuhlrott, der ganzen Welt. Deine Klugheit nützt dir nichts, wenn niemand davon erfährt.«

»Sie nützt mir auch so nichts«, sagte sie bitter. »Ich bleibe immer, was ich bin – Köchin, Putzfrau, Waschweib, dafür braucht man keinen Verstand.«

Er stand auf und trat ein paar Schritte von ihr weg, an den Rand des Abhangs, wo keine Sonne mehr hinschien. Die dunklen Locken, die auf seine Schultern fielen, glänzten im Abendlicht, das Haar auf seinem Kopf erschien dagegen noch schwärzer als sonst, stumpf und ohne einen Lichtreflex. »Wenn du den ersten Schritt nicht tust, bleibst du, wo du bist«, sagte er leise und nachdenklich, als spräche er nicht zu ihr, sondern zu den Vögeln auf den Bäumen oder zu sich selbst.

Zurück nach Elberfeld nahmen sie den gleichen Zug, obwohl sie sonst immer früher als er zurückfuhr, damit man sie nicht zusammen sah. Aber heute war es so spät geworden, es wurde schon dunkel, als der Zug im Bahnhof einfuhr.

Sie hatten ein Abteil für sich allein und schwiegen. Rosalie dachte über das nach, was Minter vorhin zu ihr gesagt hatte, und sie wusste nicht, ob sie sich darüber ärgern sollte oder ob es womöglich stimmte.

»Und dein Vater?«, riss Minter ihre Gedanken auseinander. »Was hast du ihm erzählt? Wo, glaubt er, bist du heute gewesen?«

»Ich hab ihm gar nichts gesagt«, erwiderte sie und sah ihn erstaunt an. »Er denkt wahrscheinlich, dass ich mit Dorothea in die Kirche gegangen bin und später spazieren oder Ähnliches.«

»Oder Ähnliches«, wiederholte er ungläubig.

»Das ist doch gut so. Auf diese Weise muss ich ihn wenigstens nicht anlügen.«

»Sicher«, sagte er schnell. »Aber wenn ich eine Tochter hätte ...«

Er brach mitten im Satz ab, während sie den Kopf zum Fenster drehte, aber weil es draußen dunkel war und das Abteil beleuchtet, sah sie nur ihr eigenes Spiegelbild in der Scheibe. Dahinter tauchte plötzlich Afra auf, ihr bleiches, schlaffes Gesicht auf dem weißen Kissen und darunter ein riesiger, runder Leib, der die dünne Bettdecke nach oben hob. Sie schüttelte den Kopf, und Afra verschwand.

»Wie geht es ihr?«, fragte sie. Die Frage fiel ihr nicht leicht, sie stellte sie nur, um ihm und sich selbst zu beweisen, dass es nicht stimmte, was er von ihr dachte, dass sie sich gekränkt in sich selbst zurückzog, wenn die Dinge schwierig wurden.

Er runzelte die Stirn und starrte nun seinerseits aus dem Fenster, hinter dem gerade ein Bahnhof auftauchte, ein leerer Bahnsteig, eine einsame Laterne, bevor die Dunkelheit das Bild verschluckte und die Fensterscheibe wieder schwarz und undurchsichtig wurde. »Es ist immer dasselbe«, sagte er müde. »Ich wollte sie in diesen Tagen eigentlich zu mir holen, aber ich habe es nicht getan, weil es ja doch sinnlos ist, für sie wie für mich. Die Schwestern in Endenich sagen auch, dass es besser ist, wenn sie dort bleibt, dass sie die Reise nach Elberfeld und zurück nur unnötig aufregt, hinterher sei sie dann tagelang kaum ruhigzustellen ...« Er brach ab und stützte das Kinn auf die Hand, sodass seine Finger die Lippen bedeckten, und es aussah, als hielte er sich selber den Mund zu.

Ja, wollte sie sagen, du hast ganz recht, es ist das Beste, wenn sie dort in ihrer Anstalt bleibt. Es geht ihr doch gut, was willst du mehr. Aber natürlich sprach sie die Gedanken nicht aus, sie hätten ihn auch nicht getröstet, denn ihr ging es nicht um Afras Wohl, ihr ging es nur um sich selbst und um ihn natürlich. Denn sie lebte und Minter auch, und Afra war im Grunde schon tot.

Seit Dorothea bei ihnen eingezogen war, war die Küche viel sauberer, das Treppenhaus vor der Praxis immer gefegt, die Betten gemacht. Und jetzt stand auf dem Küchentisch eine Vase mit kahlen Zweigen, die in den nächsten Tagen ausbrechen und dann voll duftender Blüten stehen würden. Sogar Rosalies Vater, der sich nichts aus Blumen machte und den die schlimmste Unordnung nicht störte, bemerkte den Unterschied. »Man merkt, dass endlich eine Frau im Haus ist«, sagte er, spöttisch und anerkennend zugleich.

»Wann machst du das alles?«, fragte Rosalie, während sie jetzt am Frühstückstisch Platz nahm, der Duft von bitterem Gerstenkaffee stieg ihr in die Nase, der unter dem bunten Kaffeewärmer hervorquoll, den Dorothea über die Kanne gestülpt hatte. »Du bist den ganzen Tag in dieser Bibliothek und abends vergräbst du dich in deine Bücher, ich sehe dich niemals arbeiten. Stehst du nachts auf und erledigst alles?«

Dorothea lächelte nur und schenkte ihr schweigend eine Tasse Kaffee ein, und dem Doktor auch, der in diesem Moment die Küche betrat.

»Ah«, seufzte er. »Vielen Dank.« Dann griff er sich mit der einen Hand ein Stück Brot aus dem Brotkorb und mit der anderen ein medizinisches Fachjournal vom Küchenbüffet, das er auf seinem Schoß ausbreitete wie eine Serviette. Nachdem er eine dicke Schicht Butter auf der Brotscheibe verteilt hatte, begann er zu essen, den Blick auf sein Journal gesenkt.

»Der Herr Geheimrat Kiesewetter hat gestern Abend noch ausrichten lassen, dass er heute seine Brust untersucht haben möchte«, sagte Rosalie. »Er wird gegen zehn Uhr erscheinen.«

»Wird er das?«, fragte ihr Vater gleichgültig, ohne die Lektüre zu unterbrechen. »Nun, wir werden ihm einen schönen Sitzplatz freihalten, auf dem er dann warten kann, bis die Reihe an ihm ist.«

»Vater«, Rosalie holte tief Luft. »Er zahlt mehr als dreimal so viel wie die gewöhnlichen Leute, und das Geld kommt uns nicht ungelegen, du behandelst so viele, die überhaupt nicht bezahlen.«

Jetzt sah er doch auf. »Habe ich recht gehört?«, fragte er erstaunt. »Meine Tochter rät mir zur Diplomatie? Zur Höflichkeit und Rücksichtnahme, statt den anmaßenden Pfeffersack in seine Schranken zu verweisen. Kommen Sie nur, Herr Geheimrat, der Herr Doktor wartet schon auf Sie ...«

»Es ist deine Entscheidung«, gab sie mit gespielter Gleichgültigkeit zurück, während sie ein Stück Zucker in ihren Kaffee rührte. »Wenn du ihn allzu lange warten lässt, wird er sich eben einen anderen Doktor suchen, dass ist es dann, was du mit deiner Dickschädeligkeit erreichst und sonst nichts.«

Er nickte, biss ein Stück von seinem Brot ab, nahm dann einen Schluck Kaffee und kaute leise schmatzend. »Mach dir darüber keine Gedanken«, sagte er, nachdem er alles hinuntergeschluckt hatte. »Ich werde es schon recht machen. Vorausgesetzt, unser hoher Herr erscheint überhaupt persönlich zur Untersuchung und schickt nicht auch dafür einen seiner Bediensteten.« Er klappte das Journal zu und schob den Teller von sich, obwohl er sein Brot nur zur Hälfte gegessen hatte. »Dann will ich einmal ...«, murmelte er, während er sich erhob. »Ach, und dass ich es nicht vergesse«, er hielt mitten im Aufstehen inne, die Hände auf die Tischplatte gestützt, den Rücken leicht gebeugt. »Wenn du dieser Tage zu Minter gehst, sag ihm, dass ich ihm vielleicht einen Burschen gefunden habe, der ihm passen könnte.«

»Einen Burschen, der ihm passen könnte?«, wiederholte Rosalie verständnislos.

»Er braucht einen Gehilfen für seine Apotheke. Hat mich

gefragt, ob ich nicht einen wüsste, der nicht ganz auf den Kopf gefallen ist, damit er ihn sich ausbilden könnte.«

»Der nicht ganz auf den Kopf gefallen ist«, sagte Rosalie und rührte dabei in ihrer Tasse, obwohl sich der Zucker längst aufgelöst hatte.

»Der nicht auf den Kopf gefallen ist«, bestätigte Doktor Kuhn noch einmal. »Die Redewendung bedeutet, dass einer schnell von Begriff ist. Verstehst du?«

Sie nickte langsam, und er richtete sich vollends auf.

»Da bin ich aber erleichtert. Nun, dann wünsche ich den Damen noch einen guten Appetit.« Er nahm den letzten Schluck Kaffee im Stehen, und dann verließ er die Küche.

Dorothea ging zur Arbeit, und auch Rosalie zog ihre Schuhe an. Sie wollte zur Apotheke. *Wenn du dich gekränkt fühlst, zeigst du allen die kalte Schulter,* hatte Minter ihr am Sonntag vorgeworfen. *Sag deine Meinung,* hatte er sie aufgefordert und genau das würde sie tun, jetzt gleich.

Warum nur hatte er ihr gegenüber mit keinem Wort erwähnt, dass er einen Gehilfen suchte? Er wollte jemanden aufnehmen in seine Apotheke, in *ihre* Apotheke. Jemanden, dem er alles erklären würde, den er in die Geheimnisse seiner Arbeit einweihen und dem er sämtliche Handgriffe und Wirkungsweisen und unerwünschte Nebeneffekte der Arzneien lehren würde. Irgendein Bursche würde all das erfahren, was sie immer schon wissen wollte.

Nein, dachte sie, während sie ihren Hut aufsetzte und unter dem Kinn festband. Sie war diejenige, der diese Stelle zustand, das musste er einsehen. Das würde er auch einsehen, er hatte doch selbst von ihrer Klugheit gesprochen, er wusste, dass keiner der dummen Burschen, die ihr Vater ihm präsentieren würde, ihr das Wasser reichen konnte.

Sie zog die Haustür auf und rannte fast in einen Mann, der auf der Schwelle stand. Sie entschuldigten sich beide und traten jeweils einen Schritt zurück, sie in den Hausflur und er in ein Schlammloch vor dem Eingang. Sein rechter Schuh versank fast bis zum Hosenbein im Morast, sodass er hastig zur Seite sprang und dann mit dem rechten Bein in die Luft kickte, mit kleinen, schnellen Bewegungen, als wolle er den Schuh abschütteln oder gleich den ganzen Fuß. Es sah so komisch aus, dass Rosalie lachen musste. Das brachte ihn zur Besinnung. Er hörte auf zu treten und nahm den Hut ab.

»Verzeihung«, sagte sie noch einmal. Er war ein Stück kleiner als sie, auch jetzt noch, als er die Stufe zur Eingangstür wieder hochstieg und mit ihr auf einer Höhe war. Sein welliges dunkles Haar war so dünn, dass sie die rosa Kopfhaut darunter schimmern sah.

»Fräulein Leder«, meinte er, bevor sie ihm den Eingang zur Praxis zeigen konnte.

»Ich bin Fräulein Kuhn«, sagte sie.

»Ich weiß. Ich meine, ich weiß, dass Sie nicht Fräulein Leder sind. Könnte ich sie unter Umständen sprechen?«

»Mich?«

»Fräulein Leder.« Jetzt lächelte er, und sie sah, dass seine Zähne klein waren und weit auseinanderstanden.

»Sie ist nicht da«, erklärte Rosalie. »Wer sind Sie denn, wenn ich fragen darf?«

»Mein Name«, sagte der junge Mann, »ist Andreas Packenius. Fräulein Leder und ich sind über die Kirchengemeinde miteinander bekannt.«

»Aha.« Der Fremde wirkte freundlich, ganz und gar harmlos, aber Dorothea hatte seinen Namen nie erwähnt. »Sie ist jedenfalls nicht zu Hause und sie wird auch frühestens um sechs Uhr wiederkommen.«

»Sie ist also ...«, er machte eine kleine Pause, »... in der Bibliothek?«

Rosalie zögerte kurz und nickte dann, ein wenig widerwillig.

Packenius kratzte sich mit Zeigefinger und Daumen am Kinn, genau an der Stelle, an der sein dünner Backenbart endete. »Und wo finde ich denn …« fuhr er fort, »… diese Bibliothek?«

Dabei beugte er seinen Oberkörper nach vorn, sodass sich ihre Gesichter auf einmal ganz nahe waren, zu nahe für Rosalies Geschmack, die unwillkürlich ein Stück zurückwich. Mit einem Mal war sie sich nicht mehr sicher, ob der junge Mann wirklich so harmlos war, wie er sich gab.

»Sehen Sie«, sagte er leise, während er seinen Oberkörper wieder zurückzog und sein bescheidenes Lächeln lächelte. »Ich kenne Fräulein Leders Familie sehr gut, ihre Eltern und die Meinen sind einander auf Freundschaftlichste verbunden. Ich weiß also auch von dem Zerwürfnis, das Fräulein Leder von den Ihren, von der ganzen Gemeinde trennt und möchte nun mein Menschenmöglichstes dazu beitragen, dass die entzweiten Glieder wieder zueinanderfinden und dass sie sich in Gottes Barmherzigkeit versöhnen.« Er brach ab und sah Rosalie an, erwartungsvoll und demütig zugleich.

Sie schluckte. *Dass sie sich in Gottes Barmherzigkeit versöhnen.* Diese Niederländisch-Reformierten mit ihrem salbungsvollen Ton. Aber Dorothea litt unter der Trennung von ihren Eltern und von ihrer Gemeinde. Sonntags ging sie jetzt immer in die alte Reformierte Kirche, wo sie keinen Menschen kannte, außer Rosalie natürlich und ihren Vater, der allerdings nur manchmal mitkam. Es brach Rosalie jedes Mal fast das Herz, wenn sie Dorothea neben sich sitzen sah, klein und in sich gesunken und unendlich verlassen. Wenn dieser Packenius nun wirklich eine Versöhnung herbeiführen konnte …

»Die Bibliothek liegt auf der Alten Freiheit«, stieß sie hervor. »Hinter der Reformierten Kirche.«

»Auf der Alten Freiheit«, wiederholte er, wobei er seine Handflächen gegeneinanderlegte, die Fingerspitzen gegen sein Kinn presste und die Augen senkte, als schicke er ein stilles Stoßgebet zum Himmel, dafür dass sie ihm weitergeholfen hatte. »Gott segne Sie, Fräulein Kuhn«, sagte er überschwänglich, »Gott segne Sie.«

»Nichts zu danken«, flüsterte sie. Dann sah sie ihm nach, wie er mit beschwingten Schritten die Laurentiusstraße hinuntereilte, und hatte das Gefühl, dass sie einen Fehler gemacht hatte.

Aron Minter war allein, als sie in der Apotheke eintraf und begrüßte sie mit einem erfreuten und gleichzeitig wachsamen Lächeln. Er war immer so vorsichtig, niemand in der Stadt wusste davon, dass er mit Afra verheiratet war, die wenigen, die sie je zu Gesicht bekamen, behielten es für sich. Und dennoch hielt er ihre Liebesbeziehung so geheim, als stünde seine Frau Tag für Tag neben ihm hinter dem Ladentisch. Manchmal dachte Rosalie, dass er sich einfach nicht zu ihr bekennen wollte.

»Minter«, sagte sie, ohne sich mit Vorreden aufzuhalten, schließlich konnte jeden Moment jemand hereinkommen, »mein Vater sagt, dass du einen Gehilfen suchst für die Apotheke?«

»Ja«, meinte er. »Und?«

»Hier ist er.«

»Was?«, fragte er verständnislos.

»Ich. Ich will bei dir in die Lehre gehen. Halt«, sagte sie, als er denn Mund öffnete, und legte ihren Zeigefinger vor ihre Lippen. »Sag nichts, sag erst einmal gar nichts und hör mich an. Ich weiß, was du denkst. Dass ich nur eine Frau bin, die in einer Apotheke nichts verloren hat und dass wir uns lieben und dass es nicht herauskommen darf. Aber bedenke doch, wie ich dir nützen kann, denn ich weiß schon so vieles über Krankheiten und Gebrechen und ihre Heilung, weil ich meinem Vater seit Jahren zur Hand gehe, ich kenne alle die deutschen Begriffe und die meisten lateinischen, und ich lerne schnell, denn ich will lernen, ich will alles wissen. Der Bursche aber, den mein Vater dir empfehlen will, ist schwer von Begriff, es wird Jahre dauern, bis er dazu in der Lage ist, die einfachsten Hilfsarbeiten auszuführen.« Sie hatte keine Ahnung, wen ihr Vater für Minter ausgesucht hatte, aber wer immer es war, er sollte diese Anstellung nicht bekommen. »Lass es mich zumindest einmal versuchen. Ein paar Monate oder Wochen oder meinetwegen auch nur ein paar Tage lang, du wirst es nicht bereuen, im Gegenteil, es wird zu deinem Vorteil sein und zu deinem Gewinn und außerdem ...«

Sie hatte schnell gesprochen und nicht richtig geatmet, jetzt musste sie Luft holen. Er nutzte die Gelegenheit und fiel ihr ins Wort, »Das ist ganz und gar unvorstellbar«, begann er, aber dann wurde auch er unterbrochen, von der Klingel über der Ladentür. Er räusperte sich, und sie starrte angestrengt in ihren Korb, in dem es außer einem Taschentuch und einer Geldbörse nichts zu sehen gab. Eine ältere Dame trat neben sie und reichte ihre Verschreibung über den Ladentisch. »Bedienen Sie aber doch zuerst das junge Fräulein ...«

»Nein, nein«, wehrte Rosalie ab. »Ich suche noch nach dem Rezept ...« Während Minter der Dame ein Töpfchen mit Salbe reichte, hob sie abwechselnd das Taschentuch und den Geldbeutel, bis die Kundin endlich die Apotheke verließ.

»Also«, sagte sie, als hätte Minter vorhin nichts gesagt. »Wie lautet deine Antwort?«

Er schüttelte lächelnd den Kopf, ungläubig, aber auch beeindruckt. »Rosalie, so denke doch einmal darüber nach, wie unsinnig diese Idee ist. Ich kann dich doch unmöglich zu meiner Gehilfin machen in einer Kleinstadt wie Elberfeld.«

»Weil ich eine Frau bin, ist es das?«, fragte sie und reckte dabei ihr Kinn nach vorn. »Denn dass ich deine Geliebte bin, davon weiß doch niemand etwas.«

»Und dabei soll es auch bleiben. Aber wenn du hier täglich ein und aus gehst, wenn man uns andauernd zusammen sieht, dann wird es Gerede geben, das lässt sich keinesfalls verhindern ...«

»Die Leute reden nur, wenn man ihnen einen Anlass dazu gibt.«

»Rosalie«, sagte er ernst. »Es geht doch mitnichten um mich, sondern um dich. Wenn es herauskommt, dass du und ich ein Paar sind, dann bist du kompromittiert, und ich kann dich nicht heiraten, weil ich schon verheiratet bin.«

»Es kommt aber nicht heraus«, beharrte sie. »Minter, ich bitte dich, du musst es mich versuchen lassen. Du musst mich ausbilden. Ich würde alles dafür aufgeben.«

Sogar unsere Liebe, dachte sie und vielleicht erriet er ihren Gedanken, denn seine Lippen schlossen sich hinter seinem dunklen Vollbart zu einer schmalen Linie zusammen, während er über ihre Schulter hinweg zur Tür blickte, als hoffe er darauf, dass jemand käme und ihrer Unterhaltung ein Ende setzte.

»Die Antwort ist nein. Und dabei bleibt es.«

12. KAPITEL

»Die Wahrheit und der Glaube, daß Etwas wahr sei: zwei ganz auseinanderliegende Interessen-Welten, fast Gegensatz-Welten – man kommt zum Einen und zum Andren auf grundverschiednen Wegen. ... Wenn zum Beispiel ein Glück darin liegt, sich von der Sünde erlöst zu glauben, so thut als Voraussetzung dazu nicht noth, daß der Mensch sündig sei, sondern daß er sich sündig fühlt. Wenn aber überhaupt vor allem Glaube noth thut, so muß man die Vernunft, die Erkenntniss, die Forschung in Misskredit bringen: der Weg zur Wahrheit wird zum verbotnen Weg. Die starke Hoffnung ist ein viel größeres Stimulans des Lebens als irgend ein einzelnes wirklich eintretendes Glück.«

Aus *Der Antichrist* von Friedrich Nietzsche, 1888

Am Abend der Beerdigung hatte Dorothea ihrem Vater alles erzählt. Es war viel einfacher, als sie erwartet hatte, denn ihr Vater war so außer sich vor Entsetzen, dass er sie kein einziges Mal unterbrach und sie ihre Sätze genauso vorbringen konnte, wie sie es vorher geübt hatte. Auch als sie ihre Beichte beendet hatte, fing er nicht an zu toben, er faltete nur seine Hände und legte sie vor sich auf den Tisch und senkte den Kopf.

»Über zwei Jahre lang gehst du also schon zu diesem ...«, sagte er leise. Er sprach Kirschbaums Namen nicht aus, er gab ihm auch keinen anderen Namen – *der Bibliothekar* oder *der Jude. Zu diesem,* sagte er nur, und in diese beiden Worte legte er seine ganze Verachtung, seine Abscheu und seine Enttäuschung. Sie nickte und wartete darauf, dass er die Beherrschung verlieren würde, vielleicht würde er sie sogar schlagen. Sie jedenfalls hatte alles gesagt, was es zu sagen gab.

Doch er blieb weiterhin ganz ruhig, er stand auf und sagte mit einer fremden, kalten Stimme, dass er sich nun erst im Gebet an seinen Gott wenden müsse, denn er sei ratlos und leer. *An seinen Gott,* sagte er, als wäre es nicht auch ihrer.

Er verschwand in seiner Schlafkammer und nahm die Öllampe mit, sodass Dorothea im Dunkeln sitzen blieb. Durch einen Türspalt fiel Licht aus der Küche in die Stube, wo ihre Mutter noch abwusch oder Teig knetete oder Äpfel zu Mus kochte, leise vor sich hin singend, »Ach, wie flüchtig, ach, wie nichtig«, also hatte sie nichts mitbekommen.

Am liebsten wäre sie jetzt noch zu Rosalie gelaufen, nicht weil sie sich von ihr Rat erhoffte, sondern einfach um dieser düsteren, drohenden Atmosphäre zu entkommen.

Tante Lioba war nun tot und begraben. Es hatte sich so unendlich lange hingezogen, bis sie ihren letzten Atemzug getan hatte, und als es schließlich passiert war, war Dorothea nicht bei ihr gewesen, sie hatte geschlafen, während die alte Walpurga gewacht hatte. Sie war sich nicht ganz sicher, wie weit die Tante sie überhaupt noch wahrgenommen hatte in diesen letzten Tagen der Umnachtung, auch in ihren letzten Minuten war sie nicht mehr zur Besinnung gekommen, sondern einfach nur hinübergeglitten von einer Welt in die andere.

Es passte zu ihr, dieser sanfte, stille Tod. Am Sonntagnachmittag, ein paar Stunden bevor sie gestorben war, war sie das letzte Mal klar und ganz bei sich gewesen. »Dorothea«, hatte sie gesagt. »Ich scheide nun ab.« Dorothea war an ihr Bett geeilt, es war so unendlich lange her, seit ihre Tante sie bei ihrem Namen gerufen hatte.

»Tante Lioba«, sagte sie leise. »Sollen wir zusammen beten?« Ihre Hand schwebte über der Bibel, aber dann sah sie, wie die Tante ihre Augen schloss, mit gelblichen, faltigen Lidern, die aussahen wie dünnes Pergament.

»Nein, lass nur. Bleib aber und steh mir bei.«

»Das will ich tun.«

»Und höre.« Die Lider gingen wieder auf, und Tante Liobas milchig überzogene Augäpfel sahen sie an. »Du wirst es nicht zulassen, dass sie mich bei den Niederländisch-Reformierten begraben, das versprichst du mir.«

»Das verspreche ich dir, Tante«, sagte sie, erstaunt über die Bitte. Die Niederländisch-Reformierten würden es gar nicht zulassen, dass Tante Lioba bei ihnen begraben wurde, der Friedhof stand nur den Gemeindegliedern offen, und sie gehörte nicht dazu.

Sie nahm die schlaffe Hand ihrer Tante von der Bettdecke und streichelte über die großen braunen Altersflecken auf dem Handrücken. Auf jedem Fingerknöchel saß ein Fleck, sie wirkten wie gemalt.

»Dieser Kohlbrügge ist doch ein so kluger Mann«, murmelte Lioba mit schwerer, müder Zunge. »Und dennoch hat er nichts begriffen, hängt sich an der Gottesdienstordnung auf wie an einem Seil, aber die wirklich wesentlichen Dinge, die übersieht er, die nimmt er nicht zur Kenntnis, darin ist er wie die anderen. Dachte immer, er schere sich einen Dreck um König und Obrigkeit und Berlin, wie er sich ja auch um die Kirche nicht gekehrt hat, hat einfach seine eigene Gemeinde gegründet, als sie ihn nicht ließen, wie er wollte.«

Sie nickte zweimal, aber beim zweiten Mal blieb ihr Kopf auf dem Kinn hängen, als fehle ihr die Kraft, ihn wieder zu heben. Ein wenig Speichel lief ihr aus dem Mund über das Kinn, doch sie bemerkte es nicht.

»Nun lass es doch gut sein, Tante Lioba«, sagte Dorothea leise, die kein Wort verstanden hatte. »Dr. Kohlbrügge braucht dich gewiss nicht mehr zu kümmern.«

»Sie haben sich immer nur wegen Nichtigkeiten echauffiert.« Lioba hob ihr Kinn wieder um ein paar Zentimeter. »Über die Ordnung des Gottesdienstes, den Verlauf des Abendmahls. Für solche Dinge, wegen solcher Fragen hätten sie sich allesamt kreuzigen lassen, Kohlbrügge und die von der Heydts und auch dein Vater. Aber als die Armen und Unterdrückten auf die Straßen gingen und nach Gerechtigkeit schrien und nach Freiheit und Brot, da haben sie sich auf die Seite der Mächtigen gestellt wie der ganze Rest der Kirche auch. Draußen tobte die Revolution, und die frommen Brüder und Schwestern saßen drinnen und beklagten den Lärm und die Unruhe, die zu ihnen hereindrang.«

»Sprichst du von der März-Erhebung?«, fragte Dorothea. Sie war zehn oder elf Jahre alt gewesen, damals, 1848, als die Deutschen es den Franzosen nachtaten und Barrikaden bauten, auch in Elberfeld. Überall in der Stadt tobte das *unchristliche Treiben*, wie ihr Vater den Aufstand verächtlich nannte. Die Revolutionäre hatten das Haus des Oberbürgermeisters überfallen und geplündert und Daniel von der Heydt abgeführt wie einen gewöhnlichen Verbrecher. Scharenweise hatten die ehrbaren Bürger die Stadt verlassen, mit Wagen, auf denen sich Möbel und Koffer und Bettzeug türmten, während auf den Straßen der Mob triumphierte. Aber dann war der Spuk genauso schnell wieder vorüber wie er begonnen hatte, die Barrikaden wurden abgebaut, die alte Ordnung wiederhergestellt und die Niederländisch-Reformierten bauten an ihrer Kirche weiter, als sei nichts geschehen.

Tante Lioba hatte die Revolution also aus ganz anderen Augen betrachtet. War das der wahre Grund für das Zerwürfnis zwischen ihr und Dorotheas Vater, die politische Differenz? War Tantchen eine der Aufständischen gewesen, zumindest im Geiste? Denn auch 1848 war sie ja schon eine alte Frau.

Dorothea suchte nach behutsamen Worten, um sie danach zu fragen, aber dann sah sie, dass Liobas Kopf zurück auf die Brust gesunken war, ihre Augen waren geschlossen, sie schlief.

Später, als sie wieder aufwachte, erkannte sie Dorothea nicht mehr, und in der Nacht, um drei Uhr morgens, starb sie.

»Was auch immer sie bewegt haben mag, es ist vorbei«, dachte Dorothea jetzt, während sie in der Dunkelheit saß und ihr Vater in der Kammer zu Gott betete. Ihre Mutter sang: »Ach, wie flüchtig, ach, wie nichtig ist der Menschen Leben! Wie ein Nebel bald entstehet und auch wieder bald vergehet, so ist unser Leben, sehet!«

Das Licht riss ihre Träume auseinander. Sie öffnete die Augen auf und starrte in die blendende Flamme einer Öllampe. »Steh auf, ich habe mit dir zu reden«, hörte sie die Stimme ihres Vaters, leise und streng.

Sie schob sich aus dem Bett, schwankend vor Müdigkeit.

»Ich werde mich morgen Abend mit den Ältesten beraten, was zu tun ist«, sagte er, sein Gesicht irgendwo hinter dem grellen Lichtkegel in der Dunkelheit des Zimmers. »Du wirst das Haus nicht verlassen, bis ich zurück bin, hörst du?«

»Aber ich muss doch zur Arbeit«, stammelte sie verschlafen, es war der erste Gedanke, der ihr in den Kopf kam.

Die Öllampe wechselte von seiner Rechten in die Linke, dann schlug er ihr ins Gesicht. Die Flamme flackerte auf, hell und wütend.

Ihre Wange brannte.

Dann war sie wieder allein.

Dorothea hörte ein leises Klopfen und sah, wie die Zimmertür aufging, noch bevor sie ewas antworten konnte. Ihre Mutter steckte den Kopf durch den schmalen Spalt und blinzelte nervös, als wolle sie sich vergewissern, dass Dorothea nicht durch das kleine Fenster unter der Decke entflohen war. »Hier ist der Herr von der Heydt«, sagte sie und zog ihren Kopf zurück. Während sich Dorothea rasch von ihrem Bett erhob, trat Daniel von der Heydt in den Raum.

Sein Kinn war so kräftig, dass es das ganze Gesicht beherrschte. Wenn er ging, schien es, als folge der Rest seines Körpers seinem vorspringenden Unterkiefer.

»Guten Tag, Dorothea«, sagte er und nickte ihr zu, wobei er

die Augen kurz schloss und dann wieder öffnete. »Setz dich«, forderte er sie auf, während er auf dem einzigen Stuhl in der Kammer Platz nahm.

Dorothea ließ sich wieder auf die Bettkante sinken und schlug die Augen nieder. *Du* sagte von der Heydt, als wäre sie ein kleines Mädchen, auch Pastor Kohlbrügge und die anderen Ältesten duzten sie immer, weil sie sie kennengelernt hatten, als sie noch ein Kind war. Wahrscheinlich würde das immer so bleiben – bis Dorothea alt und grau war, würden der Pastor und die Ältesten sie beim Vornamen nennen und wie ein Kind behandeln.

»Deine Eltern sind sehr betrübt und in großer Sorge um dich«, begann Herr von der Heydt nun, wobei er seine großen, fleischigen Hände im Schoß faltete. »Dein Vater hat mich gebeten, dir ins Gewissen zu reden.« Er verstummte und sah sie an, als erwarte er eine Antwort, aber ihr fiel nichts ein, was sie hätte sagen können, also schwieg sie.

Drei Tage hatte sie nun schon in der Kammer verbracht, man hatte sie nicht eingesperrt, aber das vorwurfsvolle Schweigen ihrer Mutter, die ratlosen, peinlich berührten Blicke ihrer kleinen Brüder waren wirkungsvoller als jedes Schloss. Sie hörte ihren Vater und Traugott morgens um fünf aus dem Haus gehen und abends um zehn zurückkommen, sie hörte ihre Mutter vor ihrem Zimmer auf- und abgehen. Zu den Mahlzeiten rief man sie, aber bei Tisch wurde nicht gesprochen. Ihre Mutter, ihre Brüder, sahen sie kaum an und kamen ihr nicht zu nahe, als hätten sie Angst, sich an Dorotheas Sündhaftigkeit zu infizieren.

»Du hast deine Eltern belogen und deine arme, kranke Tante hintergangen, Gott hab sie selig«, sagte von der Heydt. »Tag für Tag hast du gegen Gottes heiliges Gebot verstoßen.«

Sie nickte und starrte auf ihre Finger, die im warmen Abendlicht rot leuchteten, als schämten sie sich.

»Hat der Jude dich dazu verleitet?« Die Stimme des Ältesten klang mit einem Mal sanft und lauernd zugleich.

»Nein«, sagte sie hastig. »Kirschbaum hat nichts damit zu schaffen, er war sich gar nicht bewusst, dass ich ohne die Erlaubnis der Eltern zu ihm kam.« Zumindest am Anfang nicht, und dann hatte er sie beschworen, reinen Tisch zu machen, die Wahrheit zu sagen, aber sie hatte nicht auf ihn gehört, aus gutem Grund, wie sich jetzt zeigte.

Herr von der Heydt räusperte sich zunächst, dann seufzte er, als wäre es ihm lieber gewesen, wenn sie alle Schuld von sich gewiesen und auf Kirschbaum geladen hätte.

»Bist du dir der Schwere deiner Schuld bewusst?«, fragte er.

Sie starrte auf ihre schwarzen Strümpfe, die vorne an den Zehen dünn, fast durchscheinend waren.

»Bereust du deine Sünden?«, fragte er.

Bereute sie ihre Sünden? Sie dachte an die Leihbibliothek und an die langen Reihen der Buchrücken, nebeneinander und übereinander bis unter die Decke, und an den leicht modrigen Geruch, den sie so liebte, und an Kirschbaums rundes, kluges Gesicht. *Hören Sie auf zu lügen,* hörte sie ihn sagen. »Ja«, sagte sie laut. »Ich bereue zutiefst, dass ich gelogen habe, und ich weiß, dass es nicht recht war, und ich will es auch nicht wieder tun.«

Daniel von der Heydt schob sein massiges Kinn noch ein Stück weiter nach vorn über das weiße Band seines Kragens und nickte ernst. »Willst du also mit mir beten, auf dass Gott der Herr gnädig ist und dir deine Sünden vergibt?«

Er wartete nicht auf ihre Antwort, sondern zog seine kleine, abgegriffene Bibel aus der Tasche und schlug sie auf, offensichtlich hatte er die Stelle vorher schon gekennzeichnet.

»Nach dir, Herr, verlanget mich«, las er mit lauter Stimme. »Mein Gott, ich hoffe auf dich, lass mich nicht zuschanden werden.«

Sie faltete die Hände und hörte geduldig zu, bis er den Psalm beendet hatte und die Bibel wieder zuschlug. »Es ist gut, dass du deine Verfehlung erkannt hast.« Seine Mundwinkel zogen sich ein winziges Stück nach oben, die Andeutung eines Lächelns. »Meide künftig die Versuchung und das Haus dieses Heiden.«

Das werde ich nicht tun, dachte sie, doch bevor sie den Gedanken richtig zu Ende geführt hatte, hatte sie ihn auch schon laut ausgesprochen. Der Älteste sah sie ungläubig an, das Lächeln verschwand ganz langsam von seinen Lippen.

»Es war falsch zu lügen. Aber ich werde meine Arbeit für Kirschbaum auch weiterhin fortsetzen«, sagte sie. Ihre Stimme klang fest und sicher, obwohl ihr Herz so laut und heftig hämmerte, dass es fast wehtat.

»Was redest du da für lästerlichen Unsinn?«, herrschte er sie an, aber sie wich seinem Blick nicht aus. Schließlich war er es, der die Augen abwandte. Er starrte auf die kleine Bibel in seinen Händen und schüttelte den Kopf, traurig und ein wenig angewidert. Sie sah, wie sich seine Lippen öffneten und wieder schlossen, und schließlich stand er auf. Als habe er Angst, dass sie ihn angreifen könnte, wenn er sich umdrehte, ging er rückwärts zur Tür.

»Wo die Reue fehlt und jegliche Einsicht, da kann es auch keine Vergebung geben«, murmelte er, mehr zu sich selbst als zu ihr.

Am nächsten Morgen wartete sie ab, bis ihr Vater und Traugott das Haus verlassen hatten, dann stand sie auf, wusch sich das Gesicht und kleidete sich an. Sie wollte zur Bibliothek und mit Kirschbaum reden, hatte er ihr doch versprochen, dass er ihr helfen würde, sogar mit Geld. Auch wenn ihr die Vorstellung nicht gefiel, dass sie so ganz und gar abhängig wäre von ihm, es war immer noch besser, als ein Leben lang wie ein Kind behandelt zu werden.

Sie knöpfte ihren Kragen unter dem Kinn zu und drückte die Klinke nach unten, aber die Tür ging nicht auf. Ihre Eltern hatten sie eingeschlossen, nachts, während sie schlief, sie hatten sie eingesperrt wie eine Verbrecherin. »Es ist nur zu deinem

Besten«, sagte ihre Mutter, als sie ihr später das Frühstück brachte. »Damit du zu Sinnen kommst und nicht in dein Unglück rennst.«

Dorothea rührte das Frühstück nicht an, das Mittagessen und das Abendbrot ebenfalls nicht. Auch am nächsten Tag nahm sie keinen Bissen zu sich, sie trank nur hin und wieder einen Schluck Wasser.

Abends kam ihr Vater zu ihr, sein Gesicht blass und hohlwangig. Er sah aus, als habe auch er seit Langem nichts mehr gegessen. »Bereust du endlich, Dorothea?«, fragte er, und sie sah, dass seine Augen voller Tränen standen. In ihrem ganzen Leben hatte sie sich noch nie so schwach gefühlt, sie hatte kaum noch Kraft, den Kopf zu schütteln.

Sie schaute nicht auf, als ihre Mutter am nächsten Morgen das Brett mit dem Frühstück auf den Stuhl stellte. »Dorothea«, hörte sie sie flüstern, ihre Stimme klang verzweifelt und ratlos, aber Dorothea antwortete nicht, sie starrte auf die Flecken auf der grob verputzten Wand, die eine seltsame Form bildeten, wie eine lang gezogene Insel. Eine Form, die sie blind hätte nachzeichnen können, so lange hatte sie sie nun schon angestarrt. »Dorothea«, wisperte ihre Mutter noch einmal, bevor sie den Raum verließ, und Dorothea wartete auf das Geräusch des Schlüssels im Schloss, aber sie hörte nichts.

Irgendwann stand sie auf und packte ihre Kleider zusammen. Die eine Hälfte stopfte sie in ihren Korb, die andere Hälfte schlug sie in ihr wollenes Umschlagtuch und knotete es oben zu. Die Stube war leer, und die Tür zur Küche war zu. Dahinter stand ihre Mutter und weinte.

Dorothea verließ das Haus.

Sie ging zu Rosalie, doch die war nicht zu Hause. Also setzte sich Dorothea in Doktor Kuhns Wartezimmer zu all den keuchenden, schniefenden, röchelnden Patienten und wartete. Fast eine Stunde saß sie da, und sah, wie die Kranken an ihr vorbei ins Behandlungszimmer zogen und neue Patienten auf ihren Stühlen Platz nahmen, ein elendiger Kreislauf. Dann kam Rosalie herein, mit großen, energischen Schritten. Sie sah blühend und gesund aus zwischen den blassen Kranken. »Dorothea, was machst du denn hier?«, rief sie, als sie sie erkannte.

»Ich war so oft bei euch, seit Tantchen tot ist«, erzählte Rosalie, nachdem sie nach oben in die Küche gegangen waren. »Aber sie haben mich nicht zu dir gelassen. Du seiest krank, haben sie gesagt. Ich habe es nicht geglaubt. Sie wissen alles, ist es nicht so?«

»Ich habe es Vater erzählt. Es war entsetzlich.«

»Du siehst auch furchterregend aus. Wie ein Gespenst.«

»Ich weiß. Ich bin ... so hungrig.«

»Haben Sie dir nichts zu essen gegeben?«

Dorothea schüttelte nur den Kopf und lächelte schwach. Rosalie holte Brot, Butter und Wurst aus der Speisekammer und ein paar Äpfel und Milch, und Dorothea begann zu essen. Sie aß ganz vorsichtig und spürte, wie mit jedem Bissen ein wenig Kraft in ihren Körper zurückkehrte. Rosalie saß ihr gegenüber und sah dabei zu, wie die Speisen auf dem Tisch langsam in Dorotheas Körper verschwanden.

»Was wirst du tun?«, fragte sie schließlich.

»Ich gehe nicht mehr zurück. Ich werde Kirschbaum bitten, mir zu helfen.«

»Wie meinst du das?«

»Er hat mir seine Unterstützung angeboten.«

»Hat er das«, sagte Rosalie.

Dorothea spürte voller Ärger, wie ihr das Blut in den Kopf stieg und ihr Gesicht heiß wurde. »Es ist nicht so, wie du denkst.«

»Nein«, sagte Rosalie, ohne genauer darauf einzugehen, was sie dachte. »Aber worum geht es eigentlich? Du willst weiterhin dort arbeiten, aber deine Leute lassen es nicht zu?«

Dorothea nickte.

»Warum wohnst du nicht hier bei uns? Das Haus ist viel zu groß für zwei, und ich würde mich freuen, dann wärst du nicht so allein.«

»Und dein Vater?«

»Mein Vater …«, Rosalies großer Mund wurde noch breiter, als sie lächelte, »hat gewiss nichts dagegen. Er wird dich kaum zur Kenntnis nehmen, du weißt doch, wie er ist.«

So kam es, dass Dorothea bei Rosalie einzog.

Am nächsten Morgen ging sie von Rosalie aus zur Leihbibliothek. Es war fast der gleiche Weg und die gewöhnliche Zeit, aber dennoch war alles ganz anders als sonst. Als sie die Ladentür aufmachte, kam Kirschbaum ihr entgegen, er eilte mit schnellen Schritten aus dem Hinterzimmer nach vorn, sein Gesicht so besorgt, als habe er am Läuten der Glocke erkannt, dass sie es war und niemand sonst.

»Endlich«, sagte er, als sie sich gegenüberstanden. »Ich habe mir solche Sorgen gemacht um Sie, und ich konnte mich nicht einmal nach Ihnen erkundigen.«

Allein die Vorstellung machte sie schwindlig, dass Kirschbaum bei ihren Eltern erschienen wäre und nach ihr gefragt hätte. »Ich habe ihnen alles erzählt«, erklärte sie. »Und nun wohne ich bei meiner Freundin Rosalie, weil ich zu Hause nicht mehr bleiben kann.«

Ihr Ton war ruhig und sachlich, aber er reagierte dennoch zutiefst bestürzt.

»O Fräulein Leder«, sagte er leise. »Das tut mir unendlich leid.« Er suchte nach Worten und fand keine.

»Es ist am besten so.« Sie nahm ihren Hut ab und schlüpfte aus ihrem Mantel und hängte beides an die Garderobe neben der Tür.

»Hier hat sich gewiss eine Menge Arbeit angesammelt in meiner Abwesenheit?«, fragte sie dann.

Er antwortete nicht, sondern sah sie nur weiterhin an, während sie die zurückgegebenen Bücher vom Ladentisch in einen Korb packte. Sie wusste genau, wie weit sie ihn füllen musste, dass sie ihn gerade noch tragen konnte. Aber als sie den Korb anhob, war er zu schwer, vielleicht lag es daran, dass sie immer noch geschwächt war. Kirschbaum war sofort bei ihr, um ihr zu helfen, aber sie schüttelte nur den Kopf, und dann fing sie an zu weinen.

Während sie weinte, betrat ein Kunde den Ladenraum, aber Kirschbaum schickte ihn wieder weg. »Wir haben geschlossen, sehen Sie das nicht?«, sagte er, während er ihn aus dem Laden schob und hinter ihm abschloss.

Dann kam er zu ihr und legte ihr seine Hand auf die Schulter, und sie spürte die weiche Wärme seiner Finger auf ihrem Schlüsselbein, aber sie hörte nicht auf zu weinen.

Es war die Zeit der Ehrlichkeit, und als sie beim Mittagessen saßen, stellte sie Kirschbaum endlich die Frage, die sie schon so lange bewegte. »Wer war diese Frau?«

»Meine Schwester«, sagte er, ohne zu zögern oder nachzufragen, welche Frau sie meinte, dabei war es nun schon mehr als zwei Monate her, seit Dorothea sie vor der Leihbibliothek gesehen hatte. »Sie heißt Deborah.«

»Ihre Schwester«, wiederholte sie. Die Frau war so außer sich gewesen, voller Verzweiflung und Zorn. Es war der Zorn einer Verschmähten, dachte Dorothea, die Verzweiflung einer Verlassenen. Die Wut einer Ehefrau.

»Wissen Sie«, sagte Kirschbaum, als spüre er ihre Zweifel, »meine Schwester hat es nicht verwunden, dass ich mich ganz von unserer Familie losgesagt habe.«

Dorothea kaute an ihrer Unterlippe. Sie dachte an den verächtlichen Blick, mit der die Fremde sie damals auf der Straße gemustert hatte, und wie damals durchfuhr sie plötzlich ein Gefühl der Scham.

»Meine Eltern«, fuhr Kirschbaum leise fort, »waren unter den ersten jüdischen Familien, die Anfang des Jahrhunderts die Erlaubnis bekamen, sich in Elberfeld anzusiedeln. Neun Familien waren es im Ganzen. Sie durften noch keine Gemeinde gründen, aber sie haben sich zu einer privaten Gemeinschaft zusammengeschlossen, einer sehr engen, sehr strengen Gemeinschaft des Glaubens ...«

Er brach ab und hob seine Schultern, wodurch sein Rücken ganz rund wurde. Dann schob er die zerstampften Kartoffeln auf seinem Teller zu einem kleinen, spitzen Berg zusammen. Als er fertig war, drückte er den Gipfel mit der Gabel wieder ein. Dorothea aß ein Stück Fisch und wartete darauf, dass er weiterredete.

»Mit den Jahren kamen andere hinzu, es wurde eine richtige Gemeinde, und nun bauen sie sogar an einer Synagoge in der Genügsamkeitsstraße, aber unsere Familie gehörte gleichwohl zu den ersten, den Pionieren, die den Kern des Ganzen bildeten. Sie sind sehr überzeugt, ganz ohne Zweifel, durch und durch ...«

Er machte wieder eine Pause, dann sah er sie an. »Meine Eltern haben vier Kinder, ich bin der einzige Sohn, und sie sind nun alt. Deborah hofft, dass es wieder zu einer Versöhnung kommt, dass ich zurückkehre.«

»Und?«, fragte Dorothea, nachdem sie ihm eine Weile dabei zugesehen hatte, wie er sein Essen von der einen Seite des Tellers auf die andere schob. »Werden Sie zurückkehren?«

Er schüttelte den Kopf, ohne sie dabei anzusehen. »Niemals. Es ist, wie es ist.«

Sie zögerte einen Moment lang und sammelte ihren Mut. »Weil Sie nicht mehr an Gott glauben?«

Er nickte und zuckte gleichzeitig mit den Schultern. »Ich kann nicht glauben, was sie glauben. Der Gott, an den ich glauben möchte, ist sehr groß. Doch in ihre engen Grenzen, in ihre strikten Vorgaben passt kein großer Gott.«

Dann sagte er nichts mehr, und sie fragte auch nichts mehr, weil sie alles verstanden hatte.

Rosalie traf sich jeden Sonntag mit ihrem Apotheker. Nach der Kirche verschwand sie und kehrte erst am Abend nach Hause zurück. Dorothea wusste nicht, wohin sie mit ihm ging, sie wollte es auch nicht wissen. Als sie bei ihr eingezogen war, hatte Rosalie ihr erzählt, dass Minter verheiratet war und wie es um seine Frau stand und dass das der Grund war, warum Doktor Kuhn nicht von der Beziehung wissen durfte, warum überhaupt niemand von der Beziehung wissen durfte.

Rosalie und Minter lebten im Unrecht, sie sündigten in Gedanken, Worten und Taten, und so sehr Rosalie unter der Hoffnungslosigkeit ihrer Verbindung litt, so wenig schien sie die Verwerflichkeit der ganzen Angelegenheit zu bekümmern. »Seine Frau stört es doch nicht, was vor sich geht, selbst wenn wir uns vor ihren Augen küssten, würde es sie nicht kümmern«, hatte sie erwidert, als Dorothea versucht hatte, ihr ins Gewissen zu reden.

»Aber sie sind doch verheiratet, und die Ehe ist etwas Heiliges«, sagte Dorothea.

»Ja, aber es hat sich doch alles vollkommen geändert zwischen den beiden«, beharrte Rosalie.

Dorothea fragte sich, wie sie es schaffte, jeden Sonntag zum Gottesdienst zu erscheinen, die Predigt zu hören, die Gebete zu sprechen, und danach ging sie zu ihrem Minter, der noch dazu aussah wie Jesus, und trieb Unzucht mit ihm. Dabei wurde sie immer schöner, ihre schwarzen Haare glänzten, ihre weiße Haut strahlte, ihr ganzer Körper verströmte Lust. Doktor Kuhn bemerkte nichts davon, wahrscheinlich hätte er auch nichts davon mitbekommen, wenn die ganze Stadt von seiner Tochter geredet und mit Fingern auf sie gezeigt hätte.

Deshalb war Rosalie so, wie sie war. Weil sie ohne Mutter aufgewachsen war und fast ohne Vater. Weil sie viel zu früh gelernt hatte, ihre eigenen Maßstäbe zu setzen, ihren eigenen Regeln zu folgen. Dorothea, die ganz und gar von den Gesetzen und Vorschriften abhing, mit denen sie groß geworden war, bewunderte sie dafür, aber gleichzeitig machte es ihr auch Angst.

Donnerstags kamen die neuen Bücher, die sie in den Katalog eintragen und aufschneiden musste, und dann schrieb sie für jedes Buch eine Karteikarte, bevor sie es in das Regal neben der Tür stellte, das Regal mit den Neuerscheinungen.

Oft kamen nur ein oder zwei Bände, doch an diesem Donnerstag waren es mehr, ein ganzer Stapel, eingepackt in grobes, braunes Papier. Sie ließ ihre Hand gedankenverloren über die Schnur gleiten, die das ganze zusammenhielt. Jede Büchersendung war wie ein Geschenk, eine wundersame Überraschung, allein für sie bereitgestellt.

Sie hörte ein Geräusch an der Tür, ein leises Räuspern. »Da ist ein Herr für Sie, Fräulein Leder«, sagte Herr Kirschbaum.

Sie brauchte eine ganze Weile, bis sie ihn wiedererkannte. Es war Andreas Packenius, der Missionar, den sie im Sommer vor einem Jahr kennengelernt hatte. Sie waren zusammen spazieren gegangen, und später hatte sie dann gehört, dass er nach Afrika zurückgekehrt war. Jetzt stand er mit gesenktem Kopf zwischen den Regalreihen und presste den Hut mit beiden Händen vor seinen Unterleib. Sie sah die helle Kopfhaut unter seinen Haaren und einen winzigen Fleck auf der Mitte des Kopfes, auf dem keine Haare wuchsen. Kreisrund wie eine Tonsur, nur viel kleiner. Der helle Fleck stand in einem seltsamen Widerspruch zu seinem sonnengebräunten Gesicht.

»Fräulein Leder«, sagte er, als sie vor ihn trat. »Wie freue ich mich ...«

Sie nickte, und er verstummte, als ob sie ihn unterbrochen hätte.

»Ich hoffe, ich komme nicht ungelegen?«, fragte er in die Stille hinein.

Sie schüttelte den Kopf, während die Gedanken in ihrem Kopf durcheinanderrasten. Warum kam der Missionar hier in die Bibliothek? Was wollte er von ihr? Hatten ihre Eltern ihn geschickt, oder von der Heydt oder womöglich gar Dr. Kohlbrügge persönlich? Woher wusste er überhaupt, wo sie arbeitete?

»Sie sind wieder in Elberfeld?«, fragte sie schließlich, obwohl es offensichtlich war, dass er hier war und nicht in Afrika.

»Auf Heimaturlaub.«

»Wer schickt sie?«

»Niemand«, sagte er hastig. »Ich komme aus eigenem Antrieb.«

»Wie haben Sie mich gefunden?«

»Ihre Freundin war so freundlich – Fräulein Kuhn«, setzte er hinzu, als er sah, wie ihre Augen schmal wurden.

Rosalie, dachte sie überrascht, Rosalie, die doch selbst so viele Geheimnisse hatte, vertraute ihre Adresse einem vollkommen Fremden an. Es spielte natürlich keine Rolle, er hätte sie auch so gefunden in einer Kleinstadt wie Elberfeld. Aber dennoch.

»Bitte, Fräulein Leder«, sagte Packenius. »Ich will Ihnen gewiss nichts Böses. Können wir irgendwo in Ruhe ein paar Worte wechseln?«

Sie führte ihn in ihr kleines Büro, wo er auf einem Hocker Platz nahm, der so niedrig war, dass seine Beine spitzwinklige Dreiecke bildeten, die zur Decke zeigten.

»Ich habe gehört, was vorgefallen ist zwischen Ihnen und Ihrer Familie«, begann er. »Und ich wollte Sie meiner Anteilnahme versichern. Und Ihnen anbieten, dass ich quasi als Vermittler zwischen Ihnen und Ihrem Herrn Vater …«

»Meine Mutter hat Sie zu mir gesandt, ist es nicht so?«, unterbrach ihn Dorothea.

»Keineswegs, so glauben Sie mir doch. Ich komme aus freien Stücken, ohne Hintergedanken, ich biete Ihnen nur demütig meine Hilfe.«

»Es ist aber keine Vermittlung möglich, zwischen mir und

den Meinen«, sagte sie. »Sie wollen nicht, dass ich hier arbeite, ich jedoch kann und will nicht darauf verzichten.«

»Sie lieben Bücher, das habe ich schon gehört«, sagte er und zeigte die spitzen Raubtierzähne.

Sie nickte und fragte sich, von wem er es gehört hatte, mit wem er über sie gesprochen hatte.

»Das ist auch recht so, dagegen ist nichts einzuwenden, durchaus nicht«, sagte er. »Wissen Sie, im Kapland versuchen wir ja geradezu, die Hottentotten zum Lesen zu bringen, auf dass sie die Schrift verstehen, aber natürlich auch andere Dinge, erbauliche Geschichten oder Vertragswerke und Ähnliches.« Er unterbrach sich und starrte einen Moment auf seine spitzen Knie, als frage er sich selbst, wie er von Dorothea auf die Hottentotten kam.

»Sie müssen sich mit Ihrer Familie aussöhnen«, unternahm er einen neuen Anlauf, »es ist nun schon etliche Monate her, dass Sie sich mit Ihnen überworfen haben, und je länger Sie damit warten, den ersten Schritt zu tun, desto schwieriger wird es werden. Ihr Vater, Fräulein Leder, er leidet entsetzlich unter dem, was geschehen ist. Ich sehe ihn oft, glauben Sie mir, er handelt nicht aus Hartherzigkeit oder Gefühllosigkeit, Ihr Zerwürfnis bereitet ihm vielmehr wahre Höllenqualen.«

Dorothea spürte, wie ihr Tränen in die Augen traten, aber sie wollte nicht weinen, schon gar nicht vor Packenius.

»Was soll ich denn tun?«

»Sie haben nur diese eine Familie. Nur diese eine Mutter, diesen Vater, diese Geschwister. Wollen Sie sie wirklich verlieren, auf immer und ewig? Alles, was zwischen Ihnen steht, ist Ihr Stolz. Machen Sie sich frei davon, Fräulein Leder.«

Bei den letzten Worten war er aufgestanden und ein Stück auf sie zugetreten, nur der Schreibtisch trennte sie noch voneinander.

»Es ist diese Arbeit, sie wollen tätig sein und wirken«, fuhr er fort, wobei seine runden Augen suchend durch den Raum glitten. »Dagegen wird Ihr Vater schwerlich etwas einzuwenden haben. Es ist das unchristliche Umfeld, das ihm missfällt und das auch mir sehr gefährlich erscheint, offen gestanden.«

Er räusperte sich. Seine Hände umfassten einander, die eine drückte die andere, als wolle er sich selbst begrüßen. »Gestatten Sie mir, einmal mit den Ihren zu reden?«, fragte er, wobei er den Kopf leicht zur Seite legte und gleichzeitig nach vorne streckte.

Sie dachte an das bleiche, ausgezehrte Gesicht ihres Vaters. An ihre weinende Mutter hinter der Küchentür, damals im Oktober, als sie das Haus verlassen hatte. Jetzt war es April. »Versuchen Sie es.« Sie sprach so leise, dass sie die Worte selbst kaum hörte, aber er verstand sie.

Sie brachte ihn zur Tür und reichte ihm seinen Hut und seinen Mantel.

»Gott behüte Sie«, sagte er, während er ihr die Hand gab. »Wenn Sie auf Ihn vertrauen, wird Er Ihnen den richtigen Weg weisen.«

Hinterher fragte sie sich, warum er wirklich gekommen war. Fast ein halbes Jahr hatte sie keinen aus der Gemeinde gesehen, und nun ausgerechnet Packenius. Er kannte sie doch kaum, sie waren einmal zusammen spazieren gegangen, aber ihre Familie bedeutete ihm nichts. Es konnte ihm also vollkommen egal sein, ob sie sich versöhnten oder niemals wieder sahen. Er war Missionar, vielleicht fühlte er sich deshalb so verantwortlich für ihr Seelenleben.

»Was meinen Sie?«, fragte Dorothea Kirschbaum beim Mittagessen. »War es mein Stolz, der mir das alles eingebrockt hat?«

Er schwieg so lange, dass sie das Gefühl hatte, er habe sie gar nicht gehört. »Ja«, sagte er dann langsam. »Das glaube ich schon.«

»Aber wissen Sie«, fügte er dann nachdenklich hinzu. »Es ist ein richtiger Stolz. Ein guter Stolz.«

Am schlimmsten waren die Sonntage. Wenn sie mit Doktor Kuhn und Rosalie zum Gottesdienst ging, in diese fremde, alte, dunkle Kirche, mit der sie nichts verband. Rosalie und Doktor Kuhn gingen nicht aus Überzeugung hin, sondern weil es sich eben so gehörte. Wenn sie die Wahl hätten, würden sie beide der Kirche fernbleiben – er würde sich zu Hause in seinen Büchern verlieren und sie sich in ihrem Geliebten. Und auch die anderen Kirchenbesucher – Dorothea hatte immer das Gefühl, dass sie dem Gottesdienst nur halbherzig folgten, mit mäßiger Begeisterung. Wie anders war das in ihrer eigenen Kirche.

In ihrer ehemaligen Kirche.

»Nun mach nicht so ein Gesicht, als ob wir zu einem Begräbnis gingen«, sagte Rosalie, als sie das Haus verließen. Sie hakte sich bei Dorothea unter. »Es ist doch immerhin eine Kirche und Gott hört dich, hier wie dort.«

Dorothea lächelte, und im selben Moment sah sie Andreas Packenius, dessen schmale Gestalt sich aus dem Schatten eines Nachbarhauses löste. Er bezog ihr Lächeln auf sich und zeigte ihr seine kleinen Zähne.

»Einen gesegneten Sonntag«, rief er laut, während er seinen Hut abnahm und in einer geschmeidigen Bewegung an seinem Kopf vorbeiführte, um ihn dann wieder aufzusetzen.

»Guten Morgen«, sagte Doktor Kuhn. Die Augen hinter seinen dicken Brillengläsern zogen sich kaum merklich zusammen, als überlege er, ob es sich bei dem freundlichen Fremden um einen seiner Patienten handelte, er konnte sich keine Gesichter merken.

»Herr Packenius«, sagte Dorothea. Ihr Herz schlug schneller. Ob er Nachrichten von ihren Eltern brachte? Er strahlte ja so, vielleicht kam er, um ihr mitzuteilen, dass alles gut war, dass sie ihr vergeben hatten und nur darauf warteten, dass sie zurückkam.

»Guten Tag, die Herrschaften«, sagte Packenius, während er noch näher trat.

Dorothea und Rosalie wechselten einen Blick. Sie hatten nie über Packenius gesprochen. Dorothea hatte nichts davon erzählt, dass der Missionar sie in der Bibliothek aufgesucht hatte, und Rosalie hatte nie erwähnt, dass er in der Praxis gewesen war. War es ein Zufall oder hatten sie beide ganz bewusst geschwiegen, weil sie nicht über ihn reden wollten, fragte sich Dorothea jetzt.

Sie stellte die beiden Herren einander vor. »Fräulein Kuhn kennen Sie ja bereits.«

»Sie sind unterwegs zur Kirche?«, lächelte Packenius.

»Ganz recht«, sagte Doktor Kuhn mit einem schnellen Blick auf seine Taschenuhr. »Möchten Sie uns begleiten?«

»Ich möchte Ihnen Ihr Fräulein Leder vielmehr gerne abspenstig machen, so Sie es erlauben und sie selbst ebenfalls nichts dagegen hat.«

Er hat es tatsächlich geschafft, dachte Dorothea. Er bringt mich zu meinen Eltern.

»Fräulein Leder.« Packenius bot ihr seinen Arm.

»Wohin soll es denn gehen?«, fragte Rosalie. Ihre Stimme klang scharf und eine Spur zu laut.

»Zur Kirche, wohin sonst«, erklärte Packenius, wobei sein Lächeln noch breiter wurde. »Bis zur Deweerthstraße ist es ein Stück zu Fuß, aber wenn wir uns jetzt auf den Weg machen, dann sind wir rechtzeitig zum Beginn des Gottesdienstes da.«

»Zur Deweerthstraße«, wiederholte Dorothea. Ihre Stimme hörte sich rau und krächzend an, als habe sie sie lange Zeit nicht mehr benutzt. »Aber wissen meine Eltern, dass ich komme?«

»Sie werden schwerlich etwas dagegen haben, wenn ihre Tochter sonntags den Gottesdienst besucht.«

»Doch«, sagte Dorothea. »Es wird ihnen nicht recht sein. Ich bin doch weggelaufen.«

»Dann bringe ich Sie eben wieder zurück«, erklärte Packenius. Sein schwarzer Arm schwebte vor ihr wie eine stumme Aufforderung. Sie legte ihren Unterarm darauf.

»Dorothea«, sagte Rosalie.

Ihre Blicke begegneten sich. Rosalies Augen waren groß und tief und dunkel vor Sorge.

Packenius nickte noch einmal kurz, dann setzten sie sich in Bewegung.

13. KAPITEL

»Das Wesen echter Naturforschung ligt darin, aus der genauen und vergleichenden Beobachtung der Naturerscheinungen nicht nur überhaupt Regeln abzuleiten, sondern diejenigen Momente aufzufinden, aus denen der causale Zusammenhang, Ursache und Wirkung sich ableiten lässt. Indem die Forschung nach dieser Methode verfährt, ist sie genöthigt, die vorhandenen Begriffe und Theorien beständig zu corrigiren, neue Begriffe und neue Theorien aufzustellen und so unser Denken dem Wesen der Dinge mehr und mehr anzupassen. Der Verstand hat nicht den Objecten, sondern die Objecte dem Verstande Vorschriften zu machen.«

Aus *Geschichte der Botanik vom 16. Jahrhundert bis 1860* von Julius Sachs, 1875

Rosalie verbrachte fast den ganzen Tag im Laboratorium. Inzwischen wusste sie über die Vorräte in der Materialkammer, im Trockenschrank und auf dem Kräuterboden unter dem Dach besser Bescheid als Minter. Sie kannte alle Ingredienzien sowie deren Wirksamkeit, Lagerbedingungen und Haltbarkeit.

»Die Separanda sind tabu für dich«, hatte Minter ihr an ihrem ersten Tag im April erklärt, als er ihr alles zeigte, die verschiedenen Räumlichkeiten, die Apparate, Instrumente und ihre Funktionen. Damals war er noch ungehalten gewesen über seine eigene Entscheidung, sie in der Apotheke aufzunehmen und zur Gehilfin auszubilden. Er war überzeugt davon, dass es falsch war, aber sie hatte ihn mürbe gemacht durch ihr ständiges Erscheinen in der Apotheke, ihr unermüdliches Nachfragen, ihre Beharrlichkeit. Irgendwann hatte er nachgegeben, weil er merkte, dass er sie als Geliebte verlieren würde, wenn er sie nicht als Lehrling akzeptierte.

Er hatte ihr gezeigt, wie man Salben mischte – *Uguenta*, nannte sie Minter –, indem man den Stoff mit dem höchsten Schmelzpunkt so lange erwärmte, bis er sich verflüssigte, und dann die anderen Bestandteile nach und nach dazugab. Sobald die geschmolzene Masse trüb wurde, musste sie ununterbrochen gerührt werden, bis zum endgültigen Erstarren. »Ansonsten wird die Uguenta körnig und ist nicht zu verwenden«, hatte Minter erklärt, aber bisher war Rosalie noch keine einzige Salbe misslungen.

Sie hatte gelernt, wie man Tinkturen ansetzte, indem man die groben Stoffe im Mörser zerkleinerte und dann in einem vorbestimmten Verhältnis mit Weingeist vermischte. Sechs bis acht Tage lang musste das Gemisch digerieren und mazerieren, dann wurde es abgepresst und die Restflüssigkeit filtriert.

Nach weniger als vier Wochen hatte sie auch die Separanda in der Giftkammer unter Kontrolle, sie kannte jede der toxischen Substanzen und bestellte sie nach, bevor sie zur Neige gingen. Die Zubereitung von betäubenden, ausleerenden oder fäulniswidrigen Arzneien, von Brechmitteln oder Purgantia behielt sich Minter vor, aber sie sah ihm dabei über die Schulter und merkte sich alles.

Wenn sie nicht in der Apotheke war und Salben mischte oder Tinkturen ansetzte, vertiefte sie sich in Minters Fachliteratur. Sie las, was immer er ihr gab oder was sie im Bücherschrank ihres Vaters über Arzneien, ihre Zubereitung und ihre Wirkungsweise fand.

»Bald weißt du mehr als ich«, sagte Minter, als sie anfing, ihn zu korrigieren, wenn er Begriffe aus Nachlässigkeit verwechselte oder sich versprach. Er sagte es anerkennend, ohne eine Spur von Herablassung oder gar Spott. Er liebte sie mehr denn je, für ihren Wissensdurst, ihre Neugierde. Ihre Klugheit.

Sie spürte es, wenn sie sich sonntags trafen, in ihrer Pension in Hochdahl oder draußen im Neandertal. Immer noch fuhren sie getrennt dorthin, er zuerst, sie später, und abends kehrten sie in umgekehrter Reihenfolge zurück nach Hause. Unter der Woche, während der Arbeit, berührten sie sich hingegen kaum, nur ein einziges Mal hatten sie sich geküsst.

Es war ganz am Anfang geschehen, in der ersten Woche, in der sie bei ihm arbeitete. Sie hatte die Pflasterstreichmaschine sauber gemacht, die hinten im Schneideraum stand, und er war plötzlich hinter sie getreten, vielleicht suchte er etwas oder er wollte kontrollieren, ob sie ihre Arbeit ordentlich machte. Sie spürte seine Wärme dicht an ihrem Körper, roch seinen vertrauten Geruch und drehte sich unwillkürlich zu ihm um.

Hinterher war er schweigsam und niedergeschlagen, sie ratlos. Sie hatten sich Hunderte Male geliebt, und nun führte er sich wegen eines Kusses so auf. »Es kann nicht sein«, sagte er, bevor sie abends ging.

»Wenn wir damit anfangen, hier in diesen Räumen, am hellichten Tag, dann gibt es kein Halten mehr, dann sind wir verloren.«

Er hatte recht, dachte sie. In der Apotheke war sie seine Gehilfin. Am Sonntag war sie seine Geliebte. Und so hielten sie es.

Rosalie war jetzt wieder dabei, wenn Dr. Fuhlrott sie abends besuchte. Sie saß auf ihrem alten Platz auf dem Sofa und stopfte Strümpfe, während sie zuhörte. Neben ihr saß Minter, in einem gewissen Abstand, sodass sie sich nicht berührten, und ihr Vater und Fuhlrott hatten ihre Sessel. Die Herren tranken Bier, das Rosalie ihnen brachte, aus Gläsern, die Rosalie ihnen hinstellte. Dem Anschein nach war alles wie früher, und doch hatte sich alles geändert.

Denn Rosalie redete inzwischen frei heraus, wenn ihr eine Frage in den Sinn kam oder ein Einwand, ohne lange darüber nachzudenken, was die Herren von ihr hielten. Minters Bemerkung damals im Neandertal hatte sie so geärgert, als er ihr ihren

Stolz vorgeworfen hatte und ihre Eitelkeit. Aber das allein war es nicht gewesen, was sie verändert hatte. Es war vielmehr die Arbeit in der Apotheke, sie war jetzt nicht mehr nur Köchin und Putzfrau und Waschweib, sie war jetzt Apothekergehilfin. Auch wenn sie bislang nur Salben und Pulver mischte und Aufgüsse ansetzte, sie hatte den ersten Schritt getan.

»Gibt es Neuigkeiten aus der Urzeit?«, fragte ihr Vater. Es war sein Standardsatz, mit dem er jedes Gespräch begann, obwohl er sich dessen selbst nicht bewusst war.

»Es gibt in der Tat frappierende Neuigkeiten«, entgegnete Fuhlrott. »Eine Kommission der britischen Geologischen Gesellschaft ist gerade aus Frankreich zurückgekehrt, wo sie Boucher de Perthes Funde aus dem Somme-Tal besichtigt haben. Charles Lyell war darunter und auch der Paläontologe Falconer. Ich weiß es von Schaaffhausen, der mit Lyell in Briefwechsel steht.«

»Geht es um die Steine, die de Perthes bei Abbeville gefunden hat?«, fragte Kuhn. »Aber das ist doch ein alter Hut, die Funde sind allesamt schon vor Jahren gemacht worden. Außerdem war ich der Meinung, dass sich de Perthes durch seine unwissenschaftliche Argumentation in den letzten Jahren gründlich unglaubwürdig gemacht hat. Es wundert mich wirklich, dass ihn die Engländer aufsuchen und gleich mit einer ganzen Kommission.«

»Mögen seine Theorien auch recht verstiegen sein, seine Funde sind deshalb nicht weniger interessant«, meinte Fuhlrott. »Es geht dabei auch nicht so sehr um die Knochen, als um die bearbeiteten Feuersteine. Die Mitglieder der Kommission haben sie mit den Artefakten verglichen, die im letzten Jahr bei Brixham in England gefunden wurden und sind zu einem klaren Ergebnis gekommen.«

»Die Werkzeuge stammen aus dem Diluvium«, sagte Minter.

Fuhlrott nahm sein Bierglas und trank und nickte, während er noch schluckte. »Ganz richtig. Das Aufsehenerregende ist, dass Lyell seine Meinung geändert hat. Bisher hat er felsenfest der Existenz eines diluvialen Menschen widersprochen, gemäß der französischen akademischen Lehrmeinung.«

»Aber wie konnte man mit Sicherheit feststellen, dass die Werkzeuge wirklich urzeitlich sind?«, fragte Rosalie, während sie sich nach vorne beugte, um ihre Schere aus dem Nähkorb zu holen. Im selben Moment griff Minter nach seinen Zigaretten, sodass ihre Finger sich berührten, aber dann zogen sie die Hände schnell wieder zurück.

»Nun, genau definieren lässt sich das Alter der Werkzeuge natürlich nicht«, erklärte Fuhlrott. »Aber bei der Ausgrabung im englischen Brixham wurden neben Feuersteingeräten eben auch die Knochen ausgestorbener Tiere gefunden. Tierarten, die eindeutig der Diluvialzeit zuzuordnen sind, weshalb das Vorhandensein von Artefakten in derselben Erdschicht den Schluss nahelegt, dass auch die Werkzeuge urzeitlich sind. Verstehen Sie?«, fragte er, wobei er Rosalie allerdings nicht in die Augen sah, sondern über ihre Schulter hinweg in eine dunkle Zimmerecke starrte, als redete er mit jemanden, der hinter ihr stand. Eine irritierende Angewohnheit, die sie inzwischen einfach ignorierte.

»Darüber hinaus führt auch der Vergleich der Werkzeuge mit Fundstücken aus anderen Epochen zu einem ähnlichen Schluss«, fuhr Fuhlrott fort. »Bei den Entdeckungen aus Abbeville und Brixham handelt es sich um grob behauene Steine, zugespitzt und gekerbt, die eindeutig und offenkundig von primitiven Menschenformen ersonnen und gehandhabt wurden. Jegliche Metallverarbeitung, selbst die Verwendung von Bronze war diesen Menschen fremd. Spätere Völker wie die Ägypter, Babylonier und Perser, die Kelten, Griechen und Römer verwendeten dagegen sehr viel ausgefeiltere Werkzeuge; Pfeile, Spaten und Hacken aus Eisen.«

Er lehnte sich in seinem Sessel zurück, holte seine Pfeife aus der Tasche und eine flache Dose mit Tabak. »Es gibt ihn, den Urzeitmenschen, und meine Knochen untermauern das«, murmelte er, während er feine, braune Tabaksfäden aus der Dose zog und in den Pfeifenkopf stopfte.

»Und wann kommt die britische Delegation ins Neandertal und nimmt die Gegebenheiten hier in Augenschein?«, fragte Minter. »Immerhin wurde hier mehr entdeckt als nur ein paar armselige Steinwerkzeuge, ein Menschenschädel, ein halbes Skelett. Noch stehen die Höhlen, zumindestens ein Teil davon, aber es ist höchste Zeit, dass die Herren Gelehrten sich ein Bild davon machen, bevor alles in die Luft fliegt.«

»Das ist in der Tat eine glänzende Idee«, meinte Fuhlrott, wobei er nur noch aus einem Mundwinkel sprach, denn im anderen hing die Pfeife, die er jetzt anzündete. »Ich werde mit Schaaffhausen reden, dass er es Lyell einmal vorschlägt. Vielleicht kommt ja so wieder Bewegung in die Sache.« Er nahm einen tiefen Zug und atmete den Rauch dann in einer ruhigen, langen Wolke wieder aus.

Rosalie hatte manchmal das Gefühl, dass die Zusammenkünfte in ihrem kleinen Kreis Fuhlrott mehr bedeuteten, als die wöchentlichen Treffen des Naturwissenschaftlichen Vereins in Elberfeld. Seit seiner Präsentation der Knochen vor über zwei Jahren, seit der vernichtenden Abfuhr, die die Vereinsmitglieder ihm erteilt hatten, fühlte er sich in seinem eigenen Club nicht mehr recht wohl. »Jedes Wort muss man auf die Goldwaage legen, auf dass sie einen nicht gleich zum Ketzer abstempeln«, hatte sie ihn einmal zu ihrem Vater sagen gehört. Sie hatte darüber hinaus auch gehört, dass einige Herren den Verein verlassen hatten, weil ihnen Fuhlrott und *seine abstrusen Knochentheorien* gegen den Strich gingen. Sogar über die Gründung eines anderen Wissenschaftsvereins wurde in der Stadt geredet, aber es waren Spekulationen, nichts Konkretes, und weder sie noch ihr Vater erzählten Fuhlrott etwas davon.

Um elf Uhr verabschiedeten sich die Herren, und Rosalie trug die Gläser und den leeren Bierkrug in die Küche. Sie hörte Minter und ihren Vater im Treppenhaus miteinander reden und hatte plötzlich die Vorstellung, dass sie hinuntergehen könnte, um den Apotheker an der Hand zu nehmen und in ihr Zimmer zu führen. Aron, murmelte sie zärtlich, obwohl sie ihn doch niemals beim Vornamen nannte, nicht einmal in Gedanken. Dann stellte sie die Gläser auf den Spülstein und ging in ihr Zimmer.

Dorothea war noch wach. Sie saß auf einem Stuhl am Fenster und las ein dunkelbraunes eingeschlagenes Buch mit unendlich vielen Seiten. Als Rosalie eintrat, klappte sie es zu, doch sie ließ ihren Daumen im Buch stecken, an der Stelle, die sie zuletzt gelesen hatte. »Wie war euer Abend?«, fragte sie.

»Interessant«, meinte Rosalie. Sie hatte Dorothea eingeladen, sich zu ihnen zu gesellen, *dann bist du nicht so allein,* aber ihre Freundin hatte abgelehnt, so hastig und verlegen, als ginge es um ein Trinkgelage.

»Was liest du?«, fragte sie, während sie sich auf ihr Bett sinken ließ.

Dorothea drehte den Titel des Buches so, dass Rosalie ihn lesen konnte.

»Elisabeth. Ein christliches Fräulein in Afrika«, murmelte Rosalie. »Von Anne Freifrau von Winterfeld. Du liebe Güte. Hat Packenius dir das gegeben?«

Dorothea nickte.

»Und? Ist es ergreifend?«

»Es ist …«, Dorothea schien nach Worten zu suchen, »… es ist grauenvoll.«

»Grauenvoll?«

»Es ist so unerträglich schwülstig in der Sprache und proselytisch in seiner Intention, ich kann es gar nicht beschreiben.«

»Dennoch hast du den ganzen Abend mit der Lektüre verbracht.«

»Es ist so fürchterlich, dass es einen nicht mehr loslässt. Wenn du verstehst, was ich meine.«

Rosalie, die sich viel mehr für Tatsachenberichte und Fachbücher interessierte als für Romane, verstand nicht, was Dorothea meinte. Sie ging aber auch nicht darauf ein.

»Was ist zwischen dir und Packenius?«, fragte sie stattdessen. Es war eine Frage, die sie sich schon seit Wochen, seit Monaten stellte. Aber Dorothea gegenüber hatte sie nie die richtigen Worte gefunden. Es kam so selten vor, dass sie einmal Zeit zum Reden fanden, obwohl sie jetzt schon monatelang im selben Haus lebten, aber tagsüber war Rosalie in der Apotheke, und Dorothea war in der Leihbibliothek, und abends kümmerten sie sich gemeinsam um den Haushalt, denn seit Rosalie arbeitete, blieben so viele Dinge liegen.

Dorothea schlug ihr Buch wieder auf und blätterte darin herum, aber ohne richtig zu lesen. Auf vielen Seiten waren Illustrationen. Rosalie sah Jesus auf einer Wolke stehen, ein Leinentuch um seinen nackten Körper geschlungen, die Arme geöffnet, die Augen gesenkt. »Er will mich wieder mit meinen Eltern aussöhnen«, sagte sie leise.

»Das ist mir bekannt«, sagte Rosalie. »Er spricht von nichts anderem als von eurer glücklichen Wiedervereinigung in Christo. Aber es ist ihm bislang nichts Derartiges gelungen. Oder habe ich es nur nicht mitbekommen?«

»Es liegt ganz bei mir«, meinte Dorothea, wobei sie den Spott in Rosalies Worten ignorierte. »Er hat mich und die Meinen tatsächlich zusammengebracht, ich war bei ihnen, aber all das nützt nichts, so lange ich auf meiner Arbeit bei Kirschbaum beharre. Wenn ich aber darauf verzichte, dann bin ich ihnen wieder willkommen, dann wollen sie mir vergeben, das hat er erreicht.«

Sie senkte den Kopf tief über ihr Buch, als suche sie nach einer bestimmten Stelle, einem bestimmten Satz.

»Sie sind also gnädig gewillt, dich wieder aufzunehmen, wenn du deine Arbeit aufgibst«, meinte Rosalie empört. »Als ob es nichts wäre. Schönen Dank auch.«

Dorotheas Kopf senkte sich noch tiefer.

»Du denkst doch nicht ernstlich darüber nach, klein beizugeben?«

Als Dorothea den Kopf schüttelte, tropfte eine Träne auf ihr Buch und zerplatzte in einem dunklen Fleck auf den großen Buchstaben.

»Dorothea«, sagte Rosalie erschrocken. Sie stand auf, trat neben die Freundin und legte ihr den Arm um die Schulter, aber Dorothea hatte schon aufgehört zu weinen.

»Nein«, flüsterte sie. »Ich möchte es ja. Aber ich kann es nicht.«

Rosalies Hand streichelte Dorotheas Oberarm, Dorotheas Kopf ruhte an Rosalies Brust.

Was ist zwischen dir und Packenius, dachte Rosalie. Darauf hast du mir nicht geantwortet.

Minter war in Endenich, um Afra abzuholen. Es war Monate her, dass sie zuletzt in Elberfeld gewesen war, als Ausgleich dafür wollte er sie jetzt gleich eine ganze Woche zu sich holen.

Während er weg war, hielt Rosalie die Stellung in der Apotheke. Sie erledigte den Verkauf, und wenn keine Kunden da waren, bereitete sie hinten im Laboratorium Seifen, Salben und Pastillen zu. »Falls Arzneimittel verlangt werden, die nicht vorrätig sind, musst du die Kundschaft auf den Montag vertrösten«, hatte Minter gesagt. »Und dass du nicht auf den Gedanken kommst ...«

»Was stellst du dir denn vor?«, unterbrach sie ihn voller Empörung. Er lächelte und strich ihr mit dem Finger über die Wange, obwohl es kein Sonntag war.

Eine Woche lang würde Afra nun hier sein. Eine ganze Woche würde sie dort oben liegen und vor sich hin dösen oder in seltsam regelmäßigen Abständen kleine spitze Schreie ausstoßen, oder mit ihren Fäusten auf den Boden trommeln. Sie würde alles beherrschen, Minter und Rosalie und die ganze

Apotheke, ohne dass sie einen von ihnen auch nur zur Kenntnis nahm.

Es wäre besser für sie, wenn man sie ganz in Endenich ließe, dachte Rosalie. Die beschwerliche Reise und die ungewohnte Umgebung in Minters Wohnung, das war doch alles viel zu viel für Afra, es belastete sie nur unnötig. In ihrer Anstalt hat sie dagegen Ruhe, dachte Rosalie. Wie in einem Grab.

Die Klingel über der Ladentür holte sie aus ihren Gedanken. Sie ging nach vorn in den Laden – ins Offizin, wie sie den Verkaufsraum jetzt nannte. Dr. Fuhlrott stand mitten im Raum, er war in Begleitung von zwei seiner Töchter, jede von ihnen hielt eine Dose mit Pastillen in der Hand.

»Guten Tag, Doktor«, sagte Rosalie, während sie versuchte, sich an die Namen der beiden Mädchen zu erinnern.

»Fräulein Rosalie«, sagte Fuhlrott, wobei er sie anstarrte wie eine Erscheinung.

»Sie gehen Minter zur Hand«, nickte er dann. »Jetzt erinnere ich mich, Ihr Vater hat mir davon berichtet.« Er runzelte die Stirn, und Rosalie fragte sich, was ihm ihr Vater über ihre Arbeit in der Apotheke erzählt hatte. Doktor Kuhn war alles andere als begeistert über die neue Tätigkeit seiner Tochter, deren Hilfe ihm jetzt in der Praxis fehlte.

»Minter bildet mich aus«, berichtigte sie Fuhlrott. Dann ging sie zur Ladenkasse. »Nur die Pastillen oder darf es noch mehr sein?«

Er schüttelte den Kopf, worauf die Mädchen ihr die Dosen hinstreckten, einmal Veilchen, einmal Salmiak, gleichzeitig reichte er ihr die abgezählten Groschen über den Ladentisch.

»Empfehlen Sie mich Minter«, sagte er, aber statt sich umzudrehen, blieb er noch stehen. »Sie sind wirklich ein außergewöhnliches Frauenzimmer, Rosalie«, sagte er langsam, während seine Töchter von einem Fuß auf den anderen traten. »Ihr wissenschaftliches Interesse ist so groß, ihr Verständnis beachtlich ...«

»Beachtlich für ein weibliches Wesen, meinen Sie?« Die Worte waren heraus, bevor sie richtig darüber nachgedacht hatte.

Sein Lächeln wurde schmaler. »Es ist beachtlich«, wiederholte er. Dann verließ er die Apotheke, und seine Töchter folgten ihm.

Minter war nervös in dieser Woche, so nervös, dass Rosalie sich manchmal fragte, ob es nicht besser wäre, wenn sie die Arzneien mit den giftigen und gefährlichen Ingredienzien zubereitete und nicht er. Afra machte ihnen das Leben zur Hölle, sie schien es auf rätselhafte Weise mitzubekommen, wenn Kundschaft den Laden betrat, denn immer dann begann sie oben zu lärmen und zu hämmern. Ich hasse sie, dachte Rosalie, während sie weißes Pulver durch einen Trichter in ein Glas rieseln ließ. *Morphinum hydrochloricum* schrieb sie in kleinen ordentlichen Buchstaben auf das Etikett auf dem dunkelbraunen Glasbauch.

Nachts, in der Dunkelheit ihrer Schlafkammer, sprach sie mit Dorothea darüber. »Diese Gedanken zerfressen mich von innen heraus.«

»Was erwartest du von ihm?«, fragte Dorothea.

»Er soll die Ehe annullieren lassen. Das ist doch für jeden verständlich und nachvollziehbar.«

Dorothea antwortete nicht.

»Oder etwa nicht?«, fragte Rosalie wütend. »Sie ist doch nichts als eine lebende Tote. Eine Leichenbraut.«

»Und?«, fragte Dorothea. »Hast du es ihm schon vorgeschlagen?«

»Ich muss es gar nicht erst ansprechen. Er wird sich nicht von ihr trennen. Er denkt gar nicht daran. In guten wie in schlechten Tagen, das hat er ihr versprochen.«

Wieder herrschte eine lange Weile Stille, in der Rosalie in die undurchdringliche Dunkelheit über ihrem Gesicht starrte, bis ihre Augen brannten.

»Einmal hat er seine Afra so geliebt, wie er dich heute liebt«, hörte sie dann Dorothea leise sagen. Mehr sagte sie nicht, aber Rosalie verstand auch so, was sie meinte.

Stell dir vor, *du* wärest an Afras Stelle. Du würdest dir doch wünschen, dass er zu dir hielte.

Und wenn er Afra wegen mir verließe, dachte Rosalie auf einmal, würde ich ihn dann noch so lieben können, wie ich ihn jetzt liebe?

Der Herbst war kalt und trüb. Bis zum Mittag schleppte sich die Sonne mühsam auf die Spitze der Hausdächer, wo sie kurz danach eine graue Wolkendecke einhüllte und bis zum Abend nicht mehr freigab.

Abends kamen Fuhlrott und Minter, und zum ersten Mal setzte sich auch Dorothea zu ihnen ins Kaminzimmer, aber nur, weil Rosalie sie dazu gezwungen hatte.

»Du bleibst keinesfalls in diesem Eisschrank von einem Schlafzimmer, und in der Küche ist es ebenfalls zu kalt«, hatte sie gesagt. Sie erinnerte sich noch zu gut an ihre eisigen Finger, die gefrorenen Zehen im letzten Winter, als sie selbst die abendlichen Treffen gemieden hatte. »Du kannst dich auch nützlich machen, denn ich habe einen ganzen Berg Socken zu stopfen und Wäsche auszubessern, deine Missionarsgeschichten laufen dir ja nicht weg.«

Dorothea nickte und seufzte und setzte sich neben Rosalie aufs Sofa, auf den Platz, auf dem sonst Minter saß. Dann senkte sie ihren Kopf so tief über die Socke, die sie stopfte, als wollte sie in sie hineinkriechen.

»Ich habe etwas mitgebracht«, sagte Fuhlrott, bevor Doktor Kuhn ihn noch fragen konnte, ob es Neuigkeiten aus der Urzeit gäbe. Er öffnete seine abgewetzte Ledermappe und zog ein dickes Buch aus der Tasche, dessen grüner Ledereinband im Schein des Kaminfeuers glänzte wie die schuppige Haut einer Echse. Große goldene Buchstaben zogen sich über den Titel. ON THE ORIGIN

OF SPECIES buchstabierte Rosalie. Darunter ein waagerechter goldener Strich und dann der Name des Autors. DARWIN.

»Es ist in englischer Sprache geschrieben«, sagte Doktor Kuhn, wobei er missbilligend an seiner Brille rückte, denn neben den klassischen Sprachen verstand er ein wenig Französisch, aber kein Englisch.

»Es ist aber recht gut verständlich«, meinte Fuhlrott. »Mein Englisch ist nicht eben überwältigend, aber mithilfe eines Wörterbuchs war die Lektüre kein Problem.«

»Von wem haben Sie das Buch?«, fragte Minter, während er aufstand und den Band vom Tisch nahm, vorsichtig, beinahe zärtlich, als wäre es eine antike Handschrift der Bibel. »Ich habe gehört, dass die erste Ausgabe komplett vergriffen war, kaum dass sie in den Handel gelangte.«

»Schaaffhausen hat mir das Werk zugesandt. Er hat einige Exemplare von Lyell erhalten, der sich die Bücher frühzeitig beim Autor persönlich gesichert hat.«

»Wer ist dieser Darwin?«, fragte Doktor Kuhn.

»Ein englischer Naturwissenschaftler«, erklärte Minter, bevor Fuhlrott antworten konnte. Während er sprach, öffnete er das Buch so behutsam wie eine Schmuckschatulle und starrte hinein. Rosalie ließ ihr Nähzeug sinken und beugte sich zu ihm hinüber. *On the origin of species by means of natural selection,* buchstabierte sie wieder. Und ganz unten auf der Seite: *London, 1859.*

»Dieses Werk ist seine erste Veröffentlichung und wurde in der englischen Fachwelt mit einer großen Spannung erwartet«, sagte Minter.

»Welche Verbindungen haben denn Sie zur englischen Fachwelt?«, fragte Kuhn. »Und warum wurde hier in diesem Kreis nicht darüber gesprochen und im Verein ebenfalls nicht?« Er klang pikiert. Es ärgerte ihn, dass Minter und Fuhlrott über die Veröffentlichung Bescheid gewusst hatten und er selbst nicht einmal den Namen des Autors kannte.

»Ich beziehe regelmäßig ein wissenschaftliches Journal aus

England«, entgegnete Minter. »Dieser Darwin hat in den Dreißigern fünf Jahre auf einer Forschungsreise durch Südamerika und Ostindien verbracht, bei seinen Naturbeobachtungen ist er zu erstaunlichen Ergebnissen gekommen. Er hat seine Erkenntnisse erst jetzt publiziert, gleichwohl hat er in den vergangenen Monaten etliche Vorträge gehalten und auf diese Weise viel von sich reden gemacht.«

»Und was schreibt er so, dieser Darwin?«, wandte sich Kuhn an Fuhlrott. Auch Minter hob jetzt den Kopf und sah den Lehrer an, der sein schiefes Lächeln lächelte, den einen Mundwinkel nach oben, den anderen nach unten gezogen. »Es ist eine so spektakulär neue Sicht der Dinge, es scheint ganz so, als ob er sich seiner Sache nicht ganz sicher war, bevor er sich damit an die Öffentlichkeit wagte. Er will herausgefunden und durch seine Beobachtungen und Studien belegt haben, dass die Welt nicht unveränderlich ist, sondern einem kontinuierlichen Wandlungsprozess unterliegt. Und dass darüber hinaus alle Organismen von gemeinsamen Vorfahren abstammen.«

»Aber das hat doch sogar schon Schaaffhausen erkannt!«, rief Doktor Kuhn verächtlich, während er aufstand und zum Bücherschrank ging und die schmale Broschur herauszog, die Rosalie damals gelesen hatte.

»Schaaffhausen war auf demselben Weg, aber Darwin treibt das Ganze noch weiter, auch weiter noch als Lamarck oder Lyell. Übrigens nimmt er in seinem Werk auch Bezug auf Schaaffhausens Schrift«, erklärte Fuhlrott. »Grundsätzlich sagt er, dass sich die einzelnen Individuen, ob Pflanzen oder Tiere, in ihrem Aussehen und ihren Eigenschaften im Laufe der Jahrhunderte stetig an die Bedingungen angepasst haben. Dass sich im Kampf ums Dasein die am besten ausgerüsteten Arten auch am besten durchsetzen, während die anderen, weniger gut angepassten Lebewesen zwangsläufig ins Hintertreffen geraten ...«

»... und aussterben«, unterbrach ihn Minter. »Denn das ist der Kern der Darwin'schen Erkenntnis: Die tüchtigsten Individuen einer Art zeugen am meisten Nachkommen, dadurch werden die schwächeren verdrängt.«

»Das ist aber nur eine Theorie«, sagte Fuhlrott. »Vieles davon erscheint durchaus plausibel, aber im Großen und Ganzen bleibt es nichts als eine Hypothese.«

»Sie müssen mir das Buch ausleihen«, bat Minter. »Würden Sie das tun? Ich brenne darauf, seine Thesen im Detail kennenzulernen.«

»Mit Vergnügen«, sagte Fuhlrott. »Lesen Sie es ruhig. Aber lassen Sie sich dabei nicht einwickeln von Darwin. Er leitet zwar scheinbar eins vom anderen ab, aber seine Umbildungstheorie neigt meiner Meinung nach allzu sehr dazu, die Möglichkeit zur Wirklichkeit zu stempeln. Und auch wenn ich selbst gewiss fernab aller Frömmelei bin, frage ich mich doch, wo in diesem gnadenlosen Kampf ums Dasein noch Spielraum sein sollte für einen göttlichen Schöpfungsgeist.«

»Aber sehen Sie denn nicht, wie wunderbar überzeugend der Gedanke ist? Wie sich eins zum anderen fügt und so zu einer großen, umfassenden Logik wird, einer Schöpfung, die sich ständig neu erzeugt?«, fragte Minter.

Einer Schöpfung, die sich ständig neu erzeugt, und die auch ohne die Vorstellung eines allmächtigen Schöpfergottes funktioniert, ergänzte Rosalie den Gedanken im Geiste, wobei sie einen nervösen Blick zu Dorothea warf, die neben ihr das löchrige Gewebe eines Strumpfes mit präzisen Stichen zu einem neuen, festen Gefüge verband. Dorothea blickte nicht von ihrer Arbeit auf, sie schien völlig darin versunken zu sein, als ob sie ganz allein im Raum wäre.

Aber Rosalie wusste, dass sie jedes Wort der Unterhaltung gehört und in sich aufgenommen hatte.

Dorothea ging zu Bett, Minter und Fuhlrott verabschiedeten sich. Nachdem Rosalie die Herren zur Tür gebracht hatte, ging sie ins Kaminzimmer, um das Licht zu löschen.

»Sei so gut und setz dich noch einen Augenblick zu mir«, hörte sie die Stimme ihres Vaters, als sie die Hand schon hinter die Kerzenflamme gelegt hatte. Seine zerzausten, feinen Haare schwebten über der Rückenlehne seines Sessels wie helle Daunenfedern.

»Du bist noch hier?«, fragte sie, während sie sich wieder aufs Sofa sinken ließ, vorne auf die Kante des Polsters. Der Tag war lang gewesen, und sie war müde.

»Es geht mir eine Sache durch den Sinn, die ich dich fragen wollte«, sagte Doktor Kuhn, während er seine Brille abnahm und sich mit Zeigefinger und Daumen über die Nasenwurzel rieb.

Rosalie wartete darauf, dass er weitersprach, aber er schwieg.

»Welche Sache?«, erkundigte sie sich vorsichtig. *Und hat das nicht bis morgen Zeit?*

»Es dauert nur einen Moment«, sagte ihr Vater, als ob sie den letzten Gedanken laut ausgesprochen hätte. Er räusperte sich, dann setzte er umständlich seine Brille wieder auf, zuerst schob er den einen Bügel hinter das Ohr, dann den anderen.

»Ich werde alt«, meinte er schließlich. »Ich merke es nur zu gut, wenn ihr jungen Leute beisammen seid und euch über Dinge unterhaltet, die gänzlich an mir vorbeigegangen sind.«

»Ihr jungen Leute«, echote Rosalie. »Wen meinst du damit? Fuhlrott etwa? Er ist gerade so alt wie du ...«

»Fuhlrott, ja, sechs oder sieben Jahre ist er immerhin jünger. Aber vor allem Minter und du selbst.«

Rosalie zuckte etwas ungeduldig mit den Schultern. »Und was sollten das für Dinge sein, über die wir uns unterhalten und die an dir vorbeigegangen sind?«

»Nun, diese Geschichte mit diesem Darwin, nur zum Beispiel.«

»Aber Vater, von diesem Darwin habe auch ich heute zum ersten Mal gehört.«

Er hob seine Hand und fuhr damit durch die Luft, als wolle er ihre Bemerkung wegwischen. »Egal«, sagte er. »Es geht mir ja auch um etwas ganz anderes.«

Er senkte den Kopf und starrte auf seine Hände, die jetzt in seinem Schoß lagen. Mit einem Mal wirkte er wirklich wie ein alter Mann.

»Wer kümmert sich um dich, wenn ich nicht mehr bin?«, sagte er leise.

»Du bist gerade einmal einundsechzig!«, rief sie ungläubig. »Ist etwas geschehen, Vater? Bist du krank, fühlst du dich nicht wohl, gibt es etwas, das du vor mir verborgen hältst?«

Er schüttelte den Kopf, ohne aufzublicken. »Nein, nein, Kind, bestimmt nicht. Aber wenn es jetzt noch nicht so weit ist, so wird es doch kommen, das Alter, die Krankheit, der Tod, und was wird dann aus dir?«

»Aber Minter bildet mich doch zur Apothekergehilfin aus«, sagte sie und merkte zugleich, wie lächerlich sich das anhörte.

Aber Doktor Kuhn schien das nicht so zu empfinden, er nickte langsam und nachdenklich, bis er den Kopf hob und sie ansah.

»Minter«, sagte er. »Wäre das nicht der richtige Mann für dich?«

Seine Worte rauschten in ihren Ohren. Hatte sie ihn richtig verstanden? Ahnte er etwas von ihrer heimlichen Verbindung? Aber sein Blick hinter seinen dicken Brillengläsern war offen und freundlich, ein wenig verschwommen wie immer.

»Euch verbindet so vieles, und er ist doch auch eine recht ansehnliche Erscheinung, so weit ich das als Mann beurteilen kann«, meinte Doktor Kuhn. »Obgleich er in seinen Ansichten und Überzeugungen oftmals über das Ziel hinausschießt.«

Er pries ihr ihren heimlichen Liebhaber an. Sie fühlte plötzlich ein Lachen in sich hochsteigen, es kam irgendwo aus ihrem Bauch, und sie konnte gerade noch rechtzeitig die Hand vor den Mund schlagen, um es zu unterdrücken.

»Was ist mit dir?«, fragte ihr Vater misstrauisch.

»Er ist verheiratet«, sagte Rosalie. Die Worte kamen völlig überraschend, aber als sie sie einmal ausgesprochen hatte, erfüllte sie eine große Erleichterung. Eine Lüge weniger. »Seine Frau ist … von Sinnen, deshalb ist es in der Öffentlichkeit nicht bekannt. Er hat sie in einer Nervenheilanstalt untergebracht, in Endenich.«

»Ach.« Doktor Kuhn klang bestürzt. »Aber das ist ja …«

»… es ist furchtbar«, sagte Rosalie.

»Schade«, sagte ihr Vater. »Jammerschade. Du und er, das erschien mir so perfekt.«

»Tja.« Rosalie stand auf und ging zu der Öllampe, die an der Wand hing, und blies sie aus, mit einem kurzen, präzisen Atemstoß.

Von einem Moment zum andern füllte sich der Raum mit Dunkelheit, nur auf dem Tisch brannten noch zwei Windlichter. Sie nahm sich eines davon und sah, wie die Dunkelheit noch enger an ihren Vater herankroch. »Da werden wir wohl einen anderen Mann für dich finden müssen«, meinte er, halb im Scherz, halb im Ernst.

»Gehen wir schlafen«, sagte sie.

14. KAPITEL

»Überblicken wir das, was wir bis jetzt über die ältesten Menschenrassen wissen; sehen wir, daß sie Flintäxte und Flintmesser und knöcherne Spiesse fast von derselben Form fabricirten, wie die niedrigsten Wilden der Jetztzeit, und daß wir allen Grund zu glauben haben, daß die Gewohnheiten und die Lebensweise solcher Völker von der Zeit des Mammuth und des tichorhinen Rhinoceros an bis heute dieselben geblieben sind, so könnte ich nicht sagen, daß dies Resultat anders sei, als zu erwarten gewesen war.«

Aus *Zeugnisse für die Stellung des Menschen in der Natur* von
Thomas Henry Huxley, 1863

Wenn Dorothea nur nie etwas von diesem englischen Wissenschaftler gehört hätte. Von seinen seltsamen Theorien über die Entstehung der Arten. Seiner Vorstellung von der Welt. Aber sie hatte es gehört, und jetzt konnte sie sich dem Ganzen nicht mehr entziehen. Es klang alles so logisch, die Idee der Lebewesen, die sich nach und nach den jeweiligen Gegebenheiten anpassten, weil sich diejenigen, die besser ausgerüstet waren, stärker vermehrten als die anderen.

Es war nachvollziehbar. Es war konsequent. Es war viel glaubwürdiger als die Schöpfungsgeschichte in der Bibel, in der Gott die Vögel zusammen mit dem anderen Getier am fünften Tag geschaffen und seitdem nicht mehr verändert hatte.

Dieser Darwin und seine Theorien waren überzeugend, aber Satan war auch überzeugend. Satan, das hatte ihr Vater wieder und wieder zu ihr gesagt, Satan bediente sich des menschlichen Verstandes, um seine teuflischen Ziele zu erreichen. Er gaukelte den Menschen vor, dass sie das Wunder der Schöpfung verstehen könnten, wenn sie nur lange genug darüber nachdächten. Dass sie Gott selbst begreifen könnten. Damit hatte er Eva im Paradies verführt, und sie hatte Adam ins Verderben gerissen. Und so war der Baum der Erkenntnis zum Sündenfall für die ganze Menschheit geworden.

Trotzdem. Allein die Vorstellung, dass Gott Eva aus Adams Rippe geschaffen hatte. Und die Vertreibung aus dem Paradies, die Cherubim mit den Flammenschwertern an der Pforte, all das klang wie die Kindermärchen der Gebrüder Grimm. Aber das, was die Doktoren und der Apotheker und Rosalie abends im Kaminzimmer redeten, hörte sich dagegen so vernünftig an.

Was hatte Kirschbaum damals gesagt, vor vielen, vielen Monaten, als sie mit ihm über Fuhlrotts Knochenfunde gesprochen hatte? Es komme nicht darauf an, ob Gott die Welt in sechs Tagen erschaffen hat oder in Jahrhunderten – oder welche Kreatur er wann und wie ins Leben gerufen hat. *Entscheidend ist allein, ob Sie glauben, dass er es getan hat.*

Entscheidend ist allein der Glaube. Darin wäre sich Kirschbaum auch mit ihrem Vater einig gewesen. *Du musst deinen Herrn mit deinem Herzen fühlen,* sagte er immer. *Durch Nachdenken kannst du ihn nicht erschließen.*

Aber damit hörten die Gemeinsamkeiten zwischen Kirschbaum und ihrem Vater auch schon auf.

»Was meinen Sie«, fragte sie Kirschbaum beim Mittagessen. »Dieser Darwin, von dessen Buch ich Ihnen letztens erzählt habe, hat er nun recht oder unrecht?«

Kirschbaum blickte überrascht von seinem Teller auf und sah dabei so irritiert aus, dass sie sich fragte, aus welchen Gedanken sie ihn soeben gerissen hatte. »Darwin?«

»Der englische Forscher ...«

»Ja, richtig, jetzt erinnere ich mich. Nun, ich bin kein Wissenschaftler, ich weiß zu wenig über die Natur und ihre Gesetze, um mir hier ein Urteil anmaßen zu können.«

Dorothea nickte, Kirschbaum hatte natürlich recht, aber es war nicht die Antwort, die sie sich erhofft hatte. Die Antwort, die sie weiterbrachte.

»Aber seine Theorien gefallen mir«, fuhr Kirschbaum fort. »Es ist eine schöne Vorstellung.«

»Es ist eine ... was?« Sie verschluckte sich fast an ihrem Steckrübengemüse. »Finden Sie seine Ideen denn nicht gänzlich befremdend? Machen sie Ihnen keine Angst?«

»Warum sollten sie das? Sie sind so klar und logisch. Und gleichzeitig so wunderbar vielschichtig. Und mir gefällt die Idee, dass sich jedes Tier und jede Pflanze immer weiterentwickelt, dass nichts stehen bleibt und alles, die kleinste Kreatur und der komplizierteste Organismus, nach Vervollkommnung strebt.«

»Schon«, sagte Dorothea und starrte auf ihr Gemüse. »Aber leugnet Darwin nicht letztendlich die Existenz eines Schöpfergottes?«

»Tut er das?«

»Ich weiß nicht, vielleicht nicht ausdrücklich. Aber das ist es doch, was seine Theorien letztendlich ausdrücken.«

»Aber warum denn? Ein System, das derartig ineinandergreift, im Kleinsten wie im Größten, und das sich dennoch kontinuierlich in Veränderung befindet, ohne jedoch auseinanderzubrechen, meinen Sie wirklich, ein so hoch kompliziertes System könne aus sich selbst heraus entstehen? Jede Maschine, und sei sie noch so klug erdacht, ist doch rein gar nichts verglichen mit den unendlich vielschichtigen Geheimnissen der Natur, den unglaublichen Funktionsweisen, die ein Lebewesen ausmachen. Nur weil wir Menschen die Dampfmaschine oder die Lokomotive erfunden haben, meinen wir, dass wir Gott nicht mehr nötig haben, dass wir ihm jetzt ebenbürtig oder gar überlegen sind. Dabei können wir nicht einmal einen Mistkäfer ins Leben rufen. Nicht einmal ein Gänseblümchen. Wir können nur starre tote Dinge schaffen, aber das Geheimnis des Lebens zu ergründen, davon sind wir so weit entfernt wie eh und je.«

»Das klingt sehr gläubig«, sagte sie überrascht. »Und dennoch sagen Sie, dass Sie Ihren Glauben verloren haben.«

Er schwieg einen Moment lang. »Bei mir verhält es sich eben ganz und gar gegenteilig zu den meisten anderen. Mein Verstand sagt mir, dass es einen Gott geben muss, der diese Welt erschaffen hat, und je mehr ich über die Erde und ihre Wunder lerne, desto überzeugter bin ich davon. Aber mein Gefühl sagt mir nichts. Ich spüre Gott nicht. Sein Heiliger Geist ist nicht in mir.«

Sie zögerte. »Aber auch wenn es so wäre, wenn Darwins Theorien die Existenz Gottes eher bestätigten als widerlegten, so stehen sie doch unzweifelhaft im Widerspruch zur Schrift.«

Er zuckte mit den Schultern und aß von seinem Gemüse, kaute und schluckte. »Die Theologen, die so etwas behaupten, haben Angst«, sagte er schließlich. »Meiner Meinung nach.«

Sie zog die Brauen zusammen, während sie sich einen Schluck Wasser einschenkte.

»Sie versuchen Gott in ein festes Gerüst zu pressen, ihm einen Rahmen zu geben, an den man nicht rühren darf und der ihn eingrenzt. So ist Gott, sagen sie, genauso und nicht anders.«

Sie wusste, dass er von seiner Kirche sprach und von ihrer, obwohl sie nicht einmal den gleichen Glauben hatten.

Aber wenn es so ist, wie er sagt, dachte sie, wenn man sich nicht mehr auf den Wortlaut der Bibel verlassen kann und auf das, was die Pastoren sagen und die Ältesten, was gilt dann noch? Muss sich dann ein jeder seine eigene Religion zurechtzimmern?

»Ja«, sagte Kirschbaum und nickte traurig, als habe er ihre Gedanken gelesen. »Es ist ein schwieriger und mühsamer Weg zur Wahrheit.«

Sie nickte ebenfalls, aber insgeheim fragte sie sich, ob der Weg, von dem er sprach, wirklich zur Wahrheit führte oder nicht vielmehr ins ewige Verderben. Immerhin hatte er über dem ganzen Nachdenken seinen Glauben verloren, und wenn sie nicht aufpasste, dann ging es ihr genauso.

Sie traf Packenius zweimal die Woche, sonntags nach dem Gottesdienst und donnerstags in ihrer Mittagspause. Für gewöhnlich gingen sie spazieren, und wenn es regnete, tranken sie Tee in einer Konditorei. Sie redeten über die Predigt, über Afrika und seine Missionstätigkeit, über ihre Familie und seine. Auf dem Rückweg nach Hause oder zur Arbeit, fragte sie sich jedes Mal, warum er sich überhaupt mit ihr abgab. Was er von ihr erwartete.

Als sie jetzt aus dem Halbdunkel der Kirche in das trübe Licht des Herbsttages hinaustrat, sah sie ihn mit großen Schritten auf sich zueilen. Er streckte dabei den Oberkörper nach vorn und reckte ihr das Gesicht entgegen, mit einem Ausdruck von übertriebener Begeisterung. Es war der Charakterzug, den sie am wenigsten an ihm mochte. Diese eigenartige, unterwürfige Art. Warum war er so? Er war als Sohn reicher Eltern in einem großbürgerlichen Haus aufgewachsen, mit zahllosen Bediensteten, mit allen Möglichkeiten. Nicht wie sie, die sie allen Grund zur Demut gehabt hätte, als einzige Tochter im Haus armer Leute.

»Fräulein Dorothea!«, rief Packenius und schüttelte ihre Hand, als wäre es etwas ganz Neues und überaus Beglückendes, dass er sie nach der Kirche traf. Seine Stimme war eine Spur zu laut, aber dennoch war sie ihm dankbar. Wenn er nicht wäre, stünde sie ganz allein hier.

»Guten Tag, Herr Packenius«, sagte sie und sah aus dem Augenwinkel ihre Eltern vorübergehen, dahinter ihre drei Brüder. Einen Moment lang hatte sie den Eindruck, dass ihre Mutter ihre Schritte ein wenig verlangsamte und zu ihr herüberblickte. Vielleicht täuschte sie sich auch.

Seit sie zu Rosalie gezogen war, ignorierten sie ihre Eltern. Nach dem Gottesdienst entfernten sie sich so hastig, als hätten sie Angst, dass Dorothea versuchen könnte, sie festzuhalten. Die anderen Gemeindemitglieder, auch die Ältesten, wichen ihrem Blick aus, nur wenn es sich nicht vermeiden ließ, nickten sie ihr kurz zu, aber sie sprachen nicht mit ihr.

»Warum tust du dir das an?«, hatte sie Rosalie gefragt, als Dorothea ihr davon erzählt hatte. Warum tat sie sich das an? Weil sie immer noch die Hoffnung hatte, dass alles so werden könnte wie früher. Dass sie sich mit ihren Eltern aussöhnen könnte, ohne auf ihre Arbeit bei Kirschbaum zu verzichten.

Eine unsinnige Hoffnung, dachte sie, während Packenius ihre Hand losließ und ihr seinen Arm reichte. Gleichzeitig zog er mit der anderen Hand seinen Hut vom Kopf und grüßte damit zu Pastor Kohlbrügge hinüber, der aus der Sakristei gekommen war und nun mit den Ältesten vor der Kirchentür stand. Der Pastor grüßte zurück, und nach einem kurzen Zögern hoben auch die drei Ältesten die Hände zum Gruß, wobei sie allerdings keine Miene verzogen. Es scheint Packenius nichts auszumachen, dass ich für die ganze Gemeinde Abschaum bin, dachte Dorothea. Jeder andere würde sich schämen, mit mir gesehen zu werden, Packenius dagegen wirkte richtiggehend stolz, dass sie an seinem Arm den Kirchplatz verließ.

Er war der Einzige, der sie wie ein menschliches Wesen behandelte und nicht wie eine Aussätzige. Er achtete sie ihrer selbst wegen. Dafür war sie ihm dankbar.

Das erste Mal, an jenem Sonntag im Frühling, als sie mit Packenius wieder zum Gottesdienst gegangen war, hatte Kohlbrügge sie nach der Kirche mit ins Pastorat genommen. Seine Frau, die aussah wie seine Mutter, nahm ihr den Mantel ab, obwohl Dorothea ihn gerne anbehalten hätte, es war kühl in dem karg möblierten, dunklen Pfarrhaus, und in Kohlbrügges Arbeitszimmer war es noch kühler.

Drei Wände des Raums waren von Bücherregalen bedeckt, auf den Brettern drängten sich die hohen, dunklen Buchrücken dicht an dicht und starrten auf Dorothea herab, drohend und missbilligend. Vielleicht, dachte Dorothea, nachdem sie vergeblich versucht hatte, einen der Titel zu entziffern, vielleicht ist es ja immer wieder das gleiche Buch, die Heilige Schrift, das Wort Gottes, die Bibel. Auf Holländisch und Deutsch und Lateinisch und Griechisch und Hebräisch, denn ein anderes als dieses Buch braucht kein Mensch. Das sagte ihr Vater immer.

»Dorothea«, sagte Pastor Kohlbrügge, während er sich hinter dem Schreibtisch niederließ. »Wir haben dich lange nicht gesehen.«

Er bot ihr keinen Platz an, also blieb sie mitten im Raum stehen, obwohl am Fenster noch ein Stuhl stand.

»Ja«, sagte Dorothea. Mehr fiel ihr dazu nicht ein.

»Nun hast du also den Weg in unsere Gemeinde zurückgefunden.« Das *g* sprach Kohlbrügge tief hinten im Rachen aus, es klang wie *ch*, auch das *k* betonte er auf diese Weise.

Sie senkte den Blick und hatte dabei das Gefühl, dass er sie lächelnd betrachtete. Aber als sie den Kopf hob, um sich zu überzeugen, dass er wirklich lächelte, war sein Gesicht über dem weißen Pastorenkragen hart und streng.

»Du bist zurückgekommen«, sagte er. »Das sehe ich mit Wohlwollen. Gleichwohl hast du durch deine Lügen und das fortwährende Beharren auf deinem Unrecht eine schwere Sünde auf dich geladen. Solange du unbußfertig in deiner Eigengerechtigkeit beharrst, ist der ganze Leib der Gemeinde in eine ernste Gefahr gestellt, so wir dich unter uns belassen. Deshalb höre, Dorothea, was ich im Einvernehmen mit den Ältesten beschlossen habe und was ich am nächsten Sonntag auch von der Kanzel verkünden werde, dass du zwar am Gebet und an den Gottesdiensten teilnehmen sollst, auf dass Gott dir Buße schenke zur Vergebung der Sünden, dass du aber bis dahin ausgeschlossen sein sollst von den heiligen Sakramenten.«

Wieder sprach er in einem milden Ton, aber gerade dadurch klangen seine Worte umso härter, gnadenlos. Sie war so erschrocken darüber, dass ihr Tränen in die Augen traten. Aber was hatte sie erwartet, fragte sie sich gleichzeitig – dass er sie gerührt in die Arme schließen würde wie der Vater in der Bibel seinen verlorenen Sohn? Nein, sie war nicht reuig und nicht einsichtig, und das hatte sie nun davon, dass sie zurückgekommen war.

Während sie mit den Tränen kämpfte, erhob sich der Pastor und trat an das Stehpult am Fenster. Er klappte sein Tintenfass auf und begann zu schreiben. Dorothea knetete ihre Hände und trat unschlüssig von einem Fuß auf den anderen. War ihr Gespräch beendet? Erwartete er jetzt, dass sie sich zurückzog, grußlos, demütig, als wäre sie nie hier gewesen?

Sie wollte sich gerade umdrehen, als er sich wieder zu ihr wandte. »Du bist dir sicherlich im Klaren darüber, dass du einen starken, einen treuen Fürsprecher in unserer Gemeinde hast, dem allein du es verdankst, dass wir dich nicht mit der ganzen Härte der Kirchenzucht belegen.«

»Herrn Packenius«, sagte sie leise.

Er sah sie an, ohne zu nicken. »Er hat mich gebeten, dir ein Wort der Stärkung und der Ermutigung mit auf den Weg zu geben, und ich will es ihm und deinen Eltern zum Gefallen tun.«

Packenius und ihren Eltern zum Gefallen will er es tun, nicht meinetwegen, dachte sie bitter, aber sie wich seinem Blick nicht aus.

»Mir war es selbst einst so, als ob ich verstoßen wäre. Ob der bittern Not meiner Seele hielt ich um Antwort an, darum, dass der Herr ein Wort des Friedens zu meiner Seele sprechen möchte, und indem ich nicht losließ«, sagte er, »kamen mir diese Worte in meinen Sinn als ein großer Trost.« Er gab ihr ein zusammengefaltetes Blatt Papier, und sie hielt es fest, unsicher, ob sie es jetzt gleich aufschlagen und lesen sollte oder erst später.

»Auf Wiedersehen, Dorothea.« Er reichte ihr die Hand. »Der Herr geleite dich zurück auf den rechten Pfad.«

Draußen auf der Straße las sie die Worte, die er ihr aufgeschrieben hatte.

Harrt auf den Herrn, ihr Frommen,
Bei ihm ist Gnad und Huld.
Das Heil wird von ihm kommen,
Harrt seiner mit Geduld.

Er wird von allem Bösen,
Von Sünd' und Jammer hier
Sein Israel erlösen
Das tu' er auch an mir!

Seit jenem Mal hatte Kohlbrügge nie mehr persönlich mit ihr gesprochen, manchmal hatte sie zwar das Gefühl, dass er während seiner Predigt die Augen auf sie richtete und seine Worte allein ihr galten, aber das war natürlich vermessen. Es hatte auch kein Abendmahl mehr stattgefunden, bis Weihnachten würde es nicht wieder gefeiert werden, sodass es nicht auffiel, dass sie davon ausgeschlossen war.

Die Sätze, die er ihr aufgeschrieben hatte, trug sie immer bei sich, in einer kleinen Messingkapsel, in der sie sonst Nadel und Faden aufbewahrte. Sie hatte so oft darüber nachgedacht, was er ihr mit den Versen hatte sagen wollen.

Harrt seiner mit Geduld. Ganz bestimmt hieß das nicht, dass sie nur auf Gott vertrauen und einfach abwarten sollte, bis Er alles zum Guten wandte. Der Pastor hat klar und deutlich gemacht, dass er reuige Buße von ihr erwartete, dass sie ihr renitentes Verhalten gegenüber ihren Eltern aufgeben und zu ihnen zurückkehren sollte. Aber in dem Lied, das er ihr aufgeschrieben hatte, das ihr Stärkung und Ermutigung bringen sollte, stand nichts davon. Der Satz mit dem Israel, das Gott erlösen wollte, vielleicht war das ja eine Anspielung auf Kirschbaum, den Juden. Aber falls es so war, wusste sie nichts damit anzufangen. Sie schüttelte den Kopf. Sie kannte die Verse inzwischen auswendig, aber sie war immer noch nicht weiter als am Anfang. Sie verstand die Bedeutung einfach nicht.

Auch jetzt gingen ihr die Worte wieder durch den Sinn, während sie neben Packenius stadtauswärts ging

»Worüber grübeln Sie nach?«, fragte Packenius.

»Über die Predigt«, wich sie ihm aus. Sie hatte einmal den Fehler gemacht und ihm die Zeilen gezeigt, in der Hoffnung, dass er ihr weiterhelfen könnte, wo er doch Missionar und Prediger war. Er hatte gar nicht mehr aufgehört zu reden. Von Geduld und göttlicher Gnade, von Sünde und Vergebung, vom Exodus der Israeliten und der Ankunft im Gelobten Land, von Huld und Heil und Erlösung. Als er endlich fertig war, schwirrte ihr der Kopf, aber begriffen hatte sie immer noch nichts. Im Gegenteil, sie brauchte eine halbe Stunde, bis sie wieder einigermaßen klar denken konnte.

Jetzt erwartete sie, dass er das Stichwort aufgreifen würde und Kohlbrügges Predigt noch einmal rekapitulieren würde, aber er ging nicht darauf ein. Überhaupt war er äußerst still heute, seit sie losgegangen waren, hatte er keine fünf Worte gesagt.

Sie hatten den Weg zur Hardt eingeschlagen. Seit ihrem ersten Spaziergang nach dem Gottesdienst gingen sie immer dorthin, die hügeligen Wiesen hoch bis zur Spitze der kleinen Erhebung. Inzwischen war es fast Mittag, aber über dem Gras hing immer noch ein diesiger Nebel wie ein schweres, nasses Tuch. Am Horizont schwammen die Kronen der Bäume, in deren blattlosen Ästen wucherten Misteln wie Geschwüre.

»Und Sie? Woran denken Sie?«, fragte Dorothea.

Er wandte ihr den Kopf zu, sein Blick streifte über ihr Gesicht und glitt dann über ihre Schulter hinweg weiter. »Ich werde diesen Ort bald verlassen«, sagte er schließlich.

»Sie gehen zurück nach Afrika?«

»Mitte November«, nickte er. »Die Schiffspassage ist bestellt, ich werde das Weihnachtsfest also im Kapland feiern.«

Er würde Elberfeld verlassen. Sie hatte so darauf gehofft, dass er es schaffen würde, sie wieder mit ihrer Familie auszusöhnen, sie hatte ein fast abergläubisches Vertrauen in ihn gesetzt, aber es war vergeblich gewesen.

»Freuen Sie sich darauf, wieder dorthin zu gehen?«, fragte sie mit seltsam brüchiger Stimme.

Er schwieg einen Moment lang, während seine Augen über die Wiesen glitten, die wie grüne Seen aussahen.

»Ja«, sagte er. »Und nein.«

Sie warf ihm einen schnellen Blick zu und sah, dass er schwitzte. Winzige Tropfen traten an seinem dünnen Haaransatz hervor, sie bedeckten seine Schläfen und seine Stirn, es sah aus, als habe sich der Nebel dort niedergeschlagen.

»Ich freue mich«, fuhr er fort, und nun klang auch seine Stimme belegt, »weil ich weiß, dass sowohl meine Mitbrüder als auch die Eingeborenen dort meiner Hilfe bedürfen. Dass die Heiden hungern nach dem Worte Christi und die Bekehrten nach seelischer Speise. Und dass ich auserwählt bin, ihnen dieses zu bringen. Aber ich wäre noch um so vieles glücklicher, wenn ich in einer bestimmten Hinsicht zuversichtlicher in die Zukunft schauen dürfte.«

Bevor er weitersprach, wusste sie plötzlich, was er sagen wollte, was er gleich sagen würde, ihr wurde ganz heiß vor Aufregung. Packenius wollte ihr einen Antrag machen. Er würde sie um ihre Hand bitten. Andreas Packenius, Sohn einer der angesehensten, wohlhabendsten Familien der Gemeinde, und Dorothea, die Sünderin. Nein, Unsinn, dachte sie. Natürlich war das ganz unvorstellbar. Wie konnte sie überhaupt auf einen so hirnverbrannten Gedanken kommen.

»Wollen Sie, verehrte Dorothea, mich heiraten?«, fragte Packenius.

»Ich?«, wollte sie fragen, aber ihre Lippen machten nur die entsprechende Bewegung, ohne dass jedoch ein Laut aus ihrem Mund kam.

»Es gäbe für mich kein größeres Glück. Folgen Sie mir als meine Frau in meine neue afrikanische Heimat. Sodass wir zusammen bewirken können, was ich allein nur unzulänglich erreichen kann: das Wort Gottes zu verkündigen in Worten und Taten. Es ist nicht immer ein leichtes Leben in Afrika, da will ich Ihnen nichts vormachen, aber es ist ein gottgefälliges, ein Heil bringendes Wirken.«

»Warum ich?«, sagte sie. Diesmal brachte sie die Worte heraus, wenn sie auch ihre eigene Stimme nicht wiedererkannte.

»Weil ich Sie auserwählt habe und keine andere«, meinte er, und trotz ihrer Verwirrung empfand sie die Antwort auf seltsame Weise unbefriedigend.

»Ich habe«, fuhr er fort, »kürzlich mit Ihrem Vater gesprochen und den Gedanken einer ehelichen Verbindung ... angedeutet. Ich bin stolz zu sagen, dass er sehr glücklich wäre über eine solche Entscheidung.«

Sie nickte langsam und nachdenklich. Natürlich wäre ihr Vater glücklich über die Verbindung. Nach allem, was geschehen war, würdigten sie die jungen Männer in der Gemeinde keines Blickes mehr, Packenius würde sie durch eine Heirat rehabilitieren. Sie und ihre ganze Familie. Und darüber hinaus würde Dorothea mit ihm nach Afrika gehen, damit wäre das Problem aus der Welt, im wahrsten Sinne des Wortes.

Eine perfekte Lösung. Es gab nur ein Hindernis. Sie wollte Packenius nicht heiraten. Sie ging mit ihm spazieren, zweimal die Woche, aber die Vorstellung für den Rest ihres Lebens mit ihm Tisch und Bett zu teilen ... Sie sah ihn an, seine bleiche Haut unter dem dünnen Backenbart. Dieser sanfte, unendlich geduldige Ausdruck in seinem Gesicht. Nein, sie wollte ihn nicht.

»Sie müssen wissen«, sagte Packenius, »dass es ihrer Familie nicht eben gut geht, jetzt da ihr Bruder krank ist und seiner Arbeit in der Fabrik nicht mehr nachkommen kann.«

»Traugott?«, fragte Dorothea erschrocken. »So schlimm steht es um ihn, dass er nicht mehr zur Arbeit geht? Aber wie kommen sie denn dann über die Runden, das Geld hat doch früher schon nicht gereicht?«

Packenius schüttelte betrübt den Kopf. »Ich habe ihnen im Namen meiner Familie finanzielle Unterstützung angeboten, aber ihr Vater wollte durchaus nichts davon hören«, sagte er. »Wenn ich aber als sein Sohn zur Familie gehörte ...«, er brach ab, ohne die Stimme zu senken.

Sie hatte verstanden. Ihr Blick wanderte über die Wiesen. Sie hatte plötzlich den Eindruck, dass der Nebel dichter geworden war und dass er sich weiter zusammenzog, während sie nebeneinander hergingen. Selbst oben in den Baumkronen hingen jetzt Nebelfetzen wie Flecken von Nichts. Es war auch kühler geworden.

Er wartete auf ihre Antwort.

»Ich bin sehr verwirrt«, sagte sie, nachdem sie viel zu lange geschwiegen hatte. »Es ist ein so großer Schritt, ich muss ihn überdenken vor dem Herrn.«

Er nickte.

»Ich fühle mich gleichwohl geehrt«, sagte sie, wobei sie versuchte, ihrer Stimme einen begeisterten Klang zu geben. Es gelang ihr aber nicht, weil sie nicht begeistert war.

Er nickte wieder.

»Äußerst geehrt«, sagte sie.

Seine kleinen Zähne glänzten.

»Nach Afrika«, sagte Rosalie, und ihre langen Wimpern flatterten aufgeregt über ihre dunklen Augen. »Er will dich tatsächlich mit nach Afrika nehmen?«

Dorothea hatte Tee gekocht, und jetzt saßen die beiden Freundinnen nebeneinander auf der Küchenbank, die Ärmel ihrer Blusen über die Hände gezogen, um auf diese Weise ihre Tassen festzuhalten, damit sie sich an dem heißen Steingut nicht die Finger verbrannten. Dorothea hatte Rosalie von Packenius' Antrag erzählt, und wie so oft reagierte die Freundin ganz anders als erwartet. Dorothea hätte darauf geschworen, dass Rosalie entsetzt wäre von der Vorstellung, dass Dorothea Packenius heiraten könnte.

»Er nimmt mich mit nach Afrika, wenn ich seine Frau werde«, erklärte sie jetzt, vielleicht hatte Rosalie sie ja vorhin nicht richtig verstanden.

»Das ist in der Tat ...«, Rosalie brachte den Satz nicht zu Ende. »Aber du findest ihn doch recht sympathisch. Immerhin geht ihr ständig miteinander spazieren.«

»Dann und wann«, schränkte Dorothea ein.

»Ich kenne ihn natürlich kaum«, überlegte Rosalie. »Aber er scheint nicht so philisterhaft zu sein wie die anderen ...«

»Du meinst, weil er sich mit mir abgibt?«

Rosalie zuckte die Schultern. »Ich kann mir kein Urteil bilden über ihn. Sag du mir, wie du ihn findest.«

»Ich kann mir auch kein Urteil bilden«, sagte Dorothea.

»Aber du siehst ihn doch so oft.«

»Ich kann mir einfach nicht erklären, was er von mir will.«

»Er liebt dich eben.«

»Nein, das ist es nicht«, sagte Dorothea. Es war jedenfalls keine leidenschaftliche, sinnliche begehrende Liebe, die Packenius für sie empfand. Er war viel zu pietistisch für solche Gefühle. Genau wie sie selbst.

»Afrika«, sagte Rosalie träumerisch. »Was gäbe ich darum, einmal nach Afrika zu reisen.«

»Ja, aber es wäre für den Rest meines Lebens.« Vielleicht würden sie einander nie mehr wiedersehen, wenn Dorothea Packenius' Antrag annahm. Aber das schien Rosalie überhaupt nicht zu berühren.

Vielleicht käme es ihr ja gerade gelegen, wenn ich weit wegzöge, dachte Dorothea. Vielleicht geht ihr meine Gegenwart inzwischen auf die Nerven, sie bereut es schon, dass ich hier eingezogen bin.

»Ich könnte mit euch kommen«, sagte Rosalie im gleichen Moment. »Als deine Hausdame.«

»Missionarsfrauen haben keine Hausdamen.«

»Dann eben in irgendeiner anderen Funktion. Immerhin kenne ich mich bestens mit Heilmitteln und Arzneien aus. So etwas ist bestimmt nützlich auf einer Missionsstation.«

»Und dein Minter?«, fragte Dorothea.

Schweigend starrte Rosalie durch den Dampf, der von ihrer Teetasse aufstieg, ins Leere.

Dorothea saß in ihrem winzigen Büro zwischen zwei Büchertürmen. Links ein Stapel, rechts ein Stapel, doch der linke Stapel war viel höher als der rechte, das war ein schlechtes Zeichen, denn das waren die Bücher, die sie noch zu bearbeiten hatte. Heute war Donnerstag. In weniger als einer halben Stunde würde Packenius hier erscheinen. Er erwartete eine Antwort, aber sie war immer noch genauso verwirrt, genauso unschlüssig wie am Sonntag. Rosalie hatte sie vollends durcheinandergebracht. Dorothea hatte fast den Eindruck, dass Rosalie Packenius am liebsten selbst geheiratet hätte, nur um von Elberfeld wegzukommen. Dabei war sie doch so verliebt in ihren Apotheker.

Aber sie durfte jetzt nicht über Rosalie nachdenken. Sie musste eine Entscheidung treffen, die den Rest ihres Lebens bestimmen würde. Einen Moment lang dachte sie daran, nach vorn in den Laden zu gehen und Kirschbaum zu fragen. Aber dann schüttelte sie den Kopf über sich selbst.

En Orakel, dachte sie. Ich brauche ein Orakel, das mir den Weg weist, das mir sagt, was ich tun soll. Sie brauchte eine Bibel, und zwar schnell, denn die Uhr über der Tür zeigte inzwischen ein Viertel vor zwölf. In fünfzehn Minuten brauchte sie eine Antwort.

Sie eilte nach vorn und suchte zuerst unter *B* wie Bibel, dann unter *H* wie Heilige Schrift. *E* wie Evangelium. Nichts, natürlich war da nichts, was hatte sie erwartet, welcher Mensch ging auch in eine Leihbibliothek, um eine Bibel auszuleihen. Im Übrigen war Kirschbaum Jude, wenn überhaupt, hätte er eine Thora zur Hand oder wie die Bibel der Juden auch immer hieß.

Die jüdische Bibel, dachte sie dann, das waren die Bücher des Alten Testaments, es war nur ein Ausschnitt des Ganzen, aber es war nicht verkehrt, es war zumindest besser als nichts. *T*, dachte sie, *T* wie Thora. Und während sie es dachte, hastete sie schon zu dem Regal.

»Was suchen Sie denn?«, hörte sie Kirschbaums Stimme hinter sich, er stand bei den neuen Büchern am Ausgang, sie hatte ihn gar nicht bemerkt.

»Nichts. Ich …« Ihr Blick glitt zur Uhr am Eingang. Noch zehn Minuten. »Haben Sie eine Bibel?«, stieß sie dann atemlos hervor. »Christlich, jüdisch, ganz egal.«

»Sicher«, sagte er. Er drehte sich um und verschwand in seinen Räumen hinter der Küche. Die Uhr über der Tür tickte. Packenius kam niemals zu spät. Der große Zeiger sprang ein winziges Stück nach vorn. Wie ein Zeigefinger. Dann noch einmal. Immer näher zu der zwölf hin, aber nun kam Kirschbaum zurück und reichte ihr zwei Bücher.

»Ihre Bibel und der Tannach«, sagte er. »Bitte schön.«

»Danke.« Sie hastete in ihr Büro und schloss die Tür hinter sich.

Sie nahm das Buch in beide Hände, ihre Finger lagen auf dem Rücken, ihre Daumen auf den vorderen Kanten des Einbands. Sie wollte sichergehen, dass sie die Bibel nicht absichtlich weiter vorn oder weiter hinten öffnete. Das Orakel durfte nicht beeinflusst werden. Sie schloss die Augen. »Gnädiger Gott«, betete sie. »Hilf mir. Hilf mir, Herr Jesus, deinen Willen zu erkennen.« Sie kippte das Buch nach vorn, sodass die Seiten locker auseinanderfielen, dann drehte sie es blitzschnell nach oben und spürte, wie es sich öffnete. Ihr Zeigefinger tippte auf eine Stelle, sie presste ihn fester darauf, während sie die Augen wieder öffnete.

Jesaja 1, Vers 21,22. *Wie geht das zu, dass die treue Stadt zur Hure geworden ist? Sie war voll Recht, Gerechtigkeit wohnte darin, nun aber – Mörder. Dein Silber ist Schlacke geworden und dein Wein mit Wasser verfälscht.*

Hilf mir, mein Gott, dachte sie noch einmal, während ihre Augen wieder hoch zu der Uhr schossen, deren Zeiger sich inzwischen fast berührten, nur ein winziger Spalt trennte sie noch voneinander. Was soll das, was sollen mir diese Worte des Propheten sagen? *Die treue Stadt zur Hure geworden.* Jesaja sprach von Jerusalem, aber was bedeutete das Ganze für sie, welche Entscheidung sollte sie treffen, welchen Weg sollte sie gehen?

Im selben Augenblick schlossen sich die Zeiger über der Tür zu einer Einheit zusammen, die Glocken der Reformierten Kirche begannen zu läuten, und es klopfte an die Tür.

Von der Hofaue her kam der beißende Geruch der Textilfabriken, und weil der Gestank heute besonders schlimm war, lenkten sie ihre Schritte in Richtung Nordstadt. Er fragte sie, wie es ihr ginge und erzählte, dass er ihre Familie gesehen hätte. Traugott fühlte sich jetzt besser, wenn er auch noch nicht wieder arbeitete.

Sie zog einen Umschlag aus der Tasche und hielt ihn ihm hin. »Bitte, können Sie das meinem Vater geben«, sagte sie. »Doch Sie dürfen ihm nicht sagen, dass es von mir kommt, wenn er fragt, denn dann würde er es nicht annehmen. Aber ich brauche es nicht, und sie haben es doch so nötig.« Es waren ihre Ersparnisse der letzten Monate. Von dem Lohn, den ihr Kirschbaum zahlte, gab sie fast nichts aus, weil Doktor Kuhn nur einen sehr bescheidenen Beitrag für Kost und Logis von ihr akzeptierte.

Packenius starrte unbehaglich auf den Papierumschlag. »Nein, Fräulein Leder«, sagte er und zog dabei die Schultern zusammen. »Wenn er mich dann fragt, woher das Geld stammt, müsste ich lügen, und das wäre nicht recht.«

»Dann legen Sie es einfach irgendwohin, wo er es findet, wenn Sie wieder weg sind.«

»In diesem Fall machte ich ihre Eltern glauben, das Geld käme von mir, und das wäre so ebenso gelogen.«

Der Umschlag mit dem Geld schwebte noch eine ganze Weile lang zwischen ihnen in der Luft. Dann schob sie ihn wieder in die Rocktasche.

Ihr Vater würde ihr Geld nicht annehmen, und Packenius wollte es nicht einmal überbringen. Es war schmutziges, unreines Geld. Hurengeld, dachte sie und verstand, dass es bei den

Worten Jesajas in Wirklichkeit um sie selbst ging. Sie war zur Hure geworden, weil sie ihr gottgefälliges Leben aufgegeben und ihre Eltern verlassen hatte. Sie war voll Recht gewesen, aber jetzt war alles in ihr Schlacke, verfälscht und verwässert.

Wenn sie sich aber für Packenius entschied, wenn sie ein neues Leben an seiner Seite begann, dann würde alles gut werden. Der Bund mit ihm würde sie reinwaschen von ihrer alten Schuld. Gott wollte, dass sie ihn heiratete. Es war so einfach. Sie brauchte nur ein Wort zu sagen. Zwei Buchstaben. *Ja*.

Es begann leise zu nieseln. Er zog den Hut tiefer in die Stirn, und während er die Schritte leicht beschleunigte, zog er eine Taschenuhr aus der Weste und warf einen schnellen Blick darauf. »Über die Frage, die ich Ihnen beim letzen Male gestellt habe«, sagte er dann, ohne ihr jedoch den Kopf zuzuwenden. »Haben Sie sich darüber Gedanken gemacht?«

»Natürlich«, sagte sie atemlos. »Ich denke an nichts anderes seither.«

Er nickte und lächelte schweigend.

»Es ist nur ... dieses fremde Land, das mich schreckt«, fuhr sie fort, als er nichts sagte. »Dieses Leben in Afrika. Fern von allem, was mir vertraut ist, meiner Familie, meiner Gemeinde.« Warum sagte sie das? Es war eine glatte Lüge. Das Leben in Afrika war nicht das Problem. Im Gegenteil, der Gedanke, alles aufzugeben, alles zurückzulassen, um in diesem wilden, fernen Kontinent ein neues Leben anzufangen, unter Menschen, die sie nicht kannten, war verlockend. Er war es, der sie abschreckte. Ganz egal, was ihre Eltern sich wünschten oder das Orakel sagte, ganz egal, was Gott von ihr wollte, sie wollte ihn nicht. Sie wollte ihn einfach nicht.

Er räusperte sich und nickte, und einen Moment lang hatte sie die schreckliche Befürchtung, er könne einlenken und vorschlagen, dass sie beide hierblieben in Elberfeld. Aber dann räusperte er sich noch einmal. »Es würde auch durchaus nicht so schnell ... Als Missionar der Rheinischen Mission darf ich erst nach einer fünfjährigen Frist nach meiner Entsendung in den Ehestand treten. Ich aber bin erst drei Jahre im Wupperthale gewesen. In jedem Fall ... Nun ich habe bereits eine Anfrage an die Deputation gestellt, sodass ich überzeugt bin, dass man wohlwollend entscheiden ... Ich bin sehr zuversichtlich, dass ich die Erlaubnis zu einer Vermählung erhalten würde.«

Er verstummte, sein Gesicht glänzte, obwohl die breite Krempe des Hutes die Regentropfen abschirmte.

Sie schluckte. »Sie sind sich also nicht ganz sicher, ob Sie mich überhaupt zur Frau nehmen dürfen?«

»Doch«, sagte er. »Nur eben nicht sofort.«

»Sondern erst in zwei Jahren, wenn die Frist abgelaufen ist?«

»Nein, nein!«, rief er schnell, die Augen vor Schreck weit aufgerissen. »Aber nicht doch, ich habe ja schon an die Deputation geschrieben, man hat mir einen günstigen Bescheid in Aussicht gestellt. Allerdings würde die endgültige Erlaubnis bis ins neue Jahr hinein auf sich warten lassen, sodass Sie mir frühestens zum April oder Mai 1860 nach Wupperthal nachfolgen könnten.«

Frühestens im April oder Mai. Das war ja lange hin. Bis dahin konnte noch so viel geschehen.

»Gleichwohl bräuchte ich Ihre Antwort, bevor ich die Sache weiterverfolge«, sagte er leise.

Sie starrte auf ihre Schuhspitzen, die vom hellgrauen Schlamm der Straße bedeckt waren, und dachte an Kirschbaum und an die Leihbibliothek, an Pastor Kohlbrügges Verse in ihrer kleinen Schatulle, an Rosalies seltsame Worte, damals in der Küche, an ihren Bruder, der sich die Seele aus dem Leib hustete und an ihre armen Eltern.

Und während sie noch darüber nachdachte, was sie ihm entgegnen sollte, hörte sie ihre eigene Stimme. »Die Antwort ist ja.«

Sie sortierte mit Kirschbaum Bücher. Während sie unten stand und ihm die einzelnen Werke reichte, war er oben auf der Leiter und ordnete sie nach den Anfangsbuchstaben der Autoren ins Regal.

Jetzt wäre ein guter Zeitpunkt, dachte Dorothea wie so oft in den letzten Wochen. Jetzt könnte ich ihm sagen, dass ich bald nicht mehr für ihn arbeiten kann, weil ich mich verheiraten werde.

Es hatte schon so viele gute Zeitpunkte dafür gegeben. Jeden Tag beim Mittagessen hätte sie mit ihm darüber sprechen können, morgens wenn sie ihn begrüßte, abends wenn sie sich verabschiedete. Wenn er ihr einen Korb mit Rückgaben ins Büro brachte oder wenn sie den Korb wieder nach vorne trug. Sie hatte es dennoch nie angesprochen.

Vielleicht war es besser so, die Sache war ja noch nicht ganz sicher. Die endgültige Erlaubnis der Deption stand noch aus, und wenn es doch nicht zu einer Heirat käme, aus welchem Grund auch immer, wie würde sie dann vor Kirschbaum dastehen?

Andererseits erwartete Packenius natürlich, dass sie ihre Arbeit in der Leihbibliothek aufgab, auch wenn er es nicht direkt ansprach. Es war die Art, wie er sich in der Bibliothek umblickte, wenn er sie donnerstags abholte, voller Missbilligung und Abscheu, aber sie tat, als bemerke sie es nicht.

Nach dem letzten Gottesdienst, als sie den Weg zur Hardt hinaufgingen, hatte er zuerst lange gehustet, als säße ihm etwas in der Kehle. »Nun sind es nur wenige Tage bis zu meiner Abreise«, sagte er. Sie nickte und murmelte etwas, das bedauernd klang. »Und dann folgt auch schon das Christfest.«

Er hustete noch einmal und hielt sich dabei das Ende seines Schals vor den Mund. »Es wäre schön«, meinte er dann, »wenn auch Sie zur Feier von Christi Geburt zum Tisch des Herrn gingen, um das Heilige Abendmahl zu empfangen.«

In ihren Rocktaschen krampften sich ihre Hände zu Fäusten zusammen. Kohlbrügge hatte sie mit der Kirchenzucht belegt. Sie durfte nicht zum Abendmahl, solange sie sich im Zustand der Sünde befand. Sie brauchte sich nicht einmal dazu anmelden, die Ältesten würden sie ohnehin nicht zulassen.

Schon an Pfingsten hatte sie nicht am Abendmahl teilgenommen. Sie war sitzen geblieben, als alle anderen sich erhoben, um an den Tischen Platz zu nehmen, die vorne auf der Empore aufgebaut worden waren. Sie und Melcher Hombruch, der seine Frau mit einer anderen betrogen hatte, während sie im Kindbett lag, waren die Einzigen, die nicht nach vorne gegangen waren.

Dorothea biss sich auf die Lippen. Weihnachten war erst in zwei Monaten. Sie hatte noch Zeit zu bereuen. Genügend Zeit, alles ins Reine zu bringen. Und mit Kirschbaum zu reden.

»Fräulein Leder?«, sagte Kirschbaum und streckte seine Hand nach dem nächsten Buch aus, wobei er sein kleines Lächeln lächelte.

»Entschuldigung.« Sie reichte ihm den Titel.

»Aus welchen Träumen habe ich Sie gerissen?«

»Nichts. Ich habe an Weihnachten gedacht.«

»An Weihnachten?«, er hob erstaunt die Brauen. »Aber bis dahin ist es noch lange hin.«

»Ich weiß«, sagte sie. Zum Glück.

15. KAPITEL

»Der schmale Fluß ergießt bald rasch, bald stockend seine purpurnen Wogen zwischen rauchigen Fabrikgebäuden und garnbedeckten Bleichen hindurch; aber seine hochrote Farbe rührt nicht von einer blutigen Schlacht her, denn hier streiten nur theologische Federn und wortreiche alte Weiber gewöhnlich um des Kaisers Bart; auch nicht von Scham über das Treiben der Menschen, obwohl dazu wahrlich Grund genug vorhanden ist, sondern einzig und allein von den vielen Türkischrot-Färbereien.«

Aus *Briefe aus dem Wupperthale* von Friedrich Engels, 1839

Rosalie hatte seit Anfang Dezember nicht mehr in der Apotheke gearbeitet. Sie kam nur noch abends vorbei, kurz bevor Minter zuschließen wollte, und ließ sich Opiumtinktur, Kalomel und Kreosotwasser mischen, für die wenigen Patienten, die sich die Medikamente leisten konnten. Die Übrigen behandelte ihr Vater mit kalten Wasserumschlägen auf dem Unterleib, und wenn der Puls so schwach wurde, dass eine Herzlähmung drohte, verabreichte er Rum oder Wein oder schwarzen Kaffee. »Eisstückchen wäre gut«, sagte er ein ums andere Mal, wenn die Patienten vor Durst schrien und das Wasser, das man ihnen einflößte, sofort wieder erbrachen. Aber woher sollten sie Eisstückchen nehmen bei diesem milden Wetter?

In der Nordstadt war die Cholera ausgebrochen. Die ersten Erkrankungen waren schon im Sommer 1859 aufgetreten, im August war Doktor Kuhn zu zwei Patienten gerufen worden, die rasch nach dem Auftreten der ersten Symptome gestorben waren. Danach schleppte sich die Krankheit drei Monate lang mühsam dahin. Hier ein Kranker, dort ein Toter. »Vielleicht geht der Kelch an uns vorüber«, sagte Kuhn, nachdem im November immer noch keine nennenswerten Krankheitszahlen zu verzeichnen waren. »Die kalten Temperaturen des Winters sind das beste, das einzige Mittel gegen die Krankheit.«

Aber der Kelch ging nicht vorüber, auf einen nassen Herbst folgte ein milder Dezember. Statt Schnee und Eis bedeckte Morast die Straßen, und in dem Dreck sammelte die Cholera ihre Kräfte, sie hob ihren hässlichen Kopf und schlug zu.

In der ersten Adventswoche waren es achtzehn Kranke, sechsundfünfzig in der zweiten. Als die Zahlen die hundert überschritten, hörten sie auf zu zählen. Am 5. Dezember holte Kuhn Rosalie aus der Apotheke, und am 8. Dezember holte Rosalie Dorothea aus der Bibliothek. »Wir brauchen jetzt jede Hilfe, damit aus der Sache keine Katastrophe wird.«

Sie trugen wollene Leibbinden unter ihren Miedern und zwei Paar Wollstrümpfe übereinander, weil Doktor Kuhn darauf bestanden hatte. »Haltet euch warm«, sagte er. »Wenn euer Körper geschwächt ist, ob durch Kälte oder Ermüdung oder irgendeine andere Schädlichkeit, dann wird die Seuche auch von euch Besitz ergreifen.«

Rosalie trug ihre Wollbinde und die doppelten Strümpfe aber nur sehr kurze Zeit. Auf den Straßen war es mild, und in den Mietswohnungen so stickig, dass sie förmlich dahinschmolz, unter ihren Armen und auf ihrem Rücken bildeten sich große, nasse Flecken. Als ihr Vater wieder im Krankenzimmer verschwand, verließ sie die Wohnung, ging in den Hinterhof ins Aborthaus hinter einer der Abteilungen und riss sich die wollene Wäsche vom Leib. Dabei hielt sie den Atem an und die Augen halb geschlossen. Kein Wunder, dass hier die Cholera ausbricht, dachte sie, ein Aborthaus mit vier Abritten für zwei Mietskasernen, für zwanzig Wohnungen, für mehr als hundert Menschen.

Als sie wieder nach oben kam, erwartete sie ihr Vater in dem winzigen Vorraum vor dem Schlafzimmer. »Wo bist du gewesen?«, fuhr er sie an. In seiner Rechten wippte sein hölzernes Hörrohr auf und ab wie ein Rohrstock.

»Ich …«, sie drückte die Wäschestücke hinter ihrem Rücken zu einem möglichst kleinen Ball zusammen. Ihr Vater hatte sie und Rosalie strengstens angewiesen, die Aborte zu meiden, auch die Berührung der Kranken sollten sie nach Möglichkeit umgehen.

»Ich habe nichts angefasst«, verteidigte sie sich.

Er schnaubte laut und voller Verachtung. »Vielleicht ist deine Kleidung mit irgendetwas in Berührung gekommen, das genügt unter Umständen schon.«

»Wo ist Dorothea?«, fragte sie, um ihn abzulenken. Er zeigte unwillig auf eine der beiden Türen. Währenddessen ließ sie den Wäscheball in ihrer Schürzentasche verschwinden.

»Geh zu ihr, du kannst den Kranken den Kalomel verabreichen«, sagte er und reichte ihr ein Glas mit Tabletten. Sie sah, dass seine Hände zitterten und erschrak. Es kam so selten vor, dass ihr Vater wütend war oder besorgt oder gar beides zugleich. Sie ging einen Schritt auf ihn zu. Er nickte kurz. »Zwei Tabletten für die Erwachsenen, eine für die Kinder, und den Säuglingen gibst du eine halbe. Ich unterweise derweil die Angehörigen, wie sie die Kranken pflegen sollen.«

Schon im Flur war der Geruch schlimm gewesen, hier drinnen war er unerträglich. Zudem war es auch noch dunkel, es gab nur ein schmales Fenster oben unter der Decke, durch das mattes Tageslicht hereindrang. Rosalie blieb unter der Tür stehen und presste ihre Schürze gegen den Mund, um den Gestank fernzuhalten. Langsam gewöhnten sich ihre Augen an das Dämmerlicht.

Sie sah vier Matratzen auf dem Boden, dicht an dicht, und auf jedem Lager lagen ein oder zwei Personen. Es waren alles Kinder, nur ganz rechts schlief ein alter Mann mit halb geöffnetem, zahnlosem Mund. Vielleicht war er auch schon tot.

Dann erkannte sie Dorothea, die neben einem der Kinder kauerte und einen Umschlag auflegte oder betete, obwohl Doktor Kuhn sie angewiesen hatte, sich so kurz wie möglich in den Krankenzimmern aufzuhalten.

Dieser Gestank! Neben der Tür stand eine Reihe Eimer, zugedeckt mit Holzplatten. Und zwischen den Lagern: Schüsseln, Nachtöpfe, noch mehr Eimer, bis oben hin voll mit Exkrementen, Erbrochenem, den Auswürfen der Kranken. Rosalies Brust zog sich zusammen, sie hatte das Gefühl, dass sich ihr Magen nach oben stülpte. Sie presste die Schürze fester vor die Lippen und schloss für einen Moment die Augen. Wenn Dorothea es konnte, konnte sie es auch.

Sie ging zu dem Bett auf der linken Seite, es war das nächste, bis dahin trugen sie ihre weichen Knie gerade noch. »Ich bringe Medizin«, sagte sie leise. Zwei Mädchen starrten sie an, gleichgültig und verschreckt zugleich, ihre Nasen spitz und riesig in den hohlwangigen Gesichtern. *Eine Tablette für die Kinder,* dachte sie, während sie das Glas mit den Pillen entkorkte und mit zitternden Fingern eine herausfischte. Sie reichte sie der größeren der beiden, die aber nicht reagierte. Sie starrte sie einfach nur an, ohne zu blinzeln. *Keine Berührungen mit den Kranken, soweit es sich vermeiden lässt,* dachte Rosalie. Sie nahm die Tablette zwischen Daumen und Zeigefinger und hielt sie der Kranken dicht vor den Mund. Aber das Mädchen presste die Lippen zusammen und schüttelte den Kopf. »Zuerst meine Kinder«, stieß sie mit schwerer Zunge hervor. »Am Ende reicht es nicht für alle. Geben Sie zuerst den Kindern.«

Es war kein Mädchen, es war eine Frau, eine junge Frau, kaum älter als Rosalie selbst. »Diese alle hier sind Ihre Kinder?«, fragte sie mit heiserer Stimme. Die Frau schloss müde die Augen. Die Kleine neben ihr wimmerte.

Kalomel. Quecksilberchlorür, auch versüßtes Quecksilber genannt. Es gab eine nasse und eine trockene Zubereitung. Rosalie selbst beherrschte nur die trockene. Dazu sublimierte man ein Gemenge von schwefelsaurem Quecksilberoxyd, metallischem Quecksilber und Kochsalz und erhielt so ein weiß-gelbliches Pulver. In der Apotheke machten sie daraus Tabletten, indem sie den Kalomel mit Zucker und einigen Unzen Gummi Arabicum versetzten und dann in der Tablettenmaschine pressten. Es war eine ruhige, präzise und saubere Angelegenheit, eine Tätigkeit, die sie liebte. Es war viel besser, als vorne im Officin zu stehen und Pfefferminzpastillen und Haartonikum zu verkaufen. Das waren ihre Gedanken, während sie von Bett zu Bett ging und die Tabletten verteilte. Dem alten Mann und der Frau Mutter der kranken Kinder gab sie zwei, den Kindern eine und dem Kleinsten von ihnen, bei dem sie nicht sagen konnte, ob es ein Junge oder ein Mädchen war, steckte sie eine halbe Tablette in die eingefallene Backe. Als sie die Finger wieder zurückzog und an ihrem Tuch abwischte, schlug das Kind die Augen auf und sah sie an mit dem müden Blick eines Greises.

Es wusste, dass es sterben musste, dass sie alle sterben würden, dachte Rosalie, während sie zur Tasche ihres Vaters ging, die vorne an der Tür stand. Sie packte das Glas mit den Tabletten hinein und holte die Opiumtinktur heraus, obwohl er nicht gesagt hatte, dass sie auch davon etwas verteilen sollte. Sie maß den Erwachsenen zehn Tropfen ab, den Kindern fünf und dem Säugling gab sie drei. Das Kind verzog das Gesicht, als sie ihm die bittere Flüssigkeit auf die Zunge träufelte, aber diesmal sah es sie dabei nicht an.

Wenn es euch auch nicht mehr rettet, dachte Rosalie, so nimmt es doch die Schmerzen und schenkt euch einen süßen Schlaf. Vor dem letzten, dem ewigen Schlaf.

»Ach, Rosalie«, seufzte ihr Vater, als sie ihm auf dem Weg zur nächsten Mietskaserne alles erzählte. »So hast du ihnen geholfen, und dafür müssen die Nächsten leiden, die es bezahlen könnten, weil die Tinktur nicht ausreicht. Und es ist auch mitnichten sicher, dass sie allesamt dahinscheiden, die Frau hat gute Chancen davonzukommen, desgleichen ihre beiden ältesten Töchter, denn das weibliche Geschlecht zeichnet sich durch eine geringere Sterblichkeitsrate aus. Die jüngeren Kinder dagegen und der Alte ...«, er unterbrach sich und schüttelte den Kopf.

»Was ist mit dem Vater?«, fragte Dorothea. »Ist er schon gestorben oder warum kümmert er sich nicht um die Seinen?«

»Ach, der ...«, sagte Kuhn und machte eine wegwerfende Handbewegung, »... der ist lange schon über alle Berge, lebt vermutlich mit einer anderen zusammen, der er so lange Kinder macht, bis er wieder das Weite sucht.« Er stemmte sich gegen die ineinander verschlungenen schmiedeeisernen Stangen einer Haustür und drückte sie nach innen auf. »Der Teufel soll ihn holen«, hörte ihn Rosalie leise sagen.

Im Hausflur stand ein großer, dünner Mann. Seine schwarze Kleidung, sein dunkler Hut verschmolzen mit der Düsternis des Treppenhauses, aber unter seinem Mantel blitzte ein breiter weißer Kragen. Rosalie hatte ihn schon einmal irgendwo gesehen, und während sie noch überlegte, woher sie ihn kannte, schrie Dorothea neben ihr leise auf. »Pastor Kohlbrügge.«

Kohlbrügge. Der Pastor der Niederländisch-Reformierten.

Sein beinahe drohender Blick wanderte von einem zum anderen. »Dorothea«, sagte er ruhig, aber er sah dabei Doktor Kuhn an.

»Guten Tag«, sagte dieser, während er sich, den bauchigen Arztkoffer in der Hand, am Pastor vorbeischob. »Wenn ich bitten darf. Ich bin Arzt.«

»Dorothea«, sagte Kohlbrügge noch einmal. »Was tust du hier?«

»Ich versuche zu helfen.« Dorotheas Stimme klang verzagt und ängstlich, wie die Stimme eines kleinen Mädchens. »Diesen armen Leuten geht es so erbärmlich.«

Der Pastor nickte langsam und traurig, als wäre ihm das soeben erst bewusst geworden. »Es ist eine entsetzliche Sache, ein Strafgericht Gottes.«

»Ein Strafgericht Gottes?«, fragte Doktor Kuhn hinter ihm. Er hatte seine Hand schon erhoben, um an die Tür zu klopfen. »Wofür straft er denn diese armen Menschen so grausam, die halbwüchsige Mutter mit ihren zahllosen Kindern? Den hilflosen Säugling? Was haben sie denn getan, um einen so fürchterlichen Zorn auf sich zu ziehen?«

Kohlbrügge drehte sich nicht zu ihm um, stattdessen schien er allein zu Dorothea zu sprechen, als er antwortete. »Nicht sie. Die Strafe gilt uns allen, die wir seine Gesetze missachten und seine Gebote mit Füßen treten. Gott ermahnt uns, umzukehren und Buße zu tun, und wenn seine Wege auch grausam sind und unbegreiflich, so müssen wir sie umso demütiger annehmen.«

Doktor Kuhn schnaubte laut und verächtlich und murmelte etwas, was Rosalie nicht verstand. Dann ging die Tür vor ihm auf, und er verschwand im dunklen Rechteck der Öffnung.

Zwischen den Freundinnen und der Tür stand nun der Pastor, der seine kräftigen Augenbrauen zusammengezogen hatte, was seinem Gesicht einen noch bedrohlicheren Ausdruck verlieh. »Wir werden heute Abend eine Gebetsstunde abhalten, und desgleichen auch an allen weiteren Donnerstagen, bis dieser Fluch von uns genommen ist.« Rosalie wartete darauf, dass er sie dazu einlud oder wenigstens Dorothea, aber er rückte nur an seinem Hut, nickte und setzte sich in Bewegung.

Dorothea trat hinter Rosalie, damit er auf dem engen Flur an ihnen vorbeigehen konnte. Als er unmittelbar neben ihnen war, hielt er noch einmal inne. Sein Mantel verströmte einen leichten Duft nach Pfefferminze und Melisse, es war ein sehr wohltuender Geruch nach dem Gestank in den Krankenzimmern. »Das ist der rechte Weg, den du jetzt eingeschlagen hast«, sagte Kohlbrügge zu Dorothea. »Wahrlich, ich sage euch, was ihr getan habt, einem von diesen meinen geringsten Brüdern, das habt ihr mir getan.«

Dorothea senkte den Kopf, und Rosalie nickte unwillkürlich, immerhin hatte er zumindest im letzten Satz im Plural gesprochen. Irgendwie erwartete sie dann, dass er die Hände hob, um sie zu segnen, aber er ging einfach nur weiter und verließ das Haus.

Auf dem Rückweg gingen Doktor Kuhn und Rosalie noch bei Fuhlrott vorbei. Kuhn wollte sich ein Buch von ihm leihen, aber Dorothea hatte sich entschuldigt. Sie sah blass aus und war noch stiller als sonst, sodass Rosalie sich fragte, ob es das Leid der Kranken war, das sie so mitgenommen hatte oder die Begegnung mit dem Pastor.

Dr. Fuhlrott empfing sie Pfeife rauchend in seinem Studierzimmer, wo er gerade dabei war, Klassenarbeiten zu korrigieren. Er bot ihnen Tee an, aber sie lehnten ab, weil sie so schnell wie möglich ihre Kleider wechseln wollten. Also suchte er das Buch aus dem Bücherschrank und gab es Kuhn.

»So werde ich mir wenigstens dieses Werk zu Gemüte führen, wenn ich schon den Darwin nicht lesen kann«, sagte er.

»Ich habe gehört, dass die deutsche Übersetzung schon im Frühling erscheinen soll«, sagte Fuhlrott. »Spätestens dann können Sie es lesen, so Sie die englische Sprache nicht doch noch erlernen möchten. Glauben Sie mir, gerade in wissenschaftlichen Bereichen wird dem Englischen künftig größere Bedeutung zukommen als den alten Sprachen.«

»Aber ich bin ein alter Knochen und lerne es nimmermehr.«

»Vielleicht Sie?«, sagte Fuhlrott zu Rosalie, die mit einem leeren, müden Blick auf die Bücherwände gestarrt hatte, ohne sie richtig wahrzunehmen. Jetzt schreckte sie zusammen.

»Was? Englisch? O, gewiss, warum auch nicht?« Es gab andere Dinge, die sie weitaus mehr interessierten. Zum Beispiel warum Fuhlrott sie neuerdings immer in die Gespräche miteinbezog, warum er so oft in die Apotheke kam, um Veilchenwasser oder Hustendragees zu kaufen, warum er sich so oft nach ihren Ansichten erkundigte.

Sie erinnerte sich an das Gespräch, das sie mit ihrem Vater

an jenem Abend im Kaminzimmer geführt hatte. *Da werden wir wohl einen anderen Mann für dich finden müssen,* hatte er gesagt, im Scherz natürlich, aber vielleicht nicht ganz im Scherz. Aber doch nicht Fuhlrott, dachte sie, den alten Fuhlrott mit seinen scharfen Gesichtszügen. Dem schiefen Lächeln. Den sechs Töchtern. Die Älteste, Therese, war schon ein Jahr älter als sie selbst.

»Nun, wie dem auch sei, wir müssen«, sagte ihr Vater. »Es sind harte Zeiten. Die Zustände oben in der Nordstadt sind zum Fürchten, die Cholera wird Hunderten das Leben kosten, wenn nicht noch mehr. Im Island hat es angeblich auch schon angefangen, was in Anbetracht der Art und Weise, wie die Leute dort hausen, nicht verwundert. Wie die Tiere und schlimmer.«

»Dass ihr euch nur nicht selbst ansteckt«, mahnte Fuhlrott.

»Sicher ist man natürlich nie.« Kuhn nahm seine Brille ab und blinzelte müde. Ohne die schweren Gläser wirkten seine Augen seltsam klein, als wären sie geschrumpft. »Wenn man nur ein Mittel hätte gegen diese verdammte Krankheit. Wenn man nur etwas ausrichten könnte.«

»Die Häuser trockenlegen, mehr Aborte bauen und die Wasserpumpen verlegen, sodass die Abwässer nicht mehr mit dem Trinkwasser in Berührung kommen«, schlug Fuhlrott vor.

»Das ist *eine* Theorie.« Kuhn schob seine Brille wieder auf die Nase.

»Eine überzeugende Theorie«, meinte Fuhlrott. »Übrigens auch von einem Engländer.«

»John Snow«, nickte Kuhn und gähnte. »Ich habe sein Papier über die Natur und Verbreitungsweise der Cholera wohl gelesen, wenn auch in der deutschen Übersetzung.«

»Seine Aussagen sind überaus fundiert, das müssen Sie zugeben, er hat durch seine Beobachtungen und Untersuchungen einwandfrei nachgewiesen, dass die krankhafte Substanz, welche die Cholera auslöst, über den Verdauungskanal in den Körper hineingebracht wird und nicht etwa über die Atmung. Im

Gegensatz zu vielen anderen Seuchen – beispielsweise dem Typhus – ist auch kein direkter Kontakt mit dem Patienten und seinen Ausdünstungen vonnöten. Die auslösende Materie wird vielmehr über die Nahrung aufgenommen – unfreiwillig natürlich und ohne dass der Betroffene es überhaupt zur Kenntnis nimmt. Und im Körper vermehrt sie sich dann auf bisher unerklärte Weise bis zum Ausbruch der Krankheit.«

»Das Gift wird über das Wasser übertragen, sagt Snow.«

»Über verschmutztes Wasser, einerseits«, nickte Fuhlrott. »Oder durch die Berührung des erkrankten Körpers oder der mit Exkrementen verseuchten Wäsche. Demzufolge kann die krankhafte Substanz auch über weite Entfernungen getragen werden, in verschmutzten Kleidungsstücken oder Betttüchern kann sie Snows Beobachtungen zufolge wochenlang überdauern.«

»Es ist ein Teufelszeug. Allein die Vorstellung, dass der Stoff sich nach seiner Aufnahme im menschlichen Körper selbst vermehrt und vervielfältigt, bis zum Zusammenbruch des gesamten Systems. Wie eine Zelle, die aus sich selbst heraus lebt, ohne die Verbindung zu einem Organismus.«

»Eine unsichtbare Zelle, deren Struktur nicht einmal unter dem Mikroskop zutage tritt. Wie die Materie, die die Pocken auslöst oder den Schanker.«

Kuhn seufzte, dann gähnte er noch einmal. »Wie soll man etwas bekämpfen, das man nicht sieht? Es ist ein aussichtsloser Fall.«

Fuhlrott gähnte ebenfalls, offensichtlich hatte Kuhns Müdigkeit ihn angesteckt. »Snows Konklusion ist so einfach wie wirkungsvoll: Häufiges Händewaschen, keine Nahrungszubereitung oder -aufnahme im Krankenzimmer, Auskochen der Wäsche. Nicht zu vergessen die Wasserversorgung. Wenn wir künftig Epidemien verhindern wollen, müssen wir dafür sorgen, dass keine mit Exkrementen verseuchten Abwasser ins Trinkwasser gelangen. Und zwar in der ganzen Stadt, nicht nur in den Straßen, in denen die Reichen wohnen.«

Kuhn erhob sich. »Das ist leicht gesagt, aber erklären Sie das einmal den Herren, die an den entsprechenden Stellen die Entscheidungen treffen. Wenn Sie denen mit krankhaften Substanzen kommen, die noch dazu unsichtbar sind, erreichen Sie gar nichts, außer dass man Sie kräftig auslacht. Nein, die Einzigen, die während einer Epidemie Gehör finden, sind nicht die Wissenschaftler, sondern die religiösen Eiferer mit ihrem Geschrei von menschlicher Sündhaftigkeit und einem göttlichen Strafgericht.«

Er warf Rosalie einen vorwurfsvollen Seitenblick zu, als habe sie Schuld an dem Zusammentreffen mit Dorotheas Pastor. Sie runzelte die Stirn und erhob sich ebenfalls. »Lass uns nach Hause gehen«, sagte sie nur. »Ich habe das dringende Bedürfnis, mir die Hände zu waschen.«

Das Haus war dunkel, als sie ankamen. Rosalie lief durch alle Zimmer und suchte Dorothea, erst oben in der Wohnung, und dann schaute sie sogar in der Praxis nach, ob sie irgendwo saß und las oder betete oder weinte. Aber Dorothea war nicht da.

Die Betstunde, von der dieser Pastor gesprochen hatte, fiel ihr wieder ein. Ob Dorothea zur Kirche gegangen war? Ohne Begleitung durch die dunklen, matschigen Straßen bis hoch zur Deweerthstraße?

Die Uhr im Kaminzimmer zeigte halb sieben. Kohlbrügge hatte nicht gesagt, wann die Gebetsstunde beginnen sollte. Aber vermutlich nicht vor sieben, es war ein gewöhnlicher Werktag.

»Dorothea ist weg«, sagte sie zu ihrem Vater. »Ich wette, dass sie alleine zu dieser Andacht in ihre Kirche gegangen ist.«

Kuhn hatte sich gewaschen und seine Kleider gewechselt und erst den Kamin und dann eine Zigarre angezündet. Er blies einen Rauchring gegen die rötlich flackernde Zimmerdecke und machte ein fragendes Geräusch, als könne er sich nicht recht erinnern, wer das war. Dorothea.

Rosalie seufzte. Sie stellte die Gemüsesuppe auf den Tisch, die sie für ihn aufgewärmt hatte, nachdem sie sich lange und gründlich die Hände gewaschen hatte. Sie selbst war nicht hungrig, obwohl sie den ganzen Tag nichts gegessen hatte.

Sie hatte sich so darauf gefreut, die schmutzigen Kleider auszuziehen, die Zinkwanne in die Küche zu stellen, Wasser zu kochen und ihren Körper zu schrubben, bis die Haut rot war und jede Spur von krankhafter Substanz eliminiert. Aber die Vorstellung, dass Dorothea mutterseelenallein in Elberfeld unterwegs war, gefiel ihr nicht.

Sie wechselte die Kleidung und warf die schmutzige Wäsche vor die Tür des Waschkellers. Nach allem, was sie von ihrem Vater und Fuhlrott gehört hatte, hätte sie die Sachen am liebsten verbrannt.

Dann wusch sie sich noch einmal die Hände und verließ das Haus.

Sie ging zu Minter, den sie seit zwei Wochen nicht mehr allein gesehen hatte, auch in den Wochen davor hatten sie kaum miteinander gesprochen. Sie waren am Wochenende auch nicht mehr nach Hochdahl gefahren, denn Rosalie konnte die Pension nicht mehr ertragen, die Blicke der Wirtin und den Geruch der Bettwäsche und die schmutzigen Vorhänge am Fenster.

Sie vermisste ihn, und er vermisste sie. Sie merkte es daran, wie sich alles in ihr zusammenzog, wenn er an ihr vorbeiging, und an der Art, wie er sie ansah, wenn sie allein in der Apotheke waren. Er berührte sie oft wie zufällig, aber es war kein Zufall.

Ihre Liebe bewegte sich nicht mehr. Einst waren sie ein großes Stück aufeinander zugegangen, aber nun kamen sie sich nicht mehr näher – nicht, solange Afra zwischen ihnen stand. Manchmal wünschte sich Rosalie, dass sie die Kraft hätte, alles zu beenden und wegzugehen, an irgendeinen fernen Ort, wo Minter nicht war. Nach Afrika mit Dorothea und ihrem Missionar. Und manchmal dachte sie, dass sie die Kraft dazu hätte, wenn es nur um Minter ginge und nicht um die Apotheke. Ihn und ihre Liebe hätte sie vielleicht aufgeben können, aber ihre Arbeit nicht.

Ein Ende des Klingelzuges führte in die Apotheke, der andere hoch in die Wohnung. Es dauerte ziemlich lange, bis Minter nach unten kam, mit wirrem Haar, als habe sie ihn geweckt, aber dazu war es noch zu früh.

»Störe ich?«, fragte Rosalie.

»Ist etwas geschehen?«, fragte er und fuhr sich mit den Fingern durch den Bart.

»Es geht um Dorothea. Ich brauche deine Hilfe.«

»Natürlich«, sagte er, als sie ihm alles erzählt hatte.

Er bot ihr seinen Arm an, und als sie eine Weile durch die dunklen Straßen gegangen waren, begann es zu nieseln. Sie schmiegte sich an ihn, als könne er sie vor dem Regen schützen. Tatsächlich zog er seinen Arm unter ihrem weg und legte ihn um ihre Schulter, worauf sie ihren Arm um seinen Körper schlang, denn es war so dunkel und die Straßen waren so leer, dass sie sich ganz sicher fühlten. Sie erzählte ihm von den Cholerakranken, der jungen Mutter und ihren Kindern und dem alten Mann und von der Begegnung mit Kohlbrügge.

»Ich wünsche, Dorothea hätte die Kraft, sich von dieser Sekte zu lösen«, sagte sie. »Was sucht sie dort bloß? Sie behandeln sie wie Abschaum, vor allem jetzt, da ihr Missionar weg ist.«

»Aber war es nicht vereinbart, dass sie heiraten? Hat sie das denn nicht rehabilitiert?«

»Solange sie ihre Arbeit in der Bibliothek nicht aufgibt und reumütig zu ihren Eltern zurückkriecht, wird nichts und niemand sie rehabilitieren. Es ist auch fraglich, ob die Missionsgesellschaft ihm überhaupt die Erlaubnis gibt, sie zu heiraten. Wenn ihr Ruf nicht makellos ist, ist sie als Missionarsfrau nicht zu empfehlen.«

»Diese Christen! Sie reden von Gottes barmherziger Liebe und seiner Gnade und schaffen es nicht einmal, sich gegenseitig zu ertragen.«

»Diese Christen? Bist du denn selbst kein Christ?«, fragte Rosalie, halb spöttisch, halb irritiert.

»Nein«, sagte er. Das überraschte sie so, dass sie unwillkürlich innehielt, wodurch ihre Schritte aus dem Gleichtakt gerieten und sie beide ins Stolpern kamen, aber dann zog er sie wieder neben sich. Minter ging nur sehr selten zur Kirche, nur an den hohen Festtagen, wenn es sich gar nicht vermeiden ließ, aber sie hatte immer geglaubt, dass es mit seiner kranken Frau zusammenhing und mit ihr selbst, Rosalie, die ihm keine Zeit dafür ließen.

»Was bist du dann, wenn du kein Christ bist?«

»Ich bin Atheist.«

Seltsam, dachte sie, seit mehr als zwei Jahren waren sie nun ein Liebespaar, aber über Gott und ihren Glauben hatten sie nie gesprochen. Wie wenig sie einander doch kannten.

»Dann glaubst du also auch nicht an ein ewiges Leben?«

»Nein«, sagte er. »Du etwa?«

»Selbstverständlich«, sagte sie, aber während sie es sagte, merkte sie, dass es alles andere als selbstverständlich war. Ihren Glauben an Gott und an das Leben nach dem Tod – vielleicht hatte sie ihn längst verloren, ohne es gemerkt zu haben. Vielleicht war das, was sie für ihren Glauben hielt, nur noch ein Schatten, eine Erinnerung, die nur deshalb nicht verflog, weil sie nicht zu intensiv darüber nachdachte. Nach allem, was sie von Fuhlrott, Minter und ihrem Vater über die Entstehung der Welt und die Entwicklung des Menschen wusste, waren die Berichte der Bibel eine Allegorie. Und die Wunder, die Jesus vollbracht hatte, indem er über das Wasser gegangen war und Lahme geheilt und Tote auferweckt hatte, vielleicht waren das ja auch alles Sinnbilder, Märchen. Oder noch schlimmer: Lügen, die man sich ausgedacht hatte, um die Armen und Schwachen und Entrechteten auf ein herrliches Jenseits zu vertrösten.

Vielleicht war ihr Glaube ja nur das Bedürfnis, der Wunsch, die Sehnsucht nach einem Jenseits. Aber Erkenntnis und Wahrheit waren keine Frage der Bedürfnisse, Wünsche oder Sehnsüchte. *Der Verstand hat nicht den Objekten, sondern die Ob-*

jekte dem Verstande Vorschriften zu machen. Irgendwo hatte sie das kürzlich gelesen.

Wahrscheinlich hatte Minter recht: Das Leben begann und endete mit dem irdischen Dasein, nach dem Tod zerfiel man zu Staub. Aus.

»Habe ich dich erschreckt?«, fragte er behutsam und zog ihre Schulter enger an seinen Körper.

»Nein«, sagte sie, und es stimmte. Sie war nicht erschreckt, nur erstaunt darüber, dass ihr Glaube offensichtlich darin bestand, dass sie es nicht schaffte, nicht zu glauben.

In der Kirche war es kälter als draußen auf den Straßen. Die Betstunde hatte bereits begonnen. Vorne auf der Kanzel sah Rosalie den Pastor. Sein langer, dünner Körper ragte über die Holzbrüstung der Kanzel wie ein schwarzes Ausrufezeichen. Sie trennten sich widerwillig voneinander, Minter ging nach rechts, wo die Männer saßen, und Rosalie setzte sich in die Mitte, in die letzte Bank. Neben Dorothea, die sie nicht bemerkte, weil sie ihren Kopf tief über ihre Bibel gebeugt hielt.

Rosalie hatte ihre Bibel und ihr Gesangbuch vergessen, und Minter hatte natürlich noch viel weniger daran gedacht, also saßen sie hier wie ungeladene Gäste auf einem Fest, auf dem sich alle Übrigen kannten.

»Herr, wie lange willst du mich so ganz vergessen?«, rief Kohlbrügge mit donnernder Stimme von der Kanzel. »Wie lange verbirgst du dein Antlitz vor mir?«

»Wie lang soll ich sorgen in meiner Seele und mich ängsten in meinem Herzen täglich? Wie lange soll sich mein Feind über mich erheben?«, antwortete die Gemeinde im Chor, und weil alle die Worte gemeinsam sprachen, klang die Erwiderung dumpf und monoton und seltsam kraftlos.

Rosalie sah Dorothea an. Ihr rundes Gesicht mit den straff zurückgekämmten Haaren wirkte so weich und unschuldig vor dem dunklen Hintergrund des Kirchenraumes. Sie sprach die

Worte des Psalms mit großer Inbrunst, die Augen halb geschlossen, offenbar kannte sie die Stellen auswendig. »Ich will dem Herrn singen«, sprach sie, »dass er so wohl an mir tut.« Plötzlich schien sie Rosalies Blick zu spüren und wandte ihr den Kopf zu, sah sie an, zuerst erschrocken, dann lächelte sie, und das erinnerte Rosalie an etwas, das viele Jahre lang zurücklag: den Beginn ihrer Freundschaft.

Es war in der kleinen Volksschule am Königsplatz, die Rosalie erst mit sieben Jahren begonnen hatte, ein Jahr später als alle anderen. Bis heute wusste sie nicht, warum ihr Vater sie erst so spät zur Schule geschickt hatte, sie war damals schon groß gewesen, ein gutes Stück größer als alle anderen Mädchen und die meisten Jungen in ihrem Alter, und kräftig und gesund war sie auch. Wahrscheinlich hatte er es einfach vergessen.

Rosalie jedenfalls hatte es am Ende nicht mehr abwarten können. Sie hatte die Tage gezählt, bis sie endlich den Tornister auf den Rücken schnallen durfte, mit der Fibel und der Schiefertafel und dem Griffel und dem kleinen Schwamm.

Doch am ersten Morgen hatte ihr Vater sie ein bisschen zu spät losgeschickt. Sie war so schnell gelaufen, wie sie nur konnte, um es doch noch rechtzeitig zu schaffen, aber dann war sie direkt vor der Schule in einer Schlammpfütze ausgerutscht. Sie kam nicht richtig zu spät, aber sie war die Letzte, die ins Klassenzimmer trat, und sie war die Größte, und sie war schmutzig.

»Das fängt ja gut an«, sagte ihr Lehrer, und weil alle anderen schon saßen und sie die Letzte war, musste sie allein sitzen. Und sie blieb auch allein, die ganzen Jahre, bis Dorothea kam.

Rosalie konnte lesen, schreiben, zusammenzählen und abziehen, als sie in die Schule kam, aber sie blieb dennoch vorne bei den Anfängern, bei den Kleinen, das ganze Schuljahr lang, und zu Beginn des nächsten Jahres setzten sie sich alle gemeinsam nach hinten. »Auch wenn du es nicht glauben willst, so bist du doch nichts Besseres als deine Kameraden«, sagte ihr Lehrer. Herr Vorländer. Er war noch jung, viel jünger als ihr

Vater, aber er war furchterregend. Wenn er die Jungen übers Pult legte, um sie zu züchtigen, zitterte sein langer, schwarzer Bart. Vor Freude, dachte Rosalie. Die Mädchen wurden nicht übers Pult gelegt, wenn sie ihre Aufgaben vergessen hatten oder im Unterricht schwatzten oder zu spät kamen. Sie mussten ihre Hände vor ihm ausstrecken, die Handflächen nach oben, und wenn er mit seiner Haselrute ausholte, zitterte sein Bart ebenfalls.

Die Pausen waren am Schlimmsten. *Rosalie, Rosalie, fang mich doch, kriegst mich nie, komm mit deinen großen Füßen, willst mich fang'n, wirst laufen müssen!,* sangen sie, sogar die kleine Ottilie vom Bäcker Gruner, mit der sie früher immer gespielt hatte. Manchmal tat sie, wozu sie sie aufforderten. Sie rannte den lautesten Schreiern nach, schnappte sie und warf sie zu Boden. Dafür musste sie in der nächsten Stunde mit dem Gesicht zur Wand dastehen und spürte die Augen ihrer Klassenkameraden wie Widerhaken in ihrem Rücken.

Als sie neun war, kam sie in die dritte Klasse. Nur Richard, der zweimal sitzen geblieben war, war älter als sie.

Inzwischen ging sie zu Hause immer pünktlich los und kam niemals zu spät, aber sie saß dennoch allein, *weil sie so groß geraten war, dass neben ihr schwerlich ein zweites Kind Platz finden würde,* sagte Herr Vorländer. In diesem Jahr jedoch brachte der Hausmeister ein neues Mädchen in die Klasse, die neben ihr sitzen musste, weil sonst alle Bänke besetzt waren, und das war Dorothea.

Am Anfang redeten sie kein Wort miteinander, auch in den Pausen nicht, in denen Dorothea wenige Meter von Rosalie entfernt an der Schulhofmauer lehnte und den anderen beim Spielen und Toben und Lachen zusah. Rosalie hasste Dorothea. Bisher war sie die Einzige gewesen, die die anderen ignorierten, wenn sie sie nicht gerade ärgerten oder auslachten. Es lag daran, dass sie neidisch waren, weil sie selbst um so vieles klüger war, sagte sich Rosalie, aber jetzt behandelten sie Dorothea genauso, obwohl sie nicht klüger war, sie war nicht einmal größer als die anderen.

Wenn Dorothea aber erwartete, dass sie sich deshalb mit Rosalie zusammenschließen konnte, dann hatte sie sich getäuscht. So standen sie Seite an Seite und doch getrennt an der Schulhofmauer, aßen ihre Butterbrote und sahen den anderen zu.

Bis zu dem Tag, an dem drei Jungen ganz ohne Grund Dorothea das Brot aus der Hand rissen und in eine Pfütze warfen. »Kannst ja ein bisschen beten, vielleicht schickt dir Gott ein neues«, höhnte einer von ihnen. Da verlor Rosalie die Geduld und stürzte sich auf ihn. Sie kam völlig überraschend von hinten und warf ihn zu Boden.

»Bitte sie um Vergebung«, keuchte sie, und als er es nicht tat, stopfte sie ihm eine Handvoll Dreck in den Mund.

Sie bekam fünf Tatzen und musste für den Rest des Vormittags und auch den ganzen Nachmittag mit dem Gesicht zur Wand im Klassenzimmer stehen. Als sie ihre Tafel und den Griffel einpackte, fand sie den Zettel unten in ihrem Tornister. *Danke*, las sie. *Danke, danke, danke, danke, danke. Deine Dorothea.* Rosalie sah Dorothea an, und Dorothea lächelte.

Von diesem Tag an waren sie Freundinnen. Sie saßen nebeneinander und standen in der Pause zusammen und erzählten sich alles und passten aufeinander auf.

Und jetzt saßen sie wieder nebeneinander in Dorotheas Kirche und hörten dem Pastor zu, dessen langer Oberkörper sich so weit über die Kanzel lehnte, dass sein weißer Kragen wie eine gespaltene Zunge nach unten hing.

»Geliebte in Christo«, rief er. »Lasset uns Buße tun, dass uns der dreieinige Gott gnädig ist und uns unsere Schuld vergibt und diese Seuche wieder von uns nimmt. Lasset uns beten, dass Er in uns Alles in Allem ist.« Er hob seine Arme nach oben und gleichzeitig nach vorn, als wolle er die ganze Gemeinde umarmen. »Seid gesegnet aus den Händen unseres für uns gen Himmel gefahrenen, allerteuersten, alleinwürdigen Jesus.«

»Amen«, sagten Dorothea und Rosalie und der Rest der Gemeinde.

Sie waren die Ersten, die nach der Gebetsstunde die Kirche verließen. Der Nieselregen war stärker geworden, und sie entfernten sich rasch, aber dann hörten sie eine Frauenstimme Dorotheas Namen rufen. Es klang wie der Hilfeschrei einer Ertrinkenden im rauschenden Regen.

»Mutter«, sagte Dorothea und streckte ihre Hände nach der schmalen schwarzen Frau aus, die mit großen Schritten auf sie zukam, aber dann in einiger Entfernung von ihnen stehen blieb.

»Tante Marthe«, sagte Rosalie. Dorotheas Mutter hatte sich so verändert, seit sie sie das letzte Mal gesehen hatte. Ihr Gesicht war sehr mager geworden, die Haut um ihre Augen herum faltig und dunkel.

»Dorothea«, sagte Frau Leder, ohne Rosalie oder Minter zu beachten. »Ich wünsche mir so sehr, dass ... Ich bete dafür, dass du ...« Sie hob ihre Hand und presste ein kleines Taschentuch gegen ihren Mund, und Rosalie sah, dass ihre Augen ganz schmal wurden und ihre Schultern zuckten.

»Mutter«, flüsterte Dorothea. Aber im selben Moment traten Herr Leder und Traugott neben Frau Leder, der eine links, der andere rechts. Hinter ihnen sah Rosalie Tobias und Matthis mit gesenkten Köpfen. Frau Leders Blick wanderte von ihrem Mann zu ihrem ältesten Sohn und wieder zurück, als ob sie etwas verneinte, aber dann machten sie alle fünf kehrt und gingen weg.

Auf dem Heimweg vermischten sich Dorotheas Tränen mit den Regentropfen. Salzwasser und Süßwasser.

Minter und Rosalie gingen neben ihr her, niemand sagte etwas. Als sie die Apotheke erreichten, nickte Rosalie Minter über Dorotheas Kopf hinweg zu. Die letzten Meter bis nach Hause konnten sie auch alleine gehen. Also reichte er Dorothea die Hand.

»Danke«, sagte sie mit matter Stimme.

»Wofür«, meinte er ruhig und wandte sich schon zum Gehen, aber dann drehte er sich noch einmal zu ihr. »Fräulein Dorothea«, begann er. »Hören Sie, Sie mögen mich für aufdringlich halten, aber ich muss Ihnen etwas sagen.«

Sie hob den Kopf und sah ihn an, aufmerksam und voller Verwunderung. »Sie müssen sich entscheiden. Für Ihre Kirche oder für die Arbeit in der Bibliothek. Sie können das eine und das andere nicht miteinander verbinden. Wenn Sie es aber dennoch weiter versuchen, wird es Sie zerreißen.«

Sie starrte ihn eine ganze Weile lang an, bevor sie den Kopf schüttelte. »Was Sie nicht sagen«, meinte sie. »Glauben Sie, ich wüsste das nicht?«

Er zuckte mit den Schultern. »Sie leben nicht danach, als ob es Ihnen klar wäre.«

Sie zögerte einen Moment lang. »Und Sie? Sie wissen doch auch, dass Sie sich entscheiden müssen. Aber leben Sie danach?«

Dann ging sie, und Rosalie folgte ihr. Nach ein paar Schritten wandte sie sich noch einmal zu Minter um. Zwischen ihnen fiel der Regen. Ihre Blicke hielten einander fest, aber dann senkte er den Kopf.

16. KAPITEL

»Es begegnet den gottfeindlichen Naturforschern, dass sie unwillkürlich, indem sie von der Natur als einer weisen Anordnerin und Werkmeisterin reden, doch eigentlich nur Gott meinen, den sie nicht nennen wollen. Sie bewundern die Werke ›der Natur‹, sie personificiren ›die Natur‹ beständig als Urheberin, als denkende, waltende, mächtige Schöpferin und Erhalterin. Sie legen ihr Attribute desselben persönlichen, allweisen, allmächtigen und allgütigen Gottes bei, den sie nicht anerkennen, und merken nicht, daß sie ihn eben damit wider Willen doch anerkennen.«

Aus *Die Naturkunde im christlichen Geiste aufgefasst* von Wolfgang Menzel, 1856

Wupperthal, 5. Dezember 1859

Geliebte Freundin in Christo!

Unter Gottes Schutz sind wir nunmehr wohlbehalten in Afrika angekommen und haben vor zwei Tagen endlich die Missionsstation Wupperthal erreicht. Die Seereise war alles andere als vergnüglich zu nennen. Auch wenn ich die Fahrt nicht zum ersten Mal gemacht habe, will es mir doch nicht gelingen, mich an das elendige Schaukeln an Deck zu gewöhnen. Übergeben wollte ich mich nicht, aber etwas essen konnte ich auch nicht, außer eingemachten Gurken, die mir meine Mutter aus Elberfeld mitgegeben hatte. Meist lag ich unten in der Kabine zu Bett, gemeinsam mit einem anderen Kollegen, dem es nicht besser erging. Die Seekrankheit dau-

erte sechs ganze Tage an, danach fühlte ich mich wieder etwas wohler und konnte mitunter auch ohne Übelkeit über Deck spazieren.

Jetzt, da die Strapazen der Reise überstanden sind, geht es mir innerlich und äußerlich einigermaßen.

Während es bei Euch friert und schneit, ist hier im Kapland der Sommer in vollem Gange. Wenn nur die erbärmliche Hitze nicht wäre, so wollte es einem noch besser gefallen. Ohne Sonnenschirm darf man sich gar nicht aus dem Haus wagen, wenn man sich nicht das Gesicht verbrennen will gleich einem der Neger.

Es ist eine erfreuliche Ernte, die uns in Kürze erwartet. Die Apfelsinenbäume brechen fast unter der Last der Früchte zusammen, und Stangenbohnen, Salat, Kappus und Wurzeln stehen ausnehmend gut. Aber es wird auch wieder eine rechte Plackerei werden. Wären nur die Eingeborenen auf der Plantage besser zu haben, so wäre es viel wert.

Auch soll ich schon am Sonntag, der nur noch drei Tage entfernt ist, predigen und zur Feier unserer Wiederkehr das Abendmahl austeilen an circa 160 Personen und ein gutes Dutzend Kinder taufen. So hat mich also Gott aufs Neue an die Arbeit gestellt. Möge mein Leben und mein Werk nur ihm gehören.

Von der Missionsstation habe ich selbstverständlich noch keine Nachricht, was unsere Vermählung und Deine baldige Abreise nach Afrika betrifft. Ich bedenke die Sache aber mit großer Zuversicht, vor allem da ich vor meiner Abreise noch einmal aufs Einvernehmlichste mit Dr. Kohlbrügge gesprochen habe. Wenn Du nur auf ihn hörst, so wird die Kirchenzucht aufgehoben, und Du darfst am Weihnachtstag wieder in der Gemeinschaft in Christo zum Tisch des Herrn gehen. Dann steht auch unserer baldigen Vereinigung nichts mehr im Wege.

Gedenke in allem Deinem Tun und Streben die Worte des

Apostel Paulus: »Meide das Böse in jeder Gestalt« (1 Thessalonicher 5, 22).

Er, der Friedefürst, lasse seine Gnade auf uns triefen, er werde verherrlicht an uns und in uns und durch alles, was wir reden, schweigen und denken, tun und schreiben! Der Herr sei Deiner und Deiner lieben Familie Schild und Lohn und Deines treuen Freundes

Andreas Packenius.

Postscriptum: Eingedenk unserer engen und künftig noch inniger werdenden Verbindung und in der vorwegnehmenden Hoffnung auf Dein freundliches Einverständnis habe ich mir erlaubt, aus unserem »Sie« ein »Du« werden zu lassen, liebste Dorothea.

Sie faltete den Brief zusammen und steckte ihn zurück in den Briefumschlag, dann hob sie das Kuvert hoch und roch daran. Afrika. Der Brief hatte den langen Weg aus Afrika bis hierher nach Elberfeld in Rosalies Haus gemacht, aber er roch nicht nach fremdartigen Gewürzen, nach duftenden Blumen, nach Kokosnüssen oder nach den Ausdünstungen wilder Tiere, er roch nicht einmal nach modrigen Papier wie die alten Bücher in der Bibliothek. Er roch nach gar nichts.

Der Brief roch nach nichts, und Packenius' Worte klangen nach nichts. Er klagte über die Seekrankheit und über die Hitze und über die viele Arbeit. Er schrieb ohne Begeisterung über dieses ferne, fremde Land der Welt. Und auch von ihrer *künftig noch inniger werdenden Verbindung* schrieb er so ganz und gar leidenschaftslos, als wäre es etwas, das er hinnahm wie die Seekrankheit oder die Sonne oder die Apfelsinen auf den Bäumen.

Bis Weihnachten waren es nur noch vier Tage und das, wovon Packenius in seinem Brief geschrieben hatte, war schon eingetroffen. Kohlbrügge hatte die Kirchenzucht von Dorothea genommen und ihr gestattet, während des Weihnachtsgottesdienstes am Abendmahl teilzunehmen. Denn obwohl sie Packenius' Ermahnungen erst heute erreicht, hatte sie sie doch bereits in die Tat umgesetzt. Sie hatte das Böse gemieden. Das Böse in der Gestalt von Kirschbaum. Seitdem Rosalie sie Anfang Dezember aus der Bibliothek geholt hatte, damit sie sie bei der Pflege der Cholerakranken unterstützte, war sie nicht mehr bei ihm gewesen.

Zwar schien die Seuche jetzt eingedämmt, zumindest hatte sie sich einstweilen zurückgezogen, vielleicht um neuen Anlauf zu holen und dann die geschwächten Körper mit neuer Kraft anzufallen, und Rosalie hatte seit mehr als einer Woche ihre Arbeit in der Apotheke wiederaufgenommen. Aber Dorothea blieb standhaft.

Sie machte einen weiten Bogen um die Leihbücherei, die Alte Freiheit, die ganze Stadtmitte. Sie ging nicht einmal hin, um Kirschbaum mitzuteilen, dass er künftig auf ihre Unterstützung verzichten musste. Sie wusste nur zu gut, dass sie nicht widerstehen könnte, dass sie verloren wäre, wenn sie auch nur einen Fuß in seine Welt setzte. Wie eine Opiumsüchtige musste sie sich dem Rauschgift entziehen, um nicht wieder in seinen Bann zu verfallen.

Dorothea hielt das Haus und die Praxis in peinlicher Ordnung. So vieles war liegen geblieben in den letzten Monaten, in denen sie beide, Rosalie und Dorothea, ihrer Arbeit nachgegangen waren. Schmutz und Fett auf den Schränken und in allen Winkeln, Staub unter Betten und Schränken und Berge von Wäsche, die ausgebessert werden musste. Darüber hinaus half sie Doktor Kuhn in der Praxis.

»Dorothea«, sagte er, wann immer sie mit Medikamenten von der Apotheke zurückgeeilt kam oder die gereinigten Spucknäpfe ins Wartezimmer zurückbrachte oder ihm einen frisch aufgebrühten Tee hinstellte. »Sie sind ein wahrer Engel.«

Auch heute Morgen wartete er sicherlich schon darauf, dass sie zu ihm herunterkam und ihre Hilfe anbot, aber vorher wollte sie Packenius' Brief beantworten. Sie holte ihr Tintenfass, Papier und Schreibfeder und setzte sich damit an den Küchentisch. Dann dachte sie lange über die richtige Anrede nach.

»Mein herzlich geliebter Freund in dem Herrn Jesu!«, schrieb sie schließlich, und dann berichtete sie ihm zuallererst von der Aufhebung der Kirchenzucht und davon, dass ihr Vater am letzten Sonntag nach der Kirche zu ihr getreten war, nachdem Kohlbrügge sie wieder in den Leib der Gemeinde aufgenommen hatte. Vor den Augen aller, die es sehen wollten, hatte er ihr die Hand gereicht und ihr einen gesegneten dritten Advent gewünscht. Und danach hatten ihr auch die Mutter und die Brüder die Hand geschüttelt, als wäre alles gut zwischen ihnen.

Davon schrieb sie Packenius und von ihrer Arbeit für die Cholerakranken, und wie sie Doktor Kuhn in der Praxis unterstützte und so Kenntnisse in der Krankenpflege sammelte, die ihr in der Missionsstation sicher nützlich sein würden. Und erst, als sie bereits über ein Blatt gefüllt hatte, stellte sie fest, dass sie ihn die ganze Zeit über versehentlich gesiezt hatte.

Wenn Fuhlrott und Minter abends kamen, musste sie sich jetzt immer dazusetzen, auch wenn sie viel lieber in der Kälte geblieben wäre, in der Küche, in der Kammer, irgendwo, nur nicht hier in diesem Kaminzimmer.

Die wissenschaftlichen Unterhaltungen, die die Herren und Rosalie führten, wurden ihr immer unheimlicher. Sie wollte ihre Ansichten und Argumente nicht hören, jetzt wo ihr Vater ihr die Hand geschüttelt hatte. Und sie wollte ihren Glauben nicht gefährden, aber was sollte sie tun? Sie war nur Gast in diesem Haus, und Rosalie bestand darauf, dass sie neben ihr saß und Strümpfe stopfte und Wäsche flickte.

Wenn nur der Winter endlich vorbei wäre, wenn es draußen wärmer würde. Dann konnte sie wieder in der Schlafkammer bleiben oder auf der Bank vor dem Haus. Nur dass sie dann gar nicht mehr hier wäre, dachte sie plötzlich, weil sie ihm April oder im Mai nach Afrika aufbrechen würde, um dort Missionarsfrau zu werden.

Minter, der Apotheker, brachte Darwins Buch zurück. »Phänomenal«, sagte er, während er es über den Tisch zu Fuhlrott schob. »Ich finde diese Arbeit ganz und gar überzeugend.«

»Ich habe mir gedacht, dass Sie so urteilen würden«, sagte Fuhlrott mit seinem schiefen Lächeln. »Es ist recht plausibel formuliert, das muss ich selbst zugeben.«

»Es ist nicht nur so formuliert, es ist auch plausibel«, erklärte Minter. »Man muss sich die Natur und alles, was darin lebt, doch nur gründlich ansehen, dann findet man die Beweise für Darwins Ideen selbst. Wenn blattfressende Insekten grün und rindefressende grau gesprenkelt sind, Schneehühner weiß und Waldhühner braun, so ist das der trefflichste Beleg für ihre Anpassung an die Umgebung. Die natürliche Zuchtwahl verleiht jedem Lebewesen seine Eigenschaften und sorgt auch dafür, dass der Status quo dauerhaft erhalten bleibt. Ein Schneehuhn mit einer Spur von Schwarz im Gefieder wird von dem gnadenlosen Auge des Raubvogels als Erstes erspäht und so ausgesondert, bevor das Tier noch die Chance zur Fortpflanzung erhält.«

»Der zweite Teil der Argumentation ist sicherlich richtig. Es ist der Anfang, der mir nicht einleuchtend erscheint. Denn wenn Schneehuhn und Waldhuhn sich nach und nach an ihre Umwelt angepasst haben, so setzt das voraus, dass sie einen gemeinsamen Vorfahren haben, das Huhn schlechthin. Und diese Spezies müsste irgendwo auf der Welt zu finden sein.«

»Wenn Sie das fragen, dann haben Sie Darwin nicht gründlich gelesen. Die Ausgangsart wurde von den neuen, den besser entwickelten Arten verdrängt«, sagte Minter.

»Ich habe das Werk ja nun nicht gelesen und kann demzufolge als Einziger nicht mitreden«, schaltete Doktor Kuhn sich ein, als wären weder Dorothea noch Rosalie anwesend, die das

Buch schließlich ebenfalls nicht kannten, »aber wie hält es dieser Darwin denn dann mit der Abstammung des Menschen? Von welcher Art haben wir uns weiterentwickelt, seiner Meinung nach? Er ist auf der Seite der Affen-Liebhaber, habe ich recht?«

»Nun, diesbezüglich hält er sich recht bedeckt«, sagte Fuhlrott. »Aber es liegt natürlich auf der Hand, wenn es ihm auch noch an Mut mangelt, seine These auszusprechen.«

»Der Affe und der Mensch sind Arten einer gemeinsamen Gattung«, sagte Minter.

Doktor Kuhn beugte sich nach vorn, um nach seinem Bierglas zu greifen, schnaubte dabei laut und verächtlich. Dorothea war ihm sehr dankbar für dieses abfällige Geräusch, aber Minter ließ sich nicht beirren.

»Auch hier haben wir den Beweis für seine Theorie vor Augen, wenn auch nicht in diesem Moment: Ich spreche von den Knochen, die unser verehrter Freund Dr. Fuhlrott aus dem Neandertal sichergestellt und als diluvial eingestuft hat, und die eine inzwischen ausgestorbene Übergangsform vom Affen zum Menschen darstellen.«

»Das ist Unsinn, und es ist gegen die Würde des Menschen, etwas Derartiges zu behaupten«, sagte Fuhlrott. »Ich will auch nichts mehr davon hören.« Seine Stimme klang so scharf und ungeduldig, dass ihn alle überrascht ansahen, selbst Doktor Kuhn, der seine Meinung teilte.

»Wollen wir uns nun auch gegenseitig das Wort verbieten, in diesem Kreis hier?«, fragte Rosalie leise, nachdem alle einige Sekunden lang betreten geschwiegen hatten. »Es geht doch um die Erkenntnis.«

Fuhlrott räusperte sich und nahm einen Schluck Bier, und dann räusperte er sich noch einmal. »Sie haben recht, Rosalie«, sagte er mit belegter Stimme. »Minter, ich entschuldige mich in aller Form.«

»Angenommen«, sagte der Apotheker leichthin.

Dorothea legte zwei fertig gestopfte Socken aufeinander und zog die Öffnung des einen über den anderen, sodass sich beide fest umschlossen. *Es geht doch um die Erkenntnis,* wiederholte sie in Gedanken Rosalies Worte. *Sagte die Schlange zu Eva.*

Einen Tag vor Weihnachten erhielt sie einen Brief von Kirschbaum. Er hatte seinen Absender nicht auf den Umschlag geschrieben, aber sie erkannte seine Handschrift sofort, und von einem Augenblick zum anderen wurde ihr heiß und kalt, als ob man sie bei etwas Verbotenem ertappt hätte. Im selben Moment erinnerte sie sich daran, dass sie Packenius' Brief immer noch nicht beantwortet hatte, nachdem ihr der erste Entwurf misslungen war. Plötzlich sah sie ihn vor sich, wie er dort unten im heißen Afrika saß, einen großen Sonnenschirm über sich haltend, den Kopf traurig und fragend zur Seite gelegt. Wartend.

Dorothea hielt Kirschbaums Brief mit zwei Fingern fest, in einem großen Abstand von ihrem Körper, als wäre es ein kleines giftiges Tier.

»Dorothea«, hörte sie Doktor Kuhns Stimme im Treppenhaus. »Dorothea, hören Sie mich?«

»Ich komme«, rief sie laut, während sie das Kuvert in beide Hände nahm und mitten durchriss. Dann legte sie die beiden Teile aufeinander und riss sie noch einmal entzwei und noch einmal und noch einmal, bis der Stapel der Einzelteile so klein und dick war, dass er sich nicht mehr zerteilen ließ. Sie warf alles in den Ascheneimer und nahm die Schüssel mit kaltem Haferbrei, die noch vom Frühstück übrig war. Den Inhalt schüttete sie über die Papierstücke, bis nur noch eine klebrige, weißgraue Masse im Eimer zu sehen war.

Sie ging hinunter in die Praxis und wollte durchs Wartezimmer in den Behandlungsraum, als sich einer der Patienten erhob und zu ihr trat. »Bitte«, sagte sie. »Wir rufen Sie, wenn Sie an der Reihe sind.« Aber dann erkannte Dorothea, dass es Traugott war.

»Bist du krank?«, fragte sie.

»Ich muss dich sprechen.«

Doktor Kuhn steckte den Kopf aus dem Behandlungszimmer, und über seine Schulter hinweg sah sie einen dicken Mann mit nacktem Oberkörper stehen, dessen rotbraune Hosenträger links und rechts von seinem Körper zu Boden baumelten wie Schnüre, die aus seinen Eingeweiden nach außen gedrungen waren.

»Ich bräuchte Ihre Hilfe«, sagte Kuhn.

»Sofort«, sagte sie. »Ich muss nur ... mein Bruder.«

Sie drehte sich um und spürte Kuhns irritierten Blick im Rücken, während sie mit Traugott hinaus in den kalten Flur trat.

Traugott schien noch kleiner zu sein als früher, noch magerer. Das Weiße seiner Augen war rot umgrenzt, wie ein Bild mit blutigem Rahmen auf dunklem Grund.

»Gehst du nicht mehr mit Vater in die Fabrik?«, fragte sie.

»Schon«, sagte er. »Aber gestern und heute nicht. Es geht mir nicht gut.« Wie zur Bestätigung begann er zu husten, zuerst ganz sachte und diskret, dann stärker, es war, als wolle der Husten sich jetzt dafür rächen, dass Traugott ihn am Anfang benutzt hatte. Er hustete und hustete, und es hörte sich an, als sei seine Brust angefüllt mit harten und gleichzeitig schleimigen Brocken, die mit großer Wucht gegeneinandergestoßen wurden. Er hustete, und Dorothea stand hilflos da und hörte ihm dabei zu. Irgendwann zog er ein Taschentuch aus der Tasche und hielt es vor den Mund. Als er es wieder wegsteckte, war es blutrot.

»Du musst zum Doktor«, sagte Dorothea. »Er muss deine Brust untersuchen.«

Aber Traugott schüttelte den Kopf. »Ich weiß schon, was er sagt, dass ich an die See soll, um mich auszukurieren, oder in die Berge.« Er lachte und begann wieder zu husten, aber dieses Mal nur kurz. »Ich soll dir etwas ausrichten von dem Vater und der Mutter.«

»Was gibt es?«

»Du sollst ... Sie möchten, dass du heute Abend zu uns kommst und wir dann morgen gemeinsam zur Kirche gehen und das Christfest begehen.«

»Das möchten sie?«, fragte Dorothea.

»Ja«, sagte Traugott. Er holte sein rotes Taschentuch wieder heraus und fuhr sich damit über die Lippen.

»Dann werde ich da sein«, sagte Dorothea.

Sie hatten den Vorabend vor Weihnachten früher nie gefeiert. Ihr Vater hatte das immer als römische Unsitte bezeichnet, den sogenannten Heiligen Abend, das Schwelgen in Liedern und Gefühlen und den *Weihnachtsduft in jedem Raum*, wie es in dem Gedicht von Hoffmann von Fallersleben hieß.

Aber der Abend war dennoch etwas Besonderes gewesen. Ihre Mutter hatte das Brot gebacken für den Weihnachtstag und ausgelassenen Speck und geschmälzte Zwiebeln in den Teig getan, die ganze Wohnung hatte danach gerochen. Weihnachtsduft. Dorothea und Traugott hatten Sterne aus Glanzpapier geschnitten, die sie in die Fenster hängten, während die drei Kleinen Tannenzweige auf die Fensterbretter gelegt hatten. Ihr Vater hatte all das misstrauisch beobachtet, aber er hatte nie etwas dagegen gesagt.

Es war eine solche Vorfreude in ihnen gewesen auf den nächsten Tag, auf das gute Essen nach der Kirche und auf die Krippenfeier am Nachmittag. Und abends hatte ihnen der Vater die Weihnachtsgeschichte nach Lukas vorgelesen, ganz egal, welches Kapitel in der Bibel gerade anstand, und danach hatten sie gebetet und ein Lied zusammen gesungen.

So war es früher gewesen. Im letzten Jahr dagegen hatte Dorothea Weihnachten mit Rosalie und ihrem Vater gefeiert – oder vielmehr nicht gefeiert, denn wie ihr Vater gaben die Kuhns nicht gerade viel auf sentimentale Lieder und Gefühlsduseleien. Aber im Gegensatz zu ihrem Vater stellte das Weihnachtsfest für sie auch nicht den Anfang und Sinn ihres Lebens dar.

Also hatten sie den Heiligen Abend genauso verbracht wie jeden gewöhnlichen Abend des Jahres, sie hatten zusammen gegessen, und danach war jeder seiner Wege gegangen. Dorothea hatte sich mit irgendeinem Buch ins Bett gelegt, aber ihre Gedanken waren von den Textzeilen abgeglitten und weggeflogen zu ihrer Familie, die ganz in der Nähe, nur eine Straße weiter, zusammensaßen und die Weihnachtsgeschichte lasen, während es in der Stube nach Speck und Zwiebeln und Tannenzweigen roch.

Immer, wenn sie in den letzten Monaten, Wochen und Tagen an Weihnachten gedacht hatte, hatte sie sich vor diesem Abend gefürchtet und vor der Wiederholung der Leere und Kälte. Jetzt fürchtete sie sich nicht mehr.

Sie hätte ihren Brüdern gerne etwas geschenkt, Traugott, der so erbärmlich aussah, und Tobias und Matthis, der jetzt der *kleine* Matthis war, seit Hermann tot war. Zum ersten Mal in ihrem Leben hatte sie Geld dafür, aber sie hatte keine Zeit mehr, irgendetwas zu besorgen, und außerdem hätte es ihrem Vater bestimmt nicht gefallen.

»Back ihnen einen Kuchen«, sagte Rosalie. »Ich habe Eier, Mehl und Schmalz und Rosinen, es ist alles da.«

Gemeinsam kneteten sie den Teig und streuten Mehl über den Küchentisch, sodass es aussah wie frisch gefallener Schnee, und darauf formten sie den Teig zu einer länglichen Rolle, die Rosalie dann kreuzweise einschnitt.

»Willst du nicht auch noch einen Kuchen backen für deinen Vater und dich?«, fragte Dorothea, als sie das Blech in den Ofen schoben. »Jetzt, wo der Ofen schon einmal heiß ist?«

»Ach nein«, sagte Rosalie. »Ich habe für morgen Fleisch gekauft und Kartoffeln, und von dem einen oder anderen Patienten bekommen wir immer etwas Süßes geschenkt, das war noch in jedem Jahr so.«

Dorothea zuckte bedauernd mit den Schultern und fühlte sich mit einem Mal schuldig, dass sie Rosalie am Weihnachtstag allein zurückließ, nur mit ihrem Vater, der sich nicht um sie kümmerte. Ob sie sich mit Minter treffen würde? Aber der Apotheker musste sich vermutlich um seine kranke Frau kümmern, über Weihnachten würde er sie wohl nicht im Irrenhaus lassen.

Im nächsten Jahr kommst du mit zu uns, und wir feiern gemeinsam, wollte sie gerade sagen, als ihr einfiel, dass sie im nächsten Jahr an Weihnachten wahrscheinlich nicht mehr in Elberfeld sein würde, sondern in Afrika, als Packenius' Frau.

Rosalie öffnete die Ofenklappe, um den halb gebackenen Kuchen mit Eigelb zu bestreichen. Heiße Luft strömte in die Küche und hüllte die Freundinnen ein wie eine dicke, duftende Decke.

Dann begann sie leise zu summen, und auf ihrem schwarzen Haar erschienen von einem Moment zum anderen goldene Reflexe wie Kerzen auf einem Lichterbaum. »Herbei, o ihr Gläubigen«, summte sie, und nach ein paar Takten fiel Dorothea leise ein. »Jauchzt und triumphieret. O kommet, o kommet nach Bethlehem! – Schauet das Kindlein, uns zum Heil geboren«, sangen sie beide. »O lasset uns anbeten, o lasset uns anbeten, o lasset uns anbeten, den König, den Herrn!«

Um sechs Uhr stand Dorothea vor der Wohnungstür in der Königsstraße. Sie klopfte, obwohl sie ihren Schlüssel immer bei sich trug, aber irgendwie erschien es ihr nicht passend, ihn zu benutzen.

»Dorothea«, sagte ihre Mutter, als sie öffnete. Dorothea erschrak darüber, wie alt sie geworden war, es war weniger ihr Gesicht als ihre Figur und ihre Haltung, sie war so mager und stand vornübergebeugt, als fehlte ihr die Kraft, den Kopf zu halten.

»Frohe Weihnachten, Mutter«, sagte Dorothea und hielt ihr den Kuchen hin. Ihre Mutter nahm ihn dankbar an und hielt sich daran fest.

Zum Abendbrot gab es Kartoffeln und Hering, und später,

nachdem Frau Leder und Dorothea die Teller in die Küche getragen hatten, legte der Vater die Bibel auf den Tisch.

»Es begab sich aber zu der Zeit, dass ein Gebot von dem Kaiser Augustus ausging, dass alle Welt geschätzt würde«, begann er zu lesen, und Dorothea unterdrückte im letzten Moment ein lautes, wohliges Seufzen vor Glück darüber, dass sie endlich wieder zu Hause war.

Während ihr Vater von den Hirten auf dem Feld und den Engeln las, wanderte ihr Blick hinüber zur Mutter, die ihre Hände vor sich auf den Tisch gelegt hatte, die abgearbeiteten, rauen, rissigen Hände, und die den Blick darauf gesenkt hielt, ein stilles Lächeln auf den Lippen, als betrachtete sie etwas besonders Schönes. Dann sah sie ihre Brüder an, der große und doch so kleine Traugott, Tobias neben ihm und Matthis, und daneben Hermanns Platz, der leer war. Es war das dritte Weihnachtsfest ohne ihn.

»Herr Jesus Christus«, sagte ihr Vater, nachdem er die Weihnachtsgeschichte beendet hatte und sie alle ihre Hände falteten. »Der du ein kleines Kind geworden bist, um unsere Sünden zu tragen und unsere Schuld. Sieh du gnädig auf uns herab. Gütiger Herr Jesus, wir wollen dir danken und deinen Namen lobpreisen, weil du uns unsere Tochter Dorothea zurückgebracht hast, unser Kind und dein Kind, das lange Zeit irregegangen ist, in der Sünde und im Bösen verharrte und nun doch den Weg zu dir und zu deiner Gemeinde zurückgefunden hat, durch deine große Gnade und Barmherzigkeit. Dank sei dir, du hast unser Flehen vernommen und unsere Gebete erhört. Und wir bitten dich, gütiger Herr Jesus, für unseren geliebten Bruder in dir, der jetzt im heißen Afrika weilt, um dort die Heiden zu bekehren. Halte du deine Hand über ihn und schütze ihn vor allem Unbill.«

»Amen«, schloss Dorothea das Gebet des Vaters im Chor mit ihrer Mutter und ihren Brüdern. Auch Dorothea starrte jetzt auf ihre Hände, die sich gegenseitig umklammerten, jeder Finger lag an seinem vorbestimmten Ort, und die Knöchel bildeten kleine gegeneinander verschobene Dreiecke wie Wellen auf einem sehr ordentlichen Meer.

Sie hatte ihren Vater und ihre Mutter viele Monate lang belogen, als sie zu Kirschbaum gegangen war, anstatt sich um Tante Lioba zu kümmern. Aber diese Sünde hatte sie bereut, und wenn man seine Sünden aufrichtig bereute, dann wurden sie einem vergeben, denn die Güte des Herrn war ohne Grenzen, das wusste sie, und das wusste auch ihr Vater. Aber das war es nicht, an das ihr Vater dachte, wenn er von dem Bösen sprach, in dem sie verharrt hatte. Was er meinte, war ihre Arbeit in der Leihbibliothek. Und Kirschbaum, vor allem Kirschbaum.

Aber Kirschbaum war nicht böse. Er war gut, vielleicht der beste Mensch, den Dorothea jemals kennengelernt hatte.

Und darüber hinaus, dachte sie, und während sie es dachte, merkte sie, wie die warme Weihnachtsfreude, die sie vorhin noch ganz und gar erfüllt hatte, sich nach und nach in kalten, hässlichen Zorn wandelte, darüber hinaus war es auch nicht die Gnade des Herrn Jesu gewesen, die sie wieder zurück zu den Ihren gebracht hatte, sondern allein ihr eigener Wille, abgesehen natürlich von Andreas Packenius' Fürsprache bei Kohlbrügge. Sie war in den Schoß ihrer Kirche und zu ihrer Familie zurückgekehrt, weil sie es ohne sie nicht aushalten konnte.

Und nun saß sie hier wie früher, mit gefalteten Händen und gesenktem Haupt und sagte Ja und Amen. Sie schloss die Augen und sah plötzlich Kirschbaum vor sich. Sein liebes, ernstes Gesicht mit den dunklen Brauen. »Fräulein Leder«, sagte er. »Hören Sie auf zu lügen.«

Einen Moment lang blieben sie vor den Bänken hinten in der Kirche stehen, die für die Familien reserviert waren. Hier saßen hauptsächlich Eltern mit kleinen Kindern, und sobald die Kinder größer wurden, teilte man sich auf, dann saßen die Männer außen und die Frauen innen. Ihre Eltern sahen sich an und schienen zu überlegen, ob sie hier Platz nehmen sollten, alle gemeinsam, nachdem sie so lange getrennt gewesen waren, aber dann schüttelte der Vater kaum merklich den Kopf und ging mit den Brüdern nach rechts, und Dorothea und ihre Mutter setzten sich zu den anderen Frauen.

Zwischen den Köpfen vor sich sah Dorothea Ausschnitte aus dem Altarraum. Das Podium und die Abendmahltische, die darauf aufgebaut worden waren. Ihre Brust wurde ganz eng und schmerzte, obwohl sie dieses Mal nicht in der Bank sitzen bleiben musste, sondern mit den anderen nach vorne gehen durfte.

Etwas brachte sie dazu den Kopf zu wenden, vielleicht war es eine Bewegung ihrer Mutter oder ein Luftzug von der Kirchentür her, da sah sie Herrn und Frau Packenius die Kirche betreten und hinter ihnen ihre jüngste Tochter Elisabeth, das einzige der Kinder, das noch zu Hause lebte.

Die Familie meines Verlobten, dachte Dorothea und unterdrückte ein Lächeln, denn ihre künftigen Schwiegereltern hatten keine Ahnung von ihrer und Packenius' Verbindung. »Sie werden Ihnen Ihre Aufwartung machen, wenn denn alles unter Dach und Fach ist und ich die Genehmigung zu meiner Verheiratung erhalten habe«, hatte Packenius zu ihr gesagt. »Sie werden sicher sehr froh sein, aber zum jetzigen Zeitpunkt wollen wir sie nicht beunruhigen.« Wir wollen sie nicht beunruhigen mit der Aussicht auf eine Schwiegertochter, die aus armseligsten Verhältnissen kommt und noch dazu von allen gemieden wird, als habe sie die Pest, weil über sie die Kirchenzucht verhängt worden ist, vervollständigte Dorothea seinen Satz in Gedanken.

Die drei gingen mit gemessenen Schritten an den voll besetzten Kirchenbänken vorbei. Herr und Frau Packenius nickten dabei würdevoll hierhin und dorthin, die Leders jedoch bedachten sie mit keinem Blick. Dann setzten sie sich auf ihre Plätze in der zweiten Reihe, und einen Moment später kam Kohlbrügge aus der Sakristei, als habe er nur auf sie gewartet.

Dorothea hatte Hunger. Während Pastor Kohlbrügges fast zweistündiger Predigt hatte ihr Magen mehrmals unüberhörbar geknurrt, als wolle er die Worte des Predigers unterstreichen. Sie hatte sich ganz aufrecht hingesetzt und die Hände auf den Bauch gepresst, aber es war sinnlos, das Gluckern und Grollen in ihren Eingeweiden wurde immer lauter. Am Abend vorher hatte sie vor Aufregung kaum etwas gegessen, und das Frühstück war ausgefallen, weil man nüchtern zum Tisch des Herrn ging.

Jetzt trat Dr. Kohlbrügge von der Kanzel zum Altartisch, brach eine Scheibe Brot auseinander und hielt die Teile hoch in die Luft, während er die Worte sprach, die Jesus damals zu seinen Jüngern gesagt hatte, wenige Tage vor seinem Tod. »Dies ist mein Leib«, sagte er, »der für euch hingegeben wird«, und im selben Moment grollte Dorotheas Bauch so laut, dass sich eine Frau in der Bank vor ihr erschrocken umdrehte und ihre Mutter ihr die Hand auf den Arm legte.

»Dies ist mein Blut«, sagte Kohlbrügge, wobei er allen den Kelch zeigte, »das für euch und für alle vergossen wird zur Vergebung der Sünden.«

Zuerst gingen die Männer nach vorne und nahmen an den Tischen auf dem Podest Platz. Der alte Packenius und Herr Leder kamen zufälligerweise am selben Tisch zu sitzen, einander schräg gegenüber, aber sie wechselten keinen Blick. Herr Packenius schaute nach rechts, und Herr Leder schaute auf seine gefalteten Hände, und Dorothea fragte sich auf einmal, ob es wirklich stimmte, dass Packenius seinen Eltern nichts von ihr und seinen Heiratsabsichten erzählt hatte. Sie mussten es doch auch mitbekommen haben, dass ihr Sohn nach den Gottesdiensten als Einziger zu ihr kam, mit ihr sprach und sogar mit ihr spazieren ging. Vielleicht wussten sie alles, und sein Vater vermied deshalb den Blick ihres Vaters, weil er die Verbindung missbilligte.

Kohlbrügge und die Diakone nahmen jetzt die Schalen mit

den Brotstücken und gingen damit zu den Tischen. Die Männer schoben die kleinen, hellbraunen Würfel in den Mund, schlossen die Augen, und schluckten sie hinunter, ohne zu kauen. Dorothea wartete darauf, dass ihr Magen wieder zu knurren begann, aber dann stellte sie zu ihrer Überraschung fest, dass sie nicht mehr hungrig war, sondern wütend.

Es war der alte Packenius, der sie wütend machte, mit seinem Backenbart und seiner nackten Oberlippe und seinem würdevollen Gesichtsausdruck. Und ihr Vater, der immerzu demütig zu Boden starrte, auch jetzt, da er den Kelch von seinem Nachbarn entgegennahm, um nur ja dem Blick des anderen nicht zu begegnen.

Sie war wütend auf ihre Mutter, die neben ihr betete in Erwartung des heiligen Abendmahls. Und auf ihre Brüder, obwohl sie ihr keinen Grund dazu gegeben hatten. Oder gerade deswegen.

Sie war wütend auf sich selbst. Warum saß sie hier, am Weihnachtstag, inmitten dieser Menschen, die ihr so fremd geworden waren, obwohl sie sie ihr ganzes Leben lang gekannt hatte?

In wenigen Minuten würden die Männer aufstehen, und dann wäre die Reihe an den Frauen, nach vorn zu gehen und sich zu setzen und das Abendmahl zu empfangen. Von ihrem Platz aus konnte sie nur den Hinterkopf ihrer zukünftigen Schwiegermutter sehen, aber sie wusste genau, wie ihr Gesicht aussah. Ernst, streng und starr, ein wenig angewidert.

Vielleicht würden sie sich gleich gegenübersitzen, und Frau Packenius würde ihren Kopf zur Seite drehen, nach rechts oder links, ganz egal, nur weg von Dorothea.

Es hat sich nichts geändert, und es wird sich nie etwas ändern, dachte Dorothea. Ich habe meine Schuld bekannt und bereut, also wurde die Kirchenzucht aufgehoben, aber ich bin und bleibe in Ungnade. Ich bin schmutzig. Und sie sind rein.

Aber was habe ich verbrochen? Ich bin zu Kirschbaum gegangen, einem Juden wie Abraham es war oder Moses oder Jesus selbst, ich habe für ihn gearbeitet und mehr nicht.

Und für diese Schuld, die keine war, bin ich zu Kreuze gekrochen.

Dabei war es richtig, was ich getan habe, dachte Dorothea. Und es ist falsch, was ich jetzt tue. Ich darf nicht zum Abendmahl gehen, es wäre eine Lüge und eine Sünde, wenn ich es täte. Denn ich bereue nichts. Es wäre gotteslästerlich, wenn ich mich zum Rest der Gemeinde setzte, als ob ich ein Teil von ihnen wäre, aber es stimmt nicht, ich gehöre längst nicht mehr dazu, ich fühle es, und sie wissen es.

Herr Jesus, betete sie, du bist für mich geboren worden und für mich gestorben. Gib mir die Kraft, das Richtige zu tun.

Und bevor sie das Gebet zu Ende gebetet hatte, erhob sie sich und schob sich langsam aus der Bank, obwohl die Männer noch vorne an den Tischen saßen. Ihre Mutter erhob sich ebenfalls, kam ihr hastig nach und fasste sie am Ellenbogen. »Nicht doch, Dorothea, noch nicht«, flüsterte sie.

Dorothea blieb stehen und blickte sie an, ihr zitterndes Kinn. »Vergib mir, Mutter«, wisperte sie. »Aber es kann nicht sein.«

Und dann ging sie.

Dorothea ging über die Felder hinauf zur Hardt, den gleichen Weg, den sie früher immer mit Packenius gegangen war. Es regnete, kalte, nadelspitze Tropfen, und außer ihr war niemand unterwegs. Nun hast du alles verdorben, Dorothea, sagte sie zu sich selbst. Dann horchte sie in ihr Innerstes, ob sie so etwas wie Bedauern empfand oder wenigstens Betroffenheit. Aber alles, was sie spürte, war eine große Erleichterung, darüber, dass sie die Kirche verlassen, dass sie alles hinter sich gelassen hatte.

Die Wiesen zu ihrer Rechten und Linken waren gelblich grün, die Grashalme lagen kraftlos am Boden als schliefen sie, und mit jedem Schritt sammelte sich mehr Lehm unter ihren Sohlen und machte ihre Füße schwer. Ihr Gesicht war kalt vom

Regen. In Afrika ist es jetzt Sommer, dachte sie. So heiß, dass man das Haus nur mit einem Sonnenschirm verlassen kann. *Die Apfelsinenbäume brechen fast unter der Last der Früchte zusammen.* Die Apfelsinenbäume, die sie niemals zu Gesicht bekommen würde, dachte sie.

Dann kam sie an die Stelle, an der sie damals Isaak Kirschbaum begegnet war, bei ihrem ersten Spaziergang mit Packenius. Und obwohl sie im Freien stand, mitten im Regen, hatte sie plötzlich den Geruch der Leihbibliothek in der Nase, den trockenen, ein wenig modrigen Geruch von Büchern, den Geruch von alten Geschichten und neuen Gedanken.

Sie blieb stehen und sah die Bäume hinter den Wiesen, deren schwarze Äste sich auf dem grauen Winterhimmel ausbreiteten wie ein zartes Geflecht. An einen Zweig hatten Bauern ein Bündel Ähren gehängt und an den Ähren wiederum hingen Vögel, Spatzen und Meisen wie große, überreife Früchte. Dorothea konnte ihr aufgeregtes Gezwitscher hören. Ansonsten war alles still. In den Häusern der Stadt saßen die Menschen zusammen, überall, auch in der Nordstadt und im Island, wo die Cholera gewütet hatte und vielleicht bald wieder zuschlagen würde. Reiche und Arme, Alte und Junge, Rosalie und ihr Vater, Minter und seine kranke Frau, Herr und Frau Packenius mit ihren strengen Gesichtern, Dorotheas Eltern und ihre Brüder. Keiner war allein. Und sie selbst wollte auch nicht allein sein, dachte Dorothea, und sie würde auch nicht allein sein. Denn jetzt wusste sie, wohin sie gehen würde.

Sie zog an der Glockenschnur neben der Tür, zuerst ganz vorsichtig. Drinnen schlug die Glocke an, zart und schüchtern, dann war alles wieder still. Sie wartete eine Weile mit klopfendem Herzen. Als niemand kam, versuchte sie es noch einmal und noch ein weiteres Mal und dann noch mal. Bald klang das Läuten nicht mehr schüchtern, sondern laut und fordernd. Er war da, sie wusste es genau, und wenn er da war, sollte er ihr öffnen. Sie klingelte wieder, inzwischen riss sie an der Schnur. Er war da, wo sollte er auch sonst sein an diesem Tag. Er war da, er musste da sein.

Aber die Tür blieb verschlossen, und er kam nicht, und irgendwann hörte sie auf zu klingeln. Stattdessen lehnte sie ihr Gesicht an die kalte, raue Steinwand und weinte. Es war niemand auf der Straße, der sie sehen konnte, und im Übrigen war es ihr auch egal. Die Tränen waren heiß und brannten auf ihren kalten, aufgesprungenen Wangen.

Ein letztes Mal noch. Sie zerrte die Klingelschnur nach unten, die Glocke schlug an, es klang jetzt fast hysterisch, und im selben Moment wurde die Tür geöffnet. Kirschbaum stand vor ihr, sein Gesicht nur wenige Zentimeter von ihrem entfernt. »Dorothea«, stammelte er, als er sie erkannte. »Sie sind es! Sie!«

Obwohl sie so aufgelöst war, entging es ihr nicht, dass er sie zum ersten Mal *Dorothea* genannt hatte, anstelle von *Fräulein Leder.*

»Wen haben Sie denn erwartet?«, fragte sie. Ihre Stimme klang dabei fast vorwurfsvoll.

»Ach, es wird hier so viel geläutet in der Weihnachtszeit«, sagte er.

Dann starrten sie sich ein paar Augenblicke an und schwiegen ratlos.

»Aber bitte, kommen Sie doch herein«, sagte Kirschbaum und trat ein Stück zur Seite.

Es war warm in der Leihbibliothek, obwohl er die Bücherei über die Feiertage bestimmt nicht geheizt hatte. Und es lag ein köstlicher Geruch zwischen den Regalen, auf den Büchern. Es roch nach gebratenem Fleisch und heißem Wein und vielen Gewürzen, nach Zimt und Vanille und nach Dingen, die sie gar nicht kannte. »Dorothea«, sagte er leise und sanft, und sie war so froh darüber, dass er sie weiterhin bei ihrem Vornamen nannte. »Warum sind Sie gekommen?«

Sie drehte sich zu ihm hin und ging einen Schritt auf ihn zu, und er ging ebenfalls einen Schritt auf sie zu, sodass sie sich so eng gegenüberstanden wie noch nie. Sein Blick war besorgt und erstaunt und glücklich zugleich.

»Ich bin gekommen …«, sagte sie, dann verstummte sie, weil sie nicht mehr weiterwusste.

Er lächelte sein warmes Lächeln.

»Weil Sie Hunger haben«, sagte er.

17. KAPITEL

»Dem Menschen kommen in der Gemeinschaft mit anderen unstreitig gewisse und sehr wichtige Rechte bloß darum zu, weil er Mensch, d.i. ein von der Gottheit zur höheren Ausbildung berufenes, mit Vernunft und Freiheit des Willens begabtes Wesen ist. Er braucht diese Rechte nicht zu erwerben, sie sind ihm von der Natur verliehen und angeboren. Er kann sie nicht verlieren, ihnen selbst durch seinen eigenen Willen nicht entsagen, sie sind unveräußerlich und unzertrennlich mit seinem Wesen verbunden.«

Aus der *Real-Encyklopädie für die gebildeten Stände* von Brockhaus, 1835

Nora und Falks Geschichte begann 1991 in Tübingen. Sie sah ihn in der Mensa. Er saß am Nachbartisch mit einigen Studenten zusammen, die anderen redeten. Er aß und nickte hin und wieder, aber seine Gedanken schienen ganz woanders zu sein. Er war groß und nachlässig gekleidet, ein kariertes Hemd, das ihm halb aus der Hose hing. Sein Kinn war stoppelig. Kein cooler Dreitagebart, er war einfach schlecht rasiert. Nachdem sie ihn eine Weile angestarrt hatte, spürte er ihren Blick, worauf er den Kopf wandte und sie sich für den Bruchteil einer Sekunde ansahen. »Wer ist das?«, fragte sie Kerstin, mit der sie damals zusammenwohnte. »Kennst du den?«

»Der neue Shootingstar am Himmel der Frühgeschichte«, sagte Kerstin. »Wenn es nach ihm selbst geht, jedenfalls. Ein komplettes Arschloch, wenn du mich fragst. Außerdem hat er eine Freundin. Vergiss ihn.«

Nora vergaß ihn, aber drei Wochen später traf sie ihn auf einer Party wieder. Sie kannte keinen Menschen außer Kerstin, die sie mitgeschleppt hatte und die jetzt eng umschlungen mit irgendeinem Typen tanzte. Falk stand wieder inmitten einer Gruppe und schien dennoch auf eigenartige Weise allein. Sie musterte die Frauen, die um ihn herumstanden, eine nach der anderen. Ob seine Freundin darunter war? War es die kleine Blonde oder die in dem eleganten Hosenanzug? Dann wanderten ihre Augen zurück zu ihm, und wieder begegneten sich ihre Blicke. Diesmal wich sie ihm nicht aus, jedenfalls nicht sofort.

Später tanzte sie, um nicht so allein rumzustehen. Plötzlich war er neben ihr. »Wie geht's dir?«, fragte er, als ob sie sich schon lange kannten.

»Gut«, sagte sie, und es stimmte.

Er redete den ganzen Abend nur mit ihr. Sie war im ersten Semester in Tübingen, während er schon fast ein Jahr hier war. Er kannte sich aus und sagte ihr, welche Seminare sie belegen sollte und welche Professoren sie besser mied. Sie sprachen über Archäologie und warum sie sich dafür entschieden hatten, über seine Erfahrungen und ihre Vorstellungen, über die Bücher, die sie lasen, über Filme und Freunde und Träume.

Wenn er wirklich eine Freundin hatte, dann war sie krank oder verreist oder nicht eingeladen. Nora fragte nicht nach ihr, und Falk erwähnte sie auch nicht.

»Gib mir deine Telefonnummer«, sagte er, als sie sich verabschiedeten.

Er rief sie am nächsten Tag an, aber erst abends um sechs, und bis dahin verging keine Minute, in der sie nicht an ihn dachte. An diesem ersten Abend gingen sie zusammen essen, und am zweiten Abend nahm Nora ihn mit in eine kleine Jazzkneipe. Er stand neben ihr, wippte im Takt der Musik und sagte nichts davon, dass er Jazz eigentlich hasste, das erfuhr sie erst später. Am dritten Abend gingen sie ins Kino und dann in sein Apartment, wo sie so lange Wein tranken, bis sie den Mut fanden, einander zu küssen.

Sie schliefen miteinander in seinem großen, quadratischen

Bett, und hinterher legte sie den Kopf auf seine Schulter und er den Arm um ihre.

»Ich muss dir etwas sagen«, sagte er. Sie hatte plötzlich das Bedürfnis, sich aufzurichten, um sein Gesicht zu sehen, aber sein nackter Körper an ihrer Wange war so fest und warm und angenehm, dass sie liegen blieb. »Ich bin mit jemandem zusammen.«

In der Dunkelheit über seinem Bett tauchte plötzlich Kerstins Gesicht auf. Hab ich dir doch gleich gesagt, formulierten ihre Lippen lautlos. Vorwurfsvoll.

»Aber ich mach Schluss«, sagte er. »Ich wollte nur, dass du Bescheid weißt.« Kerstins Gesicht verschwand wieder.

Vier Wochen später zogen sie zusammen. Eigentlich war es eine Wohnung für eine Person, knapp vierzig Quadratmeter, eine winzige Küche, zwei Zimmer, ein Bad, nur die Miete war perfekt für zwei. Nora nahm das kleinere Zimmer, weil es einen Balkon hatte, auf dem sie Petersilie und Stiefmütterchen und Männertreu züchtete. Falks Fenster ging nach vorn zur Straße hinaus. Ihre Kleider hatten sie in einer Nische im Flur untergebracht, weil in keines ihrer Zimmer ein Kleiderschrank passte, und ihre Schuhe standen in einem Regal im Treppenhaus. Der Vermieter duldete das, wenn er es auch nicht gerne sah.

Bis zum Archäologischen Institut im Schloss waren es nur wenige Meter. Die Straße hinunter, einmal links und dann die Burgsteige hoch. Nora liebte den Weg, durch die engen, uralten Gassen, deren Häuser sich über den Köpfen der Leute zueinander neigten, als tratschten sie dort oben, Klatsch aus längst vergangenen Zeiten. Sie liebte das Institut in den hohen, weißen Räumen des Schlosses. Wie die Stimmen auf den Gängen hallten und die knarrenden Holzböden und die Stuckornamente an den Decken.

Sie lernte Anja kennen, mit der Falk zusammengewesen war, bis Nora ihn kennengelernt hatte. Anja und Nora freundeten sich an, was Nora am Anfang seltsam fand.

»Du musst mich doch eigentlich hassen«, sagte sie zu Anja, als sie nach der Vorlesung zusammen Kaffee tranken.

»Eigentlich ja«, meinte Anja und verzog ihr hübsches, braun gebranntes Gesicht zu einem Lachen. »Tu ich aber nicht.« – »Im Grunde genommen war es gut, dass wir uns endlich getrennt haben«, sagte sie dann, als wäre es nicht Falk gewesen, der sich von ihr getrennt hatte. »Er ist so kompliziert, weißt du. Viel zu schwierig für mich.«

Falk war kompliziert, das hatte Nora inzwischen auch schon festgestellt. Er stieß die anderen ständig vor den Kopf, weil er in den Vorlesungen und Seminaren so rechthaberisch war. Er schien alle zu verachten, die weniger wussten als er. Einmal brachte er eine Studentin, die ein Referat hielt, durch seine aggressiven Fragen so aus dem Konzept, dass sie in Tränen ausbrach.

»Die Arme«, sagte Nora, als sie zusammen nach Hause gingen. »Du hast sie richtig fertiggemacht.«

»Ach, Quatsch«, meinte er bloß. »Ich hab doch nur mal nachgehakt, ich konnte doch nicht ahnen, dass sie gleich anfängt zu heulen. Es war doch nichts Persönliches.«

Das war es ja gerade, was man ihm am Institut so übel nahm. Dass es nichts Persönliches war. Dass ihm die Gefühle der anderen völlig egal waren.

Es gab eine Menge Leute, die ihn hassten. Ein paar, die ihn bewunderten. Und Nora, die ihn liebte.

Sie war keine besonders gute Studentin, jedenfalls nicht so gut wie Falk, der sein Studium in großen, ungeduldigen Schritten absolvierte und seine Magisterarbeit abschloss, während sie immer noch über ihr Thema nachdachte.

»Warum wählst du nicht ein ähnliches Gebiet wie ich«, schlug Falk vor, der in seiner Dissertation die Bedeutung der gravettienzeitlichen Schichten einer Höhlenfundstelle analysieren wollte. »Wir könnten uns gegenseitig helfen.«

Ich könnte dir helfen, meinte er natürlich, er war ihr ja in so vielem, in praktisch allem voraus. Sie entschloss sich, über die Silexartefakte zu schreiben, die im Laufe der letzten Jahrzehnte in derselben Höhle gefunden worden waren. Er hatte seine Doktorarbeit fast beendet, bevor sie überhaupt richtig angefangen hatte, aber dann, praktisch von einem Tag auf den anderen, kam er nicht mehr weiter. Es war nach einem Termin mit seinem Professor, zu dem er bisher ein gutes Verhältnis gehabt hatte, jedenfalls hatte er selbst es immer so empfunden. Nora sah nur Falks Gesicht, als er nach der Unterredung nach Hause kam und wusste, dass das Gespräch nicht gut verlaufen war. Er schüttelte den Kopf, als sie ihn danach fragte und schloss sich in sein Zimmer ein, den ganzen Nachmittag hörte er laute Musik.

»Lauenstein hat praktisch das ganze Projekt abgeschossen«, erklärte er am Abend, als sie ihn endlich wieder zu Gesicht bekam. »Es ist ihm alles zu vage, meine Argumentation ist nicht stichhaltig genug, sagt er.« Falk verzog das Gesicht, als ob ihn das nicht wirklich berührte, aber Nora wusste, dass es ihn in seinem Innersten getroffen hatte, denn er ertrug Kritik nur in sehr geringen Dosen. Wahrscheinlich, dachte Nora, war er so gekränkt, weil er wusste, dass Lauenstein recht hatte. Falk arbeitete nicht gründlich genug, er hasste das mühsame Zusammentragen von Fakten, Beweisen, Grundlagen. Die Vorarbeit war ihm zu langweilig, zu banal, zu dumm, es beleidigte seine Intelligenz, am liebsten hätte er es irgendjemand anderem überlassen.

»Was wirst du denn jetzt machen?«, fragte sie.

»Ich schreib den ganzen Scheiß bestimmt nicht noch mal neu«, sagte Falk. Er zündete sich eine Zigarette an, mixte zwei Wodka Lemon und danach noch zwei und dann ging Nora schlafen, und Falk trank allein weiter.

In den nächsten Wochen trank er viel und arbeitete so gut wie gar nicht. Manchmal setzte er sich an seinen Schreibtisch und blätterte in seinen Unterlagen, aber kurze Zeit später hörte

Nora laute Musik hinter seiner Tür. Wenn sie sein Zimmer betrat, begannen ihre Augen zu brennen, der Rauch war überall, er drängte sich in jeden Winkel, jede Ritze des Raumes.

Sie kam mit ihrer Arbeit ebenfalls nicht weiter. Im Gegensatz zu Falk hatte sie die Vorarbeit mit großer Gründlichkeit erledigt, sie hatte eine Unmenge an Material gesammelt und Quellen studiert und alles zusammengefasst, aber jetzt starrte sie auf die Abbildungen der steinzeitlichen Werkzeuge und Gerätschaften und wusste nicht weiter. Ihr war schlecht.

Ihr war ständig schlecht in letzter Zeit. Vor allem morgens. »Vielleicht bin ich schwanger«, meinte sie beim Frühstück zu Falk. Sie aß Toast, und er rauchte. Er sah sie an, als habe sie einen absurden Witz gemacht. »Du nimmst doch die Pille.«

»Trotzdem«, sagte sie und verschwieg, dass sie sie im letzten Monat ein paarmal vergessen hatte.

Er öffnete den Mund und klappte ihn dann wieder zu. »Meinst du wirklich«, sagte er schließlich.

Nora zuckte mit den Schultern. Sie fühlte sich nicht anders als sonst, außer, dass ihr schlecht war und ihre Brüste spannten. Und ihre Periode seit zwei Wochen überfällig war. »Ich glaube schon.«

Er nahm seine Tasse und trank. Sein Adamsapfel hob und senkte sich, als ob er nickte. »Geh erst mal zum Arzt. Vielleicht ist es ja ein nervöser Magen.«

Auf dem Bildschirm des Ultraschallgeräts sah sie einen kegelförmigen Ausschnitt, grau-schwarz und durchzogen mit weißen Punkten und Schlieren. Eine große bohnenähnliche Form hob sich dunkel ab, darin schwamm ein pulsierender heller Fleck.

»Das ist die Gebärmutter, und hier sehen Sie das Herz«, sagte die Frauenärztin und zeigte auf die pochende Stelle. Noras Beine hingen weit auseinandergerissen auf den lederbezogenen Ablagen des gynäkologischen Stuhls, doch sie richtete ihren Oberkörper so weit es ging auf und starrte auf die Glasfläche. Was sie dort sah, war in ihr und lebte und wuchs. Ihr Kind. Ihr eigenes Herz schlug ruhig und gleichmäßig, viel langsamer als das aufgeregt klopfende Herz auf dem Bildschirm.

»Herzlichen Glückwunsch«, sagte die Ärztin. Sie wischte das Messgerät, das soeben noch in ihr gesteckt hatte, mit einem Papiertuch ab. »Wie fühlen Sie sich?«, fragte sie.

»Okay«, sagte Nora. Sie hob die Beine und setzte sich aufrecht hin. »Ich meine, ich muss mich erst an den Gedanken gewöhnen.«

»Sie sind achtundzwanzig«, sagte die Ärztin. »Wenn ein Kinderwunsch besteht, ist es der ideale Zeitpunkt.« Ihre Stimme klang ein wenig unsicher.

Nora starrte über ihre weiße Schulter auf das Plakat neben der Tür. Eine lächelnde Schwangere hielt triumphierend ihren riesigen Bauch fest, als wäre es ein Ball, den sie soeben einer gegnerischen Mannschaft abgerungen hätte.

»Ich freue mich ja«, sagte Nora leise, aber als sie in sich hineinhorchte, empfand sie keine Freude und auch keine Bestürzung oder Angst, da war überhaupt kein Gefühl, nur Verwirrung.

Auf dem Weg nach Hause hielt sie die Ultraschallaufnahme fest, die ihr die Ärztin mitgegeben hatte, und suchte nach Worten, um Falk vorzubereiten. Doch sie musste ihm gar nichts sagen, er sah sie an und wusste Bescheid, und er reagierte ganz anders, als sie es von ihm erwartet hatte. Er stand auf und kam durch die neblig-weiße Luft seines Zimmers auf sie zu und umarmte sie.

Sein unrasiertes Kinn berührte ihre Stirn. Ihre Augen tränten, vielleicht dachte er, dass sie weinte, aber es lag an dem Zigarettenrauch. Sie sagte nichts und hoffte, dass auch er so lang wie möglich schweigen würde, bevor sie sich Sorgen machten.

Abends legte er seine Hände auf ihren Bauch. »Wird es ein Junge oder ein Mädchen«, fragte er sie.

»Ein Mädchen«, sagte Nora.

»Kann man das jetzt schon sehen?«, fragte er.

»Das fühlt man«, sagte Nora. »Als Mutter.«

Als Mutter, dachte sie, während sie die Augen schloss. Wie seltsam das klang. Es war ein Wort, das nichts mit ihr zu tun hatte. Ihre eigene Mutter war fünfundzwanzig Jahre alt gewesen, als sie Nora bekommen hatte. Sie selbst kam sich viel jünger vor, aber dann hatte sie natürlich keine Ahnung, wie ihre Mutter sich damals gefühlt hatte.

Am Wochenende besuchten sie Falks Eltern, die in der Nähe von Karlsruhe lebten. Nora hatte sie vorher zweimal in Tübingen getroffen. Jetzt saßen sie in dem großen Wohnzimmer mit den hellbraunen Bodenfliesen und den selbst getöpferten Tellern an der Wand, auf einem Sofa, das dunkelblau und weich war. Falks Mutter hatte Kaffee gekocht und Kuchen gebacken und saß ihnen jetzt gegenüber, eine zierliche, hübsche Frau mit perfektem Make-up.

»Du liebe Zeit«, sagte sie bestürzt, als Falk ihr alles erzählt hatte. »Das sind ja Neuigkeiten.« Sie blickte zu ihrem Mann, ratlos und Hilfe suchend, als habe ihr Sohn ihnen soeben mitgeteilt, dass er unheilbar an Krebs erkrankt sei.

»Herzlichen Glückwunsch.« Herr Freitag räusperte sich, er erhob sich und schüttelte erst Nora die Hand und dann seinem Sohn.

»Vielen Dank, Herr Freitag«, sagte Nora.

»Rüdiger«, sagte Herr Freitag. »Für dich ab sofort Rüdiger.« Er lachte verlegen, als hieße er eigentlich ganz anders und habe diesen Vornamen speziell für Nora ausgesucht.

»Dann erwartet uns wohl in Kürze auch eine Veränderung im Familienstand?«, fragte Falks Mutter. Nora starrte sie an, während sie über den Sinn ihrer Worte nachdachte.

»Nein«, sagte Falk. »Jedenfalls nicht direkt.«

»Keine Hochzeit?«, fragte seine Mutter. Nora wusste nicht, ob sie enttäuscht oder erleichtert klang.

»Erst mal nicht«, sagte Falk.

Mit ihrer eigenen Mutter telefonierte Nora. »Ich bin schwanger«, erklärte sie und dann lauschte sie in die Stille in der Leitung.

»Du bist doch noch nicht einmal fertig mit dem Studium«, sagte ihre Mutter.

»Aber fast«, erwiderte Nora. »Ich hab ja noch ein paar Monate.«

»Trotzdem. Ob das der richtige Zeitpunkt ist.«

»Keine Ahnung«, Nora spürte, wie sie wütend wurde, »es war ja auch nicht wirklich geplant. Aber jetzt ist es eben so.«

Wieder herrschte vorwurfsvolle Stille.

»Freust du dich denn gar nicht?«, fragte Nora drohend.

»Doch, sicher«, meinte ihre Mutter hastig. »Wann lerne ich denn diesen Falk einmal kennen?«

»Wir kommen dich besuchen.«

»Das ist alles so neu für mich. Ich muss erst einmal mit deinem Vater darüber reden«, sagte ihre Mutter, als ob ihr Mann irgendwo im Raum wäre oder gleich nach Hause käme und sie nicht schon seit Jahren getrennt wären.

»Freust du dich denn?«, fragte Anja, als sie ihr in der Mensa von der Schwangerschaft erzählte.

»Ich weiß es nicht«, sagte Nora. »Ich kann es gar nicht beschreiben. Es ist alles so unwirklich.«

»Ach, gib dir mal ein bisschen Zeit. Das kommt schon noch. Und Falk?«, fragte Anja. »Ich wette, er legt sich jetzt richtig ins Zeug mit seiner Diss, damit er fertig ist, bis es so weit ist.«

Nora hatte auch erwartet, dass Falk die Arbeit an seiner Doktorarbeit schnell wieder aufnehmen würde. Seit sie ihn kannte, hatte er alles immer sofort erledigt, jedes Referat, jede Seminararbeit, auch seine Magisterarbeit. Aber jetzt betrat er sein Arbeitszimmer kaum noch, stattdessen bummelten sie durch die Stadt und schauten sich Kinderwagen an und kauften Babykleidung.

Mittwochs und samstags suchten sie in der Zeitung nach

Wohnungsangeboten. »Es ist sinnlos, wir können das alles einfach nicht bezahlen«, sagte Nora.

»Ich muss diese Scheiß-Doktorarbeit fertig machen«, sagte Falk. »Und einen Job suchen.«

Aber er machte trotzdem nicht weiter. Auch Nora ließ ihre Arbeit liegen, ihr Bauch, der immer dicker wurde, drängte sich zwischen sie und ihren Schreibtisch.

Die Vorstellung, dass sie das Kind in der engen Zweizimmerwohnung aufziehen mussten, begann ihr Angst zu machen. »Wir können doch nicht einfach nur abwarten«, sagte sie zu Falk.

»Ich tu ja schon, was ich kann«, sagte er. Aber er tat nichts, er rauchte zu viel und hing bis morgens in irgendwelchen Kneipen herum. Nora begleitete ihn nicht, denn seit sie schwanger war, wurde sie abends noch früher müde als sonst.

»Lauenstein, dieser Dreckskerl«, sagte Falk. »Der hat mir das alles eingebrockt. Wenn der nicht gewesen wäre, hätte ich meine Promotion längst in der Tasche.« Er war gerade erst aufgestanden, obwohl es schon elf war.

»Komm«, sagte Nora. »Es geht doch nur um die Vorarbeit. Wenn du dich noch mal an die Arbeit machst, dann kannst du es doch noch retten. Du bist doch schon so weit.«

»Was weißt denn du«, sagte er geistesabwesend, während er seine Zigaretten herausholte.

Je dicker sie wurde, desto größer wurde ihre Angst. Sie sprach mit niemandem darüber. Ihre Studienkolleginnen sah sie ohnehin kaum noch, denn die Schwangerschaft hatte sie entfremdet. Dieses Kind in ihrem Bauch, das mit jedem Tag wuchs, das immer mehr Raum beanspruchte in ihrem Leben, war ihr so fremd. Sie legte ihre Hände auf den Unterleib und spürte, wie es sich bewegte, erst langsam und dann plötzlich ruckhaft. Wenn es einmal auf der Welt wäre, würde alles anders werden.

Sie setzte sich an ihren Schreibtisch und ordnete ihre Unterlagen. Von links nach rechts. Dann wieder von rechts nach links.

Sie schaltete den Computer an und las noch einmal durch, was sie bisher geschrieben hatte, korrigierte ein paar Rechtschreibfehler. Dann putzte sie ihre Brille und schaltete den Computer wieder aus und ging auf den Balkon, wo die roten Geranien, die sie vor einem Monat gekauft hatte, die Köpfe hängen ließen. Sie holte die Gießkanne, aber die Erde in den Kästen war ausgetrocknet, das Wasser sammelte sich nur auf der harten Oberfläche und floss dann über den Rand. Ein Teil davon landete auf dem Balkon unter ihr, der Rest fiel in den Innenhof. Sie blickte erschrocken nach unten, ob jemand getroffen worden war, aber der Hof war menschenleer. Auf den hellen Steinen hob sich dunkel eine Form ab. Es sah aus wie eine längliche Kugel, die explodierte.

Nora und Falk besuchten einen Geburtsvorbereitungskurs. Sie zogen ihre Schuhe aus und legten sich auf Isomatten und atmeten tief in den Bauch, auch Falk, damit er Nora unterstützen konnte, wenn es so weit wäre.

»Entspannen Sie sich«, sagte die Kursleiterin. »Lassen Sie alles los.«

Nora starrte an die Turnhallendecke, die seltsame Ausbuchtungen hatte, als wäre sie kurz davor einzustürzen. Sie war ganz ruhig gewesen, aber jetzt fühlte sie, wie sich jeder Muskel ihres Körpers verspannte. Sie spürte ein Jucken an drei verschiedenen Körperstellen, neben ihrer Nase, am rechten Ellenbogen und am linken Knie, aber sie wagte sich nicht zu kratzen. Links von ihr lag Falk und war genauso angespannt wie sie, sie hörte es an seinem Atmen, und rechts von ihr lag ein anderer Mann, der sich so gründlich von allem löste, dass er leise schnarchend einschlief.

»Bei uns ist es das dritte Kind«, sagte eine der Kursteilnehmerinnen, als sie ihre Isomatten nach der Stunde wieder zusammenrollten. »Luisa ist vier und Niklas zwei. Aber wir wollten uns diesen Kurs einfach noch einmal gönnen, mein Mann und ich.«

Nora und Falk verließen die Turnhalle mit gesenkten Köpfen. Danach gingen sie nie mehr wieder hin.

Auf dem Monitor des Ultraschallgeräts sah sie ihr Kind jetzt nicht mehr ganz, es war schon zu groß. »Sehen Sie hier, das ist die Niere«, sagte ihre Frauenärztin und zeigte auf den Bildschirm, auf eine schwarze Verdichtung in den grauen Wirbeln. »Und da die Hand, fünf Finger, sehen Sie?« Auf dem Bildschirm schoben sich nebelartige Strukturen zusammen und zogen sich wieder auseinander.

»Haben wir schon über das Geschlecht gesprochen?«, fragte die Ärztin, während sie mit dem Messgerät über Noras Leib fuhr, hin und her, immer über die gleiche Stelle.

»Nein«, sagte Nora.

Die Gynäkologin zog die Brauen zusammen und starrte auf den Monitor, auf einen Fleck rechts unten, und Nora schaute auch hin. Irgendwo in den pulsierenden Schlieren lag die Antwort. Junge oder Mädchen.

»Möchten Sie es denn wissen?«, fragte die Ärztin.

»Nein«, sagte Nora schnell. Warum will ich es nicht wissen, dachte sie, während sie ihr T-Shirt über ihren kalten, runden Bauch zog. Weil es ein Geheimnis war. Weil es bis zur Geburt ein Geheimnis bleiben sollte.

Langsam und ganz vorsichtig begann sie sich zu freuen.

Im September fanden sie endlich eine größere Wohnung, ein bisschen außerhalb der Stadt in einem Neubaugebiet. Sie gefiel ihnen beiden nicht recht, aber die Miete war bezahlbar. Den Umzug erledigte Falk mit ein paar Freunden, zwei von ihnen hatte Nora noch nie gesehen. Während die Männer packten und schleppten, saß sie zuerst auf dem Sofa und dann in einem Sessel und schließlich auf einem Stuhl in der Küche. Sie stellte sich vor, dass die Männer sie zum Schluss auf diesem Stuhl aus der Wohnung tragen würden wie ein sehr faules, schwerfälliges Tier.

In den neuen Räumen hallten ihre Stimmen von den Wänden wider, auch als alle Möbel an ihrem Platz standen. Die

Fenster aus Kunststoff waren neu und dicht. Nora dachte an ihre Balkontür, von der die Farbe an vielen Stellen abgeblättert war, sodass das braune Holz sichtbar wurde wie neue Haut unter einer schorfigen Wunde. Am Schreibtisch hatte sie immer einen kühlen Luftzug gespürt, weil es keine richtige Isolierung gab. Hier dagegen spürte sie nichts.

Abends legte sie ihre Hand auf den Bauch und ertastete die harte Wölbung des Kinderkopfes. »Hier wirst du also leben«, sagte sie leise. Aber es blieb unvorstellbar.

Das Kind war jetzt so groß, dass sie keine einzelnen Bewegungen mehr spürte, nur eine große Schwere, die ihren ganzen Leib ausfüllte. Nachts legte sie den Bauch seitlich auf ein Kissen wie einen Gegenstand, der nicht zu ihr gehörte. Falk schlief nicht mehr mit ihr. »Ich kann das nicht«, sagte er, als sie ihn darauf ansprach. »Es ist, als ob jemand dabei ist, es geht nicht.«

Sie akzeptierte es, ohne es zu verstehen.

Dann saß sie im Wartezimmer der Frauenarztpraxis und blätterte in Elternzeitschriften. Stillzeiten, Dreimonatskoliken, Durchschlafen, Rückbildung – es war eine Wissenschaft für sich, und sie fragte sich, ob sie das jemals lernen würden, sie und Falk, die es nicht einmal schafften, sich selbst zu organisieren.

Im Wartezimmer legte sie sich auf die Liege und richtete die Augen auf das Ultraschallgerät. Hinter sich hörte sie ihre Ärztin den Raum betreten, mit kleinen energischen Schritten. »Wie geht es Ihnen?«, fragte sie Nora, während sie ihr die rechte Hand reichte und mit der linken das Messgerät aus dem Halter zog.

Auf dem Monitor erschienen die vertrauten Schlieren, der weißgraue Körper ihres Kindes vor dem schwarzen Hintergrund der Gebärmutter. Nora suchte nach dem Herzen, dem aufgeregt schlagenden Puls, das Erste, was sie von ihrem Kind gesehen hatte, das Einzige, was sie immer wiedererkannte. Die Ärztin suchte ebenfalls, sie stand von ihrem Stuhl auf und beugte sich über Noras Körper und glitt mit dem Messgerät über die weiße Bauchkugel. Irgendwann wandte Nora ihre Augen vom Bildschirm ab und begegnete ihrem Blick. Im selben Moment blieb das Messgerät auf ihrem Unterleib stehen. Nora sah, wie sich der Mund der Ärztin öffnete, aber es dauerte eine ganze Weile, bis ihre Worte zu ihr drangen, so als wäre die Entfernung zwischen ihnen sehr groß, und der Schall müsste erst zu ihr kommen.

»Ich finde das Herz nicht«, sagte sie. Nora starrte auf ihren Bauch, den riesigen Bauch mit dem hervorstehenden Bauchnabel, der von dem Ultraschall-Gel glitschig glänzte. Die Stimme der Gynäkologin hörte sich unsicher und ratlos an, als wäre sie die Patientin und Nora die Ärztin.

»Ich finde das Herz nicht«, wiederholte sie noch einmal. »Es tut mir so leid.«

Dann ging alles sehr schnell und sehr langsam zugleich. Sie rief Falk an, der sie aus der Praxis abholte, und am nächsten Tag ging sie in die Klinik und brachte ihr Kind zur Welt. Eine Krankenschwester stach sie in die Vene und eine halbe Stunde später setzten die Wehen ein, zuerst als ein leises Ziehen, das sich in kurzer Zeit zu Krämpfen steigerte. Nora musste plötzlich an den Geburtsvorbereitungskurs denken, die eine Stunde, die sie mit Falk besucht hatte. Sie versuchte langsam und regelmäßig in den Bauch zu atmen, aber davon wurde ihr schlecht, und sie musste sich übergeben. Die Schmerzwellen schwappten auf und ab in grausamer Regelmäßigkeit, dabei wurden die Abstände zwischen den Höhepunkten immer kürzer und irgendwann flossen die Wellen zusammen zu einem einzigen fürchterlichen Schmerz, und dann gebar sie. Sie schloss die Augen, aber sofort danach riss sie sie wieder auf und stemmte sich auf den Ellenbogen nach oben. In dem blutigen Winkel, den ihre Schenkel bildeten, lag ein winziges Bündel, zugedeckt mit einem weißen Tuch. Ihr Kind, ihr totes Kind.

»Ist es ein Mädchen?«, fragte sie, aber die Hebamme antwortete nicht, sie nahm das Bündel und trug es weg.

»Ich will es sehen«, sagte Nora.

»Das wollen Sie nicht«, sagte der Arzt, er sagte es sanft und mitleidig, aber mit großer Bestimmtheit, und Nora war so schwach, sie ließ ihren Rücken wieder auf die Liege sinken und schloss die Augen und spürte, wie irgendjemand ihre Hand streichelte, wahrscheinlich war es Falk.

»Es war ein Junge«, sagte Falk, als sie später wieder aufwachte. »Sie wollten ihn mir nicht zeigen, vielleicht war es besser so.«

»Woran ist er gestorben?«, fragte Nora. »Warum?«

»Sie vermuten, dass es eine Infektion war. Irgendetwas, womit du dich angesteckt hast, und das du an ihn weitergegeben hast. Aber sie müssen das natürlich erst noch untersuchen.«

Sie dachten beide an das Fieber, das Nora vor einigen Wochen gehabt hatte. Drei Tage erhöhte Temperatur und Übelkeit, und dann war alles wieder in Ordnung gewesen. Hatten sie geglaubt.

»Es war nicht zu ändern«, sagte Falk leise.

Ich habe ihn nicht genug geliebt, dachte Nora. Meinen Sohn, mein Kind, solange ich ihn hatte, habe ich ihn nicht genug geliebt, er war mir so fremd, ich wollte ihn nicht wirklich, und er hat es gemerkt und deshalb.

»Nein«, sagte Falk.

»Was geschieht jetzt mit ihm?«, fragte sie.

»Sie werden ihn obduzieren. Und dann ...«, er zuckte mit den Schultern. »Er wird verbrannt.«

Zusammen mit dem Krankenhausmüll, mit den herausoperierten Blinddärmen und den Magengeschwüren und den Krebstumoren verbrennen sie den Körper meines Kindes. Den Körper, den ich nie gesehen habe, dachte Nora. Meine Schuld. Meine Schuld. Meine Schuld.

»Ich will das nicht.«

»Was sollen wir denn sonst tun? Willst du ihn auf dem Friedhof begraben lassen?«, fragte Falk. Er klang dabei nicht spöttisch, sondern erschöpft und hilflos.

»Nein«, sagte Nora. »Ich weiß es nicht.«

In der nächsten Woche fuhr sie zu ihrer Mutter nach Düsseldorf. »Ich kann dich nicht trösten«, sagte Falk. »Ich würde gerne, aber ich weiß nicht, wie. Aber ich verspreche dir, dass ich mein Leben wieder in Ordnung bringe, bis du zurück bist.«

Nora zog wieder in ihr altes Kinderzimmer ein. Sie schlief den ganzen Tag, und nachts war sie wach. Sie versuchte zu lesen oder hörte Musik über ihre Kopfhörer. Sie tat alles, um nicht nachzudenken. Irgendwann gab sie es auf und setzte sich ans Fenster und starrte in die Nacht. Sie begann sich Namen auszudenken, die sie ihrem Sohn hätte geben können. Konstantin, dachte sie irgendwann. Ich hätte ihn Konstantin genannt. Und seltsamerweise tröstete sie das.

In diesen Tagen sah sie ihren Vater zum letzten Mal, aber natürlich war sie sich dessen nicht bewusst.

Er fuhr mit ihr aus der Stadt heraus, und sie gingen am Rhein spazieren. Weil es ein ganz normaler Wochentag war und dazu noch kühl und regnerisch, begegneten sie keinem Menschen. Über ihnen trieb der Wind die Wolken über den grauen Himmel. Novemberwetter, obwohl es erst September war. Nora blinzelte wie ein Nachtvogel in das trübe Licht, sie war es gewohnt, um diese Zeit zu schlafen.

»Ach, meine Nora«, sagte ihr Vater. Dann sagte er nichts mehr, und Nora war ihm sehr dankbar dafür. Ihre Mutter dagegen redete ohne Unterlass in den wenigen Minuten, in denen sie Nora wach antraf.

Ein Lastschiff fuhr vorbei und tutete leise, als wolle es sie grüßen. Das Wasser des Flusses begann hektische Wellen zu schlagen, die sich überschlugen und brachen, bevor sie richtig entstanden waren. Aus irgendeinem Grund erinnerte sich Nora plötzlich an den aufgeregten Herzschlag ihres Kindes. Einen Moment lang spürte sie ihn in sich. Konstantin, dachte sie. Dann breitete sich die tote Leere wieder in ihr aus, und sie merkte, dass sie weinte.

Irgendwann blickte sie zu ihrem Vater und sah, dass er ebenfalls weinte.

»Ach, meine Nora«, sagte er leise.

Abends rief Falk an. »Die vom Institut haben sich gemeldet«, sagte er. »Wenn du willst, kannst du die Frist für deine Magisterarbeit verlängern. Du müsstest nur mal bei denen anrufen.«

Sie hätte die Arbeit Mitte Oktober einreichen müssen. Genau drei Wochen vor dem errechneten Geburtstermin. Sie dachte an ihren Schreibtisch in ihrem neuen großen Zimmer in der fremden Wohnung. An die Stapel von Büchern und Unterlagen und an das, was sie bereits geschrieben hatte.

»Nein«, sagte sie müde. »Ich mache nicht weiter.« Irgendwann vielleicht, wenn sie wieder genügend Kraft hatte, den Kopf zu heben. Aber nicht jetzt.

»Wenn du nichts unternimmst, bist du automatisch draußen«, sagte Falk.

Sie nickte, obwohl er das natürlich nicht sehen konnte.

»Kannst es dir ja noch mal überlegen.«

»Nein«, meinte sie nur. »Und du? Wie geht es bei dir weiter?«

Er zögerte einen Moment lang, dann räusperte er sich. »Gut. Na ja, ich hab jedenfalls wieder angefangen zu schreiben.«

»Falk«, sagte Nora. »Lass uns weggehen aus Tübingen. Ich will nicht mehr ... vielleicht ist es irgendwo anders leichter ...«

»Gut«, sagte er sofort. »Wir gehen weg.«

Die Zeit heilt alle Wunden, sagte ihre Mutter immer, und nach zwei Monaten begann sich eine dünne Kruste über dem Schmerz zu bilden. Nora kehrte wieder nach Tübingen zurück, Falk schrieb an seiner Doktorarbeit. Es gab Minuten und manchmal sogar Stunden, in denen Nora nicht an Konstantin dachte.

Als das Telefon klingelte, dachte sie, es wäre ihr Vater. Sie telefonierten einmal in der Woche miteinander, meistens montags oder dienstags und immer abends. Es war aber ihre Mutter, die weinte. Sie brauchte eine ganze Weile, bis sie sich so weit unter Kontrolle hatte, dass Nora sie verstand. »Er ist tot«, sagte sie.

»Wer«, fragte Nora.

»Rainer«, sagte ihre Mutter und schluchzte.

Rainer, welcher Rainer, dachte Nora. »Papa?«, fragte sie dann. »Sprichst du von Papa?« Ihre Mutter sagte immer *dein Vater*, wenn sie von ihrem Vater redete, und Nora sagte *Papa*, seinen Vornamen hatten sie seit Jahren nicht mehr benutzt.

Ihre Mutter antwortete nicht, und Nora spürte, wie ihr zuerst heiß wurde und dann ganz kalt.

»Wie?«, fragte sie. »Warum?«

»Er hat sich das Leben genommen. Die Nachbarn haben sich Sorgen gemacht, weil die Zeitungen im Briefkasten steckten, sonst hat er doch immer Bescheid gesagt, wenn er weg war. Eine Überdosis Schlaftabletten.«

»Aber wieso?«, fragte Nora. »Wieso um alles in der Welt?« Auf einmal war ihr Mund ganz trocken, und ihre Hände begannen zu zittern, aber es war nicht der Schreck und auch keine Trauer. Sie war wütend. Wie konnte ihr Vater ihr das antun, nach allem, was sie in den letzten Monaten durchgemacht hatte. Warum konnte er sich nicht zusammenreißen.

»Er hat einen Brief hinterlassen für dich«, sagte ihre Mutter und begann mit Papier zu rascheln. »Mein liebes Mädchen«, las sie mit belegter Stimme vor. »Ich kann nicht anders. Vergib mir, meine gute, starke Nora.«

»Ist das alles?«, fragte Nora. »Sonst nichts?«

»Nichts. Ein paar Anweisungen, wie er sich sein Begräbnis wünscht und ein bisschen Geld, das er dafür angespart hat. Es gibt kein Testament, er hat ja nichts außer Schulden.«

Nachdem Nora aufgelegt hatte, blieb sie neben dem Telefon

sitzen, die Arme um den Leib geschlungen. Sie fühlte, wie die Wut in ihr zusammenfiel wie eine leere Ballonhülle.

Ihr Vater war tot. Wie lange hatte er seine Selbstmordpläne schon mit sich herumgetragen? Vielleicht hätte sie ihn davon abbringen können. Wenn sie ihm zugehört hätte, statt nur auf diesen dumpfen, sinnlosen Schmerz in ihrem Inneren zu horchen. Durch ihre Trauer um ihr Kind hatte sie nun auch noch ihren Vater verloren.

Einmal in der Woche hatten sie miteinander telefoniert und ihr war nichts aufgefallen. Jetzt, im Nachhinein, erkannte sie es. Er war so still gewesen, viel zu still. Er hatte keine neuen Pläne mehr gehabt. Er hatte aufgegeben. Aber sie hatte es nicht bemerkt.

Meine Schuld, dachte Nora. Meine große Schuld.

Nora und Falk fuhren zusammen nach Düsseldorf. Ihr Vater war aus der Kirche ausgetreten, also bekam er auch kein kirchliches Begräbnis. Stattdessen übernahm ein Herr vom Bestattungsinstitut die Grabrede. Mit großem Ernst reihte er eine Floskel an die andere, sprach vom unvergleichlichen Optimismus des Verschiedenen und von seiner Verzweiflung, wobei er das Wort Freitod genauso vermied wie Selbstmord oder Suizid. Wenn man ihm zuhörte, gewann man eher den Eindruck, dass ihr Vater einer rätselhaften Krankheit zum Opfer gefallen war.

»Schade, dass er es nicht mehr miterlebt hat«, sagte sie leise zu Falk, als sie nach der Zeremonie zum Ausgang gingen. »Er hätte seinen Spaß daran gehabt.«

Falk nickte, aber er schien mit seinen Gedanken ganz woanders zu sein.

»Woran denkst du?«, fragte ihn Nora.

»An unseren Sohn«, sagte Falk. »Ich wünschte, ich hätte ihn mir angesehen damals. Ich wünschte, wir hätten ein Grab für ihn.«

Unter ihren Füßen verschwamm der Kiesweg. Falk hatte

recht. Ihre Trauer war so unendlich, weil ihr Sohn nie richtig angekommen war in der Welt. Sie hatte ihn geboren, und dann war er verschwunden, spurlos, wie durch einen bösen Zauber. Wenn ich ihn nur einmal in den Armen gehalten hätte, dachte sie, vielleicht würde er mir dann weniger schwer auf der Seele liegen.

»Ich muss dir was sagen, Nora«, sagte Falk.

»Sag jetzt nichts«, meinte sie.

Im Frühling wurde Falks Doktorarbeit mit *magna cum laude* bewertet. Nora wusste, dass er auf eine *summa* spekuliert hatte, aber er ließ sich nichts anmerken. »Nun muss ich das Ganze aber wirklich auch mal lesen«, sagte sie. »Herr Doktor.«

Er lachte, aber dann versenkte er seinen Blick in sein Sektglas und sagte nichts mehr. »Ach, komm«, sagte Nora. »Eine *magna* ist doch toll.«

»Ich muss dir was sagen, Nora«, meinte er.

Am nächsten Tag zog sie zu Anja. »Ich kann es einfach nicht glauben«, meinte sie, während sie ihre Klamotten in die beiden Schubladen stopfte, die Anja für sie frei geräumt hatte.

»Ich auch nicht«, meinte Anja. »Ich hab Falk ja einiges zugetraut, aber so was.«

»Warum hat er mich denn nicht wenigstens gefragt?«, meinte Nora. »Er hätte doch fragen können.«

»Hättest du es ihm gegeben? Nur weil er zu faul und zu arrogant ist, sich das Ganze selbst zu erarbeiten?«

»Ich weiß es nicht.«

»Du weißt es nicht?« Anja ließ sich auf ihr Schlafsofa sinken. »Bist du bescheuert?«

»Wahrscheinlich nicht«, sagte Nora.

»Natürlich nicht. Ich meine, jetzt ist die Sache für dich gestorben. Du brauchst ein ganz neues Thema für deine Magisterarbeit. Du kannst wieder von vorne anfangen.«

»Ich hab ihm damals gesagt, dass ich nicht mehr weitermache. Es kommt mir auch alles so sinnlos vor, weißt du.«

»Das ist ja wohl klar, nach allem, was passiert ist. Aber trotzdem.«

Nora trat unter das schräge Dachfenster und schaute hinaus. Die schmutzige Scheibe malte graue Regenschlieren auf den hellblauen Frühlingshimmel hinter dem Fenster. Wie die Erinnerung an längst vergossene Tränen.

»Ein Gutes hat die Sache wenigstens«, sagte Anja. »Du weißt, woran du bist. Wozu der Typ fähig ist. Vergiss ihn so schnell wie möglich.«

Das Dachfenster war schlecht isoliert. Als sie einen kühlen Luftzug spürte, erinnerte sie das an ihre kleine Wohnung in der Innenstadt. Sie hätte die Magisterarbeit niemals zu Ende geschrieben, auch wenn Falk ihre Vorarbeit nicht für seine Doktorarbeit benutzt hätte. Die Sache war längst gestorben. Wie ihr Sohn. Wie ihr Vater.

»Wenn er mich wenigstens gefragt hätte«, murmelte sie leise.

»Nora«, sagte Anja. »Wenn du ihm das verzeihst, wenn du wieder zu ihm zurückgehst, als wäre nichts geschehen ...« Sie machte eine Pause, aber dann redete sie nicht weiter.

Nora nickte.

DEZEMBER 1907, CLEVELAND, OHIO

Sie nahmen eine Droschke vom See zurück in die Stadt. June saß links, ihre Großmutter rechts.

»Wir fahren zuerst bei dir vorbei«, sagte June. »Ich begleite dich auch noch mit hinein.«

»Unsinn«, sagte ihre Großmutter. »Euer Haus liegt doch auf dem Weg. Lass nur, noch komme ich allein zurecht. Und ich werde es dich wissen lassen, wenn ich es einmal nicht mehr schaffe.«

June dachte an das kalte, düstere Haus, in das ihre Großmutter nun kam, die einsamen Räume, viel zu groß, viel zu zahlreich, nachdem die Familie ausgezogen und Großvater gestorben war.

»Vermisst du ihn sehr?«, fragte sie leise. Das klare, schöne Profil der alten Frau erschien wie ein Scherenschnitt vor dem hellen Hintergrund des Fensters. Sie hielt die Augen auf die Häuser gerichtet, die am Straßenrand entlangflogen. Vielleicht hatte sie sie nicht gehört.

»Natürlich vermisse ich ihn«, sagte sie nach einer langen Weile. »Wir haben den größten Teil unseres Lebens zusammen verbracht. Wir haben so vieles geteilt und so vieles erlebt. Wir haben uns sehr geliebt.«

June schwieg, weil sie wusste, dass ihre Großmutter noch nicht zu Ende gesprochen hatte.

»Aber wenn man alt ist und dem Sterben näher als allem anderen, dann gewinnen auf einmal Dinge an Bedeutung, die weit, weit zurückliegen. Erlebnisse aus der Kindheit, Menschen, die man einmal gekannt hat.«

»Aus Deutschland«, sagte June. »Du hast mir nie von deinem Leben in Deutschland erzählt.«

»Es war so weit weg«, sagte die alte Frau. »Nicht nur für dich und deine Geschwister und deine Mutter. Auch für mich war es immer so weit weg. Aber jetzt kommt es alles wieder.«

»Sind es ... schöne Erinnerungen?«

Ihre Großmutter nickte, aber das war nicht die Antwort, es war nur ein Zeichen, dass sie über die Frage nachdachte. »Schöne Erinnerungen«, sagte sie dann. »Viele davon, ja. Andere sind sehr grausam und schmerzhaft, nach all den Jahren – ist das nicht erstaunlich.«

June sah auf die alten, faltigen Hände, die sie in ihrem Schoß gefaltet hatte, als ob sie betete. Oben auf der Rundung des Eherings saß ein Reflex wie ein kleiner Diamant. Sie atmete aus und ein, bis sie den Mut hatte, die nächste Frage zu stellen.

»Willst du mir von deinen Erinnerungen erzählen, Großmutter?«, fragte sie. Dann faltete sie ihrerseits ihre Hände.

Ihre Großmutter lachte, es war das Lachen, dass sie immer schon gelacht hatte, es gehörte zu Junes frühesten Erinnerungen, dieses warme Lachen ihrer Großmutter.

»Ja«, sagte sie dann. »Es ist wirklich an der Zeit, dass ich dir davon erzähle.«

18. KAPITEL

»Solange eine Meinung sehr fest im Gefühl wurzelt, wird sie sich durch ein gegen sie geltend gemachtes Übergewicht von Argumenten nicht erschüttern lassen, sondern weit eher an Stabilität gewinnen. Wäre die Meinung als Resultat eines Argumentes gebildet worden, so dürfte man hoffen, die Widerlegung desselben werde auch die Festigkeit der Überzeugung erschüttern; beruht sie jedoch lediglich auf Gefühlen, so wird man sich, je schlechter man vor dem Angriff der Argumente bestehen kann, um so eifriger daran klammern und sich überreden, die Gefühle müßten einen tieferen Grund haben, einen Grund, den die Argumente gar nicht zu erreichen vermögen.«

Aus *Die Hörigkeit der Frau* von John Stuart Mill, 1869

Für den zweiten Weihnachtsfeiertag hatte Fuhlrott Rosalie und ihren Vater eingeladen, seine älteste Tochter hatte Karpfen gemacht. Sie saßen an einem langen Tisch in einem Zimmer, dem man anmerkte, dass es normalerweise nicht genutzt wurde. Alles stand in Reih und Glied: die Stühle am Tisch und die Bilderrahmen auf der Kommode und die Porzellanfiguren auf dem Kaminsims. In der Ecke des Zimmers stand ein Weihnachtsbaum, den die Mädchen mit glänzenden Papierengeln und vergoldeten Nüssen geschmückt hatten, und zur Feier des Tages waren alle Kerzen angezündet. Es war sehr warm.

»Ich selbst gebe nicht viel auf solchen Firlefanz«, sagte Fuhlrott fast entschuldigend zu Kuhn, während sie am Tisch Platz nahmen. »Es ist um der Kinder willen.« Seine Töchter kicherten, als habe er einen besonders guten Scherz gemacht.

Therese trug den Fisch auf, Berthe die Klöße und Emma die

Sauce. Helene schließlich brachte den Weißkohl, während sich die Männer über die Cholera-Epidemie unterhielten und Rosalie und die beiden jüngsten Fuhlrott-Schwestern, die am Tisch sitzen geblieben waren, aneinander vorbeistarrten, weil sie nicht wussten, was sie miteinander reden sollten.

»Ich plädiere für einen Themenwechsel während des Essens«, sagte Therese, als sie schließlich neben ihrem Vater Platz nahm. Sie sagte es mitten in Doktor Kuhns Schilderung der desaströsen Hygienevoraussetzungen in den neu erbauten Mietshäusern hinein.

»Sicher«, unterbrach er sich. »Natürlich.« Seine Ohren hatten plötzlich dieselbe Farbe wie der Rotwein in der Glaskaraffe.

Fuhlrott lachte. »Kuhn, mein Freund, man merkt, dass Sie weibliche Gesellschaft nicht gewohnt sind.«

Wie auf ein Kommando kicherten wieder alle sechs Schwestern, wobei sie Rosalie ansahen, die ihren Mund zu einem gequälten Lächeln verzog.

»Ich meine natürlich, nicht in diesem Übermaß«, sagte Fuhlrott hastig, aber es war schon zu spät. Die Mädchen lachten noch lauter. Fuhlrott sah betreten aus. Gütiger Gott, dachte Rosalie. Der arme Mann.

Statt über die Cholera sprach man über den Karpfen und die Knödel und das Wetter. Rosalie hatte die Sätze bereits wieder vergessen, kaum dass sie ausgesprochen waren. Während sie von dem leicht modrig schmeckenden Fisch kostete, wanderten ihre Gedanken zu Dorothea. Das ganze Weihnachtsfest hatte sie bei ihrer Familie verbracht. Das konnte nur bedeuten, dass sie sich wieder mit ihren Eltern versöhnt hatte.

Rosalie unterdrückte ein Seufzen, als sie daran dachte, dass Dorothea nun wieder nach Hause ziehen würde und dass sie wieder allein wäre mit ihrem stillen, zerstreuten Vater. Was soll's, dachte sie, im Frühjahr hätte sie uns ohnehin verlassen, um zu ihrem Missionar nach Afrika zu gehen. Der Gedanke machte sie auch nicht fröhlicher.

Therese legte ihr noch ein Stück Fisch auf den Teller, und ehe Rosalie abwehren konnte, lag auch noch ein Kartoffelkloß daneben. »Lass es dir schmecken«, sagte Therese gütig. Rosalie hatte jetzt schon das Gefühl, dass sie fast bis unters Kinn mit Fisch und Kartoffeln mit Sauce angefüllt war. Sie warf einen sehnsüchtigen Blick auf die Uhr über dem Kamin. Die Zeiger standen starr und regungslos, der längere auf der Zwölf, der kürzere auf der Eins. Die Kerzen auf dem Christbaum schienen länger zu werden, anstatt abzubrennen. Die Zeit stand still. Wie ein fester, dicker, heißer Brei, in dem der Löffel stecken blieb.

»Wie gedenkt ihr den Silvesterabend zu verbringen?«, erkundigte sich Fuhlrott bei ihrem Vater.

»In Ausübung meiner Pflicht«, gab dieser zurück. »Ich stehe auf Abruf bereit, für all die Irren, die sich in der Silvesternacht wieder eine Kugel in den Fuß schießen, weil sie es nicht verstehen, mit einem Gewehr umzugehen. Warum fragen Sie?«

»Oh, ich dachte, wenn Ihnen nach Zerstreuung zumute wäre, könnten wir den Abend gemeinsam verbringen.«

»Nun, nein, ich selbst nicht. Aber Rosalie. Du bist recht einsam und hättest gewiss nichts gegen ein wenig muntere Gesellschaft.«

Muntere Gesellschaft? Abgesehen von ihrem Gekicher waren die sechs Mädchen so zäh wie der Fisch in der Kasserolle.

»Wir würden uns freuen«, sagte Fuhlrott und nickte Rosalie zu.

Seine Töchter lächelten erwartungsvoll.

»Nein«, sagte Rosalie. »Ich würde gerne. Aber ich kann nicht. Ich muss ... früh schlafen gehen.«

Meine Nerven, hätte sie fast noch hinzugesetzt.

Sechs Köpfe nickten. Fuhlrott sah entweder enttäuscht aus oder erleichtert, sie konnte seinen Gesichtsausdruck nicht deuten.

»Schade«, sagte Doktor Kuhn.

»Das war recht unhöflich, dass du Fuhlrott einen Korb gegeben hast«, sagte er, als sie das Haus verließen.

»Was erwartest du von mir? Dass ich ihn heirate?«, fragte sie scharf.

Er sah sie prüfend an, aber sie lächelte nicht. »Wer redet denn davon? Das ist doch absurd.«

Sie gingen schweigend weiter, bis sie vor ihrem Haus standen.

»Vergiss es lieber schnell«, sagte sie dann, als ob er vorhin nichts gesagt hätte. »Ich will ihn nicht, lieber bleib ich mein Leben lang allein.«

»Ach, Rosalie«, sagte er bestürzt. »Es ging doch nur um einen Abend. Und bitte, sprich nicht so vom Alleinsein, als ob die Sache für dich bereits beschlossen wäre. Es ist nicht gut, allein zu sein, ich hätte das einsame Leben gewiss nicht gewählt, wenn deine Mutter mich nicht so früh verlassen hätte.« Seine großen, verschwommenen Augen hinter der Brille sahen sie vorwurfsvoll an. »Immerhin habe ich ja dich«, sagte er dann. »Aber dennoch, ohne einen Ehegatten wird man seltsam und verschroben, ob Mann oder Frau. Sieh mich an oder Fuhlrott.«

»Ach, und da möchtest du gerne zwei Fliegen mit einer Klappe schlagen? Du bringst deine Tochter unter die Haube und deinen einsamen Freund dazu?«

»Nicht doch. Ich ... ich gebe zu, es war ein Gedanke. Aber ich würde dir niemals Vorschriften ... Nun, zumindest Silvester hättest du mit ihnen verbringen können.«

»Aber alleine zu sein ist allemal besser als in Gesellschaft von Menschen, die man nicht ertragen kann. Und dabei meine ich gewiss nicht Fuhlrott.«

»Aber seine Töchter? Nun, ich finde sie ganz reizend. Drei davon sind in deinem Alter, das wäre doch wirklich die richtige Gesellschaft für einen lustigen Abend. Wenn ihr erst einmal miteinander warm geworden wäret, würdet ihr euch prächtig verstehen.«

Rosalie schnaubte laut und verächtlich.

»Du musst unter die Leute, Rosalie«, sagte Kuhn ernst, als habe er es nicht gehört. »Du verbringst deine Jugend mit alten Männern wie Fuhlrott und mir und mit dem Apotheker. Und deine Dorothea ist auch nicht gerade eine Ausgeburt an Frohsinn. Du brauchst mehr Leben, mehr ... mehr Liebe, du bist doch ein junges Mädchen.«

»Lass es doch meine Sorge sein, was ich brauche und was ich nicht brauche«, gab sie mit mehr Schärfe zurück, als sie beabsichtigt hatte. Ihr Vater hatte recht, und das machte sie so wütend. Sie brauchte mehr Leben und mehr Liebe, mehr von Minters Leben und von seiner Liebe, aber dieser Wunsch erfüllte sich nicht, würde es nie tun. Über Weihnachten hatte sie Minter kein einziges Mal gesehen. Er musste sich ja um Afra kümmern. Tag und Nacht beschäftigte er sich mit ihr, sie nahm ihn vollkommen gefangen. Und so wird es bleiben, dachte Dorothea, so lange bis ich alt und verschroben bin wie mein Vater.

»Nun komm«, sagte Doktor Kuhn versöhnlich. »Gehen wir ins Haus, es ist kalt hier draußen.«

»Nein«, sagte sie, aber ihre Stimme klang jetzt milder. »Bei Fuhlrott war es so warm und stickig, ich bleibe noch ein wenig an der frischen Luft. Ich werde ein paar Schritte gehen und den Leders meine Aufwartung machen.«

Als sie weiterging, begann es zu regnen, die Tropfen fielen vereinzelt und lautlos vom Himmel wie Schnee. Sie reckte ihren Kopf nach oben und spürte sie auf ihrem warmen Gesicht, es war ein schönes Gefühl, aber weil sie dabei nicht auf den Weg achtete, stolperte sie über eine schadhafte Stelle im Straßenpflaster, sodass ihr Fuß umknickte und sie fast gefallen wäre.

Verdammt, dachte sie, während sie sich hinunterbeugte und den schmerzenden Knöchel rieb. »Verdammt!«, murmelte sie und dann rief sie es: »Verdammt, verdammt, verdammt!« Der heisere Klang der Worte erschreckte sie und erfüllte sie gleichzeitig mit einer seltsamen Befriedigung. Sie schaute sich um, hoffte fast, dass irgendjemand sie gehört hatte. Aber die Straße war leer. Nur eine Taube in einem Hauseingang legte den grauweißen Kopf schief und sah Rosalie missbilligend an, aus runden, rot geränderten Augen.

In dem Moment, in dem Frau Leder die Tür öffnete, wusste Rosalie, dass etwas nicht in Ordnung war. Es war die Art, wie sie dastand, diese leicht gebeugte Haltung wie nach einem schweren Schlag.

»Was ist geschehen, Tante Marthe?«, fragte sie angsterfüllt, an Traugott denkend, von dessen Krankheit ihr Dorothea erzählt hatte, an Dorothea selbst dachte sie seltsamerweise nicht.

»Was willst du?«, fragte Frau Leder, aber sie klang dabei nicht ungeduldig oder unwirsch, eher erstaunt.

»Dorothea?«, fragte Rosalie. »Ist sie nicht da?«

Frau Leder schüttelte den Kopf, und dann endlich trat sie einen Schritt zur Seite, um Rosalie einzulassen.

»Mein Mann und die Jungen sind noch in der Kirche«, sagte sie. »Aber mir war nicht wohl, deshalb bin ich ...«, ihre Stimme verlor sich, als hätte sie das Interesse an dem Satz verloren.

Sie setzten sich an den Tisch, Frau Leder auf die eine Seite und Rosalie auf die andere.

»Was ist geschehen?«, fragte Rosalie noch einmal.

»Sie war hier, aber jetzt ist sie weg«, sagte Frau Leder. »Wir dachten, ich dachte, dass sie wieder zurück zu euch ist. Aber wenn sie dort nicht ist, dann ist sie ... dann wird sie ...«, wieder brach sie mitten im Satz ab. Ihre Stimme war ganz ruhig gewesen, aber Rosalie sah, dass ihre Augen voller Tränen standen, und als Frau Leder ihren Blick auffing, löste sich eine davon und rollte über ihre Wange und eine zweite folgte. Rosalie suchte in ihren Taschen nach einem Taschentuch und fand keines, aber Frau Leder hatte schon ihr eigenes hervorgezogen. Rosalies Brustkorb wurde ganz eng vor Mitleid. Früher hatte Frau Leder – Tante Marthe – sie immer getröstet, wenn sie sich wehgetan hatte oder die anderen Kinder in der Schule sie wieder geärgert hatten. *Mein armes Kind,* hörte Rosalie sie wieder sagen. Jetzt hätte Rosalie Tante Marthe gerne getröstet, aber sie wusste nicht wie.

»Wenn sie nicht bei uns ist, vielleicht ist sie dann bei Kirschbaum«, überlegte sie laut. Denn wo sollte Dorothea sonst sein? Sie kannte doch niemanden, außer ihrem Missionar natürlich, aber der war in Afrika.

Aber warum, dachte Rosalie dann, wenn es wirklich stimmte, warum war Dorothea zu Kirschbaum gegangen? Warum setzte sie alles aufs Spiel, ihre Verlobung, die Versöhnung mit ihrer Familie, ihre Zukunft? War da etwas zwischen ihrer Freundin und Kirschbaum? Mehr als ein Arbeitsverhältnis? Rosalie stellte sich Kirschbaum vor, sein biederes rundes Gesicht, seine untersetzte Gestalt.

»Dieser Jude«, sagte Frau Leder in ihre Gedanken hinein, und in ihrem Ton lag plötzlich eine solche Verachtung und so viel Hass, dass Rosalie fröstelte.

»Kennst du ihn?«, fragte sie zögernd.

Frau Leder sah sie an, sie wirkte verwundert, irritiert, fast angewidert über die Frage.

»Ob ich ihn kenne? Den Mann, der meine einzige Tochter verführt hat, der sie in die Sünde gestoßen hat und der nun aus ihr eine Hure macht? Soll ich etwa zu ihm gehen und ihm die Hand reichen und ihn in mein Haus einladen, ihn vielleicht sogar beglückwünschen zu seinem Tun?«

»Aber Tante Marthe, du siehst die Dinge nicht richtig. Kirschbaum hat Dorothea nicht verführt, er hat nichts dergleichen getan«, rief Rosalie. »Er ist recht alt, und wie ich finde, ziemlich langweilig, bestimmt kein abgefeimter Verführer. Dorothea geht nur der Arbeit wegen dorthin.« Doch ihre Worte perlten an Frau Leder ab und tropften zu Boden. Was ist zwischen Dorothea und Kirschbaum, fragte sich Rosalie wieder, ihren eigenen Worten zum Trotz. Warum ist sie zu ihm und nicht zu mir? Oder steckt sie am Ende doch ganz woanders, ist ihr vielleicht etwas zugestoßen, wurde sie überfallen, ausgeraubt, getötet? Ihre Gedanken überschlugen sich, aber sie kamen nirgendwo an.

Frau Leder murmelte etwas, das Rosalie nicht richtig verstand, es klang wie: *Der allmächtige Gott möge ihn strafen.* Dann stand sie auf und holte Rosalies Mantel, obwohl Rosalie noch gar keine Anstalten gemacht hatte zu gehen.

»Es ist gewiss ganz anders, als du denkst«, begann Rosalie noch einmal, während sie zur Tür gingen.

»Nein«, sagte Frau Leder. Und obwohl sie Rosalie ansah, hatte diese das Gefühl, dass sie durch sie hindurchblickte. »Es ist nicht anders. Und alles ist so gekommen, wie ich es immer befürchtet habe. Und es hat mit dir angefangen, das Unglück. Wir haben dich in unser Haus aufgenommen, weil du eine arme Halbwaise warst, so ganz ohne Mutter und im Grunde auch ohne Vater. Aber es war verkehrt, mein Mann hatte recht, es lag kein Segen darin. Du hast Dorothea vom rechten Pfad abgebracht.«

Es lag kein Zorn in ihrer Stimme, nur eine tiefe Verbitterung, und das war das Schlimmste. Rosalie wich einen Schritt zurück und prallte dabei mit der Hüfte gegen die Ecke der Kommode. Es war wie ein schmerzhafter Tritt in die Seite, und ihre Augen standen plötzlich voller Tränen, die Frau Leders Umrisse auflösten und den ganzen Raum verschwimmen ließen.

»Tante Marthe«, flüsterte sie, aber dann sagte sie nichts mehr, weil sie wusste, dass es sinnlos war, und dass nichts, kein Wort, keine Geste, nicht einmal ein Wunder Frau Leder dazu bringen würden, Rosalie in der Weise zu lieben, in der sie sich immer von ihr geliebt gefühlt hatte.

Sie sah die Reflektion ihres Gesichts in der hohen Scheibe eines Schaufensters, als sie nach Hause ging. Ihre Wangen brannten rot, als habe man sie ins Gesicht geschlagen.

Mit dir hat das Unglück angefangen, dachte sie wieder und wieder, es waren die einzigen Worte, die sie denken konnte, alle anderen waren ausgelöscht.

Der Nieselregen war stärker geworden, aber das kümmerte sie nicht. Tante Marthe, dachte sie, Tante Marthe, die sie in Zukunft nicht mehr Tante Marthe nennen konnte. Ab jetzt war sie Frau Leder für Rosalie. Frau Leder hatte also von Anfang an Bedenken gehabt ihr gegenüber. Und jetzt, wo Dorothea weg war, sah sie sich in ihren Befürchtungen bestätigt. Aber warum hatte Rosalie in all den Jahren, in denen sie bei den Leders ein und aus gegangen war, nie etwas davon gemerkt? Warum war sie so unsensibel, so dumm gewesen?

Vielleicht verhielt es sich mit Dorothea ja genauso? Vielleicht hasste Dorothea Rosalie seit Langem, ohne dass Rosalie es zur Kenntnis genommen hatte? Vielleicht war sie deshalb zu Kirschbaum gezogen, weil sie Rosalies Nähe nicht mehr ertragen konnte?

Sie würde, beschloss Rosalie plötzlich voller Wut, sogleich zur Alten Freiheit gehen und so lange bei Kirschbaum klingeln, bis Dorothea öffnete, und sie dann zur Rede stellen. Aber dann merkte sie, dass ihr der Mut dazu fehlte. Nein, für heute hatte sie genug erfahren, es reichte, dass sie über Frau Leders Gefühle Bescheid wusste. Verdammt, dachte Rosalie. Verdammt, verdammt, verdammt.

In der Zeit, in der Rosalie und ihr Vater bei Fuhlrott den Karpfen gegessen hatten, war Dorothea bei ihnen zu Hause gewesen. Sie hatte ihre Sachen geholt, Kleider, Schuhe und Bücher, und ihren Hausschlüssel auf den Küchentisch gelegt, zusammen mit einem Brief, der an Rosalie adressiert war.

Rosalie Kuhn stand auf dem Umschlag in Dorotheas winziger, präziser Handschrift, sonst nichts. Rosalie drehte das Kuvert in ihren Händen hin und her und spürte die Angst, die in ihrem Inneren saß wie eine Spinne im Zentrum ihres Netzes. Was soll's, dachte sie dann, ich muss doch wissen, was sie schreibt, ich will es doch wissen.

Es war nur ein einzelnes Blatt, ein Anblick, der Rosalie erleichterte. Obwohl das natürlich Unsinn war, weil sich die schlimmsten Dinge auch in kürzesten Sätzen ausdrücken ließen. Sie begann zu lesen.

Elberfeld, den 26. Dezember 1859

Meine liebste Freundin,

mehr als eine halbe Stunde sitze ich nun schon hier und warte auf Dich oder Deinen Vater, aber Ihr kommt nicht, also werde ich meine Sachen nehmen und Euer Haus verlassen wie ein Dieb, still und leise. Es tut mir so leid, dass ich Dich nicht antreffe. Wie gerne hätte ich Dir das, was ich nun niederschreiben muss, von Angesicht zu Angesicht gesagt, wie gerne würde ich Dich sehen, jetzt in diesem Moment.

Ich habe meine Eltern verlassen und meine Gemeinde, und ich werde nie mehr zu ihnen zurückkehren. Ich werde meine Verlobung auflösen, auch wenn es mir leidtut, um Packenius' willen, weil er sich so viel Mühe gegeben hat um mich. Aber ich bin mir jetzt erst, nach so unendlich langer Zeit, bewusst geworden, dass ich liebe, und wie ich liebe und wen. Es ist Isaak Kirschbaum.

Nun kann ich Dein Gesicht förmlich vor mir sehen, wie Du die Brauen zusammenziehst und Dein Mund klein und rund wird und ganz hart. Aber es ist, wie es ist, und es gibt keinen Zweifel für mich, und für ihn auch nicht.

Es ist so ein Glück, Rosalie, das ich verspüre.

Ich weiß, was Du denkst. Sie werden uns verfolgen, sie werden uns hassen für dieses Glück. Der alte Jude und das junge Christenmädchen. Aber es ist, wie es ist.

Ich muss Dich sehen. Wenn Du es einrichten kannst, dann komm mich besuchen. Es ist auch mein inniger Wunsch, dass du Isaak kennenlernst.

Liebste Rosalie, ich habe zu Gott gebetet in meiner Not

und ihn um Hilfe angefleht, und er hat alles zum Besten gewendet. Und er wird auch in Zukunft seine Hand über mich halten, über mich und über uns alle. Freue dich mit mir, ich bitte dich, ich weiß gut, dass der Weg nicht einfach wird, aber zusammen mit meinem Geliebten will ich alle Hindernisse freudig überwinden.

Es grüßt Dich Deine Dich innig liebende Freundin

Dorothea

Es war also wirklich wahr, was sich Rosalie schon gedacht hatte, doch sie hatte es sich nicht vorstellen können; Dorothea liebte Kirschbaum. Sie liebte ihn leidenschaftlich, so wie Rosalie Minter liebte. Nein, mehr sogar. *Es gibt keinen Zweifel für mich, und für ihn auch nicht,* schrieb Dorothea. Zwischen Rosalie und Minter dagegen gab es Zweifel. Sie zweifelte an seiner Liebe, und er zweifelte auch, vielleicht nicht an ihr, aber auf jeden Fall an sich selbst. Vielleicht war das normal, da sie nun schon so lange Zeit ein Paar waren, während Dorothea und Kirschbaum gerade erst zusammengefunden hatten, aber dennoch – so wie Dorothea es beschrieb, hatte sich Rosalie nie gefühlt, auch am Anfang nicht.

Sie werden eine starke Liebe brauchen, dachte sie, denn es würde genauso sein, wie Dorothea es befürchtete: Ganz Elberfeld würde über sie herziehen. Der Jude und die Christin, der alte Mann und das Mädchen. Der böse Verführer und die naive Verführte. Rosalie konnte das gehässige, missgünstige, bösartige Flüstern jetzt schon hören. *Dieser Jude,* hörte sie Dorotheas Mutter wieder zischen. *Der Mann, der aus meiner Tochter eine Hure macht.*

Arme Dorothea, dachte sie. Und dann: mutige Dorothea. Aber was sie fühlte, war weder Mitleid noch Bewunderung. Es war etwas anderes. Es war Neid, stellte sie überrascht fest. Sie beneidete Dorothea um ihre Sicherheit, das Vertrauen zu ihrem

Geliebten, diese Liebe ohne Zweifel. *Es ist, wie es ist,* schrieb Dorothea.

Und es bleibt, wie es ist, dachte Rosalie. Jedenfalls bei uns.

Schon im November hatte sie ein Weihnachtsgeschenk für Minter besorgt. *Die Erdumwälzungen* von George Lyell. Jeden Tag wartete sie auf eine Gelegenheit, ihm das Buch zu geben, aber wenn sie dann abends die Apotheke verließ, lag es immer noch in ihrer Handtasche, eingepackt in glänzendes, rotes Papier.

Sie sahen sich kaum. Rosalie war praktisch die ganze Zeit über allein in der Apotheke, Minter kam nur immer wieder kurz herein, mischte die starken Drogen, Schlaf- und Schmerzmittel, dann verschwand er wieder in seiner Wohnung. Denn Afra sollte bis zum Neujahrstag in Elberfeld bleiben. »Wenn ich sie schon so selten hier habe, so will ich sie wenigstens länger dabehalten, damit sie sich an die Umgebung gewöhnen kann«, hatte er Rosalie erklärt. Er hatte Maria ins Haus geholt, damit sie sich um Afra kümmerte, aber die Kranke beanspruchte inzwischen mehr als eine Pflegerin, sie hätte vermutlich mit Leichtigkeit ein halbes Dutzend Leute beschäftigen können. Wenn Maria ihr den Rücken zudrehte, stieg sie aus dem Bett und versuchte, aus dem Fenster zu springen, einmal, als die Wohnungstür nicht abgeschlossen war, hatte Minter sie plötzlich in der eisigen Kälte des Treppenhauses gefunden, mit nackten Füßen, zusammengekauert auf einer Treppenstufe. Vielleicht hat sie sich eine Lungenentzündung geholt und stirbt daran, dachte Rosalie, als er ihr davon erzählte, doch dann erschrak sie über den Gedanken.

Aber Afra bekam keine Lungenentzündung, nur einen schlimmen Schnupfen, der sie nachts am Schlafen hinderte, sodass Minter ebenfalls kein Auge zutat und immer gereizter wurde. »Ihr müsst sie anbinden, wenigstens nachts«, sagte Rosalie. »Das kann sonst kein Mensch aushalten.«

»Afra wird nicht angebunden«, sagte Minter, und dann ging er weg und ließ Rosalie allein zurück. Während sie Veilchenpastillen in kleine Beutel verpackte, immer fünfzehn Stück, und die Beutel oben mit einem schmalen Band verschloss, hatte sie genügend Zeit, über die Bedeutung der unausgesprochenen Sätze nachzudenken, die sich hinter den vier Worten verbargen. *Sie wird nicht angebunden, denn sie ist meine Frau, und ich werde mich um sie kümmern, solange sie lebt. Und dir steht es nicht zu, mir diesbezüglich Anweisungen oder Empfehlungen zu geben, denn du bist nur meine Geliebte und stehst hintenan und wirst immer hintenan stehen.*

Es war die Zeit der Erkältungen, der Grippeerkrankungen, Katarrhe und Brustentzündungen. Die Glocke über der Ladentür hörte nicht auf zu läuten, ein Kunde gab dem anderen die Klinke in die Hand. Für gewöhnlich endete Rosalies Arbeitszeit um sechs Uhr, aber jetzt blieb sie bis um acht oder neun, eilte vom Offizin nach hinten ins Labor, wo sie Poho-Öl und Sassafras-Salbe und Kamillenextrakt ansetzte, Senfpflaster strich und Hustenpastillen presste.

Wenn sie die Apotheke dann endlich verließ und durch die dunklen Straßen nach Hause ging, wanderten ihre Gedanken zu Dorothea. Sie hatte sie immer noch nicht besucht, obwohl Dorothea sie in ihrem Brief darum gebeten hatte. Tag für Tag nahm Rosalie es sich vor, aber sie schaffte es nicht. Nach der Arbeit trugen sie ihre müden Füße gerade noch nach Hause und dort direkt ins Bett.

Sie wartet auf mich, dachte sie. Sie glaubt, dass ich nicht komme, weil ich ihre Verbindung mit Kirschbaum missbillige. Ich muss sie sehen, aber es geht nicht, ich bin zu müde.

Am Neujahrstag brachte Minter Afra wieder zurück nach Endenich, und Rosalie war allein, aber heute war es anders als in den Tagen zuvor. Heute war alles ruhig. Vormittags kamen ein paar Kunden und holten Japanesisches Pfefferminzöl gegen

Kopfschmerzen, der Rest ruhte sich vermutlich von den Anstrengungen der Silvesternacht aus. Auch Rosalie war müde, denn um Mitternacht hatten sie die Kirchenglocken geweckt, die Schüsse und Böller und das Geschrei auf den Straßen. Danach lag sie lange wach und fand nicht wieder in den Schlaf.

1860, dachte sie. Ein neues Jahrzehnt. Im Februar würde sie dreiundzwanzig Jahre alt werden. Sie kannte Minter dreieinhalb Jahre lang. Seit mehr als zwei Jahren waren sie ein Liebespaar. Und seit acht Monaten arbeitete sie als seine Gehilfin in der Apotheke.

Fast jeden Tag in der Woche sahen sie sich nun, ohne sich näherzukommen. Es bleibt, wie es ist, dachte sie. Ich bin Minters Geliebte. Afra ist seine Frau.

Gegen Mittag kam Frau Cordes, die mit ihrer schwer kranken Mutter am unteren Ende der Laurentiusstraße lebte. Zwei-, dreimal in der Woche holte sie in der Apotheke Opiumtinktur und Kampferwein zur Behandlung der offenen Geschwüre.

»Opiumtropfen«, stieß sie auch heute atemlos hervor, während sie mit dem Rezept wedelte, das Gesicht über ihrem schwarzen Mantelkragen tiefrot von der Anstrengung des schnellen Laufens.

»Der Herr Minter ist heute nicht da«, sagte Rosalie. »Aber gleich morgen früh können Sie die Tinktur abholen.«

»Nein«, sagte Frau Cordes, und ihr Gesicht wurde dabei noch eine Spur röter. »Wir haben nichts mehr übrig, und die Mutter wird gleich wach und dann braucht sie ihre Tropfen. Ich möchte sie bitte schön jetzt gleich mitnehmen.« Sie sah Rosalie herausfordernd an, wobei sie das viereckige, rote Kinn nach vorn streckte wie eine Waffe. »Ich bin schließlich Stammkunde.«

Rosalie sah sie an, und Frau Cordes starrte zurück. Die Opiumtinktur war so gut wie fertig, dachte Rosalie. Sie musste nur noch mit drei Teilen Wasser und sieben Teilen Weingeist vermischt werden, jeder konnte das erledigen, es gab wirklich keinen Grund, deswegen bis morgen zu warten und Frau Cordes zu verärgern.

Frau Cordes räusperte sich, laut und ungeduldig. »Ich werde einmal nachsehen«, sagte Rosalie.

Zur Vorsicht schlug sie die Fertigstellung der Tinktur noch einmal in einem von Minters Büchern nach. Ein Teil Opiumkonzentrat auf je drei Teile Wasser und sieben Teile Weingeist. Sie musste es nur abmessen und zusammenmischen und Frau Cordes wäre geholfen und ihrer armen, kranken Mutter auch.

Es war nur vernünftig, was sie tat, aber als Rosalie den Schrank mit den Separanda aufschloss, merkte sie, dass ihre Hände zitterten. Doch dann schlossen sich ihre Finger um das Glas mit der Essenz, und sie spürte, wie der feste Griff sie ruhig machte.

»Es war noch etwas da«, sagte sie, als sie die kleine Glasflasche über die Theke reichte. »Die Dosierung kennen Sie ja.«

Frau Cordes nickte, noch ehe Rosalie den Satz richtig zu Ende gesprochen hatte. »Drei Tropfen am Morgen, fünf am Mittag und am Abend«, sagte sie. »Ich könnte es im Schlaf hersagen, auch die Dosierung der übrigen Arzneien.«

»Alles Gute wünsche ich Ihnen und Ihrer Mutter«, sagte Rosalie. »Und ein frohes neues Jahr.« Frau Cordes verließ die Apotheke mit erhobenem Kopf, als habe sie einen Sieg errungen. Rosalie sah ihr mit einem Gefühl des Unbehagens nach. Irgendetwas stimmte nicht, irgendetwas war nicht richtig, aber sie konnte es nicht ausmachen, was sie so beunruhigte.

Um sechs schloss sie die Apotheke zu. Morgen war Minter wieder da, dann würde alles ruhiger werden, dachte sie. Und heute Abend würde sie endlich Dorothea besuchen. Sie drehte sich um und prallte gegen einen schwarzen Schatten. Es war Minter, den sie erst viel später zurückerwartet hatte. »Ich wollte dich unbedingt noch sehen«, sagte er. Erst dann bemerkte er, wie sehr er sie erschreckt hatte.

Er legte seinen Arm um sie und zog sie an sich, während er die Tür wieder aufsperrte. Rosalie schloss die Augen und atmete seinen vertrauten Geruch ein. Im selben Moment tauchte Dorotheas rundes Gesicht vor ihr auf, enttäuscht und vorwurfsvoll. Aber als Minter im Offizin ein Windlicht anzündete, verschwand Dorotheas Bild wieder wie ein Geist, der das Helle fürchtete. »Wir gehen nach oben«, sagte Minter. »Ich muss dir etwas geben.«

Maria hatte sich große Mühe gegeben, alle Spuren von Afra zu tilgen. Sie hatte die Bettwäsche gewechselt und den Boden geschrubbt und gründlich gelüftet, aber dennoch hing der Geruch der Kranken noch in den Räumen, dieser süß-säuerliche Duft des Wahnsinns. Aber vielleicht täuschte sie sich ja auch, dachte Rosalie, sie kannte die Wohnung ja kaum, sie war nicht öfter als zwei, drei Male hier oben gewesen, nachdem Minter ihr Afra damals gezeigt hatte. Vielleicht hatte der Geruch gar nichts mit Afra zu tun, vielleicht gehörte er zu Maria oder zu Minter selbst, obwohl sie ihn noch nie an ihm gerochen hatte.

Sie spürte seine Hände an ihrem Hals, als er ihr den Mantel auszog. »Wir gehen in die Küche«, sagte er. »Es ist der einzige Raum, der warm ist.«

Er holte Brot und Schinken und Käse aus dem Schrank und eine Flasche Wein. Als er die Sachen auf den Tisch stellte, merkte sie erst, wie hungrig sie war. »Ich bin so froh, dass ich dich noch angetroffen habe«, sagte er, während er das Brot aufschnitt.

Sie aßen und tranken den süßen, schweren Wein dazu, und Rosalie, die nicht an Alkohol gewöhnt war, merkte, dass ihr schon die ersten Schlucke zu Kopf stiegen wie dichte Rauchwolken. »Hier«, sagte Minter und legte ein kleines Päckchen auf den Tisch. »Frohe Weihnachten, Rosalie, auch wenn es viel zu spät ist.«

In dem grünen Seidenpapier versteckte sich eine kleine Schatulle und darin, auf weiße Watte gebettet, ein goldenes Medaillon: zwei weiße Rosen auf rotem Grund. Sie klappte die ovale

Kapsel auf und fand eine winzige Federzeichnung im Inneren. Minters Porträt. »Ich danke dir«, sagte sie. »Ich werde dich immer bei mir tragen.«

Er trat hinter sie und legte ihr das Schmuckstück um. Sie lehnte sich an seinen Körper, während er die Kette schloss, und spürte, wie seine Hände weiterglitten, einen Moment lang glaubte sie, das Medaillon sei ihm aus der Hand gefallen und in ihre Bluse gerutscht, sodass er es jetzt suchte, aber dann spürte sie es auf ihrer Brust, kühl und rund auf ihrer warmen Haut. Seine Fingerspitzen waren auch kühl, und sie schloss die Augen. Das Buch fiel ihr wieder ein. »Ich habe auch ein Geschenk für dich«, sagte sie und versuchte gleichzeitig aufzustehen, denn ihre Tasche stand noch draußen im Flur, aber er hielt sie mit sanftem Druck auf ihrem Stuhl.

»Ich weiß«, flüsterte er, und sie spürte seinen Atem ganz dicht an ihrem Ohr.

Später brachte er sie nach Hause. Sie gingen Arm in Arm, denn es war nach Mitternacht, die Straßen waren so dunkel, und sie waren allein, aber dennoch hatte sie das Gefühl, dass seine Hand auf ihrer Schulter sehr wachsam war und bereit, sich sofort zurückzuziehen, wenn ihnen jemand entgegenkäme.

Ihr Körper war warm und roch nach ihm, und die Haut zwischen ihren Beinen war feucht und begann wund zu werden, jetzt, wo ihre Beine beim Gehen aneinanderrieben.

Minter war immer sehr vorsichtig, wenn sie miteinander schliefen. Eine Schwangerschaft, das wussten sie beide, wäre das Ende, zumindest das Ende aller Heimlichkeit. Er zog sich im letzten Moment zurück, damit sein Samen nicht in ihren Körper drang, aber heute war es anders gewesen. Er ging aus ihr heraus und holte einen kleinen Umschlag vom Nachttisch mit einer Gummihaut, die er sich überstülpte. »Was ist das?«, fragte sie, neugierig und befremdet zugleich.

»Es schützt dich vor mir«, sagte er.

Und umgekehrt, dachte sie, aber dann wandte er sich ihr wieder zu, und ihr Atem und ihr Herzschlag wurden schneller, und sie vergaß die Gummihülle.

Erst jetzt fiel sie ihr wieder ein. »Was war das für ein Ding?«, erkundigte sie sich. »Dieser ... Gummiring?«

»Man nennt es Präservativ«, erklärte er. »Derartige Mittel gibt es seit Jahrhunderten. Nur dass sie früher aus Schweineblasen gefertigt waren oder aus den Blinddärmen von Ziegen. Aber seit Neuestem werden sie aus Gummi gemacht.«

»Woher hast du es?«

»Man kann es kaufen.«

»Wo?«

»In Apotheken.« Sie lachte, aber er blieb ganz ernst.

»Wirklich«, meinte sie dann ungläubig. »Und warum führen wir sie nicht, diese Präservative?«

»Künftig wird man sie auch bei uns kaufen können. Die Entwicklung ist ganz neu, wie schon gesagt.«

Sie schwieg und dachte lange über die nächste Frage nach, bevor sie sie aussprach. »Aber wie soll ich den Gebrauch erklären, wenn ein Mannsbild sich dafür interessiert?«

Er lachte laut und zog sie noch enger an sich. »Mach dir darüber keine Sorgen«, rief er. »Niemand wird dich darauf ansprechen. Das ist ja auch der Grund, warum eine Apotheke niemals von einer Frau geführt werden kann.« Diesmal war es wirklich ein Scherz, aber sie lachte nicht darüber.

Er mochte ja recht haben, dachte sie, während sie schweigend weitergingen, wahrscheinlich würden die Männer es nicht wagen, eine Frau nach dem Gebrauch von Präservativen zu fragen, aber den Frauen würde es umso leichter fallen, und das glich die Sache ja wohl wieder aus.

»Dein Geschenk«, fiel ihr ein, als sie an ihrer Haustür angekommen waren. Sie holte das Buch aus der Tasche und reichte es ihm.

»Danke«, sagte er, wobei er seinen Blick nicht von ihren

Augen abwandte. Sie lächelte, und er lächelte auch. Dann holte er tief Luft. »Rosalie ... ich«, begann er.

»Was?«, fragte sie, als er nicht weitersprach.

»Mögen alle deine Wünsche in Erfüllung gehen«, sagte er. »Im neuen Jahr.«

Aber sie spürte, dass er eigentlich etwas anderes hatte sagen wollen.

In der Nacht träumte sie von Dorothea, sie saß in einem kleinen Boot und ruderte aufs offene Meer hinaus. Rosalie stand am Ufer und rief nach ihr, aber die Freundin hörte sie nicht, sie entfernte sich immer weiter, bis sie als kleiner Punkt am Horizont verschwand. Was man in der ersten Nacht des Jahres träumt, wird Wirklichkeit, dachte sie, als sie aufgewacht war. Aber dann fiel ihr ein, dass es schon die zweite Nacht des Jahres war, und das machte sie wieder ruhiger.

Ich werde morgen zu ihr gehen, dachte sie und schlief wieder ein.

Vormittags überließ sie Minter die Apotheke. »Ich muss zu Dorothea«, sagte sie. Er war gerade dabei, den Inhalt der Ladenkasse zu überprüfen und hob nur geistesabwesend den Kopf, während er halblaut eine Zahl murmelte. Dann senkte er den Blick wieder auf einen Block, auf dem er sich Notizen machte.

»Und im Übrigen habe ich mich lange genug alleine um alles gekümmert«, sagte Rosalie

»Zweihundertachtundneunzig und zehn«, murmelte Minter. »Plus sechsunddreißig achtzig.«

»Es ist schon recht«, sagte er dann, ohne aufzusehen. »Natürlich, nimm dir so viel Zeit, wie du brauchst.«

Die Leihbibliothek war geöffnet, aber Dorothea war nicht da. »Sie ist zum Markt«, sagte Kirschbaum, der Rosalie sofort erkannte, obwohl sie sich nur wenige Male getroffen hatten. »Sie kommt gewiss gleich wieder. Bitte, wenn es Ihnen nichts ausmacht, dann warten Sie hier auf sie. Sie würde sich so freuen, Sie zu sehen.«

»Ich weiß«, sagte Rosalie schuldbewusst, während sie auf dem Stuhl Platz nahm, den er ihr anbot.

Kirschbaum nahm seine Arbeit wieder auf, er ordnete Bücher in die Regale ein. Er war so klein, und jedes Mal, wenn er mit einem Buch an Rosalie vorüberging, erschien er ihr noch ein Stück kleiner. In Gedanken stellte sie ihn neben Minter, der Kontrast war so groß, dass sie fast laut gelacht hätte. Dorothea und sie hätten keine unterschiedlicheren Männer wählen können.

Ob sie wohl miteinander verkehren, dachte sie plötzlich, aber dann schob sie den Gedanken schnell wieder beiseite, er erschien ihr zu indiskret, gerade jetzt, wo sie mit Kirschbaum allein war. Im selben Moment blickte Kirschbaum von der Leiter, auf der er stand, auf sie herab.

»Ich hoffe, dass sie bald zurückkommt«, sagte er entschuldigend.

Sie sah, dass seine Augen goldbraun waren und wunderschön.

Aber Dorothea kam nicht, auch nach einer halben Stunde war sie noch nicht wieder zurück. Rosalie merkte, dass Kirschbaum nervös wurde, er ging immer schneller zwischen den Regalen auf und ab, und wenn er an der Tür vorbeikam, blieb er stehen und reckte den Hals und schaute durch das kleine Fenster, als könne er sie dadurch herbeibeschwören.

Vielleicht war es ihre Gegenwart, vielleicht hatte Kirschbaum das Gefühl, dass er sich um sie kümmern musste, dachte Rosalie. Sie erhob sich von ihrem Stuhl. »Ich muss nun leider wieder zurück in die Apotheke«, sagte sie. »Bitte richten Sie Dorothea meine besten Wünsche aus und dass ich sie heute Abend besuchen komme. Wenn es Ihnen recht ist«, fügte sie dann hastig hinzu.

»Sicher«, sagte Kirschbaum, er lächelte kurz und bedauernd,

dann reckte er wieder den Kopf und sah durch das Türfenster hinaus, und sie merkte, dass er sie gar nicht mehr richtig zur Kenntnis nahm vor lauter Sorge um Dorothea.

»Sie kommt gewiss gleich wieder«, sagte sie in denselben Worten, die er vorhin zu ihr gesagt hatte. Er nickte und lächelte, aber es war ein schwaches Lächeln.

Dann brachte er sie zur Tür und hielt ihr den Mantel, damit sie hineinschlüpfen konnte. »Bitte kommen Sie heute Abend«, sagte er, als er ihr die Tür öffnete. Dabei glitten seine Augen an ihr vorbei und die Straße hinunter, auf der Suche nach Dorothea. Als sie in diesem Moment um die Ecke bog, sah Rosalie es in seinen Augen, in seinem ganzen Gesicht, das plötzlich von innen heraus zu leuchten schien.

Dorotheas Gesicht leuchtete ebenfalls auf, als sie sie entdeckte, sie beschleunigte ihre Schritte, und Rosalie fragte sich, wem ihr Lächeln galt, ihr selbst oder Kirschbaum. Und plötzlich spürte sie es wieder, dieses Gefühl von Neid, obwohl Dorothea doch ihre Freundin war.

Minter, dachte Rosalie später, nachdem Dorothea und sie Tee getrunken und geredet hatten und sie wieder zurück zur Apotheke ging. Wenn er mich doch nur einmal so ansehen würde wie Kirschbaum Dorothea. Als sie in den Heckweiher einbog, reckte sie den Kopf in der unsinnigen Hoffnung, dass er sie an der Tür erwarten könnte, und als sie ihn wirklich dort stehen sah, begann ihr Herz laut und glücklich zu schlagen, bis sie sein Gesicht sah.

19. KAPITEL

»Man soll das Christenthum nicht schmücken und herausputzen: es hat einen Todkrieg gegen diesen höheren Typus Mensch gemacht, es hat alle Grundinstinkte dieses Typus in Bann gethan, es hat aus diesen Instinkten das Böse, den Bösen herausdestillirt, – der starke Mensch als der typisch Verwerfliche, der ›verworfene Mensch‹. Das Christenthum hat die Partei alles Schwachen, Niedrigen, Missrathnen genommen, es hat ein Ideal aus dem Widerspruch gegen die Erhaltungs-Instinkte des starken Lebens gemacht; es hat die Vernunft selbst der geistigstärksten Naturen verdorben, indem es die obersten Werthe der Geistigkeit als sündhaft, als irreführend, als Versuchungen empfinden lehrte.«

Aus *Der Antichrist* von Friedrich Nietzsche, 1888

Dorothea hatte oft gelesen, dass viele ihr Glück in dem Moment, in dem sie es erlebten, nicht zu schätzen wussten, und erst später, im Rückblick, merkten, was sie gehabt hatten. Aber bei ihr war es anders. Sie wusste, dass sie glücklich war. Wie glücklich sie war. Sie wusste, dass es die beste Zeit ihres Lebens war. Sie ahnte, dass es nicht lange dauern würde.

Jeden Tag kochte Kirschbaum für sie, manchmal sogar zweimal. Er machte Pasteten und Aufläufe, Puddings und Süßigkeiten, er ließ sich immer neue Dinge einfallen, und was immer er ihr kochte, es war köstlich. »Ich werde neue Kleider brauchen«, sagte sie, als er ihr frische Mohnpielen brachte, in Fett gebacken und Zucker gewälzt.

»Ich kaufe dir neue Kleider«, sagte er, während er ihr eine Piele reichte, und sie aß sie direkt aus seiner Hand, bevor sie ihn küsste.

Seine Wohnung hinter der Bibliothek war sehr klein. Sie bestand nur aus der Küche, die sie schon kannte, und einer winzigen Kammer, in der sie nun gemeinsam schliefen, und einem kleinen Wohnzimmer mit einem schiefen Kamin.

Wenn sie allein sein wollte, konnte sie sich in ihr Büro zurückziehen, aber sie wollte nicht allein sein, sie war so lange allein gewesen, sie wollte mit Kirschbaum zusammen sein.

Eines Abends kochte er ihr dicke Nudeln mit warmer Milchsauce, und beim Essen fragte er sie, ob sie ihn heiraten wollte.

»Nein«, sagte sie, ohne zu überlegen.

Er sah sie an, verwirrt und verletzt und ein wenig ungläubig.

»Soll ich zum Judentum konvertieren?«, meinte sie. »Oder willst du dich etwa taufen lassen?«

»In der Kirche wird man uns nicht vermählen. Aber im Ratshaus.«

»Ja«, sagte sie. »Ich weiß.« Aber vor dem Bürgermeister war es nichts und galt nichts, und wenn sie ihre Liebe nicht in der Kirche, vor Gott, bezeugen konnten, dann wollte sie sie lieber gar nicht bezeugen.

»Die Leute werden reden. Sie reden wahrscheinlich jetzt schon. Mir ist es gleichgültig, aber für dich ...«

»Für mich ist es auch egal.« War es ihr wirklich egal? Vor zwei Tagen, als sie in der Bäckerei angestanden hatte, um Brot zu kaufen, hatte sie hinter sich ein Zischen gehört, es klang wie *Judenhure*. Sie hatte sich umgedreht und in leere Frauengesichter unter dunklen Kopftüchern und Hüten geblickt, keine zeigte irgendeine Reaktion. Vielleicht hatte sie sich verhört.

»Versprich mir, dass du mich nicht verlässt, Isaak«, sagte sie.

»Ich werde dich nie verlassen«, sagte er.

Sie hatte keine Worte für das, was sie in der Nacht taten. Mit Rosalie hatte sie nie darüber gesprochen und mit ihrer Mutter noch weniger. Dorothea erinnerte sich an einen Abend, als sie noch klein gewesen war und ihr Vater in der Andacht die Geschichte von König David gelesen hatte, der sich in Batseba verliebte, die mit dem Feldherrn Joab verheiratet war, und wie David sie schwängerte und hinterher versuchte, die Sache zu vertuschen. Dorothea hatte nichts davon verstanden, und als sie nachfragte, sagte ihr Vater, dass sie noch zu klein sei, sie würde den Sinn begreifen, wenn sie größer wäre. Aber von da an hatten sie das Alte Testament nicht mehr streng der Reihe nach gelesen, bestimmte Stellen wurden übersprungen. Diese Stellen las Dorothea dann, wenn sie allein war, und daraus hatte sie einiges gelernt, im Grunde genommen war es alles, was sie wusste.

Sie hatte keine Worte dafür, und Isaak Kirschbaum schien auch keine Worte dafür zu haben. Sie hätte nur sagen können, dass sein Körper sehr warm und weich und seine Hände sehr zärtlich waren.

Im Februar kam ein Brief aus Afrika. Dorothea hatte Packenius geschrieben, gleich nachdem sie bei Kirschbaum eingezogen war, sie hatte ihre Verlobung beendet und ihn um Vergebung gebeten für die Enttäuschung, Kirschbaum hatte sie nicht erwähnt. Aber Packenius Brief war an die Leihbibliothek adressiert, er musste also von irgendjemand gehört haben, dass sie jetzt hier lebte. Vielleicht standen ihre Eltern mit ihm in Kontakt, dachte sie. Einen Moment lang wog sie den Brief in der flachen Hand und überlegte, ob sie ihn ungelesen wegwerfen sollte wie damals den Brief von Kirschbaum.

Warum schreibt er mir noch, jetzt wo alles aus ist, fragte sie sich gleichzeitig. Was will er von mir? Ob er mich wohl immer noch duzt oder ob er wieder zum *Sie* übergegangen ist? Einen Moment lang hielten sich Widerwille und Neugierde die Waage, dann siegte die Neugier. Sie riss den Umschlag auf und las.

Meine Schwester in Christo!

Mit großem Erschrecken habe ich Deine Worte vernommen und auch die übrigen Berichte aus der Heimat gehört. Du bist also erneut in die Fänge des Bösen geraten, kaum dass ich Elberfeld verlassen und nach Afrika zurückgereist bin. O wie sehr wünschte ich nun, dass ich nicht gezwungen gewesen wäre, Dich allein zurückzulassen. Dass ich Dich stattdessen gleich mitgenommen hätte auf dem Schiff und dass du jetzt hier bei mir in Sicherheit und im Herrn wärst.

Satan war stärker, aber er soll diesen Kampf nicht gewinnen. Denn ich werde nicht aufgeben in meinen Bemühungen, ich will und werde Deine arme Seele retten, aus dem Sumpfe der Sünde heraus. Du bist gefallen, aber ich vergebe Dir, so wie Jesus der Sünderin vergeben hat und zu ihr gesagt hat: »Dir sind deine Sünden vergeben« (Lukas 7, 48). Und: »Dein Glaube hat dir geholfen; gehe hin mit Frieden!« (Lukas 7, 50)

Bedenke aber auch die entsetzlichen Folgen, wenn Du weiterhin im Bösen ausharrest und meine ausgestreckte Hand zurückweisest und die Vergebung, denn so hat es der Apostel Paulus den Philippern geschrieben: »Denn viele wandeln, von welchen ich euch oft gesagt habe, nun aber sage ich auch mit Weinen, dass sie sind die Feinde des Kreuzes Christi, welcher Ende ist die Verdammnis, welchen der Bauch ihr Gott ist, und deren Ehre zu Schanden wird, die irdisch gesinnt sind.« (Phil 3, 18–19)

Dorothea, entsage dem Üblen und verbünde dich mit dem Guten. Wende Dich an Dr. Kohlbrügge oder an die Ältesten unserer Gemeinde, sie werden Dir eine schlichte Unterkunft in einem christlichen Haus vermitteln, bis Du an meiner Seite Halt finden und aufblühen kannst wie ein schwacher, kranker Rosenbaum an einem festen Pfahl.

Auf dass Gottes Geist Dich stärke und Dich in Deinem Glauben kräftige!

Dein Verlobter *Andreas Packenius*

Sie stand in der Küche, während sie den Brief las, und als sie mit dem Lesen fertig war, ließ sie das Blatt einfach los, es segelte sanft nach unten und landete auf einem Berg aus kalter Asche und Kartoffelschalen in der Aschenkiste neben dem Herd. Die Feuchtigkeit der Schalen sog sich in das Briefpapier und brachte die Tinte an einigen Stellen zum Zerfließen. Sie sah eine ganze Weile lang dabei zu, wie aus dem Wort *Verdammnis* ein unregelmäßig geformter, hellblauer Fleck wurde.

Später, beim Essen, fiel ihr die Bibelstelle wieder ein, die Packenius ihr geschrieben hatte. *Welchen der Bauch ihr Gott ist,* ausgerechnet diese Worte hatte er gewählt, als könnte er sehen, wie Kirschbaum für sie kochte und sie sein Essen genoss. Aber es stimmt nicht, dachte sie. Mein Bauch ist nicht mein Gott, Gott ist mein Gott, und Kirschbaum ist mein Mann, und ich bin nicht verdammt, nur weil ich ihn liebe.

»Woran denkst du?«, fragte Kirschbaum, der sie beobachtet hatte.

Sie wollte ihm von Packenius' Brief erzählen, aber dann klingelte es. Es musste Rosalie sein, denn die Bücherei war geschlossen und wer sollte sie sonst besuchen.

Dorothea eilte durch die dunkle Bibliothek, durch die schmale Gasse zwischen den schwarzen Regalwänden, auf denen die Bücher schliefen. Rosalie kam oft in letzter Zeit, nach der Arbeit schaute sie bei ihnen vorbei und aß mit ihnen zu Abend. Und Dorothea war froh, dass sie sich so häufig sahen, aber sie fragte sich manchmal, ob es Kirschbaum nicht zu viel wurde, die ständigen Besuche. Er beklagte sich jedoch nie und ließ sich auch nichts anmerken.

Warum kam Rosalie so oft? Weil irgendetwas vorgefallen war, zwischen ihr und dem Apotheker, irgendeine schlimme Auseinandersetzung oder Meinungsverschiedenheit, dachte Dorothea. Oder vielleicht war es diese ständige Heimlichtuerei, die ihre Liebesbeziehung zermürbte. Rosalie sprach nicht darüber, aber es lag etwas in ihrem Blick, in der Art und Weise, wie sie Isaak betrachtete, wenn er an Dorothea vorüberging und sie wie zufällig berührte.

Von der Gaslaterne auf der Straße fiel grünlich-blasses Licht durch das kleine Fenster in der Tür. Als Dorothea direkt davor stand, blendete es sie so, dass sie blind nach dem Schloss tastete und eine ganze Weile brauchte, bis sie das Schlüsselloch gefunden, den Schlüssel herumgedreht und den Riegel über dem Schloss zurückgeschoben hatte.

»Entschuldige«, sagte sie atemlos, als sie Rosalie endlich gegenüberstand, aber dann erkannte sie, dass es gar nicht Rosalie war, die Gestalt war viel größer, ein schwarz gekleideter, hagerer Mann mit hohem Hut. Sie bekam Angst und wollte die Tür wieder zuschlagen und nach Isaak rufen, aber sie brachte keinen Ton heraus. Und im selben Moment fasste der Fremde ihre Hand und hielt sie fest und trat einen Schritt auf sie zu. Schon stand er im Laden. »Ich bitte dich, Dorothea«, sagte er. Er sprach das *Ch* tief in der Kehle und rollte das *R* auf eine eigentümliche Weise, sie kannte die Stimme. Es war Kohlbrügge.

Sie zitterte immer noch vor Schreck, als sie nebeneinander in der Dunkelheit der Bücherei standen, Kohlbrügge hatte den Hut abgenommen und wirkte plötzlich betreten, obwohl sie seinen Gesichtsausdruck nicht erkennen konnte. »Gibt es kein Licht«, fragte er und genau in diesem Augenblick wurde es hell. Es war Kirschbaum, der mit dem Windlicht aus der Küche kam, die flackernde Flamme beleuchtete sein besorgtes Gesicht von unten und gab ihm etwas Gespenstisches.

»Wer da?«, fragte er. Seine Stimme war leise und besorgt.

»Es ist alles in Ordnung«, sagte Dorothea, bevor Kohlbrügge etwas antworten konnte. »Es ist der Herr Pastor.«

Kirschbaum kam näher und hielt sein Licht vor Kohlbrügges Gesicht, als müsse er sich überzeugen, dass Dorothea sich nicht geirrt hatte, dabei kannte er Kohlbrügge gar nicht. »Gehen wir in die Wohnung«, sagte er dann.

In der Küche stand das Essen noch auf dem Tisch, sodass der Geruch von Grünkohleintopf den ganzen Raum ausfüllte. Kirschbaum sah Dorothea an. Soll ich euch allein lassen, fragte sein Blick. Sie schüttelte den Kopf. Alle drei nahmen am Tisch Platz, Isaak und Dorothea schoben ihre Teller zur Tischmitte, wo sie einander mit leisem Klirren begegneten.

Kohlbrügge räusperte sich, ließ den Blick von Dorothea zu Kirschbaum wandern und wieder zurück.

»Dorothea. Vermisst du nicht deine Familie und deine größere Familie in Christo, deine Gemeinde?«

»Doch«, sagte sie. »Ich vermisse sie schmerzlich.«

»Warum kommst du dann nicht wieder zurück, an den Ort, dem du angehörst?«

»Ich habe es versucht, aber ich kann nicht. Ich soll bereuen und Buße tun, aber ich habe nichts zu bereuen. Ich liebe diesen Mann und will bei ihm bleiben und zu ihm gehören, solange ich lebe. Daran kann ich nichts Verwerfliches finden.«

»Du hast unserem Bruder im Herrn, Andreas Packenius, vorgemacht, dass du ihn liebst und seine Frau werden wolltest. Treibst du nun das gleiche Spiel mit diesem ...« Kohlbrügge sah Kirschbaum nicht an, als er über ihn sprach, sein spitzes Gesicht war allein auf Dorothea gerichtet.

»Ich habe Herrn Packenius nichts vorgemacht. Ich war verwirrt. Ich habe mich in mir selbst getäuscht«, sagte Dorothea.

»Du hast dich also getäuscht, aber jetzt vermeinst du ganz sicher zu sein, obwohl deine Eltern und die Ältesten und alle, die dich lieben, deine Entscheidung für irrig halten?«

»Ja«, sagte Dorothea.

Kohlbrügge schwieg ein paar Sekunden lang. Er schien darauf zu warten, dass sie noch etwas sagte. Über seiner schmalen Oberlippe lag ein dunkles Dreieck Barthaare, aber sein Kinn war blass und glatt, es sah aus, als sei er beim Rasieren unterbrochen worden. »Ich selbst«, fuhr er schließlich mit sanfterer Stimme fort, »bin lange Zeit aus allen Gemeinden ausgestoßen gewesen, ich war ein Heimatloser, der seine Kinder nicht taufen durfte, ich weiß, wie einsam, wie verzweifelnd das ist.« Seine dunklen Augen glänzten wie von Tränen, aber wahrscheinlich war das nur der Widerschein der Petroleumlampe. »Kehre um, Dorothea, und suche die Nähe derer, die dich lieben, die dich anleiten. Die Nähe Gottes.«

Dorothea war mit Kohlbrügges Geschichte vertraut. Als junger Hilfsprediger war er aus der lutherischen Gemeinde in Amsterdam ausgewiesen worden, nachdem er die Predigt eines Pastors öffentlich kritisiert hatte, danach hatte es fast zwanzig Jahre gedauert, bis er in der reformierten Gemeinde in Elberfeld Aufnahme gefunden hatte, von der er sich allerdings nach kurzer Zeit wieder losmachte, um die Niederländisch-reformierte Gemeinde zu gründen.

»Aber in all der Zeit, als Sie ausgestoßen waren, sind Sie doch sich und Ihren Überzeugungen treu geblieben«, sagte sie. »Sie haben Ihre Haltung bewahrt und sind nicht zu Kreuze gekrochen. Und auch wenn es sicherlich schwer war ohne eine Gemeinde, zu der Sie sich zugehörig fühlten, so war es doch auch Ihre Wahl, denn wenn sie sich demütig untergeordnet hätten, hätte man Sie schneller akzeptiert.«

»Was willst du mir damit sagen?«

»Dass ich meine Überzeugung ebenfalls nicht der Gemeinderäson opfern werde, ich werde nicht vorgeben zu bereuen, nur um des lieben Friedens willen ...«

Sie wollte ihm von ihrer Liebe zu Isaak erzählen, dass sie zu ihm gehörte, von ihrer Liebe zu den Büchern und von ihrem Vertrauen auf Gott, das noch nie so stark gewesen war, aber er schnitt ihr das Wort ab. »Wie kannst du es wagen, das eine mit dem anderen gleichzusetzen. Bei mir war es ein Ringen um die Gerechtigkeit und um Glaubensfragen, bei dir aber ist es eine Frage der Verderbtheit, der fleischlichen Lust ...«

»Jetzt ist es genug«, sagte Kirschbaum in seine Worte hinein, aber er sprach wie immer sehr leise, sodass Kohlbrügge ihn nicht hörte oder er wollte ihn nicht hören.

»Schau dich an, wie du lebst, mit wem du lebst!«, herrschte Kohlbrügge Dorothea an, wobei er sich halb aus seinem Stuhl erhob und seine Hände auf den Tisch stemmte, als wolle er ihn in die Erde rammen. »Das ist der Antichrist, der den Vater und den Sohn leugnet. Wer den Sohn leugnet, der hat auch den Vater nicht, so steht es im zweiten Brief des Johannes.«

»Jetzt ist es genug«, sagte Kirschbaum wieder, dieses Mal sagte er es so laut, dass Kohlbrügge es nicht überhören konnte. Er war plötzlich neben ihm, ohne dass Dorothea bemerkt hatte, wie er aufgestanden war. Kohlbrügge erhob sich ebenfalls, er war gut einen Kopf größer als Kirschbaum. Einen Moment lang standen sich die beiden Männer gegenüber und atmeten laut. Dann trat Kohlbrügge einen Schritt zurück.

»Wenn du ein Einsehen hast und zur Vernunft gekommen bist, so weißt du, wo du uns findest«, wandte er sich an Dorothea.

»Sie«, sagte sie.

»Wie bitte?«

»Wo *Sie* uns finden«, verbesserte sie ihn, und zu ihrer großen Zufriedenheit klang ihre Stimme hart und klar wie Glas. »Ich bin dreiundzwanzig Jahre alt. Ich verbitte mir, dass Sie des Weiteren mit mir sprechen, als wäre ich noch ein kleines Kind.«

Kohlbrügge starrte sie wortlos an und nickte langsam, wobei seine Lippen zuckten, er schien etwas erwidern zu wollen, aber er fand keine Worte.

Rosalie nahm ihren Kapotthut ab, auf dem große Schneeflocken saßen wie flaumige Perlen. Auch auf den Schultern ihres grauen Mantels hingen Schneeflocken, die jetzt in der warmen Luft des Zimmers schmolzen und zu großen, dunklen Tupfen wurden. Sie hängte Mantel und Hut an den Haken hinter der Tür und nahm auf dem Stuhl vor Dorotheas Schreibtisch Platz.

Während Dorothea darauf wartete, dass sie erzählte, warum sie mitten am Vormittag in die Bibliothek gekommen war, zog

Rosalie ihre Handschuhe aus, legte sie über ihrem Schoß aufeinander und strich sie sorgfältig glatt, Finger für Finger. Dorotheas Herz begann schneller zu schlagen. Rosalie wollte ihr etwas sagen, und was immer es auch war, es war nichts Gutes. Einen Moment lang kämpfte sie mit dem Impuls, aufzustehen und das Zimmer zu verlassen.

»Die Cholera ist wieder ausgebrochen«, sagte Rosalie.

Dorothea war so erleichtert, dass sie laut seufzte. Die Cholera. Nur die Cholera. Es war schlimm, aber es betraf sie nicht direkt und keinen, den sie liebte. Dass sie sich immer solche Sorgen machte, dachte sie. Dass sie immer gleich mit dem Schlimmsten rechnen musste. Damit machte sie sich das Leben selbst zur Hölle.

»Fünf Fälle in der Nordstadt, zwei im Island und einer in der Luisenstadt«, sagte Rosalie. »Und das innerhalb einer einzigen Woche. Vater fragt, ob du ab morgen wieder helfen könntest.«

»Sicher«, sagte Dorothea und lächelte. »Natürlich.«

Rosalie nickte und schwieg. Sofort begannen Dorotheas Gedanken wieder um dieses Schweigen zu kreisen. Hör auf, Dorothea, wies sie sich selbst zurecht, es ist nichts, alles ist in Ordnung. Sie versuchte, sich auf den Geruch des Essens zu konzentrieren, der unter der Türschwelle zu ihr hereindrang. Was Kirschbaum wohl heute für sie zubereitete?

»Hast du von deinen Eltern gehört?«, fragte Rosalie.

Also doch, dachte Dorothea.

»Traugott«, sagte Rosalie. »Es geht ihm sehr schlecht. Mein Vater war gestern bei ihm und …« Jetzt hob sie den Kopf und sah Dorothea an. Ihr Gesicht war sehr blass, nur ihre Wangen waren rot, von der Kälte draußen oder vor Aufregung. »Dorothea, er wird es nicht schaffen. Er wird sterben, noch vor dem Sommer.«

Dorothea nickte. Sie hatte plötzlich das Gefühl, als zöge sich ihr Hals zusammen und schnüre ihr die Luft ab, aber so schnell das Gefühl gekommen war, so schnell war es auch wieder vorbei.

»Was wirst du tun?«, fragte Rosalie, als Dorothea nichts sagte. »Wirst du zu ihnen gehen?«

Traugott, dachte Dorothea. Ihr kleiner, zarter Bruder würde sterben. Wieder ein Kind, das ihren Eltern weggenommen wurde. Zuerst Hermann, dann sie selbst und jetzt Traugott, auf den sie immer so stolz gewesen waren. »Es hat ja keinen Sinn«, sagte sie. »Sie werden mich nicht zu ihm lassen.«

»Vielleicht doch«, sagte Rosalie. »Im Angesicht des Todes.«

»Nein«, Dorothea schüttelte den Kopf. »Gerade deswegen nicht.«

Sie wartete darauf, dass ihr die Tränen kamen, aber ihre Augen blieben ganz trocken.

Die Krankheit breitete sich über die ganze Stadt aus wie ein Gestank. Von den Elendsquartieren der Armen schwappte sie auch in die Villen der Reichen, aber dort gefiel es ihr nicht, also wanderte sie wieder zurück in die windschiefen Hütten mit den fauligen Holzböden und in die überfüllten Mietskasernen. Irgendwann, dachte Dorothea, würde sie selbst so stumpf werden wie die Augen der Kranken, die sie anstarrten, ohne eine Spur von Hoffnung, ohne eine Spur von Zweifel an ihrem Schicksal. Irgendwann, hoffentlich bald. Aber bis dahin verfolgten sie die Blicke der Sterbenden bis tief in die Nacht, bis in ihre dunklen Träume.

»Meine Liebste«, sagte Isaak. »Wenn ich dir nur helfen könnte.«

»Aber mir geht es doch nicht anders«, sagte sie und lachte, obwohl ihr zum Weinen zumute war. »Wenn ich doch nur helfen könnte. Doch es gibt kein Heilmittel. Die Schwachen sterben, die Starken überleben es mit einigem Glück.«

»Du kannst sie begleiten«, sagte Kirschbaum ruhig.

»Das ist zu wenig«, sagte Dorothea.

Doch am nächsten Tag verabreichte sie wieder Kalomel-Tabletten und zählte Opium-Tropfen ab und legte nasse, kalte Wickel auf heiße Gesichter. »Werde ich sterben, Fräulein?«, fragte eine alte Frau, die mit ihren eingefallenen Wangen jetzt schon aussah wie ein Totenkopf.

»Nicht doch«, sagte Dorothea. »Bestimmt nicht.« Aber es war eine Lüge, sie wusste es, und die Alte wusste es auch, doch sie drückte Dorotheas Hand mit ihren knochigen Fingern.

»Vergelt's Gott«, flüsterte sie.

Dorothea nickte, und dann verschwamm das Gesicht der Greisin vor ihren Augen und wurde zu dem von Traugott.

»Am schlimmsten«, sagte Doktor Kuhn, »sind diese Schmeißfliegen mit ihren Bibeln. Heute habe ich gewiss an die zwanzig alte Weiber mit Gebetbüchern vertrieben, aber kaum wendet man ihnen den Rücken zu, sind sie wieder da.«

Sie waren auf dem Weg von der Nordstadt zum Island, Kuhn, Rosalie und Dorothea. In den Elendshütten an der Wupper waren die Bedingungen noch schlimmer als in den Mietshäusern. Nach heftigen Schneefällen hatte Tauwetter eingesetzt, und der Fluss war über die Ufer getreten, sodass viele der Hütten unter Wasser standen. Die Bewohner zogen notgedrungen aus und kamen bei Nachbarn und Verwandten unter, wo man nun noch beengter, noch schmutziger, noch erbärmlicher als sonst hauste.

»Sie meinen es doch nicht böse«, sagte Rosalie, während sie einen großen Schritt über eine Pfütze machte, die sich über die ganze Straße zog. Die dünne Eisschicht, die sich auf der Oberfläche gebildet hatte, war in der Mitte aufgeplatzt wie Schorf auf einer Wunde.

Kuhn hatte recht, dachte Dorothea, sie waren überall. Und sie waren unerträglich. Die Frauen mit ihren weißen Spitzenhauben, von denen lange Bänder wie Zöpfe links und rechts über ihre schwarze Brust fielen. Die Männer mit den schäbigen, dunklen Anzügen, den breitkrempigen Hüten. Zuerst bemerkte man sie gar nicht, denn sie saßen irgendwo im Halbdunkel, an der Wand oder in einer Zimmerecke, in Gruppen, zu zweit oder allein. Sie murmelten oder sangen kaum hörbar vor sich hin.

Psalmen. Gebete. Geistliche Gesänge. Manchmal wurden sie laut, dann reckten sie theatralisch die Arme zur Decke und stöhnten. »Buße«, riefen sie anklagend. »Tut Buße, dann wird euch vergeben. Bereuet, dann werdet ihr gerettet.«

In solchen Momenten verlor Doktor Kohn die Geduld, er wurde ebenfalls laut und warf die christlichen Schwestern und Brüder aus dem Zimmer oder gleich aus dem Haus.

»Erbärmliche Narren«, knurrte er jetzt, als habe Rosalie nichts gesagt. »Wenn sie sich wenigstens um die Elenden kümmerten, würde ich es mir ja noch gefallen lassen. Aber mit den stinkenden Nachttöpfen und kranken Leibern wollen sie nichts zu tun haben. Ihnen geht es ja um die Seelen.« Er spuckte verächtlich aus, eine Angewohnheit, die er eigentlich aufs Schärfste verurteilte. »Möchte bloß wissen, woher die alle kommen.«

Dorothea sagte nichts, obwohl sie wusste, dass die Frage an sie gerichtet war. Sie kannte ein paar der religiösen Eiferer aus ihrer Gemeinde, aber der Großteil von ihnen war ihr unbekannt. Vermutlich kamen sie aus allen Kirchen, ob reformiert, lutherisch, methodistisch oder baptistisch.

»Wenn es nur nicht umschlägt«, sagte Kuhn, nun mehr zu sich selbst als zu Rosalie und Dorothea. »Wäre nicht das erste Mal.«

»Was meinst du?«, fragte Rosalie. »Was redest du da?«

In Dorothea, die gerade an Traugott gedacht hatte, lösten Doktor Kuhns Worte eine unbestimmte Angst aus. Aber warum sie sich ängstigte und um wen, wusste sie nicht.

Als sie am nächsten Morgen das Haus verließ, prallte sie fast mit der schwarzhaarigen Frau zusammen. Kirschbaums Schwester. Deborah.

»Guten Tag«, sagte Dorothea, während sie die Blicke der anderen wieder wie Finger auf ihrem Körper fühlte. »Sie möchten zu Herrn Kirschbaum?«

Sie begleitete sie nach drinnen, obwohl Deborah den Weg

auch alleine gefunden hätte. Kirschbaum saß an seinem Schreibtisch und übertrug Zahlen von einem Buch in ein anderes.

»Isaak«, sagte Dorothea, worauf die Frau neben ihr Luft durch die Zähne sog, als bereitete es ihr Schmerzen, dass Dorothea ihren Bruder beim Vornamen nannte.

»Deborah«, sagte Kirschbaum. »Das ist aber schön.«

Aber sein Gesicht sah nicht besonders erfreut aus. Er schlug die beiden Bücher zu, obwohl die Tinte noch nicht ganz trocken war. Dann wanderte sein Blick unruhig zwischen Deborah und Dorothea hin und her. Warum stellt er mich nicht vor, dachte Dorothea.

»Deborah«, sagte Kirschbaum. »Ich möchte dir Fräulein Dorothea Leder vorstellen. Dorothea, das ist meine Schwester Deborah.«

»Angenehm«, sagte Dorothea, obwohl es eine glatte Lüge war.

Deborah nickte ein einziges Mal, wobei sich ihr hoch aufgetürmtes Haar wie eine kompakte Masse nach vorn bewegte und dann wieder aufrichtete.

»Was gibt es«, fragte Kirschbaum.

»Ich wollte nur mal sehen«, sagte seine Schwester.

»Was wolltest du sehen?«

»Ob es stimmt, was man sich erzählt.«

»Was erzählt man sich denn?« Während des kurzen Wortwechsels waren die beiden Stimmen immer kälter geworden.

Deborahs Hände fuhren zu ihrem Haarberg hoch, als wollte sie sich vergewissern, dass er noch auf ihrem Kopf saß. »Dass du eine Geliebte hast«, sagte sie, wobei sie Dorothea nicht anblickte. »Eine Ungläubige, die dir den Kopf verdreht hat, obwohl sie deine Tochter sein könnte.«

Dorothea spürte zu ihrem eigenen Ärger, wie sie rot wurde, Isaak bemerkte es und lächelte. »Ach, Deborah, Deborah, Deborah«, sagte er, ohne die Augen von Dorothea zu wenden. Sein Tonfall war jetzt nicht mehr scharf, sondern sanft, es klang fast, als sänge er. »Es stimmt ja, was die Leute sagen. Sie hat mir den Kopf verdreht und das Herz, und sie könnte meine Tochter sein. Sieh sie dir an, wer könnte ihr widerstehen?«

Auch Deborah wandte ihr jetzt den Kopf zu, langsam und widerwillig, und Dorothea lächelte sie an, sie war so glücklich über Isaaks Worte und über seine Liebe.

»Du musst wissen, was du tust«, sagte Deborah, ohne zurückzulächeln. »Aber unseren Eltern bricht es das Herz.«

»Deinen Eltern bricht es das Herz«, sagte Dorothea, als Deborah weg war. »Meinen Eltern bricht es das Herz. Es ist wie mit Romeo und Julia.«

»Ach, nein«, sagte Kirschbaum schnell. »Ich eigne mich gar nicht als Romeo. Und außerdem nimmt das Stück ein trauriges Ende.«

»Die Sache ist auch traurig«, sagte Dorothea. »Deine Eltern kennen mich nicht einmal, und bei den meinen ist es nicht anders, sie urteilen über dich, ohne dich je gesehen zu haben.«

»Es ist die Religion«, sagte Kirschbaum. »Für mich ist es nicht so schlimm, weißt du. Bei mir geht es schon viele Jahre lang so, und ich habe mich damit abgefunden, dass es kein Zusammenkommen mehr gibt. Zu ihren Bedingungen wäre eine Versöhnung möglich, aber das kann ich nicht. Wenn Deborah nicht wäre, die immer und immer wieder ihr Glück versucht, wäre jegliche Verbindung längst abgebrochen. Aber bei dir ist es etwas anderes.«

»Bei mir ist es die gleiche Sache«, sagte sie. »Ich kann nicht zurück. Es sei denn, ich binde mich an Packenius wie ein kranker Rosenbaum an einen starken Pfahl.« Sie lachte, aber Isaak blieb ganz ernst.

»Wenn wir zusammenbleiben, haben wir nur einander, niemanden sonst«, sagte er. »Das ist sehr viel für mich, mehr als genug, aber für dich ...« Sein Blick glitt von ihr ab und landete auf irgendeinem Buchrücken, Reihe *Ma* bis *Mu*.

»Ach, Isaak«, sagte sie leise. »Ich habe dich und Rosalie und die Bücher, mehr hab ich nie gehabt, und ich bin endlich, endlich da, wo ich immer sein wollte. Ich bin so glücklich.«

Sie standen jetzt ganz dicht beieinander.

»Verlass mich nicht«, wisperte sie.

»Niemals«, flüsterte er.

Traugott hustete und hustete. Seine Augen waren geschlossen, sein Mund halb geöffnet. Zwischen den Hustenanfällen rang er nach Luft. »Traugott«, rief sie. »Ich bin es, Dorothea!« Er öffnete die Augen und sah sie an, und ein Schwall leuchtend rotes Blut strömte aus seinem Mund und überschwemmte sein weißes Kissen, das Blut hörte gar nicht mehr auf zu fließen, es füllte sein Bett, und jetzt sah sie, dass es gar kein Bett war, in dem er lag, sondern ein Sarg. Sie rief seinen Namen noch einmal, und davon wachte sie auf.

Neben ihr lag Isaak und schnarchte leise, sie schmiegte sich an ihn und spürte die Wärme seines Körpers. Vielleicht war der Traum ein Zeichen gewesen, ein letzter Gruß von Traugott, der in diesem Moment gestorben war, dachte sie und schauderte. Aber auch wenn er noch nicht tot war, wenn er erst in einer Woche sterben würde oder in einem Monat, sie würde ihn nie mehr wiedersehen. Nicht in diesem Leben. Eine Weile lang starrte sie mit weit geöffneten Augen in die Dunkelheit. Dann stand sie auf.

Sie ging nach vorne in die Bibliothek, ein Windlicht in der Hand. Hinter dem Fenster lag die Straße, ein halbkreisförmiger beleuchteter Ausschnitt unter der Gaslaterne, um den herum sich alles im Dunkeln verlor.

Sie ging ziellos an den Buchreihen entlang auf der Suche nach einem Roman, der sie ablenken würde, bis ihr einfiel, dass heute Donnerstag war. Donnerstags kamen die neuen Bücher, und da sie den ganzen Tag mit Rosalie und ihrem Vater in der Nordstadt gewesen war, hatte sie sie noch gar nicht gesehen. Offensichtlich war auch Kirschbaum noch nicht dazu gekommen, denn das Bücherpaket lag ungeöffnet neben dem Schreibtisch. Sie schnitt die Schnur mit dem Papiermesser durch, riss das grobe, braune Papier auf und spürte das vertraute Prickeln in ihrer Brust. Obwohl sie inzwischen unzählige Buchpakete geöffnet und Hunderte von Büchern ausgepackt hatte, war es jedes Mal aufs Neue wie ein Geschenk.

Es war fünfmal das gleiche Buch, braun mit goldener Schrift. *Charles Darwin,* las sie. *Über die Entstehung der Arten.* Darwin, der englische Wissenschaftler, über den Fuhlrott, Minter und Kuhn gesprochen und dessen Theorien sie so verschreckt hatten. Jetzt war sein Werk also auch auf Deutsch erschienen, obwohl die englische Originalausgabe noch kein halbes Jahr alt war. Sie zögerte einen Moment lang, dann nahm sie den Band in die Hand. Sie schlug die erste Seite auf und begann zu lesen, während sie mit der Rechten wieder nach dem Messer griff, um die Seiten aufzuschneiden.

Sie setzte sich auf den Stuhl hinter den Schreibtisch, stützte die Ellenbogen auf den Tisch und das Gesicht in die Hände und las von den Ursachen der Veränderlichkeit bei den Haustieren, von der Entstehung von Varietäten sowie vom Einfluss des Menschen auf die Zuchtwahl. Viele Worte waren ihr unbekannt, manchmal begriff sie den Sinn ganzer Sätze nicht, aber dann las sie einfach weiter, bis sie nach einigen Zeilen wieder zu verstehen begann.

Sie hatte gerade das vierte Kapitel beendet, als sie hinter sich ein Geräusch hörte.

»Hier bist du«, sagte Kirschbaum und trat hinter ihren Stuhl. »Du kannst einem Angst machen, in deinem Nachthemd siehst du aus wie ein Gespenst.«

Sie lachte und lehnte ihren Rücken an seinen warmen Bauch.

»Darwin«, sagte er. »Sind die Bücher also eingetroffen. Ich habe mir das Werk noch gar nicht angeschaut.«

Sie antwortete nicht, und er fragte sie, ob ihr das Buch Angst machte.

»Ja«, sagte sie. Es war aber nicht mehr so, dass sie befürchtete, ihren Glauben zu verlieren. Die Bibel und Darwin, das spürte sie jetzt ganz deutlich, waren zwei verschiedene Bereiche, die sich gegenseitig nicht beeinträchtigten, weil sie sich kaum berührten. Darwins Ideen und Vorstellungen waren eine Frage der Vernunft, sie ließen sich beweisen und überprüfen und nachvollziehen. Gott aber war eine Frage des Vertrauens. Eine Glaubenssache.

Es war etwas anderes, was ihr Angst machte, aber sie konnte es nicht richtig fassen, schon gar nicht in Worte.

Isaak stand hinter ihr, die Hände auf ihren Schultern, und schien auf eine Antwort zu warten. Vielleicht wartete er auch nur darauf, dass sie wieder ins Bett kam.

»Es ist dieser Überlebenskampf, von dem er spricht«, versuchte sie es irgendwann zögernd. »Das Überleben der Tüchtigsten auf Kosten der Schwächsten.«

»Was ist damit?«

»Es ist ... Ich frage mich, was es bedeutet. Was es für uns bedeutet.«

»Ich verstehe nicht.«

»Die Tüchtigsten werden sich durchsetzen, sagt er, und die weniger Tüchtigen bleiben zunächst zurück, bis sie schließlich aussterben. So ist es in der Natur, bei den Pflanzen und bei den Tieren, und für die Menschen gilt genau das Gleiche.«

»Das sagt Darwin?«

»Das mit den Pflanzen und Tieren sagt und belegt er auch, über die Menschen schweigt er sich aus, aber es ist nur plausibel, dass es auch für unsere Art gilt, man sieht es ja auch überall. Die Cholera, nimm nur die Cholera, wer wird zuerst von der Seuche dahingerafft?«

»Die Schwachen und Kranken.«

»Die Schwachen und Kranken, ja, sicherlich. Vor allem aber die Armen. Denn die Reichen wohnen nicht im Dreck und Kot und haben außerdem das Geld, sich teure Medikamente zu leisten und einen Doktor, der stündlich nach ihnen sieht.«

Sie schwiegen eine Weile lang, während Isaak Dorotheas Schultern massierte. »Wir Menschen haben das Darwin'sche Prinzip auf die Spitze getrieben«, sagte Dorothea schließlich leise. »Die Begüterten und Privilegierten, das sind die Tüchtigen, die sich auf Kosten der Armen und Entrechteten durchsetzen.«

»Nur dass die Armen nicht aussterben«, führte Kirschbaum den Gedanken fort. »Als einzelne Individuen mögen sie zugrunde gehen, aber als große Masse bleiben sie bestehen.«

Dorothea musste plötzlich an Packenius denken, an die Villa seiner Eltern, und an den letzten Brief, den sie von ihm bekommen hatte. *Ich will und werde Deine arme Seele retten, aus dem Sumpfe der Sünde heraus,* hatte er geschrieben. Er wollte sie emporziehen zu sich. Denn sie war unten und er oben, das war bei aller Christlichkeit für ihn so klar wie für seine Eltern und für ihre eigenen Eltern und für Pastor Kohlbrügge auch.

»Es wird immer schlimmer«, sagte Dorothea. »Dieser Kampf ums Überleben. Schau dir die Fabriken an, die Färbereien und Webereien unten am Flussufer, was sie mit Traugott gemacht haben. Wenn es so weitergeht, gibt es keine Gnade mehr und keine Barmherzigkeit, nur noch ein einziges Treten und Hauen und Stechen.«

»Ich weiß«, sagte Isaak sanft.

Aber was bedeutet das alles für uns, kam Dorothea wieder zum Ausgangspunkt ihrer Überlegungen zurück. Was bedeutete es für Isaak und sie selbst? Wo würden sie bleiben, was würde aus ihnen werden in dieser mitleidslosen, grausamen Schlacht?

Sie kreuzte die Arme vor der Brust und berührte Kirschbaums Hände auf ihren Schultern. »Mir ist kalt«, sagte sie.

20. KAPITEL

»Der weibliche Organismus ist zarter als der männliche und bedarf eines höheren Maßes von Schonung. Soll aber wissenschaftliche Tüchtigkeit erworben werden, so ist eine angestrengte Arbeit unerlässlich. Welche Verwüstung der Gesundheit des weiblichen Geschlechts wird die Folge sein, wenn es sich einer ernsten wissenschaftlichen Arbeit unterziehen würde! Ja es kann die Frage aufgeworfen werden, ob nicht schon die Forderungen, die gegenwärtig an die weibliche Jugend gestellt werden, ihrer körperlichen Entwicklung Schaden bringen.«

Aus *Die Grenzen der weiblichen Bildung* von Hermann Jacobi, 1871

Am ersten warmen Wochenende im März fuhren Rosalie und Minter ins Neandertal. Den ganzen Winter über waren sie nicht mehr in der Pension in Hochdahl gewesen. Zwar hatten sie sich ein paarmal in der Wohnung über der Apotheke getroffen, aber der Geruch von Afra hing in den Räumen, auch wenn sie seit Weihnachten nicht mehr in Elberfeld gewesen war. Es war ihre Wohnung.

Der Frühling kam früher als sonst in diesem Jahr. Rosalie trug nur eine Strickjacke über ihrem Baumwollkleid, doch als sie in die Kutsche stiegen, zog sie auch diese aus und legte sie in ihren Korb zu den belegten Broten, dem Kuchen und der Flasche Wein. Minters Arm strich über ihren Schenkel, wie zufällig, und sie spürte die Berührung in ihrem Bauch. Wenn Afra nicht wäre, dachte sie, wären wir längst verheiratet und könnten es tun, wann immer uns der Sinn danach steht. Vielleicht hätten wir längst die Lust daran verloren, dachte sie. Sie sah an Minter vorbei nach draußen, in das Gewirr aus dunklen Zweigen und gelbgrünen Blättern und Sonnenstrahlen vor dem Fenster. Der ständige Wechsel von hellem Licht und plötzlichem Schatten machte sie schwindlig, sodass sie die Augen schloss. Aber das Flackern hörte nicht auf, ihre geschlossenen Lider verwandelten nur die Farben: rot, orange, gelb, schwarz. Wie Feuer.

Alles war wieder wie früher, nur der Schlüssel für den Schrank mit den Separanda war nicht mehr an ihrem Schlüsselbund, denn Minter hatte ihn. Ansonsten sprachen sie nicht mehr über die Angelegenheit, es war ja auch alles gesagt worden.

Am 2. Januar, als Rosalie bei Dorothea gewesen war, war Frau Cordes wieder in die Apotheke gekommen, aber sie wollte nicht von Minter bedient werden, sondern verlangte stattdessen nach Rosalie. »Die Tropfen, die das Fräulein gemischt hat«, hatte sie ihm erklärt, »waren so viel besser als die Ihrigen. Die Mutter hat geschlafen wie ein Engel in Abrahams Schoß. Die gleiche Rezeptur will ich wieder haben.«

»Wie ein Engel in Abrahams Schoß«, schnaubte Minter, als Rosalie endlich zurück war. »Um ein Haar hätten sie die Engel wirklich in Abrahams Schoß getragen, deine Mischung hätte sie unschwer töten können.«

»Aber ich habe es doch genau nach den Büchern angesetzt«, sagte Rosalie bestürzt. »Ein Teil Opiumkonzentrat auf drei Teile Wasser und sieben Teile Weingeist. Ich bin mir ganz und gar gewiss. Vielleicht hat ihr geschwächter Körper anders auf die Rezeptur reagiert …«

»Die Mischung ist eine andere als die in den Büchern vorgegebene. Die alte Frau Cordes erhält zusätzlich zu der Opiumtinktur ein starkes Dormitiv, das die Wirkung des Opiums verstärkt, weswegen die Tropfen in einer größeren Verdünnung angesetzt werden. Auf dem Rezept war es wohl vermerkt, wenn auch verkürzt und für einen Laien nicht erkennbar.«

Er brach ab, aber Rosalie hatte längst verstanden. Für einen

Laien wie sie war es nicht erkennbar, und mehr als ein Laie war sie nicht und würde sie niemals sein, auch wenn sie sich noch so sehr abmühte und anstrengte, die wirklichen Geheimnisse würden ihr immer verborgen bleiben.

»Wenn es schiefgegangen wäre, wenn Frau Cordes daran gestorben wäre, hätte ich meine Approbation verloren und die Apotheke und alles«, murmelte Minter, mehr zu sich selbst als zu ihr. Sie wusste, dass er an Afra dachte, deren Unterhalt in der Nervenheilanstalt er jetzt schon kaum bezahlen konnte. Er hatte recht, wenn er seine Einkünfte verlöre, wäre alles aus. Rosalie wusste, dass er recht hatte, und sie schämte sich für ihren Fehlgriff, für ihr eigenmächtiges Handeln, ihre Dickköpfigkeit.

Und gleichzeitig ärgerte sie sich über ihn, obwohl es keinen Grund dafür gab. Wahrscheinlich ärgerte sie das am meisten.

Auf dem Abhang über ihrer Höhle breiteten sie die Decke aus und setzten sich in die dünnen Sonnenstrahlen, die durch das Gewirr der jungen Buchenblätter schienen. Während Rosalie das Essen auspackte, stand Minter auf, um zum Eingang der Höhle zu gehen, wo er hinunter in die schwarze Tiefe starrte.

»Lass uns noch mal hineingehen«, sagte er.

»In die Höhle?« Sie hatte das erste Mal noch zu gut in Erinnerung, die furchtbare Enge und ihre Panik und die Schwärze dort unten. Und Minters Hände. »Ich weiß nicht.«

»Hast du Angst?«, fragte er, während er sich schon zum Eingang hinunterließ.

»Nein«, sagte sie, doch es klang nicht überzeugend.

Als sie bemerkte, dass er sie nicht mehr hörte, weil er bereits im Dunkel des Erdreichs verschwunden war, erhob sie sich ebenfalls und ging zu der Stelle, wo er gestanden hatte. Die Öffnung der Höhle war eine kreisrunde, feindselige Pupille, sie schien noch kleiner, noch enger als damals. Wie hatte er es bloß geschafft, sich dort durchzuzwängen. Jetzt wartete er dort unten auf sie, dachte Rosalie und spürte, wie ihre Angst immer größer wurde. Und damit der Ärger über sich selbst.

Während sie ihren Rock zusammenraffte, fiel ihr wieder ein, wie sie beim ersten Mal stecken geblieben war wie ein Korken im Flaschenhals. Sie blickte sich um und sah die Stämme der Erlen und Buchen, Farne, Brombeerbüsche, Gras und Moos. Sonst nichts. Also zog sie ihren Rock aus, und nach kurzem Zögern auch den Unterrock und die Strümpfe, und dann fühlte sie sich so nackt und schutzlos, dass es kein Zögern mehr gab.

Sie glitt in die Tiefe. Dieses Mal war es einfach, denn es gab nichts, das sie zurückhielt. Minter empfing sie mit einem überraschten Lachen, als seine Hände ihre nackten Beine spürten, aber sie sah ihn nicht, denn dieses Mal war kein Bauernbursche mit Streichhölzern bei ihnen, dieses Mal waren sie allein, nur sie beide, in der absoluten Dunkelheit, die sie umfing.

»Vater lädt dich übrigens für den Ostermontag ein«, sagte sie, als sie sich später die Strümpfe wieder anzog. »Fuhlrott kommt auch.«

Minter legte seine Hand auf den weißen Streifen Haut auf ihrem Oberschenkel, während sie das Strumpfband an ihrem Korsett befestigte. Sie spürte jeden einzelnen seiner Finger, fünf warme Abdrücke.

»Ich kann nicht, Rosalie.«

»Afra«, sagte sie. Weihnachten, Ostern, Pfingsten, einmal im Sommer und einmal im Herbst holte er sie nach Hause. Fünfmal im Jahr gehörte er Afra. Das war das Mindeste, das musste sie verstehen.

»Ich kann sie über die Feiertage nicht in der Anstalt lassen«, meinte Minter. Sie sah ihn an, wie er da lag, ruhig und entspannt in seiner Hose und dem langen weißen Unterhemd, sie selbst fröstelnd am ganzen Körper. Er wich ihrem Blick nicht aus. Und vielleicht war es diese Selbstsicherheit, seine Gewissheit, dass es so, wie es war, für alle drei am besten war, die für sie den Ausschlag gab.

Jetzt ist es also so weit, dachte sie. Sie hatte schon so oft geglaubt, dass sie den Punkt erreicht hatte, an dem ihre Geduld zu Ende war, und es war doch immer weitergegangen, aber jetzt, in diesem Moment, in dem sie in die Strickjacke schlüpfte und die einzelnen Knöpfe von oben nach unten schloss, jetzt wusste sie mit absoluter Sicherheit, dass es zu Ende war.

»Ich kann nicht mehr, Aron«, sagte sie. »Du musst dich entscheiden, zwischen ihr und mir.«

Er verstand sofort, dass es ihr Ernst war, weil sie ihn wie sonst nie beim Vornamen nannte.

»Was soll ich denn tun, Rosalie«, erwiderte er leise und mit einer sehr rauen Stimme.

»Ich weiß es nicht«, gab sie zurück. Vom Unterholz her hörte sie ein Geräusch, ein brechender Ast. Sie meinte einen Schatten zu sehen, der hinter den Stämmen verschwand, womöglich den Bauernburschen, der sie beobachtet hatte. Was immer er gesehen hatte, es war vorbei.

Fuhlrott fand, dass es ein Jammer war, ein so junger Bursche wie Minter, gebunden an eine kranke Frau, und Doktor Kuhn empfand es ebenfalls als grausam und ungerecht, dieses Schicksal. Rosalie starrte währenddessen auf die beiden Biergläser auf dem Tisch, dann stand sie auf, ging in die Küche und holte ein drittes Glas.

»Aber du hast selbst gesagt, dass er nicht mehr kommt«, sagte ihr Vater irritiert, als sie Bier einschenkte.

»Minter kommt nicht«, sagte sie. »Aber ich bin da.« Dann hob sie das Glas und prostete den Doktoren zu.

Kuhn runzelte die Stirn, und Fuhlrott lachte, während er sein Glas ebenfalls hob.

»Gibt es Neuigkeiten aus der Urzeit«, fragte Kuhn wie immer, doch diesmal klang er eher gereizt als interessiert.

»In der Tat«, sagte Fuhlrott, wobei er sein Glas zurück auf den Tisch stellte, ohne daraus zu trinken und stattdessen einen Brief aus der Tasche holte.

»Lyell kommt nach Deutschland«, sagte er. »Er hat mir geschrieben, dass er den Fundort der Knochen, so weit er denn noch vorhanden ist, in Augenschein nehmen will und zwar noch diesen Sommer.«

»Er sollte besser schnell kommen, bevor der letzte Rest auch noch in die Luft gesprengt wird«, sagte Kuhn. »Aber was verspricht er sich von der Besichtigung der Höhle?«

»Erkenntnisse darüber, ob die Gebeine eingeschwemmt worden sind oder von Anfang an dort an Ort und Stelle gelegen haben.«

»Womöglich findet er sogar noch einen Grabstein für unseren Urmenschen in der Feldhofer Grotte«, spottete Kuhn.

»Einen Grabstein wohl kaum«, gab Fuhlrott zurück, ohne zu lächeln. »Obgleich vieles darauf hindeutet, dass auch die Urmenschen im Neandertal schon in einer Art Gemeinschaft gelebt haben.«

»In Rudeln oder Herden wie Tiere«, sagte Kuhn. »Sicherlich, dass ist vorstellbar.«

»Ich denke aber, dass es mehr war als das, und Schaaffhausen glaubt es auch.« Fuhlrott holte seine Pfeife aus der Tasche und begann sie zu stopfen. »Nehmen Sie beispielsweise den Arm unseres Gerippes aus dem Neandertal, der Knochen war verletzt, wie Sie selbst festgestellt haben, als Sie die Gebeine damals untersucht haben.«

»Das Gelenk war beschädigt, ich erinnere mich«, nickte Kuhn.

»Allerdings könnte die Beschädigung auch beim Loshacken der Knochen aus dem Lehm entstanden sein«, gab Rosalie zu bedenken.

»Das ist jedoch widerlegt«, sagte Fuhlrott. »Die Dendriten, die das Ellenbogengelenk überziehen, auch die verletzte Stelle, beweisen, dass die Verletzung ursprünglich ist.«

»Die mineralischen Ablagerungen auf den Oberflächen der Knochen«, erklärte er, als er ihr verständnisloses Gesicht sah.

»Diese sogenannten Dendriten auf der Bruchstelle belegen, dass das Gebein vor seiner Einlagerung in den Lehm verletzt worden ist.«

»Und was beweist das?«, fragte Kuhn verständnislos. »Was soll daran außergewöhnlich sein, dass sich auch ein Urmensch einmal verletzt hat?«

Fuhlrott sog an seiner Pfeife, sodass seine Wangen ganz hohl wurden, einmal, zweimal, dreimal, bis der Pfeifenkopf rot aufglühte und ein dünner Rauchfaden zur Decke stieg.

»Es ist eine schwere Verletzung, die das Wesen mit größter Wahrscheinlichkeit stark beeinträchtigt hat«, erklärte er dann. »Aber es ist nicht an der Fraktur gestorben, die Bruchstelle ist wieder zusammengewachsen, wenn auch schlecht, und der gesamte linke Arm ist verkümmert, dementsprechend stärker wurde der andere.«

Weder Rosalie noch Kuhn verstanden, worauf er hinauswollte.

»Allein hätte es in diesem Zustand niemals jagen können, es wäre elendig zugrunde gegangen. Es muss Hilfe bekommen haben, um zu überleben, von anderen Individuen seiner Art«, sagte Fuhlrott. »Wir müssen also von einer Form des Zusammenlebens ausgehen, einer Gruppe, die sich gegenseitig unterstützte, einer Urgemeinschaft.« Er hob den Kopf und sah erst Kuhn an, dann Rosalie, wobei er den Rauch durch die Nase ausblies. »Quod erat demonstrandum.«

Rosalie trank ihr Bier, obwohl sie es nicht mochte, es schmeckte bitter und säuerlich zugleich, aber sie hätte es auch getrunken, wenn ihr davon schlecht geworden wäre. Ihr Vater und Fuhlrott unterhielten sich inzwischen über die Vogelwelt im Wuppertal, darüber, dass es immer weniger Singvögel gab und woran es liegen mochte. Rosalie dagegen dachte immer noch über die Gebeine nach oder vielmehr über die Urwesen, denen sie einmal gehört hatten. Die Affenmenschen, die ihren kranken Angehörigen nicht aufgegeben hatten, sondern mit sich schleppten, durchfütterten, auch wenn er dadurch zu einer Gefahr für den Rest der Gruppe wurde. Minter und Afra, dachte sie, Minter ließ seine Frau ebenfalls nicht zurück, er nahm sie mit, auch wenn es das Ende bedeutete für seine und Rosalies Liebe. Er war barmherzig, aber sie selbst, Rosalie, war kalt und selbstsüchtig, so wie der Rest der Menschheit, die die Armen und Kranken und Schwachen einfach wegdrängten in die Elendsquartiere vor der Stadt, in Sanatorien und Asyle.

Plötzlich sah sie die Cholerakranken wieder vor sich, die Frau mit ihren Kindern und den alten Mann, die sie damals in der Nordstadt besucht hatten. Was wohl aus ihnen geworden war? Es war das erste Mal seit Langem, dass sie wieder an sie dachte.

Dann wurde ihr bewusst, wie still es auf einmal war und dass die beiden Männer sie ansahen. »Rosalie«, sagte ihr Vater, streng und besorgt zugleich. »Siehst du wohl, das Bier bekommt dir nicht.«

»Nein«, sagte sie und nahm rasch noch einen Schluck, obwohl es ihr widerstrebte. »Ich habe nur nachgedacht.«

»Worüber?«, fragte Fuhlrott. »Worüber denken Sie nach?«

»Über die Affenwesen«, sagte Rosalie. »Und ihre Menschlichkeit.«

Am nächsten Tag nahm sie ihre Arbeit in der Apotheke wieder auf, denn schließlich brauchte Minter sie, jetzt wo Afra wieder zu Besuch war. Aber sie blieb nur so lange die Apotheke geöffnet hatte. Sobald der letzte Kunde gegangen war, schloss sie vorne die Tür ab, machte die Tagesabrechnung und verließ das Haus durch den Seiteneingang.

Am Freitag hielt Minter sie auf.

»Rosalie«, sagte er. »Wir müssen reden.«

Er schob zwei Stühle ins Labor, weil man sie dort von der Straße aus nicht sehen konnte, und da saßen sie nun, zwischen Berzeliusbrenner und Destillierofen.

»Wie geht es weiter mit uns?«, fragte Minter.

»Es geht nicht weiter«, sagte Rosalie und hoffte, dass er widersprechen würde, dass er irgendeine Lösung gefunden hätte, wie sie zusammenbleiben konnten. Dass er wenigstens versuchen würde, sie zu halten.

Er presste Zeigefinger und Daumen auf seine Nasenwurzel und schwieg.

»Du weißt, dass ich dich liebe«, sagte er schließlich.

Sie wartete darauf, dass er fortfuhr, aber dann begann Afra oben zu poltern und zu hämmern, sodass sie gleichzeitig die Augen zur Decke richteten, als könnte man sie dort sehen. Minter ließ zuerst den Kopf wieder sinken und starrte auf seine Hände. Sie fragte sich, was er dachte, ob er Afra den Tod wünschte oder sie selbst zum Teufel oder ob ihm alles egal war.

»Was ist mit der Apotheke?«, fragte er. »Wirst du weiterhin hier arbeiten oder muss ich mir einen neuen Gehilfen suchen?«

»*Kann* ich weiterhin für dich arbeiten?«, fragte sie.

»Ich finde niemanden, der dich ersetzen könnte.«

»Ich bleibe«, sagte sie. »Wenn du mir den Schlüssel wieder zurückgibst.«

Er schüttelte den Kopf und lächelte ungläubig, fast amüsiert. »Rosalie«, sagte er. »Hast du vergessen, was geschehen ist?«

»Wenn ich bleibe«, sagte sie, ohne ihn dabei anzusehen, »will ich alles lernen. Wie man die Separanda anmischt und wie sie mit anderen Mitteln reagieren und wie man die verordnete Zusammensetzung auf dem ärztlichen Rezept erkennt. Wie der neue Polarisationsapparat funktioniert und wofür man ihn braucht. Ich werde nicht mehr eigenmächtig handeln. Aber ich will alles wissen, was notwendig ist, alles, was du weißt.«

»Aber auch wenn du das alles weißt, so wirst du dennoch die Prüfung nicht ablegen können«, sagte Minter sanft. »Sie werden dir die Approbation nicht geben.«

»Ich will es zuerst lernen. Dann sehen wir weiter«, sagte Rosalie.

Minter rieb sein Kinn gegen die Innenfläche seiner Hand. Dann holte er seinen Schlüsselbund aus der Hosentasche, nahm den Schlüssel für den Giftschrank ab und gab ihn ihr.

Am Sonntag nach der Kirche packte sie einen Korb mit Brot, Eiern, Rauchfleisch, Milch und Äpfeln und ging in die Nordstadt. Sie suchte das Haus, in dem sie damals im Dezember mit ihrem Vater und Dorothea gewesen war, aber sie fand es nicht. Fast eine Stunde lang irrte sie zwischen den Mietskasernen herum. Manche Straßen ging sie mehrmals auf und ab, drückte Haustüren auf, starrte in stinkende, dunkle Flure und spürte die neugierigen Blicke der Kinder, die auf den Straßen spielten, und die misstrauischen Blicke der Erwachsenen. Das Einzige, woran sie sich mit Sicherheit erinnerte, war der Boden des Treppenhauses, Holzdielen, in einem ungewöhnlichen grünblauen Farbton gestrichen, während die Böden der anderen Treppenhäuser ochsenblutfarben waren. Während sie Tür um Tür öffnete, fragte sie sich, ob es irgendwo eine Bestimmung gab, die für Treppenhausböden diese spezielle Farbe vorsah: braunrot wie geronnenes Blut. Vielleicht hatte man auch die Dielen in dem Haus, das sie suchte, inzwischen überstrichen.

Als sie sich gerade entschlossen hatte, die Suche aufzugeben, fand sie das Haus doch noch. Es lag in einer Seitenstraße, an der sie schon zweimal vorübergegangen war, weil sie sich sicher war, dass es hier nicht war.

Der Korb mit den Lebensmitteln zerrte an ihrem Schultergelenk, als sie die grünblaue Treppe hochstieg. Sie wechselte die Hand, und Sekunden später wechselte auch der Schmerz die Seite. Zweiter Stock, dachte sie, aber ganz sicher war sie sich nicht, als sie an die Tür klopfte. Eine alte Frau öffnete, die sie nie gesehen hatte. Wahrscheinlich war es doch die falsche Wohnung.

»Mein Name ist Rosalie Kuhn«, stotterte sie, weil ihr im selben Moment bewusst wurde, dass sie nicht einmal den Namen der Frau kannte, die sie suchte. Die Alte schien einen Moment darüber nachzudenken, ob sie die Tür einfach wieder schließen sollte, doch dann trat sie einen Schritt zur Seite und ließ Rosalie eintreten.

Sie erkannte alles sofort wieder: den kleinen Vorraum mit den beiden Türen links und rechts, das schiefe Büffet mit den zerbrochenen Glasscheiben und den einzelnen Stuhl daneben. Ein Geruch nach Kohl und nasser Wäsche hing in der Luft wie eine Erinnerung an den furchtbaren Gestank von damals. Die Alte blieb an der Tür stehen und Rosalie mitten im Raum. Sie hatte keine Ahnung, was sie sagen sollte, wenn sie wenigstens den Namen der jungen Frau gewusst hätte.

»Wer ist es, Gitte?«, hörte sie eine Frauenstimme aus einem der Zimmer.

»Eine der Betschwestern«, gab die Alte zurück, wobei sie die Augen nicht von Rosalie abließ.

Rosalie unterdrückte ein kleines, hysterisches Lachen. *Eine der Betschwestern,* wenn das ihr Vater gehört hätte. Die Tür auf der rechten Seite ging auf. Vor dem hellen Hintergrund des Raumes erschien eine schwarz gekleidete, kleine Gestalt, es war die junge Mutter, der sie damals die Opiumtropfen gegeben hatte.

»Mein Name ist Kuhn«, sagte Rosalie noch einmal. »Ich bin die Tochter des Arztes, der Sie damals behandelt hat, als Sie die Cholera hatten. Ich wollte mich ... nach Ihrem Befinden erkundigen.«

Die Frau kam langsam auf sie zu, die Augen in ihrem mageren Gesicht schmal vor Misstrauen, und erst als sie direkt vor Rosalie stand, sah diese den riesigen Bauch. Die Frau stand kurz vor der Niederkunft, auch damals, als sie die Cholera gehabt hatte, musste sie schon schwanger gewesen sein, dachte Rosalie. Es war ein Wunder, dass sie es überlebt hatte, und das Kind in ihrem Leib ebenfalls. Ein Wunder, dachte Rosalie, oder ein Fluch.

»Was wollen Sie?«, fragte die Schwangere. Ihre Stimme klang atemlos, obwohl es nur drei oder vier kleine Schritte gewesen waren von der Tür bis hierher.

»Ich ... bringe Ihnen das hier«, sagte Rosalie hastig, wobei sie ihr den Korb hinstreckte. Die Frau warf einen kurzen Blick auf die Lebensmittel. »Wir brauchen aber keine Almosen«, sagte sie.

»Bist du von Sinnen, Amalia«, zischte die Alte hinter Rosalie. »Hast du es nicht gesehen, Eier und Fleisch und alles ...«

Die Jüngere brachte sie mit einem ungeduldigen Blick zum Schweigen.

»Also gut«, sagte sie schließlich und nahm Rosalie den Korb aus der Hand. Sie stellte ihn neben die Kommode, und dann richtete sie die müden, glanzlosen Augen wieder auf Rosalie.

»Alsdann«, sagte Rosalie. Sie hätte gerne nach dem alten Mann gefragt, nach dem Säugling und den anderen Kindern, aber es erschien ihr plötzlich indiskret und aufdringlich, sich nach ihnen zu erkundigen.

Die junge Frau schwieg, und auch die Alte hinter ihr blieb stumm. Rosalie nickte und wandte sich zum Gehen.

»Danke«, hörte sie die müde Stimme der Jüngeren, als sie schon auf der Schwelle war, vielleicht hatte die andere ihr ein Zeichen gegeben.

»Nicht doch«, sagte Rosalie, aber die Tür hatte sich bereits wieder geschlossen. Als sie die Treppen hinunterging, hörte sie, wie drinnen der Riegel vorgelegt wurde.

Als sie den Weg wieder nach Hause ging, dachte sie darüber nach, was sie erwartet hatte. Dass die Frau in Tränen der Rührung ausbrechen würde über Rosalies Gaben und ihre Anteilnahme? Nach über vier Monaten, in denen sie nicht einen Gedanken an sie verschwendet hatte? Ich habe sie beschämt, indem ich ihr vor Augen geführt habe, wie elend, wie erbärmlich ihr Leben ist, dachte Rosalie. Am liebsten hätte sie mich fortgejagt, mich und meine Almosen, aber das kann sie sich nicht erlauben, in der Situation, in der sie ist, und das ist das Allerschlimmste.

Sie wich einer Handvoll zerlumpter Kinder aus, die am Straßenrand mit Murmeln spielten, und prallte fast mit einer Gruppe schwarz gekleideter Frauen zusammen, die aus einer Nebenstraße in die Gathe einbogen. Einen Moment lang begegneten sich ihre Blicke. Rosalie sah in harsche, ernste Gesichter unter weißen Spitzenhauben und schwarzen Schutenhüten. Augen, hart und gleichzeitig undurchdringlich wie dunkles Glas. Fast gegen ihren Willen senkte sie den Blick. Die Hände der Frauen umklammerten Bibeln. *Betschwestern,* dachte Rosalie. Für so eine hatte die Alte sie vorhin gehalten.

Sie ging weiter, ohne zu grüßen, beschleunigte ihre Schritte. Als sie endlich den Neumarkt erreicht hatte, wo Bürgersfrauen und Dienstmägde ihre Einkäufe machten, war sie erleichtert.

Das nächste Mal, beschloss sie, würde sie es anders machen. Sie würde die Lebensmittel vor der Tür im Treppenhaus zurücklassen und sich heimlich zurückziehen. Das nächste Mal, dachte Rosalie, aber in ihrem Innersten wusste sie, dass es kein nächstes Mal geben würde, sie würde nicht mehr in dieses Haus mit dem blaugrünen Dielenboden gehen. Es war eine andere Welt, eine Welt, zu der sie nicht gehörte.

Als Traugott starb, erfuhr Rosalie es von ihrem Vater, der ihn bis zum Schluss medizinisch betreut hatte. »Obwohl da nicht viel zu machen ist«, hatte er Rosalie schon im Februar erklärt. »Der Junge muss in ein Sanatorium, aber die Eltern stellen sich quer, sie wollen ihn nicht gehen lassen. Eine Heilanstalt im Harz würde ihn sogar kostenlos aufnehmen, so er sich einem Experiment zur Erprobung neuer Heilmethoden unterzöge. Allein die Luft würde Wunder bewirken, er könnte noch Jahre leben. Aber die Eltern in ihrer sektiererischen Verbohrtheit. Der Herr hat es gegeben, der Herr hat es genommen, der Name des Herrn sei gelobt.« Er nahm seine Brille ab und fuhr sich mit den Handrücken über die

Augen, als wolle er sie aus dem Kopf reiben. »So treiben sie ihren Sohn im Namen Gottes ins Verderben.«

Nun war Traugott tot, und Rosalie hatte die traurige Pflicht, Dorothea davon zu unterrichten, denn zwischen ihr und ihren Eltern gab es keine Verbindung mehr.

»Das Begräbnis ist am Freitag«, sagte sie, nachdem Dorothea die Nachricht zu ihrer Erleichterung mit erstaunlicher Gelassenheit aufgenommen hatte. »Wenn du es möchtest, begleite ich dich.«

Dorothea stand langsam auf und setzte den Kessel auf den Herd. »Vielleicht sollte ich meinen Eltern die Qual ersparen«, murmelte sie.

»Er war dein Bruder«, sagte Rosalie. Sie dachte an Frau Leder, an ihr verhärtetes Gesicht und an ihre Worte, als Rosalie an Weihnachten bei ihr gewesen war. *Es hat mit dir angefangen, das Unglück.* Vielleicht sollte sie sich selber die Qual ersparen.

»Du hast recht«, sagte Dorothea leise. »Ich bin es ihm schuldig.«

Im warmen Licht der Frühlingssonne warfen die Rosenbüsche präzise Schatten auf die schlichten Grabsteinplatten, jeder Zweig, jeder Dorn zeichnete sich ab. Vor fast genau drei Jahren hatten sie Hermann hier begraben, unter der Nummer 79, und nun war Traugott an der Reihe, die Nummer 94 in der Gemeinde. Vor dem offenen Grab versammelte sich eine kleine, schwarze Trauergesellschaft: die Eltern, die Geschwister, einige Gemeindemitglieder und Kohlbrügge in seinem weiten Talar, an dem der Wind zerrte. Und wie die Rosenbüsche warfen auch die Menschen lange, klar umrissene Schatten, nur manchmal, wenn der Wind eine Wolke vor die Sonne trieb, lösten sie sich auf, um Sekunden später wieder zu erscheinen.

Rosalie und Dorothea standen ein wenig abseits. Sie hielten die Hände vor dem Unterleib gefaltet und die Köpfe gesenkt, aber trotz ihre demütigen Haltung beachtete man sie nicht. Der Wind riss einzelne Worte von Kohlbrügges Ansprache aus dem Zusammenhang und trug sie zu ihnen herüber. *Gewalt,* verstand Dorothea, und *Tod* und *Ich bin dein, ich bin erlöst* und dann einzelne Liedfetzen. *Rühmt Völker unseren Gott, lobsinget.* Sie kannte den Psalm, sie hätte mitsingen können, und wenn sie ihn kannte, kannte ihn Dorothea zweifellos ebenfalls, aber auch sie blieb stumm und starrte auf ihre Hände.

Später gingen sie den Katernberg wieder hinunter in Richtung Elberfeld. Dorothea hielt den Kopf immer noch gesenkt, vielleicht weinte sie wegen Traugott oder weil ihre Eltern und auch die anderen sie bis zum Schluss keines Blickes gewürdigt hatten.

Rosalie weinte nicht. Sie war erleichtert, dass es vorbei war, sah die großen, weißgrauen Wolken, die der Wind über die Wipfel der Bäume trieb, und dahinter den blauen Himmel. Und sie sah die schmale Gestalt auf der anderen Straßenseite, die sich dem Wind entgegenstemmte, den Berg hoch, beide Hände hielten den schwarzen Hut fest, damit er nicht weggeblasen wurde. So konnte Rosalie sein Gesicht nicht sehen, aber einen Moment lang hätte sie schwören können, dass es der Missionar war, den Dorothea fast geheiratet hätte. Sie begann schon Gespenster zu sehen, dachte sie dann. Schließlich wusste sie ganz genau, dass Packenius in Afrika war und nicht hier.

Vielleicht hatte Minter erwartet, dass sie zu ihm zurückkäme, wenn Afra einmal weg wäre, aber so war es nicht, sie entzog sich allen Berührungen, und die Wochenenden verbrachte sie mit Fachbüchern über Heilmittel und Wirkstoffe sowie deren chemische Zusammensetzungen und Wechselwirkungen.

Das Lernen half ihr über den Schmerz hinweg. Solange sie las, konnte sie nicht darüber nachdenken, wie alles weitergehen sollte. Sie las, bis ihr vor Müdigkeit die Augen zufielen.

Sonntags erzählte sie Dorothea vom Ende ihrer Liebe. Sie

waren mit dem Zug aus der Stadt gefahren, aber nicht bis nach Hochdahl, sondern nur zwei Stationen weit bis nach Sonnborn.

Jetzt gingen sie eine Buchenallee hoch zur Königshöhe, der Weg war gestreift vom Sonnenlicht und von den Schatten der Baumstämme.

»Vielleicht ist es besser so«, sagte Dorothea leise und das ärgerte Rosalie. Warum sprach ihr Dorothea nicht zu, Minter noch eine Chance zu geben. Gerade von Dorothea hätte sie Verständnis erwartet, Ermutigung und Trost, schließlich war sie doch in einer ähnlichen Lage. War nicht auch ihre Verbindung mit Kirschbaum letztendlich aussichtslos, weil sie von aller Welt geächtet wurden? Rosalie machte einen großen Schritt von einem Sonnenstreifen zum nächsten, sie vermied es schon die ganze Zeit, auf die schattigen Stellen zu treten, aber warum sie das tat, wusste sie nicht.

»Es hat dich so unglücklich gemacht«, sagte Dorothea, die Rosalies Enttäuschung wahrscheinlich spürte. »Und es wäre immer so weitergegangen. Es gab ja keine Hoffnung darauf, dass sich an Afras Zustand etwas ändert.«

Rosalie nickte und schwieg. Er könnte Afra verlassen, dachte sie, es wäre doch nur naheliegend. Und dennoch kam keiner auf diese Idee. Dorothea, Minter selbst, beide fanden es selbstverständlich, dass Afra wichtiger war als Rosalie, dabei wusste Afra Minters Hingabe nicht einmal zu schätzen. »Du magst Minter nicht. Du hast ihn nie gemocht«, sagte sie laut.

Jetzt schwieg Dorothea und knetete ihre Finger, während sie nach Worten suchte. »Vielleicht«, gab sie dann zu. »Aber es ist auch nicht entscheidend. Entscheidend ist nur, dass kein Glück in eurer Verbindung lag und keine Zukunft.«

Rosalie presste ihre Lippen aufeinander und tat wieder einen großen Schritt über einen Schattenstreifen hinweg, aber sie trat zu kurz, es war auch egal. Dorothea griff nach ihrer Hand, aber Rosalie wich ihr aus, sie wollte kein Mitleid, sie wollte – sie wusste selbst nicht, was sie wollte.

»Was wirst du denn jetzt machen?«, fragte Dorothea. »Gibst du deine Arbeit in der Apotheke auf?«

»Nicht, bevor ich zu Ende gelernt habe«, gab Rosalie zurück.

»Zu Ende gelernt?«

»Ich will Apothekerin werden«, sagte Rosalie. »Ich will meine eigene Apotheke.« Es überraschte sie selbst, mit wie viel Leidenschaft und Begeisterung sie sprach.

»Aber das geht doch nicht«, sagte Dorothea. »Du bist doch … eine Frau.«

»Na und? Ich habe so viel studiert und gelernt, ich verstehe genauso viel von der Materie, mehr noch, als mancher Mann.«

»Ich weiß. Aber zur Apothekerprüfung werden sie dich schwerlich zulassen.«

»Es wird sich ein Weg finden.«

Dorothea öffnete den Mund, um etwas zu entgegnen, aber dann schloss sie ihn wieder, und das ärgerte Rosalie erneut, ohne dass sie wusste warum.

»Es ist wie bei dir und deinem Kirschbaum«, sagte sie scharf. »Alle halten eure Beziehung für unmoralisch und falsch, der alte Jude und das junge Christenmädchen, du hast es ja selbst gesagt, aber weil ihr es wollt, ist es möglich, euer Wille macht es möglich.«

»Ja, so ist es«, sagte Dorothea ruhig. »Aber es ist eben eine Sache zwischen uns beiden, wir kümmern uns nicht um den Rest der Welt und leben unser Leben. Du jedoch musst eine Prüfung an der Universität ablegen oder vor einer Kommission, du brauchst ein offizielles Papier, ein Zeugnis, ohne das lassen sie dich nicht arbeiten.«

»Lass mich nur zuerst lernen, was es zu lernen gibt, es wird sich ein Weg finden.«

Dorothea senkte ihren Kopf, sodass ihr dunkler Kapotthut ihr Gesicht verdeckte und Rosalie es nicht deuten konnte. Eine Weile lang gingen sie stumm nebeneinander her, über Schattenbalken und Sonnenstreifen, und in den dunkelgrünen Baumkronen über ihren Köpfen zwitscherten die Vögel. Plötzlich blieb Dorothea stehen.

»Du hast recht, und ich war kleinmütig und dumm«, sagte sie leise, aber mit einer solchen Inbrunst in der Stimme, dass es fast wie Verzweiflung klang. »Wo ein Wille ist, da ist auch ein Weg, heißt das Sprichwort. Wenn du es dir so sehr wünschst, dann wird es auch gelingen, mit Gottes Hilfe.«

Rosalie fragte sich, woher der plötzliche Sinneswandel kam, warum Dorothea auf einmal so überzeugt von ihren Plänen war, denn es war so ganz gegen ihre skeptische Natur. Egal, dachte sie, es tat gut, dass Dorothea an sie glaubte und an ihre Zukunft als Apothekerin, denn Rosalie brauchte etwas, an das sie sich halten, auf das sie hinarbeiten konnte, wenn schon ihre Verbindung zu Minter keine Chance hatte. Bevor Dorothea noch etwas sagen konnte, ergriff Rosalie ihre Hand. In Gedanken wiederholte Rosalie Dorotheas letzten Satz, dann sprach sie ihn laut aus, als könne sie ihm dadurch noch mehr Gültigkeit verleihen. »Es wird gelingen«, sagte sie. »Mit Gottes Hilfe.«

Später saßen sie unter einer Birke auf einer Bank und teilten sich den Kuchen, den Rosalie mitgebracht hatte. Von der Stadt her hörten sie Kirchenglocken, es war zwölf Uhr mittags. Auch in der Deweerthstraße war jetzt der Gottesdienst zu Ende, aber Dorothea ging nicht mehr zur Kirche der Niederländisch-Reformierten. Sie begleitete Rosalie und ihren Vater auch nicht in die Reformierte Kirche, sondern verbrachte den Sonntagmorgen zu Hause. Vielleicht las sie in der Bibel und betete still für sich, Rosalie wusste es nicht.

»Wird es dir auf Dauer genügen«, fragte Rosalie. »Dieses stille Leben. Nur Kirschbaum und niemand sonst?«

»Nicht nur Kirschbaum. Dich habe ich doch auch noch«, sagte Dorothea und lachte, doch dann wurde sie ernst. »Ja«, meinte sie. »Wenn ich ihn nur habe, dann genügt mir das, auch wenn mir die Eltern fehlen und die Brüder und die ganze Gemeinde. Aber wenn er bei mir ist, bin ich glücklich.«

Wie sicher sie sich ihrer Liebe ist, dachte Rosalie wieder mit einem Anflug von Neid. Zu keinem Zeitpunkt, auch nicht am Anfang war sie so überzeugt gewesen von ihrer Liebe zu Minter, und auch er hatte sie nie mit einer solchen Absolutheit geliebt. Und daran ist es letztlich zerbrochen, nicht an Afra, dachte Rosalie plötzlich. Wir haben uns einfach nicht genug geliebt.

Als sie über den Bahnhofsplatz am Döppersberg liefen, sahen sie den Mann. Er löste sich aus dem Schatten der Kastanienbäume und kam so zielstrebig auf sie zu, als habe er die ganze Zeit auf sie gewartet. Rosalie hielt ihn für einen Bekannten von Dorothea, und Dorothea dachte, dass Rosalie ihn kannte, also blieben sie stehen, bis er dicht vor ihnen war. Dann erst merkte Rosalie, dass Dorothea der Mann genauso fremd war wie ihr selbst.

Er trug einen runden, dunklen Hut, dessen Krempe vom langen Tragen speckig glänzte. Sein Gesicht war hager und müde, der lange, graue Bart hing daran wie ein Gewicht und schien es förmlich nach unten zu ziehen. Er sah nicht gefährlich aus, aber kam ihnen sehr nahe, zu nahe, dafür, dass sie sich nicht kannten. Und als er jetzt in seine Rocktasche griff, wichen die Freundinnen einen Schritt zurück, weil sie befürchteten, er könne ein Messer zücken. Doch stattdessen holte er einen Stapel Papier heraus, von dem seine dürren Finger zwei Blätter herunterstrichen. Er gab jedem von ihnen eines.

Und ob mich auch die Sünd anficht,
dennoch will ich verzagen nicht,

begann Rosalie zu lesen und musste plötzlich fast lachen über ihre und Dorotheas Angst. Es war ein Traktatenverteiler, einer der Eiferer, von denen es seit der Choleraepidemie so viele in der Stadt gab.

»Gottes Ehre«, sagte der Mann, wobei sich seine grauen Augen in ihre bohrten, »Sein Name, Seine Gerechtigkeit, die geschändet wurden, erfordern Bezahlung. Gottes Name, Seine Ehre, Sein Gesetz sollen unversehrt bleiben und nicht ein Jota davon soll fallen. Der wahrhaft Reuevolle unterschreibe es sein ganzes Leben hindurch mit seinem Blute.«

Er sprach leise, ein wenig schleppend, aber gerade das gab seiner Stimme etwas Drohendes, und Rosalie spürte, wie sich ihre Belustigung in Ärger wandelte.

»Geh«, sagte sie. »Lass uns in Frieden, denk lieber über deine eigenen Sünden nach, anstatt uns zu belästigen.«

Der Mann wich ein Stück zurück, als habe sie ihn geschlagen und senkte den Kopf. Einen Moment lang taten ihr ihre harten Worte leid, sie hätte ihn auch nicht duzen sollen, dachte sie, aber dann bemerkte sie, dass er den Kopf schon wieder gehoben hatte und an ihnen vorbei zum Bahnhof blickte. Sie schaute unwillkürlich in die gleiche Richtung und sah eine Gruppe junger Leute auf den Bahnhofsvorplatz treten, Sonntagsausflügler wie sie und Dorothea. Der Mann ließ sie einfach stehen und ging zu den Neuankömmlingen hinüber, wobei er im Gehen in der Jackentasche nach den Traktaten kramte.

»Ein Verrückter«, sagte Rosalie kopfschüttelnd zu Dorothea, während sie das Blatt mit den Bibelsprüchen zerknüllte und in den Rinnstein fallen ließ. Sie setzte sich wieder in Bewegung und wartete darauf, dass Dorothea sich ihr anschloss, aber Dorothea rührte sich nicht, sie starrte mit versteinertem Gesicht auf ihren Zettel.

»Dorothea«, sagte Rosalie sanft. »Was ist denn?« Sie blickte der Freundin über die Schulter und erkannte, dass auf ihrem Blatt ein anderer Text stand als auf ihrem. Es war ein Lied, ein Gedicht oder ein Gebet, das Rosalie nicht kannte.

Harrt auf den Herrn, ihr Frommen,
Bei Ihm ist Gnad und Huld.
Das Heil wird von Ihm kommen,

Harrt Seiner mit Geduld.
Er wird von allem Bösen,
Von Sünd' und Jammer hier
Sein Israel erlösen
Das tu' Er auch an mir!

Das waren die Worte auf Dorotheas Zettel, und obwohl Rosalie sie zweimal las, begriff sie nicht, was Dorothea daran so faszinierte, was sie geradezu mit Entsetzen zu erfüllen schien.

»Was ist es denn?«, fragte sie noch einmal und berührte ihre Freundin am Arm.

Dorothea schreckte zusammen, als habe man sie geweckt. »Nichts«, sagte sie dann. »Es war nur – eine Erinnerung.«

21. KAPITEL

»Nicht die Wahrheit, in deren Besitz irgendein Mensch ist oder zu sein vermeinet, sondern die aufrichtige Mühe, die er angewandt hat, hinter die Wahrheit zu kommen, macht den Wert des Menschen. Denn nicht durch den Besitz, sondern durch die Nachforschung der Wahrheit erweitern sich seine Kräfte, worin allein seine immer wachsende Vollkommenheit bestehet. Der Besitz macht ruhig, träge, stolz.«

Gotthold Ephraim Lessing, 1777

Nora hatte die Wohnung jetzt für sich allein. Falk wohnte bei Melanie. Am letzten Wochenende hatte er Möbel, Bücher und Kleider geholt, sodass sein Zimmer ganz leer war, nur der Zigarettenrauch hing noch im Teppich und in den Raufasertapeten. Nora hatte gerade begonnen, nach einer neuen Wohnung zu suchen, weil die Miete zu teuer war für sie allein, als Heide angerufen hatte.

»Ich hab einen Job für dich«, meinte sie, während Nora noch damit beschäftigt war, sich an sie zu erinnern. »Eine Broschüre, vierzig Seiten, ich muss das rausgeben, ich schaff es nicht mehr. Hast du Zeit?«

Nora hatte Zeit, und nachdem sie einmal angefangen hatte zu schreiben, machte ihr die Sache sogar Spaß. Es war keine kreative Herausforderung, sie ordnete einfach nur den Wust an Informationen, die ihr Heide gab, und machte daraus einfache, klare, kurze Sätze.

Sie lieferte pünktlich und stellte die Rechnung, und zwei Tage später bekam sie einen neuen Auftrag. »Und?«, fragte Kelly, die abends zu Besuch kam. »Kann man davon leben?«

»Wenn es so weitergeht«, meinte Nora. »Für Miete und Essen und so reicht es auf jeden Fall.«

»Und sonst?«, fragte Kelly. »Was von Falk gehört?«

Nora stand auf und ging zum Fenster, wo eine Grünlilie in ihrem Topf vor sich hinwelkte. *Bei Grünlilien kann man nichts falsch machen,* hörte sie ihre Mutter sagen, die ihr die Pflanze geschenkt hatte, *Grünlilien sind so was von anspruchslos.* Nora fühlte mit dem Zeigefinger die Erde unter den schlaffen, hellgrünen Blättern. Sie war feucht. Vielleicht hatte sie die Pflanze ja zu viel gegossen.

»So schlimm?«, fragte Kelly, als Nora nicht antwortete.

Sie zuckte zusammen. »Nein«, sagte sie dann. »Im Gegenteil. Es ist erschreckend, wie wenig er mir fehlt. Wir hätten uns längst trennen sollen.«

»Siehst du«, sagte Kelly, aber sie klang irgendwie unzufrieden, als ob es ihr lieber gewesen wäre, wenn Nora geweint hätte oder wenn sie zumindest über Falk hergezogen wäre.

»Soll ich uns was zu essen machen?«, fragte Nora. Ihr Magen knurrte leise. Das war das Einzige, was sie wirklich vermisste, die gemeinsamen Mahlzeiten. Für sich allein wollte sie nicht kochen, essen gehen wollte sie erst recht nicht. Also ernährte sie sich von Joghurt, Gummibärchen und belegten Broten.

»Ich hab schon gegessen«, sagte Kelly.

Nora machte trotzdem ein paar Nudeln. »Was ist mit Robert?«, fragte sie, während sie darauf wartete, dass das Wasser zu kochen begann. Robert hatte sich kein einziges Mal bei ihr gemeldet, seit Falk ausgezogen war, dabei musste er es mitbekommen haben, da Falk und er doch jetzt Kollegen waren. »Siehst du ihn noch manchmal?«

»Ja, schon«, sagte Kelly. Sie trat hinter Nora und sah ihr über die Schulter, während diese ein Glas mit grüner Fertigsauce öffnete. Nora hielt das Glas kopfüber über einen kleinen Topf, aber die Sauce kam nicht heraus, sie schien sich an den glatten Glaswänden festzuhalten. Erst als Nora energisch gegen den Boden des Glases klopfte, begann sie sich widerwillig zu lösen, dann fiel sie als weiche, zusammenhängende Masse mit leisem Klatschen in den Topf.

»Mmmh«, machte Kelly. Nora sah sie prüfend an, ob sie sich lustig machte, aber ihr Gesicht war ganz ernst.

»Wir verstehen uns sogar wieder richtig gut«, sagte Kelly dann. »Genau genommen.«

Die grüne Sauce zerfloss im erhitzten Topf.

»Aha«, sagte Nora. Deshalb hatte Robert nicht angerufen, weil er wieder mit Kelly zusammen war oder weil er zumindest hoffte, dass sie wieder zusammenkommen würden. Sie spürte einen kleinen, hässlichen Schmerz, der sich in ihrem leeren Magen ausdehnte, bis er ihn ganz ausfüllte und den Hunger verdrängte. Woher kam dieses Gefühl, fragte sie sich erstaunt. Da war nie etwas gewesen zwischen ihr und Robert, sie waren Freunde, mehr nicht. Aber wenn sie Freunde waren, warum rief er sie dann nicht an?

Vielleicht war da doch mehr gewesen, dachte sie, oder es hätte mehr werden können, wenn sie nur rechtzeitig die Chance ergriffen hätte.

Vielleicht war sie aber auch nur eifersüchtig auf Kelly, weil ihre eigene Liebe zu Ende war, und Kellys Liebe neu begann.

Mittags traf sich Nora oft mit Torsten. Er holte sie mit seinem Taxi ab, und sie gingen im Stadtwald spazieren oder essen oder Kaffee trinken. Sie erzählte ihm von ihrer Arbeit für Automobilindustriezulieferer oder Finanzdienstleister oder Personalserviceagenturen, und er erzählte von seinen Fahrgästen und von den Gesangsschülern, die er nachmittags unterrichtete. Sie lachten viel miteinander. Nora hatte noch nie mit einem Mann so viel gelacht wie mit Torsten.

Nachdem Falk ausgezogen war, kam er auch manchmal nachts vorbei, wenn er früher Feierabend machte. Sie schob eine Tiefkühlpizza in den Ofen, und sie tranken Wein dazu und hinterher schliefen sie miteinander. Es war seltsam – als ob sie einander schon jahrelang kannten. Sein Körper erschien ihr so vertraut, und auch er schien alles über sie zu wissen. Sex mit Torsten war ein bisschen wie Sex mit Falk, und das erstaunte Nora. Sie fragte sich, ob sie zu den Frauen gehörte, die sich instinktiv immer die gleiche Sorte Männer aussuchten, aber dabei hatte sie sich Torsten gar nicht ausgesucht, Torsten hatte sie ausgesucht und außerdem war er ganz anders als Falk, nur der Sex war ähnlich.

Es war schön mit ihm. Aber es war auch schön, wenn er nicht da war. Und es war niemals so, dass Noras Herz zu rasen begann, wenn sie ihn auf der Treppe hörte, es schlug nicht einmal schneller, wenn sie ihn sah.

Sie arbeitete gerade an einem Salesfolder für ein neues Biermixgetränk, als das Telefon klingelte. Weil sie Torsten erwartete, klemmte sie den Hörer zwischen Ohr und Schulter und tippte weiter. »Was gibt's?«

»Rosenland«, sagte eine Männerstimme. »Sie erinnern sich?«

Sie erinnerte sich, aber sie wusste nicht, woran.

»Rechtsmedizinisches Institut«, sagte der Mann. »Das zu identifizierende Individuum. Die Knochen aus der Joachimshöhle.«

»Natürlich«, sagte sie. »Was haben Sie herausgefunden?«

»Die Untersuchungen sind abgeschlossen«, sagte er, ohne auf ihre Frage einzugehen. »Wenn Sie ... noch Interesse haben, könnten Sie vorbeikommen, ansonsten schicke ich Ihnen den Befund zu. Es müsste dann auch geklärt werden, was mit dem Körper geschehen soll.«

»Wie meinen Sie das?«

»Langfristig«, sagte er. »Langfristig können die Knochen natürlich nicht hierbleiben.«

»Natürlich nicht«, sagte sie. »Ich komme morgen zu Ihnen, wenn es Ihnen recht ist.«

Die Knochen lagen wieder auf dem kalten Stahltisch. Der Totenschädel mit den gebleckten Zähnen war zur Seite gedreht und starrte sie aus leeren Augenhöhlen an. Memento mori. Sie wich dem Blick aus und sah stattdessen Doktor Rosenland an, der heute keinen Arztkittel trug, sondern Jeans und einen Strickpullover mit einem rot-blauen Rautenmotiv.

»Es hat ein bisschen gedauert mit den Untersuchungen«, sagte er, während er seine Hände nervös an den Oberschenkeln rieb. »Aber wir hatten hier sehr viel zu tun.«

»Das ist doch in Ordnung«, sagte Nora, die in den letzten Wochen nicht einen Gedanken an das Skelett aus der Höhle verschwendet hatte. Anfang November war sie mit Robert hier gewesen. Jetzt war es Mitte Dezember und das Leben von damals lag in Scherben hinter ihr.

»Es handelt sich um ein weibliches Individuum, wie Sie schon richtig vermutet hatten«, begann Herr Rosenland übergangslos. Er hörte auf, seine Oberschenkel zu reiben, und griff stattdessen nach einem Klemmbrett. »Was wir wissen«, sagte er, während er zu dem Stahltisch ging und von seinen Unterlagen auf die Knochen blickte und dann wieder zurück auf das Brett, als wolle er sich versichern, dass es sich auch wirklich um das richtige Skelett handelte, »ist das Alter. Die Frau war zum Zeitpunkt ihres Todes zwischen zweiundzwanzig und vierundzwanzig Jahre alt.«

»Das lässt sich so genau feststellen?«

»Die Weisheitszähne sind komplett ausgebildet und weisen nur sehr geringe Abrasionen auf. Auch die Wurzelentwicklung des gesamten Gebisses legt ein Alter von Anfang bis Mitte zwanzig nahe. Außerdem die Obliteration der Suturen.« Herr Rosenland machte eine bedeutungsschwere Pause.

»Suturen?«, fragte Nora pflichtschuldig.

»Der Verschluss der Schädelnähte. Bei einem Säugling sind die Schädelplatten noch voneinander getrennt, bis zum Erwachsenenalter fügen sie sich dann zusammen. In unserem Fall sind sie völlig verwachsen, aber die Verknöcherung der Suturen ist noch nicht abgeschlossen. Sehen Sie hier«, sagte er und nahm den Bleistift, der oben an seinem Klemmbrett steckte. Er fuhr damit quer über den Schädel. »Die Spalte zwischen dem occipitalen und sphenoiden Knochen ist nicht mehr vorhanden.«

Nora beugte sich über den Schädel. Ihre Gesichter begegneten sich über dem Skelett. Sein Atem roch nach Kaffee, und sie fragte sich unwillkürlich, wonach sie selbst roch, nach der Pizza, die sie gestern Nacht mit Torsten gegessen hatte? Sie zog den Kopf wieder zurück. »Was wissen Sie sonst noch?«

»Die Größe ist offensichtlich, wir haben ja das komplette Skelett vorliegen. Über das Körpergewicht lässt sich dagegen nur spekulieren. Extremes Übergewicht lag nicht vor, das ließe sich an den Knochen nachweisen, aber ansonsten ...«

»Haben Sie eine Idee zu der Todesursache?«

»Tod durch Erhängen.« Seine Stimme klang plötzlich theatralisch, als verkündete er ein Todesurteil. »Es ist natürlich nur eine Vermutung, aber sehen Sie, die Halswirbelsäule, die gesamte Knochenstruktur des Halsbereiches.« Sie beugte sich wieder über den Stahltisch und starrte auf die Stelle, die er ihr zeigte, die Rückseite des Halses. Spitze Knochenenden ragten ihr entgegen wie Dornen.

»Völlig überdehnt«, meinte er, als sie nichts sagte.

»Sie ist also erhängt worden«, sagte Nora.

»Wenn es kein Selbstmord war.«

Mord oder Selbstmord. In der Höhle jedenfalls war die Frau nicht zu Tode gekommen. Die Decke war viel zu niedrig, auch für ihre Größe, also war sie an einem anderen Ort gestorben und hinterher in die Höhle gebracht worden. Aber warum? Und von wem? Um einen Mord zu vertuschen? Aber dann wäre es einfacher gewesen, sie irgendwo zu verscharren.

»Was ist mit dem Todeszeitpunkt?«, fragte Nora. »Lässt sich denn wirklich gar nichts über das Alter der Knochen sagen?«

Rosenland, der immer noch versonnen die Halswirbel betrachtete, richtete sich auf und hielt sein Klemmbrett vor seine Brust, als wolle er sich damit verteidigen. »Das Ergebnis der Radiokarbondatierung haben Sie ja schon vorliegen. Mehr lässt sich leider nicht ermitteln. Sofern es keine Nebenfunde gab, Artefakte, irgendetwas.«

Das Medaillon, dachte Nora. Es lag immer noch zu Hause in der Küchenschublade. Niemand hatte mehr danach gefragt, sie hatte es selbst einfach vergessen.

Der Schädel starrte sie vorwurfsvoll an.

»Was machen wir denn jetzt mit ihr?«, fragte Nora.

Der Pathologe zuckte mit den Schultern. »Wie schon gesagt, unsere Untersuchungen sind damit abgeschlossen. Der Vorgang wird jetzt der Staatsanwaltschaft übergeben …«

»Bitte was?«, unterbrach ihn Nora.

»Vielleicht war es ja Mord. Zumindest gibt es einen klaren Hinweis auf eine unnatürliche Todesursache.«

»Aber die Knochen sind mindestens fünfzig Jahre alt.«

»Mord verjährt nicht. Aber es ist mehr eine Formsache. Vermutlich wird die ganze Angelegenheit im Sand verlaufen. Die Strafverfolgung ist mehr als überlastet mit den aktuellen Fällen.«

»Bis dahin bleibt das Skelett hier.«

»Richtig. Und nach Abschluss der Untersuchungen würden wir die Knochen bestatten, sofern es keine Identifizierung gibt.«

Nora hatte plötzlich das Gefühl, dass sich das Skelett auf dem Stahltisch bewegte, es war wie ein winziges Zucken, ein Zusammenschaudern, dann lagen die Knochen wieder still und bewegungslos da.

»Fürs Erste müsste ich Sie um eine Unterschrift bitten.« Rosenland streckte ihr das Klemmbrett hin.

Bearbeitungsnummer LSJH-3872-56, las sie. Identität: unbekannt.

»Bevor Sie die Knochen bestatten, bevor Sie irgendetwas mit ihnen machen, geben Sie mir Bescheid?«, fragte sie, während sie das Formular unterzeichnete.

»Sicher«, sagte Herr Rosenland.

Als sie wieder zu Hause war, rief sie Robert an.

»Ich hab unsere Tote besucht«, sagte sie statt einer Begrüßung, als er sich meldete.

»Wen? Wer ist denn da?«

»Nora«, sagte sie und merkte, dass es sie ärgerte, dass er sie nicht gleich erkannt hatte. »Ich war bei unserer Toten. In der Rechtsmedizin. Schon vergessen?«

Ratloses Schweigen am anderen Ende der Leitung. »Ich bin gerade in einem Meeting.«

»O, tut mir leid.«

»Ich melde mich später«, sagte er. Sie legte auf und kam sich dumm vor.

Sie kochte sich einen Kaffee, und als sie den Computer einschaltete, rief er zurück. Es waren keine zehn Minuten vergangen, und sie hatte plötzlich das Gefühl, dass es gar keine Besprechung gegeben hatte, dass er einfach nicht mit ihr hatte sprechen wollen, aus welchem Grund auch immer.

Abends trafen sie sich in der Kneipe am Ende ihrer Straße. »Wo wohnst du jetzt eigentlich?«, fragte sie. »Immer noch in deiner Pension?«

Er nickte, ohne von der Speisekarte aufzusehen. »Aber nicht mehr lange.«

Sie fragte nicht weiter. Wahrscheinlich würde er zu Kelly ziehen, dachte sie, die Wohnung war groß genug für zwei.

Sie erzählte ihm von Rosenlands Untersuchungsergebnissen. Er hörte ihr, das Kinn in die Hand gestützt, aufmerksam zu.

»Erhängt«, sagte er nachdenklich, als sie fertig war. »Aber wie kam sie dann in die Höhle?«

»Der Mörder hat sie da versteckt.«

»Hm.«

»Oder man hat sie da bestattet«, sagte Nora.

Robert nickte langsam. »Selbstmörder waren auf den kirchlichen Friedhöfen nicht zugelassen. Sie mussten bis weit ins zwanzigste Jahrhundert hinein außerhalb der Kirchhofmauern begraben werden.«

»Vielleicht ist die Höhle ihr Grab.«

»Aber warum gibt es dann nicht so etwas wie ein Kreuz, einen Grabstein, irgendwas?«

»Vielleicht ist da ja was, und wir haben es nur nicht entdeckt«, sagte Nora. »Der Gang, in dem wir die Knochen gefunden haben, ist doch eingestürzt. Wer weiß, was da noch so alles begraben liegt. Und außerdem war da das Medaillon. Vielleicht ist das eine Art Grabbeigabe.«

»Das Medaillon«, sagte Robert. »Hat das jetzt die Rechtsmedizin oder wer?«

»Ich habe es. Ich hab ganz vergessen, es abzugeben.«

»Du, echt? Weiß Falk das?«

»Falk«, sagte sie. »Dem sind die Knochen doch total egal, seit er weiß, dass es nicht sein paläolithischer Mensch ist.«

Robert nahm einen Schluck Bier und stülpte dann die Unterlippe über die Oberlippe, um den Schaum wegzulecken, aber es blieb dennoch ein Rest zurück, wie eine kleine, weiße Flocke über seinem rechten Mundwinkel.

»Wir müssen die Kette schätzen lassen. Vielleicht gibt uns das ja einen Anhaltspunkt. Wenn wir rauskriegen wollen, wer die Tote ist, müssen wir jedenfalls wissen, wann sie gestorben ist.«

»Kennst du jemanden, der so was macht?«

Er legte den Kopf schief und dachte nach. »Vielleicht.«

Dann kam das Essen. Es war genau wie früher, das Gemüse war zerkocht, die Sauce mehlig und das Fleisch zu zäh. Nach der Grabung hatten sie immer großen Hunger gehabt, aber heute schoben sie beide ihre halb vollen Teller von sich. »Warum tun wir uns das an?«, fragte Nora.

»Um der lieben alten Zeiten willen«, sagte Robert. »Du bist jetzt mit Torsten zusammen?«, fragte er dann unvermittelt.

»Nein«, sagte sie erstaunt. Wir schlafen nur miteinander, hätte sie fast geantwortet. »Wir sehen uns nur manchmal«, sagte sie stattdessen.

»Ach so«, sagte Robert und nickte gleichgültig, als wäre es ihm egal. Sie merkte aber, dass es ihm nicht egal war, und das freute sie.

»Was?«, fragte Robert.

»Nichts«, sagte sie schnell. »Und du und Kelly?«

»Wir sehen uns nur manchmal«, sagte er und lächelte versonnen, und das ärgerte sie.

Der Juwelierladen lag in der Innenstadt. Es war ein hässliches, schmales Haus, und die Gitter, die das Gebäude nachts sicherten, waren nicht ganz hochgezogen, sie hingen über den Schaufenstern und der Tür wie die Falltore über einer Zugbrücke. Nora zog unwillkürlich den Kopf ein, als sie den Laden betrat.

»Fröhliche Weihnacht überall«, sang die ältere Dame hinter der Glastheke in ein Telefon, aber in Wirklichkeit kam die Musik vom Band, und es sah nur so aus, als ob sie sang, weil sie so leise sprach, dass man ihre Stimme nicht hörte. Nora stellte sich vor den Ladentisch, und die Frau lächelte sie mit glänzenden Lippen an, ohne dabei jedoch ihr Telefonat zu unterbrechen.

Nora senkte den Blick und wartete. Unter der Glasplatte der Verkaufstheke glitzerten Armbanduhren wie billiger Christbaumschmuck. Der Boden war mit einem dunkelroten, samtartigen Teppich ausgelegt, auf dem ihre klobigen Winterschuhe wie Fremdkörper wirkten. »Wie kann ich Ihnen helfen?«, fragte die Dame, während ihr perlmuttfarben lackierter Zeigefingernagel das Telefongespräch beendete.

»Ich habe vorhin angerufen«, sagte Nora und zog den Plastikbeutel mit dem Medaillon aus der Tasche. »Es geht um diese Kette.«

Robert hatte ihr die Nummer der Juwelierin gegeben, die Empfehlung kam von einem seiner Kollegen. Frau Sandner war

Inhaberin des Juweliergeschäftes und arbeitete nebenher als Sachverständige für Museen, Auktionäre und Versicherungen.

Sie nahmen an einem der Glastische Platz. Die Juwelierin setzte ihre Brille auf und holte ein Vergrößerungsglas aus einer der Schubladen. Ihre spitzen Fingernägel zogen das Schmuckstück vorsichtig, fast zärtlich aus der Plastiktüte. Sie strich behutsam über die Verzierung auf dem Deckel und klappte ihn auf, dann schloss sie ihn wieder. »Ein schönes Stück«, sagte sie. »Müsste mal gereinigt werden. Geht es um eine Kostenschätzung?«

»Nein. Das Alter ist entscheidend. Wir haben die Kette bei einer Ausgrabung gefunden.«

Die Frau sah Nora an. »Sie sind Archäologin?«

Sie nickte und spürte gleichzeitig, wie sie rot wurde, aber das konnte Frau Sandner nicht sehen, weil sie den Blick wieder auf das Schmuckstück gerichtet hatte.

»Also«, murmelte sie, während sie das Vergrößerungsglas über den Anhänger hielt. »Es ist ein seltsames Stück«, sagte sie nach einer Weile. »Dem Stil nach eindeutig Biedermeier. Aber die Technik ... und diese Rahmenfassung ...«, sie schüttelte den Kopf, während sie ihn noch tiefer senkte.

»Was ist damit?«, fragte Nora.

»Er ist doubliert, das heißt, man hat eine dünne Silberschicht auf ein unedles Untergrundmaterial aufdiffundiert, aber diese Technik ist recht neu, sie hat sich erst Mitte des 19. Jahrhunderts richtig durchgesetzt. Auch die Gestaltung des Rahmens spricht für eine Entstehungszeit nach 1850.« Sie zeigte auf die zweigartigen Strukturen, die das Medaillon umgaben.

»Grundsätzlich entspricht die Ästhetik jedoch ganz dem Biedermeier. Ein Elfenbein-Element auf einem Grund von Rotem Jaspis, das ist typisch.«

»Biedermeier ...«, überlegte Nora laut.

»Die Biedermeierepoche geht grob gesagt von 1814 bis 1848.« Frau Sandner starrte wieder durch ihr Vergrößerungsglas. »Parian!«, rief sie auf einmal mit einer so lauten, scharfen Stimme, dass Nora sich instinktiv umdrehte, um nachzusehen, ob jemand in den Raum gekommen war, ohne dass sie es bemerkt hatte. Aber sie waren nach wie vor allein. »Es ist eindeutig Parian«, sagte Frau Sandner immer noch erregt, aber leiser.

Sie sah auf und blickte Nora herausfordernd an, als erwartete sie einen Widerspruch oder zumindest einen qualifizierten Kommentar, aber Nora zuckte nur ratlos mit den Schultern.

»Parian ist ein Elfenbein-Imitat. Eine Mischung aus Kiesel- und Tonerde, Natron und verschiedenen anderen Stoffen. Das Material wurde um 1840 in England erfunden und war ab 1850 ausgesprochen populär in ganz Europa. Es sieht Elfenbein wirklich sehr ähnlich, fast täuschend, aber die Färbung ist anders, heller und kälter, und die Oberflächenstruktur ist gleichmäßiger als bei echtem Elfenbein.« Sie nickte mehrere Male hintereinander. »Das bestätigt meine Vermutung. Dieses Schmuckstück ist nicht vor der Mitte des Jahrhunderts entstanden.«

Dann drehte sie das Medaillon so vorsichtig um, als wäre es etwas Zartes, Lebendiges, nahm die Lupe wieder auf und betrachtete die Rückseite. Nora bemerkte einen winzigen Stempel im goldenen Oval des Schmuckstücks, der ihr vorher nicht aufgefallen war.

»Sehen Sie diese Punze«, murmelte Frau Sandner, aber es klang nicht wie eine Frage, eher wie eine Feststellung.

»Diese was?«, fragte Nora.

»Punze. Das Firmenzeichen des Goldschmieds oder der Fabrik. Oft sind es die Anfangsbuchstaben des Herstellers oder ein Symbol. Aber das hier ...«

Sie reichte Nora das Medaillon und das Vergrößerungsglas, und Nora erkannte einen Stern mit einer Art Haken in der Mitte. »Könnte ein J sein.«

Frau Sandner zuckte die Schultern. »Nun, das dürfte kein Problem sein, der Eigentümer der Punze lässt sich sicherlich herausfinden, die Zeichen sind registriert.«

»Ist das Medaillon wertvoll?«, fragte Nora.

Frau Sandner nahm Medaillon und Lupe wieder in Empfang, senkte die Augen und runzelte gleichzeitig die Stirn. »Ich kann mich natürlich nicht auf einen Preis festlegen«, sagte sie. »Es ist ein schönes Stück und schon sein Alter verleiht ihm einen gewissen Wert, aber es ist ganz bestimmt keine Kostbarkeit. Allein die Materialien, Silber, Parian, Jaspis ...«, sie senkte ihr Gesicht noch dichter über die Lupe. »Wenn es überhaupt Jaspis ist und keine Nachbildung ... nein, es ist Stein, aber dennoch.« Sie sah Nora über ihre Brille hinweg an und schüttelte bedauernd den Kopf.

»Aber beim Alter sind Sie sich ganz sicher? Zweite Hälfte neunzehntes Jahrhundert?«

»Ich kann mich gerne noch einmal rückversichern«, sagte Frau Sandner, und schob ihre Brille zurecht, sodass sich die Deckenlichter wie Brillanten in der goldenen Fassung brachen. »Auch bezüglich der Punze. Wenn Sie mir das Schmuckstück anvertrauen wollen.«

Nora tat es nicht gerne, am liebsten hätte sie das Medaillon wieder eingepackt und mitgenommen. Das Schmuckstück gehörte zu der unbekannten Toten, und die Tote gehörte in die Höhle oder in ein Grab, stattdessen war sie nun schon seit Wochen in der Rechtsmedizin, und niemand wusste, wie lange sie dort noch bleiben musste.

»Selbstverständlich gegen Quittierung«, sagte Frau Sandner.

»Natürlich«, sagte Nora schnell. »Rufen Sie mich an, wenn Sie etwas herausgefunden haben.«

Abends ging sie in die Stadt, sie wollte ihrer Mutter ein Buch kaufen, weil sie den Heiligen Abend zusammen verbringen würden. »Jetzt wo du auch allein bist«, hatte ihre Mutter am Telefon gesagt, mit einem leicht weinerlichen Unterton in der Stimme, den Nora einfach überhört hatte.

In der Buchhandlung, auf der Treppe zwischen zwei Stockwerken, traf sie Falk und Melanie. Falk hatte seinen Arm um

Melanies Schultern gelegt, Melanie ihren um seine Hüfte. Sie lachten über irgendetwas, doch als sie Nora sahen, hörten sie auf damit.

»Hallo«, sagte Falk betroffen und ließ dabei seine Hand unauffällig von Melanies Schulter gleiten.

»Hallo«, sagte Nora und starrte so lange auf Melanies Arm, bis sie ihn ebenfalls sinken ließ.

»Ich hab noch Post für dich«, sagte sie zu Falk. »Wenn du sie nicht abholst, schmeiß ich sie weg.«

Er nickte und schien etwas entgegnen zu wollen, aber dann sagte er doch nichts.

»Wirf deinen Wohnungsschlüssel in den Briefkasten, wenn du gehst«, sagte Nora.

Er nickte wieder.

»Nora«, Melanie lächelte, ohne dabei sehr glücklich auszusehen. »Ich ... es tut mir so ...«

Nora sah sie an und hatte plötzlich das Gefühl, dass Melanie schwanger war. Arm in Arm, so waren sie und Falk damals auch immer durch Tübingen gegangen und hatten sich Kinderwagen und Babymöbel angesehen. Sie fühlte plötzlich, wie ihr schlecht wurde in der stickigen Buchhandlung. Die Übelkeit drückte sich von ihrem Bauch in den Hals, doch sie schluckte und presste sie mit aller Willenskraft wieder nach unten.

»Tja«, sagte Falk betreten. »Dann wollen wir mal wieder.«

»Frohe Weihnachten«, Nora warf einen ganz schnellen, verstohlenen Blick auf Melanies Bauch, der kein bisschen dick aussah, aber unter dem Wintermantel hätte man ohnehin nichts gesehen.

»Frohe Weihnachten, Nora«, sagte Falk.

Was für ein Schwachsinn, dachte Nora, als sie weiterging. Warum sollte sie schwanger sein, sie sind gerade einmal ein paar Wochen zusammen. Und Falk will keine Kinder, jedenfalls bestimmt nicht mit Melanie, er kann sie doch unmöglich ernst nehmen. Aber wer weiß. Vielleicht war Melanie besonders fruchtbar, vielleicht wünschte sie sich schon lange eine Familie, vielleicht war es einfach so passiert, wie es damals auch bei ihnen einfach so passiert war. Nein, dachte sie, nein, nein, nein. Melanie war nicht schwanger, das würde Falk ihr nicht antun, so weit würde er nicht gehen, nicht einmal aus Versehen.

Kelly zog ihre langen Beine aufs Sofa und umschlang eines davon mit den Armen. »Das ist ja richtig aufregend«, meinte sie, wobei sie ihr Kinn auf dem Knie ablegte. Nora hatte ihr von ihrem Besuch bei der Juwelierin erzählt, und währenddessen suchten ihre Augen die Wohnung nach Spuren von Robert ab. Kleidungsstücke, Gegenstände, sein Geruch. Sie schnupperte unauffällig, aber sie roch nur Kellys zartes Zitronenparfüm.

»Wer weiß, was noch alles rauskommt bei dieser Geschichte«, sagte Kelly. »Also: Was wissen wir?«

»Nichts«, sagte Nora. »So gut wie nichts jedenfalls. Eine junge Frau, die erhängt wurde oder sich selbst erhängt hat. Todeszeitpunkt zwischen 1850 und 1960. Das war's auch schon. Wir wissen nicht, woher sie kommt, ganz zu schweigen von ihrem Namen.«

»Wie ist sie in die Höhle gekommen?«, sagte Kelly. »Warum hat man sie ausgerechnet dorthin gebracht? Ich meine, eine schlecht zugängliche Höhle im Neandertal, wer kommt auf so eine Idee? Warum haben die nicht einfach ein Loch gegraben, irgendwo?«

Nora starrte sie schweigend an. Irgendetwas von dem, was Kelly gerade gesagt hatte, brachte sie auf einen Gedanken, doch sie bekam ihn nicht recht zu fassen.

»Wein?«, fragte Kelly und ging in die Küche. Nora wiederholte im Geist ihre Worte. *Warum hat man sie ausgerechnet in die Höhle gebracht. Eine schlecht zugängliche Höhle.*

Das war es. »Eine schlecht zugängliche Höhle«, sagte sie laut.

»Wie bitte?«, rief Kelly aus der Küche. »Rot oder weiß?«

»Der Zugang«, murmelte Nora. Sie nahm ihre Brille ab und rieb sich mit der flachen Hand über die Augen. Wieso war sie nicht schon früher darauf gekommen? Wieso waren sie alle nicht schon früher darauf gekommen?

»Die Höhle war gar nicht schlecht zugänglich«, sagte sie, als Kelly mit einer Weinflasche und zwei Gläsern aus der Küche zurückkam.

»Was? Wovon sprichst du überhaupt?«

»Sie war überhaupt nicht zugänglich«, meinte Nora.

»Die neuen Höhlen sind doch überhaupt erst in den Neunzigern entdeckt worden«, erklärte Nora. »Durch den Kalkabbau sind die Hänge des Neandertals immer weiter abgetragen worden, und dabei sind die Hohlräume zutage getreten.«

»Und?«, fragte Kelly verständnislos.

»Zu der fraglichen Zeit, ich meine bis 1960, gab es den Eingang zur Höhle noch gar nicht. Die Tote muss also durch eine andere Öffnung in den Gang gebracht worden sein.«

»Eine, die heute verschüttet ist«, sagte Kelly langsam.

»Und die wir finden müssen«, sagte Nora. »Vielleicht ist da ja irgendwas. Ein Grabmal oder ein Stein oder irgendwas.«

»Wow«, sagte Kelly.

Dann klingelte es.

Robert, dachte Nora.

Aber es war Torsten.

Sie war so froh, dass er es war, aber nicht seinetwegen.

»Hey«, sagte er, während er den Mantel auszog. Er küsste Kelly auf die Wange und Nora auf den Mund.

Torsten setzte sich neben Nora aufs Sofa, während Kelly ihm ein Glas holte.

»Ob der alte Zugang überhaupt noch existiert?«, fragte er, als sie ihm alles erzählt hatten.

»Natürlich nicht«, meinte Nora. »Der Gang ist mit Sedimenten verfüllt, also ist der Eingang auch verschüttet.«

»Warum ist der Gang eingebrochen?«, fragte Torsten.

»Keine Ahnung. Der Kalkabbau hat vermutlich Erdbewegungen ausgelöst.«

»Wäre gut, wenn man wüsste, wann der Gang eingestürzt ist«, meinte Kelly.

»Das kriegen wir nicht raus«, sagte Nora. »Es war einfach zu viel los in der Gegend, all die Sprengungen und so.«

»Morgen ist Samstag«, sagte Kelly. »Komm, wir fahren einfach mal raus und schauen uns die Sache an. Ich hab die Höhle noch nie gesehen.«

»Und wir nehmen paar Spaten mit und graben an der Stelle weiter, an der ihr das Skelett gefunden habt«, sagte Torsten. »Ach ne«, meinte er dann und verzog das Gesicht. »Ich kann nicht, ich hab Probe.«

Nora lachte. »Wir würden auch nicht sehr weit kommen nur mit den Spaten. Außerdem gibt es keinen Strom mehr, die Höhle ist stockfinster.«

»Trotzdem«, sagte Kelly. »Ich würde das Ganze gern mal sehen. Auch wenn das Gerippe inzwischen weg ist.«

Auf dem Parkplatz des Museums trafen sie Robert. Einen Moment lang fragte sich Nora, ob es ein seltsamer Zufall war, dass er hier war, aber dann küsste Kelly ihn, nicht auf den Mund, aber links und rechts auf beide Wangen, und jeder Kuss versetzte Nora einen kleinen Stich.

»Schön, dass du hier bist«, sagte Kelly.

Danach standen sich Robert und Nora gegenüber, und während er noch darüber nachzudenken schien, ob er sie auch küssen sollte, reichte sie ihm schon die Hand.

»Ich hab meine Unterlagen mitgebracht«, sagte er. »Die Pläne von der Höhle und so. Vielleicht hilft uns das ja weiter.«

Er breitete die Kopien auf der Motorhaube seines Renaults aus, und sie beugten sich zu dritt darüber, Nora links, Kelly rechts und Robert in der Mitte.

»Das ist die Katasterkarte der Höhle«, sagte Robert. »Hier«, zeigte er, »der Seitenarm, in dem wir die Knochen gefunden haben. Der weitere Verlauf ist ganz gut nachzuvollziehen.«

»Der ursprüngliche Zugang war auf jeden Fall weiter oben«, sagte Nora. »Bei den Bahngleisen. Ich meine, da wo heute die Bahngleise sind.« Sie zeigte auf die entsprechende Stelle auf der Karte und berührte dabei Roberts Zeigefinger. Er zog die Hand zurück.

»Ich kann auf solchen Karten überhaupt nichts erkennen«, sagte Kelly. »Wir gehen jetzt einfach mal da hin.«

Sie richtete sich auf und lief los. Robert faltete seine Kopien zusammen und packte sie in den Rucksack, dann folgten sie ihr.

Es war eine Woche nach Weihnachten, aber der ganze Herbst und auch der Dezember waren so mild gewesen, dass viele Bäume noch ihre Blätter trugen, gelbgrün, rotbraun, ockerorange wie im Herbst. Der Lehmboden war vom Regen aufgeweicht, und ihre Wanderschuhe machten beim Gehen schmatzende, saugende Geräusche, während Klumpen von Erde haften blieben und aufgeweichte Blätter an den Sohlen sammelten. Das Autowrack war noch ein bisschen mehr in sich zusammengesunken, es kauerte zwischen den Hängen wie ein Tier im Winterschlaf. Robert, der vor Nora ging, summte leise: *I'm dreaming of a white christmas.*

»Da müssen wir hoch?«, fragte Kelly, als Robert ihr den Höhleneingang zeigte. »Soll das ein Witz sein?«

Aber dann war sie geschickter und schneller als Robert und Nora, die den Hang doch schon so oft hochgeklettert waren.

»Mann, ist das dunkel«, staunte sie, als sie hintereinander in die Höhle traten. Robert schaltete seine Taschenlampe ein.

»Da drüben waren die Knochen«, sagte er. Der Lichtstrahl zeigte in die Ecke wie ein langer, dünner Finger. Robert stand dicht neben Nora, sodass sie die Wärme seines Körpers neben ihrem spüren konnte. Ganz plötzlich hatte sie ein großes Bedürfnis zu ihm hinzugehen und ihn zu berühren, ihren Körper an seinen zu schmiegen, vielleicht hätte Kelly in der Dunkelheit gar nichts davon mitbekommen.

Stattdessen leuchtete sie mit ihrer Taschenlampe gegen den

mit Lehm und Steinen verfüllten Gang. »Wer immer die Leiche hier hereingebracht hat, ist von dort gekommen«, sagte sie.

»Wenn mein Gefühl mich nicht trügt, endet dieser Seitenarm irgendwo da oben«, sagte Kelly, nachdem sie alle wieder draußen waren. Sie wies mit dem Kopf auf die Ebene über dem Höhleneingang. Gelbliche Grasbüschel klammerten sich an die Kante des Abhangs, als wären sie kurz davor abzustürzen.

»Gehen wir mal rauf«, sagte Robert. Diesmal kletterte er voran, Kelly und Nora folgten ihm. Wieder bewegte sich Kelly so sicher, als trainiere sie ständig an irgendwelchen Kletterwänden. Nora versuchte, so schnell wie möglich hinterherzukommen und hielt sich dabei an allem fest, was ihre Hände zu fassen bekamen, Wurzeln und Felsbrocken und Grasbüschel und manchmal auch lose Äste, sodass sie fast abstürzte.

Als sie sich über die Kante des Abhangs schob, standen die beiden da und sahen auf sie herunter. Noras Hände waren blutig und die Vorderseite ihrer Jeans braun und nass, sogar ihre Brillengläser waren lehmverschmiert, bestimmt sah ihr Gesicht nicht besser aus. Kelly und Robert dagegen hatten nur ein paar Flecken auf ihrer Hose.

»Hier«, sagte Kelly, während Nora versuchte, ihre Brille an ihrem Pulli abzuputzen, was aber alles nur noch schlimmer machte. »Irgendwo hier war der Eingang.«

»Nein«, sagte Robert. »Ich glaube, es war ein Stück weiter da drüben. Da sind die Gleise, die waren auf dem Plan eingezeichnet. Und der Gang läuft fast rechtwinklig darauf zu.«

»Da oben«, rief Nora. »Ist das jetzt ein Zufall? Seht ihr das?«

Kelly hob den Kopf und sah in die Richtung, in die Nora zeigte, und auch Robert drehte sein Gesicht dahin.

»Das ist wirklich komisch«, meinte er.

»Irre«, flüsterte Kelly. »Das ist ganz bestimmt die Stelle, die wir suchen.«

22. KAPITEL

»Sollte nun unsere Seele mit der Trennung von dem Leibe in eine Art von Schlaf oder Hinbrüten versinken, und nie wieder aufwachen, was hätten wir durch ihre Fortdauer gewonnen? Ein vernunftloses Daseyn ist von der Unsterblichkeit ... noch weiter entfernt, als die Glückseligkeit der Thiere von der Glückseligkeit eines Gott erkennenden Geistes. Wenn das, was ihm nach dem Tode wiederfähret, uns angehen, und schon hienieden Furcht oder Hoffnung in uns erregen soll: so müssen wir selbst, die wir uns allhier unser bewußt sind, noch in jenem Leben dieses Selbstgefühl behalten, und uns des Gegenwärtigen erinnern können.«

Aus *Phaedon oder über die Unsterblichkeit der Seele* von
Moses Mendelssohn, 1767

Der Übergang von der Gleichgültigkeit zur Feindseligkeit war schleichend. Die Krämerin zählte jetzt Dorotheas einzelne Groschen nicht mehr nur einmal, sondern zwei- oder gar dreimal nach. Der Bäcker, der sie immer übersehen hatte, wenn er Kundschaft im Laden hatte, grüßte sie seit Neuem überhaupt nicht mehr, auch dann nicht, wenn sie die einzige Kundin war. Die Kinder auf der Straße, die früher nur gekichert hatten, zeigten nun mit den Fingern auf sie und begannen ihr Namen nachzurufen, die sie nicht verstand. Die Dinge veränderten sich, mit jedem Tag wurde es schlimmer, und manches davon geschah so unmerklich, dass sie es selbst nicht zur Kenntnis nahm.

Mit Isaak sprach sie nicht darüber, sie war sich jedoch sicher, dass auch er es bemerkte, auch wenn er seltener aus dem Haus ging als sie.

Am Montagmorgen ging sie früher als sonst aus dem Haus, weil sie Rosalie noch vor der Arbeit ein Fachbuch vorbeibringen wollte, das Isaak für sie in England geordert hatte. So kam es, dass sie den Schweinekopf fand, und nicht Isaak oder gar einer ihrer Kunden.

Der Kopf war stark zersetzt, sodass sie ihn roch, bevor sie ihn sah. Trotz der Fäulnis war er von Hunden angenagt worden oder von Ratten, ein Ohr war abgerissen, das andere hing nur zur Hälfte vom Schädel, die Schnauze fehlte.

Sie ging sofort nach drinnen und holte ihre alten Handschuhe, einen großen Sack und die Schaufel, mit der Isaak im Winter den Schnee schippte. Sie hielt den Atem an und drehte den Kopf weg, aber als sie den Schädel in den Sack fallen ließ, sah sie die Fleischreste an den Augenhöhlen, die weich und fast durchsichtig waren vor Verwesung. Dann warf sie auch die Handschuhe in den Sack und zog ihn hinter sich her bis zum Abfallhaufen im Hof, gegen den widerlichen Geschmack ankämpfend, der sich in ihrem Mund ausbreitete und ihre Kehle ganz eng machte. Sie stieß ein Loch in den Müll und ließ den Sack hineinfallen, bevor sie den Unrat darüber so gut es ging wieder zusammenschob. Dann spürte sie die Übelkeit in sich aufsteigen wie eine große, süßliche Welle, die ihren ganzen Körper mit sich riss.

Andreas Packenius musste die Bibliothek tagelang beobachtet haben. Oder es war einfach ein seltsamer Zufall, dass er ausgerechnet an diesem Abend auf sie traf, an dem sie zum ersten Mal seit über einer Woche wieder ausging.

Nach dem Vorfall mit dem Schweinekopf war sie krank geworden. Zuerst konnte sie nicht aufhören, sich zu übergeben, und dann war der Übelkeit ein schweres Fieber gefolgt. Kirschbaum, der spürte, dass es mehr war als eine gewöhnliche Grippe, geriet vollkommen außer sich, als sie ihm endlich die Wahrheit erzählte. »Diese Schurken, diese elendigen Schurken«, rief er ein ums andere Mal, wobei er von Dorotheas Bett zum Fenster lief und hinausschaute, als erwartete er, die Übeltäter dort draußen zu sehen. »Wie können sie es wagen, warum tun sie dir so etwas an?«

Später wurde er jedoch ganz still. Er setzte sich mit seinem Buch in den Lehnstuhl am Ofen und tat so, als ob er las, aber er konnte sie nicht täuschen, sie kannte ihn viel zu gut.

»Was denkst du, Isaak?«, fragte sie ihn irgendwann, nachdem er zum zwanzigsten Mal den Kopf geschüttelt hatte.

»Wir müssen hier weg«, sagte er. »Wenn wir zusammenbleiben wollen, dann müssen wir hier weg. Ich weiß nur nicht, an welchen Ort wir gehen sollen.«

Es wird überall dasselbe sein, dachte sie, Christin und Jude, jung und alt, sie werden uns nirgendwo in Ruhe lassen. Wir können genauso gut hierbleiben. Aber sie sagte nichts.

Kurz vor Christi Himmelfahrt ging es ihr wieder besser. »Ich gehe noch ein paar Schritte spazieren, vielleicht hole ich Rosalie von der Apotheke ab, es ist so ein herrlicher Abend.«

»Geh nicht zu weit«, sagte Kirschbaum.

Als Packenius vor der Bibliothek auf sie zukam, erkannte sie ihn sofort, er war ein wenig hagerer geworden, ansonsten hatte er sich nicht verändert. Aber weil sie so überzeugt war, dass er in Afrika war und nicht in Elberfeld, weigerte sich ihr Verstand anzuerkennen, was ihre Augen sahen und ihre Ohren hörten: »Ich bin es, Andreas, dein Verlobter.«

»Was wollen Sie?« Sie wich ein paar Schritte zurück, aber dann kam sie nicht mehr weiter, weil sie mit dem Rücken zur Häuserwand stand.

»Dorothea«, sagte er in zärtlichem Ton, ein wenig bestürzt. »Erkennst du mich nicht?«

Er legte dabei den Kopf schief und die Stirn in Falten. Die demütige Haltung, der unterwürfige Gesichtsausdruck. Die kleinen, spitzen Zähne. Wenn sie ihn vorhin nicht schon wiedererkannt hätte, dann wäre es ihr jetzt auf jeden Fall klar geworden.

»Haben Sie meinen Brief nicht erhalten?«, fragte sie. »Die Verlobung ist aufgelöst. Ich habe einen anderen, es ist aus.« Sie drückte sich absichtlich so grausam aus. Sie wollte, dass er ging und sich nie mehr wieder blicken ließ.

»Dorothea«, sagte er wieder. »Du bist sehr verwirrt. Das hat der böse Geist getan, der in dich gefahren ist und von deinem Innersten Besitz ergriffen hat. Aber fürchte dich nicht. Ich bin eigens aus Afrika zurückgekommen, um dich mithilfe unseres gnädigen Gottes, des allmächtigen Herrn, aus den Fängen des Bösen zu reißen und deine Seele zu retten.«

Sie fragte sich einen Moment lang, ob er Kirschbaum meinte mit dem bösen Geist, der in sie gefahren war. Dann erst wurde ihr richtig bewusst, was er soeben gesagt hatte. »Sie sind aus Afrika zurückgekommen wegen mir?«, fragte sie entsetzt.

Er lächelte. Ein dünner Speichelfaden spannte sich von der Spitze seines oberen Eckzahns zum unteren. »Wegen dir, meiner geliebten Freundin in unserem Herrn.«

»Aber Andreas.« Sie nannte ihn zum ersten Mal bei seinem Vornamen, weil sie so bestürzt war. »Es ist, wie ich es geschrieben habe und wie ich es dir gesagt habe. Ich liebe einen anderen Mann, und ich liebe ihn aus ganzem Herzen. Ich wollte dich nie täuschen, und ich wollte dir auch nichts vormachen, aber ich habe mich zutiefst in mir selbst getäuscht, als ich die Verlobung mit dir eingegangen bin ...«

»Aus ganzem Herzen liebst du diesen Mann, diesen Juden, diesen Ungläubigen?«, fragte er, wobei er aufhörte zu lächeln. »Du sollst Gott, deinen Herrn, lieben von ganzem Herzen, von ganzer Seele, von allen Kräften und von ganzem Gemüte. So steht es im Evangelium.«

»Und deinen Nächsten wie dich selbst«, ergänzte sie die Stelle, doch ihre Stimme klang gereizt. »Und wenn es dir damit ernst ist, so lässt du mich in Frieden meiner Wege ziehen, wie auch ich dir nicht weiter zur Last fallen will.«

Er trat noch näher auf sie zu, sodass sie, gepresst gegen die

Häuserwand, seinen leicht säuerlichen Atem roch. »Hebe dich weg von ihr, Satan«, zischte er leise, wobei er ihr nicht in die Augen blickte, es war eher, als schaue er durch sie hindurch. »Denn es steht geschrieben: Du sollst anbeten Gott, deinen Herrn, und ihm allein dienen.«

Er hob seine Hände, als wolle er sie umarmen, doch sie bekam es plötzlich mit der Angst zu tun und versuchte unter seinen Armen wegzutauchen, aber sie war nicht schnell genug, er packte sie am Ellenbogen und hielt sie fest und brachte seinen Kopf ganz nah an ihr Gesicht. »Weiche von ihr, du böser Geist«, flüsterte er.

In diesem Moment verstand sie, dass er von Sinnen war, er hatte den Verstand verloren, er war krank.

Sie musste ruhig bleiben. Sie durfte ihm ihre Angst nicht zeigen. Wenn sie die Fassung verlor, würde er vollends außer sich geraten. »Lass mich los, Andreas«, sagte sie. Sie sprach dabei mit einer lauten, festen, sehr strengen Stimme. Er gehorchte ihr auf der Stelle.

Obwohl sie nur wegwollte, weg aus seiner Nähe, weg von seinem säuerlichen Geruch, zwang sie sich, noch einen Moment lang stehen zu bleiben und ihn anzusehen. Erst dann drehte sie sich langsam um und ging zurück ins Haus.

Fürs Erste hatte sie ihn abgeschreckt, aber eben nur fürs Erste. Sie wusste nur zu gut, dass er so schnell nicht aufgeben würde. Sie beschloss, ihn einfach zu ignorieren. Wenn sie ihn nicht beachtete, würde er irgendwann einsehen, dass es sinnlos war und sie in Ruhe lassen.

Doch Packenius sah nichts ein, weil sein Verstand verwirrt war. Er verfolgte Dorothea, wo immer sie auch hinging. Auf den Markt, zum Schneider, zum Schuster, abends zu Rosalie, er war hinter ihr wie ein Schatten, sie spürte seine Gegenwart, auch wenn sie ihn nicht sah. Manchmal, wenn sie gerade um eine Ecke gebogen war, blieb sie abrupt stehen, und Sekunden später prallte er fast gegen sie, aber es war ihm niemals unangenehm oder gar peinlich. Er sah sie an und lächelte sein Haifischlächeln, das ihr inzwischen so verhasst war.

Warum sie weder Isaak noch Rosalie von ihm erzählte, wusste sie nicht genau. Vielleicht hoffte sie, dass die ganze Sache einfach vorüberginge, wenn sie lange genug abwartete. Vielleicht schämte sie sich, obwohl sie sich nichts vorzuwerfen hatte. Außer der Tatsache, dass sie ihm einmal versprochen hatte, ihn zu heiraten.

Immer öfter war er nicht allein, und das machte ihr wirklich Angst. Wenn sie aus dem Fenster der Leihbibliothek schaute, sah sie ihn mit den schwarz gekleideten Frauen und Männern zusammenstehen, die jetzt überall in der Stadt unterwegs waren. Er ist wahnsinnig, dachte sie, aber er ist nicht dumm. Er weiß, dass er mich nicht rund um die Uhr bewachen kann, also sucht er sich Helfer, die ihn dabei unterstützen.

Sie überlegte, ob sie Isaak dazu überreden sollte, wegzugehen, so schnell wie möglich. Aber dann dachte sie, dass es sinnlos war – Packenius würde sie finden, überall.

Es war immer noch seltsam, an einem Sonntagmorgen nicht zum Gottesdienst zu gehen. Es erfüllte Dorothea gleichermaßen mit einem Gefühl der Freiheit, aber auch des Schreckens und der Leere, sodass sie immer darauf bedacht war, sonntagmorgens irgendwie beschäftigt zu sein.

An diesem Sonntag beschloss sie, Tante Lioba zu besuchen. Es war ein weiter Weg bis zum Reformierten Friedhof hinter der Nordstadt, und sie war viel zu selten dort, auch ihre Eltern besuchten Tantchens Grab kaum, schließlich hatten sie sich schon um die Gräber ihrer Brüder auf dem Friedhof der Niederländisch-Reformierten zu kümmern.

Der Himmel war bedeckt, und die Luft zu kühl für Ende Mai, aber es störte sie nicht, sie war glücklich, dass Packenius ihr nicht folgen konnte, weil er zum Gottesdienst gegangen war. Auf dem Grab der Tante wucherte Efeu, zwischen den Ranken stand eine Vase mit verwelkten Narzissen, deren Stängel kraftlos über den Rand hingen, die ehemals goldgelben Köpfe braun vertrocknet. Es sah aus, als hätten die fetten, dunkelgrünen Efeuranken alle Kraft aus den Blumen gesogen. Sie warf den Strauß auf dem Komposthaufen neben dem Eingang, wusch die Vase aus und füllte sie mit frischem Wasser, um die frischen Tulpen hineinzustellen, die sie gestern auf dem Markt gekauft hatte.

Hinterher faltete sie die Hände, schloss die Augen und versuchte zu beten, aber sie fand Gott nicht, so sehr sie ihn auch suchte, sie fand ihn nicht. Es passierte immer öfter in letzter Zeit, dass sie sich an ihn wandte und nichts von seiner Kraft und Liebe spürte, dass sie einfach nicht zu ihm durchdrang. Ihre Gedanken bewegten sich nur in den engen Grenzen ihres Bewusstseins, sie verliefen im Kreis, sie schafften es nicht darüber hinaus. Vielleicht war es so, dass sie das Beten langsam verlernte, weil sie nun nicht mehr zur Kirche ging und auch nicht mehr täglich in der Bibel las.

Vor ein paar Tagen hatte sie mit Isaak darüber gesprochen, und er war sehr betroffen gewesen. »Hat es etwas mit mir zu tun?«, fragte er besorgt.

Sie wusste nicht recht, was sie darauf antworten sollte. Alles, was sie betraf, hatte mit ihm zu tun, ihr ganzes Leben hatte mit ihm zu tun.

»Ich könnte es nicht ertragen, wenn du meinetwegen deinen Glauben verlierst«, sagte er.

»So ist es nicht«, versuchte sie zu erklären. »Es ist, als ob sich etwas zwischen mich und Gott drängt und mir den Blick auf ihn verstellt, aber du bist es nicht.« Es war die Gemeinde, die ihr einmal so viel Kraft gegeben hatte, aber von der sie nun verstoßen worden war, es waren ihre Eltern, die sie nicht mehr als ihre Tochter betrachteten, weil sie sich ihrem Willen widersetzte. Und es war Packenius, vor allem Packenius, der mit seinem fanatischen Wahnsinn einen Keil in ihren Glauben trieb, jeden Tag ein Stückchen tiefer.

»Warum gehst du nicht mit Rosalie in ihre Kirche?«, fragte Kirschbaum hilflos. »Du brauchst vielleicht eine Gemeinschaft, in der du deinen Glauben leben kannst.« Wahrscheinlich hatte er recht, wahrscheinlich war es das, was ihr fehlte, eine Gemeinschaft der Gläubigen, aber sie wusste genau, dass sie die auch in Rosalies Kirche nicht finden würde.

Ach, Tantchen, dachte sie jetzt, während sie den Grabstein betrachtete, der schon grün vor Moos wurde, obwohl er noch keine zwei Jahre alt war. Wenn du nur hier wärst, wenn ich nur mit dir reden könnte. Dann fiel ihr ein, dass Tante Lioba auch früher, als sie noch bei Verstand gewesen war, nie viel gesprochen hatte. Sie hatte Dorothea zugehört und ihre Hände gestreichelt, und noch während Dorothea ihr von ihren Problemen berichtete, hatten sich die meisten davon einfach ins Nichts aufgelöst.

Vielleicht hörst du mich ja auch jetzt, wo immer du auch sein magst, dachte sie und begann ganz leise zu erzählen: von der Feindseligkeit der Leute, den bösen Blicken, dem Schweinekopf. Sie erzählte von Packenius, der sie auf Schritt und Tritt verfolgte und von ihrer Sorge, dass all die Widrigkeiten und Probleme die Liebe zwischen ihr und Kirschbaum zerstören würden.

Was soll ich nur tun, Tantchen, dachte sie, als sie ihren Bericht beendet hatte. Dann stellte sie voller Überraschung fest, dass die Leere in ihrem Inneren und die Verzweiflung nicht mehr übermächtig waren. Nichts hatte sich verändert, nichts war geklärt, aber dennoch fühlte sie sich auf eine seltsame Art getröstet.

Als sie das schmiedeeiserne Tor des Friedhofs aufzog, spürte sie zuerst den Blick, dann sah sie die schwarze Gestalt, die vor einem der Gräber stand und sie unverhohlen anstarrte. Im gleichen Moment, in dem sich ihre Augen begegneten, senkte die andere den Blick und gab vor, das Grab vor sich zu betrachten, aber Dorothea wusste, dass sie ihr nachkommen würde, sobald sie den Friedhof verließ, dass sie sie bis nach Hause verfolgen würde. Sie fühlte eine fast unerträgliche Wut in sich aufsteigen, auf Packenius und auf die verbohrten, bigotten, kleingeistigen Menschen, die ihn unterstützten. Mit großen, wütenden Schritten ging sie auf die Frau zu, die ihr zuerst mit gespielter Verblüffung entgegensah und dann mit unverhohlenem Entsetzen. Die bleichen Hände klammerten sich um das Gesangbuch, als wäre es eine Waffe, mit der sie sich verteidigen könnte.

»Bleiben Sie mir vom Leib«, herrschte Dorothea sie mit vor Wut zitternder Stimme an, ihr ganzer Körper zitterte, am liebsten hätte sie der Fremden ins Gesicht geschlagen, nur um dieses Zittern, diese unerträgliche Anspannung loszuwerden.

Die Frau schien ihren Gedanken zu spüren, sie wich zurück und hob die Hände, wobei sie das Gesangbuch fallen ließ, das zu Boden flatterte wie ein sterbender Vogel. »Heiliger Herr Jesus, schütze mich«, stieß sie atemlos hervor.

»Wenn Sie es wagen, mir zu folgen«, sagte Dorothea, »dann wird er Sie nicht schützen können. Ich schwöre Ihnen, wenn Sie mir nachkommen, werden Sie das bereuen.«

»Aber warum sollte ich Ihnen nachgehen?«, wimmerte die Frau mit einer sehr dünnen, sehr ängstlichen Stimme. »Ich kenne Sie ja gar nicht, ich habe Sie doch noch nie gesehen.«

Sie wusste sofort, dass die Frau die Wahrheit sagte. Es war ein Irrtum, sie hatte eine harmlose Friedhofsbesucherin für eine von Packenius' Vertrauten gehalten.

Ich hätte sie um ein Haar geschlagen. Ich werde wahnsinnig, ich verliere den Verstand genau wie er, dachte sie auf dem Nachhauseweg. Es muss ein Ende haben.

Sie schrieb einen Brief an Daniel von der Heydt.

Mein sehr verehrter gnädiger Herr von der Heydt!

Ihr Bruder im Herrn und Gemeindemitglied Andreas Packenius, dem ich einst verlobt war, lässt nicht davon ab, mir auf Schritt und Tritt nachzugehen und mich auf allererdenk-

lichste Art zu belästigen. Des Morgens schon erwartet er mich vor meinem Haus und des Abends sehe ich ihn noch dort draußen stehen, wenn ich das Licht lösche. Ich bitte Sie von Herzen, dass Sie ihm als Ältester der Gemeinde ins Gewissen reden und ihn zur Vernunft bringen, auf dass er sein Herz nicht länger an mich hängt. Es gibt nämlich keine Hoffnung mehr auf eine Verbindung zwischen uns. Ich weiß mir sonst keinen anderen Rat, als die Sache der Obrigkeit zu melden und den Gendarmen zu überantworten.

In der Hoffnung, dass Sie sich der Angelegenheit annehmen möchten und in allergrößter Hochachtung

Ihre Dorothea Leder

Als sie den Brief geschrieben hatte, steckte sie ihn in einen Umschlag, dann setzte sie die Adresse darauf und warf ihn in den Abfalleimer neben dem Herd.

Daniel von der Heydt würde ihr genauso wenig glauben wie die Obrigkeit, mit der sie ihm drohte. Niemand würde ihr glauben. Sie konnte es ja selbst kaum glauben.

In der Woche vor Pfingsten regnete es fast ununterbrochen, aber das schien Andreas Packenius nichts auszumachen. Wenn sie aus dem Fenster blickte, sah sie ihn in einer Toreinfahrt stehen, die Füße in den schwarzen Schuhen in einer Pfütze, es kümmerte ihn nicht.

Vielleicht wird er krank und stirbt, dachte sie hasserfüllt. Aber am nächsten Tag stand er wieder da und am übernächsten auch.

Ihre Beziehung zu Isaak litt darunter, denn sie war gereizt und ungeduldig und brachte es doch nicht über sich, ihm von dem Missionar zu erzählen. Warum sagte sie nichts? Vielleicht ahnte sie, dass auch Isaak nicht gegen ihn ankommen würde. Dass er es aber nicht einfach so hinnehmen würde. Wenn Packenius nicht aufhört, uns zu belästigen, bringt er ihn um, dachte sie. Dann schüttelte sie den Kopf über sich selbst. Isaak Kirschbaum, der Sanftmütige, würde doch keinen umbringen.

Am Samstag vor Pfingsten hielt sie es nicht länger aus. Isaak war hinten in dem kleinen Lager im Hof und packte Bücher aus oder ein, oder was auch immer. Sie zog sich eine seiner Hosen an und seinen Mantel und schob seinen Hut tief in die Stirn. So ging sie an Packenius in seinem Hauseingang vorbei, ohne dass er sie erkannte.

Als sie vor seinem Elternhaus in der Marienstraße ankam, hörte der Regen auf, aber sie war bereits vollkommen durchnässt. Sie ging in einen der Hinterhöfe, verbarg sich zwischen Abort und Abfallhaufen, sodass man sie von den Fenstern aus nicht sehen konnte und zog ihren Rock über die Hosen, um dann die Hosen auszuziehen. Hosen und Mantel stopfte sie in ihren Korb, bevor sie wieder nach vorne zur Straße ging und sich auf eine der Bänke setzte, von wo sie das Haus mit seiner verzierten Fassade, den Rundsäulen und den zweiundzwanzig Stufen vor der Tür betrachtete.

Der alte Packenius und seine Frau waren ihre letzte Hoffnung. Auch ohne dass sie sie kannte, ohne mit ihnen gesprochen zu haben, wusste sie, dass sie dasselbe Ziel verfolgten. Sie alle wollten, dass Andreas Packenius endlich zu Sinnen kam und Dorothea vergaß.

Sie saß fast eine Stunde auf der Bank, bis sie den Mut fand, die Straße zu überqueren. Zweiundzwanzig Stufen und dann die Glocke, die aussah, als wäre sie aus Messing, aber vielleicht war sie auch aus Gold. Ihre Hand zitterte, als sie an dem Band zog. Sie fragte sich, ob das schwarze Dienstmädchen wieder öffnen würde, das sie an jenem Tag das erste Mal gesehen hatte, als sie mit ihren Eltern zur Andacht gekommen war, an jenem verfluchten Tag, an dem sie Packenius kennengelernt hatte. Sie fragte sich, ob es ein gutes oder ein schlechtes Zeichen wäre, wenn es wieder die Negerin wäre, und während sie noch darüber nachdachte, ging die Tür vor ihr auf und das Mädchen stand vor ihr.

Sie musterte Dorothea mit unbewegtem Gesicht, aus glänzend schwarzen Augen. Dorothea wartete darauf, dass sie etwas sagte, doch umgekehrt wartete das Dienstmädchen darauf, dass Dorothea zu sprechen begann.

»Ob die Herrschaften, der Herr oder die gnädige Frau wohl zu Hause sind«, fragte Dorothea endlich mit der dünnen Stimme eines Kindes.

»Wen darf ich melden«, fragte die Schwarze, ohne irgendeines der Worte besonders zu betonen, sie klang wie ein Automat. Sie streckte Dorothea die Hand entgegen, worauf Dorothea ihr ihre Hand reichte, aber das Mädchen ignorierte sie einfach, sie hatte eine Besucherkarte erwartet.

»Dorothea Leder«, sagte Dorothea.

Die Negerin nickte nicht und blinzelte auch nicht, sie sah Dorothea einfach nur an, dann schlug sie die Tür plötzlich wieder zu. Dorothea starrte gegen das dunkle, mit Schnitzereien verzierte Holz. Da, wo eben noch das Gesicht des Dienstmädchens gewesen war, war jetzt eine schwarzbraune Rosenknospe. Würde das Mädchen wiederkommen, sollte sie warten oder gehen?

Sie wartete und merkte, wie sie mit jeder Sekunde unsicherer wurde. Irgendwann beschloss sie, dass es nun zu lange dauerte, wahrscheinlich hatte sie irgendetwas Falsches gesagt oder irgendetwas Entscheidendes nicht gesagt, vielleicht war es auch die Besucherkarte gewesen, die sie nicht vorweisen konnte, in jedem Fall würde man sie hier nicht empfangen. Sie ging die Treppe wieder hinunter, und mit jeder Stufe, die sie hinabstieg, fühlte sie sich erleichterter. Auf der zehnten Stufe hörte sie, wie oben die Tür wieder aufging.

»Fraulein«, hörte sie das Mädchen sagen, *Fraulein* anstatt *Fräulein*, vielleicht konnten die Neger das *äu* nicht aussprechen. »Sie können jetzt kommen.«

Auch jetzt erhob sie ihre Stimme nicht, sie schien auch nicht verwundert darüber, dass sich Dorothea mitten auf der Treppe befand, sie wartete einfach nur, bis sie die Stufen wieder nach oben gestiegen war und dann an ihr vorbei ins Haus trat.

»Da hin entlang.« Der blütenweiße Handschuh, in dem der schwarze Arm verschwand, zeigte in den Gang hinter dem Vorraum.

Dorotheas Schuhe machten klackernde Geräusche auf dem Marmorboden, die Schritte des Mädchens hinter ihr waren dagegen von vornehmer Lautlosigkeit. Sie gingen den Gang hinunter, bis die Negerin ein leises, schnalzendes Geräusch mit der Zunge machte, und auf eine Seitentür zu ihrer Rechten wies. Der weiße Handschuh klopfte an, dann war das Mädchen plötzlich verschwunden, auf ihren leisen Sohlen in den Untiefen des großen Hauses, und Dorothea war allein.

Herr Packenius empfing sie hinter einem schweren Schreibtisch aus schwarzem Holz, seine Frau war nicht anwesend. Er stand nicht auf, als sie den Raum betrat, er musterte sie nur durch seine blitzenden Brillengläser, die sie nie zuvor an ihm gesehen hatte. Sie wollte an den Schreibtisch treten, aber als sie den weichen Teppich unter ihren Füßen spürte, trat sie hastig wieder einen Schritt zurück, um ihn nicht zu beschmutzen. »Was gibt es denn?«, fragte Herr Packenius ungehalten.

»Ich bin ...«, begann Dorothea zögernd.

»... ich weiß, wer Sie sind«, unterbrach er sie.

Sie merkte, wie ihr der Schweiß ausbrach, aus Furcht, aber auch aus Ärger über die Art, wie er sie behandelte, wie eine Bittstellerin, eine Aussätzige, wie den letzten Abschaum.

»Dann wissen Sie vermutlich auch, warum ich gekommen bin«, sagte sie und merkte, wie ihre Stimme mit jedem Wort an Festigkeit gewann.

Er starrte sie nur an und zuckte mit den Schultern.

»Es ist wegen Ihres Sohnes. Er hat es sich in den Kopf gesetzt, dass ich ihn heiraten soll, aber ich will es nicht und werde es niemals tun. Nun aber steht er von morgens bis abends vor meiner Tür, und wenn ich herauskomme, folgt er mir.«

»Was reden Sie da?«, fragte Herr Packenius. Er rieb sich mit der Hand über sein glatt rasiertes Kinn und dann über den Backenbart, als wolle er sichergehen, dass er noch da war. »Was ist das für dummes Zeug?«

»Rufen Sie Ihren Sohn zur Ordnung«, sagte sie ruhig, ohne auf seine Frage einzugehen. »Sagen Sie ihm, dass er sich zurückhalten soll, denn die Nachbarn beginnen sich schon die Mäuler zu zerreißen.«

Herr Packenius starrte sie an. Sie trat näher. Es war ihr jetzt egal, ob ihre Schuhe den Teppich beschmutzten. »Ich sage es nicht um meinetwillen«, meinte sie. »Mein Ruf ist ruiniert, das wissen Sie ebenso gut wie ich selbst. Aber wenn Ihnen etwas an Ihrem Sohn liegt und an der Reputation Ihrer Familie, dann sollten Sie ihn zur Vernunft bringen, ehe er sich ganz und gar zum Gespött gemacht hat.«

»Wie können Sie es wagen«, herrschte Herr Packenius sie an, wobei er sich halb aus seinem Stuhl erhob, aber es schüchterte sie nicht ein, sie hatte jetzt keine Angst mehr. Sie hatte das Gefühl, dass sie durch ihn hindurchsehen konnte, und hinter der Maske aus Macht und Arroganz sah sie ein unsicheres, schwaches Wesen. Du, dachte sie, du hast aus deinem Sohn das gemacht, was er heute ist, du hast ihn so weit getrieben, du bist schuld. Dabei kannte sie weder Vater noch Sohn richtig, sie wusste nichts über Andreas Kindheit und die Beziehung zu seinen Eltern. Sie sah nur dieses Haus und das dunkle Büro und den Mann hinter dem Schreibtisch, dessen massiger Oberkörper scheinbar schwerelos über seinen Akten und Schriftstücken schwebte. Aber sie war sich dennoch ganz sicher.

Sie blickten sich noch ein paar Sekunden lang an, Packenius und Dorothea. Dann ließ er sich wieder zurück auf den Stuhl fallen.

Das Gespräch war beendet.

Am Pfingstsonntag stand Andreas Packenius nicht vor der Bibliothek, und auch nachdem der Gottesdienst in der Deweerthstraße vorüber war, tauchte er nicht auf. Mit jeder Sekunde, jeder Minute, jeder Stunde, in der sie ihn nicht sah, wurde Dorothea glücklicher. Auch am Montagmorgen war er nirgendwo zu sehen, Dorothea ging sogar hinaus auf die Straße und suchte die Hauseingänge und Toreinfahrten ab, aber er war nicht da.

Als ob er ihre Erleichterung spürte, kochte Kirschbaum abends ein Festmahl: Juliennesuppe, Lammbraten mit Rahmkartoffeln und Blumenkohl und hinterher einen Marasquino-Pudding. Sie hatten sich gerade am Tisch niedergelassen, als die Glocke in der Bibliothek ging. Packenius, dachte Dorothea sofort, obwohl es unsinnig war, warum sollte er klingeln.

Kirschbaum stand auf, um zu öffnen, und als er die Küche verließ, wurde ihre Besorgnis zur Angst. Sie erhob sich ebenfalls und ging zur Küchentür und sah ihm nach, wie er zwischen den Regalen verschwand. Warum hatte sie solche Angst? Es gab keinen Grund dafür. Packenius war ein Nichts, ein Niemand, sein Vater hatte ihn zur Ordnung gerufen. Es war vorbei. Sie war ihn los, ein für alle Mal.

Da kam Isaak mit Rosalie in die Küche zurück, doch sobald sie den gedeckten Tisch sah, mit einer Kerze und Blumen geschmückt, wollte sie gleich wieder gehen. »Wenn du in den nächsten Tagen einmal die Zeit findest, kannst du mich ja besuchen.«

»Aber warum bleiben Sie nicht, Sie sind herzlich eingeladen«, sagte Kirschbaum.

Rosalie zögerte, aber nachdem sie beide eine Weile lang auf sie eingeredet hatten, gab sie nach. »Also gut«, sagte sie, während sie ihren Hut abzog und am Tisch Platz nahm. »Ehe das gute Essen ganz und gar kalt ist.«

Sie aß drei Teller Suppe und nahm zweimal von dem Lamm und dem Gemüse. Sie konnte sich gar nicht darüber beruhigen, wie köstlich alles schmeckte. »Ich würde in kein Korsett der

Welt mehr passen, wenn ich so etwas täglich serviert bekäme«, sagte sie seufzend, während sie ihren Teller mit dem Nachtisch in Empfang nahm.

Dorothea lächelte und strich sich über ihre Hüften, die um so vieles runder geworden waren in den letzten Monaten.

»Vater hat immer gesagt, dass der Mensch isst, um zu leben, und nicht umgekehrt«, sagte sie. »Aber nun glaube ich, dass er unrecht hatte.« Die andern lachten, und sie dachte, wie wunderbar es war, dass sie einfach so darüber scherzen konnte, und wie glücklich sie war, dass sie Packenius los war, und wie sehr sie Isaak liebte.

Dorothea erzählte, dass sie Tantchens Grab auf dem Friedhof der Reformierten besucht hatte, wie sie mit ihr gesprochen und das Gefühl gehabt hatte, dass sie ihr zuhörte.

»Vielleicht war es ja wirklich so«, sagte Rosalie. »Vielleicht sind die Toten nicht wirklich tot, vielleicht bleibt ein Teil von ihnen bei uns und um uns herum.«

»Eine schöne Vorstellung«, sagte Kirschbaum.

»Das kommt ganz auf den Toten an«, sagte Rosalie. »Was für eine Vorstellung haben die Juden von dem Leben nach dem Tod?«, fragte sie Kirschbaum.

Rosalie war immer so direkt, sie stellte die Fragen, wie sie ihr in den Kopf kamen, ohne zu überlegen, ob es passend oder unpassend war, dachte Dorothea. Immerhin wusste sie doch, dass Kirschbaum sich von seiner Religion losgesagt hatte. Aber er nahm ihr die Frage nicht übel.

»Im Gegensatz zu den Christen wartet mein Volk ja noch auf den Messias«, sagte Kirschbaum. Dorothea nahm es mit einem gewissen Erstaunen zur Kenntnis, dass er *mein Volk* sagte und nicht *die Juden*. »Vielleicht ist das auch der Grund, dass unsere Vorstellungen vom Jenseits nicht so ausgeprägt sind wie die der Christen. Wir glauben aber ebenfalls, dass die Seele eines Menschen den Tod des Körpers überlebt und sich schließlich, in der messianischen Zeit, wieder mit dem Körper vereinigt, auf dass die Person leibhaftig auferstehe. ›Gepriesen seist du, Ewiger, der die Toten belebt‹, sagen wir am Schabbat.«

»Der die Toten belebt«, wiederholte Rosalie nachdenklich. »Es ist eine seltsame Idee, finden Sie nicht auch?«

»Inwiefern?«, fragte Isaak.

»Dass die Toten nach all der Zeit unter der Erde, in der das Fleisch verfault und verwest und nur noch die baren Knochen vorhanden sind, dass sich die Skelette dann wieder zu Körpern zusammensetzen und mit Haut und Haaren überziehen, um dergestalt aufzuerstehen.«

»Da haben Sie ganz recht«, nickte Kirschbaum. »Das ist in der Tat ein Gedanke, der mich schon als Kind befremdet hat. Ich für meinen Teil bin alles andere als überzeugt von dieser Konzeption.«

»Aber an das ewige Leben, daran glauben Sie?«, fragte Rosalie, und wieder wunderte sich Dorothea über ihre Freundin, wie sie ohne zu zögern alles ansprach, was sie bewegte. Sie selbst hätte eine so persönliche Frage niemals an jemanden gestellt, den sie so wenig kannte wie Rosalie Kirschbaum. Sie wunderte sich, und sie ärgerte sich auch ein bisschen über ihre Freundin, die einfach hier auftauchte und ihr Essen aß und das Gespräch bestimmte in ihrer dominanten Art.

Sie wusste noch nicht, wie unendlich dankbar sie Rosalie bald dafür sein würde, dass sie diese Frage gestellt hatte.

»Ach«, sagte Kirschbaum jetzt und sah dabei Dorothea an, als hätte sie ihn gefragt und nicht Rosalie. »Ich weiß es nicht. Ich glaube jedenfalls, dass die Juden und die Christen und die anderen Religionen auch, gleichwohl ich sie nicht wirklich kenne, gleichermaßen weit von der Wahrheit entfernt sind.« Er machte eine kleine Pause und musterte Dorothea aufmerksam, als wartete er darauf, dass sie voller Empörung aufsprang und wegrannte oder sich die Ohren zuhielt. Erst als sie ihn anlächelte, fuhr er fort. »Es ist eine größere und ganz und gar andere Welt, die uns nach dem Tode erwartet, etwas, das wir Menschen uns mit unserem begrenzten Verstande nicht ausmalen können, weswegen wir eben diese Bilder kreieren und weshalb wir diese Vorstellungen entwickeln von Gräbern, die sich öffnen, und Toten, die daraus emporsteigen.« Er nickte zustimmend, als habe ein anderer diese Worte gesagt und nicht er selbst. Dann reichte er Rosalie die Schüssel mit dem Pudding, und sie tat sich noch zwei Löffel auf ihren Teller, und danach redeten sie über andere Dinge.

Später gingen Dorothea und Isaak zusammen schlafen, auch darüber war sie hinterher so froh, dass sie nicht früher als er zu Bett gegangen war, sondern dass sie Körper an Körper und Hand in Hand eingeschlafen waren.

Als sie aufwachte, schlugen die Glocken der Reformierten Kirche Mitternacht. Sie blickte in die Dunkelheit und wusste, dass sie nicht mehr einschlafen konnte, also schlüpfte sie in ihren Morgenmantel und in die Pantoffeln und ging in die Bibliothek. Seit sie Darwin gelesen hatte, griff sie des Öfteren nach naturwissenschaftlichen Werken, sie hatte eine Reisebeschreibung von Humboldt über die Kordilleren gelesen und einiges von Linné und auch Schaaffhausen.

Sie sprach oft mit Rosalie über die Bücher und wunderte sich jedes Mal, wie viel ihre Freundin wusste, was sie aus den Gesprächen mit Fuhlrott, ihrem Vater und Minter gelernt und sich selbst angelesen hatte. »An dir ist eine Wissenschaftlerin verloren gegangen«, sagte sie zu ihr, worauf Rosalie verächtlich die Luft durch die Nase stieß.

»Verloren gegangen, ganz recht«, sagte sie. »Weil Frauen nach Vorstellung der Herrenwelt in die Küche gehören und nicht an die Universitäten.«

»Ach, Rosalie«, meinte Dorothea ratlos. »Einmal wird es auch in Deutschland so weit sein, dass sich die Frauen immatrikulieren dürfen.«

»Ja«, sagte Rosalie bitter. »Einmal. Aber dann ist es zu spät für mich.«

Heute nahm sich Dorothea kein naturwissenschaftliches Werk aus dem Regal, sondern griff nach einem Roman. Zuerst las sie ein paar Seiten in dem neuesten Werk von Scott, dann blätterte sie in Schwabs Sagen des klassischen Altertums, aber nichts davon konnte sie fesseln.

Weil ihre Hände kalt waren, steckte sie sie in die Taschen ihres Morgenmantels, wo sie einen kleinen, runden Gegenstand fühlte. Es war die Messingkapsel mit dem Gebet, das ihr Kohlbrügge gegeben hatte, und das sie später noch einmal bekommen hatte, von dem religiösen Eiferer vor dem Bahnhof. *Harrt auf den Herrn, ihr Frommen, bei Ihm ist Gnad und Huld ...* Die Worte hatten nichts Bedrohliches, dennoch erschienen sie ihr auch jetzt wieder seltsam unheilvoll, ohne dass sie wusste warum.

Sie steckte den Zettel zurück in die Kapsel.

Die innere Unruhe, die sie aufgeweckt hatte, wurde immer größer. Sie ging zum Fenster und starrte hinaus in die Dunkelheit hinter dem Lichtkreis der Gaslaterne. Plötzlich hatte sie das Gefühl, dass die Dunkelheit zurückstarrte, mit riesigen, feindseligen Augen.

23. KAPITEL

»Die Erwartung, daß man, je älter eine Schicht ist, in ihr mit einer jedesmal niedrigeren Bildung des menschlichen Schädels zusammentreffen müsse, ist auf der Theorie der fortschreitenden Entwicklung begründet, und es mag ihre Berechtigung dadurch bewiesen werden; nichtsdestoweniger muß man sich erinnern, daß wir bis jetzt noch keinen bestimmten geologischen Beweis dafür haben, daß die Erscheinung dessen, was wir die niederen Rassen des Menschengeschlechts nennen, jedesmal in chronologischer Ordnung denen der höheren vorangegangen ist.«

Aus *Das Alter des Menschengeschlechts* von Charles Lyell, 1864

Die Umgebung der Joachimshöhle gehörte zum Forstbezirksbereich Neandertal, wie Nora nach mehreren Telefongesprächen erfuhr, der zuständige Forstbeamte hieß Norbert Disselmann und wohnte in Erkrath.

»Tagsüber ist er meistens unterwegs«, sagte eine Frauenstimme, als sie seine Nummer anrief. »Versuchen Sie es nach sechs noch mal, dann ist er eigentlich immer da.«

Sie beschloss direkt hinzufahren, aber als sie ihr Auto kurz vor halb sieben in der Reihenhaussiedlung parkte, wusste sie plötzlich nicht mehr, was sie dem Förster eigentlich erzählen sollte. Die Tote in der Joachimshöhle, ihre Überlegungen, wie sie in die Höhle hineingekommen war, alles war so an den Haaren herbeigezogen, und das, was sie ihn fragen wollte, schien plötzlich fast absurd.

Sie trat zögernd von einem Fuß auf den anderen. Im Hauseingang hinter ihr ging die Außenbeleuchtung an, wahrscheinlich hatte sie einen Bewegungsmelder ausgelöst. Sie wechselte die Straßenseite und suchte die Hausnummer 56. Während sie die Klingel drückte, suchte sie nach Worten, um sich vorzustellen.

Irgendwie hatte sie einen älteren Herrn mit Vollbart erwartet, ein wenig beleibt und mit buschigen Augenbrauen, aber der Mann, der die Tür öffnete, war in ihrem Alter, schlank und nur ein wenig größer als sie. In Höhe seiner Oberschenkel streckte ein Jagdhund seinen Kopf aus der Tür und hechelte erwartungsvoll, wenigstens das entsprach ihrer Vorstellung. Sie trat noch einen Schritt näher. Der Hund drückte seine Nase zwischen ihre Beine und schnupperte, was sie so aus dem Konzept brachte, dass sie die vorbereiteten Sätze vergaß.

»Nora Freitag«, sagte sie, während der Mann den Hund am Halsband zurückriss und hinter sich in den Flur drängte. »Ich habe vorhin mit Ihrer Frau telefoniert.«

»Entschuldigung«, sagte der Mann mit einem schnellen Blick auf den Hund. »Worum geht es denn?«

Sie begann etwas konfus zu erzählen, bis er sie nach ein paar Sätzen ins Wohnzimmer bat, in dem Spielsachen kreuz und quer verstreut lagen. In einem Nebenraum hörte sie Kinder rufen und die leisere Stimme einer Frau. Familienleben.

»Jedenfalls«, sagte Nora, »jedenfalls sind wir überzeugt, dass es früher einen anderen Zugang zur Joachimshöhle gegeben haben muss, durch den die Tote hineingeschafft worden ist. Und auf der Suche nach diesem alten Eingang sind wir auf etwas Merkwürdiges gestoßen.«

Sie machte eine Pause und wartete darauf, dass sich der Förster erkundigte, was sie gefunden hatten. Stattdessen sah er sie mit gerunzelter Stirn an. »Wo genau liegt diese Joachimshöhle denn?«

»Kennen Sie sie denn nicht?«, fragte Nora betroffen. »Ich dachte, Sie sind der Förster in dem Gebiet? Sie müssen die Höhle doch schon gesehen haben.«

»Es gibt mehrere Höhlen im Neanderthal. Aber ich kenne die Namen nicht.«

Nora hob hilflos die Schultern. »Die genauen Koordinaten weiß ich natürlich nicht. Sie liegt eben irgendwo in der Felswand.«

Disselmann holte eine Karte aus seinem Arbeitszimmer. Als er zurückkam, drängte sich auch der Jagdhund mit ins Wohnzimmer, aber diesmal näherte er sich Nora nicht, sondern ließ sich auf eine graue Wolldecke neben dem Tisch fallen und senkte den Kopf auf die Vorderpfoten. Sie hatte den unsinnigen Eindruck, dass er von dem Vorfall an der Tür peinlich berührt war.

Disselmann breitete die Karte auf dem Esstisch aus. Es dauerte eine ganze Weile, bis Nora sich darauf zurechtfand, aber dann war sie sich sicher. »Die Joachimshöhle ist hier, und den Zugang, also den ehemaligen Eingang, vermuten wir dort oben.« Sie tippte mit dem Finger auf die entsprechende Stelle.

Herr Disselmann nickte. »Dann weiß ich auch, was Sie meinen. Ich habe es mir vorhin fast schon gedacht. Aber jetzt bin ich mir sicher.«

»Wie?«, fragte Nora. »Was meine ich denn?«

»Ihre Entdeckung«, sagte Herr Disselmann.

Sie nickte erwartungsvoll.

»Die alte Libanonzeder«, meinte er. »Das war es doch, was Ihnen aufgefallen ist.«

Nora kratzte sich am Hinterkopf. »Ein hoher Nadelbaum mit recht ausladenden Ästen, hellgrün, und die Zweige mit den Nadeln hängen nach unten?«

»Genau.«

»Eine Libanonzeder, sagen Sie? Ist das nicht ungewöhnlich? Ich meine, so was wächst doch normalerweise nicht in einem deutschen Mischwald?«

»Ganz und gar nicht.« Herr Disselmann fegte einen Stofflöwen vom Stuhl neben Nora und machte eine einladende Handbewegung. Sie setzte sich, er nahm ihr gegenüber Platz. »Es gibt viele Libanonzedern in Deutschland, die älteren Bäume findet man in Parks und Landschaftsgärten, und junge Exemplare können Sie heute in fast jedem Gartenzentrum kaufen. Aber dieser Baum, von dem wir sprechen, ist ein Phänomen. Er ist alt, wir schätzen ihn auf circa hundertfünfzig Jahre. Und der Standort mitten im Wald ist ein absolutes Rätsel.«

»Ein Rätsel?«, wiederholte Nora. Ihr Herz schlug auf einmal laut und aufgeregt. »Wieso?«

»Er kann sich nicht selbst ausgesät haben. Woher auch? Irgendjemand muss ihn an diese Stelle gesetzt haben.«

»Vor hundertfünfzig Jahren. Sind Sie sich da sicher?«

Herr Disselmann hob die Augenbrauen. Sein Zeigefinger schob ein paar Brotkrumen auf dem Tisch zu einem kleinen Berg zusammen, dann verteilte er sie wieder auf der Fläche. »Eine exakte Altersbestimmung wäre natürlich nur möglich, wenn der Baum gefällt würde. Anhand der Jahresringe. Aber der Stammumfang und die Höhe erlauben Rückschlüsse, vor allem im Vergleich mit anderen Exemplaren. Und dann gibt es die Forstbücher. Zum ersten Mal wurde der Baum 1894 erwähnt, aber damals hatte er schon eine Höhe von drei Metern. Wenn man die durchschnittliche Wachstumsgeschwindigkeit, die schlechten Lichtverhältnisse und das für diese Art ungünstige Klima berücksichtigt, dann legt das eine Pflanzzeit um die Jahrhundertmitte nahe.«

»Plus/minus zehn oder zwanzig Jahre«, fügte er schnell hinzu, als er Noras nachdenklichen Blick sah.

Das Medaillon hatte die Schmuckhändlerin ebenfalls auf Mitte des 19. Jahrhunderts geschätzt. Das waren die Eckpunkte ihrer Suche: Der Anhänger als Anfang und der Baum als Endpunkt. Denn den Baum, da war sich Nora jetzt ganz sicher, hatte man der unbekannten Toten als Grabmal gesetzt. Wer auch immer ihren Körper in die Höhle gebracht und dort bestattet hatte, hatte den Ausgang hinterher verschlossen und den Setzling der Libanonzeder dort eingepflanzt.

Und erst über hundert Jahre später, Ende des 20. Jahrhunderts, war ein neuer Höhlenzugang aufgebrochen und die Höhle wiederentdeckt worden, und die Tote mit ihr.

Und jetzt, dachte Nora, da wir dich einmal in deiner Ruhe gestört und deine Überreste ans Tageslicht gezerrt haben, werde ich nicht eher nachgeben, bis ich deine ganze Geschichte kenne, bis ich weiß, wer du warst und woher du kamst und warum du gestorben bist.

Kelly kam direkt nach der Arbeit bei Nora vorbei, eine halbe Stunde später traf auch Robert ein. Noras Puls beschleunigte sofort, als sie ihm die Tür aufmachte, sie fragte sich, ob er wusste, dass Kelly hier war, ob er ihretwegen gekommen war.

»Super, dass du es doch noch geschafft hast«, sagte Kelly, als Nora ihn in die Küche brachte. »Hör dir bloß mal an, was Nora herausgefunden hat.«

Noras Puls beruhigte sich wieder. Sie setzten sich an den Küchentisch, Kelly neben Nora, Robert ihnen gegenüber, und Nora erzählte Robert, was ihr der Förster erzählt hatte.

»Der Todeszeitpunkt grenzt sich immer mehr ein«, sagte Kelly. »Es muss zwischen 1850 und 1870 geschehen sein.«

»Unsere Tote wurde circa fünfundzwanzig Jahre alt«, sagte Robert. »Also ist sie zwischen 1825 und 1845 geboren worden.« Sein Blick wanderte zwischen Nora und Kelly hin und her, und Nora fühlte sich unwohl, sie wollte nicht, dass er sie miteinander verglich. Kelly hatte den ganzen Tag gearbeitet und strahlte dennoch eine solche Energie aus, ihr Haar funkelte, und ihr Teint schimmerte sanft im Lampenlicht, während Noras Haut vermutlich fettig glänzte, und die Haare hatte sie sich auch viel zu lange nicht mehr gewaschen.

Sie stand auf und ging zum Kühlschrank, um drei Flaschen Bier herauszuholen, die sie auf den Tisch stellte, ohne die anderen zu fragen, ob sie sie überhaupt wollten. Dann setzte sie sich wieder, aber an die Längsseite, Kelly schräg gegenüber.

»Wenn sie ermordet wurde, dann hat man sie vielleicht gesucht«, sagte sie. »Vielleicht sollte man die Archive der verschiedenen Zeitungen aus dem Umfeld mal auf Suchanzeigen hin anschauen.«

»Viel Spaß«, sagte Kelly. »Ich kenn mich ja hier nicht so gut aus, aber in der Gegend ums Neandertal gibt es doch unzählige Städte und Gemeinden. Da suchst du dich doch zu Tode ohne ein ganz genaues Datum.«

»Wo hat sie gelebt?«, sagte Robert. »Das ist die nächste entscheidende Frage.« Dann machte er eine Flasche auf und noch eine. Bevor er die dritte öffnete, sah er Kelly fragend an, die kaum merklich den Kopf schüttelte. Wenn sie kein Bier trinkt, geht sie vielleicht gleich, dachte Nora, doch im selben Moment schämte sie sich für den Gedanken. Aber Kelly machte keine Anstalten zu gehen, im Gegenteil, sie holte sich eine Wasserflasche aus dem Kasten neben dem Herd und ein Glas aus dem Schrank.

Robert prostete erst Kelly, dann Nora mit seiner Bierflasche zu.

»Dieser Baum«, sagte Nora und versuchte nicht über diese Reihenfolge nachzudenken. »Vielleicht bringt uns der ja weiter. Wer immer ihn gepflanzt hat, muss einen Setzling gehabt haben. Und so viele Libanonzedern gab es damals bestimmt nicht.«

»Vielleicht kam der Samen ja direkt aus dem Orient«, meinte Kelly.

»Und der Mörder auch«, sagte Robert. »Oder die Tote. Oder beide.«

»Dem Körperbau nach ist sie Europäerin«, sagte Nora. »Meint zumindest der Pathologe.«

Sie redeten noch ein bisschen weiter über die unbekannte Tote und dann über Falk und Melanie, die nach einer größeren Wohnung suchten, und dann schleppte sich das Gespräch hierhin und dorthin, bis Robert aufstand. »Ich muss«, sagte er, ohne näher zu erklären, was er musste oder wohin. Nora brachte ihn zur Tür und wünschte sich wieder, dass Kelly statt seiner ginge. Wieder bekam sie ein schlechtes Gewissen.

»Was ist los?«, fragte Robert im Flur. »Du bist so anders in letzter Zeit.«

»Nichts«, sagte Nora und wich seinem Blick aus.

»Ist es wegen Falk und Melanie? Wir hätten nicht davon anfangen sollen.«

»Ach, Quatsch«, meinte Nora. »Das ist doch vorbei.«

»Na dann«, sagte Robert. Er beugte sich nach vorn, um sie auf die Wange zu küssen, aber im selben Moment drehte Nora den Kopf ein kleines Stück zur Seite, wodurch zuerst ihre Brillengläser aneinanderstießen und dann ihre Lippen, und Nora öffnete ihren Mund, ohne richtig darüber nachzudenken, was sie tat, und Robert auch. Sie berührten einander nicht mit den Händen, sie küssten sich nur. Es war ganz anders als mit Falk oder mit Torsten.

Als er weg war, ging Nora ins Bad. Sie setzte sich auf den Badewannenrand und wartete darauf, dass ihr Körper aufhörte zu zittern. Robert hatte sie angelächelt, als er gegangen war, aber er war sehr schnell gegangen, vielleicht tat es ihm ja jetzt schon leid, dass er sie geküsst hatte. Sie versuchte sich sein Gesicht in Erinnerung zu rufen, aber es gelang ihr nicht, obwohl sie den Geschmack seiner Zunge noch im Mund hatte. Sie hielt ihre Hände vor sich in die Luft, spreizte die Finger und sah, dass sie immer noch zitterten. Sie war jetzt schon so lange im Bad gewesen, sie musste zurück in die Küche.

Sie war sich ganz sicher, dass Kelly etwas gemerkt hatte. Sie wartete nur darauf, dass sie sie auf Robert ansprach, spöttisch oder wütend oder gekränkt, aber Kelly redete von einer neuen Bar in der Schlüterstraße, in der sie am Wochenende mit ein paar Kollegen gewesen war. Nora schüttete sich Müsli in eine Schüssel und Milch darüber, nicht weil sie wirklich Hunger hatte, sondern einfach um irgendwas zu tun. »Willst du auch was?«, fragte sie Kelly, doch während sie die Frage noch aussprach, wusste sie bereits die Antwort.

»Nein danke«, sagte sie, gleichzeitig mit Kelly.

Kelly lachte und griff dann mit beiden Händen nach ihrer Handtasche, wie immer, wenn sie nervös war, dabei war es jetzt schon Monate her, dass sie aufgehört hatte zu rauchen.

Nora lachte nicht. »Wie lange hast du das schon?«, fragte sie. Hinterher hätte sie nicht sagen können, warum sie Kelly ausgerechnet in diesem Moment darauf angesprochen hatte, vielleicht, weil sie ein schlechtes Gewissen wegen Robert hatte und Kelly davon ablenken wollte und sich selbst auch.

»Was«, fragte Kelly mit flacher Stimme.

»Die Magersucht«, sagte Nora.

»Ich bin doch gar nicht ...«, begann Kelly. Dann brach sie ab und seufzte.

Sie starrte auf ihre langen, schmalen Finger, und Nora starrte in ihre Müslischale, in der die Haferflocken und Weizenkeime in der Milch herumschwappten, wie etwas sehr Unappetitliches.

»Seit Mai«, sagte Kelly. »Es hat wieder angefangen, als die Probleme zwischen Robert und mir begonnen haben.«

»Wieder?«

»Ich war früher schon anorektisch. Als ich so um die zwanzig war. Ich wär fast daran gestorben. Ich war lange im Krankenhaus und dann in Therapie, und dann hab ich Robert kennengelernt. Ich hab wirklich geglaubt, dass alles okay war, dass ich drüber weg war, aber das war Quatsch.«

Nora stellte ihre halb volle Müslischale in den Ausguss und holte sich noch ein Bier aus dem Kühlschrank.

»Wahrscheinlich findest du das völlig albern«, Kellys Stimme klang plötzlich anklagend. »Aber man kann das nicht verstehen, wenn man das nicht selbst erlebt hat.«

Nora nahm einen Schluck Bier, weil sie nicht wusste, was sie sagen sollte. »Aber warum tust du das?«, fragte sie schließlich. »Du bist so schön. Du könntest zwanzig Kilo schwerer sein und wärst immer noch wunderschön. Siehst du das nicht?«

»Doch«, sagte Kelly. »Aber es ist so anstrengend, schön zu sein. Am Anfang ist es einfacher, weil sie alle fasziniert von dir sind. Aber dann musst du diesen ersten Eindruck aufrechterhalten und beweisen, dass du auch klug bist, noch klüger als schön, und alle, Männer wie Frauen, alle suchen sie ständig irgendwelche Makel an dir, wenn du schön bist.«

»Und Robert?«, fragte Nora, obwohl es sie eine Menge Überwindung kostete, den Namen auszusprechen.

»Mit Robert war es eben anders. Es war gut, für mich war es jedenfalls gut. Für ihn war es auch gut, jedenfalls die ersten Jahre, und dann ... Aber vielleicht kriegen wir es ja noch mal hin, im Moment verstehen wir uns ganz gut.«

»Wirklich gut«, fügte sie nach einer kleinen Weile hinzu.

»Aha«, sagte Nora. Sie trank noch einen Schluck Bier und spürte, wie sie langsam betrunken wurde.

»Gibst du mir auch ein Bier?«, fragte Kelly.

Sie dachte an Robert, als sie am nächsten Morgen die Augen aufschlug. Sie hatte das Gefühl, dass sie die ganze Nacht von ihm geträumt hatte, auch wenn sie sich nicht mehr daran erinnern konnte. Als sie Kaffee machte, verschwand sein Bild, stattdessen tauchte Kelly auf. *Im Moment verstehen wir uns echt ganz gut,* hörte Nora sie sagen, während sie den Kaffee trank. *Wirklich gut,* sagte Kelly, als Nora den Computer einschaltete.

Sie versuchte, sich auf eine Anzeigenkampagne für Rauchgasentschwefelungsanlagen zu konzentrieren. Nachdem sie das Briefing zum vierten Mal gelesen hatte, ohne ein Wort davon zu verstehen, gab sie es auf. Sie schaltete den Computer wieder aus, kochte sich noch einen Kaffee und stellte sich damit ans Fenster. Kelly und ihre Magersucht, dachte sie, was würde aus Kelly werden, wenn sie und Robert nicht mehr zusammenkamen. Wenn Robert und Nora ... Unsinn, dachte sie, das würde nicht geschehen. Welcher Mann würde sich für Nora entscheiden, wenn er Kelly haben konnte? Vielleicht ein Blinder, aber Robert war nicht blind.

Jedes Mal, wenn das Telefon klingelte, war sie überzeugt,

dass es Robert war, und ließ es vier-, fünfmal klingeln, bevor sie abnahm, damit er nicht glaubte, dass sie auf seinen Anruf wartete. Beim ersten Mal war es Falk, der wegen der Heizkostenabrechnung anrief. Der zweite Anrufer hatte sich verwählt, und beim dritten Mal war es Frau Sandner. »Die Juwelierin«, erklärte sie. »Ich rufe wegen des Medaillons an.«

Sie hatte die Herstellerpunze auf dem Schmuckstück identifiziert. »Ein schwieriges Stück Arbeit«, sagte sie, und aus irgendeinem Grund sah Nora plötzlich ihre makellos lackierten Fingernägel vor sich, wie sie das Medaillon hielten. »Das Juweliergeschäft, in dem das Medaillon hergestellt wurde, gab es nur ein paar Jahrzehnte lang, und in dieser Zeit wurde die Punze dreimal modifiziert. Aber das Untersuchungsergebnis bestätigt meine Vermutung: Das Medaillon muss um 1850 entstanden sein, vielleicht etwas später, keinesfalls früher. Die Punze ist erst 1849 ins Register eingetragen und 1864 gelöscht worden.«

»Haben Sie auch eine Adresse von dem Juweliergeschäft?«

»Binder & Söhne«, sagte Frau Sandner. »Wobei die Söhne nicht wirklich ins Spiel kamen, das Geschäft existierte nicht sehr lange, wie schon gesagt. Die Adresse im Register lautet Am Heckweiher 28, Elberfeld.«

»In Wuppertal«, sagte Nora.

»Das Geschäft war nicht sehr groß, ich vermute, dass der Schmuck ausschließlich an Ort und Stelle vertrieben worden ist. Sie können also davon ausgehen, dass das Medaillon in Wuppertal gekauft wurde.«

Als sie auflegte, begannen draußen Kirchenglocken zu läuten, zuerst vier tiefe Schläge und dann zwölf kürzere, hellere. Danach war alles still, nur der alte Radiowecker auf dem Küchenschrank summte leise und irgendwie feindselig. Als es an der Tür klingelte, zuckte Nora zusammen, weil sie niemanden erwartete, und für die Post war es schon zu spät.

Im Flur warf sie einen schnellen Blick in den Spiegel, ihr Haar stand in alle Richtungen und auf ihrem T-Shirt war ein

Kaffeefleck. Sie legte ihren Ellenbogen darüber, während sie die Tür öffnete, dann stand sie Robert gegenüber.

Seine Brillengläser beschlugen sich, als er in die Wohnung trat. Nachdem er sie abgenommen hatte, wirkte er plötzlich sehr verletzlich mit seinen nackten Augen. »Bist du nicht bei der Arbeit?«, fragte Nora.

»Ich konnte nicht arbeiten«, sagte Robert, es klang seltsam. Ich konnte nicht einschlafen. Ich konnte nicht essen. Ich konnte nicht arbeiten.

»Willst du einen Kaffee?«, fragte sie.

»Nein.« Er fuhr sich mit der einen Hand durch die Haare und dann mit der anderen. Dann setzte er seine Brille wieder auf.

»Es tut dir leid wegen gestern«, sagte Nora. »Du bist wieder mit Kelly zusammen, oder du willst es, und es war ein Versehen.«

»Nein. Ich dachte, dass es so wäre. Ich bin so ein Idiot.«

»Was? Wovon redest du eigentlich?« Nora merkte, dass sie ihren Ellenbogen immer noch auf den Fleck auf ihrem T-Shirt gepresst hielt, als hätte sie sich den Arm gebrochen.

»Komm«, sagte er. »Wir fahren ein Stück raus. Ich muss mit dir reden.«

Um die Stämme der Buchen und Erlen herum lag noch Schnee, aber dazwischen war alles schwarz und dunkelgrün von Moos und Giersch und Efeu.

Auf der Fahrt ins Neandertal hatten sie kein Wort gesprochen und auch jetzt schwiegen sie. Robert suchte nach Worten, und Nora brauchte ihre ganze Kraft dafür, nicht nach seiner Hand zu greifen, sie hätte sie so gerne gehalten. Warum brachte er es nicht hinter sich, dachte sie. Warum sagte er nicht einfach, was er dachte, was er fühlte. Wen er liebte. Aber gleichzeitig war sie froh, dass er nichts sagte, denn solange er schwieg, war nichts entschieden.

Oben über den Bäumen schien die Sonne. An manchen Stellen bahnte sich ein Strahl einen Weg nach unten und traf auf einen der Schneeflecken, sodass er funkelte und dass es in den

Augen wehtat. Das Sonnenlicht wurde stärker und schwächer in einem ständigen Wechsel. Der Wald war eine Unterwasserwelt. Nora und Robert waren auf dem Boden des Ozeans, die Farne und Moose waren Wasserpflanzen und die Baumkronen die Unterseite von Schiffen.

Sie kamen an ein Wildgehege, in dem Auerochsen, Wisente und Tarpane grasten. Nora wusste, dass es Nachzüchtungen waren, genetische Annäherungen an die ausgestorbenen Originale, aber mit ihren massigen Schädeln, dem zotteligen Fell und den seltsam grobschlächtigen Körpern wirkten die Tiere wie eine lebendig gewordene Höhlenmalerei. Sie rupften gelbliche Grasbüschel aus den Boden und bliesen dabei weiße Atemfahnen in die kalte Luft.

Dann passierte etwas, was sie als Kind oft erlebt hatte. Wiese, Tiere und Bäume, die ganze Szenerie, verwandelte sich plötzlich, ohne dass sie genau sagen konnte, was anders war. Die Luft wurde von einem Moment zum anderen um ein paar Grad kälter, und sie konnte die Wildpferde und Rinder riechen, ihren scharfen, wilden Geruch. Es war, als ob sie durch einen Spalt in eine andere Zeit getreten wäre, von der Gegenwart in die Urgeschichte. Hinter dem Wald wartete nicht mehr der Parkplatz mit Roberts Wagen, sondern die alte Neandertalklamm mit den steilen Kalkfelsen und den Höhlen. Sie hatte auch das Gefühl, dass sie jemand beobachtete, und wandte sich suchend um, aber es war niemand zu sehen.

»Verrückt«, murmelte sie.

»Was?«, fragte Robert. Einen Moment lang fragte sie sich, ob er das Gleiche fühlte, aber dann schüttelte sie den Kopf über sich selbst, und gleichzeitig wurden die Urtiere auf der Weide wieder zu friedlichen Nachzüchtungen und der Urwald dahinter zu einem kultivierten, mitteldeutschen Mischwald.

»Nichts«, sagte sie. »Ich stelle mir nur vor, wie es früher war, als die Neandertaler hier lebten.«

Er lachte. »Und? Wie war es deiner Meinung nach?«

»Ganz anders als heute. Aber auch irgendwie ähnlich.«

»Aha«, meinte er.

»Ich glaube, Falk hat recht. Die modernen Menschen und die Neandertaler haben gemeinsam hier gelebt. Ich meine, nicht in einer Gruppe, aber sie haben sich den Lebensraum geteilt. Wie die Tiere hier ihre Weide.«

Eines der Wildpferde hob den Kopf und musterte sie irritiert aus schwarz glänzenden Augen. Dann wandte es sich wieder dem Grasen zu.

Robert nickte langsam.

»Ich frage mich, warum wir uns so schwertun mit dieser Vorstellung«, sagte er nach einer Weile. »Warum die Allgemeinheit die Neandertaler nach wie vor als primitive Höhlenbewohner sieht. Mit der Keule auf Hasenjagd.«

»Weil es für den heutigen Menschen eine Zumutung ist, dass wir eben nicht die Einzigen sind. Dass es andere Menschenarten gegeben hat und vermutlich auch wieder geben wird. Und es macht uns Angst, dass wir nicht wissen, warum die Neandertaler ausgestorben sind, und dass es unsere Art genauso treffen kann«, überlegte Nora. »Niemand will wahrhaben, dass wir nur ein winziger Ausschnitt, ein Ausnahmezustand in der Evolutionsgeschichte sind. Homo sapiens sapiens als einzige menschliche Art. Außer Konkurrenz sozusagen. Aber wir sind nicht das Ende oder gar der Höhepunkt der Evolution. Wir sind ein kleines Intermezzo, mehr nicht.«

»Ob unsere Art überhaupt so lang bestehen wird wie der Neandertaler?«, sagte Robert. »Hundertsiebzigtausend Jahre, da müssen wir erst einmal hinkommen. Macht dir das nicht auch manchmal Angst, dieses Gefühl, dass wir so kurzlebig sind? Dass jeder Stein Millionen Jahre älter ist als wir und uns auch genauso lange überdauern wird?«

»Nein«, meinte Nora. »Im Gegenteil. Mir gefällt die Vorstellung, dass wir nicht so bedeutend sind, und die Dinge, über die wir uns Sorgen machen, auch nicht.«

Robert lachte. »Sprichst du jetzt von den Evolutionsgeschichte oder von dir und mir?«

»Was ist zwischen Kelly und dir?«, fragte Nora. Sie sah Robert dabei nicht an, sondern das Wildpferd, das wieder den Kopf hob und zurückstarrte, es schien jetzt ein bisschen befremdet darüber, dass sie immer noch da waren.

»Ich dachte, wir kriegen das wieder hin«, sagte Robert. »Und sie denkt es auch.«

»Ich weiß«, sagte Nora.

»Aber wir kriegen es nicht mehr hin.«

»Warum nicht?«, fragte Nora, und ihre Stimme klang plötzlich dünn und unsicher.

Er antwortete nicht, stattdessen legte er seinen Arm um ihre Schulter und zog sie an sich, sodass ihre Winterjacken sich aneinanderrieben, die Berührung jedoch nicht bis zu ihren Körpern durchdrang. Er strich ihr die Kapuze vom Kopf und legte seine Hände auf ihre Ohren, eine links, die andere rechts und dann sagte er etwas, das sie nicht hören konnte, aber sie verstand ihn trotzdem.

Erst als sie wieder beim Auto waren, erzählte sie ihm von dem Anruf der Juwelierin. »Das ist doch was«, meinte er fasziniert. »Vielleicht hat unsere Tote ja ganz in der Nähe von dem Juweliergeschäft gewohnt.«

»Oder es war ein Geschenk. Oder ein Souvenir, weil sie zu Besuch in Wuppertal war.«

»Ein Souvenir, das sie mit ins Grab genommen hat?«, sagte er ungläubig und hob dabei die Augenbrauen. An der nächsten Tankstelle kaufte er einen Stadtplan von Wuppertal. »Wir schauen uns das mal an.«

Das Juweliergeschäft gab es nicht mehr, auch das ursprüngliche Haus war nicht mehr da. Am Heckweiher 28 war jetzt ein Neubau aus den Achtzigern, rot verklinkert, in dem Arztpraxen untergebracht waren, ein Zahnarzt, eine Gemeinschaftspraxis von

Orthopäden, ein Neurologe. Direkt daneben war eine Apotheke. »Seit 1803«, las Robert die Inschrift über dem Eingang. »Wenn Häuser reden könnten.«

»Komm«, sagte Nora. »Lass uns weitergehen. Hier ist nichts mehr. Und mir ist kalt.«

Sie gingen Arm in Arm, und wenn es nicht so schön gewesen wäre, so neu und aufregend und gleichzeitig so vertraut, wären sie wahrscheinlich direkt wieder zum Auto gegangen und zurückgefahren, aber so schlenderten sie bis zum Ende der Straße, bis sie nach links abbogen.

»Hier gibt es bestimmt ein Stadtarchiv«, sagte Robert. »Vielleicht sollten wir mal nachforschen, ob zwischen 1850 und 1860 eine junge Frau vermisst worden ist. Oder vielleicht haben die in der Zeitung über den Selbstmord berichtet. Oder so.«

»Hm«, machte Nora ohne rechte Überzeugung. Sie neigte ihre Wange gegen ihre rechte Schulter, dass sie Roberts Handrücken spüren konnte.

»Oder gibst du auf?«, fragte Robert.

»Was?« Sie stellte sich das Skelett vor, das in einer Schublade der Pathologie seiner namenlosen Bestattung entgegendämmerte. Hast du hier gelebt, als du noch ein Mensch warst?, fragte sie den Totenschädel in Gedanken. Bist du diese Straße entlanggegangen, wie wir es heute tun? Wer hat auf dich gewartet, in einem dieser Häuser. Deine Eltern, dein Mann, ein Kind? Der Schädel starrte sie aus leeren Augenhöhlen fragend an. Dann verschwand er wieder.

»Schau dir das an.« Robert pfiff leise durch die Zähne und blieb so abrupt stehen, dass ihr Gesicht sich von seiner Hand löste. »Das ist doch ...«

Es war eines der wenigen alten Häuser, das die Bomben des Zweiten Weltkriegs verschont hatten, ein schlichter, rechtwinkliger Kasten mit einer hohen Fensterfront. *Hier lebte der Entdecker des Neanderthaler-Menschen Prof. Dr. J. C. Fuhlrott. (1803–1877)* verkündete die Messingtafel neben dem Eingang.

»Der Entdecker des Neandertal-Menschen«, sagte Robert.

»Natürlich«, flüsterte Nora. »Fuhlrott, der Lehrer aus Elberfeld, der die Knochen damals untersucht hat.«

»Wann?«, fragte Robert genauso leise. »Wann wurden die Knochen gefunden?«

»1856«, sagte Nora, während sie das Lexikon wieder zuklappte und zurück ins Regal stellte. »Im August 1856 wurden Fuhlrott die Skeletteile aus der Feldhofer Grotte von einem Steinbruchbesitzer im Neandertal übergeben.«

»Das ist unsere Zeit«, sagte Robert, während er sich sein T-Shirt überzog. Er trat hinter Nora und küsste sie auf ihren obersten Halswirbel. Sie spürte, wie sich auf ihrem Rücken eine Gänsehaut bildete, die sich langsam über ihre Arme ausbreitete.

»Aber was sagt uns das?«, überlegte sie. »Was hat das eine mit dem anderen zu tun? Unser Skelett mit den Neandertalerknochen? Wir entdecken immer neue Sachen und scheinbare Zusammenhänge, aber wir kommen keinen Schritt weiter.«

»Wir sollten wirklich mal ins Stadtarchiv.« Robert begann mit dem Gürtel ihres Bademantels zu spielen.

»Du meinst wohl, *ich* sollte ins Stadtarchiv«, sagte Nora.

Er zuckte mit den Schultern. »Gehen wir einmal davon aus, dass unsere Tote etwas mit den Neandertalerknochen zu tun hat.«

»Nur weil das Schmuckgeschäft bei Fuhlrott um die Ecke lag?«

»Sie wurde in einer Höhle im Neandertal gefunden. Und sie ist ungefähr zu dieser Zeit gestorben. Es ist nicht zwingend. Aber es ist eine Möglichkeit. Also, warum sollen wir es nicht einfach mal voraussetzen.«

»Von 1856 bis 1870. Ungefähr. Wenn sich nur dieser Förster mit dem Alter des Baumes nicht geirrt hat. Aber was soll's. Ich werd mein Glück versuchen. Aber jetzt hab ich Hunger.«

Sie löste seine Hände von ihrem Bauch und machte den

Kühlschrank auf. Ein hellgelber Salatkopf. Ein Glas Oliven. Eine Tube Senf. »Pizza-Taxi?«, fragte sie über ihre Schulter.

»Das ging aber schnell«, meinte Robert, weil es im gleichen Moment an der Tür klingelte.

Noch während sie zur Tür ging, fragte sie sich, wer das sein konnte, und erst als sie die Hand auf die Klinke legte, fiel es ihr ein. Sie war fassungslos über sich selbst, dass sie es vergessen hatte, dass sie Torsten einfach vergessen hatte, ihre Verabredung und alles andere auch.

Er wirkte überrascht, sie im Bademantel anzutreffen. Als er sie küsste, machte sie ein Geräusch mit den Füßen, damit Robert es nicht hörte. Offensichtlich hatte er aber etwas bemerkt, jedenfalls kam er aus der Küche, und Torsten wirkte noch überraschter.

»Wir wollten uns gerade eine Pizza bestellen«, sagte Nora, während sie gleichzeitig darüber nachdachte, ob sie einfach davonlaufen sollte, ohne ein weiteres Wort, ohne eine Erklärung, einfach weg.

»Großartig«, sagte Torsten etwas unsicher. Robert reichte ihm die Bestellliste, aber Torsten gab sie gleich an Nora weiter. »Quattro Stagione, wie immer«, sagte er, und dabei legte er ihr von hinten den Arm um die Brust, so ähnlich wie Robert vorhin. Sie schloss die Augen und wartete darauf, dass sie ohnmächtig wurde oder tot umfiel vor Scham, aber natürlich passierte weder das eine noch das andere.

»Wie immer, ja?«, sagte Robert.

Eine Minute später war er weg. Torsten ließ Nora los, wahrscheinlich sah er jetzt wirklich verwirrt aus, aber sie blickte ihm nicht ins Gesicht, sondern auf ihre Füße, die in großen, lächerlichen Plüschpantoffeln steckten. Rosa mit hellgrünen Punkten. Sie hatte sie immer gehasst, aber nie so sehr wie in diesem Moment.

»Ich muss dir was erklären«, murmelte sie, und zehn Minuten später war sie ganz allein.

Sie trank drei Gläser von dem Rotwein, den Robert für sie

aufgemacht hatte, und mit jedem Glas fühlte sie sich erbärmlicher. Normalerweise hätte sie Kelly angerufen, aber das ging natürlich nicht, also schenkte sie sich den Rest Wein auch noch ein. Dann klingelte das Telefon.

»Nora Freitag«, sagte sie. Sie verstand ihren eigenen Namen nicht, so undeutlich sprach sie ihn aus.

»Nora?«, sagte Falk. »Bist du krank?«

»Nein«, sagte sie. Wenigstens das brachte sie einigermaßen klar heraus.

»Noch mal wegen der Heizkostenabrechnung«, sagte Falk. »Hast du einen Moment Zeit?«

»Ja«, sagte sie. Dann begann sie zu weinen. Als sie einmal damit angefangen hatte, konnte sie nicht mehr aufhören, obwohl sie sich selbst dafür hasste. Es war, als ob sie den ganzen Rotwein, den sie in sich hineingetrunken hatte, jetzt wieder aus sich herausweinte, gefiltert in klaren Tropfen.

Irgendwann war es vorbei. Sie war sich nicht sicher, ob Falk noch am Telefon war, vielleicht hatte er aufgelegt. Er hasste Gefühlsausbrüche.

»Falk?«, fragte sie vorsichtig.

»Was ist denn bloß los?«, fragte er.

Sie erzählte ihm alles, weil sie zu erschöpft war, sich irgendeine Ausrede auszudenken, oder weil er ihr so vertraut war oder weil jetzt sowieso alles egal war.

»Nora«, sagte er fassungslos. »Warum hast du denn gleich mit beiden was angefangen?«

»Das mit Torsten, das war doch nichts«, verteidigte sie sich. »Ich hatte es auch beinahe vergessen. Und Robert war doch fast schon wieder mit Kelly zusammen.«

Er seufzte. »Geh zu ihm«, meinte er dann.

»Zu Robert?«

»Zu wem denn sonst?«

»Bist du sicher? Aber ich bin so betrunken.«

»Geh zu ihm«, sagte Falk.

Robert hatte jetzt eine kleine Wohnung am Rand von Flingern. Sie ging zu Fuß, um sich auszunüchtern, und es wirkte. Als sie endlich in seiner Straße angekommen war, war sie vollkommen durchgefroren, aber sie fühlte sich auch etwas weniger betrunken. Es dauerte eine ganze Weile, bis sie sein Haus gefunden hatte, aber er war nicht zu Hause. Sie blieb eine Weile im Hauseingang stehen, frierend und voller Hoffnung, dass er plötzlich auftauchen würde, dann lief sie den ganzen Weg wieder nach Hause, denn sie hatte vergessen, Geld für ein Taxi einzustecken. Sie hielt den Kopf gesenkt und setzte einen Fuß vor den anderen, links und rechts und links und rechts, aber ihre Gedanken drehten sich in großen Spiralen um Robert und Kelly und Torsten und Robert und Kelly und Robert und Robert.

Um halb zwölf kam sie an der Kneipe vorbei, in die sie damals nach der Grabung immer gegangen waren. Aus der Belüftungsanlage neben der Tür quoll der Geruch von heißem Frittierfett. Plötzlich merkte sie, wie hungrig sie war. Vielleicht, dachte sie, ist er da drin, vielleicht betrinkt er sich an unserem Tisch, um der alten Zeiten willen. Sie zog die Tür auf und stand in einem Schwall aus warmem Zigarettenrauch und lauten Stimmen und Musik. An dem Tisch, an dem sie nach der Grabung immer gesessen hatten, saßen vier Männer mit dicken Bäuchen, die Arme um ihre Biergläser gelegt, als wollten sie sie vor irgendjemand verteidigen.

Nora ging zur Theke, ihr Bauch war ein großes Loch, ihr Körper hatte kein Gewicht, nur ihr Kopf hinderte sie am Davonfliegen, er war so schwer. »Haben Sie noch was zu essen?«, fragte sie die Kellnerin hinter der Theke, die in atemberaubender Geschwindigkeit Biergläser auf ein Tablett stapelte.

»Küche ist zu«, gab die Frau gleichgültig zurück, und im selben Moment sah sie ihn.

Er saß am Ende der Theke, vor sich zwei leere Biergläser und ein leeres Schnapsglas und einen Teller mit belegten Broten, die er nicht angerührt hatte.

»Ich war bei dir«, sagte sie, während sie sich neben ihn stellte. »Ich wollte dir alles erklären.«

»Das mit Torsten ist vorbei«, meinte sie, als er nichts sagte.

»Seit wann?«, fragte er.

»Seit vorhin. Da war auch nichts. Nicht wirklich.«

»Nur Sex.«

Sie nickte.

»Das hat Kelly auch immer gesagt«, sagte er. »Da war auch nichts. Nur Sex.«

»Aber Kelly und du, ihr wart zusammen. Ich war allein. Ich meine, nicht allein, ich war mit Torsten, aber nicht mit dir. Verstehst du?«

Sie verstand sich selbst nicht. Ihre Zunge war so schwer und ihre Beine so müde und ihr Bauch so leer. Auf dem einen Brot war Käse, der an den Rändern schon ganz dunkelgelb war, und eine Tomate, auf dem anderen Salami und ein Salatblatt, das aussah, als hätte es der Koch aus ihrem Kühlschrank geholt.

»Wie machen wir denn jetzt weiter?«, fragte er.

Sie zuckte mit den Schultern. »Komm«, sagte sie. »Ich bin total fertig. Ich hab den ganzen Wein getrunken und dann bin ich durch die halbe Stadt gelaufen wegen dir. Ich hatte was mit Torsten und du mit Kelly. Das ist vorbei, und wenn du willst, können wir jetzt was anfangen, nur du und ich. Ich liebe dich nämlich.« Sie machte eine kleine Pause. »Was ist mit den Broten?«, fragte sie. »Isst du die noch?«

Er schob ihr den Teller hin. Dann lachte er.

24. KAPITEL

»Den Frauen gelehrte Bildung zu geben, ist meiner Anschauung nach eine Erniedrigung der Frauen aus einer viel edleren Sphäre heraus, und neben der Verschraubung der Frauen zugleich eine Beraubung der Männer, die in ihrer eigenen Wissensplackerei darauf angewiesen sind, eine Erquickung an der ungelehrten und eben deshalb sehr oft klügeren oder weiseren Frau zu haben.«

Aus *Zur Frauenfrage* von Philipp von Nathusius, 1871

Rosalie stieß an ihre Grenzen. Aus den Büchern lernte sie manches, aber sie hatte so viele Fragen, viel mehr Fragen, als Minter ihr beantworten konnte in der wenigen Zeit, die sie jetzt miteinander verbrachten.

Um Apothekerin zu werden, brauchte sie mehr als Bücher, sie musste an einer Hochschule studieren, so wie es auch die Männer taten. Sie schrieb an die Universitäten von Bonn und Göttingen und fragte an, ob es für sie als Frau eine Möglichkeit gäbe, die Vorlesungen zu hören. Von Göttingen bekam sie nie eine Antwort, aus Bonn erhielt sie nach über vier Wochen einen kurzen Bescheid. Frauen sei die Immatrikulation nicht gestattet, und auch eine Teilnahme als außerordentliche Hörerin an den Vorlesungen sei in Bonn *wie an allen sonstigen Universitäten in Preußen und in den übrigen deutschen Landen* nicht möglich.

Sie spürte, wie ihr Gesicht heiß und rot wurde vor Scham, auch wenn der Brief sachlich und kühl geschrieben war. Dann knüllte sie den Brief zu einem kleinen, harten Ball zusammen und warf ihn weg. Sie würde nicht aufgeben. Aber sie hatte auch keine Ahnung, wie sie weitermachen sollte.

Fuhlrott kam oft in die Apotheke. Er kaufte Coldcream, Pomade, Veilchenwasser oder Hustenpastillen, und manchmal kam er auch einfach so, um ein paar Worte mit Rosalie zu wechseln oder mit Minter, wenn er im Laden war. Sie fühlte sich immer unbehaglich, wenn er auftauchte. War es so, dass er sich wirklich Hoffnungen auf sie machte, kam er deshalb so oft? Oder bildete sie sich das Ganze nur ein? Sollte sie ihm freundlich begegnen oder lieber kühl und abweisend? Wenn sie zu unfreundlich war, stieß sie ihn vor den Kopf, wenn sie zu freundlich war, ermutigte sie ihn, und beides gefiel ihr nicht.

Sie wusste nicht, wie sie sich verhalten sollte, also wechselte sie ständig ihre Haltung ihm gegenüber. Das eine Mal beachtete sie ihn kaum, nahm seine Groschen in Empfang, reichte ihm das Wechselgeld und antwortete einsilbig auf seine Bemerkungen. Wenn er dann die Apotheke verließ, hatte sie ein schlechtes Gewissen. Das nächste Mal war sie umso zuvorkommender, um die Unhöflichkeit wiedergutzumachen. Es war falsch, dieses Hin und Her, es war ganz und gar verkehrt, aber sie konnte sich weder auf die eine noch auf die andere Position festlegen. Er schien es auch nicht zu bemerken, oder wenn er es bemerkte, kümmerte es ihn nicht, er kam immer wieder.

Aus seinem naturwissenschaftlichen Verein waren Anfang des Jahres eine Menge Mitglieder ausgeschieden, sie waren zum Bergischen Geschichtsverein gewechselt. *Weil ihnen Fuhlrotts Positionen und die Diskussionen in den Versammlungen zu liberal sind,* sagte Doktor Kuhn. Fuhlrott reagierte zunächst gekränkt auf die Abgänge, dann gefiel ihm die neue Situation umso besser. Die *alten Sturköpfe,* wie er sie immer genannt hatte, waren weg, jetzt konnte man die Dinge beim Namen nennen und neue Ideen diskutieren, ohne dass sich jemand darüber empörte. Auch Kuhn und Minter schätzten die neue Atmosphäre im Verein. Sie verlegten ihre abendlichen Treffen immer öfter in die Clubräume.

Rosalie blieb zu Hause, denn es war keine Frage, im naturwissenschaftlichen Verein war sie genauso wenig zugelassen wie an der Universität. Doch sie war froh darüber, die Abende waren für sie sehr anstrengend geworden. Auf der einen Seite Minter, dem sie so nah gewesen war, und jetzt war alles aus. Auf der anderen Seite Fuhlrott, den sie nicht einschätzen konnte.

Sie war froh und erleichtert, versuchte sie sich jedenfalls einzureden, aber es stimmte natürlich nicht, sie war nicht froh, sie war außer sich vor Wut. Denn es war genauso, wie sie immer gedacht hatte. Letztendlich spielte sie, Rosalie, keine Rolle, es war vollkommen gleichgültig, ob sie dabei war oder nicht. Die Männer zählten und die Männer entschieden.

Minter hatte dreimal versucht, sie zu überzeugen, dass es nicht vorbei war. Das erste Mal mit Worten. »Und wenn wir weggehen«, hatte er gesagt. »In eine andere Stadt, in der man uns nicht kennt.«

»Was sollte das ändern«, fragte sie verständnislos.

»Niemand weiß, wer Afra ist«, meinte er, ohne sie anzuschauen. »Wir könnten zusammenleben wie Mann und Frau ...«

»... und an Weihnachten, Ostern und Pfingsten kommt sie zu Besuch«, beendete Rosalie den Satz. Er zuckte mit den Schultern und sah sie dabei nicht an. Sie dachte daran, dass sie einmal zu Dorothea gesagt hatte, dass sie Afra sogar pflegen würde, wenn sie nur bei Minter sein könnte, jeden Tag. Aber das war vor vielen Monaten gewesen, und jetzt wusste sie, dass die Heimlichtuerei, das Versteckspiel, das Verstohlene und Verlogene ihre Liebe aufgerieben hatten.

»Was soll ich meinem Vater sagen und Dorothea?«, fragte sie. »Sie alle wissen doch, dass Afra deine Frau ist. Nein, Minter, es geht nicht.«

»Aber was soll ich denn tun?«, fragte er zurück. »Was erwartest du von mir? Ich kann sie nicht aufgeben. Ich kann dich nicht aufgeben.«

»Du musst mich aufgeben«, sagte sie mit harter Stimme und

ging zum Fenster, damit er ihr Gesicht nicht sah. »Und ich muss dich aufgeben. Es gibt keine andere Lösung. Es kann nicht sein.«

Nachdem er den Raum verlassen hatte, wartete sie auf die Tränen, aber ihre Augen blieben trocken, sie konnte nicht einmal weinen.

Minter wechselte die Taktik. Bei seinem zweiten Versuch redete er nicht mehr, sondern strich mit seinem Zeigefinger über ihren Nacken, direkt über dem Kragen ihres Kleides. Sie drehte sich um, weil sie ihn zurechtweisen wollte, stattdessen küsste sie ihn. Dann schlossen sie die Apotheke ab und gingen nach oben in seine Wohnung, aber währenddessen und hinterher wusste sie, dass es ein Fehler war und dass es alles nur noch schwerer machte.

Beim dritten Mal erwiderte sie seinen Kuss nicht und schob ihn weg, auch wenn es all ihre Kraft erforderte.

Sie hoffte dennoch, dass er weiterhin versuchen würde, sie zu überzeugen, aber er machte keine Anstalten mehr.

Doktor Kuhn erledigte Krankenbesuche. Schon den ganzen Nachmittag war er unterwegs, auch abends um acht noch, als Fuhlrott vor der Tür stand.

»Wir waren verabredet«, sagte er.

»Mein Vater ist nicht da«, sagte Rosalie. »Ich weiß auch nicht, wann er wiederkommt.«

Fuhlrott zog den einen Mundwinkel nach oben, den anderen nach unten, als freue und ärgere er sich gleichermaßen.

Sie wartete darauf, dass er sich wieder verabschiedete, aber er tat nichts dergleichen. »Möchten Sie hereinkommen?«, fragte sie schließlich.

»Gerne«, sagte er und war schon im Flur.

»Bemühen Sie sich nicht, ich finde mich zurecht«, rief er ihr über die Schulter zu, bereits auf dem Weg zur Treppe.

»Was möchten Sie trinken?«, rief sie ihm nach, obwohl sie

das noch nie gefragt hatte, denn die Herren tranken immer Bier.

»Bier. Wenn Sie mir Gesellschaft leisten.« Sie sah, dass seine Schultern zuckten, als ob er lachte, während er die Treppe nach oben ging. Dann verschwand sein Oberkörper im ersten Stock und die Füße folgten.

Als sie mit dem Bierkrug ins Kaminzimmer kam, las er in einem ihrer Fachbücher, das sie auf dem Tisch liegen gelassen hatte. »Kein Bier für Sie heute?«, fragte er beiläufig, während er sein Glas entgegennahm.

»Danke«, sagte sie, obwohl er es war, der sich hätte bedanken müssen und nicht sie. »Es ist nicht mein Geschmack.«

Er lachte wieder lautlos, dann las er weiter. Sie setzte sich aufs Sofa und zupfte ein bisschen an den Troddeln herum, die an den Kanten eines Kissens hingen. Als sie gerade aufstehen wollte, um ihn allein zu lassen, schloss er das Buch schwungvoll und legte es zurück auf den Tisch.

»Interessant«, sagte er. »Äußerst interessant.«

Sie war sich nicht sicher, ob er von dem Buch sprach oder von ihr selbst, also antwortete sie nicht.

»Ich habe mich mit nahezu allen Naturwissenschaften beschäftigt, außer der Chemie. Das Zusammenspiel der Elemente ist mir ein großes Rätsel.«

Sie hob die Schultern und ließ sie wieder fallen. »Mir desgleichen.«

»Aber als Apothekerin beschäftigen Sie sich mit nichts anderem«, rief er. Er redete noch weiter, aber sie hörte ihn nicht mehr. Sein erster Satz klang immer noch in ihrem Inneren nach und überdeckte alles andere. *Als Apothekerin* hatte er gesagt, als ob er nicht wüsste, dass sie nur Minters Gehilfin war und dass sie diesen Titel niemals tragen würde.

»Fräulein Rosalie?«, fragte Fuhlrott.

Offensichtlich hatte er gemerkt, dass sie ihm gar nicht mehr zugehört hatte. »Was?«

»Ich hatte Sie gefragt ... Ist alles in Ordnung?«

»Sicher. Es ist nur. Ich bin gar keine Apothekerin. Ich bin ... nichts. Ich gehe Minter nur zur Hand.«

»Momentan«, sagte er. »Aber das wird sich doch ändern. Oder warum sonst studieren Sie all diese Werke?«

»Wie sollte sich daran etwas ändern?«, fragte sie, empört und resigniert zugleich. »Um die Approbation zu bekommen, muss man studiert haben, und zum Studium nehmen sie mich als Frau nicht an.«

»Nein«, nickte Fuhlrott und wirkte dennoch irgendwie erstaunt, als sei ihm der Gedanke bisher noch gar nicht gekommen, dass sie eine Frau war.

»Sehen Sie«, sagte Rosalie.

Er schwieg einen Moment lang und trank von seinem Bier. Sie wartete darauf, dass er seine Pfeife aus der Tasche holte, aber er tat es nicht, stattdessen begann er leise zu summen, was sie so irritierte, dass sie den Kopf schüttelte. Daraufhin hörte er auf zu summen und nahm noch einen Schluck Bier.

»Aber Sie möchten studieren und wären auch bereit dazu, sagen wir, die Stadt zu verlassen?«, fragte er dann.

»Sicher.« Was wollte er von ihr, fragte sie sich, worauf wollte er hinaus? Ob sie die Stadt verlassen wollte, war das ein Annäherungsversuch, den sie nicht verstand?

»Wenn Sie es sicher wollen, dann findet sich auch ein Weg«, sagte Fuhlrott. »Aber Sie müssen wirklich überzeugt sein, sonst wird es Ihnen zu bitter wie das Bier.«

»Wie das Bier?«, fragte sie verständnislos. War Fuhlrott betrunken oder begann er den Verstand zu verlieren? Sie wollte gerade aufstehen, um den Raum zu verlassen, als sie Schritte auf der Treppe hörte, und dann ging die Tür auf, es war ihr Vater.

Sein Gesicht wirkte sehr alt, wie immer, wenn er von seinen Krankenbesuchen nach Hause kam, aber als er Fuhlrott sah, leuchtete es förmlich auf. »Fuhlrott, alter Knabe!«, rief er. »Das nenne ich eine Überraschung!«

»Ich denke, Sie waren verabredet?«, sagte Rosalie leise, mehr zu sich selbst als zu Fuhlrott.

Der Lehrer lächelte schief und antwortete nicht, vielleicht hatte er sie nicht gehört.

Die Unterhaltung ging ihr nicht aus dem Kopf, den ganzen restlichen Abend nicht, an dem die Herren sich wieder über Singvögel unterhielten. Aus irgendeinem Grund hatte Fuhlrott sich in dieses Thema verbissen, und ihr Vater hörte seine Tiraden gegen das sinnlose Abfangen der Vögel geduldig an, als ob es nichts Wichtigeres auf der Welt gäbe als Amseln, Finken und Rotkehlchen.

Rosalie entschuldigte sich bald und ging zu Bett. Als Lektüre wählte sie das Komplizierteste der Fachbücher, das Minter ihr geliehen hatte, in der Hoffnung, dass es sie müde machte. Aber als sie den Band weglegte, das Licht löschte und die Augen schloss, tauchte Fuhlrotts Gesicht vor ihren geschlossenen Lidern auf, wie er süffisant lächelte. Gleichzeitig hörte sie seine Stimme. *Aber Sie müssen wirklich überzeugt sein, sonst wird es Ihnen zu bitter wie das Bier.*

Was willst du von mir?, dachte Rosalie. Sie hörte die Männer nebenan lachen und überlegte einen Moment lang, ob sie hinübergehen sollte, um Fuhlrott zur Rede zu stellen, doch dann dachte sie an ihren Vater, wie entsetzt er wäre, wenn sie jetzt im Nachthemd ins Kaminzimmer marschierte. Morgen werde ich es klären, dachte sie.

Und weil sie wusste, dass sie sich auf ihre eigene Entschlossenheit verlassen konnte, schlief sie ein.

Am Vormittag kam kaum Kundschaft in die Apotheke, also ließ Rosalie Minter um zehn allein und ging zu Fuhlrotts Haus auf der Laurentiusstraße. Sie ging mit großen, schnellen Schritten, weil sie wusste, dass sie der Mut verlassen würde, wenn sie jetzt zögerte. Während sie darauf wartete, dass er öffnete, versuchte sie, ruhig zu werden. Die Atmung, sagte ihr Vater immer, ist das

A und O, wer tief atmet, kann auch tief denken. Also atmete sie tief durch die Nase in den Bauch und es wirkte, aber nur so lange, bis die Tür aufging.

»Fräulein Kuhn.« Es war Fuhlrotts älteste Tochter, Therese. Sie war ein Jahr älter als Rosalie, aber alles an ihr wirkte so viel mädchenhafter und jünger. Vielleicht lag es an ihrer Kleidung, an den hellen, jugendlichen Kleidern, die sie trug, und die ihre rundliche Gestalt noch niedlicher wirken ließen.

»Ihr Vater, kann ich ihn sprechen?«, fragte Rosalie. Irgendwann hatten Therese und sie sich geduzt, aber dann, ohne es recht zu merken, waren sie zum Sie übergegangen.

»Aber Vater ist in der Schule«, sagte Therese. Ihre Augen waren groß und hellblau und wirkten immer erstaunt, auch wenn es keinen Grund gab. Natürlich ist Fuhlrott in der Schule, dachte Rosalie. In Gedanken schlug sie sich mit der flachen Hand gegen die Stirn. Er war doch Lehrer, wie hatte sie erwarten können, ihn um diese Zeit zu Hause anzutreffen? Aber er verwendete so viel Zeit und Energie auf seine Studien, auf die Höhlenforschungen und Knochensammlungen und Singvögelbeobachtungen, dass sie seinen richtigen Beruf immer vergaß. Seine Forschung, das war sein Leben.

»Worum geht es denn?«, fragte Therese neugierig.

»Um nichts«, sagte Rosalie schnell und spürte, wie sie rot wurde. Sehr überzeugend. Therese legte den Kopf schief, als denke sie darüber nach, ob und wie sie vielleicht doch noch etwas aus Rosalie herauslocken konnte.

»Es ist nicht so wichtig«, meinte Rosalie.

»Um ein Uhr kommt er nach Hause zum Mittagessen«, sagte Therese. »Sie können ja auf ihn warten.«

»Nein«, sagte Rosalie schnell. »So dringend ist es wirklich nicht.«

»Ich mache Ihnen einen Tee«, sagte Therese.

»Ich ... äh ... komme später wieder«, sagte Rosalie.

Aber am Nachmittag kam Fuhlrott in die Apotheke. »Sie

waren heute Morgen bei uns?«, fragte er. »Ist etwas geschehen? Etwas mit Ihrem Vater?«

»Nein«, sagte Rosalie, die gerade im Labor Quecksilbersalbe hergestellt hatte. Jetzt zog sie ihre Schürze aus, hängte sie an den Haken neben der Waschschüssel und wusch sich die Hände. Sie tat es sehr lange und gründlich, um dabei ihre Gedanken zu sammeln und zu ordnen. Aber das Einzige, woran sie denken konnte, war, dass ihre Hände in dem klaren Wasser der Emailleschüssel wie große, rosa, aufgequollene Fische wirkten.

»Ich bin gleich wieder da«, sagte sie zu Minter, als sie sich die Hände abtrocknete.

Er befüllte gerade eines der honigfarbenen Gläser aus dem Regal hinter der Theke mit Talkumpuder und nickte gleichgültig. So als interessiere es ihn nicht, mit wem sie spazieren ging, dabei wusste sie ganz genau, dass er neugierig war. Vor einigen Wochen, als sie noch ein Paar gewesen waren, hatte sie ihm einmal davon erzählt, dass sie sich über Fuhlrotts Absichten nicht im Klaren war, und danach hatte er immer Witze darüber gemacht. *Dein Verehrer* hatte er Fuhlrott genannt.

Ihre Hände schwitzten schon wieder, als sie die Straße zum Neumarkt entlanggingen. Fuhlrott neben ihr hielt den Kopf leicht gesenkt, als müsse er sich zu ihr hinunterbeugen, dabei waren sie fast gleich groß.

»Also was gibt es, was ist denn geschehen?«, fragte er, nachdem sie mehrere Minuten geschwiegen hatten. In seiner Stimme lag eine Spur von Ungeduld.

»Es geht um ...«, sie brachte den Satz nicht zu Ende, fand einfach keine Worte. Worum ging es? Darum, dass er sich Hoffnungen machte und sie ihn nicht wollte. »Es geht um Sie und mich«, meinte sie schließlich, wobei sie das Gefühl hatte, dass sich ihr Magen zusammenzog und dann einmal um die eigene Achse drehte.

»Um Sie und mich?«, wiederholte Fuhlrott.

»Ich meine«, sagte Rosalie und erkannte, dass es keinen

harmlosen, diplomatischen Weg gab, die Sache auszudrücken, wenn sie sie zur Sprache bringen wollte. Sie musste klar und deutlich sprechen. »Sie zeigen ein so großes Interesse an mir und kommen in die Apotheke und besuchen unser Haus, obgleich Sie wissen, dass Vater nicht zu Hause ist, und all das ist sehr freundlich, gleichwohl muss ich Ihnen sagen ... Sie müssen wissen ...«

Sie blickte unter dem Rand ihres Hutes zu ihm hinüber, hoffte und fürchtete zugleich, dass er verstanden hatte.

Er ging ganz ruhig weiter, die Hände auf dem Rücken verschränkt, den Kopf gesenkt. Sein Gesicht verriet keine Regung. Ihre Hände schwitzten jetzt so, dass sie sie am Rock trocken reiben musste.

»Du liebe Zeit«, meinte er schließlich kopfschüttelnd. »Das haben Sie sich also gedacht. Dass ich auf eine ernsthafte Verbindung mit Ihnen spekuliere.«

Sie spürte, wie ihr Gesicht zu glühen begann.

Er hob den Kopf, dann schüttelte er ihn erneut und lachte dabei so laut, dass eine Frau, die ein paar Meter vor ihnen ging, ihre Schritte beschleunigte. »Das haben Sie sich also gedacht«, sagte Fuhlrott noch einmal.

»Entschuldigung«, sagte Rosalie. Ihre Stimme klang heiser. Sie wünschte sich weit weg, in eine andere Stadt, in ein anderes Land, auf einen anderen Stern.

»Nicht doch«, sagte Fuhlrott. »Wofür denn. Es ist doch schmeichelhaft, dass Sie mich als potenziellen Verehrer zumindestens in Erwägung ziehen. Aber ich muss Sie enttäuschen. Ich habe sechs Töchter zu Hause, ich brauche keine weitere Frau und plane auch nicht, mich wieder zu verheiraten.«

»Entschuldigung«, sagte Rosalie, obwohl er vorhin schon gesagt hatte, dass sie sich nicht zu entschuldigen brauchte. Aber es war das Einzige, was ihr einfiel, ihr Kopf war leer, da war nur dieses eine Wort.

»Also gut, Rosalie«, sagte Fuhlrott. »Vielleicht habe ich mich

Ihnen gegenüber in der Vergangenheit tatsächlich so tölpelhaft benommen, dass Sie zu diesem gänzlich verkehrten Schluss kommen mussten. Mein Besuch gestern … Kuhn und ich waren tatsächlich verabredet, es muss Ihrem Vater entfallen sein. Wie dem auch sei, seien Sie in jedem Fall versichert, dass ich niemals die Absicht hatte, Sie zu ehelichen.«

Sie holte Luft, um etwas zu erwidern, aber er hob die Hand und brachte sie zum Schweigen. »Jetzt ist die Sache ausgesprochen, und nun wollen wir sie wieder vergessen. Was mich viel mehr interessiert, als Ihre Furcht vor einer Verbindung mit mir«, er lachte ein bisschen, wie in Erinnerung an einen gelungenen Scherz, »ist diese Sache zwischen Ihnen und Minter und Ihr Wunsch, Apothekerin zu werden.«

»Die Sache zwischen mir und Minter«, stammelte Rosalie. »Woher wissen Sie …? Hat Minter etwa …?«

»Nicht doch. Ein Jeder, der Sie über einige Zeit hinweg beobachtet hat, hätte erkannt, dass da mehr zwischen Ihnen ist als ein berufliches Verhältnis. Nun ja, ausgenommen Ihres Vaters vielleicht.«

»Das mit Minter«, sagte Rosalie, »ist vorbei.«

Fuhlrott nickte, als wäre sie ein Schüler, der eine Frage zu seiner Zufriedenheit beantwortet hatte. »Das ist gewiss die beste Lösung, in Anbetracht seiner persönlichen Situation. Gleichwohl es natürlich bedauerlich ist.«

Rosalie schwieg, weil es dem nichts hinzuzufügen gab.

»Und Ihr Plan, an eine Universität zu gehen«, fuhr Fuhlrott fort, als sie nichts sagte. »Wie ernst ist es Ihnen damit?«

»Spielt das eine Rolle?«, fragte Rosalie. »Es ist unmöglich. Die Hochschulen akzeptieren allesamt keine Frauen.«

»Was ist unmöglich, nichts ist unmöglich, wenn Sie es nur wirklich wollen. Wie sieht es mit Ihrem Englisch aus?«

»Englisch? Ich spreche kein Englisch.«

»Auch gut. Es lässt sich lernen. Aber lassen Sie mich erst einmal sehen. Ich nehme mich der Sache auf jeden Fall an. Man müsste vielleicht ...« Er sprach immer leiser und das Getrappel und Gerassel einer vorüberfahrenden Droschke verschluckte auch noch den Rest seiner Worte.

Rosalie verstand kein Wort von dem, was er vor sich hinmurmelte. Normalerweise hätte sie nachgefragt, vielleicht wäre sie sogar ärgerlich geworden. Aber jetzt sagte sie gar nichts, sie nickte einfach nur und ging mit gesenktem Blick neben ihm her und hoffte inbrünstig, dass er einfach so weiterreden würde, bis sie wieder an der Apotheke waren. Und dass er niemandem auf der Welt jemals von ihrem Gespräch erzählen würde.

Minter bediente gerade eine Kundin, als sie zurückkam, also ging sie ins Labor und hoffte, dass er ihr nicht folgte, aber dann hörte sie, wie hinter ihr die Tür ging. Er begann die Pflasterstreichmaschine zu säubern, was er sonst niemals tat, denn die Reinigung der Geräte war ihre Aufgabe.

Rosalie begann mit der Herstellung von Pfefferminzpastillen, nicht, weil der Vorrat wirklich zur Neige gegangen war, sondern um ihre Hände mit irgendetwas zu beschäftigen. Sie wog die einzelnen Zutaten auf der Waage ab: Zucker und Gummi Arabicum, dann etwas Pfefferminzessenz mithilfe einer Pipette. Dabei murmelte sie die verschiedenen Arbeitsschritte vor sich hin, »nun die Essenz Tropfen für Tropfen einrühren«, als ginge es nicht um Süßigkeiten, sondern um die Herstellung einer hoch toxischen Substanz.

»Was wollte er denn, dass er dich sogar von der Arbeit holt?«, fragte Minter.

Rosalie versetzte die klebrige Pfefferminzmasse mit etwas verdünntem Weingeist. »Vermischen bis eine ganz und gar glatte, homogene Masse entsteht«, murmelte sie dabei. Dann füllte sie das Ganze zum Pressen in die Pastillenmaschine. Sie drückte den Hebel nach hinten und stellte ihn fest. *Die Masse muss mindestens zwölf Stunden trocknen, bevor die ovalen Täfelchen aus der Form gelöst werden dürfen. Gute Pastillen dürfen nicht zu hart sein, sondern müssen sich leicht im Munde lösen.* Es war erstaunlich, wie leicht sie die Anweisungen aus dem Handbuch für Drogistenlehre auswendig lernte. Wenn man bedachte, welche Schwierigkeiten sie mit den einfachsten Koch- und Backrezepten hatte.

»Worüber habt ihr denn nun gesprochen?«, fragte Minter wieder, der inzwischen aufgehört hatte, seine Maschine zu putzen. Stattdessen stand er zwischen den einzelnen Bestandteilen des zerlegten Geräts und sah sie an.

»Nichts Besonderes«, sagte sie und wandte sich wieder der Pastillenmaschine zu, obwohl es nichts mehr zu tun gab.

»Rosalie«, sagte Minter. »Dass du dich nur nicht täuschst. Ich weiß nicht, was der Alte dir verspricht, damit du ihn heiratest, aber ich rate dir, lass es sein, er macht dich unglücklich.«

»Hast du den Verstand verloren, Minter?«, fragte sie.

»Rosalie«, sagte er. »Hör auf das, was ich dir sage ...«

Vorne in der Apotheke ging die Glocke.

»Gehst du oder soll ich?«, fragte Rosalie.

Er rieb sich müde über die Augen.

Abends verließ sie die Apotheke, während er noch einige Kunden bediente, denn sie wusste, dass er die ganze Zeit darüber nachdachte, warum Fuhlrott sie besucht hatte und was er von ihr wollte. Und dass er wieder davon anfangen würde, sobald sie allein waren. Aber sie wollte nicht darüber reden, es war so peinlich.

Pfingsten stand vor der Tür, am nächsten Tag wollte Minter nach Endenich, um Afra zu holen, und Rosalie war allein in der Apotheke. Sonntag und Montag blieb die Apotheke geschlossen. Am Dienstag, dachte sie, würde sie Minters Neugierde befriedigen und ihm alles erzählen. Vielleicht war es ja mehr als Neugierde, dachte sie dann, vielleicht befürchtete er ja wirklich, dass sie Fuhlrott heiraten könnte, vielleicht machte der Gedanke ihm Angst.

Ihr jedenfalls wäre es so gegangen, an seiner Stelle.

Sie besuchte Dorothea und Kirschbaum am Montag, es war schon fast zehn Uhr, als sie sich endlich auf den Heimweg machte. Kirschbaum hatte sich angeboten, sie zu begleiten, aber sie hatte abgelehnt, sie ging den Weg immer allein, sie hatte keine Angst.

Zu Hause warf Rosalie einen Blick ins Kaminzimmer. Ihr Vater saß vor dem Hintergrund der rotorangen Flammen und war so in sein Buch versunken, dass er sie gar nicht bemerkte. »Ich bin wieder da«, sagte sie, worauf er zusammenfuhr.

»Warst du weg?«, fragte er, und sie musste lachen. Wie wenig er sich um sie sorgte, es war unglaublich.

Sie holte ihr eigenes Buch und setzte sich zu ihm. So saßen sie und lasen, bis unten die Türglocke ging. Ihre Blicke begegneten sich. Ihr Vater seufzte. Ein Notfall, ein fieberndes Kind oder ein sterbender Alter, wenn um diese Stunde jemand klingelte, ging es immer um einen Krankenbesuch.

»Geh hinunter und sag Ihnen, ich könne nicht kommen, ich sei selber verstorben«, sagte Kuhn, aber während er sprach, erhob er sich schon.

Er holte seinen Mantel. Der Junge an der Tür erschien Rosalie eigenartig vertraut, ohne dass sie ihn einordnen konnte.

»Bitte schön, der Herr Doktor möchte zur Apotheke kommen.«

»Ferdinand«, jetzt hatte sie ihn erkannt, es war der Sohn vom Schwanenwirt, dem Gasthaus am Heckweiher, neben der Apotheke. »Was ist denn passiert?«

»Ein Unglück«, berichtete er eifrig.

Minter, dachte sie. Er war vor Kummer über sie erkrankt, er hatte sich etwas angetan, er war die Treppe hinuntergefallen, er war tot.

»Aber es ist nichts mit dem Herrn Apotheker, sondern mit seiner Frau«, sagte Ferdinand.

»Seiner Frau?«, wiederholte Rosalie verständnislos. Es dauerte eine ganze Weile lang, bis sie die Worte verarbeitet hatte. Minters Frau. Afra. Afra war etwas zugestoßen.

»Ja, wir haben auch überhaupt nicht gewusst, dass er verheiratet ist, der Herr Apotheker«, sprudelte Ferdinand weiter. »Sie muss wohl krank gewesen sein, sagt Mutter, sonst hätte man sie doch schon vorher einmal gesehen. Vielleicht ist sie ja ...«

»Was ist es denn?«, unterbrach ihn Rosalie. »Was hat sie?«

Hinter ihr kam ihr Vater aus der Praxis, seine ausgebeulte Arzttasche in der Hand, sein Hut schief auf dem Kopf.

»Wohin und weswegen?«, fragte er den Burschen.

»Zur Apotheke am Heckweiher«, begann Ferdinand, aber Rosalie unterbrach ihn erneut.

»Nur eine Minute«, sagte sie. »Ich hole meinen Mantel, und dann begleite ich euch.«

Die Wohnung sah aus wie immer, und Minter sah auch aus wie immer. Seine Haare lagen ein bisschen wirr, und sein Bart war zerzaust, aber sonst schien er ganz ruhig, als er ihnen die Tür öffnete. »Herr Doktor Kuhn, Rosalie«, sagte er förmlich. »Guten Abend und bitte hier entlang.«

Er erzählte, dass Afra die Reise am Vortag schlecht vertragen habe, die Nacht zum Sonntag sei sie sehr unruhig gewesen, den ganzen gestrigen Tag und auch in der letzten Nacht. Und heute gegen Abend seien Atembeschwerden dazugekommen. Er habe sie höher gebettet, ihr ein paar lindernde Tropfen verabreicht und ansonsten abgewartet. »Vielleicht zu lange«, sagte er, während er die Tür zum Krankenzimmer öffnete und Doktor Kuhn eintreten ließ. »Hoffentlich nicht zu lange.«

Auch Rosalie sah auf den ersten Blick, dass es schlimm um Afra stand. Haut und Haar hatten jetzt den gleichen ungesunden gelblichen Farbton, als ob die Krankheit über die Haarwurzeln in den Körper hineingewandert wäre. Auch die Hände Afras, die links und rechts von ihrem Körper auf der Bettdecke lagen, schimmerten gelblich auf dem weißen Stoff. Ihre graugrünen Augen waren nach oben gekehrt, zwischen Unterlid und Pupille klaffte ein weißer Streifen.

Doktor Kuhn zog seinen Mantel aus und klappte die Arzttasche auf. Er zog sein Hörrohr heraus, nahm ein schlaffes Handgelenk der Kranken und fühlte den Puls, während er auf seine Taschenuhr blickte und leise zählte. Jede dieser Bewegungen hatte er unzählige Male ausgeführt, im immergleichen Ablauf, und eine ging in die andere über, es war, als vollzöge er ein religiöses Ritual. »Der Puls ist kaum zu spüren«, murmelte er, wobei er nun das Ende seines Hörrohres auf Afras Brust aufsetzte. Er horchte, schüttelte den Kopf und versetzte die Position des Instrumentes, dann horchte er wieder, der Bewegungsablauf begann von Neuem.

Kuhn sah Afra an. Minter sah Kuhn an. Rosalie sah Minter an. Auf seinem dunklen Bart, direkt über der Oberlippe glänzten Schweißtropfen wie winzige Perlen auf schwarzem Grund. Schwitzte er aus Sorge um Afra? Ihr Blick fiel auf die Teetasse neben dem Bett der Kranken. Was für Tropfen hatte Minter Afra gegeben, bevor er sich entschlossen hatte, den Doktor zu rufen? Etwas Aufbauendes, Stärkendes? Oder etwas, das die Wirkung der Symptome noch verstärkte? Eine Medizin, die das ohnehin schon angegriffene Herz belastete und den Kreislauf verlangsamte? Die Apotheke unten steckte voller Möglichkeiten, Arsenik, Curare, Cyankalium, Digitalin, Bruchnin. Sie verspürte den fast unwiderstehlichen Drang, die leere Tasse aufzunehmen und daran zu riechen.

Nein, dachte sie dann. Minter war nicht dumm. Wenn er Afra ein Gift verabreicht hätte, das durch den Geruch nachzuweisen war, dann hätte er die Tasse längst ausgespült.

Ihr Vater hob ein Augenlid der Kranken und starrte in die winzige Pupille. Dann ließ er das Lid wieder fallen und wandte sich Minter zu. »Wir können versuchen, den Kreislauf mit einem Crataegus-oxyacantha-Extraktum zu stabilisieren.«

Minter nickte, ohne etwas zu entgegnen.

»Um ehrlich zu sein, Minter, halte ich eine solche Maßnahme aber für überflüssige Quälerei«, sagte Doktor Kuhn. »Sie wird die nächsten Stunden nicht überleben. Es gibt nichts, was ich dagegen tun könnte. Lassen wir sie in Frieden ziehen.«

Minter nickte erneut.

Doch Afra, als wolle sie den Herren widersprechen, begann leise zu wimmern, und dann steigerte sich ihre Unruhe zu einem lauten Wehklagen. Ihre Hände suchten nach der Bettdecke, die Kuhn weggezogen hatte, um sie untersuchen zu können, und als sie sie nicht fanden, verkrampften sie sich in ihr Nachthemd und zogen es so nach oben, sodass ihre dünnen, gelblichen Beine zum Vorschein kamen.

»Afra«, sagte Minter, aber er rührte sich nicht, und auch Kuhn stand nur ratlos dabei, bis Rosalie zu der Kranken hinging und die Bettdecke über ihre Blöße zog.

Der Anfall ging vorüber, und Afra fiel wieder in einen unruhigen Dämmerschlaf. »Ich werde morgen früh noch einmal nach ihr sehen«, sagte Kuhn und schloss mit einem resoluten Klicken seine bauchige Tasche. Er schien seine Prognose vergessen zu haben, dass Afra die nächsten Stunden nicht überleben würde.

Er erhob sich und sah Rosalie an. Minter ging zum Fenster und blickte hinaus in die Dunkelheit. Sein Rücken sah schmal und verletzlich aus. »Wenn Sie es möchten, bleibe ich bei Ihnen«, sagte Rosalie. Sie konnte sich einfach nicht überwinden, Minter in Gegenwart ihres Vaters zu duzen.

Minters müde Augen richteten sich auf ihr Gesicht. Er wirkte ein wenig erstaunt, als sähe er sie zum ersten Mal. »Gerne«, sagte er dann.

»Geh schlafen«, sagte sie, als ihr Vater gegangen war. »Ich wache hier. Wenn etwas geschieht, wecke ich dich.«

Afra wimmerte wieder und warf den Kopf hin und her und hin und her, sie erhob Einspruch, sie wollte nicht gehen, sie wollte Minter nicht aufgeben. Sie wollte nicht sterben.

Rosalie tränkte ein Tuch in der Waschschüssel und wischte ihr den Schweiß von der Stirn, tupfte den Speichel aus den Mundwinkeln und die Tränen von den Wangen.

Afra öffnete die aufgesprungenen Lippen und sagte etwas,

das Rosalie nicht verstand. Es klang wie ihr eigener Name, *Afra*, aber vielleicht rief sie auch nach Wasser.

»Möchten Sie trinken?«, fragte Rosalie. Sie nahm die Tasse vom Nachttisch, in der noch ein winziger Rest Flüssigkeit war. Rosalie beugte ihr Gesicht darüber und roch Kamille und Salbei. Sie schüttete Wasser in die Tasse und gab Afra zu trinken.

Bist du nun zufrieden, Rosalie?, fragte sie sich. Das ist es doch, worauf du so lange gewartet hast.

Um vier Uhr morgens weckte sie Minter. Gemeinsam sahen sie Afra beim Sterben zu. Sie stemmte sich mit einer erstaunlichen Kraft gegen den Tod, leistete Widerstand bis zum Letzten, sie schrie und fluchte und spuckte Gift und Galle. Irgendwann winselte sie um ihr Leben, aber der Tod zeigte kein Erbarmen.

Afra starb um sechs Uhr morgens, und als Minter sich über sie beugte, um ihr die Augen zuzudrücken, sah Rosalie, dass es draußen hell geworden war, ohne dass sie es bemerkt hatten.

Sie wollte einen Zettel an der Ladentür anbringen, dass die Apotheke geschlossen sei. Sie dachte gerade noch darüber nach, was sie schreiben sollte – aufgrund familiärer Angelegenheiten geschlossen? Wegen Todesfalles geschlossen? –, als der erste Kunde kam, und da er nun schon einmal vor ihr stand, bediente sie ihn auch, und den zweiten und dritten ebenso. Sie war so müde, weil sie die ganze Nacht nicht geschlafen hatte. Aber sie wusste, dass sie keine Ruhe finden würde.

Sie beschloss, die Apotheke bis Mittag offen zu halten und dann nach Hause zu gehen.

Oben in der Wohnung hatte ihr Vater den Totenschein ausgestellt. Minter hatte Afra gewaschen und umgezogen, und nun lag ihr toter Körper da und wartete auf die Männer, die sie in den Sarg legen und zum Friedhof tragen würden. Keiner fragte sich, woran sie gestorben war. Keiner fragte Minter, warum sie so plötzlich verstorben war. Alle nahmen es als Gottes Wille hin, als Schicksal, dass Afra ihren schwachen, kranken Geist aufgab, von einem Tag zum anderen. Vielleicht war es ja auch tatsächlich so, dass es einen ganz natürlichen Grund gab für ihren Tod.

Aber sobald keine Kundschaft im Laden war, ging Rosalie ins Labor. Ihr Schlüssel zum Giftschrank hing an einer Kette um ihren Hals, zusammen mit dem Medaillon, das Minter ihr zu Weihnachten geschenkt hatte. Sie öffnete den Schrank und starrte auf die Gläser und Flaschen mit den Separanda.

Unruhe, langsamer Puls, plötzliche Krämpfe, verkleinerte Pupillen. Eine trockene, warme Haut. Die Symptome deuteten unter Umständen auf ein giftiges Alkaloid hin. Kein reizender Stoff, der im Körper allzu leicht nachzuweisen war, weil er die Organe angriff und auflöste. Atropin schied aus, weil es den Pulsschlag beschleunigte und die Temperatur erhöhte. Arsenik und Blausäure lähmten das Atemzentrum, aber Afra war nicht erstickt. Muskarin, dachte sie, das Alkaloid des Fliegenpilzes, lähmte dagegen das Herz. Muskarin, ihre Augen suchten das Glas, das im untersten Regal bei den Alkaloiden stand, zwischen Aconitin und Daturin, sie hatte es selbst vor einigen Wochen noch aufgefüllt und bestimmt an den richtigen Ort zurückgestellt. Endlich entdeckte sie es, ganz hinten im Schrank. Sie holte das Glas heraus. Der Stöpsel saß fest und sicher auf dem Hals. Rosalie schloss den Schrank wieder ab und ließ den Anhänger mit dem Schlüssel und dem Medaillon wieder in den Ausschnitt ihres Kleides gleiten, sie spürte das Metall kalt auf ihrer warmen Haut.

Sie lebte, und Afra war tot. Was hatte Minter getan?

Nein, es war nicht wahr, Minter würde seine Frau niemals töten, dazu war er nicht imstande, dachte sie, während sie Medikamente über die Ladentheke reichte und Geld in Empfang nahm und Wechselgeld herausgab.

Doch, es war wahr. Er hatte Afra getötet, weil er wusste, dass er Rosalie verlieren würde, wenn Afra nicht starb. Er hatte Angst gehabt, dass sie Fuhlrott heiraten könnte. Minter hatte Afra das

Gift verabreicht, aber sie, Rosalie, hatte ihn dazu getrieben. Sie war schuld.

Nein, es war nicht wahr, es war Unsinn. Minter war kein Mörder. Sie kannte ihn schon so lange. Sie liebte ihn schon so lange. Er hätte Afra vielleicht verlassen, aber niemals umgebracht.

Doch, es stimmte doch. Minter hätte Afra niemals verlassen. Er hatte sie getötet, weil er sie nicht verlassen konnte.

Ihre Gedanken wechselten die Richtung, mit jedem Kunden, der den Laden betrat, mit jeder Arznei, die sie verkaufte, mit jeder Minute, die der Zeiger auf der Uhr neben der Tür voranrückte.

Kurz vor der Mittagspause kam Frau Oidtmann, die auf der Wallstraße bei der Reformierten Kirche wohnte. Sie kaufte Rosenseife und Hustensaft, und während Rosalie die Seife in Zeitungspapier einschlug, erzählte ihr Frau Oidtmann von dem Unglück auf der Alten Freiheit, aber Rosalie hörte nicht richtig hin, weil sie so mit ihren eigenen Gedanken beschäftigt war und mit ihrem eigenen Unglück. Erst als Frau Oidtmann von der Leihbibliothek sprach, wurde sie aufmerksam und fragte nach, und so erfuhr sie alles.

25. KAPITEL

»Aber es herrscht ein schreckliches Elend unter den niedern Klassen, besonders den Fabrikarbeitern im Wupperthal; syphilitische und Brustkrankheiten herrschen in einer Ausdehnung, die kaum zu glauben ist; in Elberfeld allein werden von 2500 schulpflichtigen Kindern 1200 dem Unterricht entzogen und wachsen in den Fabriken auf, bloß damit der Fabrikherr nicht einem Erwachsenen ... das Doppelte des Lohnes zu geben nöthig hat. Die reichen Fabrikanten aber haben ein weites Gewissen, und ein Kind mehr oder weniger verkommen zu lassen, bringt keine Pietistenseele in die Hölle, besonders wenn sie alle Sonntage zweimal in die Kirche geht.«

Aus *Briefe aus dem Wupperthale* von Friedrich Engels, 1839

Sie mussten es Kelly sagen. Kelly, die immer noch überzeugt war, dass sie und Robert wieder zusammenkommen würden. »Ich rede mit ihr«, sagte Robert, aber er sprach nur davon, er tat es nicht.

»Wenn du es ihr nicht sagst, sage ich es«, sagte Nora. »Ich kann diese Heimlichtuerei nicht ertragen.«

»Nein, das geht nicht«, sagte Robert. »Ich sag es ihr. Heute Abend sag ich es ihr.«

Robert und Kelly waren um acht verabredet. Zur gleichen Zeit saß Nora an ihrem Schreibtisch und arbeitete an einer Firmenselbstdarstellung, aber sie kam nicht voran, weil sie die ganze Zeit an das Gespräch denken musste. Sie fragte sich, wie Robert es Kelly sagen würde. Und wie Kelly reagieren würde. Wütend, kalt, gleichgültig, traurig. Sie wusste es nicht.

Um zehn Uhr klingelte es. Robert oder Kelly, dachte sie. Hoffentlich ist es Robert.

Es war aber Kelly mit Wein und Kartoffelchips. »Ich habe mich entschlossen, wieder zu essen«, verkündete sie laut. Nora fühlte sich schwindlig vor Erleichterung, dass sie nicht weinte oder schrie, dass sie das Ganze so positiv auffasste und nach vorn schaute und essen wollte, es war zu schön, um wahr zu sein.

War es auch nicht.

Während sie die Gläser aus dem Schrank holte, erzählte Kelly von ihrer Arbeit im Museum, von einem neuen Projekt, das sie für den Winter plante, eine Ausstellung in Zusammenarbeit mit dem Germanischen Nationalmuseum in Nürnberg. »Seit ich wieder angefangen habe zu essen, hab ich eine solche Energie«, sagte sie. »Mir geht es so gut.«

»Warst du heute nicht mit Robert verabredet?«, fragte Nora.

»Eigentlich schon«, sagte Kelly. »Aber ich hab es nicht geschafft. Also hab ich ihm abgesagt.« Sie schwieg einen Moment lang und sah Nora an.

»Warum?«, fragte sie.

Nora zog den Korken aus der Rotweinflasche. *Rotwein muss atmen, bevor man ihn trinkt,* hatte ihr Vater immer gesagt. Egal. Sie schenkte erst Kelly, dann sich selbst ein.

»Robert und ich sind jetzt zusammen«, sagte sie. Kurz und knapp, schonungslos. »Er wollte es dir heute sagen, aber ...«

Kelly lachte laut, ein wenig zu laut.

»Was?«, fragte sie dann. »Sag das noch mal.«

Nora öffnete den Mund, um den Satz zu wiederholen, aber Kelly hob ihre Hand und wedelte damit in der Luft herum. Also machte Nora den Mund wieder zu.

»Du warst doch mit Torsten ...«, sagte Kelly.

»Das war aber nichts Ernstes.«

»Das gibt's doch nicht.«

Nora zuckte mit den Schultern und starrte in ihr Weinglas.

»Ausgerechnet Robert. Er ist mein Mann. Er gehört zu mir. Das weißt du doch, und du weißt auch, dass ich dachte ...«

»Es tut mir leid, Kelly«, sagte Nora. Sie fühlte sich wirklich, als habe sie Kelly hintergangen, hereingelegt, betrogen.

Aber Kelly und Robert waren seit Monaten getrennt, verteidigte sie sich in Gedanken. Kelly mochte vielleicht gedacht haben, dass sie wieder zusammenkommen würden, aber es passierte nicht, weil Robert es nicht wollte. Oder vielleicht wollte er es schon, schränkte sie dann ein, aber dann hatte er Nora vorgezogen, ohne dass sie irgendetwas damit zu tun hatte, sie hatte jedenfalls nie wirklich versucht, ihn zu verführen ...

»Ich liebe Robert«, sagte Kelly in Noras stumme Verteidigungsrede hinein. Es war das erste Mal, dass Nora sie das sagen hörte, *ich liebe Robert.* Sie fragte sich, ob es Kelly vielleicht eben erst bewusst geworden war.

Sie tranken beide einen Schluck Wein, um ihre Hände zu beschäftigen, um sich nicht ansehen zu müssen. Dann legte Kelly beide Hände auf den Tisch. »Ich gehe«, sagte sie. »Ich komm mir so blöd vor. Das ist das Schlimmste, dass ich mir so blöd vorkomme.«

Als sie aufstand, machte ihr Stuhl ein hässliches, kratzendes Geräusch auf dem Holzboden. Nora nahm noch einen Schluck Wein und stand ebenfalls auf.

Sie lief hinter Kelly her zur Tür. Sie tauchten nebeneinander im Spiegel auf: Kellys schlanke Gestalt mit den glänzendes Locken und ihr schönes, ernstes Gesicht und weiter unten Noras bleiches Gesicht. Der Rotwein hatte das Innere ihrer Lippen dunkel gefärbt, und sie sah aus, als ob sie aus dem Mund blutete.

Robert muss wirklich blind sein, dachte sie, und hatte dabei das Gefühl, das Kelly das Gleiche dachte.

»Sie ruft nicht an«, sagte Nora zu Robert, als sie zwei Tage später zusammen frühstückten. »Soll ich mich melden, was meinst du?«

»Es ist sinnlos«, sagte Robert. »Ich hab es gestern mal versucht. Sie ist sauer, auf mich und auf dich auch.«

»Was hat sie gesagt?«, fragte Nora, während sie sich gleichzeitig darüber wunderte, dass Robert am Abend vorher nichts davon erzählt hatte, dass er mit Kelly gesprochen hatte. Vielleicht ist er sich ja doch nicht ganz sicher, dachte sie. Vielleicht tut es ihm jetzt schon ein bisschen leid. Sie fragte sich, ob sie diese Zweifel, diese Eifersucht auf Kelly, immer begleiten würde.

»Nicht viel«, sagte Robert. »Du kennst sie doch. Sie war sauer und hat einfach mitten im Gespräch aufgelegt. Aber sie kommt schon wieder. Lass sie einfach eine Weile in Ruhe.«

Nora nahm einen Schluck Kaffee und verzog das Gesicht. Schwarzer Kaffee, Robert hatte keine Milch im Haus.

»Ist das nicht komisch für dich?«, fragte sie. »Du hattest so lange eine wunderschöne Frau, nach der sich alle umgedreht, um die dich alle Männer beneidet haben.« Sie dachte an Falks Blick, damals, als sie Kelly und Robert das erste Mal in diesem Fischrestaurant getroffen hatten.

Robert hob den Kopf und sah sie verständnislos an. »Es gab aber keinen Grund, mich zu beneiden. Oder sie. Es war einfach nur Horror.«

»Was?«

»Unsere Beziehung, dieser tägliche Psychokrieg.«

»Aber du warst kurz davor, das Ganze wieder auf dich zu nehmen.«

»Ja, ich weiß«, sagte er. »Aber ich weiß nicht mehr, warum. Es ist vorbei, Nora.«

Er biss in sein Toastbrot und kaute und schluckte und schwieg dabei. Nora wünschte sich, dass er weiterredete. Sie hätte so gerne gehört, dass er Kelly nicht vermisste, weil er sie viel besser fand. Dass er sie liebte, wie er Kelly nie geliebt hatte. Dass ihm ihre inneren Werte wichtiger waren als Kellys Äußeres und dass es schließlich darauf ankam. Oder etwas in der Art. Aber auch als er seinen Toast aufgegessen hatte, rührte er nur in seiner Kaffeetasse, obwohl er ihn ohne Zucker trank, schaute über ihre Schulter zum Fenster und schwieg.

Sie hörte das Telefon schon im Treppenhaus klingeln und rannte nach oben, um den Anruf entgegenzunehmen, bevor der Anrufbeantworter einsetzte. Es war Herr Rosenland vom Rechtsmedizinischen Institut. »Wir haben von der Staatsanwaltschaft die Nachricht erhalten, dass die Sache eingestellt wurde. Mangel an Beweisen«, erklärte er. »Die Knochen werden nun bestattet.«

»Warten Sie«, keuchte Nora atemlos. Herr Rosenlands Stimme hatte so etwas Entschlossenes, als hielte er den Spaten schon in der Hand, um das Grab für die unbekannte Tote auszuheben. »Geben Sie uns noch ein paar Wochen, bitte. Wir stehen kurz vor dem Durchbruch.« Sie erzählte ihm von der Punze und der Libanonzeder und dem Entdecker des Neandertalermenschen, und weil sie so atemlos war, brachte sie die Erklärungen abgehackt und seltsam wirr hervor. Doch Herr Rosenland hörte ihr geduldig zu. Vielleicht rieb er sich dabei nervös die Hände an den Oberschenkeln, vielleicht hatte er den Hörer auch einfach zur Seite gelegt und sägte einem toten Körper auf seinem Stahltisch den Schädel auf, während Nora redete und redete. »Sind Sie noch dran?«, unterbrach sie sich.

»Sicher«, sagte er sofort. »Nun, im Moment haben wir keinen Engpass, wir können das Skelett also einstweilen noch in der Pathologie belassen. Aber auf absehbare Zeit ...«

»Ich melde mich in den nächsten Tagen bei Ihnen«, versprach Nora.

Sie fuhr ins Wuppertaler Stadtarchiv, das in einem großen klassizistischen Gebäude in Barmen untergebracht war. Es sah aus wie eine alte Schule und roch wie eine alte Schule, nach morschem Holz und Linoleum, obwohl die Böden gefliest waren.

Bis zum Nachmittag saß sie im Lesesaal und arbeitete sich durch Stapel von Zeitungen. Elberfelder Kreisblatt, Elberfelder Zeitung, Barmer Zeitung, Bergische Zeitung, die Ausgaben von 1856 bis 1870. Es waren Berge an gelblichem Papier, bis zum Rand bedruckt mit einer verschwommenen Frakturschrift. Sie suchte nach Meldungen über vermisste junge Frauen, nach Berichten über Selbstmörderinnen, nach Suchanzeigen, nach irgendetwas, das sie weiterbrachte.

Sie lernte vieles über Wuppertal aus den alten Blättern. Dass es die Stadt im 19. Jahrhundert noch gar nicht gegeben hatte, denn die heutigen Stadtteile waren damals eigenständige Gemeinden gewesen. Elberfeld, Barmen, Cronenberg, Vohwinkel. Sie las über die Entwicklung der Textilindustrie und die Einführung des Elberfelder Systems, mit der die Kirchen dem wachsenden Arbeiterelend begegnen wollten. Sie stieß einige Male auf den Namen Fuhlrott. Der Entdecker der Knochen aus dem Neandertal schien ein rühriger Mensch gewesen zu sein, sein Naturwissenschaftlicher Verein wurde oft erwähnt, auch die Funde aus dem Neandertal, sowohl in den Elberfelder als auch in den Barmener Blättern.

Sie entdeckte ein paar Berichte, bei denen sich ihr Puls beschleunigte: eine vermisste Textilarbeiterin, die allerdings vierzig Jahre alt war; ein junges Mädchen, das verschwunden war, jedoch sechs Ausgaben später wieder wohlbehalten bei einer Verwandten auftauchte; einige Meldungen von Selbstmorden, aber die Opfer waren entweder männlich oder zu jung oder zu alt oder die Todesursache stimmte nicht.

Nora blätterte und blätterte und hatte bald das Gefühl, dass der staubige, leicht schimmelige Geruch der Zeitungen auf ihren ganzen Körper überging. Schon nach einer Stunde wusste sie, dass es unmöglich war, die Masse des Materials durchzuarbeiten, sie allein hätte dazu Wochen benötigt, dabei war die Sammlung der Zeitungsausgaben alles andere als vollständig, es gab große Lücken.

Sie beschränkte sich schließlich auf eine Ausgabe pro Woche und hoffte, dass der Fall, den sie suchte, so spektakulär war, dass mehrmals darüber berichtet worden war. Aber sie fand nichts.

»Kein Erfolg?«, fragte die Archivarin in der Ausgabe, als sie einen Stapel Zeitungen zurückbrachte. »Was suchen Sie denn genau? Vielleicht kann ich Ihnen ja helfen.«

Ihre Augen wurden groß vor Begeisterung, als sie Noras Geschichte hörte. »Das klingt aber spannend. Sind Sie Archäologin?«

Nora zuckte mit den Schultern, aber hinterher, als sie mit neuen Zeitungen zu ihrem Leseplatz zurückkehrte, wunderte sie sich über sich selbst, wie sehr sie diese Frage jedes Mal aufwühlte und durcheinanderbrachte. Ich will das nicht, dachte sie. Ich will, dass sich das ändert. Ich kann mich doch nicht bis in alle Ewigkeit darüber ärgern, dass ich mein Studium abgebrochen habe.

Es ist doch alles sinnlos, dachte sie, während sie die Ausgabe der Elberfelder Zeitung vom 16. August 1861 aufschlug. *Zu Lincolns Bürgerkrieg in den Vereinigten Staaten von Amerika* lautete die Überschrift oben auf der Titelseite. Sie überflog den Text über den Sezessionskrieg, ohne ihn zu verstehen.

Ihre Augen taten weh. Sie rückte ihren Stuhl ein Stück zurück und rieb sich die Nasenwurzel. Die unbekannte Tote aus der Joachimshöhle entglitt ihr mehr und mehr. Es ist die Nadel im Heuhaufen, dachte sie. Ich finde sie nie.

Sie verschränkte die Hände im Nacken, schloss die Augen und machte die Beine ganz lang. Vor ihren geschlossenen Lidern tanzten negative Frakturbuchstaben wie auf einer Leinwand. Ich muss mein Leben ändern, dachte sie plötzlich. Ich fang wieder an zu studieren. Es ist doch ganz einfach, ich studiere und schreibe nebenher Werbetexte. Vielleicht werde ich hinterher nie als Archäologin arbeiten. Aber ich habe es endlich zu Ende gebracht.

Als sie die Augen wieder öffnete, fühlte sie sich ein bisschen schwindlig, als hätte sie getrunken. Sie stapelte die Zeitungen auf dem Tisch zusammen und brachte sie zurück zur Ausgabe. »Versuchen Sie es doch einmal in den Kirchenarchiven«, sagte die Archivarin. »Die Gemeinden haben ihre Selbstmörder damals zwar nicht begraben, aber immerhin dokumentiert.«

Sie druckte Nora eine Liste der neunzehn Kirchengemeinden aus. »Du meine Güte«, sagte Nora. »Das dauert Jahre, bis ich da durch bin.«

»Die meisten Bestände sind im Krieg komplett verbrannt«, tröstete sie die Frau. »Das verkürzt die Suche enorm.«

Bevor Nora nach Hause fuhr, parkte sie ihren Wagen irgendwo an der Wupper und fuhr ein paar Stationen mit der Schwebebahn. Von Elberfeld nach Barmen und wieder zurück. Sie versuchte, das vorbeigleitende Stadtbild mit dem in Einklang zu bringen, was sie in den letzten Stunden gelesen hatte, aber es gelang ihr nicht. Hier am Fluss mussten die Textilfabriken gelegen haben, die Baumwollwebereien und Färbereien, und in den Straßen dahinter stolze Geschäfts- und Verwaltungshäuser im klassizistischen Stil. Heute wälzte sich eine graue Nachkriegsarchitektur die Straßen entlang, Betonwände statt verspielter Fassaden, Glas und Stahl statt Stuck. Die stolze Metropole der Frühindustrialisierung war im Zweiten Weltkrieg gefallen.

Die Schwebebahn beschrieb eine Kurve, der Waggon legte sich leicht in die Schräge, und Nora blickte einen Moment lang auf das klare, grünschwarze Wasser des Flusses. Winzige Sonnenreflexe spielten oben auf den sanften Wellen. Es ist nicht alles schlechter geworden, dachte sie. Die Wupper zumindest ist heute sauberer als damals, als *eine Flut toter Fische die Ufer überschwemmte und die ekelerregenden Dämpfe der Fabriken jeden Besucher augenblicklich wieder aus dem Wupperthale vertrieben,* wie sie vorhin noch in einem Zeitungsartikel gelesen hatte.

Damals, als die Schwebebahn noch nicht über der Wupper

entlanggeglitten war. Damals, als die unbekannte Tote hier gelebt hatte. Wenn sie überhaupt aus Wuppertal stammte und nicht aus einer der umliegenden Gemeinden oder Dörfer.

Irgendwo in dem Stapel von Zeitungen, in den Kirchbüchern, Familien- oder Sterberegistern der Gemeinden verbarg sich vielleicht ihre wahre Identität.

Am Samstagmorgen rief Kelly an. »Was machst du heute Nachmittag?«, fragte sie, als wäre nichts gewesen.

Nora wollte eigentlich mit Robert in die Sauna, aber das wollte sie nicht erzählen. »Ich weiß noch nicht«, sagte sie, nachdem sie ein bisschen zu lange gezögert hatte. Kelly lachte, weil sie genau wusste, dass Nora log.

»Lass uns rausfahren. Ich hab Lust auf eine Wanderung.«

»Wir können über alles reden, nur nicht über Robert«, sagte sie, als sie Nora abholte.

Also dachte Nora angestrengt darüber nach, was sie sagen konnte, etwas Unverfängliches, Witziges, nicht zu Banales, aber ihr fiel nichts ein, auch die alltäglichste Bemerkung schien plötzlich mit Robert zu tun zu haben. Sie schwiegen, bis Kelly kurz vor Erkrath auf einen Parkplatz einbog. »Na gut«, sagte sie. »Reden wir über Robert.«

Sie schlugen einen Wanderweg ein, der am Wald entlangführte und dann zwischen Hügeln verschwand. Kellys schwarze Locken glänzten in der Frühlingssonne. Die Reflexe waren so hart, dass Nora ihre Augen auf ihre Füße richtete. So dauerte es eine ganze Weile, bis sie merkte, dass Kelly weinte. Nora blieb betroffen stehen, Kelly ebenfalls. Sie weinte, und Nora sah ihr dabei zu, während eine Prozession an Spaziergängern mit Kinderwagen und Hunden an ihnen vorbeizog. »Brauchst du ein Taschentuch?«, fragte Nora. Sie suchte in ihrer Jackentasche und fand keines.

Kelly hatte selber eines. »Lieber wär mir eine Zigarette«, meinte sie und schnäuzte sich laut und lange.

»Zigaretten hab ich auch keine«, sagte Nora.

Kelly lachte. Ihre Augen und ihre Nase waren rot geschwollen und die Konturen ihrer Lippen weich vom Weinen. Sie sah wunderschön aus. »Weißt du, was das Schlimmste ist?«, fragte sie. »Dass es bei mir immer so läuft, bei jeder Beziehung, mit jedem Mann. Ich krieg es einfach nicht hin. Ich weiß ganz genau, das mit dir und Robert, das geht jetzt ewig, ihr heiratet und bekommt Kinder und Enkelkinder. Nur ich krieg es nicht auf die Reihe. Es geht ein paar Monate, ein paar Jahre maximal und dann ist Schluss. Alle schaffen es. Jedenfalls die meisten. Jedenfalls ihr. Ich nicht.«

»Kelly«, sagte Nora betroffen. »Das weißt du doch jetzt noch gar nicht. Wir sind gerade einmal eine Woche zusammen.« Aber dann dachte sie, dass Kelly recht hatte. Robert und sie würden lange zusammenbleiben. Sie spürte es, und sie wollte es, und sie wusste, dass es Robert genauso ging.

Sie liefen den Weg aus dem Tal auf die Anhöhe und wieder zurück, und weil sie sich viermal verirrten, brauchten sie fast drei Stunden, bis sie wieder am Parkplatz waren. Kelly erzählte von ihrer Beziehung zu Robert und von der Beziehung zu dem Mann vor Robert, die noch kürzer gehalten hatte. Dann erzählte Nora von Falk, und wie erstaunlich es war, dass sie so lange zusammengeblieben waren. Sie sprachen von ihren Eltern, von Kellys Vater, den sie nicht mehr gesehen hatte, seit sie als Vierjährige nach Deutschland gekommen war, und von Noras Vater. Nora konnte aber nur deshalb von ihm erzählen, weil der Weg so schmal war, dass sie hintereinander hergehen mussten und sich nicht ansehen konnten.

»Ich werde wieder Archäologie studieren«, sagte Nora, als sie wieder Seite an Seite gingen. »Ich weiß noch nicht wie und wo, aber ich weiß, dass ich es will.«

»Ich werde wieder essen«, sagte Kelly. »Ich weiß auch noch nicht wie. Vielleicht mach ich eine Therapie oder such mir eine Selbsthilfegruppe.«

Kurz vor dem Parkplatz begegnete ihnen ein Mann mit Hund. Nora hatte das Gefühl, dass sie ihn schon einmal irgendwo gesehen hatte, sie konnte sich nur nicht erinnern, bei welcher Gelegenheit. Bis sie den Hund wiedererkannte. »Herr Disselhoff«, rief sie laut.

»Disselmann«, sagte der Mann. Er blieb stehen und sah zuerst Kelly und dann Nora an, dann wieder Kelly. Sein Blick war leer und hoffnungsvoll zugleich.

»Nora Freitag«, sagte Nora. »Ich war vor einigen Wochen bei Ihnen, wegen der Höhle im Neandertal und der Libanonzeder.«

»Ja, richtig«, sagte er und kam näher, wobei der Hund an der Leine zog und seine Schnauze in Kellys Richtung reckte, aber Disselmann riss ihn am Halsband zurück. »Pfui, Syra!«, zischte er, als ob Kelly ein totes Tier wäre oder ein Hundehaufen. Kelly hob die Augenbrauen, worauf Disselmann rot wurde.

»Gut, dass ich Sie treffe«, sagte er zu Nora, wobei er den Blick widerstrebend von Kelly löste. »Ich wollte Sie schon anrufen, aber ich hatte Ihre Nummer nicht.«

»Wegen des Baums?«

»Indirekt, ja.« Disselmanns Hund startete einen zweiten Annäherungsversuch, aber der Förster riss ihn wieder zurück, diesmal drückte er ihm die flache Hand auf den Kopf. Der Hund setzte sich und betrachtete Kelly hechelnd. Nicht einmal der Hund interessiert sich mehr für mich, wenn sie dabei ist, dachte Nora. »Ich weiß aber nicht, ob es wichtig ist«, sagte Disselmann.

»Worum geht es denn?«

»Ich habe mit einem Kollegen über Ihren Besuch gesprochen, der hat mich darauf gebracht.«

Nora nickte etwas ungeduldig, aber Disselmann sah es nicht, weil er wieder Kelly anstarrte.

»Es gibt nämlich ganz in der näheren Umgebung noch einen zweiten Baum derselben Art, ein paar Jahre älter als der im Neandertal«, erklärte er dann. »Es könnte sich um die Mutterpflanze handeln, immerhin waren Libanonzedern in der damaligen Zeit nicht gerade zahlreich in Deutschland.«

»Wo?«, fragte Nora. »Wo steht die andere Zeder?« Dabei schloss sie die Augen und hoffte inbrünstig, dass er Wuppertal sagen würde.

»In Wuppertal«, sagte Disselmann. »Auf einem Friedhof.«

»Das sehen wir uns direkt an«, sagte Kelly, nachdem Herr Disselmann mit seinem Hund weitergezogen war. »Komm, wir sind doch schon fast in Wuppertal.«

Nora zögerte, weil sie mit Robert verabredet war. Und weil sie Hunger hatte, sie konnte kaum noch stehen vor Hunger. Kelly dagegen schien überhaupt nicht ans Essen zu denken, wahrscheinlich hatte sie sich jegliches Hungergefühl längst abtrainiert.

»Ruf ihn an«, meinte Kelly, als sie ihr Gesicht sah. »Es dauert doch nicht lang.«

»Wenn wir vorher was essen.«

Sie fuhren zu McDonald's. Nora aß einen Hamburger mit Pommes und trank einen halben Liter Cola, Kelly aß einen kleinen Salat. »Immerhin«, sagte sie entschuldigend. »Besser als nichts, oder?«

An einer Raststätte kauften sie einen Stadtplan von Wuppertal. Während Kelly weiterfuhr, suchte Nora die Katernberger Straße. »Niederländisch-reformierte Kirche«, murmelte sie. »Ob uns das jetzt unbedingt weiterbringt.«

Sie fuhren dreimal an der Einfahrt vorbei, bis Nora endlich den Informationskasten entdeckte. »Niederländisch-reformierte Gemeinde«, las sie laut und riss Kelly gleichzeitig am Ärmel, sodass sie fast in ein parkendes Auto fuhr.

Der Wagen glitt durch eine Lindenallee auf ein spitzgiebliges Gebäude zu. Sie parkten zwischen zwei knorpeligen Baumstämmen und stiegen aus. Es gab keine Kirche, auch keine Kapelle, nur das lang gezogene Haus mit den Rundbogenfenstern und einem erkerähnlichen Vorbau an der Frontseite.

Daneben der Friedhof. Ein weites Feld mit flach liegenden Steinplatten, und vor jedem Stein ein Rosenbusch. Die kahlen Zweige ragten in alle Richtungen, an den Spitzen saßen dunkelrote Blattknospen, bereit zum Durchbruch.

»Keine Grabsteine, keine Kreuze, was ist denn das für ein Friedhof?«, fragte Kelly mit gesenkter Stimme, obwohl niemand zu sehen war, am Haus nicht und auch zwischen den Gräbern nicht.

Sie gingen auf dem Grasstreifen zwischen zwei Gräberreihen entlang. Die Steine trugen Zahlen. Unter den Zahlen standen die Namen der Toten, ihre Geburts- und Sterbedaten. Einige Steinplatten waren neu, die meisten alt, manche davon fast bis zur Unleserlichkeit verwittert.

»Ich hab noch nie einen so schönen Friedhof gesehen«, sagte Nora.

»Schlicht. Und ergreifend«, sagte Kelly. »Aber wo ist denn nun diese Libanonzeder, von der dein Förster erzählt hat?«

Nora bemerkte eine Frau, die aus dem Gebäude mit den Rundbogenfenstern kam. Sie ging mit schnellen, zielstrebigen Schritten am Friedhof vorbei zum hinteren Teil des Grundstücks.

Nora nahm Kelly am Arm, und sie erreichten die Frau gerade noch, bevor sie in einem anderen Gebäude verschwand. »Entschuldigung«, rief Kelly laut, sodass ihre Stimme über das Gelände hallte.

»Ja bitte.« Die Frau kam ein paar Schritte auf sie zu, sie war um die vierzig, schlank, ungeschminkt, sportlich gekleidet. Ihre wachsamen Augen musterten kurz Nora, dann Kelly.

So interessiert die Männer sind, so missbilligend sind die meisten Frauen, wenn sie Kelly das erste Mal sehen, dachte Nora. Moderne Menschen. Wir sind genau wie die Neandertaler.

»Wir suchen ... wissen Sie, ob es hier eine Libanonzeder gibt?«, fragte Kelly. Sie schien die Reserviertheit der Frau nicht zu bemerken. Vielleicht hatte sie sich mit der Zeit daran gewöhnt.

Die Frau machte ihre Augen schmal und runzelte die Stirn. »Meinen Sie die alte Zeder im Park?«, fragte sie. »Wir mussten sie letztes Jahr fällen, sie war krank. Wir hatten Angst, dass sie uns umfällt. Aber wir haben eine neue Zeder gepflanzt, sehen Sie, da!« Sie zeigte über eine Hecke in ein verwildertes Gelände, wo auf einer kleinen Lichtung vor hohen Nadelbäumen ein kleiner Zedernbaum stand, vielleicht eineinhalb Meter hoch, die blaugrüne Krone demütig gesenkt, als schäme er sich vor seinen riesigen, alten Nachbarn.

»Was ist das hier eigentlich für eine Vereinigung?«, erkundigte sich Kelly. »Sind Sie eine ...«

Sie wollte *Sekte* sagen, Nora war sich ganz sicher, aber bevor sie das Wort aussprechen konnte, unterbrach sie die Frau.

»Eine freikirchliche Gemeinde«, sagte sie. »Ich bin die Kirchmeisterin. Ilona Adam«, fuhr sie nach kurzem Zögern fort, als gäbe sie mit ihrem Namen ein Geheimnis preis. »Und Sie sind ... Touristen?«

Nora zuckte mit den Schultern. »Das ist eine lange Geschichte.«

»Wissen Sie«, begann Kelly. »Wir sind Archäologinnen. Wir sind bei einer Ausgrabung auf die Überreste einer Frau gestoßen, und unsere Nachforschungen bringen sie mit dieser Gemeinde in Verbindung. Irgendwie.«

Archäologinnen, dachte Nora. Das war typisch, sie selbst wurde jedes Mal rot, wenn sie jemand als Archäologin bezeichnete, und Kelly gab sich einfach dafür aus, ohne auch nur mit der Wimper zu zucken.

»Interessant.« Die Kirchmeisterin sah irgendwie misstrauisch aus, vielleicht war ihr Noras Unsicherheit aufgefallen.

»Wie lange gibt es Ihre Vereinigung schon?«, fragte Kelly.

»Unsere Gemeinde wurde 1847 gegründet.« Die Betonung lag auf dem Wort *Gemeinde*. Kelly und Nora wechselten einen aufgeregten Blick.

»Möchten Sie mit reinkommen?«, fragte Frau Adam.

Das alte Gebäude mit den Rundbogenfenstern sah von innen aus wie ein Gemeindezentrum aus den Siebzigern. Hellbrauner Fliesenboden, Raufasertapeten, orangebraune Vorhänge. Frau Adam kochte Kaffee und erzählte von der Gemeindegründung. »Unser erster Pastor war Hermann Friedrich Kohlbrügge«, erklärte sie. »Wenn Ihnen der Name etwas sagt.«

Nora und Kelly schüttelten den Kopf.

Frau Adam nickte, als habe sie es nicht anders erwartet.

»Sie haben den Friedhof ja gesehen. Die Anlage vermittelt unser Selbstverständnis am besten«, fuhr sie fort. »Die Gräber, die alle gleich sind, drücken aus, dass wir alle Brüder und Schwestern sind, eins vor dem Tod.«

»Und die Rosen?«, sagte Nora.

»Die Rosen sind ein Übersetzungsfehler«, Frau Adam lachte. *»Ich will für Israel wie ein Tau sein, dass es blühen soll wie eine Lilie, und seine Wurzeln sollen ausschlagen wie der Libanon,* heißt es in Hosea 14, 16. Aber Luther hat die *Lilie* irrtümlich mit *Rose* übersetzt, und so haben wir Rosen hier stehen anstatt Lilien.«

»Und mit dem Libanon ist die Libanonzeder gemeint«, sagte Kelly. »Ist der Park denn genauso alt wie der Rest der Gemeinde?«

»Der Park wurde erst 1860 angelegt, es war ein Geschenk des damaligen Kirchmeisters Daniel von der Heydt an die Gemeinde, anlässlich des Todes seiner Frau.«

»1860«, wiederholte Kelly. »Das ist doch kein Zufall. Das ist doch genau unsere Zeit.«

Nora nickte, aber sie dachte an etwas anderes, irgendetwas, das im Hintergrund ihres Bewusstseins aufgetaucht und wieder verschwunden war, bevor sie es richtig begriffen hatte.

»Gibt es denn alte Kirchbücher oder ein Archiv, in dem wir etwas über unsere Tote herausfinden könnten?«, fragte Kelly.

»Wir haben ein Archiv«, meinte Frau Adam. »Aber die meisten Unterlagen sind im Krieg verbrannt. Wie übrigens auch unsere Kirche in der Deweerthstraße.«

»Vielleicht sprechen Sie einmal mit unserem Pastor, wenn Sie die Bücher einsehen wollen.« Sie schrieb ihnen die Telefonnummer auf, und dann zeigte sie ihnen alte Bilder von der Kirche, von dem Gemeindegründer Kohlbrügge, einem hageren Mann mit buschigen Augenbrauen und lockigen Koteletten und von Daniel von der Heydt, der etwas milder wirkte. Nora starrte auf die Reproduktionen der Gemälde, während sie gleichzeitig versuchte, sich den Gedanken von vorhin ins Gedächtnis zu rufen.

»Hier in Wuppertal gibt's auch ein Von-der-Heydt-Museum«, sagte Kelly, als sie wieder nach Düsseldorf zurückfuhren. Diesmal saß Nora am Steuer, und Kelly blätterte im Stadtplan. »Ob das Museum was mit der Gemeinde zu tun hat?«

»Die von der Heydts, das war eine ganz wichtige Bankiersfamilie in Elberfeld«, erklärte Nora. »Die hatten überall ihre Finger drin, ein paar waren sogar Bürgermeister, und das Elberfelder System haben sie auch mitbegründet, glaub ich.«

»Was du nicht alles weißt«, sagte Kelly.

Robert hatte für Nora gekocht, ein asiatisches Gericht mit Hühnchenfleisch und Erdnusssauce. Sie aß zwei Teller, und er war sehr geschmeichelt, dass es ihr so gut schmeckte. Dabei war sie so hungrig, dass sie alles gegessen hätte, aber das sagte sie ihm nicht.

»Es ist so schön, zusammen zu essen«, sagte Nora, als sie die Teller in die Spüle stellten. Sie dachte an Kelly, die jetzt allein in ihrer Wohnung saß und hungerte, aber dann verdrängte sie den Gedanken wieder.

»Sollen wir noch ausgehen?«, fragte Robert.

»Wenn du möchtest.« Aber er wollte nicht ausgehen, und sie selbst auch nicht, sie wollte etwas anderes.

Nachts wachte sie auf. Roberts Hand lag zwischen ihren Brüsten wie ein schweres Schmuckstück, und jetzt erinnerte sie sich endlich an das, was ihr am Nachmittag nicht eingefallen war. Das Medaillon der Toten. Die Vorderseite war mit zwei Rosen verziert. Rosen, wie sie auf dem Friedhof der Niederländisch-reformierten Gemeinde wuchsen.

Vielleicht war es ein Zufall. Aber sie glaubte, dass es etwas zu bedeuten hatte. *Ich will Israel wie ein Tau sein,* dachte sie, während sie wieder einschlief.

Am Montag musste Nora arbeiten, und am Dienstag hatte der Pastor keine Zeit, also vereinbarten sie einen Termin für Mittwoch. »Erwarten Sie nicht zu viel«, warnte er sie am Telefon. »Der größte Teil des Archivs ist verbrannt.«

Sie war dennoch sehr nervös, als sie nach Wuppertal fuhr. Sie wusste, dass die Suche nun zu Ende war, so oder so.

Die Allee, die zum Gemeindehaus hinaufführte, lag genauso verlassen da wie beim letzten Mal. Aber als sie aus dem Wagen stieg, sah sie einen Mann auf sich zukommen. »Herr Waterkamp?«

Der Pastor nickte. Er war um die fünfzig, ein großer Mann mit Halbglatze. »Frau Freitag?«, fragte er mit einer sanften Stimme, die nicht zu seinem großen Körper passte.

Es waren fünf schwere, schwarze Bücher, die er aus dem Stahlschrank holte. »Mehr haben wir nicht«, sagte er. »Schauen Sie sich alles in Ruhe an. Ich bin nebenan, wenn Sie mich brauchen.«

Sie seufzte, als sie das erste Buch aufschlug und ihr der vertraute Geruch in die Nase stieg. Muffiges, altes Papier.

Die Eintragungen in die Kirchbücher waren in einer winzigen, altdeutschen Handschrift verfasst. Sie nahm sich das Totenregister vor und brauchte eine ganze Weile, bis sie einzelne Worte entziffern konnte. Die Daten stachen als Zahlen aus dem Schriftbild hervor, sodass sie die ersten Seiten überschlug und erst ab 1859 zu lesen begann, kurz bevor der Park angelegt und die Libanonzeder gepflanzt worden war.

Der Aufbau der Eintragungen war immer derselbe. Zuerst war der Name aufgeführt, dann der Beruf oder bei den Frauen die Familienzugehörigkeit und zum Schluss das Alter. Nora konzentrierte sich auf die Frauen: *Tochter von* stand hier hinter vielen Namen oder *Frau von*, als ob die Verstorbene durch die Eheschließung den Besitzer gewechselt hätte.

In manchen Fällen waren unter den Standarddaten ausführlichere Kommentare angefügt. Nora entzifferte sie nur, wenn das Todesalter zwischen zwanzig und fünfundzwanzig lag. *Abgeschieden nach qualvollem Leiden. Hinterlässt vier Waisenkinder der barmherzigen Obhut der Gemeinde,* las sie unter dem Namen Amalie Kermann, die im Alter von zweiundzwanzig verstorben war.

Ende des Jahres 1859 musste es irgendeine Epidemie gegeben haben, zwischen November 1859 und Februar 1860 hatte die Gemeinde neunundzwanzig Todesfälle zu verzeichnen.

Im März gab es wieder weniger Todesfälle, doch Noras Kopf begann zu schmerzen. Sie warf einen schnellen Blick auf ihre Uhr und stellte fest, dass sie schon fast eine Stunde über dem Buch saß.

Das ist doch alles an den Haaren herbeigezogen, dachte sie, während sie umblätterte und ihren Blick dann ziellos über die Seite gleiten ließ – über die kleine, schräge, ordentliche Schrift, die penible Buchhaltung des Todes. Nur eine Eintragung war von einer anderen Handschrift gemacht worden, weshalb sie daran hängen blieb. Es war eine Notiz vom 14. Juni 1860. Und mit jedem Wort, das sie las, wurde ihr klarer, dass es das war, wonach sie die ganze Zeit gesucht hatte.

14. Juni 1860, Dorothea Leder, Tochter von Traugott Leder, 23 Jahre,

Den 14. Juni mutmasslich gegen Abend hat diese Zeitlichkeit durch einen gewaltsamen Tod verlassen Dorothea Leder, welche sich selbst durch den Strick das Leben genommen hat. Desswegen auch der Körper nicht zu der Gemeinde der Heiligen auf dem unsrigen Gottesacker, sondern anders-

wo in einen harten Felsen gelegt worden ist. Gott erbarme sich der armen Seele und gebe ihr an jenem Tage eine fröhliche Auferstehung.

Sie hörte, wie hinter sich die Tür aufging und sah aus dem Augenwinkel den Pastor im Türrahmen stehen, aber sie schaffte es nicht, den Kopf zu wenden, sie starrte einfach nur wie besessen auf das Totenregister und auf den Namen. Dorothea Leder. *In einen harten Felsen,* wiederholte sie.

»Wie kommen Sie voran?«, fragte die behutsame Männerstimme.

»Ich habe sie«, sagte Nora. »Ich habe sie tatsächlich gefunden.« Zu ihrer Bestürzung brach ihre Stimme bei den Worten, und sie begann zu weinen.

Herr Waterkamp begleitete sie zurück in den Versammlungsraum mit den hellbraunen Bodenfliesen und den orangenfarbenen Vorhängen. Bei einem Kaffee erzählte sie ihm von der Grabung und den Knochen, dem Medaillon und Herrn Rosenland, der Juwelierin und der Libanonzeder im Neandertal. Und weil er sie nicht unterbrach, kein einziges Mal, dabei aber auch nicht gelangweilt wirkte, erzählte sie ihm auch von Falk und Robert und Kelly.

»Das Schlimmste ist«, sagte sie schließlich übergangslos, »dass wir jetzt ihren Namen haben, aber wir werden nie erfahren, warum sie das getan hat, warum sie sich umgebracht hat.«

Herr Waterkamp nickte, zuckte mit den Schultern und nickte wieder. »Ach, wissen Sie«, sagte er dann sanft. »Sie war dreiundzwanzig Jahre alt. Sie hat es wahrscheinlich aus Liebe getan.«

»Aus Liebe« wiederholte Nora nachdenklich. »Vielleicht war sie schwanger.«

»Es wird ihr Geheimnis bleiben«, sagte Herr Waterkamp.

»Wie gehen Sie heute in Ihrer Gemeinde mit Selbstmördern um?«, fragte Nora. »Bestatten Sie sie immer noch außerhalb der Friedhofsmauern?«

»Nein«, sagte er bestürzt. »Das wäre ja furchtbar.«

»Wissen Sie«, meinte Nora nachdenklich, »ich glaube, dass diese Frau, Dorothea, ihrer Gemeinde bis zum Schluss sehr verbunden war. Das Medaillon mit der Rose, mit dem man sie bestattet hat, und die Libanonzeder vor dem Ausgang des Grabes, das sind doch Zeichen dafür.«

Herr Waterkamp lächelte. »Waren Sie im Juni schon einmal hier?«, fragte er dann.

26. KAPITEL

»Immer klarer wird es uns, daß all die wundervollen Erscheinungen der uns umgebenden Natur, der organischen sowie der anorganischen, nur verschiedene Producte einer und derselben Urkunft, verschiedene Combinationen eines und desselben Urstoffes sind. Immer unwiderstehlicher offenbart sich auch die Erkenntnis, daß auch unsere menschliche Seele nur ein winziger Theil dieser allumfassenden ›Weltseele‹ ist, gleichwie unser menschlicher Körper nur ein individuelles Theilchen in der großen organischen Körperwelt bildet.«

Aus *Der Monismus als Band zwischen Religion und Wissenschaft* von Ernst Haeckel, 1893

Das Geräusch von splitterndem Glas weckte Dorothea auf. Sie brauchte eine ganze Weile, bis sie wusste, wo sie sich befand. Sie war an Isaaks Schreibtisch in der Bibliothek eingeschlafen, aber aufgewacht war sie in der Hölle, in einer lodernden, brüllenden Flammenhölle. Denn nach dem splitternden Geräusch war die Bibliothek explodiert, erst eine Bücherwand und dann die nächste. Die Flammen wanderten nicht von Buch zu Buch, es war vielmehr so, dass gleich das ganze Regal in Flammen stand, von einer Sekunde zur nächsten, als hätten die Bücher seit Jahren auf nichts anderes gewartet, als wäre es ihre Bestimmung, in Flammen aufzugehen.

Der Rauch war am schlimmsten, schlimmer als das Feuer und die Hitze. Er drang in sie ein und raubte ihr den Atem und den Verstand, sonst wäre sie niemals in die falsche Richtung gerannt. So aber übernahm ihr Körper die Führung über den Geist, sie rannte durchs Feuer, zwischen den brennenden Regalen durch zu der schwarzen Öffnung in der Wand, die Öffnung, wo einmal das Fenster gewesen, aber jetzt war die Scheibe zersplittert, und die kalte, frische Nachtluft, die von draußen nach drinnen drang, feuerte die Flammen an. Sie atmete ein und aus und sah die Menschen auf der Straße, sie starrten die Bibliothek an, die Münder aufgerissen, als ob sie schrien, aber wenn sie schrien, konnte Dorothea sie nicht hören. Sie kletterte nach draußen, wobei ihr Morgenmantel an den Splittern hängenblieb, die von der Scheibe übrig geblieben waren, sie spürte, wie der Stoff auseinanderriss und hatte plötzlich das Gefühl, dass das Haus sie aufhalten wollte.

Und erst dann, in diesem Moment, als einer ihrer Füße den Boden bereits berührte und der andere in der Luft schwebte, fiel ihr Isaak ein. Isaak, der in der Kammer hinter der Küche schlief, in der Kammer, deren Fenster zu klein war und zu weit oben in der Wand, als dass er nach draußen in den Hinterhof hätte klettern können. Isaak war dort hinten in den Flammen gefangen, er würde sterben, wenn sie ihn nicht holte. Sie atmete tief ein, einmal, zweimal, dann schob sie sich wieder nach drinnen, sie saß schon auf dem Fensterbrett, als man sie packte und ins Freie zog.

»Was tun Sie denn, Fräulein, sind Sie ganz von Sinnen«, herrschte eine Männerstimme sie an. Sie sah ein Gesicht, das sie nicht kannte, rot im Widerschein der Flammen.

»Mein Mann«, keuchte sie und versuchte, sich aus dem Griff seiner Hände zu lösen. »Kirschbaum, er ist dort drinnen, ich muss zu ihm.«

»Beruhigen Sie sich. Wir tun ja unser Bestes, wir holen ihn da raus!«

Sie hörte in der Bibliothek etwas krachen und dann einstürzen, ein Regal oder ein Deckenbalken. Noch verzweifelter versuchte sie sich loszureißen, aber sie schaffte es nicht.

»Worauf warten Sie denn dann noch?«, schrie sie ihn an. »Gehen Sie, beeilen Sie sich, sehen Sie nicht die Flammen, wenn Sie sich nicht beeilen, dann stürzt hier alles zusammen!«

Der Mann führte sie weg vom Haus auf die andere Straßenseite, wobei er einen Arm um ihre Schulter gelegt hatte und seine Hand sie festhielt.

»Hanna«, sagte er zu einer älteren Frau, die dort mit anderen Leuten zusammenstand. »Kümmere dich um das Mädchen, sie kommt aus dem Haus.« Er beugte sich zu ihr hin, seine Lippen bewegten sich, aber Dorothea konnte nicht hören, was er sagte, wahrscheinlich warnte er sie, dass Dorothea nicht ganz bei Verstand sei und versuchen könnte, sich in die Flammen zu stürzen.

»Kommen Sie«, sagte die Frau, die er Hanna genannt hatte, und ihre Stimme klang warm und mütterlich, viel mütterlicher, als die Stimme ihrer eigenen Mutter je geklungen hatte, dachte Dorothea. Aber als die Frau sie wegziehen wollte, stemmte sie ihre Füße in den Boden.

»Lassen Sie mich. Ich muss doch sehen, dass Isaak ...«

Die Männer hatten eine Kette gebildet, vom Haus bis zur Pumpe, Eimer wanderten von Hand zu Hand, Wasser wurde in die Flammen geschüttet, aber es waren nur Tropfen, sie bewirkten nichts.

»Wo bleibt der Löschzug?«, rief eine Frau neben ihnen laut und aufgebracht. »Wollen die Herren warten, bis das ganze Viertel niedergebrannt ist, bevor sie sich hierherbequemen?«

Die Flammen schlugen aus den Fenstern, aus dem Dach, die Nacht war heiß und hell und voller Rauch. Isaak war verloren.

Die Bücher, dachte Dorothea, all die Bücher, das trockene alte Papier, die Bücher, die Isaak so liebte, ausgerechnet die Bücher wurden ihm zum Verhängnis.

Irgendwann hörten sie Glockenläuten und Pferdehufe, und dann kam die Feuerwehr aus Barmen, aber Dorothea hätte nicht sagen können, ob es Minuten oder Stunden gewesen waren, seit sie aus dem brennenden Haus geklettert war. Sie hockte in einem Hauseingang, die Knie an den Leib gezogen und die Hände um die Beine geschlungen. Die Männer rollten den Schlauch aus, schlossen ihn an der Pumpe an und richteten den Strahl auf die Flammen. Sie verhinderten, dass das Feuer auf die umstehenden Häuser übergriff. Sie verhinderten nicht, dass die Bibliothek bis auf die Grundmauern niederbrannte.

»Gehen wir nach Hause«, hörte sie die Frauen rufen. »Es ist vorbei.«

Obwohl das Feuer gelöscht war, brannte am Himmel immer noch der rote Widerschein der Flammen, aber dann sah Dorothea, dass es das Morgenrot war. Die Sonne ging auf. Sie ließ ihr Kinn auf die Knie sinken und blickte auf die rauchenden Überreste des Hauses, die im Morgengrauen immer klarer zutage traten. Sie wartete darauf, dass Isaak aus den schwelenden Resten heraustrat und zu ihr herüberkam. Dass er überlebt hatte, wie durch ein Wunder.

»Fräulein«, sagte die Frau, die Hanna hieß, und berührte sie an der Schulter. »Was geschieht denn jetzt mit Ihnen?«

Dorothea reagierte nicht, sie hatte nicht einmal die Kraft, mit den Schultern zu zucken. Sie wartete auf Isaak, warum kam er denn nicht, er musste doch wissen, dass sie sich um ihn ängstigte.

»Sie hat niemanden, Hanna«, sagte eine andere Frauenstimme. »Es ist doch das junge Mädchen, das mit dem Juden ...«

»So kommt sie eben fürs Erste mit uns«, sagte Hanna. »Hier kann sie ja beileibe nicht bleiben. Kommen Sie, Fräulein, jetzt gehen wir, es ist nicht weit, und wenn Sie ein wenig geschlafen haben, sieht die Welt besser aus.«

So redete sie auf Dorothea ein, während sie sie hochzog und dann am Ellenbogen mit sich führte, die Straße entlang, dann links und rechts und irgendwohin an einen Ort, den Dorothea nicht kannte. Sie gingen eine steile, schmale Treppe hinauf in eine enge Wohnung. Die Frau brachte sie in eine winzige Kammer, wo sie ein Tuch in eine Schüssel mit Wasser tauchte und begann, Dorotheas rußiges Gesicht zu reinigen. Als sie ihre

Hände waschen wollte, rief sie bestürzt: »O du mein gütiger Gott, es ist ja alles zerschnitten und verletzt!«

Voller Erstaunen sah Dorothea auf ihre Hände, die braun waren von geronnenem, verkrustetem Blut, und auf Hannas Finger, die sie verbanden. Dann schlug Hanna die wollene Decke der Pritsche zurück, die an der Wand stand. »Und jetzt schlafen Sie«, sagte sie, mütterlich und streng zugleich.

Wie sollte ich schlafen, wenn Isaak nicht bei mir ist, dachte Dorothea, aber sie stieg gehorsam in das Bett, und Hanna breitete die Decke über ihr aus, und im nächsten Moment war Dorothea eingeschlafen.

Als sie aufwachte, war es hell, aber sie wusste nicht, ob es noch der gleiche Tag war oder schon ein neuer. Sie erinnerte sich auch nicht mehr an das, was sie geträumt hatte.

Ihre Hände waren mit Leinenfetzen umwickelt, sodass sie aussahen wie die fingerlosen Glieder einer Leprakranken. Unter den Verbänden brannte die Haut und juckte. Ihr Mund war so trocken. Sie griff nach dem Wasserkrug auf dem Nachttisch, den sie mit beiden Händen hochhob, aber weil sie ihre Finger nicht bewegen konnte, verschüttete sie einen Großteil des Wassers auf ihr Nachthemd. Die Nässe ließ den dünnen Stoff durchsichtig werden. Sie sah dabei zu, wie sich die Form ihrer Brüste unter dem nassen Leinen abzeichnete – Umrisse einer Landschaft. Dann ging die Tür auf, sie blickte sich nach etwas um, mit dem sie sich bedecken konnte, aber da war nichts, nicht einmal der Morgenmantel, den sie auf der Straße getragen hatte.

»Sind wir also endlich aufgewacht«, sagte die Frau, die Hanna hieß, als ob sie ebenfalls gerade erst aufgestanden wäre.

»Wie spät ist es?«, fragte Dorothea. Ihr Kopf dröhnte, sie hatte es nur bisher noch nicht gemerkt.

»Fünf Uhr«, sagte Hanna. »Bald schon wieder Abend. Wie geht es Ihnen?«

»Wer sind Sie?«, fragte Dorothea. Eigentlich wollte sie nach der Bibliothek fragen und nach Isaak, vor allem nach Isaak, aber ihr fehlte der Mut.

Die Frau musterte sie besorgt. Offensichtlich fragte sie sich, ob Dorothea alles vergessen hatte.

»Es hat ein Feuer gegeben«, begann sie vorsichtig.

»Ich weiß«, nickte Dorothea. Der Wasserfleck auf ihrer Brust fühlte sich eiskalt an, sie wollte nicht, dass die Frau weiter über den Brand redete. Sie wollte nur ihren Namen wissen. Eigentlich wollte sie gar nichts wissen.

»Mein Name ist Hanna Severin«, sagte die Frau, als könnte sie Gedanken. »Und Sie heißen Dorothea Leder.«

Es war eine Feststellung, keine Frage, also erwiderte Dorothea nichts.

»Darf ich Sie Dorothea nennen?«, fragte Hanna, aber auch diesmal schien sie keine Antwort zu erwarten. »Kommen Sie mit in die Küche, ich mache Ihnen erst einmal etwas zu essen«, forderte sie sie stattdessen auf.

»Die Bibliothek ist vollkommen zerstört«, erklärte sie, als sie am Ofen stand und Eier briet. Das Reden schien ihr leichter zu fallen, jetzt, da sie Dorothea den Rücken zuwandte. »Dorthin können Sie nicht mehr zurück.«

Und Isaak, fragte sich Dorothea, aber sie sprach den Gedanken nicht aus.

»Haben Sie denn jemanden, an den Sie sich jetzt wenden können?«, fragte Hanna. »Ihre Eltern, was ist mit Ihren Eltern?«

Dorothea schüttelte nur den Kopf. Hanna Severin schwieg betroffen, während sie die Pfanne vom Feuer nahm und die Eier auf einen Teller gleiten ließ. Vielleicht machte sie sich Sorgen, dass Dorothea jetzt für immer bei ihr bleiben und ihr zur Last fallen würde.

»Rosalie Kuhn«, sagte Dorothea. Ihre Stimme klang trocken und kratzig. »Die kenne ich.«

»Die Tochter vom Doktor?«, fragte Hanna. »Soll ich nach ihr schicken?«

Dorothea starrte auf ihre verbundenen Hände, große, geballte Fäuste in ihrem Schoß. Ja, dachte sie. Nein. Es macht keinen Unterschied.

Sie mussten aber nicht nach Rosalie schicken, sie kam selbst.

»Ich habe so lange nach dir gesucht, den ganzen Nachmittag«, rief sie, als Hanna sie in die Küche brachte. Ihre Stimme klang dünn und sehr müde und ein bisschen vorwurfsvoll. »Ich war so in Sorge um dich!« Sie eilte mit großen Schritten auf Dorothea zu und blieb dann abrupt vor ihr stehen. »Bist du gesund?«, fragte sie.

Dorothea hob die verbundenen Hände ein kleines Stück in die Höhe, dann ließ sie sie wortlos wieder fallen.

»Ist sie gesund?«, fragte Rosalie Hanna.

»Äußerlich ja«, sagte sie. »Bis auf die reichlich zerschnittenen Hände.«

»Du lieber Gott«, sagte Rosalie. »Du lieber Gott.« Sie ließ sich auf einen Stuhl fallen, obwohl ihr Hanna keinen Platz angeboten hatte.

»Weiß sie es schon?«, fragte Rosalie, und sie senkte dabei die Stimme, als ob sie glaubte, dass Dorothea sie dann nicht hörte.

Hanna Severin antwortete nicht. Dorothea konnte ihr Gesicht nicht sehen, weil sie zu Boden blickte, aber sie war sich sicher, dass Hanna nickte.

»Du lieber Gott«, sagte Rosalie nun schon zum dritten Mal.

Dann berührte sie Dorothea sanft an der Schulter.

»Komm, Dorothea. Gehen wir nach Hause.«

»Afra ist tot«, sagte sie, als sie die engen, schmalen Stufen zur Straße wieder hinunterstiegen.

Afra. Wer ist Afra, dachte Dorothea.

Sie hatte die Eier nicht gegessen, die die Frau für sie gemacht hatte, sie hatte sich nicht einmal richtig von ihr verabschiedet, fiel ihr ein, als sie in Rosalies Küche saß. Rosalie stellte ihr einen Teller Suppe hin, aber die Hitze, die vom Löffel in ihr Gesicht stieg, erinnerte sie an das Feuer und brachte sie fast zum Würgen.

Doktor Kuhn kam und wickelte die Verbände auf, um nach ihren Händen zu schauen. Dann bestrich er die Schnitte mit einer fetten, gelblichen Salbe. »Das wird ein wenig schmerzen, aber es ist gleich vorbei«, sagte er. Doch sie spürte nichts.

In der Nacht bekam sie Fieber. Ihr Kopf war heiß und schwer, ihr Körper nass geschwitzt. Sie war erleichtert. Sie würde schlafen. Sie musste nicht darüber nachdenken, was geschehen war. Und was geschehen würde.

Sie lag in dem schmalen Bett in Rosalies Zimmer. Manchmal hörte sie Stimmen und fühlte Finger auf ihrer Stirn und auf ihren Händen. Man sprach leise in ihrer Gegenwart, als ob sie gestorben wäre. Die Stunden zogen in wellenförmiger Gleichmäßigkeit an ihr vorbei.

Irgendwann ließ das Fieber nach, und sie kam wieder zu sich. »Du bist so dünn, Dorothea!«, rief Rosalie, als sie ihr in der Küche in den Badezuber half.

Dorothea blickte auf ihre Rippen, die unter ihren Brüsten nach vorne traten. Sie dachte an das Essen, das Isaak ihr gekocht hatte. Wie sie zusammen in der Küche gesessen und geredet hatten, morgens, mittags und abends bis tief in die Nacht. Sie dachte an ihren Körper, der so üppig und so schön gewesen war, und an Isaaks weiche Hände.

Wenn ich wenigstens weinen könnte, dachte sie. Es wäre leichter, wenn ich um ihn weinen könnte. Aber es gelang ihr nicht, weil sie einfach nicht glauben wollte, dass er tot war.

Rosalie versuchte alles, um sie ins Leben zurückzuholen. »Du musst essen«, sagte sie. »Und hinterher gehen wir ein paar Schritte. Es ist Sommer, weißt du.«

»Musst du nicht zur Apotheke?«, fragte Dorothea. »Gehst du nicht mehr dorthin?«

»Nein«, sagte Rosalie. Aber sie sagte nicht, ob sie grundsätzlich nicht mehr dort arbeitete oder nur so lange, bis Dorothea wieder gesund war.

Sie gingen die Laurentiusstraße nach unten und auf der anderen Seite wieder hoch. Es war Sommer, wie Rosalie gesagt hatte. Die Morgensonne ließ das graue Pflaster goldgelb erscheinen, und das Unkraut, das an den Rändern der Steine ans Licht drängte, war grün und voller Leben, aber dann legte sich Dorotheas Schatten darüber, schwarz und schwer.

»Was ist mit Isaak geschehen?«, fragte Dorothea.

Rosalie blieb stehen und sah sie erschrocken an. »Er ist tot.«

Dorothea nickte. »Aber wohin haben sie ihn gebracht?«

»Seine Familie hat ihn begraben lassen«, sagte Rosalie. »Während du krank warst. Er liegt auf dem jüdischen Friedhof.«

»Warst du dabei?«, fragte Dorothea.

Rosalie schüttelte den Kopf. »Ich habe es erst hinterher erfahren, als es schon vorüber war. Aber ich weiß, wo das Grab ist. Möchtest du es besuchen?«

»Später«, sagte Dorothea.

Er war verbrannt, dachte sie, sein Körper, den seine Familie bestattet hatte, war zu Asche zerfallen. Sie fragte sich, wie sie das mit ihrem Glauben in Vereinbarung brachten, mit ihrer Vorstellung von der Auferstehung. Wenn alle Toten von ihren Gräbern aufstehen würden, hätte er keinen Körper, in den er zurückkehren könnte. Aber er selbst hatte ja an eine andere Form des ewigen Lebens geglaubt, dachte sie dann. Sie war sehr froh darüber.

Der kleine Spaziergang hatte sie vollkommen entkräftet. Abends hatte sie wieder leichtes Fieber und ging früh schlafen. »Schonung, Schonung, Schonung«, hatte Doktor Kuhn zu Rosalie gesagt.

Aber wofür sollte ich mich schonen, dachte Dorothea. Für wen.

Sie schlief schnell ein, doch dann wachte sie wieder auf. Neben ihr atmete Rosalie, leise und regelmäßig. In jener letzten

Nacht war Dorothea auch aufgewacht. Ansonsten wäre sie jetzt tot.

Warum musste er sterben, dachte sie und lauschte Rosalies Atmen.

Und dann fiel ihr das Geräusch wieder ein, das sie am Schreibtisch aufgeweckt hatte, das ihr das Leben gerettet hatte. Das Geräusch von splitterndem Glas.

Jemand hatte etwas durchs Fenster geworfen. Eine Fackel, einen mit Schnaps getränkten, brennenden Lumpen, der um einen Stein gewickelt war. Das Feuer war nicht zufällig entstanden. Jemand hatte es geplant, vorbereitet, gelegt.

Packenius.

Andreas Packenius war das gewesen.

Es gab keinen Zweifel daran, er hatte es getan. Die anderen, die Betschwestern und Eiferer, die immer mit ihm zusammenstanden, die ihm nachliefen und ihn bewunderten, wären nicht so weit gegangen. Sie hatten auch keinen Grund dafür. Er schon.

Er hasste sie, weil sie nicht seine Frau geworden war. Und weil sie zu seinem Vater gegangen war. Er hasste sie, weil er von Sinnen war, und deshalb musste Isaak sterben.

Die Erkenntnis, dass er es gewesen war, erschütterte sie so, dass sie hochfuhr. Ihr ganzer Körper zitterte.

Wir waren so glücklich miteinander, Isaak und ich, dachte sie. Du konntest es nicht ertragen und deshalb musstest du es zerstören. Du hast Isaak auf dem Gewissen. Und dafür wirst du sterben.

Der Gedanke stand klar und hell vor dem Hintergrund des dunklen Raums. Ich werde Andreas Packenius umbringen, dachte Dorothea. Ich werde auf ihn warten, und wenn ich ihm begegne, werde ich ihn töten.

Sie stand auf und kleidete sich an, ohne Licht zu machen, mit einer traumwandlerischen Sicherheit. Lautlos.

Die Zeiger der Uhr im Kaminzimmer zeigten auf elf. Sie

nahm ein Messer aus der Küche und versteckte es in einer Rockfalte, dann verließ sie das Haus.

Sie war so müde und kraftlos, so erschöpft von der langen Krankheit, dass sie sehr langsam ging. Als sie die Marienstraße endlich erreicht hatte, schlugen die Kirchturmglocken Mitternacht. Sie setzte sich auf eine Treppenstufe in einem Hauseingang und wartete. Nach einigen Minuten lehnte sie ihren Oberkörper an die Wand. Dann sank ihr Kopf nach vorn. Sie schlief.

Als sie wieder zu sich kam, lag sie ausgestreckt auf den Stufen, das Messer in der Hand, für alle sichtbar. Erschrocken rappelte sie sich auf, zog sich in den Schatten des Eingangs zurück und versteckte die Waffe hinter sich. Das große, stolze Haus auf der anderen Straßenseite sah sie verächtlich an.

Sie hielt sich nun ganz aufrecht und wartete. Ihr Kopf war heiß vom Fieber. Ihr Bauch war leer, aber sie hatte keinen Hunger. Sie hatte im Gegenteil das Gefühl, dass ihr der leere Magen Kraft gab, sich auf das zu konzentrieren, was wesentlich war. Packenius zu töten.

Die Kirchenglocken schlugen jede Stunde. Die Zeit verging sehr schnell. Sie saß und wartete und wusste, dass er irgendwann kommen würde. Heute oder morgen oder übermorgen.

Um zehn sah sie, wie die Tür über den zweiundzwanzig Stufen aufging. Sie setzte sich noch aufrechter hin, ihre Rechte umklammerte das Messer hinter ihrem Rücken. Sie legte sich den kürzesten Weg zurecht, von hier nach dort, von ihrem Versteck bis zur untersten Stufe, dort würde sie ihn abpassen und töten.

Es war der alte Packenius, der zuerst aus dem Haus trat. Hinter ihm kam Andreas. Die dünne, dunkle Gestalt in den schwarzen Kleidern, der breite Hut auf dem Kopf. Der Alte nahm seinen Arm, und so gingen sie miteinander die Treppenstufen hinunter, hinter ihnen erkannte sie Frau Packenius. Dorothea machte sich bereit, sie hatte sich schon erhoben, um auf sie zuzulaufen, aber dann hielt sie inne. Sie sah den festen Griff des

Alten um den Arm seines Sohnes. Sein hartes, strenges Gesicht und direkt hinter ihm das Gesicht der Mutter, wie aus Stein gemeißelt. Sie sah Andreas' Augen, die weit vor Angst waren. Wie ein Lamm, das man zur Schlachtbank führt, dachte Dorothea.

Sie wussten alles. Dass Andreas das Feuer gelegt hatte und dass er krank im Gemüt war, so krank, dass man ihn nicht alleine auf die Straße lassen durfte. Wahrscheinlich brachten sie ihn zur Kirche, zum Pastor, damit er Buße tat, für das, was er getan hatte, für das, was er selbst nicht begriff.

Als sie die unterste Stufe erreicht hatten, nahmen sie ihren Sohn in ihre Mitte, die Mutter lief rechts, der Vater links von ihm, und beide hielten sie einen Arm fest. Er war ihr Gefangener. Einmal war er ihnen entkommen, aber sie würden es nicht noch einmal zulassen.

Dorothea musste ihn gar nicht töten. Er war schon tot.

Sie ließ das Messer auf den Stufen liegen und ging nach Hause.

Rosalie erzählte ihr, dass Afra gestorben war, die Frau des Apothekers.

»Dann könnt ihr endlich heiraten«, sagte Dorothea. Sie versuchte, so etwas wie Freude zu empfinden, aber seit dem Brand war in ihr nur noch eine graue Gleichgültigkeit, die jedes andere Gefühl erstickte. Sie zwang ein Lächeln auf die Lippen, doch Rosalie kaute auf ihrer Unterlippe herum und sah verdrossen aus.

»Oder liebst du ihn nicht mehr?«, fragte Dorothea.

Rosalie zuckte mit den Schultern.

»Will er dich nicht?«, fragte Dorothea. Rosalie antwortete nicht, und Dorothea hatte keine Kraft mehr weiterzufragen. Rosalie bedeutete ihr so viel, und Minter bedeutete Rosalie so viel, das wusste Dorothea. Und dennoch erschien ihr das Hin und Her ihrer Liebe so nichtig. Es war ihr egal. Alles war ihr egal.

Nach ein paar Tagen ging Rosalie morgens wieder zur Apotheke. Dorothea war erleichtert. Es war gut für Rosalie, dass sie wieder arbeitete, und es war auch gut für sie selbst. Denn Rosalie versuchte die ganze Zeit, sie ins Leben zurückzuziehen, sie kochte ihr Tee und ging mit ihr spazieren und verwickelte sie in Gespräche.

»Vielleicht sollten wir hier weggehen«, sagte sie einmal, als sie nach dem Abendessen noch draußen auf der Bank saßen. »In eine andere Stadt oder gleich in ein anderes Land, nur du und ich. Mit deinen Kenntnissen findest du schnell Arbeit in einer Leihbibliothek und ich …« Sie verstummte, aber Dorothea hatte das bestimmte Gefühl, dass sie nicht einfach so dahergeredet hatte, sondern dass sie einen Plan verfolgte.

»Nein«, sagte sie schnell. »Ich will nicht weg von hier.«

»Aber du kannst doch nicht dein Leben lang in der Trauer um Kirschbaum verbleiben«, sagte Rosalie vorwurfsvoll, als ob Isaaks Tod nicht erst ein paar Wochen zurücklag, sondern Monate oder Jahre. »Du bist so jung, du wirst einen anderen kennenlernen und glücklich werden.«

Das war es ja gerade, dachte Dorothea, der Gedanke, dass sie einen anderen Mann kennenlernen und lieben könnte, dass sie sich irgendwann einmal mit jemandem zufriedengeben würde, der nicht war wie Isaak. Sie wollte das nicht.

Langsam, ganz langsam versuchte sie zu akzeptieren, dass er tot war. Sie ging zur Alten Freiheit und starrte auf die Überreste der Bibliothek, die schwarz verkohlten Holzbalken und Steine. Sie kletterte über das Skelett der Grundmauern und stocherte in der Asche. Sie fand eine Seite aus einem Buch. *»Diejenigen, die sich auf dem Stuhl eines carguero tragen lassen, müssen stundenlang regungslos und nach hinten gelehnt sitzen bleiben«,* las sie. *»Die kleinste Bewegung würde genügen, um den Träger zu Fall zu bringen, und Stürze sind um so gefährlicher, als der carguero, seine Geschicklichkeit überschätzend, oft die steilsten Hänge wählt oder auf schmalen, rutschigen Baumstämmen Gebirgsbäche überquert. Unfälle sind indes sehr selten, und die-*

jenigen, welche passieren, müssen der Unvorsichtigkeit der Reisenden zugeschrieben werden, die vor Schreck von ihrem Stuhl herabspringen.«

Sie ließ das Blatt wieder zu Boden fallen. Von Kirschbaum entdeckte sie keine Spur.

Sie ging zum jüdischen Friedhof auf der Weißenburgstraße. Kies knirschte unter ihren Füßen, als sie die schmalen Wege zwischen den Gräbern abging auf der Suche nach seinem Grab. Das Gelände war nicht groß, dennoch fand sie es nicht, denn die Steine waren alle mit hebräischen Schriftzeichen versehen, die sie nicht lesen konnte. Irgendwann entdeckte sie ein ganz neu angelegtes Grab mit einem Grabstein, auf den noch kein Regentropfen gefallen war. Der Stein endete oben in einer geschwungenen Linie und war bedeckt von hebräischen Buchstaben. Dicht an dicht standen die Worte, die einzelnen Lettern sahen aus, als seien sie oben an einer unsichtbaren, horizontalen Linie aufgehängt.

Sie sah einen alten Mann vor einem der Gräber stehen. »Können Sie mir bitte helfen«, fragte sie. »Ich verstehe kein Hebräisch und möchte wissen, was hier geschrieben steht.«

»Dieser Stein sei gesetzt unserem Sohne und Bruder Isaak Josef Kirschbaum, der geboren wurde am 9. Tag des Schewat des Jahres 5579 und abberufen wurde in die himmlische Jeschiba am 30. Siwan des Jahres 5621. Es sei seine Seele eingebunden im Bunde des Lebens«, las der Alte mit brüchiger, monotoner Stimme. Seine Augen bewegten sich von rechts nach links und dann, vom letzten Wort der Inschrift zu Dorotheas Gesicht. »Sie kannten ihn?«, fragte er.

Sie nickte langsam. Er nickte ebenfalls, und als sie nichts mehr sagte, entfernte er sich wieder. »Wissen Sie«, rief sie ihm nach, als er schon wieder an seinem Grab, bei seinem Toten stand, »er war mein Mann. Isaak Josef Kirschbaum war mein Mann.«

Sie blieb noch lange vor dem Grab stehen. Sie fühlte die Gegenwart vieler Geister, die über ihren Gräbern schwebten und sie beobachteten. Aber Isaak war nicht darunter.

Rosalie brachte ihr Bücher mit. Sie lieh sie von Minter aus oder kaufte sie, fast jeden Abend überreichte sie Dorothea einen neuen Band. Dorothea lächelte und bedankte sich und schlug das Buch auf und las die erste Seite. Dann legte sie es auf den Stapel zu den anderen Büchern und blickte niemals wieder hinein.

Doktor Kuhn bat sie, ihn wieder in seiner Praxis zu unterstützen. Sie war sich sicher, dass es Rosalies Idee war. Rosalie wollte, dass sie beschäftigt war, sie dachte, dass Arbeit die beste Möglichkeit wäre, Dorothea aus ihrem Trübsinn zu reißen.

Sie ging morgens nach dem Frühstück in die Praxis und half ihm, so gut sie konnte. Sie rief die Patienten aus dem Wartezimmer herein und reinigte seine Instrumente und brachte sie ihm. Sie ging für ihn zur Apotheke und holte Schlafmittel und Betäubungstropfen. Ein paar Löffel davon, dachte sie, und alles wäre vorbei. Sie fragte sich, wie hoch die Dosis war, die sie nehmen musste, um nie mehr wieder aufzuwachen. Sie hatte keine Angst vor dem Sterben, aber sie hatte Angst davor, dass man sie finden und ins Leben zurückbringen könnte. Einmal war sie kurz davor, sich bei Minter über die tödliche Dosierung zu erkundigen, doch im letzten Moment hielt sie sich zurück.

Die wissenschaftlichen Abende mit Minter und Fuhlrott fanden jetzt meist im Naturwissenschaftlichen Verein statt, aber ein paarmal im Monat kamen sie immer noch im Kaminzimmer zusammen. »Ich bin müde«, sagte Dorothea, als sie von Rosalie hörte, dass die Herren nach dem Abendessen eintreffen würden. »Ich gehe zu Bett.«

»Du schläfst die ganze Nacht nicht. Denkst du, ich merke das nicht«, sagte Rosalie. »Nein, es kommt gar nicht infrage, wenn du allein bleibst, hängst du nur deinen finsteren Gedanken nach, du bist natürlich dabei.«

Sie war zu schwach, um sich zu wehren, also saß sie abends auf ihrem Platz neben Rosalie, stopfte Strümpfe und ließ die Unterhaltung an sich vorüberziehen.

Es drehte sich alles wieder um das Thema der Entwicklungslehre, von der Minter so überzeugt war und die Fuhlrott ablehnte.

»Es ist so klar und plausibel«, rief Minter. »Sie wollen es eben nur nicht wahrhaben, weil Sie von Ihrer Vorstellung von Gott nicht lassen wollen. Sie haben Angst vor der glasklaren Konsequenz einer logischen Natur, die sich selbst kreiert und folglich keines Schöpfers bedarf.«

»Sie haben vollkommen recht«, sagte Fuhlrott. Er ließ sich in seinen Sessel zurückfallen, richtete sich jedoch wieder auf und legte seine Ellenbogen auf die Armlehnen, als wäre ihm die andere Position zu angreifbar. »Eine solche Idee jagt mir in der Tat große Furcht ein.«

»Aber Furcht widerspricht unserer Verpflichtung als Naturwissenschaftler. Wir müssen uns vollkommen unvoreingenommen auf die Suche nach der Wahrheit machen. Wir dürfen unserer Vernunft nicht von vorneherein Grenzen setzen. Ich gebe zu, die Idee eines väterlich liebenden, aber auch strafenden Gottes ist verführerisch, weil es unserem Bedürfnis nach Gerechtigkeit entgegenkommt oder meinetwegen auch nur unserer menschlichen Eitelkeit ...«

»Kant sieht das aber vollkommen anders. Oder wollen Sie ihn auch als verblendeten Geist bezeichnen, der sein eitles Bedürfnis über die Suche nach der Wahrheit stellt.«

»Oho«, lachte Minter. »Nun kommen Sie mir gar mit Kant. Jetzt werden schwere Geschütze aufgefahren.«

»Das moralische Gesetz bestimmt uns einen Endzweck, und dieser Endzweck fordert die Glückseligkeit als begleitende Bedingung. Das wiederum setzt eine moralische Instanz voraus, einen höchsten Willen, der über allem anderen steht und diese Relation zwischen Sittlichkeit und Glückseligkeit garantiert.

Eine ewige, allmächtige, allwissende Intelligenz. Kurz gesagt: Gott.«

»Bravo!«, rief Kuhn und klatschte mehrmals in die Hände. »Besser hätte ich es selbst nicht formulieren können.«

»Bravo«, sagte auch Minter, aber seine Stimme klang spöttisch und kühl. »Aber wenn Sie darüber nachdenken, müssen Sie sich eingestehen, dass Kant nichts anderes tut, als sein Bedürfnis, sein Verlangen nach Gott zum Gesetz zu erklären. Zum Postulat: *Ich brauche Gott, also gibt es ihn.*«

»Dieses Bedürfnis nach Gott, woher kommt es aber, wenn es Ihn nicht gibt?«, fragte Rosalie. »Es ist in allen Menschen, in allen Völkern, wahrscheinlich hat es unser Urmensch aus dem Neandertal ebenfalls verspürt, auch wenn er es nicht in Worte fassen konnte. Dieser Gedanke, dass da mehr ist, ein höherer Sinn.«

»Es ist unsere erbärmliche Angst vor dem Tod, vor der eigenen Sterblichkeit«, sagte Minter. »Wir wollen uns unsere eigene Nichtigkeit nicht eingestehen, das ist das ganze Geheimnis.«

»Nein, Minter«, sagte Rosalie. »Das ist nicht das ganze Geheimnis.«

Sie sagte es mit einer so festen, klaren Stimme, nur diese sechs Worte, dass die Herren sie überrascht ansahen. Sie warteten darauf, dass sie weiterredete, aber Rosalie lächelte nur ihr stolzes, rätselhaftes Lächeln und schwieg.

Sie hat recht, dachte Dorothea. Es ist ein Geheimnis. Man kann es nicht erklären. Das passt ihnen nicht, weil sie alles erklärt und erforscht und untersucht haben wollen. Aber auf diese Weise werden sie sich Gott nicht nähern. Kant hat es nicht geschafft und auch die anderen Theologen und Philosophen nicht, die immer wieder versuchten, die Existenz Gottes durch logische Argumente zu belegen. Es gibt keinen Beweis für Gottes Existenz. Es gibt auch keinen Gegenbeweis. Es gibt nur den Glauben. Und die Zweifel.

Vielleicht war es dieses Gespräch, das den Ausschlag gab. Bis dahin hatte sie die vage Vorstellung zurückgehalten, dass Gott einen mit ewiger Verdammnis bestrafte, wenn man sich selbst tötete. Aber nach diesem Gespräch erkannte sie, dass es keine Gewissheit über diese Fragen gab. Sie musste darauf vertrauen, dass Gott ein liebender Gott war und kein fürchterlicher, gnadenloser Rächer.

Sie hatte niemanden mehr auf dieser Welt. Ihre Eltern, ihre Gemeinde hatten sie verstoßen. Isaak war tot. Rosalie war auf dem Weg, im Aufbruch begriffen. Dorothea wusste nicht, wohin sie wollte, aber sie begriff, dass sie sie nicht begleiten konnte. Nur aufhalten.

Sie wollte nicht mehr leben. Sie wollte nicht mehr nach vorne schauen, sie wollte nicht mehr neu beginnen, sie wollte nicht einmal mehr lesen.

Sie wollte dort sein, wo Isaak war.

Die Frage war nicht mehr, ob sie es tat. Nur noch wie und wo und wann.

Gift schied aus, weil sie Angst hatte, sich in der Dosierung zu irren.

Der Tod durch Erhängen war grausam, aber schnell, und wenn man einmal den Boden unter den Füßen verloren hatte, gab es kein Zurück mehr.

Auf dem Dachboden gab es starke Balken.

Wann würde sie es tun? Wenn Rosalie in der Apotheke war und ihr Vater in der Praxis. Bald.

Sie hätte so gerne mit Rosalie darüber geredet. Sie hätte ihr so gerne alles erklärt, warum sie es tat und warum es nicht anders ging. Und dass Rosalie keine Verantwortung an ihrer Entscheidung trug. Aber natürlich konnte sie nicht mit Rosalie reden, sie hätte ihren Entschluss niemals akzeptiert, die Freundin hätte sie eher eingesperrt, als sie einfach so in den Tod gehen zu lassen. Sie würde also stattdessen einen Brief schreiben.

Als Rosalie schlief, stand sie auf und nahm das Windlicht mit in die Küche. Sie brauchte fast bis zum Sonnenaufgang für ein paar Zeilen mit dürren, leeren Worten. Sie las das Geschriebene noch einmal durch, dann zündete sie das Blatt an und warf es in den Ofen. Sie schrieb einen neuen Brief, den sie nicht mehr durchlas. Sie hoffte, dass Rosalie sie verstehen würde. Und dass sie sich keine Vorwürfe machen würde, vor allem das wünschte sich Dorothea.

Sie wollte ihre Eltern ein letztes Mal sehen. Nicht um mit ihnen zu sprechen, es war ja alles gesagt. Sie wollte sie nur sehen. Sie wartete sonntags vor der Kirche auf sie, hinter einem Baumstamm verborgen, und sah sie schon von Weitem die Deweerthstraße heraufkommen. Ihr Vater ging aufrecht, die Mutter mit gesenktem Kopf, dahinter Tobias und Matthis. Sie kamen fast eine halbe Stunde zu früh, denn ihr Vater legte Wert darauf, dass sie vor dem Gottesdienst ihr Gewissen erforschten und ihre Gedanken sammelten.

Hinterher war sie sich nicht sicher, ob sie mit Absicht zu weit hinter dem Stamm hervorgetreten war oder aus Versehen, auf jeden Fall spürte sie mit einem Mal Matthis Augen auf ihrem Gesicht. Sie sah, wie er die Mutter am Ärmel riss, die den Kopf hob und Dorothea ebenfalls ansah. Ihre Mutter ließ die Augen nicht von ihr ab, während sie die Straße heraufkam, aber als sie an ihr vorbeiging, löste sie den Blick, als bereitete es ihr zu viel Mühe, den Kopf zu wenden. Nur Matthis drehte sich nach Dorothea um und starrte sie mit offenem Mund an wie einen Geist.

Der Rest war sehr einfach. Nachdem Rosalie zur Arbeit gegangen war, ging sie hinunter in die Praxis und teilte Kuhn mit, dass sie ihm nicht helfen könnte, weil sie Besorgungen zu erledigen hatte. Er nickte etwas unwillig, aber als sie an der Tür war, hatte er sie schon wieder vergessen.

Sie ging in die Schlafkammer und legte den Brief unter Rosalies Bettdecke. Sie holte den Strick unter ihrer Matratze hervor, den sie am Tag zuvor auf dem Markt gekauft hatte. Danach suchte sie irgendetwas, das sie mit nach oben nehmen konnte, um sich daran festzuhalten. Ihre Bibel, ihr Gesangbuch und alle anderen Bücher waren in jener Nacht verbrannt, das Einzige, was übrig geblieben war, waren die Zeilen, die ihr Kohlbrügge damals aufgeschrieben hatte. Sie holte das Gebet aus der Messingkapsel, die auf den Fensterbrett lag. Der Zettel roch immer noch nach Rauch. Obwohl sie die Worte längst auswendig konnte, begann sie sie noch einmal zu lesen.

Harrt auf den Herrn, ihr Frommen,
Bei ihm ist Gnad und Huld.
Das Heil wird von ihm kommen,
Harrt seiner mit Geduld.
Er wird von allem Bösen,
Von Sünd' und Jammer hier
Sein Israel erlösen
Das tu' er auch an mir!

Auf einmal, zum ersten Mal, machten die Worte Sinn.

27. KAPITEL

»Ich glaube ganz bestimmt, daß all' diese Beziehungen zwischen den verschiedenen Richtungen des animalischen Lebens die Kundgebungen des Geistes sind, der von Anfang bis zum Ende mit Selbstbewußtsein ein Ziel verfolgt. Die Ansicht steht im Einklang mit dem Wirken unseres Geistes, sie ist die instinctive Anerkennung einer geistigen Macht, die sich uns in der Schöpfung offenbart und die mit unserem eigenen Geiste verwandt ist.«

Aus *Der Schöpfungsplan* von Louis Agassiz, 1875

Rosalie fand Dorothea erst am nächsten Tag. Später dachte sie, dass sie die ganze Zeit gewusst hatte, was geschehen war. Wo Dorothea war, und was sie getan hatte. Und dass ihr nur der Mut gefehlt hatte, an der richtigen Stelle nach ihr zu suchen.

Sie fragte zuerst ihren Vater. »Sie wollte zum Markt, Besorgungen machen«, sagte er, wobei seine Augen hinter dicken Brillengläsern verschwommen blinzelten.

»Es ist sieben Uhr«, sagte Rosalie.

»Vielleicht hat sie sich irgendwo ... verschwatzt?«, meinte Doktor Kuhn ratlos.

Rosalie schnaubte verächtlich. Dann ging sie los, Dorothea zu suchen. Sie fing an der Stelle an, wo früher die Bibliothek gewesen war, und rief leise Dorotheas Namen, als wäre sie ein Hund, der ihr entlaufen war. Als niemand antwortete, suchte sie die Hauseingänge ab, einen nach dem anderen.

Sie lief zum jüdischen Friedhof, wo Kirschbaum begraben lag. Das schmiedeeiserne Tor mit dem goldenen Davidstern war verschlossen, es ächzte vorwurfsvoll, als sie daran rüttelte. Sie drängte ihr Gesicht an die kühlen Metallstangen und starrte in die grüne Stille der Anlage. Vielleicht hatte sich Dorothea einschließen lassen, vielleicht hockte sie vor Kirschbaums Grab, um ihm ganz nahe zu sein. »Dorothea!«, ihre Stimme durchbrach die Totenstille. Sie bekam keine Antwort.

Sie ging zur Königsstraße. Seit Weihnachten war sie nicht mehr hier gewesen, sie hatte auch Dorotheas Eltern nicht mehr gesehen. Zögernd ging sie eine Weile vor dem Haus auf und ab. Wenn Dorothea sich wieder mit ihnen versöhnt hätte, wüsste sie davon. Sie weiß, dass ich mir Sorgen mache.

Oder nicht? Sie schob die Haustür auf und ging durch den dunklen Flur. Es roch, wie es immer schon gerochen hatte, nach gedünstetem Kohl und Staub. Sie klopfte und schloss die Augen in der Hoffnung, dass niemand öffnete.

Dann stand Herr Leder vor ihr. Onkel Traugott, wie sie ihn früher genannt hatte.

»Ich suche Dorothea«, sagte sie statt einer Begrüßung.

Sein Adamsapfel hob und senkte sich, er sah aus, als müsse er sich erst an den Namen erinnern. »Sie ist nicht hier.«

»Habt ihr sie gesehen?«

»Lange nicht mehr.«

Seine Antworten kamen sehr schnell, ohne Zögern. Es schien ihn auch nicht zu interessieren, warum sie Dorothea suchte. Wie lange sie schon verschwunden war.

»Alsdann«, sagte Rosalie.

Er nickte kurz und wollte die Tür wieder schließen.

»Weißt du«, sagte Rosalie. »Du und Tante Marthe, ihr wart alles für mich. Ihr wart meine Eltern, das, was mein eigener Vater nicht war. Ihr wart der Inbegriff von Liebe. Und nun, da Dorothea so gänzlich allein und verlassen, so ganz und gar zerstört ist, da schafft ihr es nicht einmal, sie aufzusuchen in ihrem Elend. Ihr die Hand hinzustrecken. Eurer einzigen Tochter. Ich begreife es einfach nicht, ich kann es nicht verstehen.«

Ihre Stimme wurde immer lauter, weil sie sich fast sicher war, dass Frau Leder irgendwo in der Dunkelheit der Stube stand und zuhörte. Und sie sollte sie hören, Rosalie wollte, dass sie beide wussten, was Rosalie von ihrer Selbstgerechtigkeit hielt, von ihrer gnadenlosen Strenge.

Als sie fertig war, wartete sie darauf, dass Herr Leder losdonnerte. Dass sich ein Schwall an Bibelzitaten über sie ergoss. Aber er sagte nichts, er blickte an ihrem Kopf vorbei ins Leere, und bevor er die Türe schloss, sah sie, dass sein Gesicht nass war von Tränen.

Sie ging zu Hause vorbei, in der dünnen Hoffnung, dass Dorothea in der Zwischenzeit zurückgekehrt sein könnte. Aber sie traf nur ihren Vater an, der mit seinem Buch vor dem kalten Kamin saß. »Es wird schon nichts Schlimmes passiert sein«, sagte er unsicher.

Sie antwortete nicht, sondern holte ihr Umschlagtuch und machte sich auf den Weg in die Deweerthstraße. Es war ihre letzte Hoffnung.

Die Tür war nicht verschlossen, und die Kirche war auch nicht leer. Einzelne Menschen saßen in den Bänken, einige lasen in der Bibel, andere waren ins Gebet vertieft. Die Besucher waren über die ganze Kirche verstreut, in einem fast regelmäßigen Muster, so als hätten sie sich um den größtmöglichen Abstand zueinander bemüht.

Rosalie unterdrückte den Impuls, nach Dorothea zu rufen. Stattdessen ging sie den linken Gang nach vorn, am Altar vorbei und rechts wieder nach hinten, aber Dorothea war nicht da. Sie machte den Rundgang noch einmal, um ganz sicherzugehen, dann verließ sie die Kirche wieder. Einen Moment lang überlegte sie, ob sie ins Pastorat gehen sollte, um dort nach Dorothea zu fragen, aber was sollte sie da, um diese Stunde.

Es war nach zehn, als sie wieder zu Hause ankam. Im Kaminzimmer war noch Licht, aber sie ging direkt in ihr Schlafzimmer. Die beiden Betten, das ihre und das von Dorothea, waren unberührt. Die Bettdecken wölbten sich glatt nach oben, zwei perfekte Halbkugeln. Rosalie hatte Angst.

Sie ging zu Minter. Sie riss am Klingelzug und hörte die Glocke in der Apotheke und wusste, dass auch die Glocke in Minters Wohnung läutete. Es dauerte aber sehr lange, bis er herunterkam und die Tür öffnete.

»Rosalie«, rief er überrascht und erfreut zugleich.

Als sie ihm von Dorotheas Verschwinden erzählte, schwieg er. »Woran denkst du?«, fragte sie.

»Nichts«, wich er ihr aus.

»Sie hat vor einigen Tagen ein Schlafmittel geholt«, erklärte er, als sie nicht lockerließ. »Urethra. Auf ein Rezept deines Vaters. Es war nichts Ungewöhnliches dabei, aber dennoch ...«

»Aber dennoch?«

»Es lag ein seltsamer Ausdruck in ihrem Gesicht. Es war die Art und Weise, wie sie die Tropfen begutachtete, bevor sie sie einsteckte. Aber vielleicht ist es auch meine Phantasie, die mir das Ganze vorgaukelt, wo sie doch ihren Mann verloren hat und alles.«

»Wo kann sie sein?«, fragte Rosalie. »Sie hat doch niemanden außer mir.«

»Du glaubst, dass sie sich das Leben genommen hat«, sagte sie, als Minter nicht antwortete.

»Ich kenne sie kaum«, sagte er. »Ich weiß es nicht. Bleib heute Nacht hier, Rosalie.«

Sie blieb die Nacht bei ihm. Afra war nun tot, und Dorothea war verschwunden, es gab keinen Grund mehr, warum sie nicht bei ihm bleiben sollte. Er war frei, und sie war es auch. Aber als sie sich küssten, musste sie an das Glas mit dem Muskarin denken, und an Afras Symptome, die genau zu den Merkmalen passten, die das Muskarin auslöste.

Vielleicht ist er ein Mörder, dachte sie. Vielleicht bilde ich mir das Ganze nur ein. Wenn er ein Mörder ist, wird er es leugnen. Wenn er unschuldig ist, streitet er es natürlich ebenfalls ab. Ich werde die Wahrheit nicht erfahren. Aber mit der Ungewissheit kann ich nicht leben.

Deshalb war sie ihm in den Wochen nach Afras Tod aus dem Weg gegangen. Auch wegen Dorothea. Aber hauptsächlich wegen ihrer Zweifel.

Warum kann ich ihm nicht vertrauen, dachte sie, während seine Fingerspitzen an ihrem Rücken hinunterglitten, in einer Art und Weise, die sie sehr liebte.

Ich würde ihm so gerne vertrauen, dachte sie sehnsüchtig.

In den frühen Morgenstunden ging sie nach Hause, bevor es dämmerte, weil sie nicht wollte, dass die Nachbarn sie sahen, und ihr Vater würde erst in einer Stunde aufstehen. Es war noch so früh, und sie hatte so wenig geschlafen, also beschloss sie, sich ebenfalls noch einmal hinzulegen. Als sie die Bettdecke zurückzog, fand sie den Brief.

Sie wusste sofort, was geschehen war. Dass Dorothea nicht irgendwo war, sondern hier im Haus. Unten im Keller oder in einem der vielen Räume, die sie nicht benutzten, die sie nie betraten. Bei jeder Tür, die sie öffnete, wurde ihr Herzklopfen stärker. Als sie sie im zweiten Stock noch nicht gefunden hatte, begann sie langsam Hoffnung zu schöpfen. Dann betrat sie den Dachboden.

Inzwischen war es ganz hell, die Sonne schien durch das schmutzige, kleine Fenster in der Dachschräge. Rosalie sah zuerst den langen Schatten, den der Körper auf den staubigen Holzdielen warf, und dann den umgekippten Stuhl. Dorothea kann es nicht sein, dachte sie unsinnigerweise. Sie ist viel zu klein, sie würde keinen so langen Schatten werfen.

Sie stellte den Stuhl wieder hin, erst dann blickte sie nach oben.

Sie konnte das Seil um Dorotheas Hals nicht lösen, die Schlinge hatte sich so eng gezogen, der Knoten saß durch das Gewicht des Körpers so fest, und ihre Finger zitterten so sehr.

Sie lief nach unten und weckte ihren Vater. Der rannte im Nachthemd in die Praxis und holte seine schwarze Tasche und nahm sie mit auf den Dachboden, als gäbe es noch Hoffnung. Aber von allen Instrumenten brauchte er nur das Skalpell, mit dem er das Seil durchtrennte, Faser für Faser. Rosalie fing Dorothea auf. Einen kurzen Moment lang spürte sie ihre kalte Wange an ihrer Wange. Ihr Gesicht war aufgequollen, es sah aus, als sei die Zunge angeschwollen. Zu groß für den Mundraum.

Doktor Kuhn stellte den Tod fest.

Das war Dorotheas Brief an Rosalie:

Liebste Rosalie,
danke, danke, danke, danke, danke, danke.

Deine Dorothea.

Später holten sie einen Polizisten. Er nahm seine Mütze ab und hielt sie vor der Brust fest, bevor er einen kurzen Blick auf das blasse Gesicht warf. Dann wartete er, bis Doktor Kuhn Dorotheas Körper wieder mit dem Leintuch bedeckt hatte.

»Selbsttötung«, sagte er und räusperte sich, während er sich ein paar Notizen auf einem Schreibblock machte.

Doktor Kuhn nickte ungeduldig. »Wer sagt den Eltern Bescheid?«, fragte er.

»Ich übernehme das«, sagte der preußische Beamte nach einer kurzen Pause, vielleicht hatte er gehofft, dass sich Rosalie oder Doktor Kuhn dazu bereit erklären würden. Er steckte den Block zurück in die Brusttasche und klopfte mit der Hand dagegen, als wolle er sich von ihm verabschieden. »Und der Leichnam?«, fragte er dann mit Blick auf die kleine Gestalt auf der Untersuchungspritsche.

»Ist hier fürs Erste gut aufgehoben«, sagte Kuhn. »Klären Sie mit den Eltern, was bezüglich des Begräbnisses geschehen soll.«

Der Mann schlug die Hacken zusammen.

»Sie gehört der Niederländisch-reformierten Gemeinde an«, sagte Rosalie. »Die Kirche bedeutete ihr sehr viel. Man sollte sie also auch dort bestatten.« Ihr Kopf schmerzte, er war voller Tränen, aber sie konnte einfach nicht weinen.

Die beiden Männer schwiegen betroffen. »Man wird sie dort aber nicht zulassen«, sagte der Beamte schließlich. »Wo sie doch Hand an sich gelegt hat.«

»Das werden wir ja noch sehen«, sagte Rosalie.

Sie schickte einen Burschen in die Apotheke und nahm sich für den Tag frei. Danach ging sie zu Kohlbrügges Pastorat auf der Deweerthstraße. »Ich muss den Pastor sprechen«, erklärte sie dem jungen Mädchen, das die Tür öffnete. »Es ist sehr dringend.«

Das Mädchen nickte und verschwand im dunklen Hausflur, Minuten später tauchte eine alte Frau an ihrer Stelle auf. »Mein Mann ist unterwegs«, sagte sie leise und würdevoll. »Er wird nicht vor Mittag zurückkommen.«

»Ich warte so lange«, sagte Rosalie.

»Sie sind nicht aus unserer Gemeinde«, sagte die Frau. Ihre faltigen Finger zogen an den Kanten der schwarzen Spitze, die ihr Haar bedeckte.

»Es geht aber um ein Gemeindemitglied.«

Frau Kohlbrügge wartete auf eine Fortsetzung der Erklärung. Sie wirkte dabei nicht ungeduldig oder gar neugierig, sie schien es einfach nur gewohnt zu sein, dass man sie über die Dinge informierte. Doch als Rosalie schwieg, wies sie auf einen Stuhl im Flur. »So setzen Sie sich ruhig hin, aber rechnen Sie damit, dass es seine Zeit dauern kann.«

Sie verschwand wieder hinter der Tür, aus der sie vorher gekommen war. Rosalie nahm Platz, ihr Körper war schwer von der Müdigkeit, von den ungeweinten Tränen und von den

Tropfen, die ihr ihr Vater gegeben hatte, nachdem sie Dorotheas leblosen Körper in die Praxis getragen hatten.

Sie starrte auf die Reproduktion einer Zeichnung an der gegenüberliegenden Wand. Jesus, der sein Kreuz trug. Er war ganz allein, kein Jünger stand am Wegrand, keine der Frauen, auch kein Soldat. In der Ferne sah man die Spitze des Hügels mit den zwei anderen Kreuzen und der Lücke dazwischen.

Ich werde Dorothea nie mehr wiedersehen, dachte Rosalie. Sie ist fort. Sie hat mich verlassen.

Aber obwohl sie Dorotheas kalten, toten Leib in ihren Armen gehalten und ihr aufgequollenes Gesicht gesehen hatte, schien ihr doch alles unwirklich. Wie ein böser Traum, aus dem sie jeden Moment erwachen würde.

Sie lehnte ihren Kopf gegen die Wand und schloss die Augen. Anstatt aufzuwachen, schlief sie ein.

Das Geräusch der Haustür riss sie aus dem Schlaf. Als sie die Augen aufmachte, stand Dr. Kohlbrügge schon vor ihr. Sie sah ihm an, dass er sich an sie erinnerte, aber nicht richtig einordnen konnte. »Ich bin eine Freundin von Dorothea Leder«, begann sie.

»Rosalia«, sagte er mit seinem seltsamen, kehligen R.

»Rosalie.«

Er nickte, während er die Tür zu seinem Arbeitszimmer öffnete, ein graues Viereck gefüllt mit Tageslicht fiel durch die Tür in den dunklen Flur. »Bitte«, sagte Kohlbrügge und zeigte mit der flachen Hand nach drinnen.

»Wir haben Dorothea heute Morgen gefunden«, sagte Rosalie. »Sie hatte das hier bei sich.«

Sie gab ihm den Zettel mit dem Gebet, den sie Dorotheas toten Fingern entzwungen hatte. Der Pastor wirkte verständnislos, als er das Blatt entgegennahm und las. Dann hob er den Blick und sah Rosalie fragend an.

»Sie hat sich erhängt«, sagte sie hart.

Er ging zu seinem Schreibtisch und setzte sich. Sein Gesicht wirkte noch bleicher als sonst, während er das Blatt mit dem Gebet vor sich auf den Tisch legte und glatt strich, wieder und wieder und wieder. Dann schob er es weg und faltete die Hände. Sein Kopf senkte sich.

»Möge der Allmächtige ihr verzeihen und sich ihrer Seele erbarmen«, murmelte er.

»Möge er uns verzeihen«, sagte Rosalie. »Mir und Ihnen und ihren Eltern und allen.«

Sie wartete darauf, dass er sie zurechtwies, dass er irgendetwas sagte, was sie wütend machte, sodass sie ihn anschreien und verfluchen konnte. Sie wollte, dass er etwas sagte, was bewies, dass er und Dorotheas Eltern und die ganze Niederländisch-reformierte Gemeinde mehr Schuld an Dorotheas Tod trugen als sie selbst. Aber er sagte nichts. Er nickte nur und legte sein Gesicht in seine Hände.

Da begann sie zu weinen.

Als sie nach Hause kam, war Minter mit Kuhn in der Praxis. Er ging in dem dunklen Raum auf und ab, von der Tür zur Wand und wieder zurück. Dorotheas Körper lag nicht mehr auf der Pritsche an der Wand, sie hatten sie wohl ins Nebenzimmer gebracht.

»Du warst lange fort«, sagte Doktor Kuhn zu Rosalie.

»Ja, aber es hat dennoch nichts genützt«, meinte Rosalie müde. »Sie lassen es nicht zu, dass Dorothea auf ihrem Friedhof begraben wird.«

Sie hatte lange geweint, und Kohlbrügge hatte nichts unternommen, um sie zu trösten, er hatte einfach nur abgewartet, bis keine Träne mehr in ihr war. »Bitte«, sagte sie dann. »Gestatten Sie es, dass sie ein christliches Begräbnis bekommt, haben Sie ein Erbarmen. Es hätte ihr so viel bedeutet.«

Kohlbrügge schüttelte den Kopf und sah wieder ernst und streng und unnahbar aus. »Das ist gänzlich unmöglich«, sagte er mit weicher Stimme, die in einem seltsamen Widerspruch zu seinem unnachgiebigen Gesicht stand. »Es ist ein Frevel wider

Gott, der uns geschaffen hat, ein Frevel, wie Judas ihn begangen hat, nachdem er den Herrn verraten hat.« Er stand auf und trat ans Fenster und blickte hinaus, als erwartete er jemanden.

»Sie sind Wolken ohne Wasser, von dem Wind umgetrieben, kahle, unfruchtbare Bäume, zweimal erstorben und ausgewurzelt«, sagte er, ohne sie dabei anzusehen. »Wilde Wellen, die ihre eigene Schande ausschäumen.«

Wolken ohne Wasser, entwurzelte Bäume. »Ist es Dorotheas Schuld, dass sie den Halt verloren hat, dass sie von der Verzweiflung in den Tod getrieben wurde?«, fragte Rosalie verständnislos.

Er sah sie an, mitleidig, ein bisschen ungeduldig, da sie so offensichtlich nichts verstanden hatte.

»Direkt außerhalb der Mauern«, sagte er. »In das Feld könnten wir den Körper legen, so wäre sie nicht allzu weit …«

»Nein«, hatte Rosalie gesagt.

»Ihre Eltern werden sich um die Bestattung kümmern wollen«, meinte Kuhn jetzt, während er Minter gereizt anblickte, der direkt vor ihm eine Wendung machte und zurück zur Tür ging.

»Ihre Eltern werden sie wie Kohlbrügge auf dem Felde begraben, wie einen Zaungast ohne Recht«, sagte Rosalie. »Aber ich werde das nicht zulassen.«

»Wo soll sie denn sonst hin?«, fragte Kuhn.

Minter machte vor der Tür kehrt und kam direkt auf sie zu.

»Ich weiß einen Ort«, sagte Rosalie.

Minter blieb stehen.

»Wo?«, fragte ihr Vater. Er holte sein Taschentuch heraus und nahm die Brille ab und begann sie zu putzen.

Rosalie antwortete nicht.

Ihr Vater bestand darauf, dass sie mit Dorotheas Eltern sprach, bevor sie ihren Körper begrub. Also machte sie sich abends wieder auf den Weg in die Königsstraße.

»Ja«, sagte Herr Leder bitter, nachdem sie ihr Beileid ausgesprochen und ihr Anliegen vorgetragen hatte. »Sie hat sich im Leben für dich entschieden, also sollst du auch den Platz für ihre Grabstätte auswählen.«

»Es ist ein Felsen im Neandertal«, sagte Rosalie. »Ein ruhiger und einsamer Ort«, aber sie merkte, dass er ihr gar nicht richtig zuhörte, sondern besorgt zu seiner Frau sah, die am Fenster stand und nach draußen blickte. Seit Rosalie gekommen war, hatte sie sich kein einziges Mal umgewandt.

»Hast du gehört, Marthe?«, fragte Herr Leder.

»Wenn der Herrgott ihr das nur vergibt«, flüsterte Frau Leder. »Wenn er nur eine Gnade mit ihr hat, und sie dereinst auferstehen lässt.«

»Da ist noch etwas«, sagte Herr Leder, als Rosalie sich schon zum Gehen wandte. Er drehte sich um und ging in die Küche und kam mit einem Sack wieder zurück, aus dem oben etwas Grünes herausragt.

»Das hat uns Pastor Kohlbrügge am Nachmittag bringen lassen von dem Herrn von der Heydt«, sagte er. »Es soll auf der Grabstätte eingepflanzt werden.«

Er reichte ihr den Sack, und sie sah, dass ein Bäumchen darin steckte, mit blaugrünen, weichen Nadeln, wie sie es noch nie gesehen hatte.

»Ich will Israel wie ein Tau sein, dass er soll blühen wie eine Rose, und seine Wurzeln sollen ausschlagen wie der Libanon«, sagte er, und Rosalie nickte, obwohl sie nicht verstand, was er damit meinte.

Minter organisierte ein Fuhrwerk, das er selbst kutschierte. So brachten sie Dorotheas Körper ins Neandertal. Sie fuhren so weit es ging an den Hang heran, dann schirrten sie den Gaul aus und banden ihn an einen Baumstamm. Minter hatte lange Gürtel gebracht, die sie um den Leichnam schlangen, dann hoben und schleppten und hievten sie den Körper den Berg hinauf zum Eingang der Höhle. Es war ein schwüler Sommertag, der Himmel über den Bäumen war grau und schwer wie flüssiges Metall. Oben angekommen, waren sie schweißgebadet.

Rosalie hatte Dorothea gewaschen und ihr ein schlichtes, weißes Nachthemd angezogen. Sie hatte ihre Haare gekämmt und zu einem Zopf geflochten, und zum Schluss hatte sie ihr das Medaillon mit den Rosen um den Hals gelegt, das Minter ihr zu Weihnachten geschenkt hatte. In der Kapsel steckte der Zettel mit dem Gebet, das Dorothea im Tod umklammert hatte. »Es ist wegen der Rosen«, sagte Rosalie entschuldigend, als sie sah, wie Minters Blick auf die Kette fiel. »Im Wald oben würde kein Rosenstrauch gedeihen und schon gar nicht blühen, also soll sie die Rosen wenigstens im Grab haben.«

Minter verschwand als Erster in der Dunkelheit des Erdreichs, und Rosalie schob Dorotheas schmalen Körper nach, und dann folgte sie selbst, ohne Zögern und ohne Angst. Im Dunkeln nahm sie Abschied. Sie kniete nieder, schlug das Leintuch zurück, in das Dorothea eingewickelt war. Ihre Finger fuhren über das kalte Gesicht. Die Linie der Augenbrauen, die geschlossenen Lider, die Nase, die Lippen und das Kinn. Die Wangen, die noch vor wenigen Wochen so rund und voll gewesen waren und jetzt so eingefallen. Die kleinen Ohren, das zurückgekämmte Haar. Ihre Finger prägten sich alles ein.

Dann stand sie neben Minter und spürte die Wärme seines Körpers, obwohl sie ihn nicht berührte. »Minter«, sagte sie, »ich weiß, dass du nicht an Gott glaubst, aber willst du bitte ein Gebet mit mir sprechen. Für Dorothea?«

»Ich kenne keines«, gab er zurück, seine Stimme dumpf vor Verlegenheit.

Sie begann das Vaterunser zu sprechen, nach den ersten Worten fiel er mit leiser, brüchiger Stimme ein, dann verstummte er wieder, vielleicht, weil er sich nicht mehr an die Worte erinnerte oder weil es ihm unangenehm war. Sie hatte dennoch das Gefühl, dass sie die Worte nicht allein sprach, sondern dass jemand neben ihr stand und mit ihr betete. *Denn dein ist das Reich und die Kraft und die Herrlichkeit.* »In Ewigkeit«, flüsterte sie, »Amen.«

Draußen stachen einzelne Sonnenstrahlen durch die Blätter der Bäume wie kleine, feine Messer. Die Luft war noch drückender, aber vielleicht erschien es ihnen nur so nach der Kühle in der Höhle. Sie kletterten den Hang noch einmal hinunter und holten den Baum und zwei Spaten aus dem Wagen. Dann schaufelten sie Erde in das Loch: feine, schwarze, modrig riechende Walderde, und Moos und Tannenzapfen und Rinde. Eine Schaufelfüllung nach der anderen verschwand in der Öffnung, es war, als ob ein großer Mund die Erde verschluckte. Der Schweiß lief ihnen übers Gesicht, über den Rücken, an den Beinen entlang. Rosalie hatte das Gefühl, dass ihr ganzer Körper weinte. Als sie ihre Schultern nicht mehr spürte und ihre Hände nur noch aus Blasen bestanden, war der Gang verschlossen. Sie setzten den Baum in den weichen Boden. »Ruhe in Frieden, Dorothea«, sagte Rosalie. Sie hätte gerne geweint, aber sie war zu erschöpft.

Sie wuschen sich in dem Bach, der als kleiner Wasserfall ins Tal herunterfiel und in der Düssel mündete. Minter zog sein Hemd aus, und nach kurzem Zögern streifte auch Rosalie ihr Kleid ab und wusch sich im Unterkleid. Sie spürte Minters Blick auf ihrem Körper, aber als sie ihn ansah, wich er dem ihren aus.

Später band Minter das Pferd los, das leise schnaubte und nervös von einem Fuß auf den anderen trat. Über dem Wald waren jetzt schwarze Gewitterwolken zu sehen, wie ein Gebirge, das kopfüber vom Himmel hing. *Wolken ohne Wasser,* dachte Rosalie, *vom Wind umhergetrieben.* Aber im gleichen Moment begann es zu regnen. Es war, als ob sich ein riesiges Gefäß über ihnen entleerte, der Regen fiel nicht in Fäden, sondern als kompakte Masse zu Boden und kühlte ihre erschöpften Körper. Als sie zu frieren begannen, dachte Rosalie an Dorothea. Wie sie dort oben in ihrer Höhle lag, trocken und geborgen und ganz allein.

Am Straßenrand sahen sie zwei Männer in dunklen Anzügen, die mit eingezogenen Köpfen liefen, als könnte sie das vor den Regenmassen schützen. Im Vorüberfahren erkannte Rosalie einen von ihnen, Fuhlrott, aber das war natürlich Unsinn, was sollte er hier im Regen, mitten im Neandertal, sie musste sich getäuscht haben. Doch im selben Moment riss Minter die Zügel nach hinten, das Pferd trabte noch ein paar Schritte weiter und blieb dann widerwillig stehen. »Fuhlrott«, rief er laut. »Was, zum Teufel ...?«

Die Männer sahen sich an, dann beschleunigten sie ihre Schritte und eilten zum Fuhrwerk. Fuhlrott war als Erster beim Wagen, sein Hut war so durchnässt, dass die Krempe Wellen schlug, an einigen Stellen hing sie schwer nach unten durch. Er sah sie irritiert an, als seien sie schuld an dem Unwetter, dann blickte er sich nach seinem Begleiter um, der keuchend näherkam.

»Darf ich vorstellen«, sagte Fuhlrott atemlos. »Mister Charles Lyell.«

Der andere nahm seinen Hut ab, sodass der Regen auf seine hohe Stirn prasselte und der Backenbart, der sich eben noch von den Ohren in Richtung Kinn gekräuselt hatte, in sich zusammenfiel wie nasses Papier. »Ladies and gentlemen«, sagte er unglücklich, während er den Hut wieder über den Schädel stülpte. »Good afternoon.«

Minter nickte, und dann musste er lachen. Rosalie lachte auch, obwohl ihr eigentlich zum Weinen zumute war. Aber es war ein solcher Anblick – die Regentropfen, die auf den runden, schwarzen Oberflächen der Hüte tanzten und darunter die wichtigen Gesichter der Herren. Fuhlrott zog die Augenbrauen zusammen, Lyell starrte auf die schlammbedeckten Aufschläge seiner Beinkleider. »Entschuldigung«, sagte Minter und hörte auf zu lachen. »Pardon.«

»Möchten Sie nicht einsteigen?«, fragte er dann. »Nicht weit von hier gibt es einen Gasthof ...«

Lyells Hutkrempe war voll Regen gelaufen, das Wasser überstieg den Rand und tropfte in einer glasklaren Schnur auf seine Schultern. Er nahm ihn ab, schüttete ihn aus und setzte ihn dann wieder auf. Sein Gesichtsausdruck war ernst und würdevoll, als stünden sie nicht im strömenden Regen, sondern wären auf einem Bankett oder in der Kirche. Oder auf einem Begräbnis, dachte Rosalie. »Wenn Sie sich bereit erklären würden, Mister Lyell im Anschluss zur Zugstation zu bringen«, sagte Fuhlrott steif.

»Nun steigen Sie schon ein«, sagte Minter.

Sie hängten ihre Hüte an die Haken neben dem Eingang. Die Regentropfen rannen über die Krempen zum tiefsten Punkt der Rundung, hielten sich an den Rändern fest, bevor sie widerstrebend zu Boden fielen und auf den Steinfliesen zerplatzten.

Sie nahmen an einem runden Tisch Platz. Durchs Fenster konnten sie in den Hof sehen, wo der Regen fast aufgehört hatte, und die Sonne die Pfützen in glitzernde Spiegel verwandelte. Ein Mädchen kam widerwillig hinter der Theke hervor und fragte, was sie wünschten.

»Tee mit Rum«, sagte Fuhlrott, und alle anderen nickten im Gleichtakt.

Rosalie verschränkte die Arme vor der Brust. Ihr Kleid klammerte sich nass und kalt an ihre nackte Haut. Sie hatte das Gefühl, dass sie jeden einzelnen Knochen in ihrem Körper spüren konnte. Vom Nacken bis zu den Zehen, alles tat weh.

»Schlimmer als in England«, sagte Lyell, er zog ein durchweichtes Taschentuch aus dem Mantel und wischte sich damit über die hohe, glänzende Stirn.

»Sie sprechen Deutsch«, sagte Minter überrascht.

»Siker«, sagte Lyell. Rosalie brauchte einen Moment, bis sie verstand, dass es *sicher* heißen sollte.

Sie sah, dass Fuhlrott Lyell zublinzelte. »Diese junge Dame«, sagte er leise, aber laut genug, dass auch Minter und Rosalie es hörten, »ist übrigens diejenige, von der ich Ihnen geschrieben habe. Fräulein Rosalie Kuhn.« *Fräulein Rosalie Kuhn,* sagte er, und betonte dabei jedes Wort, jede einzelne Silbe, so als müsse man sie kennen.

Rosalie sah, wie sich Lyells Augen weiteten und Minters Augen verengten, beides im gleichen Augenblick. Ihr fiel plötzlich das Gespräch wieder ein, das sie mit Minter geführt hatte, seine Eifersucht auf Fuhlrott. Die Auseinandersetzung lag gerade einmal ein paar Wochen zurück, aber es schien ihr, als ob inzwischen Monate vergangen wären. Seitdem war Afra gestorben, und Dorothea ...

»Was ... was haben Sie denn über mich geschrieben?«, erkundigte sie sich mühsam, über den Schmerz hinweg.

Fuhlrott lächelte und antwortete nicht, und auch Lyell lächelte, aber er wirkte dabei etwas zerstreut. Auch Rosalie entrang sich ein Lächeln, denn Fuhlrott erwartete, dass sie nachbohrte, bis er ihr verriet, was er Lyell über sie erzählt hatte, das wusste sie. Aber die Erinnerung an Dorothea war zu stark und ihr Körper zu müde. Es interessierte sie einfach nicht.

Einen Moment lang schwiegen sie alle und rührten Zucker in ihre Teetassen. Dann räusperte sich Minter und beugte sich über den Tisch, in Lyells Richtung. »Sagen Sie nicht, dass Sie eigens wegen den Knochenfunden nach Deutschland gereist sind.«

»Dok«, sagte Lyell, nahm einen Schluck Tee und zuckte zusammen, offensichtlich hatte er sich gerade die Zunge verbrannt. »I ... well«, er stellte die Tasse mit leisem Klirren zurück auf die Untertasse. »Yes, I did.«

»Und?«, fragte Minter. »War der Besuch ... aufschlussreich?«

»O«, rief Fuhlrott, bevor Lyell antworten konnte. »Ehe ich es ganz vergesse!« Er öffnete seine Tasche, holte ein Bündel heraus und legte es auf den Tisch. Als er es aufschlug, sahen sie die Schädelkalotte und einen der Oberarmknochen aus der Feldhofer Grotte. »Das wären also die Urzeitgebeine.«

Rosalie sah, wie das Mädchen hinter der Theke den Hals

reckte. Sie starrte auf die Knochen, dann auf Fuhlrott und wieder auf die Knochen. In ihrem Gesicht lag Ekel und Angst, aber Fuhlrott nahm es gar nicht zur Kenntnis.

Er nahm den Schädel und reichte ihn Lyell, der ihn lange betrachtete, bevor er zu dem Bärenzahn griff. »Interesting indeed«, sagte er leise. Er pfiff leise durch die Zähne und drehte die Knochen hin und her, dann pfiff er wieder, aber er sagte nichts.

»Was meinen Sie?«, fragte Fuhlrott gespannt. »Ist unsere Annahme korrekt? Sind diese Knochen fossil?«

Lyell murmelte etwas vor sich hin, das Rosalie nicht verstand. Dann legte er die beiden Relikte wieder zurück auf das Tuch. »Schicken Sie mir einen *cast* der Schädelkalotte nach England. Ich muss das Mister Huxley zeigen.« Er sah Fuhlrott an und lächelte.

Fuhlrott nickte. Er wirkte ein bisschen enttäuscht darüber, dass Lyell die Knochen nicht bedingungslos als urzeitlich anerkannt hatte.

Lyell holte seine Uhr aus der Rocktasche und warf einen Blick darauf. »It's a shame, but I have to leave. Mein Zug«, entschuldigte er sich.

Er erhob sich und sah Minter an, fragend und auffordernd zugleich. Der Apotheker runzelte die Stirn, dann trank er seinen Tee in einem großen Schluck aus und stand ebenfalls auf.

»All die Knochen«, sagte Lyell, während er nach seinem Hut griff. »I really wonder, ich frage mich, was sonst noch so alles in diesen Höhlen herumliegt.«

Und Rosalie sah Dorothea vor sich. Ihren schönen, weichen Körper auf dem harten Höhlenboden, ihr Fleisch und Blut, das sich nun zersetzen würde, bis auch von ihr nichts mehr übrig war als Knochen, bleiche, nackte Knochen.

Nachdem sie die beiden Herren am Bahnhof abgesetzt hatten, fing Minter wieder von Fuhlrott an. »Was wollte er mit seiner Bemerkung vorhin sagen?«

»Ich habe nicht die geringste Ahnung«, sagte Rosalie geistesabwesend. So wie sie auch keine Ahnung hatte, was Lyell meinte, als er sich gerade von ihr verabschiedet hatte. »Ich werde nachdenken«, hatte er gesagt, »über Ihre Angelegenheit.« Dann hatte er noch etwas auf Englisch gemurmelt, das sie nicht verstanden hatte.

Sie wusste nicht, wovon er sprach, und es war ihr auch egal.

Ihr Kopf tat weh. Dorothea war tot. Das versuchte sie zu verstehen.

Sie hoffte, dass sie krank werden würde, dass ein Fieber so von ihrem Körper Besitz ergreifen würde, dass es ihre Gedanken auslöschte und ihre Gefühle. Aber sie bekam kein Fieber. Sie bekam nur einen Schnupfen, der ihr die Nase verstopfte und ihre Augen auch dann tränen ließ, wenn sie gerade einmal nicht weinte. Morgens ging sie in die Apotheke, doch Minter schickte sie wieder nach Hause. »Die Leute verlieren doch den Glauben an meine Medizin, wenn sie dich in diesem Zustand hinter der Theke sehen.«

Also setzte sie sich in die Küche und trank Tee und nieste und schnäuzte sich abwechselnd. Am Nachmittag kam Fuhlrott. »Kuhn hat mir erzählt, was mit Ihrer Freundin geschehen ist«, sagte er, während er ihr gegenüber am Küchentisch Platz nahm. »Es ist eine schlimme, schlimme Sache.« Sie nickte, weil es dem nichts hinzuzufügen gab.

»Wer hätte gedacht, dass sie so verzweifelt war«, sagte Fuhlrott. Rosalie putzte sich die Nase und fragte sich gleichzeitig, ob Fuhlrott sich überhaupt an Dorotheas Namen erinnern konnte. Geschweige denn an ihr Gesicht.

»Was haben Sie gestern gemeint mit Ihrer Andeutung Lyell gegenüber?«, wechselte sie das Thema.

»Das«, sagte Fuhlrott. »Ja.«

Sie schenkte ihm eine Tasse Kamillentee ein, ohne ihn zu fragen, ob er ihn wollte.

»Also?«

»Sie möchten doch studieren, haben Sie mir erzählt, oder haben Sie Ihre Meinung inzwischen geändert?«

»Nein«, sagte Rosalie.

»Ich habe mich bei Lyell erkundigt, wie es mit der Immatrikulation von weiblichen Studenten an den englischen Universitäten aussieht, und erfahren, dass weibliche Hörerinnen dort ebenso ausgeschlossen sind wie an den preußischen Hochschulen.«

»Aha«, sagte Rosalie und nieste.

»Aber in den Vereinigten Staaten von Amerika sind Frauen seit über zwanzig Jahren an vielen Hochschulen zugelassen und können wohl auch ihren Abschluss machen, sagt Lyell.«

Er machte eine Pause, nahm gedankenverloren einen Schluck Tee und verzog angewidert das Gesicht. »Columbus«, sagte er dann.

»Der Entdecker Amerikas?«

»Die Hauptstadt des Bundesstaates Ohio«, erklärte Fuhlrott.

Sie hatte das Gefühl, dass der Schnupfen nicht nur ihre Nase, sondern auch ihr Gehirn verstopfte und sämtliche Funktionen verlangsamte.

»Ein Bekannter Lyells unterrichtet und forscht an der dortigen Universität. Wenn Lyell sich für Sie einsetzte, und er hat mir zugesichert, dass er dazu durchaus gewillt ist, würde man Sie dort sicherlich immatrikulieren. So stünde Ihrer Laufbahn als Pharmazeutin nichts mehr im Wege. Natürlich nur, sofern Sie sich zu einem Sprung über den großen Teich entschließen könnten.«

Amerika. Ohio. Columbus. Sie schloss die Augen und sah eine weite Prärie vor sich, Indianer auf wilden Pferden, die ihre Kriegsbeile schwangen, und in ihrer Mitte sich selbst. »Aber ich verstehe nicht einmal die Sprache«, sagte sie, während sie die Augen wieder aufmachte.

»Englisch«, sagte Fuhlrott, »kann man lernen.«

Minter würde es überhaupt nicht gefallen, wenn sie ginge.

Nach allem, was geschehen war. Nach allem, was er für sie getan hatte. Oder nicht getan hatte. Bevor die Gedanken wieder um den einen Punkt zu kreisen begannen, schluckte sie sie mit etwas Tee hinunter.

Ihr Vater, dachte sie, würde sie vermissen. Aber wenn sie jemanden fand, der ihm den Haushalt machte, würde er darüber hinwegkommen. Es gab Tage, an denen er sie überhaupt nicht zur Kenntnis nahm.

Ohio. Lag das im Norden, im Süden, im Westen oder im Osten Amerikas? War es heiß dort wie in Afrika oder kalt wie in Russland? Und was würde Dorothea dazu sagen? Dorothea. Dorothea war tot. Warum drang es nicht endlich in ihr Bewusstsein.

»Was denken Sie?«, fragte Fuhlrott.

Sie dachte, dass es nichts gab, was sie zurückhielt. »Gut«, sagte sie. »Es klingt sehr gut.«

Den großen Koffer hatten sie aufgegeben, er war seit gestern unterwegs nach Bremen. Sie selbst würde mit leichtem Gepäck reisen. Eine Tasche mit ihren Papieren, ein paar Kleider. Etwas Geld.

Als sie an der Apotheke vorbeikamen, ließ sie die Droschke noch einmal anhalten. »Nur einen Moment«, sagte sie.

»Aber halt dich nicht zu lange auf. Der Zug wartet nicht auf dich«, warnte ihr Vater. Als habe er Angst, dass sie nun doch nicht fahren könnte.

Sie lief durch den Nieselregen ins Offizin. Minter bediente gerade eine Kundin, also stellte sie sich hinten an und wartete darauf, dass er sie sah.

»Rosalie.« Er schob der Frau ihre Tropfen über den Ladentisch, kam um die Theke herum auf Rosalie zu und schloss sie in die Arme. »Geh nicht«, sagte er. »Bitte bleib bei mir.«

Sie roch seinen vertrauten Geruch, süß und bitter, wie die Chemikalien, aus denen er seine Arzneien mischte, und lachte. »Jetzt kann ich nicht mehr zurück.«

»Natürlich kannst du das«, widersprach er ernst. »Du kannst jederzeit zurück.«

»Natürlich«, meinte sie. Aber sie wusste, dass sie das niemals tun würde, und er wusste es auch.

Die Klingel über der Tür läutete laut und vorwurfsvoll, die Kundin ging. Sie waren allein.

»Wirst du mir schreiben, wenn du angekommen bist?«, fragte er.

»Das habe ich dir doch versprochen.«

»Vergiss es nicht.«

Sie löste sich aus seiner Umarmung. »Ich muss gehen.«

»Vielleicht komme ich nach«, sagte er. »Ich wandere aus. Wir eröffnen eine Apotheke in Amerika. Du und ich.«

»Das wäre schön.« Sie lächelte, aber dann wurde sie ernst, und er auch. Die Frage, die sie sich stellte seit jener Nacht, in der Afra gestorben war, trat wieder zwischen sie.

Hast du es getan? Hast du ihr Gift gegeben, nur ein paar Tropfen im Tee aufgelöst, sodass sie es kaum schmeckte, sodass ihr Puls langsamer wurde, ihr Blut langsamer floss – und sie starb? Bist du aus Liebe zu mir zum Mörder geworden?

Das dachte sie, aber sie sprach den Gedanken nicht laut aus. Denn egal, was er geantwortet hätte, ja oder nein, es würde danach nur noch schwerer. Sich loszumachen und zu gehen.

»Leb wohl, Minter«, sagte sie leise.

»Auf Wiedersehen, Rosalie«, sagte er. »Viel Glück.«

Dann hörte sie das Klingeln der Türglocke zum letzten Mal.

»Ich habe mir überlegt«, meinte Doktor Kuhn, als sie wieder zu ihm in die Droschke stieg, »wenn du erst einmal deine Apothekerzulassung hast, dann verkaufe ich hier meine Praxis und gehe dir drüben zur Hand und verteile Arzneien an die Wilden. Ich lerne Englisch und lese endlich den Darwin in der Originalausgabe. Was hältst du davon?«

»Das wäre wundervoll.« Sie nahm seine Hand und streichelte über die weißen Haare auf dem Handrücken, wohl wissend, dass er es nur gesagt hatte, um ihr den Abschied leichter zu machen. Die Reise war lang und gefährlich und teuer, sie würde viele Jahre nicht mehr nach Deutschland kommen. Minter, ihr Vater, Fuhlrott, vielleicht würde sie keinen von ihnen jemals wieder sehen.

Sie schaute aus dem Fenster und sah die Häuser vorübergleiten. Eine hohe Fassade ging in die nächste über, die Fronten verschmolzen zu einem Bild von ihrer Stadt, das sie mit sich nahm. Sie dachte an etwas, das Dorothea einmal zu ihr gesagt hatte, vor langer Zeit, bevor sie Kirschbaum kannte und Rosalie Minter. Ist es nicht erstaunlich, hatte sie gesagt, wie schnell der Augenblick Vergangenheit ist und die Gegenwart Erinnerung? Und nun war auch Dorothea selbst Erinnerung.

Ich nehme auch dich mit, dachte Rosalie. Du bleibst bei mir, wo immer ich hingehe.

Ihr Körper wurde gegen die Wand des Wagens gedrückt, als die Droschke eine Kurve machte, um auf die Brücke zu gelangen. Vor ihnen tauchte der Bahnhof auf.

DEZEMBER 1907, CLEVELAND, OHIO

Draußen am See war es hell und sonnig gewesen, aber hier in der Stadt schaffte es die Sonne nicht mehr über die Dächer der Häuser. Nur oben am glasblauen Himmel färbte sie die Unterseiten der Wolken golden.

»Soll ich dich nicht doch noch ins Haus begleiten?«, fragte June, während die Droschke vor dem Gartentor des alten Hauses hielt. Sie hörten den dumpfen Klang, als der Kutscher vom Bock sprang. Die Großmutter griff nach ihrem Stock.

»Nein«, sagte sie mit fester Stimme. »Komm mich nächste Woche wieder besuchen.«

»Natürlich«, sagte June.

Dann wurde der Wagenschlag aufgerissen, sodass die kalte, klare Luft durch die Öffnung in ihre Lungen strömte. Die alte Frau unterdrückte ein Ächzen, während sie die Hand des Kutschers ergriff, um aus der Droschke zu steigen. Es dauerte sehr lange, bis sie draußen stand, und als June auf sie herunterblickte, wirkte sie klein, fast zierlich, obwohl sie eine große Frau war.

»Ich soll dich auch von Mutter grüßen«, fiel es ihr plötzlich ein. »Und von John und Rose.«

»Grüß sie mir zurück«, sagte ihre Großmutter. »Und sag Dorothea, sie soll mich wieder einmal besuchen.«

»Dorothy«, verbesserte sie June automatisch, während der Kutscher den Wagenschlag wieder schloss. Ihre Mutter wurde immer Dorothy genannt, auch wenn sie in Wirklichkeit Dorothea hieß. Aber das war in Vergessenheit geraten, alle sagten Dorothy, auch die Großmutter, wobei sie das th wie ein t aussprach.

Heute aber hatte sie Dorothea gesagt, und June war sich plötzlich ganz sicher, dass es kein Versehen war.

Es war der Anfang ihrer Geschichte.

28. KAPITEL

»In einer fernen Zukunft sehe ich ein weites Feld für noch bedeutsamere Forschungen. Die Psychologie wird sicher auf der von Herbert Spencer geschaffenen Grundlage weiterbauen: Daß jedes geistige Vermögen und jede Fähigkeit nur allmählich und stufenweise erlangt werden kann. Licht wird auch fallen auf den Menschen und seine Geschichte.«

Aus *Die Entstehung der Arten* von Charles Darwin, 1859

Die Rosen blühten in allen Schattierungen von rot, rosa, weiß und purpur. Es war ganz still auf dem Friedhof der Niederländisch-reformierten Gemeinde, nur von der Katernberger Straße her drangen hin und wieder Straßengeräusche herauf, aber sie waren durch die Entfernung und durch die Bäume am Straßenrand gedämpft.

Es ist so, wie es immer war, dachte Nora. So lange es den Friedhof gibt, haben hier im Juni die duftenden Rosen geblüht und die Bienen gesummt.

Vor ihrem Grab war noch kein Rosenstrauch eingepflanzt, es war offen. Robert und Falk hatten den schlichten Holzsarg mit Dorotheas Knochen gerade in die Erde gelassen. Vorhin in der Kapelle hatte Nora das Medaillon in den Sarg gelegt. Ein letzter Blick auf den Schädel, die leeren Augenhöhlen, die gebleckten Zähne. »Jetzt stören wir dich nicht mehr«, sagte Nora und schloss den Deckel so behutsam es ging.

Herr Waterkamp trug einen schwarzen Talar, weshalb sein Gesicht über dem weißen Kragen plötzlich streng wirkte, aber seine Stimme war ruhig und sanft wie immer. Kelly war gekommen, Falk und Melanie und Joe waren da, Frau Adam, die Kirchmeisterin, und Herr Rosenland vom Rechtsmedizinischen Institut, der Dorotheas Knochen untersucht hatte. »Ich muss die Angelegenheit doch zu Ende bringen«, hatte er etwas verlegen zu Nora gesagt, als sie ihn begrüßt hatte, wobei seine Hände an seinen Hosenbeinen auf- und abgeglitten waren. Sogar Noras Mutter hatte sich im letzten Moment entschlossen mitzukommen, jetzt stand sie neben Falk und tupfte sich verstohlen eine Träne aus dem Augenwinkel, obwohl sie die Tote nun wirklich nicht gekannt hatte.

Nora hatte auch Torsten eingeladen, aber er hatte abgesagt, als er gehört hatte, dass sowohl Falk als auch Robert dabei sein würden. »Drei Liebhaber am Grab, das ist wirklich übertrieben«, hatte er gesagt. »Wie soll die arme Seele denn da zur Ruhe kommen.«

»Ich möchte nun ein Gebet sprechen, das mir persönlich sehr am Herzen liegt«, sagte Herr Waterkamp jetzt. »Unser erster Pastor Hermann Friedrich Kohlbrügge hat es verfasst, es ist sein wohl bekanntestes Gebet. Dorothea war es damals bestimmt genauso vertraut wie den Mitgliedern unserer Gemeinde heute.«

Er schlug ein Buch auf, an einer Stelle, die er vorher schon markiert hatte, ohne jedoch hineinzuschauen, er sprach die Worte aus dem Gedächtnis. Nora faltete die Hände vor dem Körper, versuchte sich auf das Gebet zu konzentrieren, aber sie war so aufgewühlt, durch die blühenden Rosen und die summenden Bienen, und außerdem war es das erste Begräbnis seit ihrem Vater damals, sodass die Sätze an ihr vorbeirauschten. Sie stellte nur fest, dass es ein sehr seltsames Gebet war, in dem von einem Schädel die Rede war, einem Totenschädel, der Gott pries.

»Gott der Vater und der Sohn und der Heilige Geist geleite dich durch das Dunkel des Todes in sein Licht. Er sei dir gnädig im Gericht und gebe dir Frieden und ewiges Leben«, schloss Waterkamp.

Falk trat ein winziges Stück von Melanie weg und sah Nora an, und Nora sah Falk an. Sie wussten beide, woran der andere dachte.

Als sie zwei Tage später wiederkam, war das Grab zugeschüttet, aber der Grabstein lag noch nicht darauf. Sie hatte einen Spaten mitgebracht und den Rosenstock, eine Sorte mit schweren, rosa Blüten, die *Eden* hieß, vielleicht hatte sie sich auch allein wegen des Namens dafür entschieden.

Sie grub ein Loch, setzte die Pflanze ein und häufte rund herum die Erde an, wie der Verkäufer in dem Gartenmarkt es ihr erklärt hatte. Dann goss sie das Ganze kräftig – *lieber zu viel Wasser als zu wenig* –, danach blieb sie vor dem Grab stehen. Ihre Gedanken liefen in alle Richtungen. Sie dachte an die Grabung, an Falk und Melanie, an Robert, Kelly und an das Studium, das sie im Wintersemester anfangen wollte. Sie dachte an Dorothea, ihre Überreste und ihre unsterbliche Seele, und ob sie etwas von ihrem eigenen Begräbnis mitbekommen hatte, wo immer sie jetzt war.

Sie hatte gar nicht bemerkt, dass Herr Waterkamp neben sie getreten war, sodass sie zusammenschrak, als er sie ansprach. »Entschuldigung«, sagte er betroffen.

»Schon in Ordnung.« Sie erzählte ihm, worüber sie nachgedacht hatte.

Er lachte ein bisschen. »Ich persönlich finde die Vorstellung allerdings fürchterlich«, sagte er dann.

»Welche Vorstellung?«, fragte Nora.

»Dass man nach dem Tod sein eigenes Begräbnis miterleben muss. Die Trauer der Angehörigen ...«

»... und die Grabreden«, ergänzte Nora.

Er lachte wieder.

»Ich glaube auch nicht daran«, sagte Nora. »Ich glaube nicht, dass es eine Verbindung gibt zwischen dieser Welt und der nächsten. Es gibt nur ein Hin, aber kein Her, man muss sich entscheiden, zu welcher Welt man gehören will.« Wahrscheinlich, dachte sie, wollten die Toten auch gar nicht mehr zurück in dieses kleinliche, irdische Leben, wenn sie es einmal hinter sich hatten, weil sie nun in einer so ganz anderen Realität waren. Einer wirklicheren Realität als dieser Scheinwelt. »Dorothea jedenfalls hat sich für die andere Welt entschieden, aus welchen Gründen auch immer.«

Er nickte.

»Wissen Sie«, sagte sie plötzlich, sie sagte es ganz schnell, weil sie wusste, dass sie der Mut verlassen würde, wenn sie es nicht direkt aussprach, aber sie wollte es ihm unbedingt erzählen. »Ich habe einmal ein Kind gehabt, aber es ist gestorben.«

»Das tut mir leid.« Sie spürte, dass er sie ansah, aber sie konnte seinem Blick nicht begegnen.

»Er hieß Konstantin, und er war so klein, also haben wir ihn nicht begraben, wir haben uns nicht einmal richtig von ihm verabschiedet.«

Eine Biene flog den Rosenstock an, den sie gerade gepflanzt hatte. Sie landete auf einer wasserglänzenden, rosa Blüte und verschwand in ihrem Innern, als hätte sie sie schon hundertmal besucht.

»Aber jetzt«, sagte Nora nach einer Weile. »Jetzt ist es gut.«

»Darum, wenn ich sterbe – ich sterbe aber nicht mehr – und es findet jemand meinen Schädel, so predige es ihm dieser Schädel noch: ich habe keine Augen, dennoch schaue ich Ihn, ich habe kein Gehirn noch Verstand, dennoch umfasse ich Ihn, ich habe keine Lippen, dennoch küsse ich Ihn, ich habe keine Zunge, dennoch lobsinge ich Ihm mit euch allen, die ihr Seinen Namen anruft. Ich bin ein harter Schädel, dennoch bin ich ganz erweicht und zerschmolzen in Seiner Liebe. Ich liege hier draußen auf dem Gottesacker, dennoch bin ich drinnen im Paradies! Alles Leiden ist vergessen! Das hat uns Seine große Liebe getan, da Er für uns Sein Kreuz trug und hinausging nach Golgatha. Amen.«

Hermann Friedrich Kohlbrügge

EIN NACHWORT

Eigentlich müsste ich über die Recherche zu diesem Roman ein weiteres Buch schreiben, so viele interessante Menschen sind mir dabei begegnet, so viele spannende Gespräche habe ich geführt.

Thematisch habe ich in vieler Hinsicht Neuland betreten, eventuelle Fehler sind deshalb auf jeden Fall mir selbst zuzuschreiben. Allen, die mir geholfen haben, möchte ich hiermit danken, einige möchte ich an dieser Stelle besonders erwähnen:

Dr. Bärbel Auffermann, die stellvertretende Direktorin des Neanderthal-Museums in Mettmann, hat dieses Buch von Anfang an begleitet. Ein Großteil dessen, was ich heute über Archäologie weiß, weiß ich von ihr, aus ihrer Literatur oder über die Kontakte, die sie mir eröffnet hat. Auch Dr. Jörg Orschiedt war mir mit seinem archäologischen Fachwissen eine unschätzbare Unterstützung. Durch seine Anregungen und Ideen hat er den konkreten Handlungsverlauf des Buches entscheidend mitbestimmt.

Danke dem archäologischen Grabungsteam vom Institut für Ur- und Frühgeschichte der Universität Tübingen, denen ich bei der Ausgrabung im Hohlen Fels bei Schelklingen über die Schulter schauen durfte.

Klaus Beckmann vom Neanderthal-Museum hat mich zu einem der zentralen Schauplätze meines Buches geführt: Die Joachimshöhle im Neandertal liegt so versteckt, dass ich sie ohne ihn nie gefunden hätte. Ich bin heute noch erleichtert, dass ich den Aufstieg über die Steilhänge des Neandertals ohne Knochenbrüche überstanden habe.

Prof. Dr. Pieter Grootes vom Leibniz-Labor für Altersbestimmung und Isotopenforschung in Kiel und Dr. Bernhard Weninger vom Labor für Radiokarbondatierung am Institut für Ur- und Frühgeschichte in Köln haben es mit geradezu übermenschlicher Geduld geschafft, mir das Prinzip der C14-Datierung zu erklären. Vielen Dank dafür.

Dr. Peter Pieper und Dipl.-Biol. Reimer Dobberstein vom Institut für Rechtsmedizin in Düsseldorf haben meine Fragen zur Pathologie beantwortet und mich über rechtsmedizinische Vorgehensweisen und zur Aminosäurenrazemisierung beraten.

Ich danke Dr. Christoph Gradmann vom Institut für Medizingeschichte der Universität Heidelberg und Dr. Bettina Wahrig vom Institut für Pharmaziegeschichte in Braunschweig, deren Hinweise Rosalie letztendlich zu ihrem Studienplatz in den USA verholfen haben.

Die Niederländisch-reformierte Gemeinde unter Pastor Hermann Friedrich Kohlbrügge erscheint in meinem Roman als eine beklemmende, einengende religiöse Gemeinschaft. Die heutige Gemeinde in Wuppertal-Katernberg habe ich dagegen als lebendige und warme Kirche erlebt, in der ich mich immer willkommen fühlte. Ganz besonders herzlichen Dank an Pastor Heinrich Lüchtenborg für seine Unterstützung, sein Interesse und für die unvergessliche Begegnung mit der Urenkelin des Gemeindegründers, Hebe Kohlbrügge.

Von Pfarrer Jonas Marquardt von der evangelischen Kirchengemeinde Kaiserswerth, Düsseldorf, habe ich überhaupt erst von Hermann Friedrich Kohlbrügge erfahren, er hat mir auch maßgeblich geholfen, die Person Kohlbrügge zu verstehen und theologisch und historisch einzuordnen. Sein Wissen, seine Literatur und unsere vielen Gespräche haben meine Arbeit – wie immer – maßgeblich beeinflusst.

Wolfgang Apelt vom Archiv der Stiftung für Interkulturelle Forschung, Missions- und Religionswissenschaft in Wuppertal-Barmen danke ich für seine zielsichere und geduldige Führung durch einen wahren Dschungel an historischen Dokumenten und Sekundärliteratur.

Und mein herzlichster Dank geht an Heike Hoffmann, die weiß, wofür.

Eine umfassende Bibliografie würde den Rahmen dieses Nachworts sprengen, aber bei meiner Recherche waren mir folgende Titel eine große Hilfe.

Zur Archäologie:

Bärbel Auffermann, Jörg Orschiedt, »Die Neandertaler. Eine Spurensuche«, Stuttgart 2002

Johann Carl Fuhlrott, »Menschliche Ueberreste aus einer Felsengrotte des Düsselthals«, 1859

Karl J. Narr, Gerd-C. Weniger, »Der Neanderthaler und sein Entdecker: Johann Carl Fuhlrott und die Forschungsgeschichte«, Mettmann 2001

Hermann Schaaffhausen, »Ueber die Beständigkeit und Umwandlung der Arten«, 1853

Ralf W. Schmitz, Jürgen Thissen, »Neandertal – die Geschichte geht weiter«, Heidelberg, Berlin 2000

Zur Sozialgeschichte und Theologie:

Klaus van Bürck, Heinrich Lüchtenborg, »150 Jahre Niederländisch-reformierte Gemeinde zu Elberfeld«, Wuppertal 2000

Friedrich Engels, »Briefe aus dem Wupperthale«, Wuppertal 1839

Hermann Klugkist Hesse, »Hermann Friedrich Kohlbrügge«, Wuppertal-Barmen 1935

Gustav Menzel, »Die Rheinische Mission«, Wuppertal 1978

Tania Ünlüdag, »Historische Texte aus dem Wupperthale«, Wuppertal 1989.

Äußerst hilfreich waren auch die ständigen Ausstellungen im Museum für Frühindustrialisierung in Wuppertal-Barmen und natürlich des Neanderthalmuseums in Mettmann.

Ich danke meinem Agenten Dr. Harry Olechnowitz aus Berlin dafür, dass er das, was er für mich tut, so gut tut. Meinen Lektorinnen Frauke Brodd vom Diana-Verlag und Barbara Raschig, die meine Texte zum Glänzen und Funkeln bringen. Und allen, die mein Manuskript gelesen und kritisiert und weitergebracht haben. Ganz besonders: Silke Bayer, Romea Kanzler, Ruth Mayer, Sibylle Pietrek, Conny Possin, Lisa Schiller-Campbell. Und meinen Eltern Agnes und Konrad Mayer.

Am Schluss stehen wie immer die, die für mich auch der Anfang und die Mitte von allem sind. Danke Ida, Paul und Ralf Kretschel.